国家社会科学基金重大项目
"文学伦理学批评：理论建构与批评实践研究"
结项成果之一

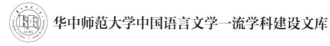 华中师范大学中国语言文学一流学科建设文库

聂珍钊 苏 晖·总主编
文学伦理学批评研究(三)

Ethical Literary Criticism
of English Literature

英国文学的伦理学批评

徐 彬 ◎ 主 编

北京大学出版社
PEKING UNIVERSITY PRESS

图书在版编目(CIP)数据

英国文学的伦理学批评/聂珍钊,苏晖总主编;徐彬主编.—北京:北京大学出版社,2020.8

(文学伦理学批评研究;三)

ISBN 978-7-301-29299-0

Ⅰ.①英… Ⅱ.①聂… ②苏… ③徐… Ⅲ.①英国文学-伦理学-文学评论 Ⅳ.①I561.06

中国版本图书馆CIP数据核字(2020)第086982号

书　　　名	英国文学的伦理学批评
	YINGGUO WENXUE DE LUNLIXUE PIPING
著作责任者	聂珍钊　苏　晖　总主编
	徐　彬　主编
责任编辑	刘文静　吴宇森
标准书号	ISBN 978-7-301-29299-0
出版发行	北京大学出版社
地　　　址	北京市海淀区成府路205号　100871
网　　　址	http://www.pup.cn　新浪微博:@北京大学出版社
电子信箱	wuyusen@pup.cn
电　　　话	邮购部 010-62752015　发行部 010-62750672
	编辑部 010-62759634
印　刷　者	三河市博文印刷有限公司
经　销　者	新华书店
	650毫米×980毫米　16开本　28.25印张　465千字
	2020年8月第1版　2020年8月第1次印刷
定　　　价	98.00元

未经许可,不得以任何方式复制或抄袭本书之部分或全部内容。

版权所有,侵权必究

举报电话:010-62752024　电子信箱:fd@pup.pku.edu.cn

图书如有印装质量问题,请与出版部联系,电话:010-62756370

目 录

总序(一) ………………………………………………… 1
总序(二) ………………………………………………… 20

导　论 …………………………………………………… 1
第一章　莎士比亚悲喜剧文学样式和伦理批评 … 15
　第一节　伦理选择与莎士比亚喜剧的教诲功能 … 17
　第二节　伦理焦虑与莎士比亚悲剧:以《雅典的泰门》为例 … 32
　本章小结 ……………………………………………… 47

第二章　18世纪英国小说的道德劝善 ……………… 50
　第一节　婚恋主题对伦理环境的呈现 ……………… 52
　第二节　美德有报中的考验与成长 ………………… 65
　第三节　文学创作对道德情感的弘扬 ……………… 77
　本章小结 ……………………………………………… 91

第三章　维多利亚教育小说的道德情感教育 ········· 93
第一节　《艰难时世》：维多利亚时代的伦理缺失与道德情感的救赎
·········· 95
第二节　《简·爱》中女性伦理与道德情感 ·········· 110
本章小结 ·········· 123

第四章　唯美主义的艺术原则与道德意识 ·········· 125
第一节　童话的伦理判断与价值发现 ·········· 128
第二节　小说唯美艺术实践与道德的冲突 ·········· 136
第三节　戏剧的伦理实践 ·········· 145
本章小结 ·········· 154

第五章　现代主义小说中的伦理冲突与伦理平衡 ·········· 158
第一节　康拉德的小说：伦理困境中的冲突与选择 ·········· 159
第二节　劳伦斯的小说：寻找新的伦理平衡 ·········· 179
本章小结 ·········· 194

第六章　20世纪诗歌的伦理关怀 ·········· 195
第一节　自然情感和道德情感：拉金爱情诗歌的伦理内涵 ·········· 196
第二节　重构：泰德·休斯诗歌的伦理秩序 ·········· 215
第三节　平衡：谢默斯·希尼诗歌的伦理困境与选择 ·········· 225
本章小结 ·········· 236

第七章　当代英国小说中的身份焦虑与伦理选择 ·········· 239
第一节　石黑一雄《千万别丢下我》中克隆人身份困惑与伦理选择 ·········· 240
第二节　麦克尤恩《儿童法案》中的法官身份定位与伦理选择 ·········· 254
本章小结 ·········· 277

第八章　当代英国戏剧的伦理表达 ································· 279
第一节　哈罗德·品特《背叛》中的伦理意志 ················· 281
第二节　卡丽尔·丘吉尔《优秀女子》中玛琳的身份选择 ········· 294
第三节　汤姆·斯托帕德《阿卡狄亚》的伦理思想 ············· 305
本章小结 ·· 322

第九章　英国后殖民流散作家的政治伦理批评 ················· 326
第一节　《亚历山大四重奏》中的殖民政治伦理内涵 ············· 327
第二节　奈保尔《河湾》中"逃避主题"的政治伦理内涵 ········· 354
第三节　拉什迪的斯芬克斯之谜——《午夜之子》中的政治伦理悖论 ··· 372
本章小结 ·· 384

参考文献 ·· 385
后　　记 ·· 403

总序(一)

聂珍钊　王松林

20世纪80年代以来,大量西方的文学批评理论涌入中国,如形式主义批评、结构主义批评、解构主义批评、心理分析批评、神话原型批评、女性主义批评、生态批评、后殖民主义批评、文化批评等,这些批评理论和方法丰富了我国的文学批评,并推动着我国文学批评的发展。但是,与此同时,我国的文学批评也存在诸多问题,其中最突出的问题就是唯西方批评理论为尊,缺乏具有我国特色和话语的批评体系,尤其漠视文学的伦理价值和文学批评的伦理指向。针对近二三十年来文学批评界的乱象,文学伦理学批评对文学的起源、文学的功能、伦理批评与道德批评、伦理批评与审美、文学的形态等有关文学的属性问题做了反思。在批评实践中,文学伦理学批评力图借鉴和融合其他批评理论的思想,从跨学科的视域来探索文学作品的伦理价值。

一、文学伦理学批评兴起的背景

众所周知,从20世纪八九十年代起,在当代西方文学批评理论思潮的冲击下,我国的文学批评理论研究已不再是传统意义上的关于"文学"的理论研究,而是跨越文学研究成为一种几乎无所不包的泛文化研究,政治、社会、历史和哲学等"跨界"话题成为学者们热衷研究的焦点,文学文本研究及关于文学的理论被边缘化。中国社会科学院文学研究所"学科学术前沿报告"课题组在《人文社会科学前沿扫描》(文学理论篇)一文中指出,相当一部分文学研究者"走出了文学圈",成为"万能理论家",文学理论研究变成了对各种社会问题的研究,他们在"管理一切,就是不管文学自身"。① 其实,早在20世纪80年代,以雅克·德里达为代表的一些西方批评家就预言,在消费主义和大众文化盛行的时代,影视、网络和其他视觉图像将一统天下,传统的文学必将终结,传统的关于文学的(研究)理论也必将死亡。美国著名批评家J.希利斯·米勒赞成德里达的文学终结论,他断言:"文学研究的时代已经过去了。再也不会出现这样一个时代——为了文学自身的目的,撇开理论的或者政治方面的思考而单纯去研究。那样做不合时宜。"②德里达和米勒的预言不是空穴来风。

简略检索一下西方批评理论的发展,我们不难发现,现代意义上的"批评理论"的兴盛是从20世纪50年代批评的"语言转向"开始的。此前,语言学家费尔迪南·德·索绪尔的结构主义思想对欧美形式主义和结构主义产生了重要影响,新批评和俄国形式主义批评在学界广为流行。之后,"批评理论"逐渐发展为一个独立的知识领域。大约到了60年代晚期,英国、美国、联邦德国、法国等国家的一流大学竞相开设批评理论课程,文学批评理论一度被认为是大学人文学院里的新潮课程,这种情况在80年代达到高峰,以致形成"理论主义"。实际上,这一现象可以说是与60—80年代里涌现的纷乱繁杂的社会思潮、哲学思想和政治价值取向交

---

① 中国社会科学院文学所"学科学术前沿报告"课题组:《人文社会科学前沿扫描》(文学理论篇),《中国社会科学院院报》2003年5月15日第2版。
② [美]J.希利斯·米勒:《全球化时代文学研究还会继续存在吗?》,国荣译,《文学评论》2001年第1期,第138页。

织在一起的。粗略扫描一下盛行一时的批评理论,不可不谓令人目不暇接:自新批评和俄国形式主义批评之后,结构主义(以罗曼·雅各布森、克劳德·列维-斯特劳斯、弗拉基米尔·普罗普等为代表)、后结构主义(以米歇尔·福柯、罗兰·巴特、朱莉亚·克里斯蒂娃等为代表)、解构主义(以德里达、保罗·德曼、米勒等为代表)、诠释学与读者反应理论(以汉斯-格奥尔格·伽达默尔、埃德蒙德·胡塞尔、沃尔夫冈·伊瑟尔、汉斯·姚斯等为代表)、女性主义(以西蒙·德·波伏娃、伊莱恩·肖瓦特、克里斯蒂娃、埃莱娜·西苏等为代表)、西方马克思主义(以西奥多·阿多诺、瓦尔特·本雅明、詹明信、特里·伊格尔顿、路易·阿尔都塞等为代表)、后殖民主义(以弗朗茨·法农、霍米·巴巴、爱德华·萨义德、佳亚特里·斯皮瓦克等为代表)、文化研究(以雷蒙德·威廉斯、斯蒂分·格林布拉特、福柯、斯图亚特·霍尔等为代表)、后现代主义(以尤尔根·哈贝马斯、让-弗朗索瓦·利奥塔、让·鲍德里亚等为代表)等各种批评理论纷至沓来,令人眼花缭乱。然而,你方唱罢我登场,由于大多数理论用语艰涩,抽象难懂,因此,其生命力难以持久,教授口中那些高深莫测的理论常被讥讽为赶时髦的"愚民主义"(faddish or trendy obscurantism)。20 世纪 80 年代后期,在英美学界就已经开始了一场针对"理论主义"的"理论之战"。及至 90 年代,一场学术论战的硝烟之后,"理论热"开始在西方(尤其是英、美)渐渐降温。

然而,虽然"理论热"逐渐降温,"理论主义"的负面影响却仍然在继续,对"理论主义"的批评在欧美学界也在持续,这或许可以从美国加利福尼亚大学伯克利分校前校长威廉·查斯在《美国学者》(*The American Scholar*)上发表的一篇长篇大论《英文系的衰退》(The Decline of the English Department)中窥见一斑。[①] 查斯发现,20 世纪 70 年代至 21 世

---

① W. M. Chace. "The Decline of the English Department." *The American Scholar* Autumn 78(2009):32—42.

纪初,美国高等教育出现了本科生专业选择上的重大转变,选择英文专业的年轻人数量大幅度下降。查斯一针见血地指出,理论热和课程变化是导致美国英文系生源减退的重要原因。美国多数英文系在文学课程内容取舍上出于"政治正确"的考虑,取消了原来的那些传统的经典作品,取而代之的是一些次要作品(特别是关于种族或少数族裔、身份与性别等社会和文化问题的作品以及流行的影视作品);即便保留了经典的文学作品,选择的也是可供文化批评的典型文本。于是,与之相关的身份理论和性别理论、解构理论和后现代理论以及大众文化理论等盛极一时,文化研究大有颠覆传统的文学研究之势。

在理论浪潮的冲击下,文学研究的学科边界变得模糊,学科根基逐渐动摇。文化批评家、后殖民主义批评的代表人物萨义德在逝世前终于意识到这个问题的严重性,他认为艰涩难懂的理论已经步入歧途,影响了人们对文学的热爱,他痛心疾首地感叹:"如今文学已经从……课程设置中消失",取而代之的都是些"残缺破碎、充满行话俚语的科目",认为回到文学文本,回到艺术,才是理论发展的正途。① 美国语言协会(Modern Language Association)前主席、著名诗歌批评家玛乔瑞·帕洛夫在一次会议上也告诫同行,批评家"可能是在没有适当资格证明的情况下从事文学研究的,而经济学家、物理学家、地质学家、气候学家、医生、律师等必须掌握一套知识后才被认为有资格从事本行业的工作,我们文学研究者往往被默认为没有任何明确的专业知识"②。

美国文学研究界出现的上述"理论热"和"泛文化"研究现象同样在中国学界泛滥,且有过之无不及。总体而言,改革开放以来的中国文学批评界,几乎是西方文学批评理论和方法的一统天下。尽管我们应该对西方

---

① 转引自盛宁:《对"理论热"消退后美国文学研究的思考》,《文艺研究》2002年第6期,第6页。

② 转引自 W. M. Chace. "The Decline of the English Department." *The American Scholar* Autumn 78(2009):38。

批评方法在中国发挥的作用做出积极和肯定的评价,但是我们在享受西方文学批评方法带来的成果的同时,也不能忽视我们在文学批评领域留下的遗憾。这种遗憾首先表现在文学批评方法的原创话语权总是归于西方人。我们不否认把西方的文学批评理论和方法介绍进来为我们所用的贡献,也不否认我们在文学批评理论和方法中采用西方的标准(如名词、术语、概念及思想)方便了我们同西方在文学研究中的对话、交流与沟通,但是我们不能不做严肃认真的思考,为什么在文学批评方法原创话语权方面缺少我们的参与?为什么在文学批评方法与理论的成果中缺少我们自己的创新和贡献?尤其是在国家强调创新战略的今天,这更是需要我们思考和认真对待的问题。文学伦理学批评就是在这样的语境中孕育而生。

文学伦理学批评方法是针对20世纪80年代以来我国文学批评,尤其是外国文学批评出现的某些令人担忧的问题提出来的。这些问题表现在以下两个方面:一是近二三十年来我国文学批评理论严重脱离文学批评实践。从20世纪以来,我国文学批评界出现了重理论轻文本的倾向。一些批评家打着各种时髦"主义"的大旗,频繁地引进和制造晦涩难懂的理论术语,沉湎于编织残缺不全的术语碎片,颠倒理论与文学的依存关系,将理论当成了研究的对象,文学批评成了从理论到理论的空洞说教。文学批评话语因而变得高度抽象化、哲学化,失去了鲜活的力量。令人担忧的是,这种脱离文学文本的唯理论倾向还被认为是高水平的学术研究,一连串概念和理论术语的堆砌竟成为学术写作的时尚;扎实的作家作品研究被打入冷宫,文本研究遭遇漠视。学术研究的导向出现了严重问题,文学研究的学风也出现了问题。聂珍钊教授用"理论自恋"形容这一不良的学术现象。他指出,这种现象混淆了学术的评价标准,使人误认为术语堆砌和晦涩难懂就是学问。二是受形式主义和解构主义等西方文学批评思想的影响,我国的文学批评和文学创作伦理价值缺失现象严重。应该承认,现当代西方的诸多批评理论,如形式主义、原型批评、精神分析、女性主义、文化批评、结构主义、后现代主义等种种批评模式,或偏重形式结构或倾向文化、政治和权力话语,虽然它们各有其合理的一面,但是普遍忽略了文学作品的伦理价值这一文学的精髓问题。西方的批评方法和理论影响了作家的创作,使他们只是专注于本能的揭示、潜意识的描写或形式的实验,忽视了对文学作品内在的伦理价值的关注。文学伦理学批评坚持理论思维与文本批评相结合,从文学文本的伦理道德指向出发,总结和归纳出文学批评理论,认为文学作品最根本的价值就在于通过作品塑造的模范典型和提供的经验教训向读者传递从善求美的理念。作为一种方法论,它旨在从伦理道德的角度研究文学作品以及文学与社会、文学与作家、文学与读者等关系的种种问题。文学伦理学批评主张文学作品的创作与批评应该回归到文学童真的时代,应该返璞归真,回归本源,即回到文学之初的教诲功能和伦理取向。文学伦理学批评关注的是人作为一种"道德存在"的历史意义和永恒意义。

二、文学伦理学批评的基本立场

文学伦理学批评具有自身的批评话语和理论品格。它对文学的一些本质属性问题进行了新的思考,对一些传统的文学批评观念提出了挑战。归纳起来,文学伦理学批评从文学的起源、伦理批评与道德批评、文学的审美与道德、文学的形态等四个方面做了大胆的阐述。①

其一,文学伦理学批评认为,无论从起源上、本质上还是从功能上讨论文学,文学的伦理性质都是客观存在的,这不仅是文学伦理学批评的理论基础,而且也是文学伦理学批评术语的运用前提。在文学伦理学批评看来,文学作品中的伦理是指人与人、人与社会以及人与自然之间形成的被接受和认可的伦理秩序,以及在这种秩序的基础上形成的道德观念和

---

① 有关文学伦理学批评理论的详细论述可参看聂珍钊:《文学伦理学批评:基本理论与术语》,《外国文学研究》2010年第1期,第12—22页,以及聂珍钊的专著《文学伦理学批评导论》,北京:北京大学出版社,2014年。

维护这种秩序的各种规范。文学的任务就是描写这种伦理秩序的变化及其变化所引发的道德问题和导致的结果,为人类的文明进步提供经验和教诲。

文学伦理学批评从起源上把文学看成道德的产物,认为文学是特定历史阶段伦理观念和道德生活的独特表达形式,文学在本质上是伦理的艺术。关于文艺起源的问题,古今中外有许多学者对这个问题做过多方面的探讨:有人主张起源于对自然和社会人生的模仿,有人主张起源于人与生俱来的游戏本能或冲动,有人主张起源于原始先民带有宗教性质的原始巫术,有人认为起源于人的情感表现的需要,凡此种种,不一而足。马克思主义关于艺术起源于劳动的学说在中国影响最大。但是,聂珍钊认为,劳动只是一种生产活动方式,它只能是文艺起源的条件,却不能互为因果。文艺可以借助劳动产生,但不能由劳动转变而来。那么文学是如何起源的呢?按照文学伦理学批评的观点,文学的产生源于人类伦理表达的需要,它从人类伦理观念的文本转换而来,其动力来源于人类共享道德经验的渴望。原始人类对相互帮助和共同协作的认识,就是对如何处理个人与集体、个人与个人关系的理解,以及对如何建立人类秩序的理解。这实质上就是人类最初的伦理观念。由于人与人之间的关系是伦理性质的,因此以相互帮助和共同协作的形式建立的集体或社会秩序就是伦理秩序。人类最初的互相帮助和共同协作,实际上就是人类社会最早的伦理秩序和伦理关系的体现,是一种伦理表现形式,而人类对互相帮助和共同协作的好处的认识,就是人类社会最早的伦理意识。文学伦理学批评认为,人类为了表达自己的伦理意识,逐渐在实践中创造了文字,然后借助文字记载互相帮助和共同协作的事例,阐释人类对这种关系的理解,从而把抽象的和随着记忆消失的生活故事变成了由文字组成的文本,用于人类生活的参考或生活指南。这些文本就是最初的文学,它们的产生源自传承伦理道德规范和进行道德教诲的需要。

其二,文学伦理学批评有别于传统意义上的道德批评。文学伦理学批评是一种文学批评方法,主要从伦理的立场解读、分析和阐释文学作品、研究作家以及与文学有关的问题。文学伦理学批评同传统的道德批评不同,它不是从今天的道德立场简单地对历史的文学进行好与坏的道德价值判断,而是强调回到历史的伦理现场,站在当时的伦理立场上解读和阐释文学作品,寻找文学产生的客观伦理原因并解释其何以成立,分析作品中导致社会事件和影响人物命运的伦理因素,用伦理的观点对事件、人物、文学等问题给以解释,并从历史的角度做出道德评价。因此,文学伦理学批评具有历史相对主义的特征。与文学伦理学批评不同的是,传统的道德批评是以批评家所代表的时代价值取向为基础的,因此批评家个人的道德立场、时代的道德标准就必然影响对文学的评价,文学往往被用来诠释批评家的道德观念。实际上,这种批评在很大程度上不是批评家阐释文学,而成了文学阐释批评家,即文学阐释批评家所代表的一个时代的道德观念。因此,文学伦理学批评同道德批评的根本区别就在于它的历史客观性,即文学批评不能超越文学历史。客观的伦理环境或历史环境是理解、阐释和评价文学的基础,文学的现实价值就是历史价值的新发现。在论及文学伦理学批评与道德批评的关系时,聂珍钊教授指出:"文学伦理学批评与道德批评的不同还在于前者坚持从艺术虚构的立场评价文学,后者则从现实的和主观的立场批评文学。"①

文学伦理学批评重视对文学的伦理环境的分析。伦理环境就是文学产生和存在的历史条件。文学伦理学批评要求文学批评必须回到历史现场,即在特定的伦理环境中批评文学。从人类文明发展的历史观点看,文学只是人类历史的一部分,它不能超越历史,不能脱离历史,而只能构成历史。不同历史时期的文学有其固定的属于特定历史的伦理环境和伦理语境,对文学的理解必须让文学回归属于它的伦理环境和伦理语境,这是理解文学的一个前提。由于文学是历史的产物,因此改变其伦理环境就

---

① 聂珍钊:《文学伦理学批评与道德批评》,《外国文学研究》2006年第2期,第11页。

会导致文学的误读及误判。如果我们把历史的文学放在今天的伦理环境和伦理语境中阅读,就有可能出现评价文学的伦理对立,也可称之道德判断的悖论,即合乎历史道德的文学不合乎今天的道德,合乎今天道德的文学不合乎历史的道德;历史上给以否定的文学恰好是今天应该肯定的文学,历史上肯定的文学恰好是今天需要否定的文学。文学伦理学批评不是对文学进行道德批判,而是从历史发展的观点考察文学,用伦理的观点解释处于不同时间段上的文学,从而避免在不同伦理环境和伦理语境中理解文学时可能出现的巨大差异性。

其三,对于文学伦理学批评与审美的关系,文学伦理学批评有自己鲜明的立场,认为伦理价值是文学作品的最根本的价值。有人强调文学作品的首要价值在于审美,认为文学是无功利的审美活动,或者认为"文学的特殊属性在于它是审美意识形态"①。也有学者从折中的角度把文学看成是"具有无功利性、形象性和情感性的话语与社会权力结构之间的多重关联域,其直接的无功利性、形象性、情感性总是与深层的功利性、理性和认识性等交织在一起"②。但是,文学伦理学批评认为,审美价值也是伦理价值的一种体现。审美以伦理价值为前提,离开了伦理价值就无所谓美。换言之,审美必具有伦理性,即具有功利性,现实中我们根本找不到不带功利性的审美。因此,文学伦理学批评认为,"审美不是文学的属性,而是文学的功能,是文学功利实现的媒介……任何文学作品都带有功利性,这种功利性就是教诲"③。审美只不过是实现文学教诲功能的一种形式和媒介,是服务于文学的伦理价值和体现其伦理价值的途径和方法。

其四,文学伦理学批评对文学的形态问题提出了新的看法。一般认

---

① 童庆炳主编:《文学理论教程》(修订二版),北京:高等教育出版社,2004年,第57页。
② 同上书,第61页。
③ 聂珍钊:《文学伦理学批评:基本理论与术语》,《外国文学研究》2010年第1期,第17页。

为，文学是意识形态的反映。文学伦理学批评认为，这一说法有失偏颇或不太准确。应该说，文学史是一种以文本形式存在的物质形态。实际上，文学的意识形态是指一种观念或者意识的集合，而文学如荷马史诗，古希腊悲剧，歌德的诗歌，中国的《诗经》、儒家经典、楚辞、元曲等首先是以物质形态存在的文学文本，因此有关文学的意识形态则是在文学文本基础上形成的抽象的文学观念，并不能等同于文学。按照马克思主义的物质决定意识的认识论来看问题，文学无论如何不能等同于文学的意识形态。在文学伦理学批评看来，如果从马克思主义的文学观来看待文学，从文学文本决定意识形态还是意识形态决定文学文本这一问题出发来讨论文学，就不难发现，文学文本乃是第一性的物质形态，而意识形态是第二性的。文学伦理学批评据此提出文学形态的三种基本文本：脑文本、物质文本和电子文本，其中"脑文本"是最原始的文学形态。

上述问题是我们讨论文学伦理学批评的关键问题。正是基于这些理论，文学伦理学批评有了一套行之有效的批评术语，可以很好地阐释文学作品中的伦理现象与伦理事件。

三、文学伦理学批评的核心术语

文学伦理学批评提出了一整套的批评术语，从伦理的视角解释文学作品中描写的不同生活现象及其存在的伦理道德原因，其中斯芬克斯因子、人性因子、兽性因子、自由意志、理性意志、伦理身份、伦理禁忌、伦理线与伦理结、伦理选择等是文学伦理学批评的核心术语。而在这些术语中，伦理选择又是最为核心的术语。[①]

文学伦理学批评从古希腊神话有关斯芬克斯的传说着手来探讨人性和伦理的关系问题。斯芬克斯象征性地表明人乃是从兽进化而来的，人

---

① 文学伦理学批评的核心术语的阐释主要参考聂珍钊的论文《文学伦理学批评：基本理论与术语》，《外国文学研究》2010年第1期，第12—22页，以及聂珍钊的专著《文学伦理学批评导论》，北京：北京大学出版社，2014年。

的身上在当时还保留着兽的本性。我们可以把人类身上的兽性和人性合而为一的现象称为"斯芬克斯因子"——它由"人性因子"和"兽性因子"构成。这两种因子有机地组合在一起,其中人性因子是高级因子,兽性因子是低级因子,因此前者能够控制后者,从而使人成为有伦理意识的人。

"斯芬克斯因子"是理解文学作品人物形象的重要依据。斯芬克斯因子的不同组合和变化,会导致文学作品中人物的不同行为特征和性格表现,形成不同的伦理冲突,表现出不同的道德教诲价值。人性因子即伦理意识,主要是由斯芬克斯的人头体现的。人头是人类从野蛮时代向文明进化过程中进行生物性选择的结果。人头出现的意义虽然首先是人体外形上的生物性改变,但更重要的意义是象征伦理意识的出现。人头对于斯芬克斯而言是他身上具有了人的特征,即人性因子。人性因子不同于人性。人性是人区别于兽的本质特征,而人性因子指的是人类在从野蛮向文明进化过程中出现的能够导致自身进化为人的因素。正是人性因子的出现,人才会产生伦理意识,从兽变为人。伦理意识的最重要特征就是分辨善恶的能力。就伦理而言,人的基本属性恰恰是由能够分辨善恶的伦理特性体现的。

兽性因子与人性因子相对,是人的动物性本能。动物性本能完全凭借本能选择,原欲是动物进行选择的决定因素。兽性因子是人在进化过程中的动物本能的残留,是人身上存在的非理性因素。兽性因子属于人身上非人的一部分,并不等同于兽性。动物身上存在的兽性不受理性的控制,是纯粹的兽性,也是兽区别于人的本质特征。而兽性因子则是人独具的特征,也是人身上与人性因子并存的动物性特征。兽性因子在人身上的存在,不仅说明人从兽进化而来,而且说明人即使脱离野蛮状态之后变成了文明人,身上也还存有动物的特性。人同兽的区别,就在于人具有分辨善恶的能力,因为人身上的人性因子能够控制兽性因子,从而使人成为有理性的人。人同兽相比最为本质的特征是具有伦理意识,只有当人的伦理意识出现之后,才能成为真正的人。从这个意义上说,人是一种伦理的存在。

"自由意志"又称自然意志，是兽性因子的意志体现。自由意志主要产生于人的动物性本能，其主要表现形式为人的不同欲望，如性欲、食欲等人的基本生理需求和心理动态。"理性意志"是人性因子的意志体现，也是理性的意志体现。自由意志和理性意志是相互对立的两种力量，文学作品常常描写这两种力量怎样影响人的道德行为，并通过这两种力量的不同变化描写形形色色的人。一般而言，文学作品为了惩恶扬善的教诲目的都要树立道德榜样，探讨如何用理性意志控制自由意志。文学作品中描写人的理性意志和自由意志的交锋与转换，其目的都是为了突出理性意志怎样抑制和引导自由意志，让人做一个有道德的人。在文学作品中，人物的理性意志和自由意志之间的力量此消彼长，导致文学作品中人物性格的变化和故事情节的发展。在分析理性意志如何抑制和约束自由意志的同时，我们还发现非理性意志的存在，这是一种不道德的意志。它的产生并非源于本能，而是来自道德上的错误判断或是犯罪的欲望。非理性意志是理性意志的反向意志，是一种非道德力量，渗透在人的意识之中。斯芬克斯因子是文学作品内容的基本构成之一，不仅展示了理性意志、自由意志和非理性意志之间的伦理冲突，而且也决定着人类的伦理选择在社会历史和个性发展中的价值，带给我们众多伦理思考和启迪。

文学伦理学批评注重对人物伦理身份的分析。伦理身份与伦理禁忌和伦理秩序密切相关。从人类文明发展的角度来看，人类社会的伦理秩序的形成与变化从制度上说都是以禁忌为前提的。文学最初的目的就是将禁忌文字化，使不成文禁忌变为成文禁忌。成文禁忌在中国最早的文本形式是卜辞，在欧洲则往往通过神谕加以体现。在成文禁忌的基础上，禁忌被制度化，形成秩序，即伦理秩序。在阅读文学作品的过程中，我们会发现几乎所有伦理问题的产生往往都同伦理身份相关。例如，哈姆雷特在其母亲嫁给克劳狄斯之后，他的伦理身份就发生了很大变化，即他变成克劳狄斯的儿子和王子。这种伦理身份的改变,导致了哈姆雷特复仇过程中的伦理障碍,即他必须避免弑父和弑君的伦理禁忌。哈姆雷特对他同克劳狄斯父子关系的伦理身份的认同,是哈姆雷特在复仇过程中出现犹豫的根本原因。

用文学伦理学批评的方法分析作品,寻找和解构文学作品中的伦理线与伦理结是十分重要的。伦理线和伦理结是文学的伦理结构的基本成分。从文学伦理学批评的观点看,几乎所有的文学文本都是对人的道德经验的记述,几乎在所有的文学文本的伦理结构中,都存在一条或数条伦理线,一个或数个伦理结。在文学文本中,伦理线同伦理结是紧密相连的,伦理线可以看成是文学文本的纵向伦理结构,伦理结可以看成是文学文本的横向伦理结构。在对文本的分析中,可以发现伦理结由一条或数条伦理线串联或并联在一起,构成文学文本的多种多样的伦理结构。文学文本伦理结构的复杂程度主要是由伦理结的数量及形成或解构过程中的难度决定的。文学伦理学批评的任务就是通过对文学文本的解读发现伦理线上伦理结的形成过程,或者是对已经形成的伦理结进行解构。

文学伦理学批评的核心术语是伦理选择。这是因为,在人类文明发展进程中,人类面临的最大的问题是如何把人自身与兽区别开来以及在人与兽之间做出身份选择。这个问题实际上是随着人类的进化而自然产生的。19世纪中叶查尔斯·达尔文创立的生物进化论学说,用自然选择对整个生物界的发生、发展做出了科学解释。我们从进化论的观点考察人类,可以发现人类文明的出现是人类自我选择的结果。在人类文明的历史长河中,人类已经完成了两次自我选择。从猿到人是人类在进化过程中做出的第一次选择,然而这只是一次生物性选择。这次选择的最大成功就在于人获得了人的形式,即人的外形,如能够直立行走的腿、能够使用工具的手、科学排列的五官和四肢等,从而使人能够从形式上同兽区别开来。但是,人类的第一次生物性选择并没有从根本上解决什么是人的问题,即没能从本质上把人同兽区别开来。达尔文只是从物质形态解决了人是如何产生的问题,并没有清楚回答人为什么是人的问题,即人与其他动物的本质区别问题。因此,人类在做出第一次生物性选择之后,还经历了第二次选择即伦理选择,以及目前正在进行中的第三次选择,即后人类时代面临的"科学选择",这是人类文明进化的逻辑。

四、文学伦理学批评的跨学科视域

文学伦理学批评是一个极具生命力的批评理论,因为它具有开放的品格和跨学科的视域,借鉴并吸收了包括伦理学、心理学、哲学、语言学、社会学、历史学、人类学以及某些自然科学(如生命科学、脑科学等)在内的研究成果,并融合了其他现当代文学批评理论和方法。

从方法论上来说,文学伦理学批评采用辩证唯物主义和历史唯物主义的研究方法,从历史主义的道德相对主义立场出发,强调伦理批评的历史性和相对性。文学伦理学批评借鉴历史主义的研究方法,强调文学批评要回归历史的伦理现场,采用历史的相对主义的视角来审视不同时代伦理环境下人物做出的伦理选择。从伦理学的维度来看,文学伦理学批评吸收了理性主义和非理性主义的关于伦理道德的观点,将人的理性和情感协调起来给予考虑。理性主义伦理观最基本的观点认为人是理性的动物,服从理性是人生的意义之所在,是人类幸福的前提和保障。在理性主义伦理学看来,正是人类的贪婪和欲望导致了人类的不幸与灾难,人类的欲望必须受到理性的约束,人类要获得幸福就必须服从理性的指导,一个有道德的人就是一个理性、律己和控制情欲的人。非理性主义伦理观把情感作为道德动机来加以考察,精神分析批评即是这一思想的产物。精神分析批评为文学伦理学批评提供了相对应的研究范式和类似的理论术语。西格蒙德·弗洛伊德、卡尔·荣格和雅克·拉康的精神分析理论强调人的欲望和潜意识的作用,强调自然意志和自由意志的重要性,从一个侧面启发了文学伦理学批评理论。文学伦理学批评同样关注非理性的问题,尤其关注人性因子和兽性因子的问题。当然,在文学伦理学批评看来,自由意志应该受到理性意志的约束,人才能成为一个道德的存在。不过,西方文学中的非理性主义表现的是道德与人的情感问题,揭示的是个体理性与社会理性之间的矛盾和冲突,这是对西方伦理理性主义传统的一种对抗,从更为广阔的社会文化背景来看,也是西方哲人在新的社会秩序巨变、新的经济关系变化、新的文化转型背景下自我觉醒的产物,因而在伦理思想史上具有积极的意义。

伦理批评与美学有着极为密切的关系。伦理批评吸收了美学的批评传统。西方伦理学的发展经历了一个从传统知识论型美学向现代价值论型美学转化的过程,这种转型给美学伦理研究带来了有益的启发:随着作为审美个体的人的崛起,美学研究不应再囿于传统的理性——知识论框架,而是从情感——价值论角度去重新审视作为现实个体的人的审美现象。美学开始回到现实生活中,关注人的情感和价值,发挥其本有的人生救赎功能。文学伦理学批评认为,只有建立在伦理道德上的美学才能凸显出其存在价值。

文学伦理学批评与存在主义思想既有分歧也有对话。存在主义的代表人物让-保罗·萨特把自由与人类的现实存在等同起来,认为自由构成了人类的现实存在。这意味着人的自我是与世隔绝的自我,世界对自我来说是虚无的,生命的伦理价值因此被抽空了。这样,存在主义就从根本上否认了绝对价值的存在,也否认了一切道德系统的可能。然而,文学伦理学批评认为,我们可以在伦理选择的实践经验中体会到自由的价值,伦理选择过程中所做出的道德判断不可避免地都是指向外部,是我们对客观世界的反映。文学伦理学批评重视人与人之间的伦理关系,认为人在本质上是一种伦理的存在,在一定的伦理关系和环境下,自我的选择和价值是可以实现的。

与文学伦理学批评一样,后殖民主义批评同样主张回归历史的现场来看待问题。后殖民文学描写的往往是东方与西方、"自我"与"他者"之间的权力关系等问题,这些问题均涉及道德正义这一问题。一般来说,后殖民作家会选取重大历史事件的特定"伦理时刻"来阐发个人的政治伦理观,从某种意义上讲,殖民遗产从政治层面上对新独立国家的伦理道德影响往往是后殖民作家创作的焦点所在。所以,后殖民文学可以成为文学伦理学批评的重要研究对象。后殖民作家清醒地意识到殖民伦理虽是殖民政治的产物,但不会伴随殖民政治的终结而消失。

文学伦理学批评特别适用于阐释生态文学。可以说,生态批评的核心就是建构人与环境的生态伦理关系。生态文学把生态危机视为人类的生存危机,我们可以从伦理的高度将人类文明的发展、人类的文化建设与自然生态联系在一起。文学伦理学批评与生态批评可以结合起来构成文学生态伦理批评,从伦理道德的角度对人类面临的生态危机以及由此而生的文明危机和人性危机做出深度反思。生态伦理批评可以指引人们走出长期以来的人类中心主义的藩篱,从人与自然的伦理关系这一维度去探究文学作品主题的生态意义,从而提升人的伦理道德境界。

总之,无论是从方法论上还是从学科体系上,文学伦理学批评都具有跨学科的特征。这一特征决定了文学伦理学批评旺盛的生命力。在即将到来的后人类时代,文学伦理学批评还可以吸收计算机科学、生命科学、脑科学、认知语言学和神经科学的最新研究成果,进一步探讨后人类时代的文学及其伦理状况。

文学伦理学批评的提出具有学理上的创新意义。① 它对传统的有关文学的起源问题进行反思、追问,大胆提出"文学源于伦理的需要"这一崭新的命题。这一问题表明了该批评方法倡导者勇于探索的学术胆识和富有挑战性的创新思考。关于文学起源的问题,国内外教科书中似乎早已多有定论:或曰文学源于劳动,或曰源于摹仿,或曰源于游戏,或曰源于表

---

① 以下部分内容参见王松林:《作为方法论的文学伦理学批评》,《文艺报》2006 年 7 月 18 日第 3 版。

现等。但文学伦理学批评在学理上对这一问题提出怀疑,认为文学与劳动和摹仿虽然有关,却不一定起源于劳动和摹仿;文学艺术作品是人类理解自己的劳动及其所处的物质世界和精神世界的一种情感表达和理解方式,这种情感表达和理解与人类的劳动、生存和享受紧密相连,因而一开始就具有伦理和道德的意义。换言之,文学是因为人类伦理及道德情感或观念表达的需要产生的。如希腊神话中有关天地起源、人类诞生、神与人的世界的种种矛盾等故事无不带有伦理的色彩。荷马史诗往往也被用作对士兵和国民进行英雄主义教育的道德教材。从根本上说,文学产生的动机源于伦理目的,文学的功用是为了道德教育,文学的伦理价值是文学审美的前提。

文学伦理学批评作为一种方法论具有其独特的研究视野和内涵。文学伦理学批评的特色在于它以伦理学为理论武器,针对文学作品描写的善恶做出价值判断,分析人物道德行为的动机、目的和手段的合理性和正当性,它指向的是虚构的文学世界中个人的心性操守、社会交往关系的正义性和社会结构的合法性等错综复杂的关系。总之,它要给人们提供某种价值精神或价值关系的伦理道德指引,即它要告诉人们作为"人学"的文学中人之所以为人的道理。文学伦理学批评要直面三个敏感的问题:一是文学伦理学批评与伦理学的关系问题;二是文学伦理学批评与道德批评的关系问题;三是文学伦理学批评与审美的关系问题。首先,文学伦理学批评并不是社会学或哲学意义上的伦理学。它们的研究对象、目的和范畴不尽相同。伦理学研究的对象是现实社会的人类关系和道德规范,是为现实中一定的道德观念服务的,重在现实的意义上研究社会伦理,它可以看成是哲学的重要分支(即道德哲学);文学伦理学批评的对象是文学作品的虚拟世界,重在用历史的、辩证的眼光客观地审视文学作品中的伦理关系。在方法论上,文学伦理学批评以马克思的历史唯物主义和辩证唯物主义为基础。其次,文学伦理学批评不同于道德批评。道德批评往往以现实的道德规范为尺度批评历史的文学,以未来的理想主义的道德价值观念批评现实的文学。而文学伦理学批评则主张回到历史的伦理现场,用历史的伦理道德观念客观地批评历史的文学和文学现象。例如对俄狄浦斯杀父娶母的悲剧就应该历史地评价,要看到这出悲剧蕴含了彼时彼地因社会转型而引发的伦理关系的混乱以及为维护当时伦理道德秩序人们做出的巨大努力。同时,文学伦理学批评又反对道德批评的乌托邦主义,强调文学及其批评的现实社会责任,强调文学的教诲功能,主张文学创作和批评不能违背社会认同的伦理秩序和道德价值。最后,文学伦理学批评并不回避文学的伦理价值和美学价值这两个在一般人看来貌似对立的问题。在文学伦理学批评看来,文学作品的伦理价值和审美价值不是相互对立的两个方面,而是相互联系、相互依存的一个硬币的正反两面。审美价值是从文学的鉴赏角度说的,文学的伦理价值是从文学批评的角度说的。对于文学作品而言,伦理价值是第一的,审美价值是第二的,只有建立在伦理价值基础之上的文学的审美价值才有意义。

文学伦理学批评具有学术的兼容性和开放性品格。这一品格是由其方法论的独特性所决定的,即它牢牢地把握了文学是人类伦理及道德情感的表达这一本质特征。文学伦理学批评并不排斥其他文学批评方法。相反,它可以融合、吸纳和借鉴其他文学批评方法来充实和完善自己。譬如,它可以借鉴弗洛伊德的精神分析方法就人格的"自我、本我、超我"之间的关系展开心理的和伦理道德的分析;它可以结合女权主义批评理论来剖析性别间的伦理关系和道德规范等问题;它还可以吸纳后殖民主义理论对文化扩张和全球化进程中不同文化的伦理道德观的冲突进行反思;它还可以融合生态批评就人与自然的关系进行伦理层面的深入思考,从而构建一种新的文学生态伦理学或文学环境伦理学。更具现实意义的是,文学伦理学批评还可以为发展社会主义先进文化以及树立社会主义荣辱观服务,为在全社会大力弘扬爱国主义、集体主义和社会主义思想服务,为倡导社会主义基本道德规范和促进良好社会风气服务。文学伦理学批评坚持认为文学对社会和人类负有不可推卸的道德责任和义务,文学批评者应该对文学中反映的社会伦理道德现象做出客观公正的评价,让读者"辨善恶,知荣辱"。文学和文学批评要陶冶人的心性,培养人的心智,引领人们向善求美。从这个层面上来说,文学伦理学批评对目前和未来我国和谐社会的构建、对当下我国的伦理道德秩序建设的意义是不言而喻的。

总序(二)

苏　晖

改革开放以来，大量的西方文学批评理论被介绍到中国，对我国文学批评和文学研究的繁荣做出过积极的贡献。但与此同时，这也导致中国的文学批评出现了三种令人忧思的倾向：一是文学批评的"失语症"；二是文学批评远离文学；三是文学批评的道德缺位，即文学批评缺乏社会道德责任感。为应对上述问题，聂珍钊教授在2004年富有创见地提出文学伦理学批评，认为文学在本质上是关于伦理的艺术，强调文学的教诲功能以及文学批评的社会责任。文学伦理学批评着眼于从伦理的视角对文本中处于特定历史环境中不同的伦理选择范例进行剖析，对文学中反映的社会伦理道德现象做出客观公正的评价，揭示出它们的道德启示和教诲价值。正如中国外国文学学会会长、中国社会科学院研究员陈众议先生所言："伦理学确实已经并将越来越成为显学，主要原因包括：第一，中华文化有着深厚的伦理传统……；第二，当今的文学批评陷入了困境……；第三，科技的发展也逼迫着我们直面各种伦理问题。"[①]因此，文学伦理学批

[①] 这是陈众议先生在"文学伦理学批评与世界文学研究高端论坛"开幕式致辞中所言，详见汤琼：《走向世界的文学伦理学批评——2016"文学伦理学批评与世界文学研究高端论坛"会议综述》，《外国文学研究》2017年第1期，第171页。

评在当今中国的勃兴与发展具有重要的意义。

文学伦理学批评经过十六年的发展,以其原创性、时代性和民族性特征,成功构建了具有中国特色和中国风格的理论体系和话语体系,展现了中国学者的历史使命感和学术责任感。同时,文学伦理学批评团队在国际学术对话与交流方面成果斐然,为中国学术"走出去"和争取国际学术话语权提供了范例。本文将对文学伦理学批评十六年来取得的成果及其在国内外的影响力加以总结,阐述其学术价值和社会现实意义,并展望其未来发展趋势。

一、文学伦理学批评理论与实践的发展及其在中国的学术影响力

从 2004 年至 2020 年,文学伦理学批评走过了十六个春秋,从理论的提出及体系的建构,到理论推广和丰富及实践运用,再到理论拓展和深化及批评实践的系统化,文学伦理学批评日益发展成熟并产生广泛的影响。

(一)文学伦理学批评的提出及理论体系的建构

文学伦理学批评是聂珍钊教授于 2004 年在两场学术会议上提出的,即 2004 年 6 月在南昌召开的"中国的英美文学研究:回顾与展望"全国学术研讨会,以及同年 8 月在宜昌召开的"剑桥学术传统与批评方法"全国学术研讨会。聂珍钊的两篇会议发言稿《文学伦理学批评:文学批评方法新探索》和《剑桥学术传统与研究方法:从利维斯谈起》分别发表于《外国文学研究》杂志 2004 年第 5 期和第 6 期,前一篇作为第一次在我国明确提出文学伦理学批评方法论的文章,对文学伦理学批评方法的理论基础与思想渊源、批评的对象和内容、意义与价值等问题进行了论述;后一篇则通过分析利维斯文学批评的特点,对文学伦理学批评方法做了进一步的阐释。

《外国文学研究》杂志于 2005 年至 2009 年间,推出十组"文学伦理学批评"专栏,共计刊发论文三十余篇,为建构文学伦理学批评理论提供平台。其中包括聂珍钊教授的两篇论文:《关于文学伦理学批评》一文,进一

步阐明了文学伦理学批评的思想基础、研究方法和现实意义;《文学伦理学批评与道德批评》一文提出文学伦理学批评强调还原到文本语境与历史语境中分析和阐释文学中的各种道德现象,这与道德批评以当下道德立场评价文学作品是不同的。陆耀东在《关于文学伦理学批评的几个问题》中予以评价:"聂先生在他发表的论文中,以大量外国文学史实,论证了目前提出这一问题的根据和现实重要性与必要性,其中特别是'文学伦理学批评的对象和内容',可以说是第一次如此全面、系统、周密地思考的结晶,令人钦佩。"① 其他学者从不同角度阐述文学伦理学批评相关理论问题,如刘建军的《文学伦理学批评的当下性质》、王宁的《文学的环境伦理学:生态批评的意义》、乔国强的《"文学伦理学批评"之管见》、王松林的《小说"非个性化"叙述背后的道德关怀》、李定清的《文学伦理学批评与人文精神建构》、张杰和刘增美的《文学伦理学批评的多元主义》以及修树新和刘建军的《文学伦理学批评的现状和走向》等。

由此看来,2004—2009 年间,聂珍钊及诸位学者主要针对文学伦理学批评的理论基础、研究对象、价值与意义等问题展开研究。2010 年至 2013 年,聂珍钊等学者所刊发的论文在阐发文学伦理学批评理论的同时,也致力于建构文学伦理学批评的话语体系。在此期间,聂珍钊先后在《外国文学研究》发表《文学伦理学批评:基本理论与术语》《文学伦理学批评:伦理选择与斯芬克斯因子》《文学伦理学批评:口头文学与脑文本》等论文,分别对伦理禁忌、伦理环境、伦理意识、伦理身份、伦理选择、伦理线、伦理结、斯芬克斯因子、脑文本等文学伦理学批评的重要术语进行了阐述。

上述有关文学伦理学批评理论和话语研究的论文,在国内外产生了较大的影响。《文学系列期刊学术影响力分析》的数据显示,在 2005—2006 年外国文学研究高被引论文统计表中,聂珍钊的论文《文学伦理学

---

① 陆耀东:《关于文学伦理学批评的几个问题》,《外国文学研究》2006 年第 1 期,第 32 页。

批评:文学批评方法新探索》被引 15 次,排在第一位,排在其后的几篇论文被引次数皆为 4 次。① 据 Web of Science 数据库统计,在 2010—2014 年全球发表的 16235 篇 A&HCI 收录论文中,聂珍钊的两篇论文《文学伦理学批评:基本理论与术语》和《文学伦理学批评:伦理选择与斯芬克斯因子》的引用排名分别高居第 19 位和第 40 位。另外,据笔者 2019 年 10 月 12 日对于中国知网的检索,《文学伦理学批评:基本理论与术语》一文被引用高达 933 次,《文学伦理学批评:文学批评方法新探索》亦被引 562 次。这些数据表明,文学伦理学批评受到了国内外学术界的广泛关注,并吸引越来越多的学者参与其中。

与此相应和,聂珍钊教授的著作《文学伦理学批评导论》于 2013 年入选国家哲学社会科学成果文库,2014 年由北京大学出版社出版,2016 年获得第十届湖北省社会科学优秀成果奖一等奖。该书首次对文学伦理学批评进行了全面、系统和深入的研究,解决了文学伦理学批评的理论与批评实践中的一些基本学术问题,是文学伦理学批评的纲领性著作。尤其值得一提的是,该书有两个附录,附录一是文学伦理学批评术语列表,附录二对 53 个文学伦理学批评的主要术语进行了解释,为建构文学伦理学批评的话语体系打下了坚实的基础,被广泛运用于古今中外文学作品的解读之中。

(二)理论推广和丰富及在批评实践中的运用

随着文学伦理学批评理论体系和话语体系的初步形成,诸多学者也参与到文学伦理学批评理论的评论与构建中,使之得到进一步推广和丰富。与此同时,文学伦理学批评实践方面也取得了诸多可喜成果。

聂珍钊自 2013 年之后继续在国内外重要期刊发表系列论文,深入阐发文学伦理学批评的基本理论,并进行批评实践的示范。其主要的理论

---

① 张燕蓟、徐亚男:《"复印报刊资料"文学系列期刊学术影响力分析》,《南方文坛》2009 年第 4 期,第 123 页。

文章有：发表在《外国文学研究》上的《文学伦理学批评：论文学的基本功能与核心价值》《文学伦理学批评：人性概念的阐释与考辨》和《脑文本和脑概念的形成机制与文学伦理学批评》，发表于《文学评论》的《谈文学的伦理价值和教诲功能》和《"文艺起源于劳动"是对马克思恩格斯观点的误读》，发表于《文艺研究》的《文学经典的阅读、阐释和价值发现》等。同时，聂珍钊在中国、美国、德国、韩国、马来西亚等国家的期刊上发表了数篇论文，如发表于A&HCI收录的国际名刊《阿卡迪亚：国际文学文化期刊》(Arcadia: International Journal of Literary Culture，以下简称《阿卡迪亚》)2015年第1期上的文章"Towards an Ethical Literary Criticism"，发表于中国的A&HCI收录期刊《哲学与文化》2015年第4期的《文学伦理学批评：新的文学批评选择》，发表于韩国杂志《离散与文化批评》(Diaspora and Cultural Criticism)2015年第1期上的文章"Ethical Literary Criticism: Basic Theory and Terminology"等。其中发表于《阿卡迪亚》的文章获得浙江省第十九届哲学社会科学优秀成果奖一等奖。

在批评实践方面，聂珍钊继发表《伦理禁忌与俄狄浦斯的悲剧》和《〈老人与海〉与丛林法则》之后，又针对中国文学进行文学伦理学批评实践，发表《五四时期诗歌伦理的建构与新诗创作》①，还在美国的A&HCI收录期刊《比较文学与文化》(CLCWeb: Comparative Literature and Culture)2015年第5期发表"Luo's Ethical Experience of Growth in Mo Yan's Pow!"等论文。

随着文学伦理学批评的影响日益扩大，诸多学者纷纷撰写相关评论和研究文章。刘建军在《文学伦理学批评：中国特色的学术话语构建》中指出，文学伦理学批评是"具有中国特色的文学批评模式，具有自己的学

---

① 聂珍钊：《伦理禁忌与俄狄浦斯的悲剧》，《学习与探索》2006年第5期，第113—116、237页；《〈老人与海〉与丛林法则》，《外国文学评论》2009年第3期，第80—89页；《五四时期诗歌伦理的建构与新诗创作》，《华中师范大学学报》(人文社会科学版)2013年第6期，第114—121页。

术立场、理论基础和专用批评术语"①,他认为《文学伦理学批评导论》一书凸显了三个特点:在实践层面具有强烈的当代问题意识和解决中国现实问题的针对性,在主体层面表现出清晰而自觉的中国学人立场,在学理层面体现出强烈的创新精神。吴笛在《追寻斯芬克斯因子的理想平衡——评聂珍钊〈文学伦理学批评导论〉》一文中指出,《文学伦理学批评导论》"为衡量经典的标准树立了一个重要的价值尺度,即文学作品的伦理价值尺度"。该书提出的"新的批评术语,新的批评视角,为我国的文学批评拓展了空间。如对人类文明进化逻辑所概括的'自然选择'、'伦理选择',以及目前正在进行中的'科学选择'等相关表述和研究,具有理论深度,令人信服"②。王立新的《作为一种文化诗学的文学伦理学批评》认为,"古代东西方轴心时代产生的文学经典无不以伦理教诲为其主要功能"③。该文通过对《圣经·旧约》中《路得记》人物的伦理身份特征、伦理观的变化和伦理选择的结果的具体分析,阐明了文学伦理学批评的有效性与合理性。其他学者的论文,如赵炎秋的《伦理视野下的西方文学人物类型》、董洪川的《文学伦理学批评与英美现代主义诗歌研究》、杨和平与熊元义的《文学伦理学批评与当代文学的道德批判》、苏晖和熊卉的《从脑文本到终稿:易卜生及〈社会支柱〉中的伦理选择》、樊星和雷登辉的《文学伦理学批评的理论建构与批评实践——评聂珍钊教授〈文学伦理学批评导论〉》、朱振武和朱晓亚的《中国文学伦理学批评的发生与垦拓》、张龙海和苏亚娟的《中国学术界的新活力——聂珍钊〈文学伦理学批评导论〉评析》、张连桥的《范式与话语:文学伦理学批评在中国的兴起与影响》等,也都引起了一定的关注。杨金才的"Realms of Ethical Literary Criticism in

---

① 刘建军:《文学伦理学批评:中国特色的学术话语构建》,《外国文学研究》2014年第4期,第18页。
② 吴笛:《追寻斯芬克斯因子的理想平衡——评聂珍钊〈文学伦理学批评导论〉》,《外国文学研究》2014年第4期,第20页。
③ 王立新:《作为一种文化诗学的文学伦理学批评》,《外国文学研究》2014年第4期,第29页。

China: A Review of Nie Zhenzhao's Scholarship"和尚必武的"The Rise of a Critical Theory: Reading *Introduction to Ethical Literary Criticism*"这两篇发表于《外国文学研究》的英文文章,为国外学者了解文学伦理学批评提供了英文参考读本。

为了集中展示文学伦理学批评的代表性成果,聂珍钊、苏晖和刘渊于2014年编辑了《文学伦理学批评论文选》(第一辑)①。论文选从国内学术期刊上发表的众多文学伦理学批评论文中选取了40位作者的52篇论文。这些都是文学伦理学批评在理论建构与批评实践方面取得的代表性成果,为文学伦理学批评提供了可资参考的研究范例。2018年,在《外国文学研究》创刊四十周年之际,聂珍钊、苏晖、黄晖编选了《〈外国文学研究〉文学伦理学批评论文选》②,从批评理论、美国文学研究、欧洲文学研究和亚非文学研究四个方面,遴选出自2013年以来在《外国文学研究》刊发的文学伦理学批评方面的优秀论文26篇,以展示文学伦理学批评在理论和实践方面的新突破和新成果,充分体现出文学伦理学批评跨文化、跨学科、兼容并蓄的特点。

随着文学伦理学批评日益产生广泛影响,越来越多的博士学位论文和硕士学位论文以文学伦理学批评作为主要批评方法,研究古今中外的作家作品,如华中师范大学出版社推出"文学伦理学批评建设丛书",主要出版已经过修改完善的对文学伦理学批评理论与实践进行探索的优秀博士论文,目前已出版十余本著作,如王松林的《康拉德小说伦理观研究》、刘茂生的《王尔德创作的伦理思想研究》、马弦的《蒲柏诗歌的伦理思想研究》、杜娟的《论亨利·菲尔丁小说的伦理叙事》、朱卫红的《文学伦理学批评视野中的理查生小说》、刘兮颖的《受难意识与犹太伦理取向:索

---

① 聂珍钊、苏晖、刘渊主编:《文学伦理学批评论文选》(第一辑),武汉:华中师范大学出版社,2014年。
② 聂珍钊、苏晖、黄晖主编:《〈外国文学研究〉文学伦理学批评论文选》,武汉:华中师范大学出版社,2018年。

尔·贝娄小说研究》、王群的《多丽丝·莱辛非洲小说和太空小说叙事伦理研究》、杨革新的《美国伦理批评研究》、王晓兰的《英国儿童小说的伦理价值研究》以及陈晞的《城市漫游者的伦理足迹：论菲利普·拉金的诗歌》等。

由文学伦理学批评取得的成果可以看出，参与文学伦理学批评研究和评论的学者已经广泛分布于中国各大高校和研究机构，并形成了"老中青"三结合的学者梯队，这是文学伦理学批评产生广泛学术影响的有力证明。

（三）理论体系的拓展及批评实践的系统化

聂珍钊教授主持的国家社会科学基金重大项目"文学伦理学批评：理论建构与批评实践研究"已于 2019 年 2 月正式结项，结项成果将以五本著作的形式出版，包括聂珍钊和王松林主编的《文学伦理学批评理论研究》、苏晖主编的《美国文学的伦理学批评》、徐彬主编的《英国文学的伦理学批评》、李俄宪主编的《日本文学的伦理学批评》以及黄晖主编的《中国文学的伦理学批评》。在这五本著作中，《文学伦理学批评理论研究》拓展和深化了文学伦理学批评的理论体系，系统梳理了文学伦理学批评理论的发生和发展过程，拓宽了文学伦理学批评的疆界，并在理论体系上建立一个融伦理学、美学、心理学、语言学、历史学、文化学、人类学、生态学、政治学和叙事学为一体的研究范式。另外四本则是运用文学伦理学批评方法和独创术语，分别研究美国、英国、日本和中国文学中的重要文学思潮、文学流派以及经典作家与作品。

这五本著作向我们展现了文学伦理学批评理论体系的进一步拓展，以及批评实践的逐步系统化。五本著作相互的关联十分密切，《文学伦理学批评理论研究》着眼于文学伦理学批评的理论研究，另外四本则着眼于批评实践，而理论与批评实践是相辅相成的：文学伦理学批评理论研究既为国别文学的伦理学批评提供理论支撑和研究方法，也从国别文学的伦理学批评中提升了自己的理论体系；国别文学的伦理学批评，既践行文学伦理学批评的理论术语和话语体系,也丰富和拓展了文学伦理学批评的理论建构。

二、文学伦理学批评的国际学术影响力与国际话语权建构

文学伦理学批评团队在努力构建理论体系、拓展批评实践的同时,也积极响应国家"走出去"战略号召,致力于该理论的国际传播及国际学术话语权的建构。"以习近平同志为核心的党中央一贯重视着力推进国际传播能力建设,要求创新对外宣传方式,加强话语体系建设,着力打造融通中外的新概念新范畴新表述,讲好中国故事,传播好中国声音,增强在国际上的话语权。"①文学伦理学批评经过十六年的发展,构建了具有中国特色的理论体系,形成了一套独特的话语体系;既承袭和发展了中国的道德批评传统,又与当代西方伦理批评的转向同步;既立足于解决中国当代文学批评理论脱离实际和伦理道德缺位的问题,也能够解决世界文学中的共同性问题。因此,文学伦理学批评具备了"走出去"并争取国际话语权的良好基础和条件。

所谓学术话语权,"即相应的学术主体,在一定的时空范围内、学术领域中所具有的主导性、支配性的学术影响力"②,"学术质量、学术评价和学术平台是构建学术国际话语权的三大基本要素"③。近年来,文学伦理学批评团队在学术论文的国际发表、成立国际学术组织、举办国际学术会议等方面成果卓著,引起了国际学术共同体的热切关注,得到了国际主流学术界的认同,在国际学术界的影响不断上升。中国的文学伦理学批评在引领国际学术发展走势、决定相关国际学术会议议题、主导相关国际学术组织方面,已经掌握了主动权,可谓在一定程度上掌握了国际学术话语

---

① 《习近平新闻思想讲义》(2018年版)编写组编著:《习近平新闻思想讲义》(2018年版),北京:人民出版社、学习出版社,2018年,第147页。
② 参见沈壮海:《试论提升国际学术话语权》,《文化软实力研究》2016年第1期,第97页。
③ 胡钦太:《中国学术国际话语权的立体化建构》,《学术月刊》2013年第3期,第5页。

权,对于提升中国的文化软实力做出了应有的贡献。可以说,文学伦理学批评是中国学术"走出去"及争取国际学术话语权的成功范例。

(一)通过国际学术期刊传播文学伦理学批评

学术期刊是展示学术前沿、传播学术思想、进行学术交流和跨文化对话的重要平台。在国际学术期刊上发表论文并形成中外学者的对话,是文学伦理学批评走出国门、走向世界的重要方式。文学伦理学批评特别强调以中外学者合作、交流和对话的形式推动学术论文的国际发表。近年来,美国、英国、德国、爱沙尼亚、韩国、日本、越南、马来西亚以及中国一些有国际影响力的学术期刊上都纷纷推出了"文学伦理学批评"专刊或专栏。

多种 A&HCI 或 SCOPUS 收录期刊出版文学伦理学批评专刊或开辟研究专栏,发表国际知名学者的相关论文,引起了国际学界的关注。英国具有百年历史的顶级学术期刊《泰晤士报文学增刊》(*The Times Literary Supplement*)于 2015 年刊发美国北伊利诺伊大学杰出教授威廉·贝克与中国学者尚必武合作撰写的评论文章,推介文学伦理学批评;国际权威学术期刊《阿卡迪亚》2015 年第 1 期出版"文学伦理学批评:东方与西方"(Ethical Literary Criticism: East and West)专刊,由中国学者聂珍钊和尚必武及德国学者沃尔夫冈·穆勒和维拉·纽宁展开合作研究,四位中外学者从不同角度对文学伦理学批评进行了阐释;美国 A&HCI 收录期刊《比较文学与文化》2015 年第 5 期出版主题为"21 世纪的小说与伦理学"(Fiction and Ethics in the Twenty-first Century)的专刊,发表了 13 篇中外学者围绕文学伦理学批评的术语运用及批评实践所撰写的论文;中国 A&HCI 收录期刊《哲学与文化》2015 年第 4 期推出文学伦理学批评专刊,由中国学者聂珍钊、苏晖和李银波与马来西亚马来亚大学、拉曼大学,韩国建国大学学者展开合作研究,一共合作撰写了 8 篇专题学术论文,另有王卓针对《文学伦理学批评导论》撰写的书评;中国期刊《外国文学研究》(SCOPUS 收录,2005—2016 年被 A&HCI 收录)不仅自 2005 年以来组织了共 32 个文学伦理学批评研究专栏,还于 2017 年第 5 期推出

"中外学者对话文学伦理学批评"专栏;中国香港出版的 A&HCI 收录期刊《文学跨学科研究》(Interdisciplinary Studies of Literature)以刊发中外学者撰写的文学伦理学批评研究论文为主;《世界文学研究论坛》(Forum for World Literature Studies,SCOPUS 收录)2016 年第 1 期和第 2 期连续推出"超越国界的文学伦理学批评研究"专栏,发表来自美国、匈牙利、德国、意大利、澳大利亚、韩国、日本和中国学者的论文 12 篇。这些国际一流期刊出版的文学伦理学批评专刊或专栏都由中外学者共同参与撰稿,就文学伦理学批评展开学术交流、讨论、对话和争鸣,这表明文学伦理学批评在国际学界的影响日益扩大。正如田俊武在美国的 A&HCI 收录期刊《比较文学研究》(Comparative Literature Studies)上发表的文章中所言:"从 2004 年到 2018 年的 15 年间,聂的文学伦理学批评在中国和其他国家得到了广泛的接受。"①

除上述国际一流期刊外,韩国的《跨境》(Border Crossings)、《现代中国文学研究》(The Journal of Modern Chinese Literature)、《离散与文化批评》(Diaspora and Cultural Criticism)、《英语语言文学研究》(The Journal of English Language and Literature)等杂志,越南的《科学与教育学报》(Journal of Science and Education),日本的《九大日文》,马来西亚的《中国——东盟论坛》(China-ASEAN Perspective Forum),爱沙尼亚的《比较文学》(Interlitteraria)等杂志,也都推出文学伦理学批评研究的专刊、专栏或评论文章。

国际最具权威性的人文杂志《泰晤士报文学增刊》邀请国际知名文学理论家威廉·贝克教授领衔撰文《合作的硕果:中国学界的文学伦理学批评》(Fruitful Collaborations:Ethical Literary Criticism in Chinese Academe),这是文学伦理学批评得到国际主流学术界认可的有力证明。该

---

① Junwu Tian. "Nie Zhenzhao and the Genesis of Chinese Ethical Literary Criticism." *Comparative Literature Studies* 2(2019):413.

文高度评价文学伦理学批评,将其看作中国学术界对于"中国梦"的回应以及"中国话语权崛起"的代表。文章肯定了中国这一创新理论同中国现实的联系,指出:"习主席提出的'中国梦'在很大程度上是对工业化、商业化和享乐主义在文学领域引起的一系列问题做出的及时回应……在这种语境里,聂珍钊教授的文学伦理学批评可以看成是知识界对此号召做出的回应。"①文章同时强调:"在过去的十年中,文学伦理学批评已经在中国发展成为一种充满活力和成果丰富的批评理论。同时,它也不断获得了众多国际知名学者的认可。""文学伦理学批评的影响正在不断扩大,用它来研究欧美文学必将成为中国以及其他国家的潮流,而且将会不断繁荣发展。"②这篇文章改变了《泰晤士报文学增刊》数十年来极少评介亚洲原创人文理论的现状。这说明,中国学术只有理论创新,只有关心中国问题和具有世界性的普遍问题,才会引起外国学者的关注。

《阿卡迪亚》作为代表西方主流学术的顶级文学期刊,不仅于2015年第1期推出"文学伦理学批评:东方与西方"专刊,而且打破数十年的惯例,由欧洲科学院院士约翰·纽鲍尔教授执笔,以编辑部的名义在专刊开篇发表社论,高度评价文学伦理学批评。社论指出,"聂珍钊教授开创的文学伦理学批评理论所依据的文学作品之丰富,涉及面之广,令人震惊……文学研究的伦理视角是欧美学界备受推崇的传统之一,但聂珍钊教授在此传统上却另辟蹊径。他发现了西方形式主义批评、文化批评和政治批评中的'伦理缺位',从而提出了自己的新方法,认为文学的基本功能是道德教诲,他认为文学批评家不应该对文学作品进行主观上的道德评判,而应该客观地展示文学作品的伦理内容,把文学作品看作伦理的表达"③。

---

① William Baker and Biwu Shang. "Fruitful Collaborations: Ethical Literary Criticism in Chinese Academe." *Times Literary Supplement* 31 (2015): 14.
② Ibid., 15.
③ *Arcadia* Editors. "General Introduction." *Arcadia*: *International Journal of Literary Culture* 1 (2015): 1.

在国际期刊发表的有关文学伦理学批评的论文中,有相当一部分是外国学者发表的论文,他们在对文学伦理学批评理论和话语体系有一定了解的基础上,从理论和批评实践两个方面对之展开了进一步的研究和批评实践。

美国普渡大学哲学系教授伦纳德·哈里斯的论文《普适性:文学伦理学批评(聂珍钊)和美学倡导理论(阿兰·洛克)——中美伦理学批评》(Universality: Ethical Literary Criticism (Zhenzhao Nie) and the Advocacy Theory of Aesthetics (Alain Locke)—Ethical Criticism Between China and America)将聂珍钊的文学伦理学批评理论与美国美学家洛克的美学理论进行了比较研究,论证了聂珍钊文学伦理学批评的普适价值。该文认为,虽然聂珍钊和洛克的文学观"是对不同社会背景的回应","使用的许多概念亦并不相同"①,但两位学者"都强调了文学伦理观的重要性,都考虑了文学中人物的伦理身份、种族身份对伦理选择的影响"②。"聂和洛克要求我们考虑价值观的重要性,价值观作为所有文本的重要组成部分,无论是道德的还是非道德的,都是通过主题、习语、风格、内容、结构和形式表达出来的。"③他们的文学伦理观"提供了普遍公认的概念,包括文本蕴含着价值取向的伦理意义,具有普适的价值"④。"聂先生的著作越来越受到许多国家和多种语言读者的欣赏。"⑤

也有外国学者运用文学伦理学批评理论和方法对世界范围内的文学作品进行解析,他们运用文学伦理学批评独创的术语,如伦理身份、伦理选择、伦理禁忌、伦理两难、斯芬克斯因子等,对作家作品进行具体分析,

---

① Leonard Harris. "Universality: Ethical Literary Criticism (Zhenzhao Nie) and the Advocacy Theory of Aesthetics (Alain Locke)—Ethical Criticism Between China and America." *Interdisciplinary Studies of Literature* 1 (2019): 25.
② Ibid., 26.
③ Ibid., 30.
④ Ibid., 26.
⑤ Ibid., 25.

研究作家作品中的伦理内涵和伦理价值。如日本九州大学大学院（研究所）比较社会文化研究院波潟刚教授发表《阅读的焦虑、写作的伦理：安部公房〈他人的脸〉中夫妻间的信》（任洁译），运用文学伦理学批评方法，对日本作家安部公房的小说《他人的脸》中夫妻间的伦理问题进行剖析。该文作者表示，自己"与聂珍钊教授进行了长达一年的书信讨论，聂教授的观点给予笔者极大启示，也成为写作本文的契机，在此谨表谢意"①。"聂珍钊提出的文学伦理学批评理论为文本从男性与女性关系的角度探讨《他人之脸》提供了可能性。"②该文认为，文学伦理学批评"已建构了自己的批评理论与话语体系，尤其是一批西方学者参与文学伦理学批评的研究，推动了文学伦理学批评的深入以及国际传播"③。

国际学术期刊发表的这些评论和研究论文，可以说反映了国际学术共同体的观点和看法，是对中国学术理论的高度认可。也正是由于这些有国际影响力的期刊发表中外学者的研究成果，才使更多的外国学者了解和接受文学伦理学批评，才使越来越多的外国学者参与到文学伦理学批评的研究中，并成为推动中国学术"走出去"的重要力量。同时，有这么多国际期刊推出文学伦理学批评的专刊或专栏，也说明文学伦理学批评不仅已经走出国门，而且还在国际学术界发挥了引领学术话语的作用。

（二）在国际学术组织中掌握话语权

国际性学术组织在推动中国学术"走出去"方面所起的作用日益受到重视。习近平总书记指出："要鼓励哲学社会科学机构参与和设立国际性学术组织。"④由中国学者牵头成立的国际学术组织国际文学伦理学批评

---

① ［日］波潟刚：《阅读的焦虑、写作的伦理：安部公房〈他人的脸〉中夫妻间的信》，任洁译，《文学跨学科研究》2018 年第 3 期，第 417 页。
② 同上文，第 416 页。
③ 同上。
④ 习近平：《在哲学社会科学工作座谈会上的讲话（全文）》，人民网，http://politics.people.com.cn/n1/2016/0518/c1024-28361421.html，2020 年 5 月 1 日访问。

研究会(The International Association for Ethical Literary Criticism, IAELC),在推动文学伦理学批评"走出去"、引领国际学术前沿和争取国际学术话语权方面发挥了重要作用。

由于中国学者创立的文学伦理学批评理论的国际影响日益扩大,为了推动文学伦理学批评研究的国际化,在聂珍钊教授的倡议和中外学者的共同努力下,国际文学伦理学批评研究会于2012年12月在第二届文学伦理学批评国际学术研讨会召开之际正式成立,这是以中国学者为主体创建的学术批评理论和方法开始融入和引领国际学术对话与交流的标志。该研究会的宗旨是创新文学伦理学批评理论、实践文学伦理学批评方法、重视文学创作和文学批评价值取向。《泰晤士报文学增刊》发表评论指出:"国际文学伦理学批评研究会的成立是一件值得一提的大事。"① 这说明国际学术界对这个国际学术组织的认可和接受。

国际文学伦理学批评研究会第一届理事会选举中国社会科学院荣誉学部委员吴元迈先生担任会长。第二届理事会于2017年8月9日宣布成立,美国人文与科学院院士、耶鲁大学克劳德·罗森教授当选会长,浙江大学聂珍钊教授担任常务副会长;挪威奥斯陆大学克努特·布莱恩西沃兹威尔教授、韩国东国大学金英敏教授、爱沙尼亚塔尔图大学居里·塔尔维特教授、德国耶拿大学沃尔夫冈·穆勒教授、俄罗斯国立大学伊戈尔·奥列格维奇·沙伊塔诺夫教授任副会长;华中师范大学苏晖教授担任秘书长;宁波大学王松林教授、上海交通大学尚必武教授、韩国外国语大学林大根教授、马来西亚马来亚大学潘碧华博士担任副秘书长。理事会的45位理事为来自中国、美国、加拿大、英国、德国、奥地利、意大利、西班牙、丹麦、波兰、斯洛文尼亚、韩国、日本、南非等国家的知名学者。

迄今为止,国际文学伦理学批评研究会已召开九届年会暨文学伦理

---

① William Baker and Biwu Shang. "Fruitful Collaborations: Ethical Literary Criticism in Chinese Academe." *Times Literary Supplement* 31 (2015): 15.

学批评国际学术研讨会,吸引了一大批国际学者参与文学伦理学批评的研究,在引领国际学术话语、扩大文学伦理学批评的国际影响方面起到了重要作用。由此可见,国际学术组织对于推动中国学术的国际传播、促进中国学术"走出去"、掌握国际学术话语权是非常重要的。

(三)在国际学术会议中发出主流声音

近年来,文学伦理学批评团队不仅以国际文学伦理学批评研究会、华中师范大学国际文学伦理学批评研究中心和《外国文学研究》杂志为平台,与国内外学术机构共同组织了九届国际文学伦理学批评研究会年会和五届文学伦理学批评高层论坛,而且在一些有国际影响的会议上组织文学伦理学批评分论坛,表明文学伦理学批评已具有强大的国际影响力与广泛的接受度。国际文学伦理学批评研究会目前已召开九届年会,其国际化程度逐届增高。九届年会分别于华中师范大学(2005)、三峡大学(2012)、宁波大学(2013)、上海交通大学(2014)、韩国东国大学(2015)、爱沙尼亚塔尔图大学(2016)、英国伦敦大学玛丽女王学院(2017)、日本九州大学(2018)、浙江大学(2019)召开。其中第五至八届都在国外召开,吸引了数十个国家的一大批学者参加,充分体现了文学伦理学批评在国内外的广泛学术影响力(具体情况可参见历届年会综述)[①]。

---

① 王松林:《"文学伦理学批评:文学研究方法新探讨"全国学术研讨会综述》,《当代外国文学》2006年第1期,第171—173页;苏西:《"第二届文学伦理学批评国际学术研讨会"综述》,《外国文学研究》2013年第1期,第174—175页;徐燕、溪云:《文学伦理学批评的新局面和生命力——"第三届文学伦理学批评国际学术研讨会"综述》,《外国文学研究》2013年第6期,第171—176页;林玉珍:《文学伦理学批评研究的新高度——"第四届文学伦理学批评国际学术研讨会"综述》,《外国文学研究》2015年第1期,第161—167页;黄晖、张连桥:《文学伦理学批评与国际学术话语的新建构——"第五届文学伦理学批评国际学术研讨会"综述》,《外国文学研究》2015年第6期,第165—169页;刘兮颖:《文学伦理学批评与跨国文化对话——"第六届文学伦理学批评国际学术研讨会"综述》,《外国文学研究》2016年第6期,第169—171页;陈敏:《文学伦理学批评与文学跨学科研究——"第七届文学伦理学批评国际学术研讨会"综述》,《外国文学研究》2017年第6期,第172—174页;王璐:《走向跨学科研究与世界文学建构的文学伦理学批评——"第八届文学伦理学批评国际学术研讨会"综述》,《外国文学研究》2018年第4期,第171—176页;陈芬:《走向跨学科研究和东西方对话的文学伦理学批评——"第九届文学伦理学批评国际学术研讨会"综述》,《外国文学研究》2019年第6期,第171—176页。

文学伦理学批评高层论坛迄今为止已举办五届,分别于暨南大学(2016)、韩国高丽大学(2017 和 2018)、广东外语外贸大学(2019)以及菲律宾圣托马斯大学(2019)召开。这五届高层论坛在世界文学的大背景下,从不同角度对文学伦理学批评理论和实践进行了拓展,凸显了鲜明的问题意识与探索精神。

2018 年 8 月 13—20 日,"第 24 届世界哲学大会"在北京人民大会堂和国家会议中心举行。这是有着一百多年传统的全球最大规模哲学会议首次在中国召开。大会以"学以成人"为主题,将"聂珍钊的道德哲学"(Ethical Philosophy of Nie Zhenzhao)列为分会主题,自 14 日到 19 日期间在不同时段的 7 场分组讨论中得到充分展示。有近二十位学者做了主题发言,探讨文学伦理学批评的基本理论、哲学基础、话语体系、应用场域和国际影响等,来自中国、美国、英国、法国、意大利、匈牙利、日本、韩国等国家的学者参与讨论。这次世界哲学大会的成功举办,得到了全世界诸多重要媒体的关注,海外网(《人民日报》海外版官网)发文指出,在世界哲学大会上,中国的"文学伦理学批评备受关注,精彩发言不胜枚举,印证了文学伦理学批评作为一种批评理论的学术吸引力与学术凝聚力"[①]。这充分体现了中国人文学术在世界范围内的话语权与影响力。

分别于奥地利维也纳大学和中国澳门大学举行的第 21 届和 22 届国际比较文学学会年会均设置了文学伦理学批评专场。第 21 届年会设立"文学伦理学批评:文学的教诲功能"研讨专场,来自中国、美国、英国、奥地利、韩国和挪威的学者在专题会上做了发言,展示出文学伦理学批评学术话语的魅力。第 22 届年会则设置"文学伦理学批评与跨学科、跨文类研究"和"伦理选择与文学经典重读"两个分论坛,来自国内外知名高校的三十余位学者做了分论坛报告。这说明中国学者建构的文学伦理学批评

---

① 任洁、孙跃:《世界哲学大会在京召开 文学伦理学批评备受关注》,海外网,http://renwen.haiwainet.cn/n/2018/0821/c3543190-31379582.html,2020 年 5 月 1 日访问。

理论话语体系正在比较文学研究中发挥重要作用,并在国际比较文学舞台上日益展示出其影响力。

由这些国际会议可以看出,文学伦理学批评已经走向世界并成为国际学术研究的热点,而且中国学者创立的文学批评理论不仅在文学领域得到认同,在哲学领域也产生了影响,这也是中国文学批评理论成功"走出去"、产生国际影响力的又一证明。

(四)国际同行给予高度评价

如果说学术共同体的评价是中国学术能否在国际上被认同和接受的试金石,那么,同行专家的评价无疑是其中重要组成部分,尤其是那些具有重要影响的专家以及来自不同国家和地区的专家,从他们的评价中可以看出一种学术理论是否被广泛接受。文学伦理学批评在走向国际的过程中,得到了北美洲、欧洲、亚洲不同国家和地区的众多知名学者的积极评价。例如:

美国人文与科学院院士、斯坦福大学马乔瑞·帕洛夫教授认为:"文学最重要的价值之一就是其伦理与道德的价值。有鉴于此,中国学者提出的文学伦理学批评就显得意义非凡,不仅复兴了伦理批评这一方法本身,而且抓住了文学的本质与基本要义。换言之,文学伦理学批评在很大程度上帮助读者重拾和发掘了文学的伦理价值,唤醒了文学的道德责任。"[①]

美国人文与科学院院士、耶鲁大学克劳德·罗森教授在第八届文学伦理学批评国际学术研讨会开幕式致辞中,称聂珍钊教授为"国际文学伦理学批评研究会的创立者和文学伦理学批评之父"。

欧洲科学院院士、德国吉森大学安斯加尔·纽宁教授高度评价文学伦理学批评,他指出,伦理批评自20世纪90年代起,就在西方呈现出日

---

① 转引自邓友女:《中国文学理论话语的国际认同与传播》,《文艺报》2015年1月14日第3版。

渐衰微的发展势头,而中国学术界目前所兴起的文学伦理学批评,无论是在理论体系、术语概念还是在批评实践上所取得的成果,都让人刮目相看,叹为观止。他认为:"中国的文学伦理学批评在很大程度上复兴了伦理批评,这也是中国学者对世界文学研究的一个重要贡献。"①

美国阿拉巴马大学英语系讲座教授、著名诗人及诗歌理论家汉克·雷泽教授撰文指出,聂珍钊作为"文学伦理学批评领域的领路人","在伦理学批评领域取得的成果受到国际瞩目和广泛好评!""文学伦理学批评很重要至少有两个原因:第一,它是有中国特色的文学批评理论,因此它从一个特别的文化与历史视角改变着、挑战着并且活跃着世界范围内关于文学和文学研究价值的讨论与创作;第二,它让我们不可避免地重新思考一系列根本性的问题,如我们为什么要阅读文学,深度地研究和阅读文学(尤其是严肃文学)有什么价值。"②

欧洲科学院院士、美国加利福尼亚大学欧文分校乔治斯·梵·邓·阿贝勒教授在 2015 年于加利福尼亚大学欧文分校召开的以"理论有批评价值吗?"为核心议题的首届"批评理论学术年会"上,特别评价了聂珍钊教授近年提出并不断完善的文学伦理学批评方法。他说:"在西语理论过于倚重政治话语的当下,文学伦理学批评对于文学批评向德育和审美功能的回归提供了动力,与西方主流批评话语形成互动与互补的关系。为此……文学伦理学批评必将为越来越多的西方学者接纳和应用,并在中西学者的共建中得到进一步的系统化。"③

斯洛文尼亚著名学者、卢布尔雅那大学比较文学与文学理论系托莫·维尔克教授认为,当代大量的文学批评,总体上脱离了对文学文本的细读、诠释和人类学维度。在文学伦理学批评领域,聂珍钊的理论是迄今

---

① 林玉珍:《文学伦理学批评研究的新高度——"第四届文学伦理学批评国际学术研讨会"综述》,《外国文学研究》2015 第 1 期,第 165 页。
② Hank Lazer. "Ethical Criticism and the Challenge Posed by Innovative Poetry." *Forum for World Literature Studies* 1 (2016): 14.
③ 夏延华、乔治斯·梵·邓·阿贝勒:《让批评理论与世界进程同步——首届加州大学欧文分校"批评理论学术年会"侧记》,《外国文学研究》2015 年第 6 期,第 172 页。

为止最有体系的、最完整的和最有人文性的方法;它不仅是一种新理论,而且也是一种如何研究文学的新范式。维尔克2018年12月出版以斯洛文尼亚语撰写的新著《文学研究的伦理转向》(*Etični Obrat v Literarni Vedi*),其中第三章专论文学伦理学批评,标题为"聂珍钊和文学伦理学批评"。①

韩国建国大学申寅燮教授认为:"作为一种由中国学者提出的新的文学批评方法,文学伦理学批评不仅立足中国文学批评的特殊语境,解决当下中国文学研究的问题,同时又放眼整个世界文学研究的发展与进程,充分展现出中国学者的历史使命感与学术责任感。""文学伦理学批评不仅在文学批评中独树一帜,形成流派,而且正在形成一种社会思潮。回顾中国文学伦理学批评的发展,不能不为东方学者感到振奋。文学伦理学批评让当代东方文学批评与理论研究重新拾回了信心,也借助文学伦理学批评在由西方主导的文学批评与理论的俱乐部中,有了自己的一席之地。"②

国际文学伦理学批评研究会副会长、韩国东国大学金英敏教授认为:"文学伦理学批评为中国乃至世界的文学研究提供了新思路"③,聂珍钊的《文学伦理学批评导论》"是亚洲文学批评话语的开拓之作"④。

以上外国同行专家对中国学者创建的学术理论的看法可谓持论公允、评价客观。这表明,中外学者的一致目标是追求学术真理。同时,也让我们看到中国理论正在走向世界、走向繁荣。

三、文学伦理学批评的学术价值与现实意义

作为具有中国特色的批评理论和方法,文学伦理学批评不仅在理论

---

① Tomo Virk. *Etični Obrat v Literarni Vedi*. Ljubljana, Literarno-umetniško društvo Literatura, 2018.
② [韩]申寅燮:《学界讯息·专题报道》,《哲学与文化》2015年第4期,第197页。
③ Young Min Kim. "Sea Change in Literary Theory and Criticism in Asia: Zhenzhao Nie, *An Introduction to Ethical Literary Criticism*." *The Journal of English Language and Literature* 2 (2014): 397.
④ Ibid., 400.

建构与批评实践方面取得了突出的成就,为文学研究提供了新的研究路径与批评范式,具有重要的学术价值;而且,还有助于推动我国当代伦理秩序的建设,有着重要的现实意义。具体而言,文学伦理学批评的价值与意义包括如下方面:

第一,对现有的文学理论提出了大胆质疑与补充,从文学的起源、文学的载体、文学的存在形态、文学的功能、文学的审美与伦理道德之关系等方面做了大胆的阐述,对于充分认识文学的复杂性以及从新的角度认识和理解文学提供了一种可能。

具体而言,文学伦理学批评从如下方面挑战了传统的文学观念:

就文学的起源而言,文学伦理学批评在质疑"文学起源于劳动"观点的基础上提出文学伦理表达论,认为文学的产生源于人类伦理表达的需要。"文学伦理学批评从起源上把文学看成道德的产物,认为文学是特定历史阶段伦理观念和道德生活的独特表达形式,文学在本质上是伦理的艺术……劳动只是一种生产活动方式,它只能是文艺起源的条件,却不能互为因果。"①

就文学的载体而言,文学伦理学批评在质疑"文学是语言的艺术"等现有观点的基础上提出文学文本论,认为"文学是语言的艺术"的观点"混淆了语言与文字的区别,忽视了作为文学存在的文本基础。只有由文字符号构成的文本才能成为文学的基本载体,文学是文本的艺术"②。文学伦理学批评认为,任何文学作品都有其文本,文本有三种基本形态:脑文本、书写文本和电子(数字)文本。③

就文学的存在形态而言,文学伦理学批评在质疑文学是"一种意识形态或审美意识形态"观点的基础上,提出文学物质论,"认为文学以文本为载体,是以具体的物质文本形式存在的,因此文学在本质上是一种物质形

---

① 聂珍钊:《文学伦理学批评:基本理论与术语》,《外国文学研究》2010 年第 1 期,第 14 页。
② 聂珍钊:《文学伦理学批评导论》,北京:北京大学出版社,2014 年,第 9 页。
③ 聂珍钊:《脑文本和脑概念的形成机制与文学伦理学批评》,《外国文学研究》2017 年第 5 期,第 31 页。

态而不是意识形态"①。

就文学的功能以及审美与伦理道德之关系而言,文学伦理学批评在质疑"文学是审美的艺术""文学的本质是审美""文学的第一功能是审美"等观点的基础上,提出文学教诲论,认为文学的教诲作用是文学的基本功能,文学的审美只有同文学的教诲功能结合在一起才有价值,审美是文学伦理价值的发现和实现过程。

第二,独创性地建构了自己的理论体系和话语体系,同时亦具有开放的品格和跨学科的视域,借鉴并吸收了伦理学、哲学、心理学、社会学、历史学等学科的研究成果,并融合了叙事学、生态批评、后殖民主义批评等现当代文学批评理论和方法。

文学伦理学批评在继承中国的道德批评传统和西方伦理学及伦理批评传统的基础上,构建起不同于西方的、具有中国特色的文学伦理学批评理论和话语体系,形成了文学伦理表达论、文学文本论、伦理选择论、斯芬克斯因子论、人类文明三阶段论等理论,以及由数十个术语组成的话语体系。

文学伦理学批评具有很大的包容性,它能够同其他一些重要批评方法结合起来,而且只有同其他方法结合在一起,才能最大限度发挥其优势。同时,由于文学伦理学批评本身就具有跨学科性,在近年来的研究中更日益凸显出其跨学科的特点。第七届和第八届文学伦理学批评国际学术研讨会均以文学伦理学的跨学科研究为核心议题,这本身就很能说明问题。

第三,具有很强的实践指导性和可操作性,适用于对古今中外的文学作品进行批评实践,因此,对这一方法的运用将有助于促使现有的学术研究推陈出新。

文学伦理学批评从一开始就致力于基础理论的探讨和方法论的建构,尤其注重文学伦理学批评方法的实践运用。美国的 A&HCI 收录期

---

① 聂珍钊:《文学伦理学批评导论》,北京:北京大学出版社,2014年,第9页。

刊《文体》(*Style*)上发表杨革新关于聂珍钊《文学伦理学批评导论》的书评,认为"聂先生在阅读一系列经典文学作品的基础上,将理论研究与批评实践紧密结合起来……聂珍钊著作的出版,既是对西方伦理批评复兴的回应,也是中国学者在文学批评上的独创"①。

与西方的伦理批评所不同的是,中国学者将文学伦理学转变为文学伦理学批评方法论,从而使它能够有效地解决具体的文学问题。文学伦理学批评构建了由伦理环境、伦理秩序、伦理身份、伦理选择、伦理两难、伦理禁忌、伦理线、伦理结、伦理意识、斯芬克斯因子、人性因子、兽性因子、理性意志、自由意志、非理性意志、道德情感、人性、脑文本等构成的话语体系,从而使之成为容易掌握的文学批评的工具,适用于对大量的古今中外文学作品进行阐释和剖析。正是由于这些特点,文学伦理学批评才能焕发出蓬勃的生命力。

第四,强调文学的教诲功能,坚持认为文学对社会和人类负有不可推卸的道德责任和义务,具有十分重要的社会现实意义。

文学伦理学批评以推动我国当代伦理秩序的建设为重要的现实目标,有助于满足当前中国伦理道德建设的现实需求。该理论将文学与伦理道德的关系研究作为一个重要的议题加以探讨,强调文学的教诲功能,坚持认为文学对社会和人类负有不可推卸的道德责任和义务。因此,文学伦理学批评有助于扭转当今社会出现的伦理道德失范的现象,促进社会主义新时代人文精神的培养,具有十分重要的社会现实意义。

第五,作为由中国学者提出的新的文学批评方法,文学伦理学批评不仅着眼于解决中国文学批评面临的问题,而且积极开展与国际学术界的交流和对话,吸引国际学者的广泛参与,使之逐渐发展成为在国际上产生广泛影响的中国学派,对突破文学理论的西方中心论、争取中国学术的话语权起到了重要的推进作用,充分展现了中国学者的学术自信和创新精神。

---

① Gexin Yang. "Nie Zhenzhao. *Introduction to Ethical Literary Criticism*. Beijing: Peking UP, 2014." (review). *Style* 2 (2017): 273.

正如聂珍钊教授所言,文学伦理学批评一系列论文的国际发表和国际会议的成功召开,具有三个方面的意义:一是助推中国学术的海外传播,向海外展示中国学术的魅力,增强中国学术的国际影响力;二是改变人文学科自我独立式的研究方法,转而走中外学者合作研究的路径,为中国学术的国际合作研究积累经验,实现中国学术话语自主创新;三是借助研究成果的国际合作发表和国际会议的召开,深化中外学术的交流与对话,引领学术研究的走向,推动世界学术研究的发展。[①]

四、文学伦理学批评可开拓的研究领域

作为原创性的文学批评理论,文学伦理学批评已经在国内外具有了广泛的学术影响力。在中国强调一流大学和一流学科建设的今天,文学伦理学批评及其产生的影响无疑具有战略性的启发价值与借鉴意义。

为了进一步推进文学伦理学批评理论和实践的发展,有必要拓展和深化以下几个方面的研究:

第一,在多元化的理论格局下拓展新的研究方向,在与其他理论的对话中整合新的理论资源。通过认真搜集和系统整理中外文学伦理—道德批评的文献资料,梳理其学术发展史,尤其是针对20世纪80年代以来随着伦理批评复兴出现的诸种伦理批评理论,展开中外学术的对话与争鸣,并进行文学伦理学批评与哲学、美学、伦理学、社会学、心理学以及自然科学的跨学科研究,以推动文学伦理学批评向纵深发展。

第二,将文学伦理学批评方法付诸文本批评实践时,应大力开展对于包括中国文学在内的东方文学的文学伦理学批评;在强调对文本伦理内涵进行解析的同时,也要加强对文本所反映的特定时代及不同民族、国家伦理观念的考察;同时尝试建构针对小说、戏剧、诗歌等不同体裁的伦理批评话语体系,并就文本的艺术形式如何展现伦理内涵进行深入的研究。

[①] 黄晖、张连桥:《文学伦理学批评与国际学术话语的新建构——"第五届文学伦理学批评国际学术研讨会"综述》,《外国文学研究》2015年第6期,第166页。

第三，梳理文学伦理学批评的发展历程，探究其研究成果所体现的批评范式与国际化策略，总结文学伦理学批评对当代文学批评和学术研究的贡献。同时，探讨如何将文学伦理学批评融入教学中，包括进行文学伦理学批评教材的编写、提供相应教学指南及培训等。

文学伦理学批评作为新兴的文学批评理论，未来有着广阔的发展空间。文学伦理学批评需要经受文学批评实践的反复检验，不断发现自身理论和实践缺陷，在未来的发展中努力充实、完善其理论体系，关注批评实践中存在的各种不足，进一步加强国内外学术交流与对话，为繁荣中国以及世界学术研究做出应有的贡献。

导　论

　　截至目前,国内外有关英国文学的教材、著述可谓汗牛充栋,教材多以时代背景介绍和作品节选为主要内容,著述则聚焦英国文学对英国社会政治、经济和文化现实的反映与批判。道德教诲可被视为各阶段英国文学创作的主旨。美国著名学者安妮特·鲁宾斯坦在其专著《英国文学的伟大传统——从莎士比亚到萧伯纳》中曾将道德教诲视作英国文学伟大传统的内核。

　　国外学界针对单个英国作家作品进行伦理道德批评研究的著述颇丰,如格里菲思女士的多卷本专著《莎士比亚戏剧道德论》、弗雷德里克·特纳的专著《莎士比亚21世纪经济学:爱情与金钱的道德》和安东尼·拉斯帕的专著《文艺复兴时期的人文主义者莎士比亚:道德哲学及其戏剧》可被视为对莎士比亚戏剧道德批评的代表作。里扎·奥兹塔克的专著《哈代悲剧叙事中人类伦理的进化美学》是对托马斯·哈代小说伦理批评的代表作。杰弗里·莫瑟姆的专著《19世纪英国小说中的干预价值:奥斯汀、狄更斯、艾略特、哈代与伦理批评》是国外屈指可数的对(19世纪)英国作家群及相关作品进行伦理批评的有益尝试。

聂珍钊教授是我国英国文学的文学伦理学批评实践的开创者。聂珍钊教授 2007 年出版的《英国文学的伦理学批评》是迄今为止国内外较为全面、系统地对英国文学进行伦理批评的专著；该书囊括从 14 世纪到 20 世纪，从杰弗里·乔叟到哈罗德·品特的英国文学史上众多经典作家作品的文学伦理学批评。此后，杜娟的专著《亨利·菲尔丁小说的伦理叙事》、徐彬的专著《伦理选择与价值评判：劳伦斯·达雷尔重奏小说研究》、王群的专著《多丽丝·莱辛非洲小说和太空小说叙事伦理研究》和王晓兰的专著《英国儿童小说的伦理价值研究》均成功运用文学伦理学批评方法对部分英国作家及特定文类的英国文学作品进行了较为细致、全面的文学伦理学研究。聂珍钊教授的《英国文学的伦理学批评》和他 2014 年出版的文学伦理学批评经典之作《文学伦理学批评导论》为本书的撰写奠定了坚实基础，在两部专著核心思想、概念的指导下，本书在研究深度和广度上均有所突破。

在本书撰写过程中，文学伦理学批评与现有文学批评理论方法，如新历史主义、心理分析、文化批评、女性主义、解构主义和后殖民主义文学批评等相得益彰。以文学伦理学批评为主导的批评范式为创建对英国文学文内与文外交互批评的研究体系奠定了基础，这一研究体系实现了对两个伦理现场的回归，即作家创作的伦理现场和作品中人物所处的伦理现场，前者对应的是作家创作的艺术伦理选择，后者对应的则是虚构文学世界中主人公所面对的伦理困境。本书详细阐释了个人伦理身份、宗教信仰、文化传统、历史遗产与国家安全等问题之间错综复杂的关系在英国文学作品中的表现及其现实教育意义，为国内外现有英国文学的教学、研究提供有益的补充和借鉴。为方便阅读，现将本书具体内容介绍如下。

一、史诗、罗曼司与道德剧中国家、理想与宗教的伦理内涵

英国文学伦理道德教诲的传统可追溯至完成于公元 8 世纪左右盎格鲁-撒克逊时期最古老的方言史诗《贝奥武甫》。骁勇善战、慷慨、荣誉和忠诚是贯穿《贝奥武甫》始终的伦理道德准则，也是英国中世纪文学作品中史诗英雄（epic hero）的精神内核。史诗英雄因对宗教、国家（氏族）和弱者责任的担当而被视为美德的化身。为国家(氏族)而战是贝奥武甫义不容辞的责任。尽管贝奥武甫知道难逃一死,但他对英雄名誉的热爱胜过对死亡的恐惧。芬威克·琼斯教授所说的贝奥武甫所处时代特定的荣辱观,或曰"耻辱文化"(shame culture)强调好名声的重要性,即"好名声是一个人最有价值的财产"①。好名声需在服务他人的基础上才能获得,他人是谁则由军事贵族(military aristocracy)为主导的等级制度所决定。以教堂为代表的宗教权威和以国王为代表的世俗权威以及臣服于两个权威之下的子民皆是以贝奥武甫为代表的中世纪史诗英雄服务的对象。

中世纪后期的罗曼司《高文爵士和绿衣骑士》中,英雄不再为人民而战,而是为理想而战。罗曼司里的英雄所展现的"骑士精神"(code of chivalry)与史诗英雄的高尚品质虽有诸多相似之处,但因维护封建阶级统治的需要,罗曼司英雄史强调忠诚的重要性。除此之外,节制、礼仪、对女性的尊重、宫廷技巧同样是"骑士精神"必不可少的组成部分。骑士必须既能上战场又能举止得体地出入宫廷。约翰·芬利森认为骑士英雄本身是"理想的化身,与社会现实联系不大,并非社会现实的产物"②。从某种意义上讲,骑士英雄与"骑士精神"虽不直接服务于社会,但已成为封建阶层高尚的社会想象的化身与榜样。

A. B. 泰勒教授指出从史诗英雄到罗曼司英雄的转变背后隐藏着国家特征的转变,即"从国家统一到封建制社会,从国家战争到内乱和令人难以置信的十字军东征"③。新兴封建阶层对"安逸"(leisure)生活和森严社会等级的要求催生了骑士这一新英雄形象的诞生。

英国诗歌之父杰弗里·乔叟的长诗《坎特伯雷故事集》也是英国中世纪文学的重要代表作。与《高文爵士和绿衣骑士》不同,《坎特伯雷故事集》中的主人公不再是宫廷显贵和骑士,以卖赦免符的人(pardoner)、召

---

① George Fenwick Jones. *The Ethos of the Song of Roland*. Baltimore: Johns Hopkins Press, 1963, p. 57.

② John Finlayson. "Definitions of Middle English Romance." *The Chaucer Review* 15 (1980): 54.

③ A. B. Taylor. *An Introduction to Medieval Romance*. London: Heath Cranton Limited, 1930, p. 12.

唤者(summoner)、修士(monk)和女修道院院长(prioress)为代表的宗教人士成为《坎特伯雷故事集》中乔叟着力描写和讽刺批判的对象,坎特伯雷朝圣之旅的故事情节呈现出鲜明的宗教背景。宗教成为《坎特伯雷故事集》的重要主题。在此关照下,乔叟生动刻画了作恶多端、骄奢淫逸的神职人员形象。14世纪,随着教堂宗教权力的世俗化,或曰宗教对世俗生活的介入,教堂成为兼具宗教权威与世俗权威于一身的立法与执法机构。以信奉上帝和禁欲为核心的宗教领域内的伦理道德被世俗利益和享乐原则所取代。《修士的故事》中,身为教堂神职人员的召唤者甘愿听从恶魔的驱使而非上帝的旨意。①

此外,《坎特伯雷故事集》还反映了英国中世纪"骑士精神"的消亡,高尚的理想和忠诚、友爱的伦理道德经受不住世俗诱惑的考验。骑士与其战友之间至亲的纽带和被骑士理想化了的女性形象能提高骑士们的战斗力。② 然而,《骑士的故事》中情同手足的两位骑士却因同时看上一位姑娘而自相残杀,"高尚的理想和忠诚、友爱"被重色轻友的情欲所取代。凭借《坎特伯雷故事集》,乔叟批判了14世纪英国宗教与"骑士精神"的伦理道德被世俗欲望所抹杀的社会现实。

道德剧(morality play)或曰寓言剧是盛行于15世纪都铎王朝时期的文学体裁。道德剧中的主人公被赋予各种道德特征(moral attributes),主人公或是人类的代表,或是特定社会阶层的代表,以正义或邪恶的形象示人,其所作所为为观众提供某种道德指导。帕梅拉·M.金指出,道德剧的创作与当时人们的主导思想密不可分,15世纪人们普遍相信人生在世能对死后命运有所控制。③ 道德剧中公平、正义等伦理道德关键词的语义范畴实现了从宗教到世俗社会的迁移,抽象意义的神学美德化身为有血有肉的世俗法官。

---

① Lillian M. Bisson. *Chaucer and the Late Medieval World*. New York: St. Martin's Press, 1998, pp.67—68.

② Ibid., 132—134.

③ Pamela M. King. "Morality Plays." *The Cambridge Companion to Medieval English Theatre*. Ed. Richard Beadle. Cambridge: Cambridge University Press, 1994, p.235.

二、文艺复兴、启蒙运动与现实主义文学中的扩张伦理、秩序伦理与伦理秩序

英国女皇伊丽莎白一世统治时期(或曰都铎王朝时期),英国不仅迎来经济发展与全球殖民扩张的新纪元,还迎来了文化与文学高度发展的文艺复兴。史学家们喜欢将这一时期称为英国历史上的黄金时代(the golden age in English history)。英国海军超越西班牙海军的绝对优势和文化、文学领域欣欣向荣的繁荣景象大大提升了英国人的国民自豪感。历史学家约翰·盖伊曾撰文写道:"都铎王朝统治下英国经济上更健康,市场更加广阔,人们的乐观主义情绪更加高涨,其盛况实乃千年一遇。"①有关经济发展与领土扩张的故事成为英国文艺复兴时期文学创作的重要题材。

英国文艺复兴时期的文学创作与伊丽莎白一世时期殖民主义扩张的政治经济需求密不可分;从某种程度上讲,这一时期英国文化与文学的伦理表达带有较为明显的政治经济动机。对古典文艺作品复兴的目的不仅在于模仿经典基础上的文艺创新,还在于运用文艺手段激发科学与地理发现。国家层面上的伦理道德以是否满足和维护英国殖民利益为前提,作家直接或间接地介入国家伦理道德的制定与修正过程中,著名诗人埃德蒙·斯宾塞便是典型代表。斯宾塞的代表作《仙后》被称为宗教、政治史诗,其中第五卷讲述了阿提加尔骑士的故事,代表正义的阿提加尔以自己正义的力量制裁了邪恶之徒。以正义为题,斯宾塞巧借阿提加尔骑士的故事映射时政,宣扬英国对爱尔兰的殖民地实施有效统治的政治思想。16世纪90年代,斯宾塞创作出版了名为《爱尔兰问题现状》的小册子,劝说英国宫廷动用高压政策在爱尔兰建立稳固的政府以确保爱尔兰的和平与繁荣。

克里斯托弗·马洛的戏剧《帖木儿大帝》取材于14世纪中亚帖木儿帝国的缔造者帖木儿的生平事迹。马洛对帖木儿无限权力欲的描写延续了文艺复兴颂扬人文主义精神的传统。帖木儿将对权力的欲望凌驾于宗

---

① John Guy. *Tudor England*. Oxford: Oxford University Press, 1988, p. 32.

教信仰之上,把自己称为"上帝之鞭"(scourge of God)。生活于 16 世纪的马洛颂扬 14 世纪近东帝国创建者帖木儿的动机令人费解。但如果将《帖木儿大帝》放入伊丽莎白一世殖民主义政治的背景下,答案不言自明,即凶残、暴虐的帖木儿大帝之所以被马洛赋予可与上帝对等的至高无上的地位皆归因于帖木儿帝国缔造者的功劳,源于宗教的善恶教诲让位于殖民扩张的需求。伦理判断的相对性在此显现,服务于帝国殖民政治的恶行被视为值得褒奖的英雄事迹;布赖恩·C. 洛克教授将其称为"扩张伦理"(the ethics of expansion)①,以殖民扩张为目的的对殖民者形象的绝对肯定和对被殖民者形象的绝对否定为核心。马洛以帖木儿生平为蓝本的戏剧创作不仅满足了 16 世纪英国读者的东方(中亚)猎奇欲,更具有引入东方帝国经验为创建大英帝国服务的参考价值。

英国文艺复兴时期与"扩张伦理"并行不悖的是"秩序伦理"(the ethics of order),即国家、城邦和家族内部的稳定与和睦是至高无上的伦理准则。随着早期资本主义和市场经济的出现,民主政治、商业秩序和商业伦理也成为英国文艺复兴时期"秩序伦理"的重要组成部分。莎士比亚的四大悲剧《哈姆雷特》《奥赛罗》《李尔王》《麦克白》可被视为强化国家、城邦和家族"秩序伦理"的典范,秩序的打破是主人公悲剧的起因,新秩序的再建意味着国家、城邦的和平繁荣以及百姓的安居乐业。政治秩序的破与立关乎主人公的伦理判断与选择。尤尔根·哈贝马斯所说的早期资本主义时期公共(国际、城邦)利益与私人欲望之间的二元对立使莎士比亚悲剧的主人公常常陷入伦理身份危机的境地之中。哈姆雷特、奥赛罗、李尔王和麦克白的悲剧故皆由上述二元对立的矛盾冲突而发生。

在以《威尼斯商人》和《第十二夜》为代表的喜剧中,莎士比亚通过女扮男装、设计陷阱等情节的巧妙设置使以鲍西亚和薇奥拉为代表的女性以男性身份进入父权制社会的权力场之中。鲍西亚兼具巴萨尼奥的爱人和化名为巴尔萨泽男律师的双重伦理身份;薇奥拉兼具钟爱奥西诺公爵

---

① Brian C. Lockey. "Introduction: Romance and the Ethics of Expansion." *Law and Empire in English Renaissance Literature*. Cambridge: Cambridge University Press, 2006, p. 1.

的女子与公爵男仆的双重伦理身份。爱人身份与个人层面上对爱情的忠贞密不可分;律师和仆人身份遵循公共层面上的政治经济伦理。政治经济伦理之下,爱情伦理的阐发不仅褒奖了忠贞且有谋略的女主人公形象,还激起文艺复兴时期的读者对女性参政之合理性的思考。

《威尼斯商人》中,鲍西亚假扮律师智救丈夫好友安东尼奥和运用威尼斯法律惩罚夏洛克的情节背后隐含着莎士比亚对种族伦理关系凌驾商业伦理关系的忧虑。以威尼斯公爵、鲍西亚、巴萨尼奥和安东尼奥为代表的威尼斯基督徒在威尼斯法律和日常生活中享有对犹太人夏洛克的绝对优势,这一优势类似于美国西北大学查尔斯·W.米尔斯教授所说的"种族契约"关系。在其专著《种族契约》中,米尔斯指出,种族契约(racial contract)是欧洲部落(the tribes of Europe)成员主张、促进和维持其凌驾于世界其他部落(other tribes of the world)之上的白人优越性的协议;"当白人说'正义'(justice)的时候,他们的意思是'只是我们'(just us)"①。以此为依据,可以发现莎士比亚阐发了威尼斯正义的"基督教(徒)性",即威尼斯人的正义仅是基督教徒的正义;就宗教和种族而言,夏洛克被排除出威尼斯正义的范畴,其身份不过是个靠放高利贷为生的犹太吸血鬼。

和安东尼奥一样,夏洛克也是威尼斯城里遵纪守法的商人,他所从事的贷款业务是商业运作中不可或缺的组成部分。以安东尼奥为代表的威尼斯基督商人将夏洛克妖魔化为"放高利贷的犹太吸血鬼"的做法是将种族伦理凌驾于商业伦理之上的表现。对为"一磅肉"而被剥夺财富和宗教权力的夏洛克的刻画反映出莎士比亚对文艺复兴时期种族、宗教与商业之间错综复杂的伦理道德关系的拷问;基督徒们皆大欢喜的结局却是犹太人夏洛克痛苦生活的开始。

社会巨变、人际关系的变化、政治讽刺、地理发现、自然人与文明人之间的对比构成了18世纪启蒙运动时期错综复杂的社会人文背景。建立君主立宪制后的英国迎来空前繁荣的发展期。科学发明、工业革命与解

---

① Charles W. Mills. *The Racial Contract*. New York: Cornell University Press, 1999, p.110.

放人性的思想在物质和精神领域极大改变了英国城乡景观和英国人的伦理道德景观。禁欲主义禁锢的消除与物质生活的极大丰富赋予英国人自由与开放的权力,并引发英国社会众多伦理道德问题。以婚姻为题材、以性道德危机及其导致的伦理秩序失衡为主线,塞缪尔·理查生和亨利·菲尔丁在其小说中分别阐发了"贞洁至善"论。身陷婚约与爱情伦理困境的主人公自由恋爱的决定违背了父母之命、媒妁之言的传统家庭、婚姻伦理,主人公虽因此而遭到责罚,但自由恋爱后幸福美满的婚姻却是作者对主人公新型婚姻伦理道德观的褒奖。

英国著名历史学家乔治·M. 扬指出:历经18世纪"饥饿的40年代"(hungry forties)的苦难之后,19世纪中期的英国人迎来了一个"造钱的时代"(a money-making age);"在我们历史(维多利亚时期)的数十年间,聪明人都希望成为19世纪50年代的年轻人"[①]。财富积累已成为推动英国社会发展的最强大的"欲望机"。卡尔·马克思借用莎士比亚的话指出:拜物化了的金钱具有强大的力量,金钱成为上帝——"可见的神"(the visible divinity)[②]。

先于扬和马克思对19世纪中期英国与欧洲资本至上论和资本神论的政治经济学判断,查尔斯·狄更斯在《董贝父子》中以董贝父子公司和董贝为原型对英国维多利亚社会中的帝国资本和帝国资本家进行了先神圣化后妖魔化的双重刻画。在资本神论和英国殖民政治与经济的宏大叙事背景下,董贝被视为高尚的帝国商人,但如果从家庭伦理道德的视角出发,董贝则是冷酷无情的丈夫、父亲和内心阴暗、变态的自闭者。狄更斯对董贝先扬后抑的描写并非旨在通过丑化、矮化董贝帝国商人形象的方式,强化其家庭成员伦理身份(丈夫和父亲)的重要性;就小说内含道德信息而言,狄更斯希望包括维多利亚商人在内的英国读者能以董贝的故事

---

① George M. Young. *Victorian England: Portrait of an Age* (2nd ed.). London: Oxford University Press, 1953, p. 85.

② Karl Marx and Frederick Engels. *Economic and Philosophic Manuscripts of 1844 and the Communist Manifesto*. Trans. Martin Milligan. New York: Prometheus Books, 1988, p. 138.

为鉴,实现商业社会中的物质追求和家庭生活中的精神追求二者间的兼顾与平衡。①

查尔斯·狄更斯是维多利亚时期批判金钱至上和功利主义的伦理道德观的众多作家中的一位,此类作家还包括托马斯·卡莱尔、阿尔弗雷德·丁尼生、马修·阿诺德和威廉·萨克雷。上述作家将文化批评与伦理批评熔为一炉,指出维多利亚时期英国人的集体纵欲和享乐已使他们远离能够塑造伟大民族性格的英国文化传统与伦理秩序,文学作品中"富有的野蛮人"形象的刻画是对维多利亚时期英国人伦理批判的体现。"为艺术而艺术"的奥斯卡·王尔德虽坚持艺术不涉及道德的原则,并将其视为唯美主义艺术的基本主张,但他在小说创作中却以"唯美"的人物与动物形象传达鲜明的伦理道德信息,即自私自利者因满足一己之私而变得邪恶和丑陋,利他者为他人幸福而牺牲自我利益而变得善良和美丽。

三、现当代英国文学中的(后)现代性焦虑与后殖民政治伦理批判

进入20世纪,以"解除反映道德现实和传递道德信息的束缚"②为宗旨的艺术解放成为现代主义(尤其是早期现代主义)文学的创作动机。现代主义的文学实验貌似在形式与主题上达到了隔绝伦理道德阐述的目的,从本质上讲却是抵抗19世纪伦理道德规约及其相关的政治意识形态的手段和方式。以詹姆斯·乔伊斯、弗吉尼亚·吴尔夫、D. H. 劳伦斯和约瑟夫·康拉德为代表的英国现代派作家以独特的印象主义艺术手段实现了对虚构小说世界中伦理道德事件的多元化与相对化记述;作家利用叙事者表现出的道德冷漠(moral indifference)对约定俗成的伦理道德规约提出现代性质疑。马丁·哈利韦尔将19世纪作家视为以塞缪尔·约翰逊或本杰明·富兰克林为代表的启蒙主义道德家们的后代,他们的

---

① 徐彬:《〈董贝父子〉中的"商业伦理"与劳动价值》,《英美文学研究论丛》2018年第28辑,第341—353页。
② David Sidorsky. "Modernism and the Emancipation of Literature from Morality: Teleology and Vocation in Joyce, Ford, and Proust." *New Literary History*, Vol. 15, No. 1, *Literature and/as Moral Philosophy* (Autumn, 1983): 137.

创作旨在以刻画典型人物、描述典型事件的方式给人以教诲,现代主义作家认为这一道德教诲方式颇显生硬和傲慢;与之相反,现代主义小说表现出不确定性和矛盾性的特征,叙述者常带有怀疑和讽刺的口吻,主人公几乎不具备受尊重和被称赞的品格。①

现代主义小说中的不确定性和矛盾性、叙述者的怀疑与讽刺皆源自作者对现代性焦虑的关照。这一焦虑既涉及对现代化进程中人性的拷问,还涉及对大英帝国版图内殖民主义文明教化之正义性的质疑。D. H. 劳伦斯在小说中着力描述人与社会、人与自然、人与人、人与自我之间的关系,集中阐发了资本主义工业文明对人性、人格、人与人之间关系,尤其是男人与女人之间的和谐关系的压抑和扭曲。约瑟夫·康拉德的小说《黑暗之心》《吉姆爷》和《诺斯托罗莫》中的主人公库尔兹、吉姆和高尔德均以"文明使者"身份进入各自的小说世界。小说结尾,库尔兹从刚果丛林里的救世主沦为杀人如麻的恶魔;吉姆从帕图森土著居民的保护神降格为为非作歹的白人恶棍布朗的袒护者;"萨拉科王"高尔德成为柯斯塔瓜纳银矿的奴隶。康拉德的叙事遵循旅行与道德转变两条轨迹,两条轨迹并行不悖。就旅行轨迹而言,库尔兹、吉姆和高尔德从欧洲文明的中心到野蛮的殖民地的旅程表现出单向、不可逆的特征;与这一旅程共生的是上述主人公由"善"至"恶"的道德转变。

以菲利普·拉金、泰德·休斯和谢默斯·希尼②为代表的 20 世纪英国诗人紧抓时代脉搏,其诗歌集中反映了 20 世纪英国工业化与城市化产生的社会转型期焦虑。工业化和城市化过程中产生的两性、婚姻、家庭与生态危机和与之相伴的现代人的伦理道德困境成为上述诗人诗歌创作的焦点所在。在以爱情为主题的诗歌中,拉金对由"兽性因子"刺激而产生的无道德可言的或不道德的"性爱"与带有"人性因子"理性光辉的"爱"进行了对比,指出性欲的满足不受伦理道德的规约,以自我为中心的性欲将人降格为动物一般的存在;相反,不以占有对方身体为主要目的的情爱却

---

① Martin Halliwell. *Modernism and Morality Ethical Devices in European and American Fiction*. New York: Palgrave, 2001, p. 12.

② 又译:西默斯·希尼、谢默思·希尼、希默斯·希尼。

能使人获得道德与灵魂上的升华。就拉金而言，爱情与婚姻均因带有伦理道德的内涵而变得崇高和伟大。

泰德·休斯关注人与自然的关系，以动物世界里的弱肉强食、丛林法则映射现代社会中人类丧失理性的同类相残。诗歌里的动物成为现实社会中特定人物或人群的代言人。泰德·休斯意在指出，与动物的兽性本质不同，人类需用其特有的"人性因子"维持人类社会古来有之的伦理秩序。休斯诗歌中上帝、儿童、（奇怪的）动物等意象的高频出现为读者描绘了一幅幅三者和谐共存的美好画面：万能的上帝、懵懂的儿童和自由的动物皆以其本真面貌示人；神性所至，人与动物之间突破了自我与他者的界限，进而达到和谐共生的理想状态。谢默斯·希尼的诗歌聚焦乡村百姓生活；劳动与家庭生活的伦理与爱尔兰民族主义情怀交相呼应。对爱尔兰乡土的书写、文化的赞扬是希尼对抗英国政治殖民、经济掠夺与文化霸权的行之有效的手段。希尼诗歌中对爱尔兰政治、经济与文化地方色彩的浓墨重彩是其作为诗人的民族主义艺术伦理选择的集中体现。

以石黑一雄和伊恩·麦克尤恩为代表的当代英国小说家分别在其小说《千万别丢下我》和《儿童法案》中，从克隆技术和儿童保护法等领域出发，深入探究了当代社会中"科技""法律"与人之间的充满悖论的伦理逻辑关系，即原本为满足人类幸福生活而使用的科技手段和制定的法典却成为扭曲，甚至毁灭人性的万恶之源。

当代社会中计算机、人工智能、纳米化学、生物医药等科学的技术集成与方法整合，以及系统生物科学的诞生开启了第四次科学与技术革命，包括系统生物学与系统医学、系统遗传学与系统生物技术、合成生物学与系统生物工程等，这将导致21世纪的转化医学与生物工业革命。石黑一雄笔下的克隆人既是人类科技伟大力量的表现，又是拥有科技的人类伦理堕落的例证，摘取克隆人器官为己所用的同时，人类成为杀害"同类"的罪人。《千万别丢下我》中克隆人在黑尔舍姆学校中学习生活的唯一目的似乎就是等待将器官捐献给它们现实生活中的主人。通过对克隆人的学校教育、艺术学习与情感交流等生活场景的描写，石黑一雄揭示了克隆人自我身份认知中的焦虑和困惑。

"我是克隆人,我为他者而生"这一貌似合乎逻辑的身份定义内含石黑一雄的科技政治与伦理道德编码,即克隆技术创造出新人类,然而这些新人类却是克隆技术使用者与受益者眼中用以收割的"器官庄稼"。克隆人与生俱来的人类基因属性与其科技功用之间存在无法调和的矛盾,表现为"我欲为人"的自我诉求与作为"器官庄稼"的命运安排之间的冲突。就"人造人"的主题而言,《千万别丢下我》可被视为玛丽·雪莱19世纪小说《弗兰肯斯坦》在21世纪的续写。与弗兰肯斯坦"类人"却"非人"的身份不同,克隆人具有完整的人类特征。凭借对克隆人身份困境的描述,石黑一雄完成了对当代社会人类科技政治及其伦理道德内涵的质疑和批判。以《弗兰肯斯坦》为参照,可以发现石黑一雄科技伦理质疑与批判的强度和深度与当代社会科学技术的发展水平恰好成正比例关系。

麦克尤恩的小说《儿童法案》聚焦法律与宗教领域,揭示了法官的职业身份内含的伦理道德价值。小说揭示了宗教、法律、政治在赋予人们相关权力的同时,也剥夺和扭曲了人们朴素的家庭、亲情和艺术伦理观。这部作品可被视为折射当代英国社会的一则伦理寓言。

20世纪50年代中期,英国文坛迎来了当代戏剧的再度兴盛。约翰·奥斯本、哈罗德·品特、爱德华·邦德、卡丽尔·丘吉尔、汤姆·斯托帕德是当代英国戏剧界的代表作家。20世纪六七十年代,哈罗德·品特聚焦英国"性解放"运动对两性关系与婚姻观的影响,以婚外恋的伦理思考为主题,创作了《情人》《收集证据》《回家》《沉默》《风景》《往日时光》《背叛》等代表作。卡丽尔·丘吉尔在其代表作《优秀女子》中通过对20世纪七八十年代英国职业女性的工作和生活的应时性展现揭示了职业女性的伦理困惑。家庭妇女与职业女性的身份分别遵循家庭与职业的伦理规约。职业女强人不仅有男性化了的性格特征,还因恪守爱岗敬业的职业伦理而放弃了对婚姻和家庭的渴望与责任。透过该剧,卡丽尔·丘吉尔阐释了一个令众多当代女性无奈的伦理两难问题,即在获得与男性平起平坐的工作权力、履行其职业责任的同时,女性却违背了在婚姻和家庭中理应肩负的责任和义务;职业女性的男性化成为女权主义者们"反男权"之战的强有力的反讽。《优秀女子》中所倡导的女性"雌雄同体"现象貌似女性优越性的体现,但究其本质不难发现,"雌雄同体"后的女性已陷入"既非男,又非女"的尴尬境地。

以劳伦斯·达雷尔、V. S. 奈保尔和萨尔曼·拉什迪为代表的英国后殖民流散作家在由西向东或由东向西的流散过程中不断变换着各自的伦理身份,实践着各自的艺术伦理选择,此种选择直接决定了作家本人的价值观与伦理观的艺术表现。本书"英国后殖民流散作家的政治伦理批评"一章旨在探讨如下问题:一、"帝国之子"伦理身份困惑的自传性阐释。自传性写作中后殖民流散作家就自我与他者内心对殖民伦理的无条件接受、渴望乃至怀念加以批判;反殖民伦理思想的抒发是后殖民流散作家消除自身"帝国之子"的伦理身份困惑的有效途径;二、对"大英帝国"殖民遗产的历史性伦理反思。借对"英国之死""暴力失语症"和"妄自非薄的模仿"等"帝国"殖民负面精神遗产的文学表述,上述作家批判了殖民伦理的虚伪本质及不良后果;三、伦理危机背后的经济动因。以不同宗教信仰和种族的人们对经济利益的争夺为母题,上述作家在其作品中阐释了伦理选择与伦理判断的经济决定论的思想;四、想象共同体的伦理愿景及其政治内涵。达雷尔、奈保尔和拉什迪笔下主人公们想象共同体的伦理愿景因突破了个人与民族利己主义的局限而获得了共同性与革命性的政治内涵。

本书共包括九章内容,分别是:"莎士比亚悲喜剧文学样式和伦理批评""18世纪英国小说的道德劝善""维多利亚教育小说的道德情感教育""唯美主义的艺术原则与道德意识""现代主义小说中的伦理冲突与伦理平衡""20世纪诗歌的伦理关怀""当代英国小说中的身份焦虑与伦理选择""当代英国戏剧的伦理表达"和"英国后殖民流散作家的政治伦理批评"。本书各章节作者以英国社会政治、经济和文化的流变为研究背景,秉承回归或还原文学创作的伦理现场的批评原则,选取英国16世纪至21世纪部分代表作家、作品,灵活运用文学伦理学批评的研究方法,在文本细读的基础上充分阐释了英国文学对英国社会的伦理批评功能。

徐 彬

2019年5月4日于东北师范大学外国语学院

第一章

莎士比亚悲喜剧文学样式和伦理批评

从伦理的角度来讨论莎士比亚并非全新视角。事实上,伦理批评是莎士比亚研究的重要传统之一,约翰逊、柯勒律治、歌德、哈兹里特都曾公开讨论过莎士比亚戏剧作品中的伦理思想。对于这些早期评论家而言,莎士比亚戏剧的焦点毫无疑问是经历道德审判的主人公。尽管18世纪的道德批评和19世纪的人物批评存在重要的差异,但从伦理的角度来讨论莎士比亚始终被公认为是合理的批评框架。在过去的几十年,莎士比亚研究的新特点是政治批评和宗教批评的新转向以及伦理批评的集体缺场。新历史主义代表人物史蒂芬·格林布拉特在其专著《文艺复兴时期的自我塑造》一书中提到,人并非个人伦理选择的产物,而是其他更重要因素的综合呈现。究其本质,这种研究转向是对于主体性和伦理之间关系的认识转向,即从启蒙时代以来的道德主体到后现代的反人本主义的转向。本章的讨论既延续了政治批评和宗教批评的学术传统,又企图跳出这种两极化传统的对立的框架,借助文学伦理学批评的视角,从个体和他者的伦理关系出发,将个人的伦理选择放置在英国近代生活的政治、经济和社会语境中来讨论,同时论及伦理和悲喜剧文学样式的对话关系。本章第一节以莎士比亚的喜剧为例,探讨喜剧的创作主体及喜剧作品中人物的伦理选择所包含的道德理想和教诲价值,并研究喜剧的教诲功能如何在欣赏主体的笑中得以实现。第二节则聚焦于具体剧本分析,以悲剧《雅典的泰门》为例讨论莎士比亚戏剧的悲剧性和伦理之间的关系。

在莎士比亚的喜剧中,伦理身份和伦理秩序的混乱导致的喜剧性矛盾,主要表现为新旧伦理观念的冲突、善与恶的冲突等。面对喜剧冲突,否定型和肯定型喜剧人物会做出不同的伦理选择,否定型喜剧形象追求无价值的东西,却又披着华丽而神圣的外表;肯定型喜剧形象追求真善美,他们运用自己的聪明才智与对手周旋,揭穿残暴者、伪善者的丑恶嘴脸。两类人物形象在对比对照中显示出各自的教诲价值。喜剧的结局往往是善战胜恶,恶势力受到应有的惩罚,这虽然不一定符合生活的逻辑,却充分体现出创作者的伦理选择和道德理想。喜剧的教诲功能和审美功能紧密联系且相互影响。具体而言,喜剧欣赏主体的笑虽常带有直觉性,然而其中包含了理性思维的因素,体现了欣赏者的内在伦理取向和特定时代的伦理道德观念。正是在以"笑"为行为特征的审美过程中,欣赏者的伦理取向获得认同,伦理意识得到强化和肯定。

在莎士比亚的悲剧研究中,学界对于《雅典的泰门》中泰门悲剧的解读大多不能脱离两种分析思路:一种观点将泰门的倾家荡产和愤世归结为对虚伪朋友的一味信任;另一种观点则认为全剧表现了"金钱对于人性腐蚀"这一命题,而这也正反映了莎士比亚创作晚期对人性的悲观主义认识。这两种解读并没有真正阐释泰门从"慷慨"到"恨世"这一变化过程的伦理本质,也就无法解释这部戏剧的悲剧性。本章第二节拟将《雅典的泰门》与文艺复兴、伊丽莎白和詹姆士一世时期的伦理、法律、经济互为参照,通过文本细读和对文本生成的历史语境的考察,以伦理身份为关键词来分析泰门的伦理悲剧,以期阐明该剧所隐含的近代英国社会普遍存在的伦理焦虑及其背后的政治和经济原因。

第一节 伦理选择与莎士比亚喜剧的教诲功能

喜剧与伦理的关系十分密切。西方喜剧家及理论家历来十分重视喜剧的伦理教诲价值与社会批判意义。亚里士多德在《诗学》中提出了喜剧是对于无害之丑的摹仿①这一观点,对欧洲后世喜剧理论产生了重大的影响,西塞罗的"明镜说"、本·琼生的"惩恶扬善说"、莎士比亚的"善恶反映论"、霍布斯的"突然荣耀说"、莫里哀的"纠正恶习说"、莱辛的"劝善论",黑格尔的"对立统一论"以及车尔尼雪夫斯基的"丑的炫耀说"等喜剧理论,都沿袭了亚里士多德的传统,认为喜剧是通过嘲笑、揭露社会中的假恶丑现象,达到惩恶扬善的目的,从而发挥其道德教育与情感陶冶作用。②

就莎士比亚而言,他把戏剧视为人生的一面镜子,重视戏剧的审美教育作用。他在其名作《哈姆雷特》中借人物之口指出了戏剧的目的:"自有戏剧以来,它的目的始终是反映自然,显示善恶的本来面目,给它的时代看一看它自己演变发展的模型。"③莎士比亚一生共写了13部喜剧,这些喜剧大都闪烁着人文主义思想的光辉,既肯定了人的智慧、力量、价值和尊严,又以人文主义思想揭露和鞭挞社会的弊病与人的弱点,《第十二夜》《威尼斯商人》《仲夏夜之梦》等都是如此。

---

① 参见[古希腊]亚理斯多德:《诗学》,亚理斯多德、贺拉斯:《诗学 诗艺》,罗念生、杨周翰译,北京:人民文学出版社,1962年,第16页。亚里士多德(又译:亚理斯多德)指出:"喜剧是对于比较坏的人的摹仿,然而,'坏'不是指一切恶而言,而是指丑而言,其中一种是滑稽。滑稽的事物是某种错误或丑陋,不致引起痛苦或伤害,现成的例子如滑稽面具,它又丑又怪,但不致使人感到痛苦。"从中可以看出,亚里士多德认为喜剧的摹仿对象是"丑",这里的"丑"虽然也包含外形装扮的丑,但更主要的是指品质方面的丑陋或不当行为造成的错误。

② 参见苏晖:《西方喜剧美学的现代发展与变异》,武汉:华中师范大学出版社,2005年,第98—103页。

③ [英]莎士比亚:《哈姆莱特》,《莎士比亚全集》(9),朱生豪译,北京:人民文学出版社,1978年,第68页。*Hamlet* 也译为《哈姆莱特》。

本节试图以莎士比亚的代表性喜剧作品为例，运用文学伦理学批评的方法考察喜剧如何通过伦理选择发挥其教诲功能。"文学伦理学批评作为方法论，强调文学及其批评的社会责任，强调文学的教诲功能，强调回到历史的伦理现场，站在当时的伦理立场上解读和阐释文学作品，分析作品中导致社会事件和影响人物命运的伦理因素，用伦理的观点阐释和评价各类人物伦理选择的途径、过程与结果，从中获取伦理选择在历史上和现实中所给予我们的道德教诲和警示，探讨对于我们今天的意义。"①本节将结合莎士比亚的喜剧，从喜剧的伦理冲突和矛盾、喜剧人物的伦理选择、喜剧创作主体的伦理选择等方面探讨喜剧为何具备教诲功能，然后从喜剧欣赏主体的接受角度论述喜剧教诲功能是如何实现的。

一、伦理冲突与喜剧性矛盾

喜剧表现对象的根本特征是不协调和矛盾，有矛盾才构成喜剧，喜剧矛盾是造成客体对象可笑性的来源。喜剧性矛盾多种多样，但许多喜剧名著都以表现伦理善恶冲突为主。

莎士比亚喜剧的结构方式是"开始是忧虑，结果是欢腾"②，也就是说莎士比亚的喜剧往往以主人公的无辜受难发端，展开喜剧性矛盾，随后剧情逐渐由悲转喜。造成莎士比亚喜剧主人公无辜受难的原因归纳起来主要包括以下三个方面：

一是新旧伦理观念的冲突，主要表现为父权制下家庭内部的伦理冲突，尤其是长辈所代表的社会习惯势力对年轻人爱情的阻挠。在《驯悍记》中，比恩卡是凯瑟琳娜的妹妹，她温柔贤淑，拥有很多的爱慕者，但是父亲巴普提斯塔却坚持认为如果姐姐凯瑟琳娜没有嫁出去的话，比恩卡即使有恋人也不能成婚，所以才导致路修森千方百计地帮凯瑟琳娜物色

---

① 聂珍钊：《文学伦理学批评导论》之"内容提要"，北京：北京大学出版社，2014年，第1页。
② [英]考格希尔：《莎士比亚喜剧的基础》，殷宝书译，中国社会科学院外国文学研究所外国文学研究资料丛刊编辑委员会编：《莎士比亚评论汇编》（下），北京：中国社会科学出版社，1981年，第262页。

丈夫,同时需要乔装打扮接近比恩卡。在《仲夏夜之梦》中,赫米娅和拉山德也因父亲的反对不得不选择私奔来逃避被处死的惩罚。在《威尼斯商人》中,夏洛克嗜钱如命,不让女儿杰西卡嫁给她的心上人——基督徒罗伦佐,杰西卡只好选择与心爱的人私奔;鲍西娅的父亲留下遗嘱,安排选匣择婿,使鲍西娅陷入进退两难的矛盾境地,让她感到:"我这小小的身体已经厌倦了这个广大的世界了","一个活着的女儿的意志,却要被一个死了的父亲的遗嘱所钳制"。①

二是个人合理欲望与社会法规或宗教信条之间的冲突。莎士比亚的一些喜剧表现了不合理的法律对人的戕害。如《仲夏夜之梦》中,雅典法律规定如果婚姻不遵从父母之命就得处死,法律的这一不合理的条款造成了喜剧中强烈而紧张的伦理冲突;《威尼斯商人》中夏洛克残忍的契约竟然受到法律的保护,而威尼斯的法律对异邦人的歧视又造成了夏洛克的悲剧:"凡是一个异邦人企图用直接或间接手段,谋害任何公民,查明确有实据者,他的财产的半数应当归受害的一方所有,其余的半数没入公库,犯罪者的生命悉听公爵处置,他人不得过问。"②可见,所谓公正的法律已成为摧残人的生命和尊严的保护伞。莎士比亚的有些喜剧则讽刺了封建神学和禁欲主义对人的正常欲望的压抑,如《爱的徒劳》中,原本立下戒约打算三年之内拒绝一切物质享受并不近女色的四位君臣,一见到法国公主及三位侍女便陷入了情网,成为爱神的俘虏,最初的誓言与严规已显得苍白无力。

三是忠诚善良与恶德败行的冲突,在莎士比亚喜剧中主要由背信弃义、心术不正,甚至道德败坏的人物的诡计引起。在《维洛那二绅士》中,普洛丢斯来到米兰公爵宫廷供职后,爱上了公爵的女儿西尔维娅,虽然明知自己的好友凡伦丁已与西尔维娅两情相悦,且自己也已与恋人朱莉娅私订终身,却在自私心理的支配下,背信弃义地用卑鄙的手段争夺西尔维娅,把朱莉娅抛到了脑后,也背叛了与好友凡伦丁的友情。在《温莎的风

---

① [英]莎士比亚:《威尼斯商人》,《莎士比亚全集》(3),朱生豪译,北京:人民文学出版社,1978年,第11—12页。

② 同上书,第82页。

流娘儿们》中,福斯塔夫是一个没落的封建贵族,却想通过勾引两个有钱的绅士的妻子来骗取钱财,结果反被戏弄。在《皆大欢喜》中,弗莱德里克用阴谋篡夺了爵位,并企图迫害公爵及其女儿罗瑟琳;奥列佛继承了父亲的遗产,却不把相应的遗产分给弟弟奥兰多,还想置其于死地。

上述这些引起主人公无辜受难的因素,导致了喜剧开头紧张的伦理冲突。从这些伦理冲突来看,阻碍主人公追求自由和幸福的是因袭的社会习俗、宗教观念、法律或政治掌权者,诡计多端的人物等,这都是一般人不敢触碰的,但莎士比亚喜剧的主人公为了生存、为了爱情、为了正义,凭借机智和智慧奋起反抗,超越了阻碍,最终获得胜利。

喜剧是需要智慧的艺术。喜剧和悲剧都以超越现实和自我为目的,但二者的超越方式不同。悲剧是在抗争中以行动实现超越,喜剧是在反思中以智慧实现超越。① 莎士比亚的喜剧智慧表现在许多方面,其中比较突出的一点便是让喜剧人物通过乔装打扮、设计圈套等手段来制造遮蔽自身实质的假象,"使人们对于它的实质的认知构成一种障碍;喜剧通过情节、场面、行动和语言过程不断地消除人们对于它们的认知上的障碍,揭示出迷雾和面纱后面的真实面目,由此引发出人们的惊奇感和欢乐的笑声"②。

莎士比亚制造和解决喜剧矛盾时所运用的重要喜剧智慧和手段是女扮男装。女扮男装会造成人物伦理身份的变化,"由于身份是同道德规范联系在一起的,因此身份的改变就容易导致伦理混乱"③,从而产生一系列喜剧矛盾。以《第十二夜》为例,妹妹薇奥拉假扮成孪生哥哥西巴斯辛住进公爵家去追求自己的爱情,出人意料的是其身份的置换引发了一系列的误会。易装成为侍从的薇奥拉一方面爱着奥西诺公爵,另一方面又不得不违心地替公爵去向伯爵小姐奥丽维娅求爱。她的女扮男装使其伦

---

① 苏晖:《西方喜剧美学的现代发展与变异》,武汉:华中师范大学出版社,2005年,第32—38页。
② 邱紫华:《莎士比亚的喜剧美学思想》,《湖北大学学报》(哲学社会科学版)2005年第3期,第298页。
③ 聂珍钊:《文学伦理学批评导论》,北京:北京大学出版社,2014年,第257页。

理身份发生变化,导致了伦理错位,不仅公爵对她没有产生恋情,甚至公爵的意中人奥丽维娅竟然喜欢上了她。当然,最终她还是赢得了公爵的爱情,奥丽维娅也喜欢上了与妹妹相貌极其相似的哥哥西巴斯辛。

《第十二夜》中,薇奥拉由于易装而具有了薇奥拉-公爵的男仆西萨里奥的双重伦理身份。双重身份既限制了她对于爱情的表白,又赋予她行动的自由。一方面,她虽然因为易装为男伺而获得了接近公爵的机会,却无法以公开的男性身份让公爵爱上她,她的内心活动也不能直接地表露,而只能通过与公爵或与奥丽维娅的谈话间接地加以表白和澄清;另一方面,易装使得薇奥拉从女性变为了男性,这是对当时父权制伦理道德的一种突破,因为借助这种男性身份,她可以做许多父权制伦理禁止女性做的事。有学者指出,薇奥拉的双性同体不是生理状态,而是精神状态,她女扮男装的目的是为了寻求自由,而她所追求的东西是凭借女子身份所无法做到的。① 薇奥拉伪装成男伺西萨里奥,刚认识公爵三天,就获得了他的喜爱和宠幸,并受到公爵的信任,肩负起为公爵求爱的重任。不过,她没有想到,男性装扮使自己成为奥丽维娅的爱恋对象。于是喜剧形成了复杂的恋爱三角关系:薇奥拉喜欢公爵,却由于男性侍从的身份不能公开表白;奥丽维娅喜欢薇奥拉,却万万没想到她其实是女性;公爵喜欢奥丽维娅,却不知道奥丽维娅另有所恋。这种混乱的局面在西巴斯辛出现后开始扩大,波及更多的人。奥丽维娅把薇奥拉的哥哥西巴斯辛当作了自己喜欢的人,与他私订终身;公爵误以为是薇奥拉抢了他的爱人,要杀死薇奥拉。可见,正是薇奥拉的女扮男装,使喜剧产生了层出不穷的误会和矛盾,让人捧腹大笑,充分展现了莎翁的喜剧智慧。

《第十二夜》中的女扮男装之所以能起到引发喜剧矛盾、引起观众笑声的作用,是由于剧中除薇奥拉和船长以外的人物都被蒙在鼓里,并不知晓薇奥拉的真实身份,而莎翁在喜剧的开头就已经告诉观众薇奥拉女扮男装的事实,从而使观众能与易装的薇奥拉共享这一秘密,并一起观看和

---

① Robert Kimbrough. "Androgyny Seen Through Shakespeare's Disguise." *Shakespeare Quarterly* 1(1982):18.

嘲笑剧中其他人物由于对薇奥拉真实身份的无知而造成的种种错误认识和举动。易装赋予女主角薇奥拉双重伦理身份，即原来真实的女性身份和伪装之后的男性身份，当她在舞台上以伪装的男性身份参与戏剧表演时，她同时可以用真实的女性身份游离于外在表现出来的男性身份，从而使观众更了解主人公的内心困惑、矛盾与无奈，更能洞悉由于易装而产生的伦理混乱。

女扮男装作为莎士比亚常常采用的喜剧手段，在其他喜剧中也有精彩的运用，如《威尼斯商人》《皆大欢喜》《终成眷属》《维洛那二绅士》等。除女扮男装外，《无事生非》中的设圈套法、《仲夏夜之梦》中的花汁等，也都是制造喜剧性矛盾的重要手段。这些手段使人物伦理身份发生变化，从而造成伦理错位与混乱，强化喜剧性矛盾，推动喜剧情节向前发展。莎士比亚借助女扮男装等手段，歌颂真善美，嘲笑和惩戒假恶丑，让观众在发出愉悦笑声的同时得到情感的陶冶和道德的启迪。

二、喜剧人物的伦理选择及其教诲价值

一般而言，喜剧人物形象往往分为两大类：否定型和肯定型。否定型喜剧形象追求无价值的东西，却又披着华丽而神圣的外表；肯定型喜剧形象追求真善美，他们运用自己的聪明才智与对手周旋，揭穿残暴者、伪善者的丑恶嘴脸。两类人物形象所做出的不同的伦理选择，显示出正反两方面的教诲价值。

莎士比亚的喜剧多为抒情性喜剧，着眼于塑造肯定型喜剧形象。这些人物在面临喜剧冲突时所做出的选择，展示了人文主义者应有的理性精神。

以《第十二夜》为例，核心人物薇奥拉被莎士比亚赋予了勇于追求爱情、为爱无私奉献的美好品格，她在爱情与责任之间所做出的伦理选择，显示出她的精神境界的高尚。她对公爵充满爱恋，她说：不管有多大的阻碍，"我一定要做他（公爵）的夫人"[①]；虽然男仆的身份限制了她的表白，

[①] [英]莎士比亚：《第十二夜》，《莎士比亚全集》(4)，朱生豪译，北京：人民文学出版社，1978年，第15页。

她还是在言谈中暗示公爵,含蓄地表达自己的爱意:"我的父亲有一个女儿,她爱上了一个男人,正像假如我是个女人也许会爱上了您殿下一样","她从来不向人诉说她的爱情……她因相思而憔悴,疾病和忧愁折磨着她";在公爵的追问之下她更是大胆表露:"我父亲的女儿只有我一个,儿子也只有我一个。"①不过,由于伦理身份的限制,薇奥拉的话仍然体现出内敛而含蓄的特点,了解其真实身份的观众可以体会其中蕴含的痴情与酸楚,但也正是由于其表达的含糊,致使深陷于对伯爵小姐爱情之中不能自拔的公爵丝毫没有察觉。

薇奥拉为什么没有直接向公爵揭开自己身份的面纱、为什么要帮助公爵追求他心仪的对象呢?这是因为她对公爵的爱是无私的、高尚的。作为深得公爵信任的侍从,她将满足公爵的意愿作为自己的责任。她肩负起为公爵求爱的重任,这就导致了理智与情感的冲突:身为侍从的责任与对公爵的爱之间的冲突。如果薇奥拉玩忽职守或者蓄意破坏公爵的求爱行动,那么她就有机会得到公爵的爱。但是她没有,她将为公爵争取爱情作为自己的责任,想尽一切办法接近并竭力说服奥丽维娅接受公爵的爱情。在这一伦理冲突中,薇奥拉选择完成自己的责任,而把个人情感放在次要位置。薇奥拉受到奥西诺公爵的委托后,不但表示"我愿意尽力去向您的爱人求婚"②,而且也确实是这样做的。奥丽维娅不见她,她的回复异常坚决:"要像州官衙门前竖着的旗杆那样立在您的门前不去,像凳子脚一样直挺挺地站着,非得见您说话不可。"③换作其他的人,如果奥丽维娅不愿答应自己心爱的人的求婚,早已暗暗高兴地走了。可是薇奥拉一心为了奥西诺,把奥西诺的幸福当作了自己的责任。尽管因为收到奥丽维娅的戒指而明白了她的爱意,薇奥拉仍没有放弃为奥西诺求爱。在第二次与奥丽维娅见面时,她不断向奥丽维娅暗示自己不是男性,"你猜

---

① [英]莎士比亚:《第十二夜》,《莎士比亚全集》(4),朱生豪译,北京:人民文学出版社,1978年,第41页。
② 同上书,第15页。
③ 同上书,第21页。

想得不错,我不是我自己"①,企图借此让奥丽维娅改变心意,但奥丽维娅心里只想着眼前的"西萨里奥"。薇奥拉并没有放弃,而是继续试图感化对方:"我主人的悲哀也正和您这种痴情的样子相同","我向您要的,只是请您把真心的爱给我的主人"。②薇奥拉为奥西诺求爱的真诚可见一斑。尽管自己陷于爱情的痛苦之中,但仍然坚持为撮合公爵和伯爵小姐尽职尽心。她愈是忠诚不苟地为公爵尽职,愈显示出她品德的高尚和心灵的纯净,表现了她的自我牺牲精神。虽然莎士比亚其他喜剧中的女主角,如《威尼斯商人》中的鲍西娅、《皆大欢喜》中的罗瑟琳、《终成眷属》中的海丽娜等,也都表现出勇敢、真诚、机智、友善等特点,在面临伦理选择时做出了善的选择,但薇奥拉所表现出的自我牺牲的崇高品质,不仅远远高出莎翁笔下的其他女主人公,而且这种无私的精神也是很多男性身上所不具备的。

与高尚的选择相对立的是卑鄙、不道德的选择。莎士比亚喜剧中也塑造了一些否定型喜剧形象,表现他们贪婪、自私、残忍等特点,如《皆大欢喜》中的弗莱德里克、《温莎的风流娘儿们》中的福斯塔夫、《威尼斯商人》中的夏洛克等。但即使是对这一类否定型喜剧人物的描写,莎士比亚也尽力揭示出他们在做出伦理选择时所处的特定伦理环境和所具有的特殊伦理身份。如在《威尼斯商人》中,莎士比亚虽然刻画了夏洛克这样一个贪婪、残忍的高利贷者形象,但是夏洛克并不是一个彻头彻尾的坏人。他对安东尼奥的报复行为虽然残忍狠毒,但这是在犹太人受到凌辱情况下的奋起反抗。作为一个犹太人,夏洛克按照犹太人的伦理规则而生存,但是这种生存方式不见容于基督教伦理规范的代表人物安东尼奥。安东尼奥以及他的朋友们代表着基督教伦理规范,夏洛克生活在他们之间,面临着无可避免的伦理困境。如果他屈从于基督教伦理规范,那他作为犹太人在这个社会无法很好地生存下去;他坚守犹太教的伦理规范,虽然获得了财富,但是社会地位并没有相应的提高,他仍然是被基督教社会唾弃

---

① [英]莎士比亚:《第十二夜》,《莎士比亚全集》(4),朱生豪译,北京:人民文学出版社,1978年,第55页。

② 同上书,第68页。

的对象,甚至连他的女儿都看不起他。夏洛克的伦理困境反映了那个时代犹太人普遍的生存状况,也是他们所普遍面临的伦理困境。面对这个困境,夏洛克被迫做出了同意改信基督教的伦理选择,基督教伦理秩序打败了犹太教伦理的一次"进攻",最终基督教伦理秩序得到维护。可见,夏洛克这一形象具有鲜明的两重性:既是贪婪、吝啬、凶狠、残酷的高利贷商人,又是长期受到种族、宗教歧视与虐待的犹太教徒的代表。同时,这一形象也具有悲喜交融的特点,他作为作茧自缚的丑角受到讥笑,但他坚持自己的犹太教信仰,坚决拒绝在两种文化冲突中做出退让与妥协,其反抗又带有浓厚的悲剧性色彩。

总之,"莎士比亚的戏剧充满着对道德问题的关注,他关注公共生活和私人生活问题,关注正义、善良、友谊、忠诚与爱。……他将人物放置在一个选择的十字路口,让他们扪心自问,如何做才是自己的最佳选择"[1]。这使其塑造的人物能够引起读者和观众强烈的共鸣,并使他们受到深刻的人生教益。

三、喜剧创作主体的伦理选择与道德理想

喜剧往往渗透着剧作家的理想主义精神。剧作家的喜剧意识就其本质而言,是一种对现实的超越意识,"是人类认识自我、否定自我,执着追求未来理想的精神。它体现了人类精神发展的自由境界"[2]。也就是说,喜剧式超越是主体对现实及自身的弱点与弊病的否定,也是对人的自我力量、价值尺度及伦理理想的肯定。剧作家将某种伦理理想或某种价值尺度作为评价标准,考察人生事相,发现其中的荒谬与反常,并将之表现出来,喜剧的欣赏者便能通过笑声对作家的伦理理想或价值尺度予以肯定,人类便能愉快地获得自我确信和精神解放,正如卡西尔所说:"从喜剧的角度来看,所有的东西都开始呈现出一副新面貌。我们或许从来没有像在伟大喜剧作家的作品中那样更为接近人生了,例如塞万提斯的《堂·

---

[1] Geoffrey H. Hartman. "Shakespeare and the Ethical Question: Leo Löwenthal in Memoriam." *ELH* 1 (1996): 3.

[2] 佴荣本:《笑与喜剧美学》,北京:中国戏剧出版社,1988年,第193页。

吉诃德》,斯特恩的《商第传》,或者狄更斯的《匹克威克外传》。我们成为最微不足道的琐事的敏锐观察者,我们从这个世界的全部褊狭、琐碎和愚蠢的方面来看待这个世界。我们生活在这个受限制的世界中,但是我们不再被它所束缚了。这就是喜剧的卡塔西斯作用的独特性。事物和事件失却了它们的物质重压,轻蔑溶化在笑声中,而笑,就是解放。"①

就一般意义而言,喜剧的结局往往是善战胜恶,恶势力受到应有的惩罚,这虽然不一定符合生活的逻辑,却充分体现出剧作家的道德理想。喜剧矛盾的逐渐展开,使剧中呈现出伦理秩序混乱的局面,但最终伦理秩序将得到重构。"伦理混乱无法归于秩序或者不能秩序重构,则形成悲剧文本,……如果伦理混乱最后归于秩序或重建了秩序,则形成喜剧文本或悲喜剧文本"②,也就是说,喜剧往往以伦理秩序的恢复或重构为其结局。

在莎士比亚的喜剧中,伦理秩序的恢复或重构往往表现为人物伦理身份的确定和婚恋等问题的顺利解决。如《第十二夜》第五幕中,西巴斯辛与薇奥拉的同时出现让整个戏剧达到了高潮,为了澄清各种误会,薇奥拉向大家坦白了自己的女性身份。奥丽维娅明白了自己一直喜欢的是女性,接受了与薇奥拉长相相似的西巴斯辛。奥西诺公爵放弃了对奥丽维娅的单恋,将目光投向了一直尽心为他效力的薇奥拉。虽然是"各遂所愿"的大团圆结局,但是奥西诺和奥丽维娅得到的都不是当初苦苦追求的。莎士比亚借此传达出追求终结于挫折、幻想粉碎于现实的人生真谛。《威尼斯商人》《仲夏夜之梦》等喜剧也都以婚恋为题材,剧中反映的是这样的现实背景:包办婚姻、父权、等级特权不仅是当时社会约定俗成的道德伦理规范,而且还受到相关法律的保护。喜剧中的肯定型喜剧形象积极反抗和超越这些现实的阻碍,为了争取婚姻自由和爱情幸福,与旧的伦理道德和社会邪恶势力展开斗争,并冲破阻碍,最终有情人终成眷属。这正是莎翁反对禁欲主义、张扬人的天性、肯定理想的爱情的人文主义思想的体现。这些喜剧以大团圆或几对恋人终成眷属作为结局,反映出莎翁

---

① [德]恩斯特·卡西尔:《人论》,甘阳译,上海:上海译文出版社,1985年,第191—192页。
② 聂珍钊:《文学伦理学批评:基本理论与术语》,《外国文学研究》2010年第1期,第21页。

的人文主义爱情理想。这种人文主义爱情理想与封建伦理和宗教伦理针锋相对,主要表现为:

首先,反对基督教的禁欲主义,主张大胆追求爱情。《爱的徒劳》揭示了生命意志的不可违抗以及爱情所具有的伟大力量,从而有力地讽刺了违反人性的禁欲主义。《终成眷属》中,莎士比亚借伯爵夫人之口表达了他对爱情的态度,伯爵夫人虽然在观察到海丽娜爱自己的儿子时感到吃惊,但是也给予支持与肯定,并称这是人类的天赋,是人的自然天性。莎士比亚喜剧中的多数主人公对爱情都无比憧憬并执着追求,《第十二夜》中的薇奥拉和奥丽维娅都是典型的例子。

其次,反对封建伦理观念,宣扬爱情中的男女平等。莎士比亚喜剧中理想的爱情不依附物质条件,不受等级观念影响。如《威尼斯商人》和《仲夏夜之梦》等描绘了青年男女冲破金钱和等级观念而同父辈以及法律所做的斗争,他们最终都取得了胜利。《终成眷属》肯定了海丽娜对爱情执着追求的精神,批判了封建等级制度和门第观念。剧中,国王主张把海丽娜嫁给勃特拉斯伯爵,在遭到伯爵拒绝后,国王说:"你看不起她,不过因为她地位低微,那我可以把她抬高起来。……善恶的区别,在于行为的本身,不在于地位的有无。……最好的光荣应该来自我们自己的行动,而不是倚恃家门。"①

最后,反对爱情中的恶德败行,推崇富有奉献精神的爱情。《一报还一报》通过以伊莎贝拉为代表的正义和以安哲鲁为代表的邪恶的矛盾冲突,宣扬了惩恶扬善的主题。在《第十二夜》中,年轻人的爱情并没有与之敌对的外在势力,主要是由误会导致的内在冲突。剧中主人公都追求真挚的爱情,却处于不同的精神层面。公爵奥西诺处于低层次,他有真挚的感情却怯于追求爱人,向奥丽维娅求爱都是派侍从去;奥丽维娅比奥西诺高一个层次,她虽是女性,却敢于采取行动争取爱情,但是她的爱情没有跃出个人幸福的圈子;薇奥拉则处于最高层次,她热切地爱着奥西诺,却

---

① [英]莎士比亚:《终成眷属》,《莎士比亚全集》(3),朱生豪译,北京:人民文学出版社,1978年,第339—340页。

又替奥西诺向奥丽维娅求爱,她把爱人的幸福看得比自己更重要。薇奥拉是执着追求爱情又富于牺牲精神的女性,这一形象寄寓了莎士比亚崇高的人文主义道德理想。

总之,莎士比亚喜剧中的爱情理想是与人文主义道德理想紧密相连的。正如布鲁姆所指出的:"对于莎士比亚来说,爱当然不是生命的全部,但它的确突出了人的某些最可贵的理想。把人最大的快乐与最高级的活动,以及最高贵而美丽的言行合二为一,还有什么比这更好?这,就是爱的理想。"①

四、喜剧欣赏主体的笑及喜剧教诲功能的实现

喜剧的教诲功能是通过欣赏主体的笑实现的,喜剧的欣赏者有内在的伦理取向,他们在欣赏喜剧人物的高尚言行或嘲笑其不道德言行时,自己内在的伦理取向会获得一种认同,或产生"突然荣耀感"②,从而使自身的道德意识获得强化或提升。所以,德·西武林说,喜剧"用自己的教诲使我们幸福欢畅,通过给我们展现一幅幅错误和罪恶的图画来教导我们。笑的本身就是对喜剧最真实的贡献。通过笑,喜剧可以达到它令人渴望的目标:在使人们娱乐的同时,对他们的言行进行矫正"③。

喜剧的审美效果是引人发笑。从喜剧的欣赏主体而言,他们的笑是在刹那间的顿悟中爆发出来的,带有直觉性的特点。直觉虽然超越通常的逻辑程序,与理性思维形式完全相反,但直觉过程包括了理性思维的某些因素,也就是说,笑的主体虽不一定明确地意识到自己为什么笑,对象为什么可笑,但这种直觉其实包含着深刻的理性因素,是积淀于欣赏者头脑中的"正常尺度"在起作用。这所谓的正常尺度就包括特定时代的伦理道德观念。这些伦理道德观念就是一种参照模式和评价标准,左右着欣赏者的判断,人们以其作为评价标准,观照反常的喜剧客体,就会对其矛盾性产生一种突然的认识,即顿悟到对象的不协调,产生喜剧感,并爆发

---

① [美]布鲁姆:《莎士比亚笔下的爱与友谊》,马涛红译,北京:华夏出版社,2012年,第5页。
② [英]霍布斯:《论人性》,上海青年幽默俱乐部编:《中外名家论喜剧、幽默与笑》,上海:上海社会科学院出版社,1992年,第16页。
③ 王树昌:《喜剧理论在当代世界》,乌鲁木齐:新疆人民出版社,1989年,第17页。

出笑声或露出会心的微笑。

包括特定时代伦理道德观念在内的喜剧欣赏者的内在评价尺度具有惯常性、群体性等特点。内在尺度是惯常的参照模式,即被一定时代、一定地域、一定文化环境中大多数人所认同,因而也具有群体性。所以,喜剧性笑的发生不过是发笑者向某一群体共同心理、共同的伦理道德观念的有意无意的"认同",或者反过来说,群体的共同心理、共同模式通过个体的笑来表明自身、巩固自身、维系自身。笑,充分表现了人的群体性、社会性的本质,笑因而也成为理解一定时代、一定地域的文化特征乃至人类文明的一把钥匙。

文艺复兴时代,人们刚从宗教禁欲主义的束缚中解放出来,追求生活的乐趣和人生的幸福已然成为大众的心声。文艺复兴时期文学渗透着狂欢式的思维与鲜明的狂欢精神,是中世纪民间诙谐文化与新的人文主义思想融合的产物。民间诙谐文化中狂欢式的世界感受的精髓是交替变更的精神、消除等级的平等对话意识,正好与人文主义否定神权、反对禁欲主义、肯定人的自然情欲和追求个性解放的信念一致。所以,巴赫金指出,狂欢式的笑在文艺复兴时期文学中所起重要作用,表明民间诙谐文化已"与时代最先进的思想体系、与人文主义知识、与高超的文学技巧相结合"①。文艺复兴是西方狂欢化文学发展的高峰时期,薄伽丘、拉伯雷、塞万提斯、莎士比亚等作家便是其中的杰出代表。

就莎士比亚而言,他与同时代的本·琼生等英国戏剧家的不同就在于,他从民间文化中直接汲取丰富的营养,其喜剧采取寓教于乐的形式,既贴近大众的现实生活,又具有浓厚的理想主义精神。正如1609年版的《特洛伊罗斯与克瑞西达》的出版前言中所说:"这位作家的这些喜剧是那样忠于生活,以致可以成为我们生活中一切行为的最好注解,同时又表现出智慧的高度灵巧和力量。"②莎士比亚的喜剧是浪漫喜剧的典型代表,善于编织一系列以爱情为中心的浪漫故事,这种浪漫的爱情故事在伊丽

---

① [俄]巴赫金:《拉伯雷研究》,钱中文主编,李兆林、夏忠宪等译,石家庄:河北教育出版社,1998年,第84页。

② 杨明等编著:《莎士比亚传》,北京:世界知识出版社,2001年,第224页。

莎白女王执政时代受到王族和平民的共同喜爱。那时,中世纪豪侠的骑士精神还受人称赞,骑士和淑女之间一见钟情的浪漫的恋爱方式依然吸引着那些爱幻想的人们;加之伊丽莎白女王特别欣赏表现妇女的决断能力、女性的机敏与智能的文学作品;上层社会的人士也喜爱用机智的、幽默风趣的话语进行交谈。莎士比亚的作品一方面适应了这种社会审美趣味;另一方面,这种浪漫的爱情题材也与文艺复兴时期流行的"幸福是最高的善""快乐是人生的目的"的人生信念和伦理观念是一致的。更为重要的是,莎士比亚的喜剧往往通过爱表现善能战胜一切的主题,对爱情中的背信弃义等行为予以了否定,对爱情和婚姻中的金钱关系和等级观念进行了尖锐的批判,传达出了人文主义的爱情理想和道德理想,因而极大地满足了文艺复兴时期广大民众的心理需求。同时,其喜剧也因其所具有的独特魅力而超越了民族和时代,"莎士比亚对不同时代、不同国家里那些认真阅读他的人产生的影响证明了,我们身上存在着某些永恒的东西,为着这些永恒的东西,我们必须一次又一次重新回到他的戏剧"①。

当然,喜剧欣赏者的内在评价尺度除具有惯常性、群体性外,也具有相对性的特点,存在历时性和共时性的差异,它会因时间、年代不同或地域、民族不同而发生变化。斯达尔夫人曾指出:"在各国文学中,有各种不同的戏谑;被一个民族的作家普遍接受的欢乐的性格是什么样子,再好也不过地体现了这个民族的习俗风尚";"英国人的戏谑中含有愤世嫉俗的成分,而法国人的戏谑中则含有群性的成分。前者是为个人在单身独处时阅读的,后者则听众越多,效果越大。英国人的戏谑几乎总是产生哲理的或伦理道德的效果;法国人的戏谑则时常仅仅为了乐趣本身而已"。②虽然她对英国人与法国人的喜剧审美趣味所进行的比较和区分不一定正确,但至少说明欣赏喜剧的内在尺度存在着民族的差异。同时,时代不同,伦理道德观念也会有差异,喜剧观众的内在尺度也会随之变化。当然,喜剧欣赏的效果也会因欣赏者个体的伦理道德观念、生理、心理、情

---

① [美]布鲁姆:《莎士比亚笔下的爱与友谊》,马涛红译,北京:华夏出版社,2012年,第156页。
② [法]斯达尔夫人:《论文学》,徐继曾译,北京:人民文学出版社,1986年,第170、175页。

绪、性格、修养、知识储备等因素的不同而产生差异。喜剧性笑的产生要受接受主体的历史文化背景、知识水平、理解力和审美感受能力、价值观念以及心理、情绪等因素的制约，这些因素构成喜剧接受主体的心理变量。

从莎士比亚喜剧的接受史来看，虽然总体来说历代观众和莎评家对莎士比亚的喜剧表示了由衷的喜爱并给予了充分的肯定，但不同时期、不同民族的观众和批评家也会发出并不相同的声音。比如，以19世纪为例，莎评主要分为三大派，即浪漫派、现实主义派和否定派。浪漫派莎评家以英国的柯勒律治、法国的雨果、德国的赫尔德等为代表，他们抨击古典主义对莎士比亚的责难和曲解，高度肯定莎士比亚喜剧的抒情性和哲理性以及内容与形式的完美结合。他们的观点反映出浪漫派的艺术追求与莎士比亚作品之间具有内在的相通性。现实主义派莎评家以俄国的别林斯基、法国的罗曼·罗兰、英国的卡莱尔等为代表，他们认为莎士比亚能从个别中看到普遍，从形象中体现思想。他们的评价其实反映出莎士比亚的作品也能满足现实主义艺术追求的需要这一事实。与前面两派形成鲜明对照的是否定派批评家，以萧伯纳和托尔斯泰为代表。他们强调戏剧应该表现社会的重大问题，艺术应该具有教育和感化作用，而莎士比亚的作品"轻浮""无聊""一味迎合低级趣味"，缺少道德价值和社会价值。从今天的角度看，两位批评家对莎士比亚的责难多少带有误解的性质，而这种误解，又是有其时代原因的。19世纪后期正是西方面临社会转折、伦理观念转型的时期，文学中出现了以道德感化和改良主义拯救社会病痛的趋向，这就要求作家更自觉地表现社会重大问题，突出作品的教益作用。因而，两位文豪就对莎士比亚"寓教于乐"型的作品发出了诘难，这是不足为怪的。同时，19世纪的现实主义与文艺复兴时期的现实主义是有很大的区别的，不能要求后者服从于前者。两位文豪以某一褊狭的艺术观念去衡量复杂的艺术遗产，以今人的标准要求古人，这就导致他们面对莎士比亚的戏剧，尤其是喜剧作品时无法发出会心的微笑，其得出的结论也不能令人信服。不过，总体而言，19世纪的莎评确立了莎士比亚在世界文学史上的大师地位，引导着后人进一步探索其作品丰富的内涵和独特的艺术魅力。①

第二节　伦理焦虑与莎士比亚悲剧：
以《雅典的泰门》为例

《雅典的泰门》写于1605—1608年②，故事以希腊城邦分治时期的雅典为背景，讲述了泰门从家财万贯到一贫如洗，发现同胞们的忘恩负义和贪婪后成为"恨世者"(misanthrope)③的过程。这是莎士比亚创作的最后一部悲剧，然而相较于读者耳熟能详的其他悲剧作品(《罗密欧与朱丽叶》《哈姆雷特》《奥赛罗》《李尔王》和《麦克白》)，《雅典的泰门》向来不是学界研究的重点。事实上，这部作品从出版伊始便因为戏剧语言粗糙④，结构松散⑤，人物性格变化突兀⑥等原因而饱受批评家诟病。正因为此，评论

---

① 王维昌：《莎士比亚研究》，合肥：安徽大学出版社，1999年，第326—328页。

② 学界关于《雅典的泰门》的完稿时间并未形成定论。据现有资料考证，该剧在莎士比亚生前从未上演，直到1623年"第一对折本"的出现，才得以首次出版。

③ 在以往的作品翻译中，misanthrope往往被译为"厌世者""愤世嫉俗者"(或"愤世者")、"循世者"。由于英文词misanthrope源于希腊词μῖσος(misos，"仇恨")和ἄνθρωπος(anthrōpos，"人类")的组合，故笔者认为中文"恨世者"一词更切合词源的含义和剧本原意。

④ 参见梁实秋译：《莎士比亚全集》(7)，呼伦贝尔：内蒙古文化出版社，1996年，第1页。梁实秋在《雅典的泰门》中文译本的序言中提到了"文笔不匀称"的问题："无韵诗中杂有韵语，五步抑扬格的无韵诗时常变为不规则的自由诗，行中断句(Mid-line Speech Endings)占全剧行数的63%，处处显示莎士比亚此剧的'草稿'(foul papers)实在是很'草'。"

⑤ 奥利弗认为这部戏剧的"结构原则"在于戏剧前三幕和后两幕所设置的道德态度的决然对立(xlviii—xlix)，这也是学界对于该剧结构的一致认识。然而，尽管有些学者试图将这种戏剧结构置于中世纪的道德剧传统中加以讨论，更多学者对于这一结构持有否定的态度，认为戏剧的两部分之间属于片段式连接，情节不连贯，缺少过渡场次。例如R. P. 德莱珀以第三幕第五场艾西巴第斯的突然出场为例说明，泰门在遭遇朋友的背弃后的心理变化发展并没有在戏剧层面上得以呈现，由此他认为《雅典的泰门》在戏剧形式上显然有别于莎士比亚的其他悲剧。参见H. J. Oliver, ed. *Timon of Athens*. London: Methuen, 1959, pp. xlviii—xlix; R. P. Draper. "Timon of Athens." *Shakespeare Quarterly* 8.2 (1957): 195—200。

⑥ 哈里·莱文认为该剧最大的缺陷便是主人公泰门从一种心理状态到其相反状态的突然变化。正因为此，泰门给读者的印象是过于类型化，既缺乏"多样的热情和丰富的个性"，也没有表现出"前后一致的性格发展"。参见Harry Levin. "Shakespeare's Misanthrope." *Shakespeare Survey* 26 (1973): 89—94; Una Ellis-Fermor. "Timon of Athens. An Unfinished Play." *The Review of English Studies* 18 (1942): 270—283。

界对于该剧作者大有争议:一种观点认为这是莎士比亚一出"未完成的戏剧"①,另外一种观点则猜测这部悲剧由莎士比亚与他人合作完成抑或后人在莎士比亚手稿的基础上续写完成。近年来,狄克逊·魏客特提出第三种假设,即《雅典的泰门》确系莎士比亚的作品,只不过在1623年"第一对折本"出版前,他对作品进行了反复的修改,重写了某些场次并更换了人名。② 尽管这些假设各有支持者,然而其中很多细节并未得到确凿证实,种种猜测推理也都存在自相矛盾之处。

笔者认为,忽略以上这些争论纷纭的问题,重新讨论这部作品的悲剧性和莎士比亚对伦理问题的思考至关重要。尽管批评家尝试从不同角度解读造成泰门悲剧的原因,但大多不能脱离两种分析思路:一种观点将泰门的倾家荡产和愤世归结于对虚伪朋友的一味信任;另一种观点则认为全剧表现了"金钱对于人性的腐蚀"这一命题,而这也正反映了莎士比亚创作晚期对人性的悲观主义认识。③ 然而,这两种解读并没有真正阐释泰门从"慷慨"到"恨世"这一变化过程的伦理本质,也就无法解释这部戏剧的悲剧性,更无从得知在看似简单浅显的情节下隐藏的是作者复杂的伦理及政治经济观点。在解释泰门的伦理悲剧和社会政治经济之间的关系时,我们必须将伦理问题的讨论回归伦理环境,首先分析泰门伦理身份的混乱。

一、伦理身份的"名"和"实"

泰门伦理身份的复杂性在于伦理身份"名"和"实"之间的错位和倒

---

① 最有代表性的是尤纳·埃利斯-弗莫尔在《〈雅典的泰门〉:未完成的戏剧》一文中提出的论点。Una Ellis-Fermor. "Timon of Athens. An Unfinished Play." *The Review of English Studies* 18 (1942): 270—283.

② Dixon Wecter. "Shakespeare's Purpose in Timon of Athens." *PMLA* 43. 3 (1928): 701—721.

③ 卡尔·马克思在《1844年经济学-哲学手稿》中引用了泰门对黄金的一段控诉:"金子?贵重的、闪光的、黄澄澄的金子? 不,是神哟! 我不是徒然地向它祈祷。它足以使黑的变成白的,丑的变成美的;邪恶变成良善,衰老变成年少,怯懦变成英勇,卑贱变成崇高",并以此为注解来解释货币在资本主义经济中的本质和作用。参见[德]马克思:《1844年经济学-哲学手稿》,刘丕坤译,北京:人民出版社,1979年,第104—109页。时至今日,在关于《雅典的泰门》的研究中,金钱是社会普遍罪恶根源这一观点依然主导着国内分析的导向。

置。换句话说,表层叙事中泰门和他者在言语层面上建立的"平等的"朋友关系实质上是"自上而下"的封建主和受惠者之间的权力关系。遗憾的是,以往的评论家大多忽略了表层叙事下的戏剧反讽,将泰门在剧末对世人的痛恨误读为对理想友谊的盲目信赖和错误依托而造成的后果。例如,科林斯在《重读〈雅典的泰门〉》一文中认为,泰门在戏剧开始便用言语和行动完美地定义和诠释了"理想的友谊",当他失去财产且被友人遗弃时,这种对友谊理想化的理解"引发了他的愤怒和近乎疯狂的状态"①。这种解读已然成为定论,批评家或从心理角度,或以人性为例,论证泰门的悲剧正是源于其对真实和虚假的认知缺陷,即泰门无法辨别患难与共的朋友和趋炎附势的小人。

毫无疑问,泰门对于朋友和友谊的理解可以从其言语上得到佐证,然而这并不能说明泰门和剧中他者建立的是以平等为基础、亲密为核心成分的双向流动情感关系。泰门在酒宴上曾说道:"我常常希望我自己再贫穷一些,那么我一定可以格外跟你们亲近一些。天生下我们来,就是要我们乐善好施;什么东西比我们朋友的财产更适宜于被称为我们自己的呢?"②这段话常被引用来说明泰门对友谊的认识和理解,然而甚少有人注意在泰门的假设背后隐藏的是一种与生俱来的经济优越感和高高在上的姿态。这里,语言表层下的隐含立场和态度构成了文本的另一层叙事结构:尽管泰门对他人以"朋友"相称,然而在潜意识中他将自己置于更高(而非平等)的身份和地位。如果忽略了剧中"朋友"的名和实之间的差异,我们便无法认清泰门伦理身份的本质,更无从探讨这出伦理悲剧的根源和意义。

在戏剧的开篇,诗人、画家、仆人、哲学家艾帕曼特斯共同为我们描述

---

① A. S. Collins. "Timon of Athens: A Reconsideration." *Review of English Studies* 22 (1946): 103.

② John Dover Wilson, ed. *The Life of Timon of Ethens*. New York: Cambridge University Press, 1957, pp. 1.2.99-103. 本文所引该剧的汉译均采用朱生豪译:《雅典的泰门》,北京:大众文艺出版社,2010年。引文后注明的幕次、场次、行次以 John Dover Wilson, ed. *The Life of Timon of Ethens* (New York: Cambridge University Press, 1957)为据,如"pp. 1.2. 99-103"意为"第1幕,第2场,第99-103页"。

了这样一幅图景：剧中的雅典是围绕泰门运转的世界，泰门是社会的中心，是宴会活动的组织者，是各类谄媚者和食客的资助者。诗人形象地勾勒出泰门和剧中其他人物的权力关系，并指出了这种权力关系的本质。

> 您瞧各种不同地位不同性情的人，无论是轻浮油滑的，或是严肃庄重的，都愿意为泰门大爷<u>效劳服役</u>；他的巨大的财产，再加上他的善良和蔼的天性，<u>征服</u>了各种不同人，使他们乐于向他输诚致敬；从那些脸上反映出主人的喜怒的谄媚者起，直到憎恨自己的艾帕曼特斯，一个个在他的面前<u>屈膝</u>，只要泰门点点头，就可以使他们满载而归。①

类如"征服"（subdue）、"屈膝"（drops down the knee）、"效劳服役"（tender down their services）这些字眼，无不向我们展示一种恩主和奴仆的单向流动关系。从这段描述中，我们可以得出以下三个结论：一、泰门和他者的关系是一种自上而下单向性的权力等级关系，其中泰门是权力的上端，而"不同地位不同性情"人都处于权力下端；二、支撑这种权力关系的是"巨大的财产"和"善良和蔼的天性"；三、维系这种权力关系是一种交换机制：即通过赐予和接受的经济关系来保证命令和服从的主仆关系——即便很多情况下，这只是一种空头承诺。显然，这种权力充当着某种阶级统治的角色，因为无论是泰门曾经的敌人（"他的敌人也一齐变成了他的奴仆"②）还是那些曾经处于平等地位的人都甘心拜他门下，随时服侍。而这种权力关系和经济关系又紧密联系，因为只有泰门得到命运女神的青睐和恩宠（"命运女神用她象牙一样洁白的手招引他到她的身边"③），只有他得到了命运女神的财富馈赠，正如同诗人所说："瞧，慷慨的魔力！群灵都被你召唤前来，听候驱使了。"④

那么，这种权力的本质是什么呢？尽管权力和经济、政治密不可分，

---

① John Dover Wilson, ed. *The Life of Timon of Ethens*. New York: Cambridge University Press, 1957, pp. 1.1.56—61. 下划线皆为笔者所加，以示强调。
② Ibid., 1.1.74—75.
③ Ibid., 1.1.73.
④ Ibid., 1.1.4—5.

但泰门馈赠礼物并非出于经济抑或政治的考虑，而是源于伦理身份的需要，因为维持这种权力的重要基础便是通过实现封建领主的责任和义务来换取他人的臣服——虽然这种臣服关系在剧中更多只是一种口头承诺。需要说明的是，尽管莎士比亚把戏剧场景设置在雅典城邦，然而文中的伦理、政治和经济生活秩序均是对文艺复兴时期英国社会的影射。由此一来，我们便对泰门的"慷慨"有了重新认识。佩特认为，在戏剧的前两幕中泰门代表着莎士比亚对"理想封建领主"①的认识，这是因为在英国封建社会背景中，附庸、仆役和农民对封建领主的依附关系以领主实现自身的伦理责任为前提。根据历史学家切尼的综述，"一个理想的乡村绅士必须住在自己庄园的宅邸里，帮助国家抵抗外界侵犯和内部混乱，持家慷慨但不浪费，款待朋友，为附庸提供衣食和住所，并乐于施舍财物来救济贫困的邻居"②。可见，大方施财，维持庄园开支和为附庸提供保护正是封建领主基本的伦理责任。

泰门封建领主的伦理身份决定了他如何来维系这种权力体制，这便解释了为何不能单纯从心理或者性格等因素来衡量泰门的行为。在这个权力系统中他对地位卑微者的帮助是深思熟虑之后的结果，这和他对贵族的一味迁就形成了鲜明的对比。泰门帮助文提狄斯还债，恢复其自由是因为"我知道他是一位值得帮助的绅士"③。而他帮助仆人则出于两点考虑：第一，他们彼此相爱；第二，"这个人已经在我这儿做了很久的事"且"君子应成人之美"。④ 无论是在处理文提狄斯的债务还是成全仆人路西律斯的爱情，泰门的考虑说明他不仅具备行善所必需的理智，也明确领主的责任，即为其附庸提供庇护和帮助。

维系泰门和贵族之间关系的外在表现为"礼物"(gift)的馈赠，这种恩

---

① E. C. Pettet. "Timon of Athens: The Disruption of Feudal Morality." *The Review of English Studies* 23 (1947): 322.

② Qtd. in E. C. Pettet. "Timon of Athens: The Disruption of Feudal Morality." *The Review of English Studies* 23 (1947): 323.

③ John Dover Wilson, ed. *The Life of Timon of Ethens*. New York: Cambridge University Press, 1957, pp. 1. 1. 104—105.

④ Ibid., 1. 1. 144—146.

惠是无条件、无原则、无理性,"随时随地向人倾注的"①。正如某贵族所说:"财神普路托斯不过是他的管家。谁替他做了一件事,他总是给他价值七倍的酬劳;谁送给他什么东西,他的答礼总是超过一般酬酢的极限。"②在酒宴上,泰门凭着自己高兴,随意赠送贵族甲一颗宝石。他收下贵族乙的骏马和猎犬便以厚礼回报,又因贵族丙曾赞美过他的骏马便将它送出。那么,泰门的"任意挥霍"果真表露了他的轻率和盲目无知吗?从当时的社会运行机制来看,赠送礼物或资金是资助(patronage)的一种基本形式,也是伊丽莎白和詹姆士一世时期皇室和贵族间的惯例。根据路易斯·艾德里安·蒙特罗斯的定义,资助指的是"建立在假定自由和无利害关系条件下的一种默认的、强制性的且带来重要利益的过程"③。在伊丽莎白和詹姆士一世时代,资助之风盛行于各个阶层,从赠送金钱和珠宝、免除赋税到提供养老金、垄断权和租赁权,资助的形式五花八门。对于被资助者而言,他们必须承认臣属于资助者,并履行向宫廷,贵族或领主效力、服侍或劳役等义务,同时他们也资助其下属。④ 可见,赠送礼物并接受谄媚正是维系伦理身份、确立权力和地位的方式。泰门完全明白"礼物"在不同场合的含义:正是在礼物的交换过程中,通过用更贵重的礼物酬答贵族赠送的轻微物品,泰门不仅完成了伦理身份要求的责任和义务,也实现并维系了这种权力关系。正如马赛尔·莫斯指出,礼物交换的互惠原则和权力密切相关,因为"接受礼物意味接受者……面对给予者时……处于精神上的劣势"⑤。可见,在当时的社会语境中,慷慨是维系权力地位和等级关系的重要环节。这也说明,脱离伦理身份的框架来理

---

① John Dover Wilson, ed. *The Life of Timon of Ethens*. New York: Cambridge University Press, 1957, p. 1. 1. 279.

② Ibid., 1. 1. 279—283.

③ Qtd. in Coppélia Kahn. "'Magic of Bounty': Timon of Athens, Jacobean Patronage, and Maternal Power." *Shakespeare Quarterly* 38. 1 (987): 34—57.

④ Coppélia Kahn. "'Magic of Bounty': Timon of Athens, Jacobean Patronage, and Maternal Power." *Shakespeare Quarterly* 38. 1 (987): 42.

⑤ Marcel Mauss. *The Gift: Forms and Functions of Exchange in Archaic Studies*. Trans. Ian Cunnison. New York: Norton, 1967, p. 51.

解泰门,我们就有可能得出他行事愚蠢且无原则的误导性结论。①

二、从"赠予伦理"到契约伦理

从文本的表层含义来看,泰门的落魄和他的"慷慨赠予"(bounty)有着直接联系,这也解释了学界存在将泰门的故事解读为一个关于"浪荡子"败家寓言的倾向,持有这种观点的人对泰门持有批判而非同情的态度。显然,这种观点忽略了文本影射的社会伦理矛盾及其背后的经济和权力机制。如果说哈姆雷特、奥赛罗和李尔王的故事是家庭伦理悲剧,展现了人物在伦理选择时候的心理活动冲突,而泰门从慷慨相助的封建领主到恨世者的转变之所以被认为是伦理悲剧,正是因为展示了伊丽莎白和詹姆士一世时代封建领土经济关系向资本主义经济关系转型的过程中新旧伦理秩序冲突给个体带来的灾难性后果。

"慷慨赠予"是全剧的核心悖论。赠送礼物本是理想封建领地主所应具备的美德,因为正是这种美德为封建主所享受的特权和财富提供了合法理由。不幸的是,泰门因为践行这一美德而遭到他人的利用、愚弄和嘲笑,最终因为无力偿还"高利贷"带来了自我毁灭。这里的伦理矛盾折射出封建主义经济和资本主义经济及其对应的伦理秩序之间的对立和冲突。在这个只顾私利的新世界里,任何维持旧有道德传统的尝试注定会带来毁灭。管家弗莱维斯在感叹泰门的命运时,一语道破了泰门面临的伦理困境:"可怜的老实的大爷!他因为自己心肠太好,所以才到了今天这个地步!谁想得到,一个人行了太多的善事反是最大的罪恶!谁还敢再像他一半仁慈呢?慷慨本来是天神的德性,凡人慷慨了却会损害他自

---

① Una Ellis-Fermor. "Timon of Athens. An Unfinished Play." *The Review of English Studies* 18 (1942): 270—283. 尤纳·埃利斯-弗莫尔在论证这部戏剧是莎士比亚未完成的作品时,重点分析了泰门的人物性格。在她看来,相对于莎士比亚的其他悲剧人物,泰门显得简单幼稚:"如果他是一个成年人,他怎会如此愚蠢?他怎会表现出没有经过世事练达的模样?更加重要的是,如果他有足够的知识,他怎会如此缺乏对人的理解?"这也正是她认为这是一部未完成作品的重要原因之一。

己。"①R. P. 德莱珀认为,泰门正是"莎士比亚对于在他同时代因为挥霍而败落的贫困领主的写照"②。可见,这种伦理困境在当时具有普遍性,归根结底是因为经济方式的变化导致了社会伦理道德价值观的整体转变。

泰门面临的是一个复杂的经济和伦理问题:在新兴资本主义商业经济的冲击下,封建领主们是继续遵循传统的伦理责任,勉强维持这种权力机制?还是顺时而动,改变生存模式?泰门的选择无疑是当时许多贵族的选择,这便是通过进入"高利贷"的借贷关系来维系封建领主的伦理身份。约翰·德莱珀认为"高利贷"是造成泰门悲剧的真正原因③,这是颇有洞察力的观察。因为从弗莱维斯的口中,我们得知泰门的经济状况:"他的钱箱里却早已空得不剩一文……他所答应人家的,远超过他自己的资力,因此他口头所说的每一句话都是一笔负债。他是这样的慷慨,他现在送给人家的礼物,都是他出了利息向人借贷来的;他的土地都已经抵押出去了。"④而对于他的经济情况和巨额债务,泰门是完全知晓的,正如弗莱维斯所言,"不止一次我因为向您指出您的财产已经大不如前,您欠债已经愈积愈多,而您却对我严词申斥"⑤。可见,在新兴资本主义经济的冲击下继续履行封建领主的责任义务的代价是极其巨大的:泰门不得不到处欠下高额利息,以至于最后他的家产"至多也不过抵偿……欠债的半数"⑥。

这里有必要说明一下当时英国社会的经济运行机制。在伊丽莎白和詹姆士一世时代,当贵族和士绅阶层在乡村大行其道时,英国城市开始出

---

① John Dover Wilson, ed. *The Life of Timon of Ethens*. New York: Cambridge University Press, 1957, pp. 4. 2. 37—41.
② R. P. Draper. "Timon of Athens." *Shakespeare Quarterly* 8. 2 (1957), 196.
③ John Draper. "The Theme of Timon of Athens." *The Modern Language Review* 29. 1 (1934): 22.
④ John Dover Wilson, ed. *The Life of Timon of Ethens*. New York: Cambridge University Press, 1957, pp. 1. 2. 197—204.
⑤ Ibid., 2. 2. 145—148.
⑥ Ibid., 2. 2. 150—151.

现新兴的商人寡头。① 值得一提的是,在《威尼斯商人》中,莎士比亚笔下的威尼斯正是一个以新兴资产阶级为主体的资本主义社会。以商业或生产为基础的社会,完全有别于以土地为基础的封建制度。在以城市为商业发展贸易中心的经济体制下,货币借贷是资本主义经济发展的必然商业行为,也是资本主义新兴发展中的重要力量。随着经济的发展,借贷关系逐渐代替金钱交易,成为经济行为中的惯例。尽管人类自古以来便存在有偿利息的借贷行为,高利贷的盛行却是文艺复兴时代的商业化趋势的产物——这里"高利"一词意指"获取超出贷款本金以外的任何的利息"。从宗教角度和大众文化观点来看,有偿利息借贷被谴责为不道德甚至邪恶的行为。② 教会曾多次明令禁止有偿利息的借贷,然而到了中世纪晚期,由于经济的发展和资本流动的需要,这已成为普遍的日常交易。到了16世纪晚期,有偿借贷不仅盛行于皇室贵族、士绅和商人阶层,也是英国乡村社会的特点。③ 而关于有偿利息的合法化问题在伊丽莎白和詹姆士一世时期一直是争论不断的话题。直到1571年,英国国会最终立法确定了利率,并在合法利息和高利贷之间作出了明确的区分。④

如果说在《威尼斯商人》中,围绕着高利贷展开的犹太人夏洛克和商人安东尼奥的冲突可以被看作一个宗教话题,那么在《雅典的泰门》中,通过将借贷行为和泰门的家道衰弱巧妙地加以关联,莎士比亚赋予"雅典的泰门"这一经典人物和故事新的当下意义。"高利贷"作为一个隐喻,再现的正是商业经济和农业经济两种经济模式之间的冲突。从这个角度来

---

① J. A. Sharpe. *Early Modern England: A Social History 1550—1760*. London: Hodder Arnold, 1997, pp. 183—190.

② 从基督教教义来讲,高利贷违背了《圣经》里上帝对人类始祖亚当的教训——"你必得劳苦流汗,才能从地里得食"(《旧约·创世记》3:18)。《旧约》的《出埃及记》禁止上帝的子民犹太人相互放高利贷,如"你若借钱给他,不可如放债的向他取利"(22:25—27)。在《新约全书》的《路加福音》中,也记载着这样的训诫:"借给人不指望偿还。"(6:35)这种教义上的禁止和谴责也反映在世俗的立法和教规中。梵蒂冈不断发布诏书,禁止发放高利贷。1311年,教会还将高利贷定为异端行为。

③ Keith Wrightson. *English Society 1580—1680*. London: Hutchinson, 1982, p. 52.

④ David Hawkes. *The Culture of Usury in Renaissance England*. New York: Palgrave Macmillan, 2010. 文中指出关于文艺复兴时期利率方案的确定过程及有偿利息合法化的过程。

看,泰门因为高利贷丧失地产和财产的过程正是农业经济被商业经济象征性替代的过程。泰门拥有的土地曾经疆域广阔,直通"斯巴达",但当他向管家提议变卖土地来偿还高利贷时,他被告知,如今"土地有的已经变卖了,有的已经抵押给人家了;剩下来的还不够偿还目前已经到期的债款",而且"没有到期的债款也快要到期了"。① 失去了领土和庄园的泰门,也就失去了成为地主的基本条件。泰门遇到的困境正是当时英国封建领主经济困境的真实写照。正如佩特指出,文艺复兴时期,封建领主整个阶层受到了资本主义商业经济的强烈冲击。他们的收入主要来源于土地,然而面临不断上涨的物价和相对低廉的租金收入,除了少数转入商业领域和其他行业的成功者,大多数的封建领主只有倚靠借贷来维持日常生活。而到了 16 世纪晚期,大多数地主(包括英国当时最有权势的王公贵族)均身负巨额债务,他们的土地以抵押的形式流入城市商人、外贸批发商、零售商和律师之手。②

在这种经济模式下,借贷关系成为早期英国现代社会的主导经济关系。经济关系的变化决定了伦理身份的变化,建立在契约之上的借贷伦理代替了贵族和士绅信奉的"资助"伦理。泰门在森林中对弗莱维斯的诘问一语道破了借贷伦理的实质:"可是老实告诉我——我虽然相信你,却不能不怀疑——你的好心是不是别有用意(But tell me true … /Is not thy kindness subtle, covetous, /A usuring kindness)。"③这里的"usury"不再是单纯的经济术语,通过语法上转换为修饰 kindness 的形容词,暗指的是一种道德上合法接受的伦理准则。泰门的解释进一步阐释了借贷伦理的真正含义:"像那些富人们送礼一样,希望得到二十倍的利息。"④具有嘲讽意味的是,泰门因为高利贷欠下巨额债务,从封建领主的伦理身

---

① John Dover Wilson, ed. *The Life of Timon of Ethens*. New York: Cambridge University Press, 1957, pp. 2.2.153—155.

② E. C. Pettet. "Timon of Athens: The Disruption of Feudal Morality." *The Review of English Studies* 23 (1947): 322.

③ John Dover Wilson, ed. *The Life of Timon of Ethens*. New York: Cambridge University Press, 1957, pp. 4.3.509—512.

④ Ibid., 4.3.513.

份转化为欠债者的经济身份。然而泰门和元老们建立借贷经济关系的目的，正是为了继续实行一个完美封建领主的责任和义务。泰门在践行封建伦理的同时违背了借贷伦理，用元老的话来说，"他的借款早已过期，他因为爽约，我也对他失去信任了。我虽然很看重他的为人，可是不能为了医治他的手指而打伤了我自己的背"①。从借贷伦理的角度来看，泰门违背了契约，无法实现原先的借贷条件和承诺，因此成为元老口中的"背信者"。在这个矛盾交换的背后，隐藏的是残酷冷峻的商业意识对传统封建价值的无情嘲弄和践踏。这里，元老们的价值选择和泰门的选择形成鲜明的对比。由此来看，泰门的悲剧不是个人性格使然，而是源于对旧有伦理道德价值的坚持和固守。更加可悲的是，破产的泰门在这个"新社会"中，必须遵循借贷伦理，即信守和元老们建立的借贷契约，履行契约所规定的偿还责任。

雅法指出："莎士比亚在几乎所有戏剧中都精心设置了政治背景。"②在《雅典的泰门》中，莎士比亚看似规避了政治话题，但从剧中我们依然可以看到他的政治态度。当泰门因无法偿还高额利息而破产时，此时泰门的债主，雅典的元老们早已华丽转身，纷纷成为洋洋自得的放贷人。从艾西巴第斯对元老们的指责中，我们发现维系整个"雅典"经济基础的是具有投机性质的高利贷。当元老宣布放逐艾西巴第斯的时候，他大声疾呼："把你们放债营私、秽迹昭彰的腐化行为放逐了吧！"③他的愤怒源于元老们对他的背弃："我替他们打退了敌人，让他们安安稳稳地在一边数他们的钱，用高利放债，我自己却只得到了满身的伤痕。这一切不过换到了今天这样的结果吗？难道这就是那放高利贷的元老院替战士伤口敷上的油

---

① John Dover Wilson, ed. *The Life of Timon of Ethens*. New York: Cambridge University Press, 1957, pp. 2.1.22—24.

② Harry V. Jaffa, and Allan Bloom. "Political Philosophy and Poetry: Introduction." *Shakespeare's Politics*. Chicago: University of Chicago Press, 1981, p5.

③ John Dover Wilson, ed. *The Life of Timon of Ethens*. New York: Cambridge University Press, 1957, pp. 3.5.101—102.

膏吗?"①这里我们暂且不讨论放逐的合法性和社会公义问题。显然,艾西巴第斯反叛的根本原因源于对元老们通过高利贷谋取私利的不满。此时的元老们只是名义上的贵族,他们已经背离了泰门所象征的理想封建伦理,成功转型为新的经济关系获利者——放贷人。他们"冷酷无情",天性变得"冥顽不灵",用泰门的话说,"这些老家伙,都是天生忘恩负义的东西;他们的血已经冻结,不会流了"。② 可见,在这个以高利贷为符号的商业社会中,元老们信奉的是"金钱之上"的经济伦理和"欠债还钱"的契约伦理。尽管莎士比亚把戏剧场景设置在雅典城邦,但正如劳伦斯·斯通所言,这是对当时伦敦城的真实写照,当时伦敦的市议员们"通过高利贷和被没收的抵押贷款来敛财"③。

《雅典的泰门》看似只是对经典故事和人物的改编,实则借此探讨了高利贷对于封建经济形态的冲击,以及经济关系的改变对于人际间伦理准则的影响。据卡佩拉·卡恩的分析,泰门深陷债务的情节正是对詹姆士一世执政期间国家财政危机的影射④——尽管历史学家认为多种因素(例如腐败、浪费、中央集权等等)造成詹姆士一世的债务危机,但他们都同意这种收支的不平衡主要源于他的慷慨赠予。⑤ 尽管我们很难去佐证这一猜想,但无须置疑的是,从泰门的悲剧,我们看到的是新兴的商业主义经济对封建势力及其伦理价值体系的冲击。这些新兴力量损坏了"骑

---

① John Dover Wilson, ed. *The Life of Timon of Ethens*. New York: Cambridge University Press, 1957, pp. 3.5.108—113.

② Ibid., 2.2.220—225.

③ Lawrence Stone. *The Crisis of the Aristocracy 1558—1641*. London and New York: Oxford University Press, 1965, p. 542.

④ Coppélia Kahn. "'Magic of Bounty': Timon of Athens, Jacobean Patronage, and Maternal Power." *Shakespeare Quarterly* 38.1 (1987): 42.

⑤ Lawrence Stone. *The Crisis of the Aristocracy 1558—1641*. London and New York: Oxford University Press, 1965, p. 225; R. H. Tawney. *Business and Politics Under James I: Lionel Cranfield as Merchant and Administrator*. Cambridge: Cambridge University Press, 1958, p. 298. 几组数据就能说明詹姆士一世的财政情况:当伊丽莎白让位给詹姆士时,国家财库尚有40,000英镑盈余,而到了1608年,也就是詹姆士执政五年后,英国陷入600,000英镑债务。当他结束统治时,共欠债1,000,000英镑。在1603—1625年之间,仅仅是赠送贵族阶级的皇家土地和租金的总价就达到1,000,000英镑。

士精神,摧毁了贵族阶级,他们并非外来力量,而是从内部无法抗拒的传染"①。泰门周围充斥的是这些善于算计、信奉金钱和个人利益至上原则的"新人类"。当泰门的仆人寻求贵族路库勒斯的帮助时,他回答道:"现在不是可以借钱给别人的时世,尤其单凭友情,什么保证都没有。"②无论是从中世纪基督教的伦理道德观出发,还是根据封建经济的伦理原则,路库勒斯的拒绝都是一种伦理背弃。当剧中众人纷纷意识到"现在不是可以借钱给别人的时世"——即在新的商业经济关系中,建立在"友谊"基础上的无偿借贷关系已经失去了它的伦理基础,泰门的坚持便显得尤为悲壮。

三、"恨世者"的伦理本质

一旦明晰了泰门伦理悲剧背后的经济原因,我们便可在此基础上进一步讨论剧中"恨世者"的伦理本质。尽管文艺复兴时期的泰门形象依旧没有脱离古希腊思想传统和文学作品的影响,但莎士比亚以"反经典"的手法改编了这一经典主题,将泰门的"堕落"和莎士比亚时期的英国经济和文化运行机制联系起来。由此一来,"恨世者"泰门对世人的仇恨便有了决然不同的伦理起因。

泰门的伦理身份错位源于他无法辨认(实质的)封建领主身份和(想象的)朋友身份之间的区别。"朋友"是剧中出现频率最高的词汇,尽管泰门大肆赞美友谊和朋友间的真诚,对他人言必称"朋友"或"兄弟";然而在行动中,他却处处表现出对"友谊"的拒绝。友谊是人们在交往活动中产生的一种纽带关系,它不仅是一种理想的双向情感关系,也是维系社会和谐和表达善意最基本的方式。泰门借友谊之名建立的是一种虚空的情感关系,因为真正的友谊是有条件且极其苛刻的:理想的友谊需要以平等的观念为基础,善良来滋养,更需要回报来维系其运转。而泰门自始至终无

---

① E. C. Pettet. "Timon of Athens: The Disruption of Feudal Morality." *The Review of English Studies* 23 (1947): 329.
② John Dover Wilson, ed. *The Life of Timon of Ethens*. New York: Cambridge University Press, 1957, pp. 3.1.41-42.

法和他人建立友谊关系的原因可以归结为以下三点。首先,无论是出身贫贱的仆人、知识分子(如诗人和画家),还是中产阶级者(如路西律斯和商人)、贵族元老和军官,他们在剧中都被称为泰门的"仆人"。显然,友谊是无法建立在这种不平等的人际关系上的。其次,他一再拒绝对方对于友谊的回应。当文提狄斯继承父亲的财产,准备报答泰门的"大德鸿恩",要求两倍支付泰门为他的牢狱之灾所付的赎金,并请他"接受……感恩图报的微忱"①时,泰门果断拒绝了,他的理由是"那笔钱是我送给您的,哪有给了人家再收回来之理?"②正如同他在和贵族的交往中要通过馈赠更加贵重的礼物来确认等级地位一样,拒绝他者的礼物也是确认优越感的一种方式。当泰门从概念上拒绝他者来回应他的恩德,他便将对方永远置于道义责任上的亏欠方和劣势方。最后,泰门拒绝和仆人建立朋友关系。尽管泰门的仆人和管家从始至终都在歌颂泰门的高贵德行,他们的忠诚有目共睹,然而泰门却一再虚伪地否认弗莱维斯的忠诚。

正因为对伦理身份的错误认同,泰门并未(也无法)意识到,他和其背弃者相斥的道德立场正是新旧两种伦理秩序对立冲突的外在表现。这种伦理混乱造成他无法和任何人建立合理的伦理关系,最终不得不选择逃离社会,走进森林。那么,如何理解泰门作为"恨世者"的伦理身份呢?泰门留下的墓志铭如是说:"这里躺着的是我,泰门,生前憎恶所有世人。"③在西方思想传统中,"恨世者"是个体与社会隔绝的一种生存状态。在亚里士多德看来,社会组织是人类行为的基本特征,一个单独的个体根本就不能称其为人:"凡隔离而自外于城邦的人——或是为世俗所鄙弃而无法获得人类社会组合的便利或因高傲自满而鄙弃世俗的组合的人——他如果不是一只野兽,那就是一位神祇。"④而在《斐多篇》中苏格拉底和斐多的对话中,苏格拉底将"厌辩者"和"恨世者"进行类比,提醒斐多警惕患上

---

① John Dover Wilson, ed. *The Life of Timon of Ethens*. New York: Cambridge University Press, 1957, pp. 1.2.5—6.
② Ibid., 1.2.10—11.
③ Ibid., 5.5.74. 此处为笔者翻译。
④ [古希腊]亚里士多德:《政治学》,吴寿彭译,北京:商务印书馆,1983年,第4页.

"厌恨辩证"的哲学病。他这样来定义"恨世者":"厌恶人类是出于知人不足而对人死心塌地的信任。你以为这人真诚可靠,后来发现他卑鄙虚伪……这种遭遇你可以经历好多次,尤其是你认为最亲近的朋友也都这样,结果你就老在抱怨了,憎恨所有的人了。"①如果说亚里士多德是从人的社会性来定义恨世者的生存状态,柏拉图则试图解释恨世者的形成和精神状态。前者认为恨世者是人类向兽的堕落,因为这种独居的生活状态是一种破坏性的非人状态,而后者认为"恨世者"是一个失意的理想主义者。

尽管莎士比亚笔下的泰门憎恨世人,然而他既不同于兽的存在,"堕落"的原因更是有别于柏拉图提到的对人的错误信任。当"友谊""朋友""兄弟"等字眼充斥于话语中,泰门将所有人都当作假想的朋友和给予的对象。正是因为这种情感没有指向性,一旦他遭受"朋友"的背叛,这种愤怒和痛恨便指向了所有人类。可以说,伦理身份的错位是泰门最终成为恨世者的原因,而泰门的恨世态度是对人类社会和人性的根本否定,更是对他曾遵循的传统封建主义价值观的彻底否定。他乞求神去毁灭人类,他让妓女去传播疾病,让土匪去抢劫和杀戮,并让艾西巴第斯去毁灭雅典城。如果说在人类社会中,泰门拒绝去认识人类向恶的可能性,那么在森林中,他走向了善的对立面——恶。

泰门的墓志铭留给我们的是一个前后矛盾的悖论:一方面他渴求后来者"不要追寻我的名字"②,另一方面又宣称,"这里躺着的是我,泰门,生前憎恨所有世人"③。这大概最为生动地再现了,泰门作为一个文化符码充满着各种模糊不清的二元对立:否定和肯定,存在和缺场,隐瞒和揭示。从古希腊直到今日,对泰门故事的不断改编和讨论再现了人类社会发展过程中对于伦理身份、伦理秩序和人性的思考。尽管《雅典的泰门》

---

① [古希腊]柏拉图:《柏拉图对话录之一:斐多》,杨绛译,沈阳:辽宁人民出版社,2000年,第57页。
② John Dover Wilson, ed. *The Life of Timon of Ethens*. New York: Cambridge University Press, 1957, p. 5.5.72.
③ Ibid., 5.5.74.

和中世纪道德剧在主题和戏剧形式上都存在关联①，然而莎士比亚的改编目的并非为了传达救赎的主题，也有别于对金钱毁灭人的善良本性的共同性批判。在以往版本中，泰门经济上的落魄或因为挥霍，或出于偶然原因，而在莎士比亚的版本中，泰门因为乐善好施而欠下的高利贷最终导致毁灭，这一过程具有必然性，揭示了早期现代英国社会的伦理秩序混乱和社会经济关系之间千丝万缕的联系。

本章小结

本章围绕"莎士比亚悲喜剧文学样式和伦理批评"展开研究，具体分析莎士比亚喜剧和悲剧形式之间与伦理命题的紧密关系。在莎士比亚喜剧中，伦理善恶的冲突、伦理身份和伦理秩序的混乱会导致喜剧性矛盾；面对各种矛盾和冲突，否定型和肯定型喜剧人物会做出不同的伦理选择，两类人物在对比对照中显示出各自的教诲价值；喜剧的结局往往是善战胜恶，这虽然不一定符合生活的逻辑，却充分体现出创作者的伦理选择和道德理想；喜剧的欣赏者有内在的伦理取向，他们观看喜剧时发出的笑声表明其内在的伦理取向获得了一种认同，自身的道德意识获得了强化或提升。

莎士比亚的喜剧作为抒情喜剧或浪漫喜剧的杰出代表，其伦理教诲价值是毋庸置疑的。值得注意的是，在西方喜剧史上占主导地位的其实是另一种类型的喜剧，即讽刺喜剧。古希腊喜剧之父阿里斯托芬，文艺复兴时期英国现实主义剧作家本·琼生，17世纪法国喜剧大师莫里哀，18世纪法国的狄德罗、伏尔泰、博马舍等启蒙戏剧家，19世纪俄国的果戈理、契诃夫及英国的王尔德、萧伯纳等现实主义作家，都创作了一系列杰出的讽刺喜剧。较之于莎士比亚的浪漫喜剧，这些讽刺喜剧中的伦

---

① A. S. Collins. "Timon of Athens: A Reconsideration." *Review of English Studies* 22 (1946): 96—108. 科林斯在"重读《雅典的泰门》"一文中提出，莎士比亚使用了中世纪道德剧的主题和结构，并比较了《雅典的泰门》和中世纪道德剧《每个人》主题和戏剧形式的关联。由此得出莎士比亚改编这一经典人物的目的是为了书写有个人色彩的世俗的、反传统的道德剧。

理环境往往更具现实针对性,喜剧人物的伦理选择更能反映时代伦理观念的复杂性,喜剧"扬善"的主题主要通过"惩恶"的情节加以表现,其中蕴含的深刻的伦理教诲价值使不同时代、不同民族的读者和观众产生了共鸣。

在分析莎士比亚悲剧的悲剧性和伦理之间的关系时,我们选择了以《雅典的泰门》为例说明。这是因为,对于这一悲剧,学界向来存在很多未解之谜。实际上,所有关乎情节、人物塑造和语言的疑问(和由此引起的对作者身份的追问),最终指向的是如何理解泰门的悲剧性这一难题。相对于哈姆雷特、奥赛罗、麦克白等悲剧主人公形象,莎士比亚笔下的泰门缺少内心矛盾的冲突斗争,而其从乐善好施到绝望悲愤的性格变化更多的是一种简单的寓言式呈现,似乎缺乏以往悲剧作品所具有的悲剧性。正是因为评论家无法解释人物的类型化描写和作品悲剧性之间的关系,才会使得讨论过多局限在对作品完整性、作者身份的考据以及作品是否具有悲剧性等问题的质疑上。

正如泰门的墓志铭本身就是一个悖论的存在,戏剧影射了莎士比亚模糊的伦理态度。一方面,表层叙事中的朋友伦理身份和封建领主的实质伦理身份形成了戏剧反讽,这一设置无疑反衬出莎士比亚对封建伦理虚伪性的嘲讽;另一方面,通过对元老们无情性格的描写和借助剧中人物之口对高利贷行为的谴责,反映了大众对于有偿借贷行为的反感和对追逐金钱和私利的社会风气的痛恨。然而,在这种模糊态度背后,全剧展现的是高利贷对于早期现代英国社会的经济、政治和大众心理和文化的重要影响,大卫·霍克斯在《文艺复兴时期英国的高利贷文化》一书中,就曾用"奇异的变形"一词形容新兴出现的借贷伦理无情地取代以慈善和爱为基础,以"热情好客"(hospitality)为特征的封建伦理规范的这一过程。①

莎士比亚笔下世俗的、反人类、反伦理的泰门形象折射出这一时代的集体伦理焦虑。罗夫·索勒纳指出,泰门的"恨世"是个人面对世界的英

---

① David Hawkes. *The Culture of Usury in Renaissance England*. New York: Palgrave Macmillan, 2010, p.95.

雄式行为，他的悲剧体现了 16 世纪晚期到 17 世纪早期弥漫在英国知识分子中的一种悲观主义态度。他认为这种情绪和世界的衰败、宗教概念上的堕落和审判紧密相关。[①] 伊丽莎白和詹姆士一世时代经济关系的变化不仅改变了社会各阶层的生活方式和伦理关系，更把新旧伦理道德价值观念的矛盾和对立推到了顶尖。而剧本借由剧中角色探查了在早期英国现代社会中高利贷作为商业经济的显著特征对于社会经济结构的影响和对封建伦理道德观的冲击和颠覆。泰门作为文化符号，不再具有个人意义，他被莎士比亚赋予了新的含义，他代表着中世纪所崇尚的理想封建领主所具有的一切美德：善良和蔼、乐善好施、慷慨大方。高利贷夺取了他所有的领地和财产，而世人所遵守的"欠债还钱"、有偿借款的借贷伦理推翻了他深信不疑的馈赠和资助原则。由此来看，最后两幕中的泰门不再是一个单纯的"恨世者"符号，而是代表着个体因为其恪守的传统价值观念受到否定后表现出的消极反抗态度。泰门的悲剧正是关于新兴资本主义时代封建伦理道德的挽歌。

---

① Rolf Soellner. *Shakespeare's Pessimistic Tragedy*. Columbus：Ohio State University Press，1979，pp. 12—13.

第二章

18 世纪英国小说的道德劝善

18 世纪的英国文学进入了一个全新的历史时期,现实主义小说在这一时期兴起并达到了繁盛,涌现出不少优秀的小说家,如丹尼尔·笛福、乔纳森·斯威夫特、塞缪尔·理查生、亨利·菲尔丁等。由于小说这一概念一直到 18 世纪晚期才真正确立,所以,在 18 世纪的读者看来,这一隶属于文学的亚文类,其实也承担了不少非文学的功能。受法国启蒙主义思潮的影响,富有见地的文学家无疑都把改良社会道德风尚、启蒙普罗大众作为自己潜在的写作目的。他们的小说往往取材于普通人的平凡生活,在对社会及家庭生活的如实描绘中也探讨了不少伦理道德问题。在这些作家中,理查生和菲尔丁最具代表性,正如 18 世纪研究专家迈克尔·麦基恩指出,"英国小说的起源以 18 世纪

40年代理查逊[即理查生]与菲尔丁之争为高潮标志"①。理查生与菲尔丁共同致力于小说的娱乐性与教诲性,不仅合力使英国现实主义小说这一新型文体样式趋于成熟,而且在创作形态上也表现出同中有异的风貌。两人作品中对伦理道德问题的探讨更是对立中有补充,交叉中有融合,相辅相成地反映了英国当时的伦理环境和道德状况,而其小说对道德行为属性的评判、个人道德实践的描绘等内容,对近代伦理哲学发展而言也是重要的思想来源。

综观理查生的《帕梅拉》《克拉丽莎》和《葛兰狄森爵士》,以及菲尔丁的《约瑟夫·安德鲁斯的经历》(简称《约瑟夫·安德鲁斯》)、《弃儿汤姆·琼斯的历史》(简称《汤姆·琼斯》)和《阿米莉亚》,我们发现18世纪英国小说大多以家庭生活为题材,特别是婚恋主题。这些看似微观的世界却为我们再现了那个时代的伦理环境。婚恋主题首先牵涉两性关系,两位作家不约而同地重申了贞洁这项美德的重要性,理查生在他的三部小说中树立了坚守贞洁的道德榜样,菲尔丁则侧重展示了两性关系中性道德的危机及其导致的伦理秩序失衡。两位作家围绕贞洁这个伦理问题的探讨将我们带回到18世纪英国的伦理现场,精确地瞄准了那个时期性道德严重滑坡的现象。同时,两位作家也都注意到新的道德力量的兴起,其中之一便是情感个人主义(affective individualism)。这股新兴道德力量让青年男女意识到婚姻可以以爱情为基础,追求爱情是个人的权利。然而,由于传统的、以包办婚姻为主的婚恋观仍然具有较强影响力,所以在婚恋选择中父母与儿女之间不可避免地发生冲突,《克拉丽莎》就凸显了这一冲突。尽管理查生并不排斥儿女追求爱情的权利,但从他为克拉丽莎安排的悲剧结局来看,他最终还是强调了儿女孝顺的重要性。在这一点上,菲尔丁做出了不同选择,他坚定地认为爱情才是美满婚姻的基石,不能因为要孝顺父母而选择妥协。两位作家的不同伦理选择恰恰让我们看到了18世纪英国婚恋选择中复杂的伦理状况。

---

① [美]迈克尔·麦基恩:《英国小说的起源:1600—1740》,胡振明译,上海:华东师范大学出版社,2015年,第593页。

也许正是因为两位作家同时注意到道德实践的复杂性,因此他们在作品中不谋而合地让人物经受了各种磨难。理查生认为,真正的道德榜样必须经得住考验,所以他为人物设置了各种伦理困境,让他们在困境中遭受身体和心灵的煎熬,在经历过严峻的道德考验后焕发出更耀眼的榜样光芒。菲尔丁相信人无完人,但有道德完善的潜力,因此他笔下的人物多半一开始具有道德瑕疵,但经受了一系列伦理磨难,最后都获得了不同程度的道德成长。

道德情感哲学在18世纪英国影响极其广泛,理查生和菲尔丁的作品都回应了这个以情感为核心的伦理思想。被称为感伤主义小说家的理查生顺理成章地在创作中重用了情感因素,他笔下的正面人物毫无例外地都具有丰富的情感和情感敏感性,他讲述的故事常常催人泪下。似乎为了给大卫·休谟和亚当·斯密的"同情说"做注解,理查生在作品中大肆渲染了同情的道德作用。菲尔丁在作品中也从伦理的角度探讨了情感这一话题,他的人物常常表露出丰富的情感,不过,他同时也提醒我们注意情感的非理性特征,因为非理性的情感会引导人做出有违道德的行为。因此,两位作家都明确地强调了情感的适宜性。适宜的情感,即受到道德规范约束的情感,才具有道德性,而不适宜、非理性的情感是危险的,极有可能导致不道德的结果。

第一节　婚恋主题对伦理环境的呈现

18世纪英国文学的伦理探讨与当时英国的伦理大环境相关。经过17世纪几十年的内战后,英国进入了一个稳定与混乱并存的局面。一方面,"光荣革命"以后英国确立了君主立宪的政治体制,平衡了王冠与国会之间的权力关系,国内政治趋于平稳。伴随着政治环境的稳定,英国的经济发展空前繁荣,无论是国家还是个人的财富都在日益增长。同时,因为有利可图,人们争相进行发明创造,科学技术蓬勃发展,并引发了工业革命。然而,另一方面,在思想家、伦理学家和文学家的眼里,18世纪又是一个令人担忧的时代。文艺复兴倡导的人性和思想的解放,以及法国启蒙主义思想的影响,不断挑战,甚至颠覆原有的宗教信仰和伦理秩序,而新的、能够被多数人认可的新体系尚未建立。英国18世纪的文学家大都秉承着道德教诲的目的进行创作,正如乔斯林·哈里斯在评价理查生时所说,"对于理查生来说,艺术永远都次于说教"①,因而他们的作品为读者栩栩如生地展现出18世纪英国的伦理环境。这个历史时期纷繁复杂的伦理环境不仅催生了小说创作的现实主义属性和伦理倾向,而且直接影响了小说的情节类型和主题内容。

与热衷于宏大叙事的古代或中世纪文学家不同,18世纪英国小说家似乎对身边的人和自己更感兴趣,因此,在他们的作品中我们看不到神化的英雄和关乎历史进程的重大事件,我们看到的是与我们意趣相近的普通人,以及他们平常生活中的琐事。在这一点上理查生和菲尔丁显然颇有共识,虽然两人的小说在文体亚类和结构样式上不尽相同——理查生主要采用书信体,菲尔丁侧重流浪汉小说结构——但他们的小说都以家庭婚恋生活为题材,并以此反映社会文化的变迁。理查生和菲尔丁小说几乎均以家庭范畴为故事背景,主要再现了家庭伦理环境下的两种伦理关系:一是两性关系,二是亲子关系,而这两种关系所涉伦理责任间的冲突直接表现在主人公的婚恋选择上。所不同的是,理查生的小说注重正面建构,即提倡正确的道德观念,侧重于劝善;而菲尔丁的小说则是反向批判,主要是对不道德行为的讽刺,侧重于批判。但尽管两人切入的角度有别,其实都反映了作家对当时社会伦理关系败坏和沉沦的共同忧虑。

一、性道德的滑坡与贞洁的重申

18世纪英国性道德的败坏和堕落在一定程度上是个性解放的产物。中世纪的欧洲受基督教神学道德观的统治,普遍推行禁欲主义思想。基督教神学道德对于性一贯持敌视态度,从《圣经》开始,女人就被看作是恶的根源,性欲被看作恶的显现,性行为只是为了人类的繁衍,杜绝一切与

---

① Jocelyn Harris. *Samuel Richardson*. Cambridge: Cambridge University Press, 1987, p. 8.

生殖无关的性行为。英国中世纪对婚姻中的性行为有很严格的限制：教会集会前三天、婚礼后三天、所有教会的节日、周日、周三和周五、四旬斋节的40天内、圣诞节前40天、所有修行的日子里等都不可以进行性活动。否极泰来，物极必反。文艺复兴运动的兴起揭开了"性"这个潘多拉的盒子后，经受了长期性压抑的人们很快走向"性开放"的另一极端。18世纪的历史记录表明，英国当时有40％的青年男女在结婚前就已怀孕。从17世纪晚期开始，人们已不再回避不以生育为目的的性行为，一些人甚至大肆宣扬性的快乐。上层社会的人们普遍实行节育，有关性的书刊或画册在伦敦的书店里可以自由售卖。

物质主义这股新生道德合法力量更是加剧了18世纪英国社会性道德的滑坡。进入资本主义发展阶段，人们对金钱的态度已发生根本改变。马克斯·韦伯在阐述资本主义精神时引用了富兰克林的箴言。在该箴言中，富兰克林将时间和信用比作金钱，以此彰显它们的重要性。韦伯认为富兰克林的这些话"表现了个人对于增加自己的资本并以此作为目的负有某种责任的观念"[①]。利兹·贝拉美注意到，18世纪下半叶在英国涌现了大量的经济学说，这是英国经济研究的一个非常重要的时代。[②] 对经济研究的重视，折射出这个历史阶段人们对赚钱和如何赚钱的关注，这也是为什么这个时期许多文学作品中的典范式人物都是财富创造和管理高手，比如笛福笔下的鲁滨逊和理查生笔下的葛兰狄森爵士。伦理学家们也在探讨财富与道德的关系，弗朗西斯·哈奇森在《论情欲与情感的性质和行为》中批判了把财富与幸福等同的观点，警告人们不要因为有钱而怠惰、奢侈、放荡，但他同时认为，聪明的人能够用财富取得"道德上的愉快，人道上的高兴，得到人们的感激和荣誉"[③]。从以上事实我们可以发现18

---

① [德]马克斯·韦伯：《新教伦理与资本主义精神》，黄晓京、彭强译，成都：四川人民出版社，1986年，第24页。

② Liz Bellamy. *Commerce, Morality and the Eighteenth-century Novel*. Cambridge: Cambridge University Press, 1998, p.13.

③ 罗国杰、宋希仁编著：《西方伦理思想史》（下卷），北京：中国人民大学出版社，1988年，第178页。

世纪英国人对财富的认同,人们希望解除财富与道德的对立关系,赋予它一种道德合法性。当物质主义披上了道德合法的外衣后,它开始从各方面影响人们的生活,而在两性关系中则集中表现在金钱与性的交易上。为了了解 18 世纪前后英国绅士阶层的性行为状况,历史学家劳伦斯·斯通细致地研究了 6 位英国中上层社会男士的日记。① 这 6 人的日记反映出这个时期英国普遍存在的性交易现象,具体表现为:其一,性交易场所大量存在,尤其集中在像伦敦这样的大城市;其二,性交易非常普遍,除了妓院中的性交易,还有工作关系中性与利益的交换;其三,女佣阶层被迫与男主人发生性交易的现象较普遍。正是在这样的伦理环境中,理查生和菲尔丁的小说重申了贞洁的重要性。这些作品传递的贞洁观总体上是对传统观念的继承,不过也揉进了 18 世纪的现实需求。

　　理查生小说所蕴含的贞洁观可以总结为"贞洁至上"和"贞洁至能"。在《帕梅拉》中,安德鲁斯先生觉察到 B 先生对自己女儿帕梅拉的不良企图,马上对女儿展开了关于贞洁的说教。他告诫女儿:"你的贞洁是任何财富、任何恩宠,这一生中的任何东西都无法向你补偿的"②;"宁肯失去你的生命,也不能失去你的贞洁"③。对于这样的教诲,帕梅拉也做出了明确的回应:"我决不会做出任何事情,会把你们灰白的头发忧伤地带进坟墓里去。我宁肯死一千次,也不会以任何方式,成为一个不贞洁的人"④;她也认为"贞洁应当高于一切其他的考虑,甚至生命本身"⑤。帕梅拉在一场旷日持久的贞洁保卫战中,坚守着"贞洁至上"这一简单、明确的伦理准则,在没有任何外援的情况下,抵抗住了 B 先生的威逼利诱,成功守卫了自己的贞洁,同时获得了物质上的回报和社会地位的提升。其结

---

　　① 这 6 位男士分别是西蒙·福曼、塞缪尔·皮普斯、罗伯特·胡克、威廉·伯德、希拉斯·内维尔和约翰逊博士的著名传记作者詹姆斯·鲍斯韦尔。
　　② [英]理查森:《帕梅拉》,吴辉译,南京:译林出版社,1997 年,第 4 页。Richardson 又译理查森。
　　③ 同上书,第 12 页。
　　④ 同上书,第 6 页。
　　⑤ Samuel Richardson. "Intro. George Saintsbury." *Pamela* (Volume 2). London: J. M. Dent & Sons Ltd., 1914, p. 38.

局向读者传递了一则重要伦理道理：守住了贞洁，就获得了一切；反之，则坠入无尽的深渊。这一伦理道理在理查生的后两部作品中也得以证真：《葛兰狄森爵士》的女主人公拜伦小姐像帕梅拉一样拼死守护自己的贞洁，最终上嫁入贵族家庭；而《克拉丽莎》的女主人公虽具备很多优点和美德，但一时不慎，中了骗子的诡计，失去了贞洁，只能以死悲剧性地结束短暂的生命。

除了"贞洁至上"，理查生的小说，特别是《帕梅拉》，向读者展现了"贞洁至能"的道德信念。"贞洁至能"的观念其实早就根植于基督教文化中。基督教为女性的童贞赋予了宗教意义，将童贞女比拟为圣洁的教堂，对童贞的损害就意味着对教会的伤害，因此基督教文献中有许多处女殉道的故事，比如圣阿格尼斯的故事。圣阿格尼斯生活在公元3世纪末的罗马，是一位虔诚的基督徒。一位罗马高官想让她嫁给自己的儿子，被阿格尼斯拒绝了，阿格尼斯声称已将自己经献给了耶稣基督。因为当时法律不允许处死处女，所以罗马高官让人剥光了阿格尼斯的衣服并把她拖到一家妓院。令人称奇的是，阿格尼斯的衣服被剥掉后，她的头发突然长得很长，将她的身体掩盖住。在妓院里，她的身体被一层光罩住，想侵犯她身体的人被当场劈死。高官又命人将她绑在柴垛上要把她烧死，可是怎么也点不着火，最后只好用匕首刺入她的喉咙。她最终为了捍卫自己的贞洁而殉道，成为永世被歌颂的圣女。

大量关于女性童贞重要性的教育让人对女性童贞产生一种崇拜，这种崇拜可以从圣女贞德的故事中略窥一斑。据说，这位17岁的农家女第一次与法国国王查理七世见面时是这样介绍自己的："我是童贞女贞德。"她的这种自我定位折射出当时人们对女性童贞的重视，而人们对于贞德自我定位做出的反应则显示出对女性童贞的崇拜。查理七世在打算接受贞德的提议之前，派人检验了她的童贞，发现属实后，才委派她为军队的领导，因为他相信贞德的童贞会赋予她超常的能力。后来英国人俘虏了贞德以后，为了给自己的军事失利挽回颜面，也对贞德的童贞进行了检验，以此来证明她拥有特殊的天赋。

帕梅拉这个人物的塑造就是对"贞洁至能"这一信念的注解。她的

"贞洁至能"主要体现在两个方面:其一,贞洁是其他美德之源;其二,贞洁具有道德改造力量。贞洁是其他美德之源,贞洁的女人会自动拥有女人应具备的其他美德。帕梅拉成功守住了贞洁后,便成长为集各种美德与世俗才能于一身的 B 夫人。她的谦恭与感恩受到了周围人异口同声的称赞,她虽然没有接受过正规的高等教育,却有着超出一般人的思维与见地,同时她还具有优秀的管理才能,来 B 先生家做客的人对他家的井然有序赞不绝口。"贞洁至能"的另外一个表现是其道德改造力量。克里斯托弗·弗林特在研究《帕梅拉》时注意到:"在这部小说的两个部分[《帕梅拉》第一部和第二部]中,自始至终帕梅拉都担当着引发变化的催化剂的角色,不仅促使 B 先生思过悔改,而且还劝服戴弗斯夫人理智行事,把朱克斯夫人改造成一个虔诚的忏悔者,把粗野的斯文福德爵士驯化得温和文雅,还纠正了波丽·巴罗的错误行为。"①坚守贞洁的帕梅拉将 B 先生从一个放荡、自负、自私、不愿负责任的人,改造成"最好的丈夫、最好的地主、最好的主人、最好的朋友"②。贞洁美德不仅对浪荡子具有道德改造力量,它在方方面面都影响着各种人的生活。帕梅拉在被 B 先生囚禁时写的日记和给父母的信件被当作道德经典广为传阅,人们为帕梅拉的遭遇感伤,也被她的坚定感动,并从中汲取道德的力量。达恩福德小姐说,了解到帕梅拉的故事后,人们开始反省自己的行为,以帕梅拉为榜样,竭力从道德上改善自己、提升自己。

  以当代视角来看,理查生小说对女性贞洁的强调过于迂腐。然而,文学伦理学批评认为,"不同历史时期的文学有其固定的属于特定历史的伦理环境和伦理语境,对文学的理解必须让文学回归属于它的伦理环境或伦理语境中去,这是理解文学的一个前提"③。因此,我们在对一部文学作品进行阐释和评价时,不可用自己的或当前的伦理观念做主观的道德

---

  ① Christopher Flint. "The Anxiety of Affluence: Family and Class (Dis)order in *Pamela: or, Virtue Rewarded.*" SEL 29 (1989): 489-514, 509-510.
  ② Samuel Richardson. "Intro. George Saintsbury." *Pamela* (Volume 2). London: J. M. Dent & Sons Ltd., 1914, p. 221.
  ③ 聂珍钊:《文学伦理学批评导论》,北京:北京大学出版社,2014 年,第 256 页。

评价,而是要回到当时的伦理现场。反过来看,一部文学作品所探讨的话题也为我们再现了它那个时代的伦理现场,理查生小说对贞洁这个伦理问题的探讨正是回应了18世纪英国"性开放"的伦理环境。

菲尔丁和理查生一样强调了贞洁对于婚姻家庭的意义,借小说主人公的遭遇反映了当时英国家庭性道德混乱的状况。《汤姆·琼斯》的主人公是一个被遗弃的私生子,是乡绅奥尔华绥的妹妹百丽洁未婚先孕生下的孩子。因不知晓生母是谁,身份未明的汤姆险些陷入乱伦的状况。《约瑟夫·安德鲁斯》中,鲍培爵士夫人寡妇新丧,就按捺不住与男仆偷欢的心思,三番两次威逼利诱安德鲁斯就范;而《汤姆·琼斯》中琼斯与贝拉斯顿夫人的欲望纠葛,以及在贝拉斯顿夫人的指示下,苏菲亚差点失身于勋爵也庶几可以反映贵族之家受金钱物欲影响的性爱观念。《阿米莉亚》里的家庭危机虽然主要源于布思上尉的虚荣好赌,但也和阿米莉亚的美貌令勋爵、詹姆斯上尉等宵小之徒垂涎三尺并设计手段陷害有关。布思的通奸行为更让其家庭在风雨飘摇之中摇摇欲坠。可见,贞洁也是菲尔丁小说道德主题的应有之义。在菲尔丁看来,要是说一个人不具有贞洁品格,那么就会是一项十分严重的道德指控。其实在18世纪的英语语言中,"virtue"一词兼具"贞洁"和"美德"两种含义。基督教的十诫之一即为不可奸淫,而违反忠贞的通奸就是一个不可饶恕的恶行。菲尔丁在《汤姆·琼斯》中明确表示,"它[通奸]公然违背了我们的教规和我主明确吩咐的旨意"①。

众所周知,菲尔丁投身小说创作的过程本身就受到了《帕梅拉》的影响和启发。由于菲尔丁的文学创作思维偏向讽刺与批判,尽管菲尔丁认为贞洁对于家庭伦理建构十分重要,也在作品中多次强调贞洁的价值,但是他质疑帕梅拉贞洁行为的动机是否纯正。他先是匿名发表了戏仿《帕梅拉》的书信体小册子《莎梅拉》,后又发表了《约瑟夫·安德鲁斯》,在理查生创作的基础上进一步提出了两个相关的道德问题:一是认为贞洁对

---

① [英]亨利·菲尔丁:《弃儿汤姆·琼斯的历史》(上、下),萧乾、李从弼译,北京:人民文学出版社,1984年,第27页。

男女两性都有同样的约束功能。除了塑造坚贞的女性形象外,他也格外重视男性贞洁的价值;二是他质疑了"贞洁至能"的现实有效性,认为贞洁不一定能导向美德有报的结局。《约瑟夫·安德鲁斯》的同名主人公的姓名原型来源于《圣经·创世记》。埃及法老的内臣、护卫长波提乏买了雅各和拉结的儿子约瑟做奴仆。约瑟生得秀雅俊美,波提乏的妻子爱上了他,要和他同寝,约瑟不从,她恼羞成怒,反向自己的丈夫诬赖约瑟调戏她,要和她同寝。她的谎言激怒了波提乏,就把约瑟囚在监狱里。后约瑟替法老解梦受宠,不仅被平反释放,还被任命为埃及宰相,当时他只有三十岁。① 因此,菲尔丁将自己的主人公命名为约瑟夫,意在一方面强调其俊美坚贞堪比《圣经》里的人物,主张男女两性应该有着同样的道德标准;另一方面也隐含着他对"美德有报"中功利意味的嘲笑之情。约瑟夫是帕梅拉的弟弟,他坚守自己的贞操,坚决不受鲍培爵士夫人的色诱。但是,坚守这一美德不一定有相应的回报,约瑟夫并未因此时来运转,而是不得不辞工返回家乡。菲尔丁对社会等级规范的难以跨越显然认识清醒,同时他也对好人不见得有好报的世态颇有感喟。约瑟夫力拒鲍培夫人的挑逗,执意返回故乡,是因为约瑟大"最值得景慕的""最有德行的姊姊"帕梅拉的教导,使得约瑟夫立志不"玷污""由她[帕梅拉]保持的清白家风"。②但菲尔丁也暗讽了帕梅拉坚守贞洁美德的目的并不单纯,是为了获得相应的物质回报。为此,菲尔丁在小说的中途引入了范妮·戈特威尔这一人物,以此证明约瑟夫的决绝并不像帕梅拉那样是为了图谋财产或地位,而是出自真挚的爱情。约瑟夫的"清白贞洁"③是要献给他的所爱范妮。作家之后又运用自己惯用的喜剧手法,写到约瑟夫并非帕梅拉的亲弟弟,在亚当姆斯牧师的帮助下,他与自己钟情的女子范妮有情人终成眷属。

---

① 约瑟被勾引和无罪入狱事见《旧约·创世记》第三十九章,解梦和出狱见第四十至四十一章。
② [英]亨利·菲尔丁:《约瑟夫·安德鲁斯的经历》,王仲年译,上海:上海文艺出版社,1962年,第32页。
③ 原文为"Innocence and Virtue",王仲年译文为"清白和道德"(第一卷第十三章:第51页)。如前所述,"virtue"本来就有贞洁和道德两个意思。

当然，不少批评家出于道德洁癖，认为菲尔丁后期的小说创作并未延续这一道德命题的探讨，甚至得出菲尔丁小说蕴含的道德思想远不如理查生的结论，特别是《汤姆·琼斯》与《阿米莉亚》的男主人公都是具有严重性道德瑕疵的人物。但这也正好说明了菲尔丁力图反向批判种种道德怪现象的初衷。从现实主义的角度考虑，这一人物设置并未违背当时英国的伦理现实，反而更证明家庭道德危机重重，到了很难提防和抵御的地步。

二、婚恋选择中亲子关系的博弈

家庭环境中另一重要伦理关系是亲子关系，即父母与子女间的相互责任。德国著名法学家和史学家塞缪尔·冯·普芬道夫在其著作《自然法则下人的全部责任》的第二部第三章的开篇指出，父母的权力是最古老、最神圣的权威，孩子要尊敬父母，服从父母的命令。① 普芬道夫一方面指出父母有责任抚养、教育孩子，让他们成为对社会有用的人；另一方面要求孩子对父母绝对服从，不仅在行为上，还要打心眼里尊敬父母，听从他们的意见，甚至要容忍父母的坏脾气或缺点。他特别强调，在婚姻问题上，儿女一定要服从父母。《圣经》和世俗的法律也都要求子女对父母无条件服从。对家长权威的肯定体现在许多生活细节中，比如，在16、17世纪的英国有一个传统习惯，要求儿女每天早上给父母行跪拜礼并请安，哪怕孩子已经成年，在回家和离开家的时候都要对父母跪拜。在一本抄袭自英国行为手册的1715年的新英格兰礼仪手册中，给孩子的家庭行为建议第八条就是"绝不违抗或拖延父母的命令"。理查生小说在很大程度上肯定了父母与子女之间的这种伦理关系。在《帕梅拉》中，帕梅拉对父母（特别是父亲）特别"孝顺"（dutiful）。孝顺的含义倒不是时刻侍奉左右或供以锦衣玉食，而是严格听从父母的教导。在B府里当女佣时，帕梅拉与父亲保持着惊人的通信频率，在信中，她事无巨细都详细地向父母汇

---

① Samuel von Pufendorf. *The Whole Duty of Man According to the Law of Nature*. Trans. Andrew Tooke. Ed. Ian Hunter, and David Sauders. Indianapolis: Liberty Fund, 2003, p. 179.

报,并且随时请教父亲的指导。给父母的信的落款中帕梅拉对自己的定位基本上只有两点:孝顺和贞洁。《克拉丽莎》这部小说对子女孝顺与家长权威这个伦理问题进行了更深入的探讨,对这个问题的重视程度可以从相关词汇的出现频率上看出:在《克拉丽莎》第三版中,"责任"(duty)这个词出现了315次,"孝顺的"(dutiful)这个词出现84次,"权威"(authority)出现了98次。

　　菲尔丁的小说在亲子关系的表达上相对比较单薄,不像理查生的那么明显。他在塑造苏菲亚这一形象时也写到了即使父亲的安排违背心意,苏菲亚也不会公然忤逆父亲的孝道。但在他的小说中,由于大部分主人公都身份不明,因此缺少对两代人亲子关系的描写。在一定程度上,"不是父亲胜似父亲"的密友形象,如三部小说中的亚当姆斯牧师、奥尔华绥乡绅、哈里森博士都起到了启迪和指引主人公走向正确道路的作用。他们时时提点主人公注意自己的伦理责任,匡正其错误的不道德行为。如哈里森博士因痛惜布思上尉的经济上的虚荣浪费,竟然亲手将其送入监牢,因此在客观上担任了家庭关系中父亲的角色。他们最后对主人公的肯定和接纳也表现了主人公向家庭的回归。

　　如前所述,理查生、菲尔丁的小说对于两性关系与亲子关系之间冲突的呈现主要集中在主人公的婚恋选择上。总体而言,理查生强调父辈在婚姻选择中的决定权,而菲尔丁侧重描绘子辈在婚姻中的爱情动机。虽然说爱情是文学作品的永恒话题,但"婚姻须以爱情为基础"这样的婚姻伦理观在实际生活中却出现得不像我们想象的那么早。在17世纪之前的英国,特别是在中上层阶级中,婚姻一般由父母包办,父母根据家世、财产等因素为子女选择伴侣,子女没有自主权,有时候即将联姻的双方甚至相互不认识。男女双方在缺乏感情基础的情况下结为夫妇,生活在一起,幸运的夫妇可能会在长期的生活中产生感情,但更多的是被束缚在婚姻的牢笼中。有史料表明,当时上层社会中许多夫妻之间感情淡漠,他们生活在同一个屋檐下,但几乎没有多少交流,有时甚至很少见面。不过,18世纪兴起的情感个人主义思潮对包办婚姻的习俗冲击很大,我们对比一下分别出版于17和18世纪的两本《人的全部责任手册》就能够发现。在婚姻选择中儿女是否应该服从父母的安排这个问题上,两本手册都强调父母应该考虑到孩子的年龄、品质、感情,如果父母的考虑是周全的,儿女们应该服从父母的安排,不应该被自己的喜好所左右。但是,17世纪的那本手册只要求父母的考量要保证儿女婚后在道德、经济和情感上得到幸福;而18世纪的手册则明确教导,父母不能让经济因素凌驾于其他更重要的因素之上,如果父母的安排有悖于儿女的意愿,那么儿女可以不服从父母的安排。斯通注意到,在多种因素的合力之下,人们的婚姻伦理观发生了很大变化,开始追求美好的爱情,过去稀有的谈情说爱场面开始出现在舞会、牌局、茶会等社交场合。当然,他同时发现这种新兴的婚姻伦理观与传统习俗间存在激烈冲突。他特别指出,菲尔丁的《汤姆·琼斯》和理查生的《克拉丽莎》都反映出新旧婚姻观的冲突,而正是因为人们对这种冲突的关注,使得《克拉丽莎》这部作品广受读者欢迎。①

理查生小说呈现的婚恋选择中的亲子关系与历史文献所载的权威的家庭史实惊人相似。可以说,在克拉丽莎随洛夫莱斯逃走之前,她一直生活在顺从父权的家庭责任重压之下。克拉丽莎的父亲是个典型的父权沙文主义者,虽然在小说中他与克拉丽莎的正面交锋很少,但每次他的态度都是粗暴的、不容声辩的。邓肯·伊弗斯和本·吉姆佩尔在评价《克拉丽莎》这部小说时指出,克拉丽莎的父亲这个形象塑造得不太成功,克拉丽莎的命运主要掌握在她的父亲手里,但这个人物刻画得非常模糊。② 对这个问题,弗罗利安·斯达伯的解释是,克拉丽莎的父亲在小说中出现不是为了突出人物的个性,他只是一个父权的象征。③ 接着,斯达伯还指出,这部小说中出现了多个父亲人物,但这些父亲人物要么已故、要么行将就木,克拉丽莎的父亲虽然健在,但在书中出现较少。斯达伯认为,小

---

① Lawrence Stone. *The Family, Sex and Marriage in England 1500—1800*. London: Weidenfeld and Nicolson, 1977, p. 188.
② T. C. Duncan Eaves, and Ben D. Kimpel. *Samuel Richardson: A Biography*. Oxford: Clarendon Press, 1971, p. 251.
③ Florian Stuber. "On Fathers and Authority in *Clarissa*." SEL 25(1985): 559.

说作者这样的安排是想影射当时社会父权的衰落①,并以此得出结论:理查生对父亲的权威持怀疑态度。② 然而,《克拉丽莎》的情节发展似乎推翻了斯达伯的后一个判断:克拉丽莎不顺从父母的安排,选择与心仪的对象私奔,结果遭遇对方的陷害,失身后痛不欲生,最后在忏悔中死去。因为违背了孝顺的伦理责任而经受身体和精神的双重折磨,这样的情节安排说明该小说强调了子女对父母的孝顺责任。

菲尔丁的小说则强调婚姻选择中的爱情比重。他站在年轻的子女一方,主张爱情自主和婚姻自由。历史学家们在论及18世纪婚姻决定权的分配问题时,出现了一些细微的分歧和争议。如斯通认为,"封闭的讲究家庭生活的核心家庭"在18世纪出现,在婚姻伴侣的选择方面,一般由孩子自己作出选择,有了较大的自由。而阿兰·麦克法兰却认为婚姻由男女双方同意而非由父母来安排是英国婚姻的三大前提之一。这种"婚姻是一桩契约,只涉及夫妇自身"③的原则,从12世纪起就完全确立起来了,一直到18世纪中叶都没有发生变化。但显然,相对于原来的时代而言,受到启蒙思想的影响,子女在婚姻方面有了更大的选择权。对于婚姻是基于浪漫爱情还是现实考虑、选择权力是归于父母还是孩子这些问题,菲尔丁的回答是婚姻必须建立在爱情之上,父母即便有反对的权力,也无权强迫自己的孩子与一个没有爱情,甚至令他/她厌恶的对象结婚。他在《汤姆·琼斯》中借人物之口表示,"爱情才是美满婚姻的唯一基础"④,"夫妻间的幸福完全系于双方的感情","尽管由父母来包办是不明智的,然而做子女的在这类事情上还是应该征求一下父母的意见;严格说来,父母也许至少应该有否定的权利"。⑤ 由此,菲尔丁笔下对爱情和逃婚的肯定,就具有了一种反抗父权和包办婚姻的解放意味。无论是苏菲亚出逃

---

① Florian Stuber. "On Fathers and Authority in *Clarissa*." SEL 25(1985): 560.
② Ibid., 570—571.
③ 傅新球:《英国社会转型时期的家庭研究》,合肥:安徽人民出版社,2008年,第110—111页。
④ [英]亨利·菲尔丁:《弃儿汤姆·琼斯的历史》(上、下),萧乾、李从弼译,北京:人民文学出版社,1984年,第879页。
⑤ 同上书,第761页。

伦敦,后来才获得父亲魏斯顿的许可与汤姆·琼斯结合,还是阿米莉亚在母亲悔婚后与爱人私奔,叙述者都没有给予斥责,强调婚姻选择中子女有自主婚配的权利。

相对于菲尔丁的直白,理查生在固守父辈权威的同时也反映了新的情感诉求,展现了主人公在新旧观念中的两难与尴尬。《克拉丽莎》的故事就是围绕女主人公的情感与家庭责任之间的冲突展开。克拉丽莎·哈洛维来自一个中产阶级家庭。她的父系家族,至少在她的祖父那一辈,无论是经济还是社会地位都不算很高。克拉丽莎的父亲靠她母亲家族的地位和遗产得到了提升,克拉丽莎的伯伯和叔叔虽然都积累了一定的财富,但两人至今未娶,就是为了不让家族财产分散、流失。哈洛维家族打算让克拉丽莎的哥哥詹姆士继承整个家族的财产,让他有财力跻身贵族社会。克拉丽莎和她姐姐的婚姻也纳入这个家族提升计划中,所以当非常富有的索尔姆斯向克拉丽莎求婚,并给出了非常诱人的物质条件后,一家人天天嘴里念叨着这"高贵的婚姻条款",一心要说服克拉丽莎接受索尔姆斯,尽管这位男士在任何方面都配不上她。然而,正如18世纪英国许多其他女孩一样,克拉丽莎的婚姻观中添加了爱情这个必备项。尽管她一向孝顺父母,但她不愿违背自己的感情嫁给一个形象猥琐、品位低俗、没有什么文化的男人,她理想中的丈夫应该在各方面与她相匹配,因此自然对风流倜傥、笔下生花的洛夫莱斯产生了爱慕之情。当哈洛维夫人逼迫克拉丽莎在与家庭决裂和接受索尔姆斯先生之间做出选择时,克拉丽莎高声喊道:"这是个残酷的选择!"并一再强调不能做出选择。哈洛维夫人尖锐地指出:"姑娘,不要说你没有爱上谁!你这样说是自欺欺人";"在我看来事情已经很清楚了,要不是那配不上你审慎美德的爱情,你是不会从一个以往一直听话的孩子变得这样顽固的"。① 后来,为了逃避这场包办婚姻,克拉丽莎选择了私奔。从她的身上,我们能够看到18世纪英国女性在婚姻中的新伦理诉求。

---

① Samuel Richardson. *Clarissa, or the History of a Young Lady*. Ed. Angus Ross. London: Penguin Books, 1985, p.112.

其实，婚姻中的情感诉求不仅发生在女性身上，男性亦如此。在理查生的第三部小说中，葛兰狄森爵士遭遇的伦理困境之一就是婚约和爱情之间的两难选择。他在欧洲游历时结识了意大利姑娘克莱门汀娜一家，并得到了克莱门汀娜的青睐。葛兰狄森爵士向克莱门汀娜求婚，但由于宗教差异，克莱门汀娜家没有答应。葛兰狄森后来回到英国，认识了拜伦小姐，并对其一见钟情。由于曾向克莱门汀娜求婚，葛兰狄森只好压抑着自己的感情，拜伦小姐听说了葛兰狄森和克莱门汀娜的故事后，尽管极其爱慕葛兰狄森，也只好掩盖住心中的情感。然而，爱情却像野草一样疯长，使得男女主人公内心备受煎熬。最后，直到克莱门汀娜主动放弃了对葛兰狄森的追求后，这对痴爱着对方的情侣才敢相互袒露心迹。由此可见，对爱情的追求在 18 世纪的英国已经成为一种合法的道德力量，像菲尔丁一样，理查生在其作品中也敏锐地捕捉到了这一伦理变化。

综上所述，理查生和菲尔丁的现实主义小说对贞洁、孝顺、爱情等伦理话题的讨论折射出 18 世纪英国家庭伦理环境中新旧观念的冲突，还原了当时的伦理现场；它们所蕴含的家庭伦理观在很大程度上继承了传统，但同时也关照了新伦理环境中出现的新伦理诉求。婚恋故事也因此成为理查生和菲尔丁小说的主要伦理场域，建立起了一种圆熟的家庭罗曼司文学的结构形式。这一结构对后来奥斯汀的爱情小说、19 世纪以狄更斯和勃朗特姐妹为主的一系列英国文学都产生了重要影响，并进而形成了英国小说中的家园传统。这一家庭罗曼司文学的结构形式十分有利于作家伦理立场的呈现，同时也能更好地施行其道德教化功能。

第二节　美德有报中的考验与成长

文学伦理学批评在考察一个作品的伦理问题时特别关注伦理困境。文学伦理学批评认为，"伦理困境指文学文本中由于伦理混乱而给人物带来的难以解决的矛盾与冲突。伦理困境往往是伦理悖论导致的，普遍存在于文学文本中。伦理困境有多种表现形式，例如伦理两难，就是伦理困境的主要表现形式之一"①。伦理悖论往往因人的复杂伦理身份之间的冲突而起,不同的伦理身份负有不同的伦理责任,有时候这些伦理责任之间目标一致,有时候却相互矛盾,一个人履行了一种伦理身份的责任,就会违背另一种伦理身份的责任,造成了这个人伦理选择的困难。伦理困境则常常由两种道德力量的冲突造成。从历史的角度来看,几乎任何一个历史时期、任何一个社会都存在多元的伦理价值观,在特定的社会历史阶段,可能某种伦理价值观的力量特别强大,成为主流价值观,但在另外一些时候,特别是社会转型时期,常常出现多种伦理价值观相互争锋的局面。不同的、相互冲突的伦理价值观同时作用于人,让他无从选择、进退维谷,陷入两难境地。

理查生和菲尔丁的文学创作以道德教诲为初衷,因而为人物设置伦理困境、让人物经受伦理磨难似乎成为他们作品的"标准配置"。不过,由于两人的创作习惯侧重于不同的方面,所以对类似话题的呈现也表现出不同的形态。理查生侧重于树立道德榜样,为了考验这些道德榜样的坚定性,他为他们设置了伦理困境,让他们的榜样形象在道德考验中愈发突出;菲尔丁承认人性的弱点,着重塑造有道德瑕疵的人物,并让人物在伦理磨难中获得道德成长。两人小说人物的道德考验和道德成长在"美德有报"的叙事模式中展开,从而体现了善有善报、恶有恶报的伦理思想。

一、理查生:伦理困境与道德考验

研究者们普遍认为感伤主义小说涉及伦理困境,玛格丽特·科恩曾说过,"感伤主义小说常常让主人公受困于两种道德力量之间,这两种力量各自有理,但又相互矛盾"②。就这点而言,用文学伦理学批评方法来研究理查生的小说再合适不过。

理查生三部小说的主人公都毫无例外地遭遇了伦理困境。帕梅拉的伦理困境由两种相冲突的道德力量造成。在从封建社会到资本主义社会

---

① 聂珍钊:《文学伦理学批评导论》,北京:北京大学出版社,2014年,第258页。
② Margaret Cohen. *The Sentimental Education of the Novel*. Princeton, NJ: Princeton University Press, 1999, p. 34.

的转型中,原有的女性贞洁观念受到了冲击,但它并没有完全"退市"。像理查生这样的文学家目睹了社会性道德的急剧滑坡,产生了深深的担忧,自觉担负起重申贞洁美德重要性的社会责任。不过,他同时也敏锐地发现了另外一种道德力量的存在,即对财富追求的合理化。并且,作为资产阶级的一分子,理查生自己对财富和追求财富的道德合法性也是认可的。帕梅拉的故事就在这两种道德力量的斗争中展开了。帕梅拉要坚守贞洁美德,但她也想过上更好的物质生活,这两种诉求在她所处的社会历史背景下都具有道德合法性。在小说的前半部分,这两种力量之间产生了激烈的冲突,因为 B 先生企图用物质换取帕梅拉的贞洁。也就是说,帕梅拉坚守了贞洁,就会在物质生活上遭受伤害;反过来,她过上了物质丰富的生活,就不得不丢掉自己的贞洁。克拉丽莎遭遇的伦理困境在很大程度上与帕梅拉的类似,也是由两种道德力量的冲突引起。让克拉丽沙进退维谷的两种道德力量分别是孝顺的伦理责任和追求爱情的个人权利,而个人情感诉求也是英国 18 世纪新兴的一股道德力量。对父母孝顺是儿女的天职,这样的家庭伦理观念在英国社会长期存在,并广为认可与实践。文艺复兴以来,人文主义者强调人的价值,特别是个人的价值和权利;形成于 18 世纪的情感个人主义思潮进一步赋予个人情感追求以道德合法性。这两股道德力量的冲突在克拉丽莎的婚恋选择中集中爆发。假如克拉丽莎生活在中世纪,她不会遭遇这个伦理困境,因为那个时候个人情感追求还不为社会认可,她只需履行对父母的孝顺责任,如果她为了追求爱情而不服从父母的安排,她就会受到道德谴责,而知书达理的克拉丽莎是绝对不会置自己于道德不义之中的。然而,克拉丽莎生活在 18 世纪,这个时候个人情感诉求已经开始为社会所接受,她想由自己的情感做主,嫁给自己爱的人,这样的诉求不违背社会道德;当然,她同时知道,孝顺父母仍然被视作儿女的伦理责任,因此,她陷入了伦理两难。换个角度看,克拉丽莎的伦理困境也是由伦理悖论导致的,具体地说,她作为哈洛维家族成员的伦理责任与她的个人情感追求权利之间发生了矛盾。身为哈洛维家族一分子,克拉丽莎有义务帮助家族提升社会地位,整个家族也对其寄予厚望;然而,作为一个独立的个体,她有权利追求个人的幸福。

在她的婚恋选择上,她的家庭责任与个人权利发生了激烈的冲突,选择其中任何一个,都会导致对另外一个的损害,这就是她的伦理悖论。像前面两位女性人物一样,理查生也为葛兰狄森爵士设置了伦理悖论和伦理两难。在家庭生活中,葛兰狄森作为儿子、兄弟,以及他作为个体的身份都对他提出道德责任要求,但这些要求之间常常出现冲突,使他陷入两难的伦理困境。比如,作为兄弟,他有责任照顾自己的姐姐和妹妹;作为儿子,他得服从父亲的安排。当他的姐姐和妹妹向他抱怨父亲对待她们不公,希望他进行干预时,他为难了——假如他履行了兄弟的伦理责任,他必将违背儿子的伦理责任;反之,亦然。真正折磨葛兰狄森的伦理困境主要与他的爱情和婚姻相关,这主要因为他的婚姻选择与忠于国家、忠于宗教信仰的责任相抵触,而后来对爱情的追求又与婚姻的承诺发生了冲突。

给人物设置伦理困境是为了对人物进行道德考验。罗伊丝·布勒在研究《克拉丽莎》这部小说的情节时指出,西方(犹太–基督)文化传统中最根本的元素之一就是考验一个人对道德法则的遵从。① 她认为,《克拉丽莎》的基本情节就是对克拉丽莎的道德考验。其实,不仅是《克拉丽莎》,《帕梅拉》和《葛兰狄森爵士》同样包含了对主人公的道德考验。理查生从《葛兰狄森爵士》中总结出的关于"美德"的第一条原则是"美德只有通过考验才能被证实"②,他从《帕梅拉》中总结出的关于"贞洁"的一条原则是"真正的贞洁表现于在诱惑面前能够摒弃恶、抵制住诱惑"③。以他的道德原则和人生经历,理查生深谙坚守美德不是一件容易的事,一个真正具有美德的人须抵制得住诱惑、经得起考验。为了树立帕梅拉这个真正的贞洁典范,他为她设计了严格的考验,这考验包括身心的折磨和物质的诱

---

① Lois E. Bueler. *Clarissa's Plots*. Newark: University of Delaware Press; London and Toronto: Associated University Presses, 1994, p. 22.

② Samuel Richardson. *A Collection of the Moral and Instructive Sentiments, Maxims, Cautions, and Reflections, Contained in the Histories of Pamela, Clarissa, and Sir Charles Grandison. Samuel Richardson's Published Commentary on Clarissa 1747—65*. 3 vols. Intro. by John A. Dussinger and afterword by Ann Jessie Van Sant. London: Pickering & Chatto, 1998, vol. 3, p. 388.

③ Ibid., 78.

感。在她的贞洁保卫战中,帕梅拉遭受了身体的禁锢,与世隔绝,独自经受着考验,严重的时候,曾经几次昏厥过去,还萌生过自杀的念头。但她很快就意识到这是对她的考验,她思索道:"谁把支配你生命的权力交给了你呢?……你怎么知道,上帝通过你现在所经受的考验,想要达到什么目的呢?难道你想限制上帝的意志,说,'我只能忍受这么多,再多就不能忍受了'吗?难道你敢说,如果考验增多并继续进行下去,那你就宁愿死去也不再忍受了吗?"①直到帕梅拉获得了回报以后,她才真正认识到考验的重要性,非常庆幸自己经受住了考验。她在给戴弗斯夫人的信中说道:"现在我很高兴危险和考验终于结束了"②,她还骄傲地告诉达恩福德小姐:"蒙上帝的恩宠,我经受住了最大的考验和诱惑。"③

处于个人情感与家庭责任激烈冲突中的克拉丽莎经受了无尽的磨难,这些磨难也是对她的道德考验。为了个人情感而拒绝顺从父权、履行自己对家庭的责任给克拉丽莎招来了残酷的惩罚,惩罚主要来自她的家庭,其主要形式是肉体上的禁锢和感情上的疏离。克拉丽莎明确表示不愿接受父母的婚姻安排后,她就失去了人身自由,她被禁锢在自己的房间里,不能随便走动,不能见想见的人,以防她从任何人那里获得精神支持。突然之间,那些曾经非常疼爱她的人都站到了对立面上,从他们那里得不到一点思想上的支持和精神上的安慰,她一下子成了整个家族斗争的对象。肉体上的禁锢和感情上的疏离给克拉丽莎造成了精神上的折磨。禁锢中的克拉丽莎对家人感到绝望,精神上非常痛苦,常常以泪洗面,她在给好友豪小姐的信中表达了被父亲抛弃的痛苦。这时,洛夫莱斯把自己伪装成克拉丽莎的精神后盾,在她的情感与家庭责任的较量中,除了豪小姐,洛夫莱斯是克拉丽莎唯一可倾诉、可在精神上找到安慰的人了。在布勒看来,这样的情节安排是对《圣经·创世纪》的模仿:《创世纪》中将自己伪装成蛇的撒旦潜入伊甸园诱使人类始祖违背天父的旨意、偷食了禁果。

---

① [英]理查森:《帕梅拉》,吴辉译,南京:译林出版社,1997年,第207页。
② Samuel Richardson. "Intro. George Saintsbury." *Pamela* (Volume 2). London: J. M. Dent & Sons Ltd., 1914, p. 20.
③ Ibid., 129.

洛夫莱斯也在精神支持者的伪装之下,引诱克拉丽莎做出违背孝顺责任的选择。身处个人情感和家庭责任这两股力量的斗争漩涡之中,克拉丽莎没有意识到惩罚和诱惑都是美德考验的一部分——一个孝顺的美德典范是否能与其名誉相匹配,还要经受了考验才知道。可惜的是,克拉丽莎没有经受住家庭责任的考验,她选择了个人情感,不愿顺从父权、履行她的家庭责任,所以要遭受更多的磨难;而只有在她真心忏悔、重新认识到家庭责任的重要性时,她才达成了与家人的和解。

葛兰狄森爵士也经受了伦理困境的折磨和道德考验。由于《葛兰狄森爵士》这部小说的主要叙述者是拜伦小姐,理查生没有着重渲染葛兰狄森经受道德考验时的内心煎熬,但从他与拜伦小姐之间表面平静、内心波澜的无言交流中,读者能对他经受的那份痛苦略窥一斑。当纠结于对克莱门汀娜的婚姻承诺和对拜伦小姐的感情时,他痛苦地感叹道:"我,一个自我分裂的人,不知道自己能做些什么,有时甚至不知道自己该做些什么。"①像对待帕梅拉和克拉丽莎一样,在塑造葛兰狄森这个18世纪绅士典范的时候,理查生仍然为他设置了伦理困境和道德考验,以此来证明他是个名副其实的美德典范,就像理查生从该小说中总结出来的一样:"美德只有通过考验才能被证实"②,"美德有必要经受考验,考验中所表现出的坚定是它本身最好的证明"③。

二、菲尔丁:伦理磨难与道德成长

与笛福、理查生的小说惯于从人物的视角讲述故事不同,菲尔丁在描绘这些人物故事时,通常以第一人称单数"我"和第一人称复数"我们"作

---

① Samuel Richardson. *The History of Sir Charles Grandison*. 3 parts. London: Oxford University Press, 1972, part 2, p.383.

② Samuel Richardson. *A Collection of the Moral and Instructive Sentiments, Maxims, Cautions, and Reflections, Contained in the Histories of Pamela, Clarissa, and Sir Charles Grandison. Samuel Richardson's Published Commentary on Clarissa 1747—65*. 3 vols. Intro. by John A. Dussinger and afterword by Ann Jessie Van Sant. London: Pickering & Chatto, 1998, vol. 3, p.388.

③ Ibid., 389.

为叙述者展开情节。他在《约瑟夫·安德鲁斯》《汤姆·琼斯》中的每卷序言除了评点故事细节外,也常常以作者身份现身说法。从文学伦理学批评的视角而言,这种凸显叙述者身份的散文体喜剧史诗为菲尔丁道德主题的阐述提供了双重视角,承载了道德观察和道德实践齐头并进的平行线索。可以明确的是,菲尔丁作为作者在小说创造的虚拟世界占有绝对的掌控权。他在《汤姆·琼斯》第二卷第一章评述道:"读者在阅读本书时如果发现某几章很短,某几章又颇长,有的只记载一天的事情,另外的又包含经年累月的事;总之,如果他发现这部历史有时似乎停滞下来,有时又如风驰电掣地疾行,请不要感到奇怪。我不认为有义务在任何批评家的法庭上替自己进行答辩,因为事实上我是一种新的写作领域的开拓者,我可以任意指定这个领域内的法律。"① 叙述者在作品中自由且自信地操纵叙述的能力,引导读者注意力的变化,评述人物的种种行为和事件,这正是叙述者参与伦理构建功能的体现。这种双重伦理视角不仅存在于叙述者和人物之间,同时也存在于菲尔丁小说的主人公身上,即小说主人公兼具道德观察者与实践者的双重伦理身份。一方面,他们是道德实践的参与者,故事主要描写他们道德成长的经历;另一方面,他们也是冒险路途中社会道德状况的观察者。

应该指出的是,菲尔丁小说伦理结构的设定受古典文学影响颇深,他在小说里采用的伦理结构主要来源于文艺复兴时期的流浪汉小说,同时也借鉴了古典史诗的漫游结构。《约瑟夫·安德鲁斯》和《汤姆·琼斯》自不用说,而《阿米莉亚》主要描写了男主人公在监狱之间流连的生活,不少批评家认为维吉尔创作的史诗《埃涅阿斯纪》是其结构的蓝本。② 这种结构样式一方面便于在时间轴集中展开主人公的道德故事,另一方面也通过主人公在流浪途中所经历的事件反映了英国社会形形色色的道德怪

---

① [英]亨利·菲尔丁:《弃儿汤姆·琼斯的历史》(上、下),萧乾、李从弼译,北京:人民文学出版社,1984年,第57页。
② 持这一观点的批评家较多,如 Maurice Johnson. *Fielding's Art of Fiction*. Philadelphia: University of Pennsylvania Press, 1961, p.140. 又如 Irvin Ehrenpreis. *Literary Meaning and Augustan Values*. Charlottesville: University Press of Virginia, 1974, p.16.

象。菲尔丁的小说也因此获得了一个广阔的社会生活面。正是这种脱胎于古典史诗与传奇结构样式的故事,使菲尔丁的小说人物面临了爱情与荣誉的双重冒险。可以说,正是为了追求理想爱情,约瑟夫·安德鲁斯、汤姆·琼斯和威廉·布思等英雄人物才会义无反顾地踏上冒险旅程。爱情是男主人公踏上冒险历程的动机,也是他们完成道德历险、实现自我成长之后得到的最高的道德奖赏。从这个意义上说,"美德有报"是理查生与菲尔丁小说创作的又一相通之处。

但是,在人物形象的塑造上,菲尔丁并不像理查生那样追求完美的道德榜样,一方面是因为菲尔丁出于对现实人性的考察,认为人类必然具有弱点,"我们当中最优秀的人一天也要犯各种过失二十次"①。如约瑟夫·安德鲁斯虽然极为爱惜道德,但他并非从一开始就以谨守礼法的道德楷模的形象出现,小说多次写到亚当姆斯牧师对他的告诫。而在给姐姐帕梅拉的信中,约瑟夫说道:"她把我撵出房间却叫我高兴,因为我有一刹那几乎把亚当姆斯牧师说过的话抛在脑后。"②在《汤姆·琼斯》中,叙述者一方面描绘了令人"高山仰止"的奥尔华绥乡绅,另一方面又在第一卷第四章的标题中戏谑地说这"这一段描写使读者几乎跌断脖子"③。其中产生的审美距离和叙事张力似乎也在暗示读者:这样十全十美的人物在创作中必不可少,在生活中实则不太可信;另一方面是菲尔丁认为通过塑造这些不完美的主人公形象,可以让读者产生小说人物"并不高人一等"的亲切感,从而在现实生活中更能具有改过自新的勇气,并因此实现小说的讽喻功能。但他的这番苦心并没有得到早期研究者的理解。这些学者大多认为菲尔丁小说过于侧重恶行展示,以及没有一个完美的主人公形象,因此在道德上是危险的。其实菲尔丁在《约瑟夫·安德鲁斯》中就反复表明自己的讽刺(satire)意图,他说作者之所以描绘这些卑鄙小

---

① [英]亨利·菲尔丁:《阿米莉亚》,吴辉译,南京:译林出版社,2004年,第469页。
② [英]亨利·菲尔丁:《约瑟夫·安德鲁斯的经历》,王仲年译,上海:上海文艺出版社,1962年,第38页。
③ [英]亨利·菲尔丁:《弃儿汤姆·琼斯的历史》(上、下),萧乾、李从弼译,北京:人民文学出版社,1984年,第18页。

人,"不是为了把一个可怜的家伙暴露给一小撮和他相识的伧夫俗子;而是给成千成万的人在密室里当作镜子,让他们可以端详自己的缺陷并努力减少,那么一来,私下起了悔恨之心,当中就能避免侮辱。这就是讽刺家(satirist)和毁谤家(libeller)的区别,也划清了他们之间的界限,因为前者像父母似的,为了一个人自己的利益私下纠正他的过失;而后者却像刽子手似的,把那个人露体示众,给别人做个榜样"①。

因此,菲尔丁的小说大多是通过主人公所经历的冒险旅程来锤炼其个体道德,完成伦理历练。主人公经历的"磨难"(basanoi)不仅仅是诺思罗普·弗莱所说的"检验主人公品行的试金石"②,而且也使主人公的行为从远非完美的道德层面提升到近乎完满的道德境界,实现个体的道德成长。黄梅先生曾认为,"这里流浪的经历是'英雄'充分展示本色的机会,而不是改变、修养、成熟的过程,甚至并非严格意义上的考验"③。事实上,这一观点除了较为符合菲尔丁的小说处女作《约瑟夫·安德鲁斯》的情形外,并不完全符合其后期小说作品的创作实际。同时,由于这种磨难大多与失去某种伦理关系的庇护有关(如约瑟夫·安德鲁斯与琼斯的出身不明;安德鲁斯失去仆人身份;汤姆·琼斯失去奥尔华绥先生的宠爱并失去与苏菲亚结合的机会;布思上尉失去哈里森博士的看顾等等),可以将之视为一种伦理磨难。

可以说,菲尔丁小说主人公尽管大多存有一些道德瑕疵,但天性却是纯良端正的,如善良热情、勇敢豪爽、乐于助人,并富有自我牺牲精神。对于真正的"爱情只能促使人为对方谋求幸福"④这一理想观点,男主人公都有清醒的认识。他们对爱情的追求并不掺杂时人考虑的财产、肉欲等

---

① [英]亨利·菲尔丁:《约瑟夫·安德鲁斯的经历》,王仲年译,上海:上海文艺出版社,1962年,第197—198页。
② [加]诺思罗普·弗莱:《批评的解剖》,陈慧、袁宪军、吴伟仁译,天津:百花文艺出版社,2006年,第238页。
③ 黄梅:《推敲"自我"——小说在18世纪的英国》,北京:生活·读书·新知三联书店,2003年,第228页。
④ 奥尔华绥劝诫珍妮·琼斯语,参见[英]亨利·菲尔丁:《弃儿汤姆·琼斯的历史》(上、下),萧乾、李从弼译,北京:人民文学出版社,1984年,第28页。

因素,而与汤姆·琼斯可资对照的布利非,小说描写他并不"为苏菲亚的品貌所吸引","然而他却富有另外一种情感,这种情感从小姐名下的财产中得到了充分的满足:就是贪婪和野心,这二者平分了他的心灵"。① 因此,在菲尔丁笔下,这些道德英雄在大是大非问题上并未失去原则和方寸。除了主人公的不拘小节容易被对手和竞争者加以利用,是他们通往个人幸福生活的重要障碍之外,这些人生经验不足的英雄人物对美德的理解往往还只是停留在情感体验之中,也需要真正从实践角度去理解道德行为的真正内涵,因此才需要在社会的道德历练中完成个人成长。这些英雄人物虽不至于像布利非之类反面人物那样伪善,但仍须提防虚荣心的侵蚀。而这一道德成长难题早在菲尔丁的第一部现实主义小说《约瑟夫·安德鲁斯》的序言中就有所暗示。

在《约瑟夫·安德鲁斯》的序言中,菲尔丁宣称这部作品的基本内容就是描写荒唐可笑的事,而"真正的'荒唐可笑'的来源只能是矫揉造作[……]产生矫揉造作的原因有二,不是虚荣,就是虚伪;因为虚荣策动我们去冒充虚妄的身份,以骗取赞美;虚伪就唆使我们用德行的外衣来掩饰我们的罪恶,以躲避谴责。这两个原因虽则常常被人混淆(因为要辨别它们是相当困难的),由于它们的出发点截然不同,它们的作用也截然不同;说真的,因虚荣而产生的矫揉造作,比较因虚伪而产生的矫揉造作更接近于真实;因为虚荣不像虚伪那样,跟自然有着尖锐的矛盾。还应该注意的是,矫揉造作并不是绝对否定了那些伪装的品质;所以,当它产生于虚伪的时候,它和欺骗很相似;可是当它只产生于虚荣的时候,它的性质就近于夸示了"②。如果说伪善的人的特点是虚伪,而虚荣则是普通人具备的人性弱点,这种弱点虽然不至于像伪善之人那样作奸犯科,危害他人的利益,但也会造成人物行为的偏差,甚至酿下苦果。如《约瑟夫·安德鲁斯》中的丽奥诺拉、威尔逊乡绅,《汤姆·琼斯》中的费兹帕特利夫人、耐

---

① [英]亨利·菲尔丁:《弃儿汤姆·琼斯的历史》(上、下),萧乾、李从弼译,北京:人民文学出版社,1984年,第268页。

② [英]亨利·菲尔丁:《约瑟夫·安德鲁斯的经历》,王仲年译,上海:上海文艺出版社,1962年,原序:第5—6页。

廷盖尔先生,《阿米莉亚》中的马修斯小姐、贝内特太太,都是虚荣心理作祟导致人生悲剧的人物。即便是部分体现主人公道德理想的人物,如亚当姆斯牧师、奥尔华绥乡绅等,对虚荣心理也难以完全免俗。

如前所述,爱情和荣誉是菲尔丁从古典文学传统继承而来的双重冒险主题。狄多女王恋慕埃涅阿斯,希望他能永远留下来;可埃涅阿斯最终决定弃绝爱情,去完成神安排的民族复兴的道路。维吉尔这部史诗作品可以说最早展现了爱情和荣誉的冲突主题;这一古典文学母题也在菲尔丁的小说里得到了微弱回应。如《汤姆·琼斯》中,琼斯被奥尔华绥先生赶出了家门,更因和苏菲亚分离而陷入了深深的痛苦之中。这时的琼斯为了寻求解脱,"决计追随伟大荣誉的道路"[①]去投军。也就是说,主人公希望借助追求荣誉去弥补失去爱情的痛苦。与之相类似,《阿米莉亚》中的主人公布思在结婚后不久就面临了一个有关爱情和荣誉的艰难选择。为方便照顾怀孕的妻子阿米莉亚,布思想方设法才被调换到了一个近卫骑兵队中。但事有不巧,他所在的队伍却要开拔去往直布罗陀。尽管此时布思的任职令尚未签发,和他调换职务的军官也愿意代替他去国外驻扎,但为了荣誉,布思还是毫不迟疑地听令出征。因为在他看来,如果为了家庭而放弃个人荣誉,显然是一种不道德的价值选择,他"不怕难为情地承认","爱情并不是理所当然地就能够被荣誉所胜过"。[②]

如果说这里的情节只是菲尔丁对古典文学传统的简单继承,那么他对这一母题的发展和突破即是揭示了不正确的荣誉观会造成爱情观的扭曲,这便是小说主人公在道德上的迷误和弱点。我们可以发现,汤姆·琼斯和布思上尉遭人诟病的、处处留情的"花心",其实就是出于一种对"骑士豪侠态度"理解有误的虚荣心理。书中写道,琼斯"一向认为对妇女殷勤是保持荣誉的一个原则。他认为接受一次情场上的挑战,正像接受一

---

① [英]亨利·菲尔丁:《弃儿汤姆·琼斯的历史》(上、下),萧乾、李从弼译,北京:人民文学出版社,1984年,第297页。

② [英]亨利·菲尔丁:《阿米莉亚》,吴辉译,南京:译林出版社,2004年,第91页。

次决斗场上的挑战一样义不容辞"①。布思在舞会上照顾了马修斯小姐的虚荣心,因此才造就他们的缘分。伊恩·P. 瓦特曾引证过18世纪同时代人的观点,认为"勇敢的概念"后来"被弄得乱七八糟,在这个荒淫的时代,骑士的游侠行为就是尽他们所能摧残妇女";而在日常生活中,"荣誉和勇敢"一类词的用法上的模棱两可会带来危险。②

这种不正确的荣誉观不仅在爱情中有所体现,而且也在商品化的伦理关系以及金钱欲望上表现出来。耐廷盖尔更是一针见血地指出贝拉斯顿夫人对汤姆·琼斯的另眼看待,不断施与金钱恩惠,"要激起的并不是感恩,而是虚荣心"③。出于"一种孩子气的虚荣心"④,布思购买了一辆旧马车,这一抬高身份的行为招致了邻人普遍的妒忌和痛恨。哈里森博士一直为布思夫妇生活豪奢浪费感到痛心疾首,致信批评说:"虚荣心一直是卑鄙的;虚荣心加上不正直,那就成为丑恶和可憎了"⑤,认为是布思夫妇不当的虚荣心导致了"荒谬绝伦的过错"⑥。也难怪菲尔丁在小说中感叹:"虚荣呀!你的力量多么难以认识,你的作用多么不易觉察!你多么任性地装成许多样子来欺骗人类!你有时候假充怜悯,有时候假充慷慨:不但如此,你甚至厚脸无耻地带上那些仅属于壮烈德行所有的辉煌装饰。你这可恶的畸形怪物!牧师指摘你,哲学家轻视你,诗人嘲笑你;在大庭广众之间,哪一个自暴自弃的无赖肯承认跟你打过交道?可是在私下里不为你所陶醉的人有几个?不,你是大部分的人追求了一辈子的对象。为了讨得你的欢心,每天都有人在做罪大恶极的坏事:下至最卑鄙的盗贼,上至最伟大的英雄,都逃不出你的手掌心。无论窃钩也好,窃国也好,

---

① [英]亨利·菲尔丁:《弃儿汤姆·琼斯的历史》(上、下),萧乾、李从弼译,北京:人民文学出版社,1984年,第699页。
② [美]伊恩·P. 瓦特:《小说的兴起——笛福、理查逊、菲尔丁研究》,高原、董红钧译,北京:生活·读书·新知三联书店,1992年,第175页。
③ [英]亨利·菲尔丁:《弃儿汤姆·琼斯的历史》(上、下),萧乾、李从弼译,北京:人民文学出版社,1984年,第807页。
④ [英]亨利·菲尔丁:《阿米莉亚》,吴辉译,南京:译林出版社,2004年,第159页。
⑤ 同上书,第179页。
⑥ 同上书,第416页。

他们唯一目的和唯一报酬往往都为了要得到你的青睐。"①

简单而论,菲尔丁认为追求荣誉并非不正当,而是要树立正确的荣誉观。因为"荣誉是道德的卫士;对荣誉的爱首先推动着意志去发展自重的德性,然后又推动着它去获得社会的德行,或者至少是避免不公正的行为、谎言和犯罪"②。人只要坚持行善,荣誉自会随之而来。至于名誉,则不过是世人贪慕虚荣和追逐物欲的结果。在描写主人公的冒险历程时,路遇的次要人物颇有些类似于弗莱所说的"安全阀"③的作用,即这些次要人物的故事与主人公的遭遇有一定的相通性,从某种程度上而言,他们这些次要人物提供了主人公故事的另一种可能,从而增长了主人公的人生阅历和见识,并对主人公的道德成长起到了一定的警示作用。最终主人公通过自身经历和旁人警醒,能按照叙述者安排的人生轨迹安然度过这些道德磨难和考验,最终顺利实现道德完善。小说对主人公最终克服虚荣心理实现个人的道德成长和描绘,反映出菲尔丁一直致力于批判伪善恶行、劝诫虚荣恶习的创作意图。

第三节 文学创作对道德情感的弘扬

现实主义小说和个人经验的书写在18世纪英国的兴起绝非偶然,实与启蒙思想下人们逐渐萌发的个人意识有关。理查生、菲尔丁等作家基本秉持了现实主义创作原则,不仅通过对主人公婚恋生活的描绘横向地反映了英国社会的种种道德现象,而且也借助人物的道德行为传达了作家对于伦理问题的独特思考,带有明显的伦理意识和伦理教诲功能。与

---

① [英]亨利·菲尔丁:《约瑟夫·安德鲁斯的经历》,王仲年译,上海:上海文艺出版社,1962年,第62页。
② [德]弗里德里希·包尔生:《伦理学体系》,何怀宏、廖申白译,北京:中国社会科学出版社,1988年,第492页。
③ 参见[加]诺思罗普·弗莱:《批评的解剖》,陈慧、袁宪军、吴伟仁译,天津:百花文艺出版社,2006年,第286页。这里化用了弗莱的说法,弗莱在分析传奇文学中的某些类似于喜剧中"乡巴佬"(agroikos)的鄙俗人物时,说"这些人物为现实主义提供一个局部的安全阀,但不至于打乱传奇的程式和技巧"。

法国同时期理性主义的盛行所不同的是,英国文学呈现出一种情感主义的倾向。具体说来,英国的小说家们在创作上深受道德情感哲学的影响,在作品中肯定了情感在道德行为中的作用,在认可情感的伦理价值基础上,也强调情感的适宜性与道德性,从而与18世纪英国的道德情感哲学构成两相呼应的局面。

一、情感的道德劝善作用

18世纪英国的道德情感哲学探讨了情感与道德的关系,著名的情感道德伦理学家包括沙夫茨伯里伯爵三世、哈奇森、休谟和斯密等。沙夫茨伯里三世是英国第一个把情感作为道德来源的伦理学家,哈奇森继承和发扬了沙夫茨伯里的思想,他在创作自己的著作时曾申明,他著书是为了"解释和辩护沙夫茨伯里的学说"[①]。实际上,他不仅为沙夫茨伯里的学说做了解释和辩护,而且在很多方面深入发展了沙夫茨伯里的伦理思想。后来,休谟又继承和发展了哈奇森的情感伦理思想,构建了系统的情感主义理论,提出了"同情说"。他认为,"同情是人性中非常有力的原则","同情是道德区分的主要来源"。[②] 同情使人们达到情感上的一致,从而形成一种普遍的道德原则。"同情说"为道德主体的情感沟通和普遍道德准则的形成提供了依据。斯密继承了休谟的"同情说",他在《道德情操论》中对同情做了更严格的界定,并详细、生动地分析了同情的性质、产生的过程以及作用的机制,论证了同情作为道德基础的重要意义。

同情指的是人们普遍所理解的同情心,即对别人的苦痛表示怜悯的情感,是一种道德情感。休谟认为,人的主要属性是利己的,自爱是人的天性,但幸运的是,人生来具有同情的能力。他说:"根据我们对别人的爱或恨而希望他得到幸福或苦难的那个欲望,虽然是我们天性中所赋有的一种随意的、原始的本能,可是我们在许多场合下发现它们有被效仿的情

[①] 转引自罗国杰、宋希仁编著:《西方伦理思想史》(下卷),北京:中国人民大学出版社,1988年,第176页。

[②] [英]休谟:《人性论》(全两册),关文运译,北京:商务印书馆,1983年,第620、661—662页。

形,并可以由次生的原则发生。"①休谟认为,怜悯(pity)是一种次生的感情,我们甚至能够对一个完全陌生的人的苦难表达关切,这是"由原始感情经某种特殊的思想和想象倾向所改变以后而发生的"②。而这种作用过程就是"同情"。亚当·斯密进一步完善了"同情说"。他在《道德情操论》的开篇就论述了同情。他说:

> 无论人们会认为某人怎样自私,这个人的天赋中总是明显地存在着这样一些本性,这些本性使他关心别人的命运,把别人的幸福看成是自己的事情,虽然他除了看到别人幸福而感到高兴以外,一无所得。这种本性就是怜悯或同情,就是当我们看到或逼真地想象到他人的不幸遭遇时所产生的感情。……这种情感同人性中所有其它的原始感情一样,决不只是品行高尚的人才具备,虽然他们在这方面的感受可能最敏锐。最大的恶棍,极其严重地违犯社会法律的人,也不会全然丧失同情心。③

斯密认为,虽然我们对别人的感受没有直接经验,但我们可以设身处地地想象模拟出别人感官的印象,这样我们就似乎进入了别人的躯体,把自己当作那个人,因而形成了关于他的感受的某些想法,产生与他的感受一样的感受。同情不限于感受别人的痛苦和悲伤,它也让我们体会到别人的高兴或感激之情。在《论相互同情的愉快》这一章中,斯密说:"不管同情的原因是什么,或者它是怎样产生的,再也没有比满怀激情地看到别人的同感更使我们高兴,也没有比别人相反的表情更使我们震惊。"④他的这一思想说明了同情对于和谐社会关系的重要性,而创建和谐社会关系正是18世纪英国人的一大诉求。

显然,理查生和菲尔丁都接受了当时流行一时的"同情说"的伦理思想,在小说里都描绘了富有同情心的主人公形象;但是,理查生的小说偏

---

① [英]休谟:《人性论》,关文运译,北京:商务印书馆,2005年,第406页。
② 同上。
③ [英]亚当·斯密:《道德情操论》,蒋自强、钦北愚、朱钟棣、沈凯璋译,北京:商务印书馆,2003年,第5页。
④ 同上书,第11页。

重感伤,在创作过程中珍视对人物情感的描绘和渲染;而菲尔丁偏重讽刺,主要讽刺伪善人物身上的工具理性特点。两人的小说创作总体呈现出同中有异的风貌。

  18 世纪 40 至 70 年代,英国涌现了一股文学热潮,这种文学最显而易见的特点是情感的泛滥,被称为"感伤主义文学"。感伤主义文学热潮遍及小说、诗歌和戏剧等各个文学领域,其中以感伤主义小说的影响最为广泛、深远,而理查生小说是感伤主义文学的主要代表。感伤主义文学十分重视对于人物情感的描写,表现出对情感,特别是"同情"这种道德情感的珍视。劳伦斯·斯特恩的《感伤的旅行》可以看作 18 世纪英国感伤主义小说的宣言,这部小说塑造了不少富于同情心的人,比如主角约里克牧师、牧师的仆人拉弗勒,以及他们在旅途中遇到的为驴哭泣的主人,这些人物对别人的痛苦感同身受,常常为别人潸然泪下。理查生的小说也不缺这样的人物。运用 antconc3.2.0w 语料分析软件①,以 sympath *(包括 sympathy [同情心]、sympathize [同情]、sympathizer [同情者]和 sympathetically [同情地])、pity [怜悯]、compassion *(包括 compassion [同情]、compassionate [同情的]和 compassionating [同情的])和(un)feeling([没]有同情心的)为关键词在理查生三部小说中进行搜索,结果显示上述四个关键词分别出现 27、621、251 和 50 次,说明同情这种道德情感是理查生小说重点突出的内容。再从词语的搭配来看,这些与"同情"相关的词总是与褒义的词汇连用,比如与 tender(温柔的)、tenderness(温柔)、love(爱)、trust(信任)等连用,被 sincerely(真诚地)或 truly(真诚地)修饰,表明"同情"是一种值得赞扬的美德;在不少地方 sympathy 或 sympathize 都与 friend(朋友)放在了一起,说明了同情对维系友谊的重要作用。一个好朋友应该是能够对朋友表达同情的人,我们发现克拉丽莎和她的密友豪小姐常常在信件末尾的署名中以 sympathizing(富于同情心的)给自己定性,在《克拉丽莎》和《葛兰狄森爵士》两部小说中小说人

---

① 该软件完成于 2006 年 12 月 19 日,作者为早稻田大学科学与工程系 Laurence Anthony 教授。更多信息请见 http://www.antlab.sci.waseda.ac.jp/software.html(2020 年 5 月 1 日访问)。

物都经常直白地告诉对方"我同情你",这表明人物对同情这种道德情感的高度认同。

相对于理查生为了渲染人物心理的、"写至即刻"的拖沓冗长,菲尔丁的小说呈现出近乎几何对称的古典艺术美学结构(《约瑟夫·安德鲁斯》的情节略松散,但章节也是经过精心设计的),呈现出偏重理性的设计原则;菲尔丁的小说都倡导了"审慎"美德的重要性,似乎与情感并无多大关联。之前国内的菲尔丁研究也不大重视菲尔丁小说伦理的情感特征。但是,菲尔丁笔下的主人公也和感伤主义小说中的人物一样,大多拥有充沛的同情心。如约瑟夫对待爱情可谓情深义重,"约瑟夫的胸口发出一千次叹息,范妮美丽的眼睛流下一千滴的眼泪。虽然范妮端庄正派,只允许约瑟夫接吻,但在他的臂弯里,强烈的爱情却让她表现出不仅仅是被动顺从的样子。往往范妮轻轻地把约瑟夫拉到怀里,两人相靠的压力虽是甚轻,断不至挤死一只虫子,却能在约瑟夫的心里引发比紧密的康沃尔式的拥抱(the closest Cornish hug)更多的感动"①。而汤姆·琼斯被驱逐出天堂府后,小说细致描摹了汤姆·琼斯的一系列心理反应和言行动作。最开始,琼斯是处于麻木的状态,简单听从了奥尔华绥先生的命令"走了一英里路也还没思忖一下,甚至不晓得自己是往哪里走"②。直到一条小溪挡住了他的去路,他才停下来,"琼斯这时陷入极度痛苦之中。他揪着自己的头发,通常伴随着疯癫、激怒和绝望而来的其他举动,也大都出现了"③。这样发泄一通后,他的情感才慢慢平息下来,才用理智思考他的举动。布思上尉也有过于热诚、不够谨慎的特点。菲尔丁小说的主人公都是冲动型性格的英雄,体现出与古典主义理性英雄的不同特点。

菲尔丁在作品中描写人物情感律动的同时,又警示读者情感的非理性因素可能导致不道德的结果。与之不同的是,理查生注重营造小说的

---

① [英]亨利·菲尔丁:《约瑟夫·安德鲁斯的经历》,王仲年译,上海:上海文艺出版社,1962年,第43页。
② [英]亨利·菲尔丁:《弃儿汤姆·琼斯的历史》(上、下),萧乾、李从弼译,北京:人民文学出版社,1984年,第296页。
③ 同上。

情感氛围，渲染人物的感受和情绪，主张通过引发读者的同情心理来实现教诲功能。从小说内容上来说，理查生小说具有一个共同特征，小说中一个人的美德或一个具有美德的人常常要遭受磨难，其美德受到威胁，或他在两难困境中不知如何选择。他的三部小说塑造了几个重要的女性美德典范：帕梅拉、克拉丽莎、拜伦小姐和克莱门汀娜。值得注意的是，这几个美德纯良的姑娘都经受了巨大的磨难，前三个都遭受过贞洁即将不保的威胁，最后一个则因为难以在宗教信仰和美好的爱情之间做出选择而经受巨大的折磨，以致罹患忧郁症。理查生正是通过这样的情节设置激发读者的同情，从而达到道德劝善的目的，他甚至在小说中创设了可供读者模仿的场景。以《克拉丽莎》这部小说为例。失贞后的克拉丽莎每一天都在痛苦、自责和忏悔中度过，她在肉体上惩罚自己，让自己忍冻受饿，在精神上折磨自己，不断地在内心拷问自己，同时不遗余力地去弥补自己的过失：她频繁地去教堂虔诚祷告，不管是否得到回应，向所有的亲人写信道歉、忏悔，直到最后耗尽自己的体力和精力，悲惨地死去。克拉丽莎蒙受的苦难深深地打动了她周围的人。她临死前，她的朋友上校"跪在床边，双手握着[她的]右手，将她的手捂住自己的脸，脸上满是泪水"①；寡妇洛维克夫人"满脸泪水，将头靠在床头上，痛苦至极……一阵啜泣让她无法将话说完"②；史密斯夫人"跪在床脚，豆大的泪珠在脸颊上流淌"③；克拉丽莎的护工"脸都哭肿了"④；女佣趴在墙壁上比谁哭的声音都大；而叙述这个场景的贝尔福德痛苦得写不下去，不得不暂时停笔。就连帮助洛夫莱斯夺去克拉丽莎贞洁的妓院里的几个姑娘目睹了克拉丽莎经受的痛苦后都不禁为她动容，对自己的行为懊悔不已。这个场景可以看作是对休谟和斯密的"同情说"的注解：小说人物在目睹了其他人物的痛苦后，同情之心自然而生，继而痛恨造成这种痛苦的不道德之举，同时对遭受磨难却

---

① Samuel Richardson. *Clarissa, or the History of a Young Lady*. Ed. Angus Ross. London: Penguin Books, 1985, p.1361.
② Ibid.
③ Ibid.
④ Ibid.

仍然坚守道德的人物产生敬仰之情。理查生肯定期望读者在阅读这样的小说时,经历与小说人物一样的道德情感教育。

菲尔丁的小说在风格和技法上则带有一种"浪漫喜剧"①口味,他认为喜剧带来的距离感能够引发读者的自主思考,避免被动地沉浸于感伤情节中,因而喜剧比悲剧更能体现移风易俗的道德教诲功能。菲尔丁在《约瑟夫·安德鲁斯》的序言中提出了"散文体喜剧史诗"(Prosaic-comic-epic Writing)这一概念,他说:

> 一部滑稽的传奇是一部散文的喜剧史诗,它跟喜剧有所区别,正如严肃的史诗跟悲剧不同;它的情节比较广泛绵密;它包含的细节五花八门;介绍的人物形形色色。它跟严肃的传奇不同的地方在于结构和情节:一方面是庄重而严肃,另一方面轻松而可笑;它在人物上的区别是介绍了下层社会的骄色,因而也介绍了下层社会的风习,反之,严肃的传奇给我们看到的都是最上等的人物。最后,在情操和措辞方面,它采取的不是高深的,而是戏谑取笑的方式。在措辞上,我以为有时候大可以运用游戏文章;本书将有许多这一类例子,譬如交锋接仗的描述,以及某些别的地方,也不必向清雅的读者指出了;那些楷模或者游戏文章主要是给消闲解闷的。②

也就是说,他的喜剧式讽刺反倒是希图破除读者的"同情"幻觉,借揭露反面人物身上的伪善达到对工具性理性的批判。按韦伯所言,人类的理性可以划分为价值理性与功用理性这两种类型。价值理性以某种理性(道德命令、人生理想等)为绝对目的,而不计现实生活中的成败利害。相较之下,功用理性则视理性为达到现实目的的有效手段,从本质上来说是一种工具主义的理性观。③ 在菲尔丁看来,世上的伪善之人之所以能够

---

① Henry Fielding. *The Critical Heritage*. Ed. Ronald Paulson and Thomas Lockwood. London: Routledge & K. Paul; New York: Barnes & Noble, 1969, pp.230—234.
② [英]亨利·菲尔丁:《约瑟夫·安德鲁斯的经历》,王仲年译,上海:上海文艺出版社,1962年,序言第2页。
③ 转引自黄伟合:《欧洲传统伦理思想史》,上海:华东师范大学出版社,1991年,第280页。

欺骗他人,在于他们深深洞悉世间的行事规则,往往用冷静的算计掩盖自己的真实目的。理智就成为伪善者的遮羞布,是其掩盖自身邪恶、实现个人欲望的工具。《约瑟夫·安德鲁斯》中的鲍培爵士夫人、《汤姆·琼斯》中的布利非、《阿米莉亚》中的詹姆斯上尉无一不是这样"理智至上"的伪善者。菲尔丁的"散文体喜剧史诗"加大了对伪善者的批判力度,从另一层面重申了自己的伦理思想,即"只有出于正当情感的行为或行为主体才具道德价值;理智本身并没有道德价值"①。也就是说,菲尔丁在判断善行方面主要侧重的是情感要素,而不是理性特征。

除此之外,菲尔丁还强调对善行的回馈最为重要的也是情感的满足。他在《汤姆·琼斯》的献辞中写道:"除了展示这种道德之美以吸引人们憧憬之外,我还试图以一个更强大的动力来促使人们向往道德,使人们相信,从实际的利益着想也应当去追求它。"②这种"实际的利益"(their true interest)指的就是人内心"真正的安乐"(solid inward comfort of mind)。反之,如果一个人心存恶念,则内心也将永远感到"恐怖和忧虑"③。从叙事结局来看,"菲尔丁小说伦理正义达成在于'复位'"④,主人公后来都因身世或遗嘱的发现得到了大量财产。由于财产本是继承所得,所以作家更强调的是情感层面的满足,即美满的婚姻。综上,菲尔丁无论在善行的动机,还是结果上都重视情感的伦理价值,因而体现了英国情感道德哲学的深深影响。

二、情感的适宜性与道德性

从文学伦理学批评角度来看,情感可能是理性意志的表现,也可能是非理性意志的表现,因此,可以分为理性情感和非理性情感。"伦理选择

---

① 黄伟合:《欧洲传统伦理思想史》,上海:华东师范大学出版社,1991年,第178页。
② [英]亨利·菲尔丁:《献给财政五卿之一,尊贵的乔治·李斯顿先生》,《弃儿汤姆·琼斯的历史》(上、下),萧乾、李从弼译,北京:人民文学出版社,1984年,第4页。
③ 同上。
④ 杜娟:《亨利·菲尔丁小说的伦理叙事》,武汉:华中师范大学出版社,2010年,第192—193页。

中的情感在特定环境或语境中受到理性的约束,使之符合道德准则与规范。这种以理性意志形式表现出来的情感是一种道德情感,如母爱和亲情。"①因此,这就提出了另一个重要的伦理命题——情感的适宜性。

感伤主义小说最突出的特点就是强烈的情感表现,因此许多人认为感伤主义小说家都是排斥理性的,这是一种错误的认识。理查生小说并不排斥理性,其实就连道德情感哲学家也并不排斥理性。情感对于道德情感哲学家来说非常重要,但人也不可以滥用情感,对情感适当运用才能表现出德性的光芒。这也是为什么斯密在《道德情操论》的第一篇就论述"行为的合宜性"。在这一点上理查生显然认同道德情感哲学家的观点,他的小说特别强调情感的适宜性。

不论是什么样的情感,必须控制在适宜的程度,否则就会令人产生厌恶。斯密认为,

> 产生各种行为和决定全部善恶的内心情感或感情,可以从两个不同的方面或两种不同的关系来研究:首先,可以从它同产生它的原因,或同引起它的动机之间的关系来研究;其次,可以从它同它意欲产生的结果,或同它往往产生的结果之间的关系来研究。
>
> 这种情感相对于激起它的原因或对象来说是否恰当,是否相称,决定了相应的行为是否合宜,是庄重有礼还是粗野鄙俗。
>
> 这种感情意欲产生或往往产生的结果的有益或有害的性质,决定了它所引起的行为的功过得失,并决定它是值得报答,还是应该受到惩罚。②

斯密的观点说明对情感的道德评判与其适宜性紧密相关。同样一种情感,如果它产生的动机和结果适宜,它能给人以美好的感受;如果不适宜,则会令人生厌,对它批评,给它惩罚。《帕梅拉》中 B 先生对帕梅拉的情感就是一个良好例证。

---

① 聂珍钊:《文学伦理学批评导论》,北京:北京大学出版社,2014 年,第 250 页。
② [英]亚当·斯密:《道德情操论》,蒋自强、钦北愚、朱钟棣、沈凯璋译,北京:商务印书馆,2003 年,第 17 页。

B先生决定迎娶帕梅拉之后,帕梅拉马上就答应了,这个情节一直受人诟病。其实批评者在评价帕梅拉和B先生的关系变化时忽略了一个重要细节,即B先生对帕梅拉感情的变化。一开始,B先生被帕梅拉的美貌所吸引,产生了对美貌女子的情欲,想通过占有对方的身体来满足自己的欲望。在斯密看来,"对于因肉体的某种处境或意向而产生的各种激情,作任何强烈的表示,都是不适当的,……造物主使得两性结合起来的情欲也是如此"①。但斯密并不完全排斥情欲,他认为,人们应当用节制的美德控制那些对肉体的欲望,"把这些欲望约束在健康和财产所规定的范围内"②。仔细阅读《帕梅拉》,我们可以发现,这部小说关于情欲的思想与斯密的如出一辙。转变之前的B先生对帕梅拉的喜爱完全出自对她的肉体的欲望,而且他也只打算占有她的肉体,并不愿对她负责任,所以他的情欲是不道德的,在帕梅拉和其他正直的人眼里,他就是个欲望的魔鬼。但是,后来他被帕梅拉的美德所感动,不仅喜爱她的美貌,更仰慕她坚守贞洁的精神,这时他的情感产生的原因发生了变化,由好的动机引发。此外,他决定迎娶帕梅拉为妻,从法律上对自己的情感加以约束。所以,这时他对帕梅拉的情感就是适宜的了。连他自己都感受到了这种变化及其带来的幸福感:

> 我的帕梅拉,我向你承认,我怀着极为纯正的激情爱着你!这种激情是我在这一生中从未体验过的,过去也完全不理解的;它在花园中开始产生;……我向你坦率地说,在这个钟头甜蜜的谈话中,他体验到一种非常崇高与诚挚的愉快;如果我以前对你所怀的企图得逞,那我是不可能体验到这种愉快的。③

B先生的例子说明情感的适宜性非常重要,它可以让一个人从魔鬼变成天使,当然反之亦然。从文学伦理学批评的角度来看,这正是人在伦

---

① [英]亚当·斯密:《道德情操论》,蒋自强、钦北愚、朱钟棣、沈凯璋译,北京:商务印书馆,2003年,第29页。
② 同上书,第30页。
③ [英]理查森:《帕梅拉》,吴辉译,南京:译林出版社,1997年,第313页。

理选择中由自然情感转化为道德情感的过程。

聂珍钊先生认为,"由于人的斯芬克斯因子的特性,人性因子和兽性因子在伦理选择中形成的不同组合导致人的情感的复杂性,即导致自然情感向理性情感的转化或理性情感向自然情感的转化。文学作品就是描写人在伦理选择过程中的情感是如何转换的以及不同情感所导致的不同结果"①。在上述例证中,一开始,B先生受兽性因子的驱动,对帕梅拉的身体产生了情欲,这是一种自然情感,这种情感是非理性的,因而导致B先生做出许多违背道德之举,采用了各种威逼利诱的手段,想迫使帕梅拉屈服于他的情欲。幸运的是,在每个关键的时候,他的人性因子抑制住了他的非理性情感,对帕梅拉的美德产生了敬仰,最终做出了正确的伦理选择,因此完成了从非理性情感到理性情感的转化,用他自己的话来说,他的情欲转化成了"纯正的激情"。

正如前面斯密所说,控制肉体的欲望需要节制的美德。其实,节制应该应用于几乎所有情感和其他美德。节制是一种审慎,而审慎被看作是一切美德的基础,一种美德品质必须同时附带着审慎才可称为美德,否则的话,它可能变成恶行,比如"勇气"是它的主人在适当的时间和地点表现出的适当量的胆量,而何时何地多少是适当,则需要理性的思考,即审慎的美德,一旦在不适当的时间、地点表现出不适量的胆量,那"勇气"就变成了"轻率",就不成其为美德了。

审慎(prudence)美德也是菲尔丁小说伦理价值体系的核心品格。他在《汤姆·琼斯》中说:"再善良不过的人,也离不开小心谨慎四个字。它们是道德的保护者,没有它们,道德就毫无保障。你单是居心好,行为好,这是不够的,还得叫别人看来也觉得好才成。"②而聪明人所遭到的种种不幸是因为他们"背离了谨慎的指导,听从了主导感情的盲目指引"③。斯密认为,"个人的身体状况、财富、地位和名誉,被认为是他此生舒适和

---

① 聂珍钊:《文学伦理学批评导论》,北京:北京大学出版社,2014年,第250页。
② [英]亨利·菲尔丁:《弃儿汤姆·琼斯的历史》(上、下),萧乾、李从弼译,北京:人民文学出版社,1984年,第121页。
③ [英]亨利·菲尔丁:《阿米莉亚》,吴辉译,南京:译林出版社,2004年,第1页。

幸福所依赖的主要的对象,对它们的关心,被看成是通常称为谨慎的那种美德的合宜职责"①。这就是说,谨慎美德的逻辑起点是人的生命机体及其衍生的自保需要,它来自人的自然权利。斯密坚持谨慎的美德一方面源于对人的自私情感的考察,希望以谨慎增进个人幸福;另一方面更源于人们对利己情感的合理控制,因为利己情感的无节制不仅损害他人,也必将损害自己,而谨慎则是控制利己情感的最好道德武器。在这个意义上,谨慎成为一种美德。这一美德的提出,无疑与小说人物的自我保全,即自然权利有着密切关系。而道德哲学家哈奇森在论及"通往我们本性的至上幸福之路"②时,谈到公正(justice)、节制(temperance)、坚忍(fortitude)、审慎(prudence)等多种必备的德性。在其中,"尽管公正是其余一切德性都要从属的至高德性,但审慎在某个方面是其他三种德性恰当运动的先决条件,一般按照顺序应首先被提到"③。

菲尔丁后两部小说男主人公的人生历程就是获得谨慎美德的过程。对于汤姆·琼斯来说,不谨慎差点就让他错失了个人幸福,改变了他的命运。奥尔华绥先生与他相认后,郑重劝告他"处世不检点可以给人造成多么大的危害!谨言慎行确实是我们对自己应尽的责任。倘若我们轻率行事,贻误了自己,那么也就难怪世人不对我们克尽义务了;因为当一个人为自己的灭亡打下基础,旁人就会高高兴兴帮他完成这个工程了"④。在奥尔华绥的熏陶下,以及和贤淑的苏菲亚结合,汤姆·琼斯终于"在对过去糊涂行为的反省中,学会了在他这样生气蓬勃的人身上罕见的谨慎和稳重"⑤。同样因为缺乏谨慎而犯下道德过错的情况也存在于布思身上。在《阿米莉亚》中,布思一样欠缺理性的判断力和控制力。他的落魄失意,

---

① [英]亚当·斯密:《道德情操论》,蒋自强、钦北愚、朱钟棣、沈凯璋译,北京:商务印书馆,2003年,第273页。
② [英]弗兰西斯·哈奇森:《道德哲学体系·上》,江畅、舒红跃、宋伟译,杭州:浙江大学出版社,2010年,第208页。
③ 同上。
④ [英]亨利·菲尔丁:《弃儿汤姆·琼斯的历史》(上、下),萧乾、李从弼译,北京:人民文学出版社,1984年,第954页。
⑤ 同上书,第977页。

固然有对手狡猾奸诈的缘故,但他自己缺乏谨慎美德也是造成这一困境的重要原因。小说中写道,由于迷恋阿米莉亚美貌的詹姆斯上尉拒绝替布思作保出狱,布思因此吃了不少苦头。其中詹姆斯对布思的批评虽说出于私心,但却正中布思谨慎美德缺失的要害。他说布思"至少是犯了不谨慎的罪过。为什么他不能靠他领取的半饷过日子?他为什么要这样荒谬绝伦地让自己背上一身债?"①后来在看到给妻儿带来的悲惨境地后,布思诚恳地反省自己的罪过,打算节衣缩食、谨言慎行,依靠自己的双手逐步还掉债务。即便后来意外得到遗产,布思也遵从了他对家庭的承诺,除了去伦敦偿还债务之外,就再也没有离家远走过。

审慎的重要表现是自制。亚里士多德在《尼各马科伦理学》第六卷中讨论完"审慎"之后,紧接着在第七卷中讨论了"自制与不自制"。他说:"有自制力的人能坚持他通过理性论断所得的结论,而无自制力的人,为情感所驱使,去做明知道的坏事。"②亚里士多德的阐述表明,自制就是能够控制自己的激情。亚当·斯密在《道德情操论》中专辟一章讨论了"自我控制",其中主要谈的是对激情的控制。他说:"人自己的激情非常容易把他引入歧途——这些激情有时促使他、有时引诱他去违反他在清醒和冷静时赞成的一切准则。"③文学伦理学批评将激情定性为"一种强烈的情感表现形式。……某些激情往往是失去理性控制的结果,与冲动类似,是自由意志的表现形"④。

理查生对人的激情显然是持反对态度的。他将三部小说的教诲对象都定位于"青年人",是因为在他看来,青年时期是一个激情占主导地位的人生阶段,这个时候一个人需要正确的教育,将他们引导到值得称赞的人

---

① [英]亨利·菲尔丁:《阿米莉亚》,吴辉译,南京:译林出版社,2004年,第395页。
② [古希腊]亚里士多德:《尼各马科伦理学》,苗力田译,北京:中国社会科学出版社,1990年,第135页。
③ [英]亚当·斯密:《道德情操论》,蒋自强、钦北愚、朱钟棣、沈凯璋译,北京:商务印书馆,2003年,第308页。
④ 聂珍钊:《文学伦理学批评导论》,北京:北京大学出版社,2014年,第251页。

生意义上。① 他在《帕梅拉》的"序言"中明确表明,他写作该书的目的之一就是要"教会一个充满激情的人如何压制自己的激情"②。"激情"(passion)这个词在两部《帕梅拉》中共出现 99 次,多数地方与 B 先生相关,且在 22 个与该词相邻的形容词中有 14 词带有负面意义,它们是:violent(暴力的),fearful(可怕的),blind(盲目的),unmanly(无男子气概的),unreasonable(不合理的),unlawful(不正当的),unaccountable(无法解释的),strange(奇怪的),partial(不公正的),inconsiderate(轻率的),encroaching(侵犯性的),guilty(有罪的),culpable(应受谴责的)和criminal(犯罪的)。这些数据表明理查生对"激情"的批判态度。

理查生三部小说对审慎美德的强调常常表现在对缺乏自制的批评和对自制的赞扬中。这些缺乏自制的反面典型,如 B 先生、B 先生的姐姐戴弗斯夫人、克拉丽莎的哥哥詹姆士、企图强娶拜伦小姐的哈格雷夫爵士、奥莉维亚小姐等,都曾受激情左右而做出不应该做的事情。与这些反面典型形成鲜明对比的是那些具有高度自制能力的人物。葛兰狄森对拜伦小姐评价很高,其中对她的"审慎"和"对情感的控制力"最为称赞。葛兰狄森本身也对激情有高度控制力。理查生曾指出,为了让葛兰狄森这个人物更真实、更有吸引力,他故意给他设计了一个性格弱点——激情(passion)。具有激情是年轻人的共性,但假如不加控制,它可能导致严重的错误。对这一性格弱点的道德考验最初发生在葛兰狄森去欧洲游历的过程中。像许多其他英国年轻人一样,葛兰狄森是由父亲为他选派的"导师"陪伴着去欧洲的。原指望导师能够在生活和思想上照顾葛兰狄森,哪知道这个导师生性好斗、生活放荡,不但没有给葛兰狄森多大帮助,反而常想引诱他做坏事儿。正值青春年少的葛兰狄森满怀生活的激情,

---

① Wolfgang Zach. *Mrs. Aubin and Richardson's Earliest Literary Manifesto*(1739). Ipswich: Ebsco Publishing, 2002, pp. 271-285.

② Samuel Richardson. *Samuel Richardson's Introduction to* <u>Pamela</u>. Ed. with an introduction by Sheridan W. Baker, Jr. Los Angeles, CA: The Augustan Reprint Society, 1954. The Project Gutenberg, March 17, 2008. https://www.gutenberg.org/files/24860/24860-h/24860-h.htm. Accessed February 18, 2020.(本书外文书名中的书名用正体加下划线标注。)

对未知生活充满了好奇,假如没有自身的控制力,在这样的导师带领下,做出一些出格的事情在所难免。不少到欧洲游历的年轻人就是因为不能克制自己而犯了错误,但道德辨别力和约束力极强的葛兰狄森总是能够控制住自己的"激情",避免做违背道德的事情。在处理敌对关系时葛兰狄森表现出尤其可贵的自制。生活中他时常遭遇他人的挑衅,他本人剑术精湛、武力过人,只要他出手,没有打不败的对手,但不是万不得已他绝对不出手。像所有正常人一样,他也有愤怒,但他恪守审慎的美德,表现出超常的自制力,尽量和平地解决问题。对爱情和婚姻的追求中葛兰狄森也很好地控制了自己的激情,在不能保证对对方负责的情况下,他绝不随便表露不应该有的激情;就是在已经与拜伦小姐订婚以后,他也能做到"发乎于情,止乎于礼",不让自己的激情超出道德所允许的范围。

"没有自我克制便没有美德。"[①]从文学伦理学批评的观点看,"以理性意志形式表现出来的情感"才是"一种道德情感"[②]。理查生和菲尔丁的小说在探讨道德行为时,强调情感的适宜性,而要保证情感的适宜性,则需要用节制来调控。受到节制的情感具有道德性,反之,则会令人做出违背道德的、非理性的行为。简言之,审慎美德的获得,主要来源于人对自然天性和情感的理性控制,因此理性就成为道德成长的一个重要助力。

本章小结

在英国文学史上,菲尔丁和理查生都是里程碑似的人物,在小说这种文体的创立和实践中起到了奠基人的作用。虽然是同时代的小说家,我们常常把两人分开来看,将"现实主义小说之父"的桂冠授予菲尔丁,将"感伤主义小说的代表"之荣誉镌刻在理查生的名字上。与他们同时代的约翰逊博士对待二人的态度也截然不同,约翰逊博士高度赞扬理查生的作品,认为他的作品能够给人以道德教诲;相反,他对菲尔丁及其作品嗤之以鼻,因为

---

① 曼德维尔多次表述过这句话,参见[荷]伯纳德·曼德维尔:《蜜蜂的寓言——私人的恶德,公众的利益》,肖聿译,北京:中国社会科学出版社,2002年,第120—199页。

② 聂珍钊:《文学伦理学批评导论》,北京:北京大学出版社,2014年,第250页。

作品中人物的行为有悖道德之处。两位作家本人也因为创作理念的不同而引发了历史上一桩著名的"公案"：理查生的《帕梅拉》获得巨大成功后，菲尔丁连续创作了两部戏仿《帕梅拉》的作品来讽刺、挖苦对方，使得两人关系交恶。不过，两人的宿怨最后以菲尔丁真诚的表白而结束：理查生的《克拉丽莎》发表后，菲尔丁收到理查生赠送的样书。阅读之后，他回了一封热情洋溢的信："让我的心情来回答我此时的感觉吧！是您使它洋溢着喜悦。……我能够想象到的最令人振奋的作家写出的作品，竟使我心里各种毫无头绪的情感一扫而光，取而代之的是充满钦佩与惊奇的喜悦。"①菲尔丁对理查生小说态度的转变似乎暗示着两位作家其实有许多共同之处。本章运用文学伦理学批评对两位作家的作品进行了重新解读，发现他们在文学题材的选择、对人物和情节的设计等方面都突出了伦理问题的探讨，作品所蕴含的伦理价值观表面上差异很大，其实在本质上却常常相通。

本章主要从三个方面阐述了两位作家作品的共同点。首先，两位作家主要聚焦家庭生活，在对婚恋题材的书写中，探讨了与两性关系相关的贞洁这一伦理话题，一方面再现了 18 世纪英国性道德令人担忧的伦理状况，另一方面重申了贞洁美德的重要性。在婚恋选择这个问题上，两位作家的作品折射出 18 世纪英国新旧婚恋伦理观的冲突，以及父母权威与儿女权利之间的博弈。在这个问题上，两位作家做出了不同的伦理选择，理查生强调了父母的权威，菲尔丁支持了以爱情为基础的新型婚姻观。其次，两位作家都在人物的生活中设置了伦理磨难，理查生的人物经过千锤百炼后成为坚定的道德榜样，菲尔丁的人物则通过伦理磨难在道德上得以成长。最后，两位作家受道德情感哲学的影响，在作品中融入了情感的因素，弘扬了道德情感，也指出了非理性情感的危险性。

总而言之，借助文学伦理学批评方法，本章将两位看似迥异的 18 世纪小说家进行了"并案研究"，以期为两位作家，乃至 18 世纪小说史的研究提供一个新视角。

---

① 转引自平玲：《英国十大著名小说家》，吴平、任筱萌译，武汉：武汉大学出版社，1994 年，第 24 页。

第三章

维多利亚教育小说的道德情感教育

批评家卡尔·莫根斯特恩在 19 世纪 20 年代第一次以"Bildungsroman"命名由德国小说家创作的一种小说类型,这一小说类型以歌德的《威廉·迈斯特的学习时代》为代表。莫根斯特恩指出"Bildungsroman"具有两大特征:第一,表现主人公从成长之初到最后个体完善的过程;第二,与其他体裁的文学作品相比,能够更好地教育读者以实现其自我完善。[①]在论述德国浪漫主义对文学功能的界定时,现代文学批评家弗拉基米尔·毕提指出德国浪漫主义将启蒙时期赋予文学的"公众教育"(public education)功能转化为主体的"自我"教育功能,或者

[①] See "The Bildungsroman in Nineteenth-century Literature Introduction-Essay." April 12, 2017. https://www.enotes.com/topics/bildungsroman-nineteenth-century-literature. Accessed December 23, 2019.

说自我构建(self-formation)功能;从文学教育他人转变为以文学构建自我,从教育外部的"他者"转为个体对内在于"自我"的"他者"的教育。①歌德的创作即具有这样的特征。可见,无论是内在的自我构建,还是外在的教育读者,"教育"是这一小说体裁的本质功能。

在我国学界,"Bildungsroman"多被翻译为"成长小说",并作为固定术语在文学批评中广泛使用。然而,从上述理论观之,"成长小说"这一术语存在着这样一个问题:"成长"一词只能概括此类小说内容层面的特点,而忽略了它的伦理本质和教育功能。文学伦理学批评认为,文学的基本功能就是教诲功能,成长过程中需要文学对人进行伦理启蒙和伦理教育。②这一界定无疑能使我们更好地把握"Bildungsroman"的伦理本质和伦理功能。因此,从文学伦理学批评的理论出发,回归"Bildungsroman"的教育功能,本书在论述中将使用"教育小说"这一术语代替"成长小说",以求恢复长期以来在"成长小说"这一术语中缺席的文学的伦理本质和伦理功能。

本章将以文学伦理学批评为理论指导,解读维多利亚时期具有代表性的两位作家查尔斯·狄更斯和夏洛蒂·勃朗特。从文学伦理学批评对道德情感的界定切入,本章将着重分析《艰难时世》和《简·爱》两部作品对情感的自然属性和道德转化的描写,探讨人性因子和兽性因子在伦理选择中的转化,试图说明两部教育小说表现了道德情感的形成在成长过程中的重要性,指出成长是形成伦理意识、实现道德完善的过程。

选择情感作为研究的切入点,盖因情感描绘不仅仅是狄更斯和勃朗特的创作特点之一,也是维多利亚时期教育小说的一大特点。从文学伦理学批评对道德情感的界定出发,我们可以准确把握情感描绘赋予教育小说的伦理特征和伦理功能,从而从伦理的角度理解所谓"感伤特征"背后小说家的伦理诉求。

---

① Vladimir Biti. *Trancing Global Democracy: Literature and Theory and Politics of Trauma*. Berlin and Boston: Walter de Gruyter GmbH, 2016, pp. 83—84.
② 聂珍钊:《文学伦理学批评导论》,北京:北京大学出版社,2014年,第14页。

第一节 《艰难时世》：维多利亚时代的
伦理缺失与道德情感的救赎

《艰难时世》与狄更斯其他教育小说的最大区别在于改变了以空间位移表现主人公阶级身份变化的典型叙事框架，将所有人物的活动和成长都限制在"焦煤镇"上，每一个人物的身份也因此固定在其原本所属的阶层，没有发生如《大卫·科波菲尔》中跨阶层的身份位移。也许正是由于这一非典型性，《艰难时世》很少被作为教育小说而置于狄更斯的整体创作中加以考察。

因此，要将《艰难时世》作为狄更斯教育小说创作的一个部分，首先要解决的问题就是如何理解《艰难时世》与狄更斯其他教育小说的不同。从文学伦理学批评的理论视角出发，这一问题就能迎刃而解。文学伦理学批评指出"伦理身份"和"伦理意识"是文学作品表现的两个重要的伦理主题：就"伦理身份"而言，文学作品或是描写某种身份的拥有者如何规范自己，或是描写人在社会中如何通过自我选择以获取某种身份的努力，从而表现人如何从责任、义务和道德等价值方面对身份进行确认。[①] 就"伦理意识"而言，伦理意识是人分辨善恶的能力，只有当人的伦理意识出现之后，才能成为真正的理性的人。成长的过程即形成伦理意识的过程。文学通过一系列道德事例和榜样达到教诲、奖励和惩戒的目的，从而引导读者伦理意识的形成。[②] 如果说《雾都孤儿》《大卫·科波菲尔》以及《远大前程》是以外部空间位移对应主人公的身份转变，从而表现成长过程中主人公的社会身份构建，那么《艰难时世》则是集中表现了主人公伦理意识的形成过程，特定的地理空间使外部伦理语境得以固定，从而表现成长过程中个体将外部伦理语境内化为个人行为准则的过程。狄更斯在这部小说中聚焦的重点不是跨阶层的社会身份的变化，而是内在伦理意识的构

---

① 聂珍钊：《文学伦理学批评导论》，北京：北京大学出版社，2014年，第263页。
② 同上书，第2页。

建以及外部伦理环境对内在伦理意识形成的影响。

在《艰难时世》中,狄更斯将情感作为重点,探讨以道德情感重构伦理理性的途径。因此,将狄更斯的教育小说作为一个整体来看,《艰难时世》是对充盈其中的情感描绘作出的伦理注解,呈现了情感背后的伦理诉求。一直以来,狄更斯作品中的情感渲染都遭到"感伤"的诟病,被认为没有实际的批判意义,如埃德加·约翰逊认为,狄更斯主要不是一个系统的思想家,而只是一个富有感情的人。乔治·奥威尔认为狄更斯主要出于感情的概念,认为这个社会出了毛病,但是他最后只能说"为人行事要正派"。雷克斯·华纳写道:"可以肯定地说,狄更斯批判了生活中的经济和社会基础;但他只是从感情出发,而不是从哲学的角度去进行批判。"①这些评价都否定了狄更斯作品中的情感描绘的功能。事实上,情感描绘并非仅仅是作家个人性格特点或者创作特点使然,而是狄更斯的伦理哲学中重要的组成的部分。文学伦理学批评对自然情感和道德情感的理论构建,为我们重新审视狄更斯作品中的情感元素,挖掘情感描绘背后的伦理诉求,提供了新的思路。在《艰难时世》中,狄更斯呈现了道德情感培养在成长教育中的重要性,并提出以道德情感的培养作为重构理性伦理维度的策略。如果说《雾都孤儿》《大卫·科波菲尔》以及《远大前程》以主人公跨越阶层的社会伦理身份变化表现了英国社会存在的伦理问题和不同阶层之间的文化冲突,那么在《艰难时世》中,狄更斯则将道德情感培养作为个体伦理意识形成的途径,并以此作为解决维多利亚社会道德问题和阶层冲突的良方。

一、焦煤镇伦理语境与维多利亚时代"理性"意识中的伦理缺失

《艰难时世》以"焦煤镇"及小镇学校的"事实"教育勾勒出一个工具理性渗透到生活方方面面的社会。在焦煤镇,一切都以数据来定义,所有价值都以经济原则中的实用价值和交换价值来衡量:"在物质方面,四处表

---

① 转引自赵炎秋,《狄更斯长篇小说研究》,北京:社会科学文献出版社,1996年,第62—63页。

现出来的都是事实、事实、事实;在精神方面,四处所表现出来的,也都是事实、事实、事实……唯有不能够用数字来说明或者证明,或者不能在最便宜的市场中买进,又在最贵的市场中卖出的东西,才永远不是,也永远绝不该是事实。"① 而"人性、人类的热情、人类的希望与恐惧、斗争,胜利与失败,忧虑,欢乐与悲伤,一般男女的生和死"等不能量化、不具有交换价值、无法高价卖出的"非事实",都是"不实际的浪漫和空想"。② 教育的宗旨即培养以事实和经济原则为基础的"理性",即学会用"尺子、天平和乘法表"去测量任何东西的精确分量和数量,除此之外,"其他什么都不要教给这些男孩子和女孩子,只有事实才是生活中最重要的。除此之外,什么都不要培植,一切都该连根拔除"③。

文学伦理学批评认为,伦理秩序是人与社会和人与人之间客观存在的关系和秩序,以禁忌、习俗等方式渗透到人的日常生活中,规范人的行为。④ 从这一视角来看,在焦煤镇的伦理环境中,经济学中利益最大化的准则使人与人之间的伦理关系完全被经济关系取代:母子亲情是精打细算的结果,优等生毕周在严密的思考和计算后,将丧偶的母亲关进了养老院;师生之情以等价交换的原则来看"不过是桩买卖"⑤;婚姻关系也是以有限的资源"制造"出来的商品,以获得最大的利益为目的:"衣服在制造了,首饰在制造了,婚礼用的糕饼和手套也在制造了,聘礼单子也制造出来了,一大堆'事实'聚拢来,对这个婚约表示敬意。自始至终,这件事就全是'事实'。"⑥ 互助与自我牺牲的美德因为不符合"贱价购进高价卖出"的经济原则而被抛弃,"什么都得出钱买。不通过买卖关系,谁也决不应

---

① [英]查尔斯·狄更斯:《狄更斯文集·艰难时世》,全增嘏、胡文淑译,上海:上海译文出版社,1998年,第28页。
② 同上书,第85页。
③ 同上书,第3页。
④ 聂珍钊:《文学伦理学批评:基本理论与术语》,《外国文学研究》2010年第1期,第17页。
⑤ [英]查尔斯·狄更斯:《狄更斯文集·艰难时世》,全增嘏、胡文淑译,上海:上海译文出版社,1998年,第315页。
⑥ 同上书,第120页。

该给谁什么东西或者给谁帮忙。感谢之事应该废除,由于感谢而产生的德行是不应该有的"①;"己所不欲勿施于人"的伦理道德在经济学课上是错误的答案,"全是不好的",要置于"'知识'的磨坊里,不断地按照系统、表格、蓝皮书、报告以及 A 到 Z 的图解加以碾磨"②。正如毕周所说:"我们整个社会制度都建筑在个人利益之上。个人利益这种说法任何人都听得进。这是我们唯一可以掌握的东西。"③

以毕周之口,狄更斯将焦煤镇的伦理环境与"我们整个社会制度"联系起来,使焦煤镇成为维多利亚时期的社会缩影。在当时的维多利亚社会,工业革命带来了物质力量的急剧发展,但是,却没有带来相应的道德发展。适时发展的经典经济学为这种"一切为利润"的生活方式提供理论依据,经济学的法则不仅用来解释各种社会现象,更用来解释人的情感和行为,行为动因中道德因素逐渐被剔除。在亚当·斯密撰写《国富论》时,经济学在其学术思想体系中是从属于"道德哲学"这一学科,经济学讨论仍然围绕着"应该是怎样"(What ought to be)这一道德哲学核心问题展开,是为揭示作为自然的人和作为社会的人的本性及其生活的终极目的、过程和形态服务。④ 而到亚当·斯密的追随者大卫·李嘉图那里,《政治经济学及赋税原理》已经脱离了道德哲学的范畴,经济学的范式用以回答"是什么"(What is)和"将是什么"(What will be)的问题,代替了"应该怎样"的伦理问题的探讨。⑤ 这种范式中,利润代替道德,成为城市生活的伦理法则。个体被置于利益的选择中,将"应该"或者"应当怎样"的道德问题排除在选择之外。这样的社会语境所定义的理性失去了道德的维

---

① [英]查尔斯·狄更斯:《狄更斯文集·艰难时世》,全增嘏、胡文淑译,上海:上海译文出版社,1998 年,第 315 页。
② 同上书,第 64 页。
③ 同上书,第 131 页。
④ [英]亚当·斯密:《道德情操论》,蒋自强、钦北愚、朱钟棣、沈凯璋译,北京:商务印书馆,2003 年,第 5 页。
⑤ Anna Michelle Wulick. *Speculative Ethics: Victorian Finance and Experimental Moral Landscapes in the Mid-novels of Oliphant, Trollope, Thackeray, and Dickens*. Ann Arbor: UMI dissertation publishing, 2010, p. 194.

度,而完全被经济学化,理性即"贱价买进高价售出"①。

《艰难时世》中,狄更斯构建了一个将利益最大化准则发挥到极致,甚至以量化范式衡量德行与邪恶的社会语境,以此突出经济原则和工具理性在社会生活方方面面的渗透,呈现出维多利亚时期所推崇的"理性"准则中的伦理缺失。在写给查尔斯·奈特的信中,狄更斯写道,《艰难时世》中的"讽刺是针对那些除了数字和平均值以外什么都看不到的人——这是这个时代最邪恶、最巨大的恶"②。

二、事实教育与人性因子向兽性因子的转化

文学伦理学批评认为,人的理性主要是指人的伦理意识,包括认知、价值判断和道德行为。价值判断是按照一定的道德规范对认知进行分析、比较、评估和总结;道德行为是价值判断的结果,是理性的具体体现。③ 人的理性是人性因子的表现,是人区别于兽的本质。与之相对,兽性因子是人的自然属性,是人的动物性本能的一部分,兽性因子由人的原欲驱动,其外在表现形式为自然意志及自由意志。这两种因子有机地结合成斯芬克斯因子,构成一个完整的人,而只有当人性因子能够约束并引导兽性因子时,人才能与动物区别开,实现其伦理本质。④

从这一视角分析,毕周和其他"异常实际的人"表现了焦煤镇"事实教育"导致的人性因子向兽性因子的转化。焦煤镇推崇的"理性"意识,以经济准则而不是以道德原则作为认知和价值判断的基础,这种理性教育下的"人论"将人等同于物,都以实用价值和交换价值来界定其本质。当毕周等人将这种外部经济原则内化为价值判断的准则时,便形成了一种

---

① Anna Michelle Wulick. *Speculative Ethics*:*Victorian Finance and Experimental Moral Landscapes in the Mid-novels of Oliphant*,*Trollope*,*Thackeray*,*and Dickens*. Ann Arbor:UMI dissertation publishing,2010,p.189.
② Qtd. in Anna Michelle Wulick. *Speculative Ethics*:*Victorian Finance and Experimental Moral Landscapes in the Mid-novels of Oliphant*,*Trollope*,*Thackeray*,*and Dickens*. Ann Arbor:UMI dissertation publishing,2010,p.191. 笔者译。
③ 聂珍钊:《文学伦理学批评导论》,北京:北京大学出版社,2014年,第253页。
④ 同上书,第252—253页。

将人与非人的物质等同起来、只以使用价值和经济价值进行区别的所谓"理性"意识,并以此作为行为的准则。在他们身上,伦理意识被数据所解构,而后又被基于交换原则的工具理性所取代,他们在"事实教育"中逐渐抛弃了伦理准则,失去了伦理意识,失去了人之所以为人的本质,而成为与其他物质无差异的商品。

因为伦理意识的缺失,兽性因子及其驱动的自由意志突破道德约束,表现为不择手段的非理性意志。《艰难时世》中汤姆的成长表现了事实教育下兽性因子的膨胀。汤姆根据经济学原则,将姐弟之间的人伦关系等同于获得利润的生产工具。从经济学原则来看,既然姐弟关系和婚姻关系都是制造出来的,那么它们就是产品;既然是产品,就应该带来利润。因此,露依莎嫁给庞得贝,从庞得贝那里弄到钱就是理所当然的"事实",符合他所受到的理性教育。如果姐弟关系无法产出利润,那么也就失去了意义和价值,所以汤姆认为,如果露依莎无法从庞得贝那里帮他弄到钱,"这做法我不知道你管他叫什么,但是我管它叫作没有手足之情的行为"①。

以经济学原则为基础的"理性"意识中,伦理道德没有一席之地,行为只用利益得失来判断。这一所谓的"理性"实则是为满足人的原欲的兽性因子的外化表现,驱动了人类"从他们长长的一系列祖先——人类、猿类和禽兽那里继承来的天性"②以及逃避痛苦、追求享乐的天赋欲望。在缺乏道德规约的社会环境和没有伦理意识约束的情况下,兽性因子追求享乐的天赋欲望触发违背道德规范的非理性意志,支配着一切行为选择。"事实教育"法则使汤姆成为只剩兽性因子的"怪物":

> 一个年青绅士,继续不断地在一套不合人情的拘束下教养成人,竟然成了一个伪君子,这是一桩极堪注意的事情;但是汤姆的情况的确如此。一个青年绅士,从来没有连续五分钟的自由自主的时间,结

---

① [英]查尔斯·狄更斯:《狄更斯文集·艰难时世》,全增嘏、胡文淑译,上海:上海译文出版社,1998年,第197页。
② [英]赫胥黎:《进化论与伦理学》,《进化论与伦理学》翻译组译,北京:科学出版社,1971年,第19页。

果他竟不能管束自己,这是件很奇怪的事;但是汤姆确实就是这样一个人。一个年青绅士,在摇篮时代想象力就被扼杀了,但它的阴魂却化为下流的欲望来缠绕他,这完全是叫人莫名其妙的事情;但是,无疑,汤姆就是这样一个怪物。①

人性因子向兽性因子的转化使人与动物、人与机器之间的界限被模糊:老葛擂硬是一个"异常实际"的人,庞得贝是"粗糙材料造成的人",斯巴塞太太是邪恶的妖怪和恶龙,麦却孔掐孩先生是妖怪——"异常实际的人"在狄更斯笔下是"非人"的妖怪。②

利维斯指出,与狄更斯早期作品相比,《艰难时世》表现出更全面的道德关注,维多利亚社会文化中的非人性面被视为事实哲学培养和鼓励的结果。③焦煤镇的事实教育正是狄更斯对维多利亚社会以政治经济学中的工具理性代替伦理理性的教育的批判。这种只顾培养理性不顾伦理道德的教育宣称"对任何事情都应该相信政治经济学的说法是没错的",并向儿童灌输"一个好孩子长大了总是要到储蓄银行去的,而坏孩子长大了总是要被放逐国外"。④ 正如麦却孔掐孩这个名字所暗示的那样,事实教育遏制了儿童伦理意识的形成,导致兽性因子的膨胀,制造了像汤姆一样的怪物。

三、情感的自然属性及其道德转化

小女孩西丝被塑造为富有同情心的善的代表。与事实教育下长大的汤姆、毕周和露依莎不同,西丝用情感体认世界。这个世界与数据定义的世界完全不同:海上航行的十万人减去淹死的五百人就什么都不剩了,因

---

① [英]查尔斯·狄更斯:《狄更斯文集·艰难时世》,全增嘏、胡文淑译,上海:上海译文出版社,1998年,第149页。
② See Elaine Margaret Ostry. *Social Dreaming: Dickens and the Fairy Tale*. Ottawa: National Library of Canada, 1998, p. 106.
③ See F. R. Leavis, and Q. D. Leavis. *Dickens the Novelist*. London: Chatto & Windus Ltd., 1970, p. 188.
④ [英]查尔斯·狄更斯:《狄更斯文集·艰难时世》,全增嘏、胡文淑译,上海:上海译文出版社,1998年,第58页。

为"对那些死者的亲属和朋友来说,什么都没有了"①。统计学上的数据,如"五千英镑"收入和"一百万人口中每年只饿死二十五个",不能反映出真实的生活和人生,因为"不管其余的人有百万,有万万;反正那班挨饿的人总一样难堪"。② 以西丝的认知方式,狄更斯将情感认知与"理性"认知进行对比。在焦煤镇所谓的"理性"的认知中,数字并没有反映事实,而是成为横亘在人与真实世界之间的一堵墙,造成了真实世界的"不在场",人的真实生活在数据中消失了:从数据中看不到那些真实存在的、没权参与财富分配的人,感受不到他们食不果腹的痛苦,也看不到逝去的生命带来的悲伤。值得注意的是,狄更斯有意识表明,西丝的情感能力使她比毕周更具有生命力:

> 这个女孩的眼睛是黑黑的,头发的颜色也是黑黑的,当阳光照着她的时候,她似乎能从中吸取那较深而较有光彩的色素。至于那个男孩,他的眼睛是淡淡的,他的头发也是淡淡的,因此同是一道光,却把他原来所具有的一点儿色素都吸去了。他那双冷淡的眼睛几乎不能算作眼睛,幸而他那短睫毛跟它们对比起来,显得更苍白一些,所以,他那眼睛的形状才被烘托了出来。……看起来,他的皮肤缺少自然的色泽,看起来颇不健康,似乎被刀割了以后,连流出来的血也是白色的。③

正如利维斯所指出的,在西丝身上,狄更斯将感官感知力与道德意识联系起来。④ 同样,在描写马戏表演时,狄更斯突出了人的感官认知,人与人之间的肢体接触,并将其与马戏团成员之间的道德关怀联系起来:

> 有一家的父亲惯于顶起一根长杆让另一家的父亲站在上面;还有一家的父亲,在叠罗汉时,总是站在下面,让另外两个父亲站在他

---

① [英]查尔斯·狄更斯:《狄更斯文集·艰难时世》,全增嘏、胡文淑译,上海:上海译文出版社,1998年,第67页。
② 同上书,第66页。
③ 同上书,第6—7页。
④ See F. R. Leavis, and Q. D. Leavis. *Dickens the Novelist*, London: Chatto & Windus Ltd., 1970, p.187.

的肩上,而使基德敏斯特君站在顶端。……所有这些母亲都能可以(并且也时常那样做)在松索和紧索上跳舞,在没有鞍子的马上灵手快脚地耍各种把戏,她们之中没有任何人会为露出大腿而难为情。……全团人的学问拼凑起来对任何问题想写出一两个字都办不到。虽然如此,这些人却异常厚道并且像孩子一样率真。对于欺骗或者占便宜的事,都显得特别无能,而且随时不厌其烦地互助或相怜。①

狄更斯用表示伦理关系的"父亲"和"母亲"等词语代替"男人"和"女人",突出马戏团是基于伦理关系的一个共同体。马戏表演中肢体的平衡象征马戏团里人与人之间由身体联系和情感联系而建立起来关系,与焦煤镇由政治经济学原则建立的经济联系形成对比,马戏团成员间的关系更为和谐,表现出相互关怀,互相帮助的道德情操。

如果说人的身体属于人的物质属性,属于人的兽性因子,而伦理意识属于人性因子,并且,在毕周、露依莎和汤姆身上人性因子向兽性因子的转变中,产生于身体欲望的自然本性是与兽性因子联系来一起的,那么,为什么在西丝和马戏团成员身上,狄更斯又将人的伦理性与人的身体,或者说人的兽性因子联系起来呢?运用文学伦理学批评对情感的理论界定,我们就能够解答这一问题。文学伦理学批评认为,自然情感(natural emotion)是人的生理和心理机制促发的情感反应,是人的自然本能的一部分。自然情感引发的意志和行为属于自由意志和自由行为,不受道德意识的束缚。而道德情感则与具体的伦理环境和文化环境以及伦理道德规范相关,如爱国情感、荣誉感、羞耻感等。道德情感是人性因子发挥作用的表现。道德情感以自然情感为基础,又受到具体伦理准则的规约。②值得注意的是,在这一界定中,自然情感被定义为道德情感产生的基础,突出了自然情感与道德情感之间的关联。遏制自然情感则遏制了道德情

---

① [英]查尔斯·狄更斯:《狄更斯文集·艰难时世》,全增嘏、胡文淑译,上海:上海译文出版社,1998年,第42页。

② 聂珍钊:《文学伦理学批评导论》,北京:北京大学出版社,2014年,第250—280页。

感生成的可能。因此,理性的作用不是遏制自然情感,而是引导人的自然情感向道德情感的转化。

西丝等人身上表现出的同情是一种源于生理和本能反应的自然情感,是"关心别人的命运,把别人的幸福看成是自己的事情"①的一种天赋。怜悯或者同情的本能源于人的生理和本能反应,本身不具道德性,是文学伦理学所界定的兽性因子的外在表现。但是,这一自然情感具有遏制自我中心主义并唤起人们对他人福祉的关注的道德作用,能够引发道德行为,是道德起源的原始感情基础,因此,自然情感具有转化为人性因子的潜能。从这一视角分析,我们就不难理解狄更斯塑造西丝等人物形象的伦理考量。狄更斯将西丝和马戏团成员的道德意识与他们的官能感知和情感感知联系起来,正是为了表明自然情感向道德情感转化的可能性。

四、婚姻的伦理结与道德情感的救赎

《艰难时世》以露依莎的成长为主要伦理线,其中,露依莎的婚姻是伦理线上的主要伦理结。露依莎嫁给了庞得贝,之后又受到赫德豪士的引诱,在是否与之私奔的选择中,面对情感与理智的斗争。在"理性"教育中,露依莎从来不知道什么是"爱",什么是"怜悯"。她按照事实原则和经济法则接受了庞得贝的求婚。没有爱情的婚姻使露依莎自然情感被压制,使其在情感与"工具理性"斗争中煎熬:"在这斗争中,我总是把我那比较好的安琪儿打败,把它制服得成为魔鬼。我所学到的只是使我对于我没有学到的一切加以怀疑,鄙视,更加没有信心和感到懊悔。"②这种内心的斗争不是经济学原则或者工具理性可以解释和调和的:"内心的老矛盾又起来反抗这种束缚,这老矛盾由于我们两人个性中不同而引起的种种不调和因素变得更加尖锐了,这种不调和因素,就我来说,决不受一般规

---

① [英]亚当·斯密:《道德情操论》,蒋自强、钦北愚、朱钟棣、沈凯璋译,北京:商务印书馆,2003年,第5页。

② [英]查尔斯·狄更斯:《狄更斯文集·艰难时世》,全增嘏、胡文淑译,上海:上海译文出版社,1998年,第240页。

律支配,也不是一般规律可以说明的。"①为了逃脱煎熬,露依莎受到赫德豪士的诱惑:"长久以来,她都习惯于克制自己,而她心灵中的矛盾却内讧不已。于是赫德豪士的哲学便成为她的一种慰藉和解嘲的工具。既然任何事情都虚空而无价值,那么,就算她牺牲了什么或者失去了什么也就不足为惜了。"②

那么应该如何理解露依莎所面对的斗争以及受到的诱惑呢?从文学伦理学批评的视角分析,露依莎婚姻伦理结的形成是自然情感被压制的结果。文学伦理学批评认为,自然的情感是人的兽性因子的一部分,是人的本能。只有人性因子与兽性因子有机地组合在一起,才能构成一个完整的人,"没有纯粹的兽性的人或者纯粹的理性的人的存在"③;生发于本能的情感不是客观存在物,而"是一种主观体验,是主观态度或主观反映,属于主观意识范畴,而不属于客观存在范畴"④,因此,不能用衡量客观物质属性的数据,也不能用经济学的交换原则来加以界定,正如露依莎所控诉的,如果在她的教育中有一丝情感与道德,那么她就不会像现在这样受到赫德豪士的诱惑:

> 要是你知道那种连我在跟他斗争时也感到害怕的东西——因为我从婴儿时代起你就给我任务,叫我要跟内心的每种自然冲动做斗争;要是你知道我胸中有敏感,有感情,有一些加以抚育就成为力量的弱点,这些都不顾人类的一切计算,而且人类的计算也算不出这些东西……你会不会在任何时候判定我的终身,使我去受风霜与挫折,以致变得冷酷,给糟蹋坏了呢?⑤

经济原则无法解释情感的必然存在,只能将其归于"幻想"或者"不切

---

① [英]查尔斯·狄更斯:《狄更斯文集·艰难时世》,全增嘏、胡文淑译,上海:上海译文出版社,1008年,第240页。
② 同上书,第185页。
③ 聂珍钊:《文学伦理学批评导论》,北京:北京大学出版社,2014年,第38页。
④ 同上书,第249页。
⑤ [英]查尔斯·狄更斯:《狄更斯文集·艰难时世》,全增嘏、胡文淑译,上海:上海译文出版社,1998年,第239页。

实际",排除在认知和价值判断之外。然而,情感的必然存在不会因为不符合经济学原则而消失,因此,当露依莎面对情感冲动时,事实教育中的原则无法给她指引,让她正确地认识并引导自己的情感。焦煤镇上的教育家们鼓吹"对任何事情都应该相信政治经济学的说法是没错的"①,但是,露依莎的婚姻困境却表明事实并非如此。赫德豪士的诱惑使一度被压制的情感变得更加清晰和强烈,露依莎并不爱赫德豪士,但是她从诱惑中认清了自己长久以来所遵循的事实原则的荒谬。她不愿意再压制自己的情感,但是,也没有任何办法或者原则来指导她进行正确的选择,因此,赫德豪士的虚无理论吸引了她,可以使她免受情感的煎熬和道德的侵扰。

从文学伦理学对道德情感的界定来看,只有伦理意识才能对自然情感加以抚育和培养,使其转变为道德情感,引导内心自然冲动,约束兽性因子的力量。然而,在露依莎的教育中,这种潜在的、具有道德倾向的力量被事实教育扼杀,当她真正面对自己的非理性意志时,没有任何力量可以支撑她去面对邪恶,因此,当赫德豪士带着他的一套虚无主义的理论出现时,露依莎受到了他的引诱,一步步走向深渊。婚姻构成的伦理结中,狄更斯考察了事实教育和工具理性的极端发展对自然情感的压制,及其导致的道德问题。自然情感的遏制,并未导向道德理性的生成,反而促使了其他原始欲望的失控,转而发展成兽性因子的一部分。

为了表现道德情感的重要性,狄更斯以道德情感的生成作为解构伦理结的关键。在西丝的影响和帮助下,露依莎慢慢发生了变化,正如葛擂硬所说,"单单由于爱和感激的影响,我周围的一切已经慢慢起了变化,我发现理性没有做到的,也不能做到的事情,情感已经在悄无声息地做了"②。获得父亲谅解的露依莎又在西丝的帮助下,摆脱了赫德豪士的纠缠,家人的深情和忠诚使露依莎的"许多柔情受到温暖恢复了生命"③,照亮了露依莎心中的黑暗。情感的成长让露依莎开始从伦理层面分辨善

---

① [英]查尔斯·狄更斯:《狄更斯文集·艰难时世》,全增嘏、胡文淑译,上海:上海译文出版社,1998年,第58页。
② 同上书,第249页。
③ 同上书,第250页。

恶,她离开了庞得贝,帮助斯蒂芬洗脱了盗窃的罪名,并担负起教育西丝孩子的责任。

除露依莎的婚姻主线外,在另一条伦理线中,狄更斯以工人斯蒂芬的婚姻伦理结探讨了产生于情欲的自然情感向仁爱的道德情感的转变。工人斯蒂芬婚姻不幸,妻子酗酒成瘾,道德堕落,长年离家不归。备受折磨的斯蒂芬想解除与妻子的婚姻关系,与善良的瑞秋在一起。他向庞得贝咨询合乎法律和道德的解除婚姻关系的方式,却得知那是富人的专利,是只有钱才能够买到的解脱。痛苦的斯蒂芬突然看到烂醉如泥回到家中的妻子,一时间失去了理智,产生了毒死妻子的非理性意志。然而,也正是在此时,斯蒂芬"梦见自己同一个他久已倾心的女人站在教堂里举行婚礼",这个女人不是瑞秋,而是他的妻子,一道光"从圣坛上十诫表的某一条发射出来的,那些亮光闪闪的字把整个教堂都照亮了。那些火一般的字仿佛还发出声音,使整个教堂都能听见"。① 他被十诫表定了罪,受到了道德的审判,"几百万只眼睛盯着他的脸,而在这许多眼睛中就没有一只表示怜悯或者友爱"②。醒来的斯蒂芬听到瑞秋对他说,"我知道你的心,深信你的心太仁慈,不会听凭她没有人帮助就死掉,甚至连让她因为无人援助而受苦难也都不会,你知道是谁说过:'让你们之中不曾犯过罪的人,向她丢第一块石头!'"③正是来自内心的道德的审判和宗教里的仁爱准则提醒斯蒂芬放弃了疯狂的想法,遏制了自己的非理性意志。

仁爱是宗教中的道德情感,以上帝之爱作为仁爱之源,要求世人像上帝爱人那样去爱自己的同胞,并从爱他人这一最高准则衍生出其他的行为规范。因此,仁爱是宗教中道德标准的总和和最高表现形式,具有使人趋善避恶的道德作用,"爱人的就完全了律法,像那不可奸淫,不可杀人,不可偷盗,不可贪婪,或有别的诫命,都包含在爱人如己这一句话之内

---

① [英]查尔斯·狄更斯:《狄更斯文集·艰难时世》,全增嘏、胡文淑译,上海:上海译文出版社,1998年,第95页。
② 同上。
③ 同上。

了"①。仁爱及其引导的道德戒律遏制了斯蒂芬的非理性意志,因十诫的警示和内心的仁慈,斯蒂芬最终放弃了自己非理性的想法。

从文学伦理学视角来看,在露依莎和斯蒂芬的选择中,道德情感的生成促使兽性因子向人性因子的发展。产生于本能反应的同情可以通过对他人痛苦的感同身受抑制自我中心主义,转化为关心他人福祉的道德情感,促进人性因子发展;而仁爱既包含自然的情感"爱"也包含道德的标准"仁","仁"的规范使"爱"上升到爱他人,并按照"仁爱"及其包含的道德准则规范自己的行为,具有使人趋善避恶的道德力量。

五、文学的情感教育功能

斯蒂芬的婚姻伦理结及其解构并不关乎人的成长。那么,为什么狄更斯要在这部教育小说中安排这样一条伦理线呢?要解答这一问题,我们需要回到本文开头提到的《艰难时世》与狄更斯其他教育小说的区别。在《雾都孤儿》《大卫·科波菲尔》等作品中,成长主人公跨阶层的身份位移表现了维多利亚时期不同阶层之间的矛盾冲突;一方面,狄更斯对维多利亚时期的社会和经济体制以及由此导致的伦理问题进行了批判;另一方面,通过主人公的身份变化,狄更斯表达了以个人努力获得成功的人生哲学。而在《艰难时世》中,固定的伦理环境和社会阶层身份似乎表明狄更斯已经放弃了早期的观点,认识到社会阶层固化不可避免,而阶层之间的矛盾日益加剧。因此,在这部小说中,狄更斯不再聚焦个体努力和身份的变化,而是提出以道德情感教育为解决问题的方法,弥合阶层之间的矛盾与冲突。斯蒂芬对阶级冲突和解决方法的朴素的表达,正是狄更斯这一伦理策略的表现:

> 不想法子接近一般的人,不用慈悲心、耐心去对待他们,鼓舞他们,而他们呢,虽然困难重重却是相亲相爱,你要有一个陷入困难之中,他们就会友爱地把自己需要的东西分给他们……我想不以这种精神去接近人,也是绝对不行的,除非太阳会变成冰。最糟糕的是把

---

① 黄伟合:《欧洲传统伦理思想史》,上海:华东师范大学出版社,1991年,第102页。

他们当作许多匹马的马力,像处理加减法中的数目字或者机器一般地处理他们,认为他们没有爱情和喜剧,没有记忆和偏好,没有灵魂,不会厌倦什么,不会希望什么——当一切平静无事的时候,便跟他们拖下去,好像他们没有上面所说的人性似的;等到整个大闹起来的时候,却去责备他们跟你们打交道时,缺乏那种人性。——东家,除非上帝把他创造的世界重新改造过,这样是绝对不行的。①

以此,狄更斯将成长中的道德情感教育与解决英国社会阶级矛盾的途径结合起来,例如,正是露依莎道德情感的生成使她能够明辨善恶是非,不再遵循经济原则而是遵循道德原则,帮助斯蒂芬洗脱了盗窃的罪名。更值得注意的是,狄更斯提出了培养道德情感的具体方式,即发挥文学的伦理功能,引导道德情感的生成,重构理性的伦理维度:

> 焦煤镇上有一个图书馆,图书馆里的人们在那里持续不断地感到惊奇,他们对于人性,人类的热情,人类的希望和恐惧,斗争、胜利与失败,忧虑、欢乐和悲伤,一般男女的生死都表示惊奇,有些时候,他们在做完十五个小时的工作后,就坐下来看一些故事书,其中的男人和女人多多少少像他们自己,其中的小孩也多多少少像他们自己的孩子。他们爱好的是迪福而不是欧几里得,而且一般来说,仿佛哥尔德斯密斯比科寇使他们得到更多安慰。②

因此,狄更斯提出,应该以文学培养儿童的道德情感,给他们讲他们喜欢的故事、唱他们喜欢的歌谣:"成千上万天真烂漫的儿童是怎样经过他们希望和想象中的那条迷人的道路达到他们所知的那一点知识宝库的;在幻想的、温和的光辉之下,他们是怎样第一次发现理性,发现它是仁爱的神,而这神是尊重其他同他一样伟大的神明的:这不是无情的、冷酷的偶像";当他们成人后再想起它们来,"就是有些东西不算什么,也会使我们心中充满伟大的爱情","容许小孩子们投入伟大的爱中吧,让他们在

---

① [英]查尔斯·狄更斯:《狄更斯文集·艰难时世》,全增嘏、胡文淑译,上海:上海译文出版社,1998年,第169页。
② 同上书,第57—58页。

崎岖不平的世道中,用他们纯洁的双手培植出一个花园来,在那里,亚当所有的后代,那些单纯的、富有信心的、天真无邪的儿童都能够更好地晒着太阳,该有多么好啊!"①

不同于他的其他教育小说,《艰难时世》中狄更斯明确表明文学所具有的伦理功能及其发挥功能的方式。文学通过生活和道德范例,使人们从故事中看到"多多少少"像他们自己的男男女女,从中体会数字和图表无法表现的"人类的热情,人类的希望和恐惧,斗争、胜利与失败,忧虑、欢乐和悲伤",通过情感的体认,从社会和生活的道德范例中形成道德情感,实现人的伦理存在。

第二节 《简·爱》中女性伦理与道德情感

《简·爱》突出的特征之一是直白、真实、不加修饰的情感描写。在简·爱这一女性人物身上,情感被视为人的"天性"和本能,这种本能冲动往往会冲破世俗规则的约束,正如简·爱在表达自己对罗切斯特的感情时所表现出的那样:"尽管地位和财富在我们之间竖起一道鸿沟,但在我的头脑和心灵中,在我的血液和神经中,我们都息息相通。我前几天还告诫自己,除了他付给我薪水外,我和他没有任何关系,我还告诫自己,除了把他当作主人外,不能对他有任何非分之想,这真是在扼杀我的天性!"②与此同时,勃朗特在塑造简·爱时也有意识地突出了她强烈的理性意识。尽管与汹涌的情感相比,理智显得十分微弱,简·爱仍努力以理智控制并引导情感,从而使其幸福中不带一丝"耻辱的残渣,或者一丝悔恨的味道"③。

对情感与理智,简·爱有过这样的论述:"没有理智的感情固然淡而

---

① [英]查尔斯·狄更斯:《狄更斯文集·艰难时世》,全增嘏、胡文淑译,上海:上海译文出版社,1998年,第218—219页。
② [英]勃朗特:《简·爱》,付悦译,南昌:百花洲文艺出版社,2013年,第202页。
③ 同上书,第295页。

无味,但缺乏感情的理智也太苦涩粗糙,叫人难以忍受。"①简·爱一方面具有强烈的情感和冲破世俗约束的自由意志,另一方面,她的理性意志同样坚定,始终牢牢抓住控制情感的缰绳。那么到底应该如何理解简·爱身上对立的两种特征?她到底是自由的代表还是理性的象征呢?对这一问题,目前的研究给出了不同甚至对立的观点。简·爱强烈的自然情感及其驱动的自由意志使她在强调解放天性、人性自由的批评者,以及女权主义者那里成为反抗父权社会和旧的伦理道德的进步女性的代表。颇有意味的是,同样在女权主义批评者那里,简·爱的理性意志有时又被批判,被认为是父权意识在女性意识中渗透。而阶级批判和后殖民阅读,更将简·爱的理性视为资产阶级道德的拥护者和英国帝国扩张的共谋者。

在目前对简·爱的情感和理性的许多不同甚至对立的分析中,一个始终未能深入探究的问题是,简·爱的理性意识的具体内涵到底为何?同样产生于维多利亚的伦理环境中,简·爱的"理性"认知是伦理理性,还是如狄更斯笔下的所表现的工具理性,或者表现出其他内涵和特质?同时,简·爱的情感是对立于理性的自然本能,抑或是如狄更斯笔下的同情一样,具有导向伦理意识的道德情感?为什么勃朗特着重表现简·爱成长过程中理性与情感的动态变化?本节将从文学伦理学批评中理性、斯芬克斯因子,以及自然情感和道德情感的复杂转化的理论分析入手,以求厘清这一系列的问题,从而探寻《简·爱》这部教育小说的伦理价值和伦理功能。

一、简·爱的平等意识

如果说简·爱是勇敢追求婚姻自由,反抗男权社会和不合理的婚姻制度的代表,那么在得知罗切斯特婚姻的真相时,她完全可以跟随罗切斯特离开英国去欧洲大陆,这并不违背重婚的法律,从道德上也不会伤害到任何人,正如罗切斯特所说,"把自己的同类推到绝望的境地难道好过违背那些人为的法律吗?——这种违背不会对任何人造成伤害,因为你既

---

① [英]勃朗特:《简·爱》,付悦译,南昌:百花洲文艺出版社,2013年,第260页。

无亲人也无朋友,你不必担心他们会为你和我在一起而恼火"①。然而,简·爱还是选择离开,她的理由是不能够沦为情妇。情妇的身份违背了社会道德,这固然是简·爱不能接受这一身份的原因,更重要的原因是,情妇的身份违背了简·爱对平等的追求。

对简·爱而言,两性关系中的平等是精神和灵魂上的平等,这种平等超越了将婚姻建立于财富地位平等之上的世俗理智,正如简·爱在订婚时所说:"我不是根据习俗、常规,甚至也不是血肉之躯同你说话,而是我的灵魂同你的灵魂在对话,就仿佛我们两人穿过坟墓,站在上帝脚下,彼此平等——本来就如此!"②世俗理性中财富和阶层的平等不是简·爱判断婚姻是否道德的标准。在她看来,符合道德的婚姻是以法律的认可为基础,以婚姻中的主体在情感、精神和灵魂上的平等为保障。在她看来,情妇是用金钱买来的情感的奴仆,情妇与情人之间的关系不是妻子与丈夫的关系,而是主人与奴隶的关系,因而是违背平等原则的,"雇一个情妇是仅次于买一个奴隶那样坏的事情,两者就本性和地位而言通常都是低下的……如果到现在为止我忘了自己,忘了向来所受的所有的教导,以至于凭着任何借口,带着任何理由,受到了任何诱惑而成为这些可怜姑娘的继承人,那么他有一天会以此刻回忆时亵渎她们的同样的心情来看待我"③。正是这种平等意识,使简·爱不愿意接受罗切斯特的金钱赠予,将她"打扮成玩偶一样"④;当罗切斯特将她与东方帝王的妃嫔相比时,这种类比"又一次"刺痛了她,"我一点也比不上你的那些后宫嫔妃",她说,"所以你千万别拿我跟他们比。如果你有这样的嗜好的话,那你赶快走你的路吧。先生,立刻赶到伊斯坦布尔的市场上,把你那些发愁不知该如何挥霍的闲钱,全部拿来干一番大肆收买女奴的勾当吧"⑤。可见,简·爱认为接受罗切斯特金钱的装扮则意味着坠入情妇与恩主之间的恩养关

---

① [英]勃朗特:《简·爱》,付悦译,南昌:百花洲文艺出版社,2013年,第353页。
② 同上书,第284页。
③ 同上书,第461页。
④ 同上书,第396页。
⑤ 同上书,第298页。

系,使她沦为地位低贱的情妇。

　　文学伦理学批评认为,理性有三个要素:认知、价值判断和道德行为。认知是对确定或者不确定的对象的认识和理解,可以受道德约束,也可以不受道德约束。价值判断是按照一定的道德规范对认知进行分析、比较、评估和总结,体现的是一种集体意志力;道德行为是价值判断的结果,是理性的具体体现。① 这一界定使我们能够更加准确清晰地把握简·爱理性意识的伦理内核。从文学伦理学批评的理性定义来看,简·爱的理性意识主要表现为对平等的认知,正是平等的认知引导着简·爱对情感和婚姻价值判断,做出离开罗切斯特的伦理选择。

　　值得注意的是,简·爱不止一次将情妇关系,或者两性之间由于经济依附而形成的恩养关系与奴隶和奴隶主的关系类比,认为这种关系违背了平等的原则,因而是不道德的关系。但是,有学者注意到,马德拉叔叔留给简·爱的遗产正笼罩着这种不道德的阴云,这是一笔靠殖民掠夺和压榨得来的财产,但是简·爱却欣然接受了这笔遗产。基于此,有评论认为简·爱平等观具有矛盾的一面,表现了英国殖民时期所谓平等的道德意识的虚伪性。然而,需要指出的是,简·爱是否知道这笔遗产的真正来源,仍有待考察。更重要的是,简·爱对这笔遗赠并非受之泰然。她一直强调"公正",认为遗产赠予对其他的兄弟姐妹不公。所以,她决定将遗赠平分给自己的表兄妹,因为"这样可以实现公正,可以获得共同幸福。这样财富对我不再是压力,我收到的不再只是金钱的遗赠——而是生活、希望和欢乐的精神的遗赠"②。由此看来,将简·爱接受遗产作为其对维多利亚时期殖民统治的认同,并以此认为简·爱的平等意识具有矛盾性和虚伪性,是脱离了文本中构建的伦理语境和伦理逻辑,站在现代的道德立场做出的评价。

　　要理解简·爱的平等意识,进而对其做出客观的评价,需要回到勃朗特创作《简·爱》的具体的社会伦理语境中。伦理语境是文学作品存在的

---

① 聂珍钊:《文学伦理学批评导论》,北京:北京大学出版社,2014年,第253页。
② [英]勃朗特:《简·爱》,付悦译,南昌:百花洲文艺出版社,2013年,第430页。

历史空间和历史环境,文学伦理学批评认为"文学只是人类历史的一部分,它不能超越历史,不能脱离历史,而只能反映历史,不同历史时期的文学有其固定的属于特定历史时期的伦理环境和伦理语境,对文学的理解必须让文学回归属于它的伦理环境和伦理语境。这是理解文学的一个前提"①,如果脱离了维多利亚时期的伦理环境,以当前的伦理标准进行解读,或者在远离伦理现场的假自治环境(false autonomy situation)②中,则无法真正理解简·爱的伦理逻辑。威利克在研究维多利亚小说中的伦理建构时,指出回到具体的历史语境的重要性,她认为当前对维多利亚小说的文学伦理解读的最大不足即以粗浅的历史分析对待宏大的历史伦理书写,并试图以此方法解释不同时期的小说。③文学伦理学批评强调回到文学作品的伦理现场正是为了扭转长期以来在假自治的语境中分析文学作品的趋势,正如尼采所指出的,只有在准确的历史语境中才能稳定地把握文学对生活的重现,否则,不可能对事件或者文本做出合理的阐释。④

二、维多利亚时期的伦理语境及新的女性伦理

具体而言,《简·爱》产生的历史语境是1847年宪章运动时期。维多利亚女王上台之前,摄政时代的英国工业精神和殖民帝国建设势头逐渐减退,商人的生意和海外贸易锐减。维多利亚女王上台后,认识到必须扭转摄政时期的经济颓势和造成这种颓势的贵族文化风气,采取了一系列的政治经济改革,以进一步扩大英国的工业发展,巩固工业革命的成果,并在文化上,致力于改变贵族的生活习气,推崇工业精神和工作伦理。⑤

---

① 聂珍钊:《文学伦理学批评导论》,北京:北京大学出版社,2014年,第256页。
② 同上书,第257页。
③ Anna Michelle Wulick. *Speculative Ethics: Victorian Finance and Experimental Moral Landscapes in the Mid-novels of Oliphant, Trollope, Thackeray, and Dickens*. Ann Arbor: UMI dissertation publishing, 2010, p. 4.
④ Friedrich Nietzsche. *Basic Writings of Nietzsche*. Trans. & Ed. Walter Kaufmann. New York: Modern Library, 1968, p. 239.
⑤ 程巍:《伦敦蝴蝶与帝国鹰:从达西到罗切斯特》,《外国文学评论》2001年第1期,第14—24页。

经济上的发展影响了维多利亚时期的伦理环境,就家庭伦理关系而言,经济发展对女性的社会角色和与之相应的伦理责任提出了新的要求。18世纪末19世纪初,"家庭理想"(domestic ideal)将女性的主要社会身份限定在家庭领域,作为家庭的管理者和家庭伦理的守护者为男性的经济生产和经济活动提供保障。① 到维多利亚时期,经济发展使劳动力需求增加,英国女性也大量地进入劳动市场。同时,英国海外事业的进一步推动使大量寻求改变自身社会经济地位的男性参与其中,这对作为伴侣参与到海外活动中的女性提出了新的要求,要求女性同样具有冒险精神和勤勉、吃苦耐劳的品质。无论是直接参与到英国社会的经济活动中,还是作为男性的伴侣参与到英国的海外活动中,英国社会对女性的角色定位不再局限于家庭。《简·爱》中传教士圣约翰对奥利弗小姐性格秉性及其与传教士妻子的角色要求之间的分析和评价,充分地说明了英国社会对女性的新的身份定位和伦理要求。

为适应新的社会角色,英国的女子教育也随之发生转变。18世纪末、19世纪初的女性教育主要集中在家政教育上;音乐、绘画等人文教育则主要为富裕中产阶层服务,其目的也不是培养实际的生活技能,而是追求所谓贵族淑女气质,将女性打扮成了"社会的装饰物"②。在家庭理想和传统伦理的教育下,女性在经济上依附男性,靠男性供养的婚姻关系是符合社会伦理认知的、合理的两性关系。在这种伦理语境中的女性不会对男女经济地位上的附庸关系做出"不平等"的伦理判断。到19世纪中期,经济发展,劳动力需求增大,客观上增加了女性的就业机会,同时,女性认识到婚姻不是唯一可选的道路,因而也积极寻求工作机会。内外因素推动了当时女性教育的改革。中产阶级的改革者们主张提高女性教育水平,培养工作能力和实际的就业技能,提出女性教育不应该将精力花费在无用的装饰性技艺上,而应该使女性具备专业知识和职业技能,培养女性的思维能力,使女性具备与男性同样的工作能力。在罗沃德学校的教

---

① 傅燕晖:《维多利亚时代英国中产阶级女性解放运动论略》,《北方论丛》2014年第2期,第100页。

② 同上文,第102页。

育中,我们可以清楚地看到女性教育的转变。尽管罗沃德学校的教育宗旨仍然是遵照当时传统的女性伦理道德,强调培养女性忍耐、克己、服从的品性,但是,从地理、算术、法语、音乐、历史、绘画等课程的设置和教学内容来看,19世纪中期以"家庭理想"为主的女性意识形态教育逐渐向专业知识和实际技能的教育转变,女学生能够以学到的知识技能获得一份职业,养活自己。勃朗特在描述简·爱的学习经历时,曾特意提到一段查理一世统治时期的历史,"这一段讲的是查理一世统治时期,有关船舶港税、造舰税方面的内容"①,可见,关于英国工业发展和海外贸易及与之相关的经济内容已经进入年轻女性的教育之中,客观上使女性的视域从家庭扩大到英国社会,甚至扩大到英国以外的地区。在这种教育下,女性不再满足家庭的狭小领域,也开始向往外面的世界,不再受限于克己利他的伦理准则,开始寻找自我存在的价值。

新的社会需求和女性教育,使女性形成了新的伦理意识。这种理性意识包含英国资产阶级赋予工作的道德内涵。以勤奋、刻苦的工作实现经济独立,从而获得与男性平等的社会身份的努力正是新的女性伦理意识的表现。从某种程度上来说,简·爱对经济独立和通过自身努力实现地位平等的努力,使其成为具有"男性气质"的女性。尽管勃朗特在塑造简·爱时有意识地突出其强烈的情感和不畏世俗偏见的勇气,但是,简·爱在面对婚恋难题时,以其强硬和执拗的性格做出不同于一般女性的选择,则恰恰凸显出她强烈的、男性式的"理性"意识。因此,简·爱无法接受依附男性的情妇生活,不能心安理得地接受慈善的施舍,坚持以自己的工作作为回报并养活自己,以自己的努力获得平等的地位和对待。在简·爱看来,依附他人的寄生者是低贱的,因此她无法接受情妇这一不道德的身份。

简·爱的平等意识表现了勃朗特对维多利亚时期工业精神的认同,在某种程度上,她将与社会经济发展相契合的理性意识的形成作为女性成长的重要环节。因此,我们看到在《简·爱》中,帝国的殖民事业与人生

---

① [英]勃朗特:《简·爱》,付悦译,南昌:百花洲文艺出版社,2013年,第53页。

的境遇汇合不仅出现在圣约翰这样的帝国男性身上,也将女性的事业和命运也卷入其中,或者更确切的是,女性自觉地选择进入这一事业,作为改变自己命运的途径。这里尤其需要指出的是,简·爱所处的伦理环境和所受到的教育使她认为英国的海外贸易或者传教活动是一种工作形式,与其他工作并没有本质区别。这一点,从她对圣约翰所投身传教士工作所表现出的肯定与赞赏中可见一斑,简·爱所赞赏的,是投身工作与理想、独立自主、勇于冒险开拓的精神,认为女性也应该具有这样的道德品质,以自己的努力获得平等的社会地位。处在当时英国社会特有的经济环境和伦理环境,仅仅只从书上了解过英国的海外贸易活动的简·爱无法认识英国海外活动可能具有的不道德性。简·爱认为购买奴隶是不道德的,但是她是否真的了解英国的海外贸易和传教事业与海外殖民和奴隶贸易之间的关系,我们从《简·爱》的叙述中无从得知,显然,这也不是勃朗特想要表达的重点。因此,回到简·爱所处的历史伦理环境和《简·爱》文本中所构建的伦理语境,我们可以看到简·爱赋予工作——包括英国的海外贸易——道德属性背后的伦理逻辑;站在现在的伦理视角,我们可以认为简·爱的这种伦理意识具有一定的局限性,但是,我们不能从现在的伦理立场出发,认为简·爱是英国海外殖民活动的共谋者,批判她的平等意识是虚伪的资产阶级道德。

在勃朗特笔下,简·爱是一个具有理性的理想形象,而这一理性的内涵不是传统的家庭伦理意识。通过婚姻获得经济保障、依附,并以男性为主的生活不再被视为理所当然的女性伦理。维多利亚的经济发展和女性教育使女性形成了通过自己的努力获得独立和平等的社会身份的新的伦理意识。简·爱的塑造表明新的女性伦理意识的形成在女性成长过程中的重要性。这正是勃朗特希望通过简·爱的理性意识的刻画所传达的伦理诉求。

三、伦理选择中自然情感向道德情感的转化

如果说,女性伦理意识的形成是勃朗特在考察女性成长过程中的焦点,那么,如何理解勃朗特在塑造简·爱时对其情感的渲染和大胆刻画呢？情感与女性伦理意识的形成有着怎样的动态关联呢？从文学伦理学批评中自然情感和道德情感的视角分析，勃朗特通过简·爱的伦理选择，提供了一个考察人的情感在具体伦理语境中的动态变化的范例，以此表现女性成长过程中道德情感生成的重要性。

文学伦理学批评认为，自然情感是一种生理和心理反应，这种由人的本能导致的情感在伦理选择中以一种自然意志或自由意志的形式体现出来，不受道德的约束。而道德情感则是受到道德法则引导和约束的情感。在伦理选择的过程中，人的自然情感总是发生于特定伦理环境或语境中，当自然情感受到理性的约束，表现为符合道德准则与规范的理性意志时，自然情感就转化为道德情感，例如，母爱和亲情都生发于人的自然本性，又在具体的社会伦理语境中受到各种法则和习俗的界定和规范。文学伦理学批评认为，自然情感属于人的兽性因子，而道德情感则是人性因子的外化，人性因子和兽性因子在伦理选择中形成的不同组合导致人的情感的复杂性，即自然情感向理性情感的转化或理性情感向自然情感的转化，文学作品就是描写人在伦理选择过程中的情感转换和由此导致的不同结果。①

从这一视角考察简·爱的每一次重要的伦理选择，可以透视其复杂的情感变化和道德情感的形成过程。阁楼上的疯女人这一预设的伦理结将简·爱置于爱情与道德的选择之中。爱情产生于人的自然情感，其生发不受任何道德规则的束缚，在其驱动下的非理性意志会使人置社会伦理道德规约而不顾。在简·爱选择留下还是离开时，我们首先看到的是简·爱强烈的自然情感。这种萌生于"天性"和本能的自然情感和由此驱使的自由意志使简·爱在确认了罗切斯特情感的真实性后，很快地原谅了他。简·爱承认自己的痛苦并非是不能成为罗切斯特的妻子，而是内心不受控制的强烈情感的折磨："我现在没有成为爱德华·罗切斯特先生的新娘，这不是产生我痛苦的主要原因，……可是，我却无法做到果断地

---

① 聂珍钊：《文学伦理学批评导论》，北京：北京大学出版社，2014年，第250—280页。

离开,也不能忍受这样的痛苦。"①也正是由于这种自由意志,简·爱表现出动摇,以至于听到罗切斯特的解释时,"他说话时我的良心和理智都背叛了我,指控我同他对抗是犯罪","我的内心在不断地厮杀,我想变得柔弱,这样我可以绕开那可怕的道路"。②简·爱做出离开罗切斯特的选择时,我们看到理性意志对自然情感的引导和束缚,"那回答依然是不可改变的——我在意我自己,我越孤单,越没有朋友,越没有依靠,我就越应自尊。我将遵守上帝制定、为世人认同的法律,我必须坚持我清醒之时,而不是发疯的此刻的原则。法律和原则并不是为不受诱惑的时刻准备的,而是要用在此时,肉体和心灵都反叛它们的时刻"③。

通过描写简·爱的震惊、矛盾、动摇以及最后的离开,勃朗特考察了爱情的自然属性和向道德情感的转化。"发疯的此刻的准则"是强烈的自然情感所驱使的、不受任何道德约束的自由意志;"上帝制定、为世人认同的法律"则是社会对婚姻伦理关系的规范。肉体的欲望与伦理的规则相冲突时,人必须在规则的约束下保持"清醒",控制自己的自然情感。简·爱对罗切斯特的爱依然存在,在控制肉体的欲望,使其遵守社会的规约的过程中,这种源于兽性因子的情感升华成道德情感。

简·爱成长历程中的另一次重要选择是在亲情和财富间的选择。在这一选择中,勃朗特考察了兽性因子和人性因子构成变化过程中亲情的自然属性和道德转化。得知自己获赠一笔遗产时,简·爱先是惊讶,继而克制、思索,然后伤感,而后又有些许高兴:

> 当一个人听说他一下子得到了一份遗产,绝不会一下子跳起来,绝不会欢呼雀跃,他开始考虑责任,思索事务,在放心满意之余就会思索某些重大事务——于是我们就会克制自己,皱起眉头来,反复思考我们的好运。
>
> 再说"遗产""遗赠"这类词语总是和"死亡""葬礼"联系在一起

---

① [英]勃朗特:《简·爱》,付悦译,南昌:百花洲文艺出版社,2013年,第331页。
② 同上。
③ 同上书,第354页。

的。对于这个叔叔,我唯一的亲人,仅仅是听说过而已,现在已经死了。自从知道有这么一个叔叔,我就一直抱着有朝一日能见到他的希望,现在,我却永远见不到他了。而他这笔钱只是留给我的,不是留给我和一个欢乐的家庭的,只是留给孤孤单单的我的。①

一系列复杂情感变化,包含着对亲情、财富、责任之间的权衡与思考。在此过程中,自然情感和道德情感不断相互转化。简·爱首先考虑的是这笔财富带来的责任,并没有因为欲望的满足而"一下子跳起来""欢呼雀跃";同时,财富带来的快乐对简·爱来说无法消解亲人辞世带来的痛苦。作为一个孤儿,亲情之于简·爱比财富更为重要。在得知获赠遗产的同时,简·爱得知圣约翰和里弗斯姐妹是她的表兄妹,对一个孤苦伶仃的人来说,发现自己的血亲,"是一笔真正的财富——心灵的财富——纯洁的、温暖的爱的宝藏,它是灿烂、生动、让人欣喜若狂的幸福,不像沉甸甸的金钱的礼物,尽管因其可使人富裕而备受欢迎,但因其压力会使人思虑重重。在这突如其来的喜悦中,我拍起手来——我的脉搏狂跳,血管震颤"②。简·爱此时对亲情的体认是一种自然情感的萌发,而当简·爱做出决定将遗产分给圣约翰兄妹时,这种生发于自然情感的亲情具有了道德属性,因为在这一选择中,简·爱一直强调"公正",这与她的平等的意识相契合。简·爱的平等意识使她在接受一笔不是通过自己的努力得来的财富时,难免觉得受之有愧,正如她所说,"让既不是我挣来的也不是我应得的钱撑得饱饱的,而你们呢,却身无分文!"③因此,当她能够以馈赠的形式实现公正时,"公正"使亲情具有道德属性,是道德情感,而非欲望驱使的自然情感,因为"一直到刚才,对这些曾经救过我生命的人,我只能无以为报地爱着他们,现在我可以有所报答了……这样可以实现公正,可以获得共同幸福。这样财富对我不再是压力,我收到的不再只是金钱的遗赠——而是生活、希望和欢乐的精神的遗赠"④。

---

① [英]勃朗特:《简·爱》,付悦译,南昌:百花洲文艺出版社,2013年,第426页。
② 同上书,第430页。
③ 同上。
④ 同上。

在简·爱的伦理选择中,勃朗特考察了由欲念驱使的情欲、物欲向爱情、亲情的道德情感的转化。因此,从文学伦理学批评的角度进行剖析,不难发现,勃朗特赋予简·爱看似相对立的两种性格特征,其实是对人的人性因子和兽性因子的构成及其动态变化的考察。自然情感与道德情感并不矛盾对立,而是在理性意志或者自由意志的指引下相互转化,而人的情感也因此表现出复杂性和丰富性。

那么,为什么勃朗特将亲情与爱情置于情感考察的重点呢?就普遍性而言,亲情与爱情是人类共有的情感;从其自然属性的角度来说,亲情和爱情是人的自然属性,是人不可或缺的自然本质。而就简·爱的具体情况而言,亲情与爱情及其道德转化与身份的构建关联密切。通过婚姻关系和家庭关系的建立,简·爱获得了新的伦理身份,完成了从一个孤女到妻子的成长过程。婚姻关系和家庭关系的建立一方面有着其自然基础,前者是基于爱情的两性关系,后者是基于血缘的血亲关系;此外,婚姻和家庭关系具有伦理属性,特定的社会对婚姻中的双方和家庭中的成员的身份及与之相适应的伦理责任有着特定的规范与约束。这一伦理属性要求人的自然情感在结成伦理关系的过程中与伦理道德规则相适应,从而转变成道德情感。道德情感的生成能维系婚姻和家庭中各成员间的伦理关系,引导约束个人承担相应的伦理责任,实现其家庭身份的伦理属性。由此可见,勃朗特选择亲情和爱情进行伦理考察,正是要以此表明,这两种情感的生成及其道德转化在女性成长过程中的重要性。

除简·爱外,勃朗特还塑造了一系列对照性人物,以他们身上人性因子与理性因子的不同构成,考察情感的不同变化。首先是完全作为情欲的化身的一组人物,如阁楼上的疯女人及罗切斯特曾经的情妇们。她们完全听任自己的情欲以及自由意志的驱动,不受社会道德法则的约束,以情感和肉体作为获得经济保障的途径。需要特别指出的是,罗切斯特太太这一人物在许多女性主义批评中被阐释为受男权压制的失语的女性形象。这一解读显然忽视了勃朗特在塑造这一人物时的道德考量。罗切斯特对她的指责和抛弃不是因为其精神失常而无法承担妻子的角色,也不仅仅是因为她的家庭以欺骗的手段诱使罗切斯特与其结成夫妻,而是因为她的放浪形骸和道德堕落。在这一组人物身上,兽性因子占据主导地位,源于性欲的自然情感没有向道德情感转化。与此相对,里德太太的大女儿和圣约翰身上,表现出的是强烈的理性意志力。需要指出的是,勃朗特对这两者的人性因子和兽性因子的构成又有着不同的描述和评价。里德太太的大女儿完全没有人的自然情感,包括亲情、友情与爱情,表现出一种近乎非人的冷漠状态。圣约翰则是以理性克制情感的代表。圣约翰并非无情,他在面对奥利弗小姐时常常不由自主地流露出强烈的自然情感,甚至濒临情感挣脱理性控制的边缘。这使得圣约翰相较而言,更具有人性的一面。然而,其强烈的理性意志的控制力对情感的完全压制,使他与罗切斯特和简·爱相比又少了一份热情与生动,多了一些冷漠和清教徒的克己苦行。勃朗特对两者的理性意志做出了不同的道德判断。对里德太太的大女儿,勃朗特无疑是持批判态度,因为她的所谓理性意志使其投身于遁世的、毫无价值的苦修当中,这种苦修即无益于自身价值的实现,更不符合当时社会发展对女性新的身份定位和道德要求。而对圣约翰,勃朗特则表现出对他强大的理性意志的肯定。在另一组人物,奥利弗小姐和里弗斯姐妹身上,勃朗特同样进行了对照性考察。奥利弗是女性美和爱的化身,是介于新旧女性之间的人物,而学识丰富,以工作自力更生的里弗斯姐妹则与简·爱相同,是情感和理性的理想结合。

因此,从文学伦理学批评的理论进行分析,勃朗特所强调的情感是人的道德情感。人没有情感,则失去人之所以为人的自然本性,然而,如果人仅仅只有欲望驱使的自然情感,则又有失人的伦理属性,因此,人必须在情感和理性之间实现平衡,而道德情感的形成在这一过程中具有重要意义。道德情感的形成,需要理性意识的引导。维多利亚时期的历史环境使女性形成了对伦理身份和伦理责任的新的认知,平等则是这一新的认知的主要内涵。正是在平等的伦理意识的引导下,自然情感向道德情感转化,实现了情感与理性的和谐。

本章小结

本章以文学伦理学批评为理论方法解读了狄更斯的小说《艰难时世》和夏洛蒂·勃朗特的小说《简·爱》。文学伦理学批评强调文学的伦理功能和对文学的伦理解读,而教育小说(Bildungsroman)无论是从表现个体道德成长的内容层面,还是从对读者进行伦理教诲的功能层面,其本质都是伦理的。因此,文学伦理学批评的方法能够使我们的解读重回伦理层面,更好地把握这两部作品的伦理本质和教诲功能。

运用文学伦理学批评理论分析《艰难时世》和《简·爱》两部作品,我们发现狄更斯和勃朗特两位创作风格迥异的作家所具有的共性,即对成长过程中理性意识的形成和道德情感的关注。就理性意识的形成而言,文学伦理学批评中理性的概念界定和回到历史伦理语境的批评立场,使我们避免了在抽象和含混的意义上使用"理性"一词,从而认识到文本中呈现出的"理性"的内涵因其具体的伦理语境而有所不同。狄更斯呈现了工具理性和经济学原则在生活的方方面面的渗透,表现维多利亚时期所谓"理性"中的伦理意识的缺失。而勃朗特则聚焦英国社会经济发展对女性新的伦理意识形成的影响。在勃朗特看来,独立自主、自力更生的伦理意识的形成在女性成长过程中具有重要意义。而就两部作品中表现的自然情感及其道德转化而言,狄更斯将道德情感的培养作为重构理性的伦理维度的途径,以此批判维多利亚社会工具理性对人的自然情感的压制以及由此导致的道德情感的缺失。与此同时,狄更斯在《艰难时世》中提出道德情感的培养在弥合阶级冲突、解决阶级矛盾中的重要性,强调文学培养道德情感的伦理功能。《简·爱》在理智与情感的博弈中,突出了爱情和亲情的自然属性及其道德转化,表现了道德情感的形成在女性构建新的家庭身份和社会身份中的重要性。

以上分析,为我们理解维多利亚时期教育小说所普遍具有的感伤特征提供了新的思路。文学伦理学批评中情感理论的构建使我们看到道德情感所具有的伦理意义,从这一角度来看,维多利亚教育小说的情感关注和丰富的情感描写并非仅仅是为了引起读者情感共鸣——当然,这种情感共鸣具有导人向善的伦理作用——更是为了探讨以情感教育培养人的伦理意识的可能性和重要性。情感从其自然属性来说,是人的兽性因子的产物,是人得以存在的自然基础之一;在成长过程中,人与人之间伦理关系的构建和维系在某种程度上正是在这种自然情感的基础上建立起来的——例如两部小说共同表现的婚姻关系和家庭伦理关系建立都依赖爱情和血缘亲情的自然情感。而特定的社会伦理环境规定了伦理关系网中的人所承担的伦理责任,并要求人的自然情感在结成伦理关系的过程中与伦理道德规则相适应。这就要求自然情感向道德情感的转化。从这一视角来看,维多利亚教育小说中的情感关注——或者说,被人诟病的"感伤特征"——正是对这一情感转化的必要性的探讨。从其自然属性而言情感是超越地域和时空的普遍存在,从其道德转化的可能性和必要性而言,情感的复杂表现又与特定的伦理环境密切相关。因此,以文学伦理学批评为指导对维多利亚时期教育小说的情感特征进行分析,我们不仅能够挖掘情感背后具体的历史伦理语境及作家的伦理诉求,也能够挖掘维多利亚时期的教育小说超越时代的普遍的伦理价值。

第四章

唯美主义的艺术原则与道德意识

    奥斯卡·王尔德是爱尔兰裔戏剧家、小说家、散文家和诗人,也是19世纪80年代唯美运动的主力和90年代颓废派运动的先驱,他在小说、童话和戏剧创作方面的影响经久不衰,是英国唯美主义文学的代表人物。王尔德既是英国唯美主义的倡导者,也是唯美主义的践行者。正是由于这个预设前提,导致在一个较长时间内王尔德研究被局限于唯美主义的评价中。王尔德研究的伦理转向是对王尔德研究唯美化倾向的反拨以及对研究新方法的探索。基于这一前提,对王尔德的研究既要全面考察其唯美主义艺术主张,更要辩证、客观地分析他真实的艺术实践,从而接近真实的王尔德艺术创作。王尔德的创作往往用警句式的表达方式阐释人生哲理,寓意深刻。他的创作能够给人以启发和警示,具有永恒的伦理价值。

王尔德的童话创作兼具艺术之美与道德之美。王尔德坚持艺术不涉及道德的原则，并把这看成他的唯美主义艺术的基本主张。尽管他努力去实现自己的艺术主张，并在自己的艺术创作中按照自己的唯美主义原则塑造艺术形象，但是，即使那些所谓的唯美形象，也不能完全脱离社会的道德现实。从他创作的童话中发现，王尔德按照唯美主义艺术原则创作的并不是超越道德现实的童话形象，相反，他创作的童话仍然同宣扬美好理想与以教诲为目的的传统童话没有本质的区别。他创作的童话无法避开崇高的道德主题，也无法回避塑造以教诲为目的的道德形象的事实。从整体上看，他塑造的童话形象不仅具有鲜明的现实道德基础，而且其艺术美也同道德原则紧密结合在一起。因此，他的童话的教诲功能同传统的童话别无二致，都是通过塑造道德榜样来强调童话的伦理价值。例如，快乐王子与小燕子的行善，自私的巨人从自私到无私的转变，忠实朋友的道德含义，还有打鱼人灵魂的放逐与回归，这些无一不是王尔德在童话中塑造的道德榜样，用来说明某种道德原则，并且都是体现某种教诲功能的道德榜样。王尔德在主观上企图塑造所谓超越道德的形象，在客观上却在道德的层面上塑造了体现某种道德原则和伦理价值的艺术形象。他在主观上虽然强调"为艺术而艺术"的思想，但在客观上却塑造了同现实相联系的道德形象。

王尔德在其唯一的长篇小说《道连·葛雷的画像》中，也试图创造出超越道德的唯美艺术形象，但是他在其艺术实践中所塑造的主人公道连本来就和现实社会保持着种种道德联系，他作恶本身就表明他无法脱离现实道德而存在。为了实现其艺术不涉及道德的主张，王尔德用艺术的手法把体现道连道德中恶的方面转移到画像中去，从而把它们隐藏起来。表面上看，道连就是一个唯美的艺术形象，因为他身上的恶和作恶应得的惩罚都与他无关，甚至他的外貌都未曾改变。然而，王尔德企图转移道连的恶而实现其唯美的追求并不能真正改变道连在现实中的道德特征，回到现实中的道连也仍然无法摆脱道德的影响和道德的惩罚。承载了道连道德污点的画像是王尔德为实现其唯美艺术主张的一种艺术探索与实践，人为的干预并没有消除道连本身的道德特征。王尔德刻意塑造道连完美的艺术形象仍然无法真正同道德现实割裂开来。本来没有道德羁绊的道连在看到画像的变化后,无法承受道德的重压,最后刺破了画像,这种艺术自杀是他无法承受道德重负的必然选择。毫无疑问,道连是王尔德主观上在小说《道连·葛雷的画像》中力图塑造的唯美艺术形象,但实际上道连仍然不是一个超越道德的艺术形象。

王尔德在创作道连这一唯美艺术形象后,他的艺术追求出现了新的变化,即从他所坚持的唯美主义艺术立场逐步转向了关注现实的艺术创作。《莎乐美》是王尔德创作的第一部戏剧,也是这种转变的明显标志,在王尔德的创作中具有承上启下的作用。王尔德无法消除隐藏在莎乐美身上的道德特征,也无法割断她与道德环境的联系。此后,王尔德的艺术创作就基本脱离了唯美艺术的轨道而转入现实主义艺术。他所塑造的艺术形象离伦理道德的社会现实越来越近。这种变化表明王尔德的创作逐步从对唯美艺术的追求过渡到对社会现实的揭示。王尔德随后创作的四部社会喜剧《温德米尔夫人的扇子》《一个无足轻重的女人》《一个理想的丈夫》以及《认真的重要》,就是用现实主义的艺术手法反映社会现实的具体表现。王尔德在其戏剧创作中不仅关注并揭示与婚姻、家庭、政治等相关的伦理道德问题,流露出对现存伦理秩序的思考与建立理想伦理秩序的渴望,而且所涉范围越来越广,如婚姻、家庭、政治等,而这些问题是他以前几乎没有涉及过的。王尔德的艺术理想逐步由唯美主义转向现实主义,从此,他的艺术实践越来越关注社会、关注道德。王尔德戏剧创作中的伦理道德因素得到了充分、具体的展现。

除了童话、小说、戏剧作品的创作,王尔德也有其对艺术本身的独特理解。他唯一的批评文集《意图集》是其创作小说、戏剧等的重要理论来源,他认为批评的目的就是看到客观事物的真相。文学活动既独立于道德,又依附于道德。王尔德强调艺术创作不应受到世俗道德的限制,艺术不是真正的不涉道德,相反,艺术应该有其自身的更高的道德标准。王尔德的所有艺术创作都没有离开对道德问题的探索与追问。他在艺术创作中所塑造的唯美艺术形象其实并没有真正地脱离社会、脱离道德。在艺术与道德的较量中,它们既存在明显的冲突,又表现出完美的融合。

第一节　童话的伦理判断与价值发现

王尔德一生中创作了两部童话集,即 1888 年的《快乐王子及其他故事》和 1891 年的《石榴之家》。虽然此前他也曾发表一些诗歌并获奖,但他真正走向文学创作的标志仍是童话集的出版。这两部童话集相继出版后即获好评,当时甚至有评论家认为"在英文中找不出能够跟它们相比的童话。童话集写得非常巧妙。故事依着一种稀有的丰富的想象发展,它们读起来叫小孩和成人都感兴趣,而同时它们中间贯穿着一种微妙的哲学,一种对社会的控诉,一种对无产者的呼吁,这使得《快乐王子及其他故事》《石榴之家》成了控告社会制度的两张真正的公诉状"[①]。王尔德创作的童话本意亦非要控诉当时的社会制度,但其字里行间反映社会矛盾的意图却清晰可见。评论界,甚至作家本人丝毫不否认童话故事中的道德内涵,王尔德永远不能回避的是艺术与道德的矛盾。从伦理视角审视王尔德的童话,可以发现因其艺术主张而掩盖了的一些道德事实。虽然王尔德竭力回避艺术创作中的道德问题,甚至认为"你们的文学所需要的,不是增强道德感和道德控制,实际上诗歌无所谓道德不道德——诗歌只有写得好和不好的,仅此而已。艺术表现任何道德因素,或是隐隐提到善恶标准,常常是某种程度的想象力不完美的特征,标志着艺术创作中和谐之错乱"[②]。但是,任何艺术最终都不能回避道德,王尔德在进行艺术创作时仍然不自觉地以人生和社会中的伦理道德问题作为自己的基本主题,即使是他在艺术中所塑造的所谓的唯美形象,其艺术的审美也仍然以伦理的价值为基础。因为这种阐释更客观地接近了文本的应有内涵,使得对王尔德童话的研究更加全面而深刻。

---

①　[英]王尔德:《快乐王子》,R. H. 谢拉尔德编,巴金译,成都:四川人民出版社,1981 年,第 174 页。

②　[英]奥斯卡·王尔德:《王尔德全集》(4),赵武平主编,荣如德、巴金等译,北京:中国文学出版社,2000 年,第 24 页。

一、童话的唯美艺术呈现

童话故事不会直接触及当时的社会现状,但王尔德的童话所揭示的社会黑暗无一不是当时英国社会的真实写照。当然,王尔德更为这些弊端开出了治理的良方,那就是爱心、仁慈、友善。王尔德正是以唯美主义的艺术实践再现了当时的英国社会现实。

批评家罗德尼·斯万称王尔德的《夜莺与玫瑰》是最简洁的社会批评名篇。① 佩特曾称赞《自私的巨人》是所有童话中最优秀的。诚然,故事能够打动王尔德并使之落泪,一定有发自个人内心或集体意识中最令人感动的无限力量。自私的巨人因阻止孩子们进入美丽的花园而受到惩罚,最终因自己的行为而感到羞愧,拆除了围墙,花园又恢复了应有的美丽与欢笑。同样,人们应该给予"有一颗善良之心"的汉斯以同情,同时又为其甘受奴役感到气愤与惋惜。而汉斯这位所谓的真诚的朋友不仅毫无友谊可言,甚至连最根本的人性道德都消失殆尽。王尔德的童话并未真正地完全排斥现实世界和生活实际,他把对美的赞美融入作品中:快乐王子是天使的象征,燕子是美丽的,因为它的热情;芦苇是美好的,因为它有动人的姿态;快乐王子是快乐的,因为他生活得无忧无虑。同时,快乐王子又是忧郁的,因为他看尽了所有的丑恶与贫穷。快乐王子的双重特性注定了其不可避免地要与现实社会发生联系。王尔德认为艺术家承认生活中的事实,并把生活中的事实转化为美的形象,使其成为怜悯或恐惧的载体,以显示他们的色彩、奇观以及真正的伦理含义。关注现实生活,又以美的高度使之升华,这就使得王尔德创作的童话总有一种挥之不去的悲伤和敏感而美丽的社会哀怜。

王尔德厌恶丑陋的现实世界,因而逃避现实,反对照搬生活的本来面目来描写生活的现实主义,尤其反对以精确和实证为宗旨的自然主义创作原则,提出"不是艺术反映了现实,而是现实反映了艺术,现实世界是丑

---

① Qtd. in Oscar Wilde. *Art and Egotism*. London: The Macmillan, 1997, p. 43.

陋的,只有美才具有永恒的价值"①。艺术之美主要体现在形式上,因此,王尔德不遗余力地进行形式探索,甚至认为将作品的道德判断用在形式上是荒谬的,艺术的道德取决于形式创造是否成功。然而,在具体创作中,他并没有完全摒弃内容,这不仅是由于内容对形式起到了至关重要的作用,更代表了作家的创作初衷。《夜莺与玫瑰》的象征意义不仅表现在王尔德对失落的美好爱情的惋惜,更是作为一个唯美主义作家内心的控诉。玫瑰象征着纯洁的浪漫主义爱情,黑格尔将这种爱情描述为"在这种情况下,对方就只在我身上活着,我也就只在对方身上活着,双方在这个充实的统一体里才实现各自的自为存在"②。这种爱情以相互忠诚为根基。然而资本主义生产关系颠倒了这种唯爱情至上的浪漫主义爱情观,人们孜孜以求的只是"珍贵的珠宝""钉有银扣子的鞋",而爱情本身却被忽视了。夜莺象征着执着追求美好爱情的人,它笃信传统的唯爱情至上的爱情观。为了爱情甚至可以牺牲生命,以自己的鲜血浇灌爱情,以自己的生命歌颂真挚的爱情。

　　唯美主义文学观注重文字的形式美,语言不仅作为文学形式决定了作品的艺术价值,语言更能直接与内容叠加从而超越内容对形式的束缚而决定情节的发展。王尔德作品中的语言往往具有惊人的力量和无限可能性,语言决定了思维,决定了行动。快乐王子对小燕子的请求说明王尔德正是将自己的理想与艺术主张赋予语言之中,通过童话这一充满想象和魔力的文体将语言的作用夸大,从而突出语言的重要性,在娓娓道来的倾诉中传递美的思想。王尔德的童话以唯美主义原则为表征,追求纯粹的艺术美,强调形式的创新和艺术手法的运用,摒弃艺术作品的教化意义,在温和而亲切的叙述中传递出哲理和情思。

　　王尔德的童话始终坚持了唯美主义创作原则,对人物景致的刻画细致入微,对心灵美的刻画荡气回肠,充满哀怨的诗意;同时,犀利的批评讽刺又充满了他对社会现实的控诉、揭露和对苦难者的怜悯。在美与丑的

---

① 赵澧、徐京安主编:《唯美主义》,北京:中国人民大学出版社,1988年,第19页。
② 郑克鲁主编:《外国文学史》(修订版)(上),北京:高等教育出版社,2006年,第390页。

强烈对比中,美、善与爱得到了张扬,二者的结合形成了王尔德独特的唯美主义艺术风格,表达了唯美主义者渴望通过对美的追求唤醒人性,改造社会,真正实现人生艺术化的目标。一方面,唯美主义者对维多利亚社会资产阶级的腐朽虚伪极为不满,由于找不到拯救的出路,于是希望借艺术与丑恶的现实对话,以美唤醒人们的良知;另一方面,唯美主义者大都处于资本主义社会中上层,其身份地位无法摆脱对享乐生活的崇尚与追求。因此,王尔德的作品既反映了他的唯美主义艺术观,也反映了与此相对抗的社会现实。童话故事中华美又堕落的意象,由爱而恨、生与死所形成的一幅幅充满张力的画面,充满宗教肃穆神圣气息的细腻描写以及神秘的异域景象颠覆了传统童话中对美的定义,而读者也由此产生了全新的审美期待。王尔德对美的描写(美少年、少女)不仅要求在外表,更要求在道德上体现出美。他所颂扬的不仅是感官享受的外在美,而且是心灵铸造的内在美。王尔德笔下的美的形象总有一种美的特质,即无论外表还是内在,美少年与古希腊的大理石雕像都有惊人的相似,即他们不仅有光洁而又光泽的皮肤,更有内在美的激情。

二、艺术与现实的关联

王尔德的唯美主义艺术创作并没有完全忽视道德和良知、社会不公和贫富分化现象。童话故事充满了讽刺,只有一颗铅心的快乐王子尚能因穷人的苦难而落泪、心碎,而长着人心的市长和参议员却对人民的苦痛视而不见、麻木不仁。巨大的贫富差距、社会不公,有产阶层对穷苦民众的冷漠使人震惊。衣着华丽,外表美丽的公主内心异常刻薄、残忍,毫无同情心可言。王尔德一方面对处于饥饿边缘的穷人表达了深切的同情,另一方面却又无法给他们指出一条合适的出路。他只有躲进宗教般美丽而温暖的幻影里,快乐王子破碎的心与小燕子被天使作为城里最珍贵的东西带到了天堂,从此燕子在天堂歌唱,快乐王子在上帝的金城赞美上帝。王尔德童话中的死亡主题既是他对真爱、博爱、仁慈的上帝的赞美,也饱含了对不公的社会的控诉及对虚伪社会的讽刺。这些童话不仅带给人们愉悦,更含有深邃的道德寓意。

童话并不刻意回避现实,它在某种程度上反映了人类生活的各个层面,包括心理的、生理的方面所遭受的一切欢乐、忧愁、痛苦、绝望等。童话可以直接触及人们灵魂深处的东西,也可以间接地给人们某种启迪。任何形式的情感与思想都将影响人的行动。王尔德在写给朋友的信中深刻阐释了艺术与生活以及作品与现实的诸多关系,"这个故事旨在运用精巧的童话手法,反映现实生活中的矛盾问题:这是对当代文学中纯虚构人物的回击"①。

王尔德认为童话是传达极端情绪的最佳载体,他没有借助童话来逃避现实社会存在的问题。相反,正是通过童话,他更能够表达内心最渴望的情绪,这些情感既包含对社会不公的控诉,也包含对美好希望的向往。《少年国王》及《快乐王子》中都是王尔德透过人们所遭受的痛苦而思索现实社会问题的最佳例证。在表现社会矛盾与主人公追求的快乐之间,不可避免地会出现一系列的道德困境。他们最终都能遵从道德规范,寻找自我与道德的平衡。快乐王子的无私奉献就是以牺牲自身的美丽为代价;自私的巨人在经历了寂寞的煎熬后,主动献出了无私与爱;少年国王在寻找公正与荣耀的道路上遭遇到了重大挫折,最终以迷途知返的善良收获了爱与公正。上述人物在追求快乐的进程中,或多或少经历了磨难,最终都以善良与爱获得救赎。王尔德在《少年国王》中,特意刻画了国王寻找救赎的心灵历程。虽然这种过程伴随着痛苦和不幸,但最终获得了公平与正义。表面看似心灵的救赎,实为关注社会的问题。王尔德的童话一直没有离开社会生活的背景,更没有偏离王尔德所希望实现的美好理想的社会现实。王尔德假借花、鸟、虫、兽传达了真实的理想,构想了人人向往的和谐世界:享受快乐,追求幸福。王尔德在《石榴之家》中更自觉地运用了童话这一形式向他的读者传达自己的观点。有人认为"国王"就是"快乐王子"的发展,只不过国王的思想更为成熟,年轻国王起初特别喜欢漂亮的王宫,就像快乐王子在世时喜欢华丽的宫殿一样,王尔德扩展了

---

① [英]奥斯卡·王尔德:《王尔德全集》(5),赵武平主编,荣如德、巴金等译,北京:中国文学出版社,2000年,第374页。

少年国王艺术与美的视域。

王尔德创作的初衷就是艺术创作与道德的分离。但是,他仍然面临无法将这一原则贯彻到童话创作的实际困难。虽然童话与现实社会之间存在天然的差别,但它们仍不可避免地与读者的现实经验相关联,从而无法摆脱童话与现实道德的联系。王尔德清楚地意识到这一矛盾,他甚至将《道连·葛雷的画像》说成是一部含有道德意义的小说(a story with a moral)。王尔德的童话创作显然不像小说那样明白地表示,但借助《忠实的朋友》中的梅花雀仍含蓄地表达了故事所含有的道德教训。尽管这一思想遭到了某种程度的抵制,但丝毫不影响道德意义在童话中的生动表达。

王尔德的童话无处没有社会秩序、道德观念的揭示,这使得他的作品更加贴近现实世界。《快乐王子》与《少年国王》中贫困与痛苦生活的场面是社会秩序遭到破坏的具体表现,《自私的巨人》与《星孩》中自然界的奇特变化,巨人花园内终年冰雪覆盖,孩子的美貌突然变得丑陋,无疑都是道德秩序遭到破坏的明证。王尔德试图发现此类矛盾的根源,又试图找到其化解的办法。

唯美艺术与道德意识既有交锋,又获得了最大程度的融合。虽然王尔德一直以艺术不涉道德的鼓吹者和践行者自居,但他在创作中始终未曾放弃道德这一重要原则:邪恶终被惩治,善良得到褒奖。道连在那幅无与伦比的画像前质问自己,"好女人"最终被拯救,莎乐美被卫兵的乱箭射死。作为唯美主义艺术的代表人物,王尔德以"为艺术而艺术"为原则,尽情地发挥自己的语言天赋与才能。同时,王尔德的创作也悄然地揭示了另一个自我,这就是唯美主义艺术中所蕴含的传统道德理想。

维多利亚时期的作家(包括诗人)的创作一刻也没有脱离当时的社会背景,他们在作品中含蓄的表达也正是基于当时人们的贫困与痛苦的经历。王尔德童话中的快乐王子就是一位回到人间帮助人们摆脱痛苦的天使,他献出自己所有的一切帮助穷人,同样甘心牺牲自己的燕子也与快乐王子一样最终获得精神的完美。爱与牺牲是获得永恒美丽的原动力,是达到精神升华的无尽源泉。

三、艺术之美与道德之美

王尔德的童话兼具了艺术之美和道德之美，他将真实世界中的伦理哲理隐藏于唯美的童话故事当中。这些童话中的伦理逻辑并没有遵循理性、严密的论证方式，而是用代表善与恶的意象从审美的视角去呈现对社会道德的应然想象、社会道德的实然表现以及对社会道德的适然探求，用艺术的审美体验去提升人们伦理道德意识。

作为唯美主义者，王尔德的童话中总是充满各种唯美的意象和场景，《快乐王子》中镶嵌着蓝宝石眼睛、满身贴有金树叶的小王子，《夜莺与玫瑰》中如朝霞一般的红玫瑰，《自私的巨人》中珍珠色的花朵和悦耳的小鸟歌声等，所有这些充满美感的意象和场景不仅承载着童话的梦幻，而且呈现了作者对于社会道德伦理的应然想象。

所有这些唯美的人物形象和场景以艺术的美感将关爱、付出、无私、奉献、包容、互爱、真诚、仁爱、博爱、平等等道德伦理观呈现于读者眼前，而所有这些也代表了作者对理想状态下社会道德伦理的设想。王尔德曾说过："在文学中，我们要求的是珍奇、魅力、美和想象力。我们不要被关于底层社会各种活动的描写所折磨和引起恶心之感。"①在他的童话中，所有关于社会道德伦理的应然想象不是建立在对残酷现实的批判上，而是来自艺术的美感和丰富的想象力，让读者能够产生对美的愉悦之感，这样的愉悦是人们对美好的品质产生的情感共鸣，让人们在道德伦理判断中倾向于赞同这些美好的品行，使这些社会道德伦理的应然想象深入人心。

虽然王尔德在童话中用艺术之美诠释了社会道德伦理的应然内涵，但是他并没有理想化地避开现实，而是在他的童话故事中加入了许多关于现实的隐喻。在王尔德看来，"仅具有生活真实性的事件所能打动的只是一些最为肤浅和直接的情感，它们与经过了艺术家想象力加工的艺术

---

① ［英］奥斯卡·王尔德：《王尔德全集》(4)，赵武平主编，荣如德、巴金等译，北京：中国文学出版社，2000年，第329页。

品所引发的审美愉悦是不可同日而语的……艺术的目的不是简单的真实,而是复杂的美"①。因此,王尔德笔下的现实并没有直接地指向现实生活中真实性的事件,而是把社会道德的实然面貌进行艺术的加工,把相互对立的道德品质平行并立,利用它们之间的悖逆关系,让高尚与卑劣、真诚与虚伪、奉献与自私矛盾互现,形成复杂的美,并以此呈现现实生活中坏的品质的丑陋和好的品质的美好。因而王尔德童话中的现实隐喻并不是说教的符号,也不是让人恶心的丑陋,而是用代表善与恶的意象从审美的视角去关注社会道德伦理的实然表现。

王尔德生活的维多利亚时代是英国社会科技发展和经济增长的重要时期,但是与之相对应的却并不是社会伦理道德的思想更新,而是出现了与经济实用主义相抵触的更加保守的道德氛围。因此他们真实的道德感和表现出的道德行为并不一致,甚至相去甚远。然而当时的社会舆论往往是更多地关注人们的外在表现是否合乎传统的社会道德伦理要求,而很少去关注人们内心真实的道德感及在伦理抉择中真实的行为,因而形形色色的伪善面孔应时而生。《快乐王子》的首尾部分对照了市参议员们对快乐王子雕像前后不一的观感;《忠实的朋友》中王尔德把讽刺的矛头指向了伪善者,磨坊主口中不断称赞友谊的高尚与无私,而实际上却把友谊当作是实现自己利益的途径;在《夜莺与玫瑰》和《少年国王》等童话故事中,王尔德也同样运用了美丑对照的表现方式,用艺术手法呈现了当时英国社会的社会道德伦理的实然状况。

王尔德在童话中不仅用隐喻的方式呈现了当时英国社会道德伦理所面临的功利主义、伪善倾向等道德危机,更是从审美的视角让人们发现这些道德伦理的现实状况对美好品质的玷污和破坏,从而引发人们内心对美好品质的留恋和向往,以及对道德危机的忧思。

王尔德调节社会道德的应然想象和社会道德的实然状况之间矛盾的适然之策是把艺术审美和伦理道德相结合,借助艺术审美增强人们的道德是非感。王尔德认为"通过艺术,也只有通过艺术,我们才能实现完美;

---

① 吴刚:《王尔德文艺理论研究》,上海:上海外语教育出版社,2009年,第122页。

同样,通过艺术,也只有通过艺术,我们才能抵御现实存在的可鄙的危险"①。因此在他的童话中,艺术之美不是传递现实生活中的功利道德,不是教化人们在言行上遵守什么样的道德规范,而是以艺术之美对抗社会道德伦理中出现的功利主义和伪善,升华人们的审美修养,让人们对那些"光荣而又崇高的东西"产生人性的共鸣,使身处庸俗社会现实中的人们获得心灵的补偿和审美的救赎。

王尔德的童话故事兼具了艺术之美和道德之美。作为唯美主义的灵魂人物,王尔德把唯美的思想深深地融入了他的文学创作,阅读他的童话是一个发现美、体验美的美好旅程。在他的童话中没有逻辑严密的思辨,没有苦口婆心的道德说教,仅仅是简单的美丑对照。而且这些美与丑看似远离现实,却又都指向现实生活中的伦理道德。而这也恰是王尔德童话故事的伦理逻辑,即用艺术的审美体验去提升人们的审美修养,让人们在感受美、欣赏美的同时用这样的审美体验去指引自身在现实生活中的伦理行为,引导人们在德行上以美为镜,远离那些卑劣的品质。王尔德童话作品中内含了丰富的伦理"判断和选择的善恶标准及道德规范"②。正是在善与恶、美与丑的对比中,王尔德童话的教诲价值得到了凸显。

第二节 小说唯美艺术实践与道德的冲突

王尔德唯一的一部长篇小说《道连·葛雷的画像》出版后便受到了褒贬不一的广泛关注。小说引起人们兴趣的最直接原因是其所强调的"新享乐主义"精神,因为这种精神与人们习惯与期待的大相径庭。颇具魔力的画像更是触动了当时人们脆弱的神经。人们渴望永葆青春,又可以完全不受道德规范的约束而为所欲为。主人公所追求的不涉道德的永恒快乐正是当时中产阶级不敢言说的期待。

---

① [美]雷纳·韦勒克:《近代文学批评史》(第4卷),杨自伍译,上海:上海译文出版社,1997年,第394页。

② 聂珍钊:《文学伦理学批评导论》,北京:北京大学出版社,2014年,第42页。

一、人物塑造的唯美冲突

《道连·葛雷的画像》虽然被认为是最能体现王尔德艺术审美的作品，但也是反映其艺术主张和艺术实践相矛盾的作品。因为它"尽可能地表达了道德的主题，并对社会和个人的道德行为给予批评"①，这一观点显然与王尔德所坚持的艺术与道德无关的唯美主义艺术观背道而驰，艺术理想与现实的矛盾显而易见。

在王尔德所处的维多利亚时期，英国已形成了独特的伦理道德观，受达尔文进化论的影响，人们更加崇尚科学和理性，同时，人们对物质利益的追求达到了狂热的程度，特别是受边沁的最大幸福主义思想的影响，这种追求愈演愈烈。"既然人都是趋乐避苦的，那么，能够满足人们的这种要求的行为和原则就是善的，具有道德价值，反之，则是恶的，不具有道德价值。"②维多利亚时期的虚伪道德使人们形成的自傲、冷酷已弥漫了整个社会。小说采用幻想形式概括地、象征性地表现了"美"与道德、艺术与生活之间的关系，"格雷[葛雷]象征生活；画像象征艺术，象征美；画家象征灵魂之浊"③。小说中的主要人物，间接地表达了他的美学、哲学、道德观点。

王尔德在其童话创作中一直坚持唯美主义艺术的创作思想，并且希望创造出超越道德的唯美艺术形象，但是他的艺术实践却证明王尔德不仅不能创造出所谓的唯美艺术形象，甚至还在他的创作中体现了种种道德原则。王尔德的艺术实践在某种程度上背离了他所坚持的唯美主义艺术主张。王尔德在小说《道连·葛雷的画像》中，也企图塑造道连这个唯美的艺术形象，但是道连作为生活在现实社会中的人，他总是和现实社会保持着道德联系，他作恶的行为本身就表明他无法脱离现实道德而存在。

---

① 聂珍钊：《文学伦理学批评：文学批评方法新探索》，《外国文学研究》2004年第5期，第23页。
② 黄伟合：《欧洲传统伦理思想史》，上海：华东师范大学出版社，1991年，第248页。
③ [爱]奥斯卡·王尔德：《王尔德作品集》，黄源深等译，北京：人民文学出版社，2000年，前言第3页。本文献将王尔德的国籍标注为爱尔兰，引用时予以保留。

甚至王尔德本人亦承认故事里含有某种道德（moral）。① "19世纪文学关注道德问题和表现道德主题的倾向是那个时代文学总的特点。"②

　　画家为道连画了一幅美妙绝伦的肖像画，使道连看到自己的美。可无情岁月最终要将美丽夺去，道连此时更希望以自己的灵魂去换取青春的美丽："我如果能够永远年轻，而让这幅画像变老，要什么我都给。任何代价我都愿付出，我愿意拿我的灵魂去换。"③道连的话神奇地应验，最终完成了"灵与肉"④的交易。他受亨利享乐主义思想的驱使，开始追求一种所谓"美的"实际是堕落的生活，凭自己的美貌肆无忌惮、为所欲为，到处追求感官的刺激，以至于犯罪。王尔德所倡导的唯美情趣就是以感觉为基础，以快乐为最终目的。亨利就是这种精神的鼓吹者和实践者，他所追求的就是无穷无尽的感官享受。

　　就生活与艺术而言，画家贝泽尔既是道德家，又是理想主义者。他倡导的理想与道德正是其所属阶层的最真实表达。毋庸讳言，贝泽尔与西碧儿最终均被那个时代所淹没，画家要找回曾经的道连已无可能，根本原因不外乎他们所坚持的艺术理想与现实社会相差甚远而无法调和。画家追求艺术的永恒，他对艺术生活所抱的幻想与期待使得他无法接受现实中道连的生活。对道连的劝说既是他与道连格格不入的具体体现，又可见其对艺术追求的执着。

　　画家贝泽尔是一个狂热追求艺术而甘愿献身的艺术家，他的价值观代表了维多利亚时代中产阶级的普遍理想，也是维多利亚时期道德规范的代言人，他始终坚定地维护着符合当时伦理道德的价值观，同时也保持自己道德化身的身份。

　　贝泽尔、道连和亨利构成了小说的主要人物关系。道连是生活的象

---

① Karl Becson, ed. *Oscar Wilde*: *The Critical Heritage*. London: Routledge and Kegan Paul, 1970, p.72.
② 聂珍钊：《文学伦理学批评：文学批评方法新探索》，《外国文学研究》2004年第5期，第23页。
③ [英]奥斯卡·王尔德：《王尔德全集》(1)，赵武平主编，荣如德、巴金等译，北京：中国文学出版社，2000年，第30页。
④ 赵澧、徐京安主编：《唯美主义》，北京：中国人民大学出版社，1988年，第8页。

征,即作者所希望自己成为的形象,贝泽尔的画像则是艺术的象征,是一种纯艺术。美与道德的不可调和使他无法完成灵与肉的完美统一,最终只有走向自我毁灭。贝泽尔作为艺术美的追求者与殉道者,无疑为维护当时社会的伦理道德价值观起着非常重要的作用。但在亨利享乐主义与自我中心主义面前,他还是显得那么软弱无力,因为他无力改变社会冲突的不平衡,而只有绝望地感叹,他所信守的道德观又一次被无情地击垮。亨利作为诱惑和邪恶的化身,从来就是为社会伦理道德所不齿,而其诡秘的关于快乐(享乐)原则的辩护也在试图颠覆这一原则。王尔德的唯美主义艺术显然不可能脱离当时的道德准则而独立存在,相反,小说中仍毫不掩饰对伦理道德的关注。

小说人物贝泽尔是王尔德心中无法超越道德的完美形象,他虽无意道德说教,却极力维护维多利亚时代的道德规范。邪恶化身的亨利·沃顿勋爵是世人眼中的王尔德(Lord Wotton was what the world thought him)[①]。亨利勋爵对道连灌输的理论对道连产生了重要的作用,成为道连行动的指南,亨利所盛赞的美是指背离道德、放纵欲求的美,因为他认为享乐就是顺乎天性的美。徘徊在唯美艺术与道德之间的道连是王尔德希望自己成为的形象(Dorian Gray is what I would like to be)[②]。他既肩负着作家所要塑造的艺术美的形象,又承载了时代的道德印记,这使得道连具有独特的双重人格。道连刺向了这幅掩盖其罪行的画像,也刺向自己的心脏,道连追求的新生终以毁灭而告终。他承载的道德重负终于把他彻底压垮。王尔德本人显然是想摆脱道德的羁绊,却又不得不背上道德的重负。

二、艺术与道德的双重体验

《道连·葛雷的画像》一经出版,就有批评家指责小说中所包含的不道德因素,同时又有持完全相反观点的评论家对小说所产生的"道德效

---

① [英]Peter Raby 编:《剑桥文学指南:奥斯卡·王尔德》,上海:上海外语教育出版社,2001年,第112页。
② 同上。

果"予以极高的评价。由此可以肯定的是,小说中无可争辩地涉及了敏感的道德问题。社会的虚伪道德彻底毁掉了道连的一生,他既是牺牲品,又是罪大恶极的唆使者。道连的死亡在一定意义上更意味着一种重生。

王尔德与小说中的人物有千丝万缕的联系,贝泽尔是他心目中自己的形象,道连则是他希望成为的形象,是王尔德隐藏道德的完美自我。他以艺术为媒介,大胆地阐释了自己又巧妙地隐藏了自己。《道连·葛雷的画像》中三个主要人物道连、贝泽尔、亨利就是不同状态下的王尔德本人。

王尔德正是以其唯美主义艺术对抗当时流行的道德准则,虚伪的道德准则充斥了伪善、自私与冷酷。王尔德曾强调"各种行为都属于伦理范围。而艺术的目标只不过想创造一种情绪而已"①。道德标准应当要与人的行为建立联系,生活的目的就是要创造某种激情。王尔德并没有真正坚持他在《道连·葛雷的画像》的序言中所谓艺术不涉道德的原则,他所有的作品都留下了深深的道德印记。毕竟艺术不是生活本身,人们可以在艺术范围内逃避所有生活中无法回避的道德责任。艺术与生活交织在一起而不分彼此,画家贝泽尔把个人的情感倾诉到画像中,毫无保留地把自己的灵魂交给了道连,画像隐藏了道连的罪恶,以使他在现实生活中无恶不作;作为演员的西碧儿也难以把艺术与现实区分开来,舞台上的西碧儿是一个充满智慧与激情的艺术家,是艺术生活的完美形象。艺术曾经造就了她的辉煌,也最终导致了她的毁灭。艺术与生活的冲突,正是道德冲突的一种表现方式。

亨利、贝泽尔、道连形成了复杂而微妙的人物关系,他们彼此相异又融为一体。画家贝泽尔所画的肖像不仅代表道连的外表,也包含了艺术家的道德思想。画像因道连的作恶行径而不断变化,留下了鲜明的道德印记,并直抵心灵最深处。

王尔德塑造道连的形象,表现出艺术至上、永恒的青春美。道连是王尔德在小说中刻意塑造的、最能体现其唯美主义追求的人物。画像呈现

---

① [英]奥斯卡·王尔德:《王尔德全集》(4),赵武平主编,荣如德、巴金等译,北京:中国文学出版社,2000年,第436页。

的艺术之美更使其获得了永恒的价值。画像洋溢着的奇妙青春美,正是对艺术最好的礼赞,艺术的美才是永恒的! 王尔德在小说的序言中说,"艺术这面镜子反映的是照镜者,而不是生活"①。其实,王尔德分明是要划清唯美主义与现实主义的界限,生活摹仿艺术要甚于艺术摹仿生活。

王尔德不得不承认小说中所包含的道德含义,"《道连·葛雷的画像》有一种强烈的道德——好色淫乱之徒是无法从中找到道德的,但它将向所有心灵健康的人显现出来"②。他同时认为故事的发展需要把道连·葛雷置身于一种道德腐败的气氛之中。道连深受两种思想的影响,一是来自画家贝泽尔艺术高于一切的思想影响,二是来自花花公子亨利勋爵的享乐主义思想的影响,它们交替作用并共同影响了本就涉世未深的道连。相比更具吸引力的享乐生活,贝泽尔与西碧儿对道连的影响就弱小得多。在这两种力量的对抗中,亨利勋爵的享乐主义思想明显占据了上风。道连一步一步陷入堕落的深渊而不能挣脱,小说的道德主题进一步得到了强化,道连堕落的道德形象跃然纸上。一方面,外表青春美丽的道连始终没有放弃堕落的生活,表面的亮丽并没能掩盖心灵的丑陋,悔恨与自责终究未能摆脱享乐生活的诱惑;另一方面,本来光彩耀人的画像承担了本不应该由它来承担的罪恶,画像变得丑陋更凸显了道连肮脏的心灵。

灵魂可以买卖,也可以净化,显然道连选择了前者,在灵魂的买卖交易中,道连获得了他所需要的一切,也失去了他的善良。道连与他的画像变成了既分裂又融合的统一体,道连是王尔德唯美主义艺术的理想追求,而画像又承载了道连的全部道德。道连无法挣脱道德的影响,并具有完整而分裂的人格,他所承载的道德责任也显而易见。

三、承载道德的唯美艺术

王尔德的小说与童话揭示的道德背景不同,其产生的社会效果也有

---

① [英]奥斯卡·王尔德:《王尔德全集》(1),赵武平主编,荣如德、巴金等译,北京:中国文学出版社,2000年,序言第1页。
② [英]奥斯卡·王尔德:《王尔德全集》(5),赵武平主编,荣如德、巴金等译,北京:中国文学出版社,2000年,第443页。

较大差异。小说既要表现道德的主题,又不失对美的追求。正是道德与艺术的较量彰显了主题的巨大张力,在读者获得美的享受的同时,又增加了道德的启迪。

《道连·葛雷的画像》无疑在英国文学史上占有独特的重要地位,王尔德的艺术成就也同样不能被忽视。王尔德小说中所指的道德就是人最大限度地展现了最本真的一面,即寻找全新的感官刺激。"葛雷的选择是一种伦理选择,经过选择,他自身和画像的身份发生了转换。"[①]道连其实是一个有着双重人格的人物形象。一方面是我们所能看到的、鲜活地体现了王尔德唯美主义艺术理想的道连;另一方面是承载道德重负的画像中的道连。这种人格的双重性为全面理解道连,理解画像的道德特征提供了可能。正是通过画像,人们窥视了道连的另一个世界:一个有别于现实中的,全面展现道连内心的世界。道连不仅可以被看作是体现了王尔德唯美主义艺术理想的人物形象,又可以被看作是蕴含着丰富道德理想的人物形象。

表面上看,道连是一个完全超越道德而存在的人物,他可以不受任何道德的束缚,可以不顾及任何道德原则,因为他所有的罪过都被反映在了画像的身上。王尔德追求的艺术美在他的实际创作中又得到了否定,他并没有真正实现其艺术与道德无关的唯美主义艺术主张。道连不仅没有超越道德,相反却明显地体现了其蕴含的道德特征,而作为艺术美的画像本该超越道德,却因此更富含道德的内涵,而体现了其恶的一面。艺术的画像(唯美的形象)不仅没有成为为艺术而艺术的形象,相反却承载了所有的道德原则。离开了道德,艺术就不再存在,画像被刺也象征着唯美主义理想追求的失败。

王尔德对小说中艺术与道德关系的回答从来都是"艺术领域和道德伦理领域是绝对不同和相隔离的"[②]。牛津大学著名的美学教授佩特在1891年10月写了一篇名为《评王尔德的小说》的长篇评论,对《道连·葛

---

① 聂珍钊:《文学伦理学批评导论》,北京:北京大学出版社,2014年,第43页。
② [英]奥斯卡·王尔德:《王尔德全集》(5),赵武平主编,荣如德、巴金等译,北京:中国文学出版社,2000年,第440页。

雷的画像》给予了全面而深入的分析并给予高度评价。"小说形象地展示了一颗心灵的堕落进程,这其中的道德含义也显而易见。"①

王尔德深受佩特思想的影响,其"为艺术而艺术"的主张深深触动了王尔德的内心感受,他心悦诚服地接受了佩特的观点,并且视其《英国的文艺复兴》为圣典。王尔德正是在耳濡目染的感化中逐渐接受了佩特的艺术无关功利的思想。在佩特理论的武装下,王尔德让故事中的主人公恣意地享受生活的所有快乐而不顾任何道德后果。王尔德的小说不仅没有削弱其应体现出的艺术价值,让读者感受到了作品的独特魅力,而且也丝毫没有减弱道德影响对人们心灵造成的冲击。王尔德本人也承认小说的道德确实显而易见。唯美主义艺术与道德理想完美地结合在了一起。

"王尔德的挑战兴趣和对可选择的其它道德观点的探索,成为他最重要的小说《道连·葛雷的画像》的显著象征。"②故事以夸张的、浮士德式的方式全面展示了艺术与道德完全脱离的观念,然而,《道连·葛雷的画像》并没有真正地脱离道德,相反,它"是某种具有道德剧潜台词的悲剧;它的自我毁灭的、违背习俗的中心人物既是绝望的自杀者又是殉难者"③。早期维多利亚人信奉人性中的独一性、永恒性的特点,即人物的完整性。然而,人物性格的单一性越来越受到人们的质疑。在文学批评领域,文学作品中不断出现了所谓多重性格的评论及人物形象。虽然双重性格,甚至多重性格往往会相互冲突、相互矛盾,但这种存在却是无可争辩的事实。《道连·葛雷的画像》中几乎所有的人物都肩负双重,甚至多重作用与身份,尽管王尔德力图避开现实中的道连,但是,他仍然有活生生的生活,是一个充满情感、有着各种经历的道连。他的喜怒哀乐,也与常人无异。需要指出的是,正是因为道连生活的现实体现,他必定显出生活中道德的一面,虽然人们看到的只是完美的、不受任何道德约束的道

---

① Stuart Mason, ed. *Oscar Wilde*, *Art and Morality*: *A Record of Discussion Which Followed the Publication of "Dorain Gray"*. London: F. Palmer, 1912, p.193.
② [英]安德鲁·桑德斯:《牛津简明英国文学史》(下),谷启楠、韩加明、高万隆译,北京:人民文学出版社,2000年,第495页。
③ 同上书,第496页。

连。"文学作品为了惩恶扬善的教诲目的都要树立道德榜样……目的都是为了让人引以为戒,从中获得道德教训。"①道连就是这样一个道德形象,他向人们展现的是一种讽刺、劝诫和教诲的力量,而画像是道连罪恶的记录,道连身上被转移到画像上的道德具有较强的隐蔽性。所有罪恶与道连的道德印记无一例外地记在了画像上,他唯一做的好事也只是出于虚荣心的动机,他所追求的灵魂的救赎终于失败。

　　王尔德企图用艺术干预道德的方式来达到他的艺术审美目的。正如陆建德先生所指出的那样:"在现实生活里的道德与美的冲突中,最终占上风的还是前者,感官享受的表面绚丽之美掩盖不了内在精神的腐败。葛雷的遭遇说明他是唯美主义的牺牲品,而不是唯美主义的殉道者"②,道连其实并非脱离道德而存在的唯美形象。

　　《道连·葛雷的画像》是一个寓言,"它要阐释的道理就是画家霍尔华德所说的'希腊精神的完美,灵魂和肉体的和谐'"③。阅读《道连·葛雷的画像》这部唯美主义经典作品的时候,我们发现道连并非是一个超越道德、超越现实的"唯美的"人。他有自己的道德意识、道德困惑以及道德判断。他也会遇到自己无法解决的道德难题,会处于无助的道德焦虑与道德恐惧之中:画像的变化其实就是道连内心的变化。画像经受的道德折磨正是现实中的道连所经受的道德折磨。画像终归要还其本色,超越道德、超越现实的形象只能是暂时的现象。道连最后刺破了画像即是他无法承受道德重负的必然选择。"为艺术而艺术"的艺术理想永远只能是乌托邦,王尔德的唯美主义艺术主张与社会道德越来越紧密地结合在了一起。

---

① 聂珍钊:《文学伦理学批评导论》,北京:北京大学出版社,2014年,第42页。
② [英]奥斯卡·王尔德:《王尔德全集》(1),赵武平主编,荣如德、巴金等译,北京:中国文学出版社,2000年,序言第14页。
③ 聂珍钊:《文学伦理学批评导论》,北京:北京大学出版社,2014年,第45页。

第三节　戏剧的伦理实践

王尔德道德观的形成经历了一个较长的过程,这一过程几乎伴随他所有的创作。他在学生时代就开始写作诗歌,但其真正意义上的创作是从童话开始的,戏剧创作则使他登上了艺术创作的顶峰。王尔德在19世纪后期对英国文学的巨大贡献就在于他创作的四部社会喜剧:《温德米尔夫人的扇子》《一个无足轻重的女人》《一个理想的丈夫》以及《认真的重要》。王尔德认为戏剧是"艺术与生活的交汇之处"①,王尔德展现在世人面前的戏剧人物不仅仅是作为个体的人,也是交织着多重社会关系的人。"王尔德对19世纪末英国文学的最大贡献是在戏剧方面"②,"作为世纪末最主要的作家之一的地位是无可争议的,称他执90年代喜剧界牛耳更是恰如其分"③。

王尔德运用戏剧这一艺术形式,充分发挥自己的语言优势,或歌颂,或讽刺,把现实生活中的幻想与虚幻世界的美妙恰到好处地结合在戏剧表演中。其实,王尔德对戏剧有自己独特的理解:"戏剧能在同一时刻使用了所有的手段,既悦耳又悦目;形体和色彩,声调和外貌,文字和敏捷的动作以及肉眼能看见的浓缩的活生生的现实,戏剧都能运用自如,让他们俯首听命。"④王尔德以其独特的才能把戏剧创作发挥到了极致。王尔德认为"戏剧,这本是最为客观的艺术形式,在我手里却成为像抒情诗和十四行诗那样抒发个人情怀的表达方式,同时范围更为开阔、人物更为丰富"⑤。他的戏剧创作正是这种艺术主张的实践与证明。

---

① [英]奥斯卡·王尔德:《王尔德全集》(4),赵武平主编,荣如德、巴金等译,北京:中国文学出版社,2000年,第22页。
② 同上书,序言第19页。
③ 同上书,第8页。
④ Richard Ellmann, ed. *Artist as Critic: Critical Writings of Oscar Wilde*. New York: Vintage Books, 1970, p.183.
⑤ [爱]奥斯卡·王尔德:《王尔德作品集》,黄源深等译,北京:人民文学出版社,2000年,第668页。

一、《莎乐美》:现实主义艺术的转向

王尔德认为一切艺术都与道德无关,他的艺术主张是道德教谕不应成为文学作品的目的,作家不应在作品中宣扬道德信条。然而,作者、作品必定与当时的伦理道德有着千丝万缕的联系,作品会"尽可能地描写当时社会中存在的种种道德问题,表现时代的道德主题,并对社会和个人的道德行为给予评价,并企图提出自己的道德理想"①。而那一时期的"唯美主义哲学是对当时的物质社会和庸人主义的一种尖锐批评,可见王尔德的美学主张实际上也不完全是超功利和艺术自足性的"②。综观王尔德的所有创作,虽然王尔德在其童话创作中也力求创作出超越道德的唯美艺术形象,但他塑造的形象仍具有鲜明的现实道德基础;小说《道连·葛雷的画像》更显示了其唯美主义艺术主张与艺术实践的矛盾,因为他塑造的道连这一唯美艺术形象总是无法摆脱道德的影响。实际上这部小说就是"一部含有道德教训的小说"③。

《莎乐美》作为王尔德小说创作与戏剧创作的一个过渡,虽然他主观上仍然试图坚持他的唯美主义艺术主张,并在其创作中实践这一主张,但是他在塑造莎乐美这一艺术形象的时候,已经逐步地放弃了他的唯美主义艺术而转向现实主义艺术。莎乐美已与以往的唯美艺术形象有着本质的不同,"因为王尔德无法消除莎乐美身上的道德特征,也无法割断她与道德环境的联系"④。

莎乐美蕴含了丰富的道德特征。虽然王尔德仍然企图把莎乐美塑造成一个所谓的唯美艺术形象,并体现唯美艺术形象的独特内涵,但是莎乐美身上仍然具有强烈的道德特征,唯美的形象也是道德的形象。"莎乐美

---

① 聂珍钊:《作为方法论的文学伦理学批评》,王宁主编:《文学理论前沿》(第二辑),北京:北京大学出版社,2005年,第149页。
② 赵澧、徐京安主编:《唯美主义》,北京:中国人民大学出版社,1988年,第13页。
③ 同上书,第185页。
④ 刘茂生:《王尔德创作的伦理思想研究》,武汉:华中师范大学出版社,2008年,第102页。

始终处于复杂的道德环境中,她既受到先知的谴责,又受到继父乱伦的威胁,她无力也无法斩断同道德千丝万缕的联系。"①莎乐美承担着本不应当由她来承担的责任,这使莎乐美这个人物形象的道德特征得以加强。

王尔德在《莎乐美》中以极端的艺术表现手法创造出了一个体现其"艺术美"的形象——莎乐美。可以说它是王尔德"为艺术而艺术"唯美主义观点的直接体现。然而,莎乐美毕竟又是承载了太多道德意味的人物形象。从某种程度而言,与其说她是王尔德创作出的唯美的形象,倒不如说她更是一个道德的形象。莎乐美是剧中的中心人物,她面临着多重复杂的伦理道德关系,也承担着多重道德责任。

> 我爱你爱得多么深啊!我现在还爱着你,乔卡南,我只爱你一个……我对你的美如饥似渴;我对你肉体想咬想啃;美酒也罢,鲜果也罢,都不足以解决我的饥渴。……无论洪流还是大水,都不能平定我的浓情。我本是一个公主,你却敢骂我。我是一个处女,你却把我的贞洁剥夺了。我静若处子,你却往我的血管里填塞了火焰。我很清楚你准会爱上我,爱之神秘也比死之神秘更神秘啊。爱才是唯一应该考虑的。②

莎乐美既有自己的内心独白,又有对乔卡南爱的真诚表露,也是对自己所承载的道德重负的一种心理卸载。正是乔卡南的诅咒,才让莎乐美承担了本不应该由她承担的道德责任。"莎乐美一刻也没有摆脱这种道德重负,她无可置疑地代人接受了道德的拷问,最后也成了道德的牺牲品。"③王尔德所塑造的莎乐美这个艺术形象,"承载着过多的伦理道德重

---

① 刘茂生:《王尔德创作的伦理思想研究》,武汉:华中师范大学出版社,2008年,第107页。

② [英]奥斯卡·王尔德:《王尔德全集》(2),赵武平主编,荣如德、巴金等译,北京:中国文学出版社,2000年,第375页。

③ 刘茂生:《王尔德创作的伦理思想研究》,武汉:华中师范大学出版社,2008年,第109页。

负。她无法摆脱纠缠在她身上的道德阴影,最后终究被乱伦的洪流吞没"①,她的悲剧就在于她负载着太多的道德责任而无力拯救的伦理悲剧。

莎乐美形象的塑造标志着王尔德的唯美主义艺术已经逐步转向了现实主义艺术。莎乐美身上包含了太多她无法摆脱的道德特征,王尔德甚至无力消除这些特征。"王尔德的艺术创作对道德问题的关注逐步扩大,并逐步脱离了唯美艺术的轨道而转入现实主义艺术,他所塑造的艺术形象也越来越接近社会的道德现实。"②这种变化表明王尔德的创作已从对唯美艺术的追求过渡到对社会现实的揭示,莎乐美的形象塑造就是这种立场转变的结果。

唯美主义在19世纪的英国得以存在并发扬,有其根本的社会背景条件。虚伪道德、物质主义弥漫整个社会,"维多利亚的中上层人士并不总是能遵守其所宣传的道德标准。有些人违背这种标准,有人则使之表面化……在清教信条和虔诚幌子后面,隐藏着广泛的虚言与伪善"③。看似繁荣的维多利亚时代的道德风气也由此可见一斑。正是在这一特定的社会背景下,以王尔德为首的艺术家高举"为艺术而艺术"的大旗,试图以逃避的姿态,躲进象牙塔,超越现实,超越道德是唯美主义的理想选择。虽然他也曾以唯美主义艺术理想创作了被公认为唯美主义代表作的长篇小说《道连·葛雷的画像》和悲剧《莎乐美》,作品虽然不乏唯美色彩,但仍未能真正脱离社会道德与伦理。虽然文学不应成为道德的训诫,却"找不到任何可以超越道德的文学作品",甚至,"文学是因为人类伦理及道德情感或观念表达的需要而产生的"。④

唯美主义艺术主张与王尔德创作实践存在着不可调和的冲突。悲剧

---

① 刘茂生:《王尔德创作的伦理思想研究》,武汉:华中师范大学出版社,2008年,第111页。
② 同上。
③ [英]戴维·罗伯兹:《英国史:1688年至今》,鲁光桓译,广州:中山大学出版社,1990年,第280—281页。
④ 聂珍钊:《关于文学伦理学批评》,《外国文学研究》2005年第1期,第8、11页。

《莎乐美》无疑是一个充满伦理想象的世界,而以社会问题为主线的社会喜剧更是包含了丰富的家庭、婚姻、道德等内容。戏剧(文学)作为一种舞台艺术不可避免又和观众的审美旨趣、道德判断融合在了一起。任何超越道德、超越社会、超越现实的解读将显得苍白而不可信。

二、传统道德的坚守与颠覆

王尔德的第一部社会喜剧《温德米尔夫人的扇子》创作于 1891 年,并于 1892 年 2 月 20 日在圣·詹姆斯(St. James)剧院上演,获得成功。本剧最初名为 *A Story of a Good Woman*(《一个好女人的故事》),该剧的真实意图就是要颠覆传统"好女人"的道德观念。

王尔德本人对此剧也给予了极大的关注,对此间的评论他亦有自己的见解,他总体认为诸如报纸等的评论"并不理解这部作品的形式或精神……批评家是无足轻重的。他们缺乏直觉。他们没有艺术直觉"[1]。

厄林太太(即温德米尔夫人的母亲)为了拯救自己的女儿,不顾名誉受损的危险,赶到达林顿勋爵家中,艰难但却成功地说服了温德米尔夫人回到丈夫身边,以母亲无私的情感拯救了濒于悬崖的女儿。这种牺牲正是基于伟大的母爱,是积聚了一辈子力量的集中爆发。为了自己女儿的幸福,她第一次感受到了母亲的伟大,第一次感受到了牺牲的巨大力量。母亲的无私与奉献再次得以彰显。厄林太太的善良最终获得回报,也捍卫了自身的尊严。温德米尔夫人也同样经历了道德、正义、善恶的洗礼,内心发生了巨大的变化。

除悲剧《莎乐美》取材于《圣经》外,王尔德的四部社会喜剧的背景则直接取材于英国的上流社会,其人物几乎都来自上流社会,包括《温德米尔夫人的扇子》中的温德米尔勋爵及夫人、《一个无足轻重的女人》中男主角伊林沃兹勋爵、《一个理想的丈夫》中的国家副外交大臣奇尔顿勋爵、《认真的重要》中的贵族公子杰克和爱尔杰农等。剧中人物的一言一行折

---

[1] [英]奥斯卡·王尔德:《王尔德全集》(5),赵武平主编,荣如德、巴金等译,北京:中国文学出版社,2000 年,第 565 页。

射出当时上流社会人们的喜好和追求,他们对待生活玩世不恭的态度,在友情、爱情、家庭中无不有突出的体现。《温德米尔夫人的扇子》中的达林顿勋爵公开宣称唯有诱惑是他不能抵御的。《一个无足轻重的女人》中伊林沃兹勋爵认为"人应该永远恋爱。这就是人应该永远不结婚的理由","一个人在谈恋爱的时候就开始欺骗自己啦,最后以欺骗他人而告终。这就是世人所称的罗曼司"。① 游戏人生、追求浪漫风流是这类人物行为的共性。

女性、家庭、婚姻是王尔德社会喜剧作品中的主要内容。正是由于喜剧中众多女性的出现,才使得与之相关的婚姻观、家庭道德观等得以最大限度地呈现。剧中人物也大多来自上流社会,要么具有贵族头衔,要么居于社会核心位置,他们就是现实生活中上层人物的缩影与再现。他们表现了维多利亚时期人们的虚伪、自私、功利,特别是剧中的女性,她们表现出的对家庭的责任、对爱的执着追求、对道德信条的无条件服从等等无不反映了这一时期上流社会中的女性观念与家庭意识。

王尔德的社会喜剧已突破了传统喜剧的藩篱,关注的不再是社会下层人士,而是有着显赫身份的上流人物。马丁·艾思林认为:"喜剧所涉及的则是日常生活方面。它使我们所洞察的,不是人类生活的根本危机及相关的最强烈感情,而是洞察社会的风俗习惯、人类行为的种种缺陷和怪癖。"②不管反映的是下层人物还是上流社会人士,喜剧关注的仍是社会与人的行为,就注定要涉及与此相关的婚姻、家庭、道德、伦理等。

温德米尔夫人是公认的典型的好女人,从小就受到上流社会严厉而良好的教育,懂得如何区别"对"与"错"的。她绝不原谅种种有悖于社会风尚的行为,绝不原谅做了伤风败俗之事的人,这是她生活的准则,亦即其遵守的道德原则。伦敦的名流都渴望与她交往,她的地位不能不说尊贵,她的名声不能不说显赫。她是所有正派女人的代表,她的一言一行反映了维多利亚时期清教徒的行为准则。然而,表面上看似正派的女人,却

---

① [英]奥斯卡·王尔德:《王尔德全集》(2),赵武平主编,荣如德、巴金等译,北京:中国文学出版社,2000年,第202页。

② [英]马丁·艾思林:《戏剧剖析》,罗婉华译,北京:中国戏剧出版社,1981年,第70页。

已步入悬崖的边缘。她从别人口中知道了丈夫正与一个"不正派的女人"有不正当关系的谣传后,怒恨交加,一气之下离家私奔到曾经向她示爱的达林顿勋爵家,要不是厄林太太赶来帮助她逃离这一是非之地,她定会成为社会所唾弃的"坏女人"。"好女人"所坚守的所谓的道德准则此刻被彻底颠覆了。王尔德塑造的好女人,已有明显的道德评判标准。

厄林太太是王尔德在《温德米尔夫人的扇子》刻画的另一类女性形象,也即世人眼里的"坏女人"的形象。相比温德米尔夫人的纯洁与高傲及其所拥有的幸福家庭,厄林太太就要逊色得多。她不仅没有家庭的归宿,没有婚姻带给她的快乐,甚至还要遭到英国社交圈的拒绝,而不被上流社会所接纳。厄林太太虽然在第二幕才出场,但她却是贯穿全剧的中心人物。

维多利亚时期的道德常常是残酷的,毫不留情的,这一近乎苛刻的道德标准,必定导致"低层阶级的人置之不理、漠不关心,而高层阶级则假冒伪善、虚以应付"①。可以说,戏剧中的情形正反映了王尔德生活时代的道德现实。

王尔德借剧中人物的言行发现了人性中所蕴含的丰富的真、善、美因素,在探索社会的艰难旅途中,他一路跋涉。他渴望"建构诚信之真、仁慈之善、和谐之美的人类伦理理想"②。同时,王尔德也在其机智、幽默的悖论中颠覆了传统道德意义上的好与坏、美与丑、善与恶,向人们展现了那一时期丰富的道德内涵与伦理理想。

三、"认真"的伦理理想与实践

王尔德创作于1894年八九月间的《认真的重要》被认为是他最成功的一部戏剧。王尔德本人也对该剧给予了高度评价:"我的剧本的确很有

---

① [美]戴维·罗伯兹:《英国史:1688年至今》,鲁光桓译,广州:中山大学出版社,1990年,第277页。
② 刘茂生:《王尔德创作的伦理思想研究》,武汉:华中师范大学出版社,2008年,第130页。

趣,我对它很满意。"①该剧还被认为达到了现代英国戏剧的最高水准,"被公认为英国喜剧的最佳作品之一"②。该剧无论是戏剧结构,人物刻画,还是戏剧语言都可谓独具匠心,向我们展示了一幅英国上流社会生活的风情画。王尔德继续以闹剧的结构形式反思了当时英国社会人们热衷于身份、地位的深层原因。只凭一个名字就可以改变命运,仅凭出生与家世就可决定其应享的社会地位,这种近乎滑稽的逻辑却在当时大行其道。"王尔德调动一切喜剧效果,讽刺挖苦了十九世纪末泛滥于英国社会的一种虚假和病态的'认真态度',锋芒直指维多利亚时期道德规范。"③

英文标题中的 Earnest 和主人公的名字 Ernest 的双重含义不仅具有修辞的极佳效果,更是人们虚浮心态的最佳反映。通过 Ernest,英国社会的婚姻、家庭、伦理、道德一一展现在读者面前。

王尔德围绕杰克与爱尔杰龙两位主人公的双重生活与双重身份展开,剖析这一情境下的道德内涵。其实,他们并没有真正失去自我的身份,只不过在特定的社会环境中,故意隐藏或遮蔽了其真实的思想。社会的道德要求与个人的思想相互影响,既有冲突又有相互融合的特性。在讲究实际,甚至近乎荒诞的社会,每个人以自己的方式适应社会道德规范。几乎所有人"一点道德责任都没有"④。正如小说《道连·葛雷的画像》中道连总是过着双重生活一样,爱尔杰龙和杰克也同样是戴着面具生活。无论他们以何种理由杜撰出来的名字或身份,唯一目的就是要最大限度地获得自由。他们游走于两种身份,享受着生活的快乐与激情。王尔德运用了大量似非而是的语言,给虚假、伪善的现实世界以极大的讽刺。

与王尔德其他戏剧中的重要因素类似,社会关系、家庭关系、个人关

---

① [英]奥斯卡·王尔德:《王尔德全集》(5),赵武平主编,荣如德、巴金等译,北京:中国文学出版社,2000年,第626页。
② [爱]奥斯卡·王尔德:《王尔德作品集》,黄源深等译,北京:人民文学出版社,2000年,前言第4页。
③ 同上。
④ [英]奥斯卡·王尔德:《王尔德全集》(2),赵武平主编,荣如德、巴金等译,北京:中国文学出版社,2000年,第8页。

系构成了本剧的中心。各种关系交织一起,演绎了身份与诸多关系的有机联系,身份成为那一时期决定个人社会地位的重要标志。"人的身份是一个人在社会中存在的标识,人需要承担身份所赋予的责任与义务。"①在虚荣之风的笼罩下,人人追求的所谓高贵身份不免带有荒诞的色彩。无论男女都渴望在这个充满理想的年代实现自己的梦想,男人的梦想自然是尽情自由地享受生活,完全摆脱道德规范的限制与束缚。

王尔德在剧中设置了多重人物关系来展开剧情,有平缓有突兀,在错综复杂的人际关系中,他们面临了一场场危机,又成功化解了一场场危机。剧情自然地往前推进,结局出乎观众的意料,而全剧的高潮似乎总贯穿于剧中。在作者精心设计的喜剧情境中,观众总能感受到"笑"的艺术效果。可以说,王尔德创作的喜剧到了《认真的重要》一剧中已达到顶峰,结构上完整,技巧上娴熟。

"王尔德以笑的艺术在剧中探讨了'认真'的问题。"②作者借标题用词 earnest(认真的,诚挚的)的谐音兼异体字创造了 Ernest 这个双关用法的名字,因此,它不再只是一个人名符号,而被王尔德赋予了更深刻的含义。《认真的重要》再现了爱的主题,以幽默、揶揄的口吻诠释了爱之真谛、爱之神奇。

"维多利亚时代人们的心理机制与思想意识有其特殊性与丰富性"③,因为与英国其他时期相比,它积累了更加丰富的财富。一方面,人们得益于社会经济的高度发展,他们往往以现存的社会经济模式作为其固定的模式,思想日趋僵化;另一方面,国内高度工业化,海外殖民带来了巨大的利益,使得英国社会各阶层的人,特别是中产阶级、上流社会人士对金钱、财富的极度追求几乎达到贪婪的程度。他们往往对正统的权威观念会毫不怀疑而心悦诚服地接受,就像格温多琳与赛茜丽一样,只要有一个叫"Ernest"的名字(假借"诚实"之义),就可满足她们任何虚荣。

---

① 聂珍钊:《文学伦理学批评导论》,北京:北京大学出版社,2014 年,第 263 页。
② 刘茂生:《王尔德创作的伦理思想研究》,武汉:华中师范大学出版社,2008 年,第 143 页。
③ 同上。

《认真的重要》一剧中，杰克与爱尔杰龙都假借"Ernest"这个名字去追求他们心中的爱情与享受。他们一直过着双重的生活，这种双重的生活实际上就是对自我的否定。王尔德从男主人公否定自己的名字入手，到女主人公只对名字产生狂热追求，他们即是在反对（或否定）传统道德规范给他们的束缚，他们追求一种更为自由的生活，而不受任何道德约束。他们否定一切道德规范时，却又走向了另一个极端，那就是狂热追求玩世享乐的生活。《认真的重要》虽然直接涉及道德规范的话题并不多，但对那个时代虚伪的道德意识的针砭与讽刺仍然清晰可见。

王尔德的社会喜剧创作于 1892 年至 1895 年间，同时在伦敦的演出也获得了巨大的成功。这一成功不仅要归功于王尔德天才般的创作才能，也要归功于这一时期伦敦社会对社会喜剧的接受与喜爱。社会风俗喜剧为剧作家提出了展示其语言才能、精巧戏剧结构的全新舞台，也让人们通过戏剧有机会讨论社会风俗与道德等问题。当然，由此导致的争论也充斥了当时的主要报刊。王尔德创作的作品引起了褒贬不一的评论，就足以说明当时人们对艺术与道德关系的不同理解。尽管如此，道德问题已深入文学的各个角落，道德观念也与戏剧中的人物建立了牢不可破的联系。王尔德戏剧中的人物就直指当时的社会道德规范，或遵从或突破，他在戏剧中大量运用了具有其个人风格特点的悖论，为置换或颠覆人们的道德判断起到了意想不到的效果。同时，对维多利亚时期道德的关注正是王尔德从唯美主义艺术向现实主义艺术转变的重要标志。王尔德渴望理想的伦理秩序的建立是他在作品中的最终表达。

本章小结

王尔德唯美主义艺术主张与唯美主义艺术实践存在既冲突又融合的特征。尽管王尔德一贯坚持唯美主义的艺术审美主张，但是他在其相对短暂的艺术创作中不但没有实践他所倡导的"为艺术而艺术"的艺术主张，相反，他在艺术创作中所塑造的所谓的唯美艺术形象其实根本就没有真正地脱离社会、脱离道德。不仅如此，他甚至在其艺术实践中已逐步放弃了原先所固守的唯美主义艺术主张,而转向现实主义的艺术创作。在艺术与道德的较量中,它们既表现出明显的冲突,又表现出较大程度的融合。毫无疑问,王尔德作为唯美主义艺术的代表作家,他在作品中追求的艺术至上、艺术超越一切的理想仍清晰可见。王尔德创作的《快乐王子》就是要让人去"发现任何美感"的童话,小说《道连·葛雷的画像》中那个青春永驻、永远年轻的道连让我们发现了一种永恒的青春美,《莎乐美》中那种对爱的狂热追求,也让读者感受到了艺术的感染力。王尔德在一系列的批评论文中亦多次论及他的唯美主义艺术主张,特别是他在关于《英国的文艺复兴》的演讲稿中,极力倡导艺术的最高法则,"即形式的或者和谐的法则"①。对于文学所必须要遵循的原则,他认为艺术家(诗人)应该"只有一个时间,即艺术时刻;只有一条法则,就是形式法则;只有一块土地,就是美的土地——一块远离现实社会的土地"②。他甚至非常敏锐地发现了"站得离自己时代最远的人,却能最好地反映他的时代,因为他清除了生活中的偶然性和瞬间性,拨开了由于亲近反而使生活显得模糊不清的'迷雾'"③。

王尔德在其艺术创作中,特别是在他的戏剧创作实践中,仍然无法回避伦理道德问题。正如王尔德的著名传记作家理查德·埃尔曼在编选王尔德的批评论文集的序言中所说:"表面上,艺术和伦理的范围是绝对分明的。但他也曾公开地或隐蔽地说过,过错对于艺术家是有用的,因为它能传递他的内涵并影响他的形式。"④其实,他的意思即是,艺术也可能会涉及伦理的问题(如善恶)。因此,理查德·埃尔曼甚至得出结论:"然而这种伦理或类似伦理的艺术观,在王尔德身上与这种艺术的自我抵消并存。"⑤王尔德力求以唯美主义的艺术主张来塑造其所谓的艺术形象,然

---

① [英]奥斯卡·王尔德:《王尔德全集》(4),赵武平主编,荣如德、巴金等译,北京:中国文学出版社,2000年,第7页。

② 同上。

③ 同上书,第17页。

④ Richard Ellmann, ed. *The Artist As Critics, Critical Writings of Oscar Wilde*. New York: Vintage Books, 1970, p. XIX.

⑤ Ibid., XXVII.

而创作的实践却说明他根本没有也无法放弃伦理道德原则。

王尔德一方面极力主张追求纯艺术("为艺术而艺术")的唯美主义主张;另一方面,他在艺术实践中又几乎没有摆脱伦理道德的这一中心主题。不仅如此,他创作的童话、小说、戏剧还形成了以伦理关系为基础的内在逻辑联系。

王尔德创作的童话与其说是写给孩子们看的作品,倒不如说更是王尔德采用了远离现实世界的形式来歌唱世界的一切美好。他崇尚快乐王子与小燕子的仁爱之心,也歌唱夜莺为爱而奉献生命的牺牲精神;他褒扬世人的无私,歌唱崇高的友谊。所以从本质上说,他在童话中塑造的所谓的唯美形象其实并没有真正离开伦理道德的基础。同时,他也在思考世界苦痛的根源以及灵魂的救赎与升华。王尔德渴望他的理想王国的建成,正如他自己所言:"一幅不包括乌托邦的世界地图不值一瞥,因为它漏掉了一个人类永在那里上岸的国家。人类在那里登陆后,向外望去,看见了一个更好的国家,又扬帆起航。进步就是实现乌托邦。"[①]足以见出王尔德心中的艺术理想。

王尔德在小说创作中则穿梭于唯美理想与道德之间。《道连·葛雷的画像》中的三个主要人物道连、贝泽尔、亨利反映了作家艺术追求中无法摆脱的伦理侧面。特别是道连,他是王尔德希望成为的形象,即是说,他一方面实践着作者唯美主义艺术的审美理想,另一方面又要承载作为道德的人的所有道德重荷。道连游离于分裂人格的两端,一方面体现了作家唯美主义艺术的诉求,即追求美的享受,美超越一切(包括伦理、道德),道连永不消逝的青春就是它的具体表现;另一方面,他又是实实在在道德的人,因为尽管外表的容颜并没有改变,但反映道连真正道德的画像却因其作恶而不断发生着"恶"的变化。王尔德做这样的处理是艺术上的突破,亦表明他对艺术与现实生活认识的改变,这种改变一直贯穿在他以后的艺术创作中。艺术终究不能脱离伦理而存在。不可否认,王尔德虽

---

① Richard Ellmann, ed. *The Artist As Critics*, *Critical Writings of Oscar Wilde*. New York: Vintage Books, 1970, pp. 269—270.

然始终没有抛弃"为艺术而艺术"的艺术主张,最后,道连刺杀了象征其灵魂的画像,也导致自己的死亡。所有这些都说明,王尔德"为艺术而艺术"的主张终究要回归到伦理的轨道上,任何企图超越伦理道德的艺术都不可能存在。

王尔德在其戏剧创作中,更是毫不隐讳地关注了社会与道德的问题,"戏剧中所表现出的爱情伦理,政治伦理或是私奔、乱伦等无一不涉及现实当中的伦理道德问题"①。此时,王尔德几乎已经放弃了其坚守的唯美主义艺术主张,而转向了更为关注社会现实的现实主义艺术,这种转向既可认为是唯美主义艺术中含有无可回避的社会与道德的问题,也可认为是王尔德本人艺术实践的自觉选择。现实生活中的真诚、正直、亲情也成了艺术所关注的问题。戏剧正是在现实的层面上较好地把艺术纯美与伦理结合在了一起。

王尔德从童话创作开始,经过小说创作阶段再到戏剧创作,他一贯坚持其倡导的唯美主义艺术主张在19世纪末的英国文学界有着非常重要的地位。当我们从伦理批评的视角来研究王尔德的创作时,却惊奇地发现,王尔德在唯美主义艺术主张下创作的所谓唯美的形象其实根本就没有真正地脱离过道德。即使是离现实较远的童话中的形象也没有失去其教诲的功能,而在小说中的形象就越来越接近现实道德,甚至已经成为现实中道德形象。王尔德的戏剧创作,是他从坚持唯美主义艺术主张转变为现实主义艺术实践的重要标志。从此,关注社会、关注道德就成为其艺术创作的主旋律。

王尔德的创作不仅属于他个人,更属于他所处的时代。他的创作融入了当时的社会环境,也是其个人追求的不二选择。王尔德以惊世骇俗的勇气创造了一个属于他也属于整个世界的艺术天地,其价值已不言而喻。王尔德的作品是英国文学乃至世界文学的艺术瑰宝,值得我们不断地研究。

---

① 刘茂生:《王尔德创作的伦理思想研究》,武汉:华中师范大学出版社,2008年,第149页。

第五章

现代主义小说中的伦理冲突与伦理平衡

　　文学伦理学批评理论和方法为我们阐释现代主义小说提供了一种新的视角和批评话语体系。我们在现代主义作家约瑟夫·康拉德和 D. H. 劳伦斯的小说中看到了因"现代性"而生的伦理冲突、伦理困境和伦理选择,以及为解决这些矛盾和冲突而寻求的新的伦理平衡。

　　我们知道,18 世纪的理性主义思潮在 19 世纪遭遇了浪漫主义思想的短暂冲击后,在 19 世纪的大多数时间里依然盛行,直到 19 世纪末和 20 世纪初才开始受到非理性主义思潮的强力挑战。康拉德的主要创作恰好在维多利亚时代晚期和爱德华时代,世纪之交的英国社会正经历着伦理道德观念的巨大变化。传统的保守的维多利亚道德规范遭遇挑战,物质主义思想泛滥,后达尔文主义时代的伦理观为大英帝国的海外扩张提供了道德基础。与此同时,早期现代主义思潮开始传播,怀疑主义和悲观主义思想开始盛行。丹尼尔·贝尔说康拉德是在"尼采发疯的时期开始写作的"[①]。康拉德的作品反映了这一时期的伦理道德状况。

相对于康拉德,劳伦斯的小说更加从非理性的层面来探究现代社会的伦理道德问题。劳伦斯特别强调小说的道德功能,认为小说的本质功能是道德而不是审美。需要指出的是,他所指的"道德"并非普遍接受的伦理道德标准,而是指人与自我和外部世界的平衡关系,尤其是性的和谐关系。劳伦斯为小说设下的道德评判标准是:小说能否帮助人与外部世界建立起自然的平衡联系。在劳伦斯看来,对人类而言,最伟大的关系不外乎就是男女间的关系,两性和谐则社会和谐。劳伦斯认为,资本主义的工业文明压抑和扼杀人性,破坏了两性关系的和谐。因此,只有男女之间的性关系变得健康与和谐,英国才能从"现代性"导致的失衡中走出来。可以说,劳伦斯的小说美学是平衡美学,他书写的是两性的伦理平衡。

第一节 康拉德的小说:伦理困境中的冲突与选择

约瑟夫·康拉德原籍波兰,父亲阿波罗是位有着爱国主义和浪漫主义情怀的人,因策划反抗沙俄起义被捕,被俄国政府流放,母亲伊凡琳娜和年幼的康拉德也被迫同行。很快,恶劣的气候击垮了伊凡琳娜脆弱的身体,她于1865年去世。1868年,结束了流放生活的阿波罗带着康拉德回到波兰古都克拉科夫。但是,此时的阿波罗已重病缠身,1869年5月他死于肺结核。阿波罗去世后,康拉德交由舅父塔德乌什照顾。塔德乌什认为康拉德的性格具有双重性,他从父亲那里继承了易变、幻想、急躁等缺点,而从母亲这边继承了忍耐、坚毅、执着等品格。[②] 康拉德这种性格的双重性在他的小说的人物中得以体现。康拉德有过20年的水手生涯,对他的创作影响巨大,但是1890年康拉德的非洲之行是他从水手转

---

① [美]丹尼尔·贝尔:《资本主义文化矛盾》,赵一凡、蒲隆、任晓晋译,北京:生活·读书·新知三联书店,1992年,第51页。

② 参见[英]Cedric Watts:《康拉德导读》,北京:北京大学出版社,2005年,第7—20页。

为作家的一个重要转折点。此后30年里康拉德一直致力于小说创作,发表了十多部长篇小说,约30篇短篇小说和中篇小说,4部散文集和回忆录。1924年康拉德死于心脏病,终年66岁。

康拉德的小说探究的是人在伦理道德困境中的内心冲突和伦理选择,无论是他的"丛林小说"《黑暗之心》《吉姆爷》还是他的"城市小说"①《间谍》《诺斯托罗莫》《在西方的眼睛下》,都通过主人公在伦理困境下做出的选择来揭示人物性格的双重性和复杂性。从文学伦理学批评的角度来看,康拉德小说中人物身上的"人性因子"和"兽性因子"不断博弈②,最终主人公幡然醒悟,"人性因子"战胜"兽性因子",虽然小说的主人公的命运大多以悲剧收场,但是经历了良心折磨后的主人公终于有了"道德的发现",人性的力量得以在小说中弘扬。

一、《黑暗之心》:"人性因子"和"兽性因子"的博弈

《黑暗之心》堪称是一部考察"人性因子"和"兽性因子"之冲突的杰作。作品至少从两个层面对这一问题进行了审视:一是人类道德的层面,二是人类文明的层面。康拉德在小说中向我们忧心忡忡地警示,现代社会在物质文明发展过程中面临着精神文明崩溃的危机,而《黑暗之心》是一部伦理道德意义上的忧思录。

第一,《黑暗之心》从道德层面上对人性进行了思考。从某种意义上来说,马洛就是个人类道德的探索者。马洛是故事的讲述者,但他更是个故事的评论者和思考者。我们发现,马洛"两颊深陷,黄面孔,背脊挺直,一副苦行僧的模样,两只胳膊垂下来,掌心向外翻,活像一尊菩萨"③。他的这一"菩萨"的冥思姿势一直持续到他的叙述的结束:"马洛停止了,模

---

① 也有学者称为"政治小说"。关于康拉德的"城市小说"的论述参见王松林:《康拉德小说伦理观研究》,武汉:华中师范大学出版社,2008年,第27—28页,第155页。

② 关于"伦理选择""人性因子""兽性因子""伦理困境"及其他文学伦理学批评术语的解释,请参见聂珍钊:《文学伦理学批评导论》,北京:北京大学出版社,2014年,第247—282页。

③ [英]约瑟夫·康拉德:《康拉德小说选》,袁家骅等译,赵启光编选,上海:上海译文出版社,1985年,第484页。

模糊糊、一声不响地坐到一边去了,姿态像个趺坐默思的菩萨。"①马洛的外貌及其冥思苦想状令人联想到哲学家叔本华,因为叔本华就被誉为"欧洲的菩萨"②。叙述者反复地强调马洛的这一"菩萨"姿态应该引起我们在伦理层面上的关注和思考。

　　马洛通过他在刚果的所见所闻对殖民主义罪行进行了有力的控诉。马洛的描述让我们看到他是个有强烈同情心和正义感的人。正是这种同情心和正义感令他对在非洲看见的一切保持一种审视和批判的姿态。马洛对自己的非洲腹地之行似乎一开始就有着清醒的、超然的认识。马洛对人性的理解在于他的"道德发现"——在缺乏现代文明约束的荒莽之地,人的良知泯灭了。这一发现使他对生活发出了这样的感慨:"生命[生活]是个滑稽可笑的东西——无情的逻辑为了一个毫无意义的目的所作的神秘安排。你所能希望从它得到的,最多不过是一些对你自己的认识而已——而那又来得太晚——一大堆无法消解的遗恨而已。"③马洛对生活所作的这番思考自然让人联想到叔本华对人生的类似思考:"生活本身没有真实的、真正的价值,生活只是通过需要和幻想在维系。"④我们发现,马洛不时地以哲思的,甚至略带神秘的方式对人性投以关注的目光。当他听见库尔兹临终的呼喊时,他马上意识到荒野中有一种"沉重而无声的魔法","似乎在唤醒他已被遗忘的兽性的本能"。⑤ 库尔兹的堕落应验了叔本华《论人性》中的那个著名论断:"人从本质上来说是个野蛮的可怕

---

　　① [英]约瑟夫·康拉德:《康拉德小说选》,袁家骅等译,赵启光编选,上海:上海译文出版社,1985年,第596页。
　　② Owen Knowles. "Who's Afraid of Arthur Schopenhauer?: A New Context for Heart of Darkness." *Nineteenth Century Literature* 49(1994): 75—106. See also Owen Knowles, and Gene M. Moore, eds. *Oxford Reader's Companion to Conrad*. Oxford: Oxford University Press, 2000, p.366.
　　③ [英]约瑟夫·康拉德:《康拉德小说选》,袁家骅等译,赵启光编选,上海:上海译文出版社,1985年,第585页。
　　④ Arthur Schopenhauer. *On Human Nature*. Ed. Thomas Bailey Saunders. London: Allen & Unwin, 1897, p.44.
　　⑤ [英]约瑟夫·康拉德:《康拉德小说选》,袁家骅等译,赵启光编选,上海:上海译文出版社,1985年,第579页。

的动物。这我们知道,只是那我们称之为文明的东西驯服和约束了人。所以,如果人的本性不时地挣脱约束,那才是我们害怕的东西。无论何时何地,只要法律和秩序的枷锁掉落下来,让位于混乱无序,那么人的本来面目就暴露无遗。"①马洛的叙述自始至终保持着一种道德反省心态,他的思考显然就有了哲思的意味。弗吉尼亚·吴尔夫对马洛的评论可谓精当,她说马洛是一个"内省而善分析"的人,他"对人类的畸形有敏锐的洞察力;他的幽默是讽刺性的"。② 评论家莫顿·扎贝尔也认为"人性的道德目的"是康拉德小说的主旨。正如康拉德晚年所坦承:"我的艺术,是渺小的东西,若是缺乏对人性的关注,就没有生命。"③

第二,《黑暗之心》从人类文明进程的角度对人性进行了拷问。库尔兹是抱着传播文明的理想来到非洲的。他希望"每个贸易站都应该像道路上的一盏能够指向更美好事物的指路明灯,它当然是一个贸易中心,但是也应该是一个博爱、进步和教化的中心"④。库尔兹是个"有天赋才能的家伙",最突出的是他"说话的本领,他的言谈——他的表达才能,那令人迷惑,使人领悟,极其高尚也极其可鄙的东西,那均匀搏动着的光明之流,或者是从无法穿透的黑暗之心中涌出的欺骗"⑤。应该注意的是,库尔兹的理想具有欺骗性:既欺骗他人又是自欺欺人。这一特点可以通过库尔兹画的一张油画象征性地体现出来。库尔兹画了一张速写油画,表明他传播文明之光的心愿,画面上"画的是一位妇人,披着衣服,蒙着眼睛,举着一把点燃的火炬。背景昏暗——几乎是一片漆黑。这妇人的举止动作是庄严而稳重的,而火炬的光亮照在她的面孔上显出某种不祥之

---

① Arthur Schopenhauer. *On Human Nature*. Ed. Thomas Bailey Saunders. London: Allen & Unwin, 1897, pp. 18—19. See also Owen Knowles, and Gene M. Moore, eds. *Oxford Reader's Companion to Conrad*. Oxford: Oxford University Press, 2000, p. 366.

② [英]弗吉尼亚·吴尔夫:《普通读者I》,马爱新译,北京:人民文学出版社,2003年,第195页。

③ See Morton D. Zabel, ed. *Editor's Introduction to* The Portable Conrad. London: Viking Penguin Inc., 1976, p. 14.

④ [英]约瑟夫·康拉德:《康拉德小说选》,袁家骅等译,赵启光编选,上海:上海译文出版社,1985年,第528页。

⑤ 同上书,第550—551页。

兆来"①。这幅画同样具有强烈的反讽意味。"点燃的火炬"代表了文明之火,然而阴暗漆黑的背景和光亮映照下那位妇人面孔的"不祥之兆"暗示了文明在荒蛮中可能的悲剧性遭遇。蒙着眼睛的妇女一方面令人联想到被蒙蔽的库尔兹的未婚妻对他的盲目忠诚和信赖,另一方面也提醒我们西方文明深入非洲荒蛮的盲目性和危险性。《黑暗之心》涉及的问题是:以库尔兹为代表的那些"肩负欧洲使命和责任"的人,一旦离开有着文明规范约束的欧洲,来到失去监督、可以为所欲为的非洲,他们将变得如何?

我们发现,远离文明社会约束的库尔兹贪欲膨胀,为了获取象牙,他"带着雷击电闪"②出现在土著人面前;他用武力让土著人"崇拜他";他将那些"叛乱者"的头砍下挂在木桩上;他将土著人视作"野蛮人"和"畜生",在写给"国际禁止野蛮习俗协会"的一份报告中他振振有词地宣称要"消灭所有这些畜生"③;他采用卑鄙的贸易手段搜刮财物,用"不值钱的……铜丝,换回来的是珍贵的点点滴滴不断送来的象牙"④。身处荒野的库尔兹完全挣脱了文明的约束,"荒野抓住了他,爱上了他,拥抱了他,侵入他的血管,耗尽他的肌体"⑤。在这里,康拉德向我们呈现了一个权力和私欲膨胀且缺乏有效监督的人最终是如何在"兽性因子"的驱使下走向堕落。当库尔兹完全依赖自己"天生的"品质直面自己的欲望时,问题就随之而来了,用马洛的话来说,此时的荒野"唤醒他已被遗忘的兽性的本能"⑥。弗朗西斯·B. 塞恩从"历史的"和"形而上学的"层面对库尔兹的堕落做了极为机智的评述,认为"从历史的角度来看,马洛让我们觉得非洲人是白人黑暗之心的无辜受害者;从形而上学和心理学的角度来看,马

---

① [英]约瑟夫·康拉德:《康拉德小说选》,袁家骅等译,赵启光编选,上海:上海译文出版社,1985年,第516页。
② 同上书,第564页。
③ 同上书,第555—556页。
④ 同上书,第506页。
⑤ 同上书,第552页。
⑥ 同上书,第579页。

洛让我们相信非洲人有力量将白人的心变黑"①。他的这一观点可谓一箭双雕:它既命中了白人帝国主义残酷掠夺的本质,又毫不留情地揭露了文明人道德上的堕落过程。

不过,值得庆幸的是,库尔兹临死之前终于认清了自己的"黑暗之心",发出了那声低沉的绝望的叫声:"吓人啊!吓人!"②就在库尔兹发出这声叫喊之前,马洛在他脸上"看见了一种表现出阴沉的骄傲、无情的力量,和怯懦的恐惧——表现出一种强烈而又无可救药的绝望的表情"③。在马洛看来,库尔兹的叫声是他自己对自己的灵魂"在这个地球上所经验[历]的一切冒险说出……的断语"④。马洛虽然并不崇拜库尔兹,但是他断定库尔兹是个"杰出的人物",理由是他"有话可说。他说出来了"。⑤对自己做出道德上的审判是需要勇气的。库尔兹最终对自我进行了解剖,并将自我"可怕"的本质"说出来了",这在马洛看来是一种了不起的"道义上的胜利"。⑥库尔兹的叫喊交织了贪欲、恐怖和绝望,是他对自己罪恶的帝国事业的总结。

康拉德的刚果之行不仅为他写作《黑暗之心》提供了素材,更是对他的心灵产生了极大的震撼。他曾对爱德华·伽内特说,在去刚果之前他"纯粹是个动物"。然而,从刚果返回之后,他加深了对人性的认识,对人类社会的看法显得更为悲观、更具悲剧色彩:"我对一切都持失望的态度——一切都是灰暗的。"⑦然而,康拉德并没有绝望,《黑暗之心》除了给予殖民主义罪恶行径的无情揭露外,更多的是对"文明人"道德上的"可怕"给予揭露并发出警示。

---

① 转引自[英]Cedric Watts:《康拉德导读》,北京:北京大学出版社,2005年,第128页。
② [英]约瑟夫·康拉德:《康拉德小说选》,袁家骅等译,赵启光编选,上海:上海译文出版社,1985年,第584页。
③ 同上。
④ 同上书,第585页。
⑤ 同上书,第586页。
⑥ 同上。
⑦ Qtd. in Jeffrey Meyers. *Joseph Conrad: A Biography*. New York: Charles Scribner's Sons, 1991, p.108.

二、《吉姆爷》：文明冲突与伦理冲突的悲剧

在康拉德的作品中，《吉姆爷》是一部具有里程碑意义的作品，备受国内外学者关注。在艺术手法上，《吉姆爷》是《黑暗之心》的延续，故事使用了同一个叙述者，只不过背景回到了他的早期小说中的马来群岛。但是，在思想的广度和深度上，《吉姆爷》是对《黑暗之心》的发展。如果说，《黑暗之心》让"文明使者"在与荒野的遭遇中暴露了"兽性因子"的"可怕"，进而令主人公最终有了"道德的发现"，那么，《吉姆爷》则是将"伦理冲突"与"文明冲突"这两大话题给予并重考察。小说的前半部分着重考察了吉姆弃船逃生的道德失败和内疚，后半部分则描述了吉姆如何想在一个偏僻的马来岛屿上以救赎的姿态重塑他的道德形象。但是，吉姆的选择最终演绎了一幕悲剧。

国内外许多评论家都注意到了《吉姆爷》的道德救赎主题，尤其是前半部分吉姆弃船逃生后的负疚之情。但是，对小说的后半部分的文学伦理学批评意义上的解读值得进一步拓展。

在小说的前半部分，吉姆"弃船逃生"后内疚不已，隐姓埋名，在斯特恩和马洛的介绍下，最终来到了帕图森，进入了一个与外界相对隔离的东方社会。吉姆要在帕图森这个无人知道他的历史和道德污点的东方岛国重建他的道德形象，他还试图在这个东方孤岛上实现西方文明的梦想。

"帕特纳"号事件之后，吉姆一直处于道德负疚的极为敏感状态之中，他一直在寻找机会证明自己的勇气，他要重塑自我道德完美的形象。在帕图森，吉姆的自信是在后来一人制服四个杀手的时候才开始真正恢复的。打死第一个歹徒之后，郁积在吉姆心中的道德失败感似乎一下子烟消云散了："他发现自己很镇静，气也消了，再没有怨恨，没有不安，好像那个人的死补偿了一切。"① 这是他第一次向帕图森人表明他的"不可战胜"，而"不可战胜"在帕图森人看来是最为重要的美德之一，因此可以说这是他成功地塑造自我道德形象的第一步。然而，我们不能忘记，吉姆的

---

① ［英］约瑟夫·康拉德:《吉姆爷》，熊蕾译，北京：人民文学出版社，2004年，第217页。

成功并非来自他内心的勇气，而是依靠两种力量来获得的。一是依靠了土著人的帮助，即珠儿的提醒；另一个更为重要的力量是他手中的先进武器——手枪。土著人手中的长矛根本无法对付吉姆手中的火枪。假使吉姆手握的是长矛而不是手枪，他就不可能"勇敢"地、"无所畏惧"地走向"危险"地带。吉姆除了拥有西方先进技术制造出来的先进武器（他还拥有帕图森唯一的弹药库），作为一名接受过专门训练的现代海员，他还掌握了西方先进的技术知识。所以，在帕图森只有吉姆才能自制绞盘设计出运炮上山的装置。从此，吉姆被认为具有"神性"，他被土著人称为具有德行性的"爷"。

吉姆来到帕图森后的一系列行为旨在重建或者说复制一个西方世界。他以拯救者的形象出现在帕图森土著人的面前，凭借西方的文明和土著人先进力量的帮助，他成了帕图森人新的精神偶像，并赢得了"爷"（当地话为"图安"）的称号，重拾了他一度丢失的做人的尊严。应该说，吉姆的文明重建和道德形象重塑初见成效。但是，随着故事情节的发展，吉姆作为一个殖民者的本性很快就暴露出来了：面对白人强盗布朗的到来，在忠诚还是背叛、在白人和土著人之间他必须做出伦理意义上的抉择。他隐藏的文明立场和道德立场由于布朗的出现而浮出水面。在帕图森，吉姆为满足自我欲望，使用了不同的伦理道德尺度来衡量西方人和土著人。

粗略地看，吉姆似乎不像是《黑暗之心》中库尔兹一类的殖民主义者。库尔兹宣称自己是"怜悯、科学和进步的使者"[1]，要给黑暗的非洲带来光明，而实际上，他到非洲的真正动机是掠夺象牙、"淘金"赚钱，然后衣锦还乡。到了非洲之后，库尔兹残暴杀虐，为所欲为，变成一个人间魔鬼。吉姆则相反，他既不是"淘金者"，也不是传教士。马洛说："在这人世间，吉姆除了跟他自己，再不跟别人打交道。"[2]吉姆似乎与"白人的重担"（即白人教化其他民族的使命）没有关系，并且他甚至惧怕回到欧洲社会。尽管

---

[1] ［英］约瑟夫·康拉德：《康拉德小说选》，袁家骅等译，赵启光编选，上海：上海译文出版社，1985年，第517页。

[2] ［英］约瑟夫·康拉德：《吉姆爷》，熊蕾译，北京：人民文学出版社，2004年，第245页。

如此,吉姆与库尔兹其实并无本质的区别,他们作为殖民者的伦理立场几乎一致。吉姆身处帕图森,但他的所作所为和价值观都是以欧洲社会为标准的。吉姆决心生活在帕图森,帮助当地人建设家园。当地人尊敬他,把他视为"神明",但是,吉姆又是如何看待土著人的呢?

土著人只是吉姆英雄形象的底座,吉姆从没有把他们看作与自己一样的、可以与之交流沟通、相互尊重的人。换言之,吉姆衡量自我的伦理道德尺度与衡量他者的伦理道德尺度是不一样的。这就为吉姆日后的悲剧埋下了祸根。很明显,对于当地人来说,布朗是不可信的,双方没有谈判、妥协的余地,唯一的解决办法就是战斗到底,直到这群恶棍放下武器。但问题摆到吉姆面前的时候,情况就复杂了,吉姆一下子陷入了伦理上的两难境地。吉姆,一个基督教牧师的儿子,不可能像消灭阿里的伊斯兰教信徒一样消灭另一个上帝的子民"绅士"布朗。而布朗负隅顽抗坚决不交出武器,他具有"一种邪恶的天才,能够找出他的牺牲者身上最优秀和最薄弱的环节来"①,布朗很快就察觉到了生活在土著人当中的吉姆内心的孤独,尤其是他抓住了吉姆致命的弱点(他手中的王牌是他掌握了吉姆弃船逃生的道德污点)。布朗质问吉姆生活在土著人中间的意义,嘲讽吉姆与土著人之间的关系:"你也曾经是白人,尽管你夸口说这是你的子民,你和他们一条心。你是吗? 为此你究竟得到了什么;你到底在这儿发现了什么,这么宝贵?"②布朗进一步威胁吉姆若不放他一条生路,他将戳穿他过去的老底。布朗实际上在指控吉姆犯了白种人最大的罪恶,即被非白人的"野蛮""原始"民族同化了。布朗的质问直逼吉姆的灵魂,道破了他内心的孤独,而且触动了他的自卑感和恐惧——他内心惧怕被欧洲人视为异类。布朗的威胁又让吉姆害怕丢掉刚刚得到的"爷"的荣誉。在质问吉姆与土著人的关系的同时,布朗还操纵利用了吉姆的民族认同感:"在这粗鲁的谈话中,也有一条脉络,微妙地提到他们共同的血统,揣想他们有共同的经历;还令人作呕地暗示他们有共同的愧疚,有不能为外人道的

---

① [英]约瑟夫·康拉德:《吉姆爷》,熊蕾译,北京:人民文学出版社,2004年,第280页。
② 同上书,第276页。

心事,它就像一条纽带,将他们的思想和心连在一起。"①布朗在种族、国籍、阶级和职业等方面都是让吉姆引为同类。吉姆指责布朗杀了人,布朗反驳说自己也死了一个兄弟,而且是痛苦中死去,至少是"一命抵一命"。布朗的辩驳有意让吉姆想到了以命偿命的基督教教义,而使他忘记了一个简单的事实:对方死的是一个作恶的歹徒,而土著人死的是一个无辜的村民。在与吉姆的谈判中,布朗不断强调白人与土著人的区别,暗示白人的优越,土著人的卑劣,并提醒吉姆不要忘了自己的白人身份。而在整个谈判过程中,吉姆一直视其为平等的对手,倾听他的意见,并感到对方能够理解自己,洞穿自己的心思,吉姆渐渐地对布朗的遭遇似乎感同身受,一步一步地陷入了布朗的圈套。终于,吉姆的道德立场产生了动摇,对白人的同情和拯救责任感压倒了他对土著人的生命的责任,他放走了布朗。

显然,在帕图森,成为"爷"之后的吉姆心里惦记的仍然是他的西方文明,他的一举一动都是以西方的伦理价值体系为准绳,他从心底里鄙视土著人,他不愿意与土著人沟通,土著人的存在只是他通往自我梦想的台阶。一旦他隐秘的内心被他的白人同类撩开,他的"爷"的形象和荣誉可能受到损害,于是他就站在了维护自我利益的立场上。从这个意义上来说,吉姆在帕图森的道德形象重建,只是他营造的一项以满足自我欲望为目的的梦幻式工程。在忠于自己的异类(土著人)还是忠于自己的同类(白种人)的权衡过程中,他选择了后者。这一不负责任的有违伦理选择的行为再次暴露了吉姆的道德弱点,铸成了他的悲剧。

三、康拉德小说中的政治与伦理

《诺斯托罗莫》是康拉德的代表作,康拉德自称《诺斯托罗莫》是自己"一张最大的画布",小说以虚构的南美共和国柯斯塔瓜纳为背景,讲述了从19世纪80年代中期到20世纪初在该国的西部省份萨拉科城发生的一系列重大事件。故事以桑·托梅银矿的兴衰为主线,揭示了物质利益对个人和社会的巨大腐蚀力。小说中涉及的柯国政治动乱始于1889

---

① [英]约瑟夫·康拉德:《吉姆爷》,熊蕾译,北京:人民文学出版社,2004年,第281页。

年 4 月蒙特罗将军的叛乱和独裁统治者里比厄拉的逃亡,其中又集中描写了 1890 年 4 月至 5 月间(尤其是 5 月 1 日至 5 月 17 日)萨拉科暴乱中里比厄拉的落难、诺斯托罗莫率人相救、萨拉科政要准备投降、难民逃离、偷运银锭、叛军入城、诺斯托罗莫潜回海港、莫尼汉姆医生迷惑敌军、诺斯托罗莫去凯塔搬救兵、德考得自杀、援兵赶到、萨拉科解围等一系列事件。① 这些事件本来并不复杂,但是,由于小说在叙述手法上采用了叙事时空交叉并置的手法,整篇小说在结构上给人的印象是迂回曲折、包罗万象,读后令人如坠云雾。这部小说表现了康拉德高超的叙事艺术水平及对社会历史的洞察力。可以说,《诺斯托罗莫》上承狄更斯或巴尔扎克式的现实主义传统,下启乔伊斯或福克纳式的现代主义叙事技巧。西方评论界甚至将《诺斯托罗莫》与托尔斯泰的《战争与和平》相提并论。②

将这部小说喻成是张"画布"自然会令我们联想到小说的社会、历史和政治的内涵,联想到这部小说可能反映的波澜壮阔的南美革命历史。但是,我们发现《诺斯托罗莫》是康拉德最不具"历史真实性"或最缺乏个人经历的虚构之作。将《诺斯托罗莫》视为纯粹的历史小说或政治小说可能会导致对他的误解,因为他笔下的那张"画布"要展示的是在历史的和政治的进程中,人们对物质利益的追求所导致的道德上的沦丧和心灵的孤寂。《诺斯托罗莫》这张"画布"上记录的不仅仅是一个南美小国的政治问题,更是一个普遍的、永恒的关于人类文明进程的伦理道德问题。

康拉德也许意识到了读者对《诺斯托罗莫》的理解可能会产生问题,所以他罕见地在书中"作者的话"用了大量的篇幅来介绍小说创作的缘起。根据康拉德的回忆,他在一间旧书店外面看到一本美国水手写的自传,记述他在一艘船上当水手的经历。船长兼船主就是水手少年时代听

---

① Ian Watt 和 Cedric Watts 分别就《诺斯托罗莫》的事件发生时序列有详表,可参阅 Ian Watt, *Conrad: Nostromo*, Cambridge: Cambridge University Press, 1988, p XII—XV;[英] Cedric Watts:《康拉德导读》,北京:北京大学出版社,2005 年,第 171—173 页。

② [美]Eloise Knapp Hay:"Nostromo",[加]J. H. Stape 编:《剑桥文学指南:约瑟夫·康拉德》,上海:上海外语教育出版社,2000 年,第 81—99 页。在这篇精彩的论文中,埃洛伊丝·纳普·海比较了《诺斯托罗莫》与《战争与和平》的异同,还对小说反映的意识形态和康拉德的革命观进行了令人信服的论述。

说过的窃贼。那是个十足的恶棍,常常公开吹嘘自己"悄悄溜走,去取一锭银子","慢慢地富起来"的经历。① 起初康拉德在这则故事中"并没有看出任何名堂"②,因为"编造一个详尽叙述盗窃的故事不对我的胃口"③。但是,很快康拉德就发现这个题材的伦理道德意义:"只是当我突然想到财宝的占有者不一定非得是个众所周知的无赖,甚至可以是个有人格的人,一个行动果敢的人,一个革命乱世的牺牲品时,只是在这个时候,我眼前才浮现出一个朦胧的地域,它将成为萨拉科省,以高耸的黑魆魆的西厄拉和云雾缭绕的大草原作为沉默的目击者,关注着源自不论善恶都一律短视的人的激情的诸多事件。"④将一个纯粹的"叙述盗窃的故事"构思成一个"有人格的""果敢的"人的偷窃故事,康拉德的这番精妙构思表明他要研究的是关于人的外表与内心的反差、人的虚荣与堕落之间的关联着两大颇具道德反讽意味的主题。

小说的主要事件都是围绕着桑·托梅银矿展开的。以"银子"为象征的"物质利益"对人的道德的腐蚀是小说要表达的主题思想。显然,银子的腐蚀力应该成为我们理解小说的着眼点。桑·托梅银矿不仅吸引了胸怀理想的高尔德和他的合伙人美国资本家霍尔罗伊德,那位会"把自己的上帝当作一个颇具影响力的合伙人,在给教会的捐款中得到自己的那份利润"⑤的人,还吸引了形形色色的各怀私利的欧洲人:丹麦人、法国人和德国人,他们被称作"物质利益的代表"⑥。银矿的银子成了他们"一个共同事业的标志,象征着物质利益至高无上的重要性"⑦。柯斯塔瓜纳国内的官员更是将银矿看成他们取之不尽的"世界金库"⑧。银矿对于腐败的

---

① [英]约瑟夫·康拉德:《诺斯托罗莫》,刘珠还译,南京:译林出版社2001年,"作者的话"第2页。
② 同上。
③ 同上书,"作者的话"第3页。
④ 同上。
⑤ 同上书,第53页。
⑥ 同上书,第145页。
⑦ 同上书,第199页。
⑧ 同上书,第368页。

政府来说在"财政上是一笔不可小觑的资产",而对于许多地方官员更是他们"中饱私囊的财源"。① 为了追求物质利益,高尔德无视生态伦理。银矿的开采破坏了原本秀丽的峡谷风光,难怪唐·皮普会称银矿所在的峡谷为"蛇类真正的天堂"②。克莱尔·罗森菲尔德从原型批评的角度指出康拉德在小说中哀叹人类"伊甸园的丧失"和"永恒价值的散失"。③ 她还指出康拉德小说流露出的语气与"我们当代的绝望、不安相呼应"④。

如果我们回到该小说写作的历史语境,就不难发现"物质利益"是19世纪晚期频繁出现于英国报纸杂志的关键词。对于帝国主义对南美财富的贪欲,乔治·罗素撰文指出:"今天……我们看到的是对土地的贪婪、对黄金的贪婪、对鲜血的贪婪,对物质利益的崇拜,还有对所有道德感召力的无耻拒绝。"⑤有批评家指出,高尔德将物质成功与道德成功联系在一起,表明他的思想受到英国经济学家亚当·斯密在《国富论》中提出的自由资本主义和财富正义的影响。⑥ 高尔德还信奉实用主义哲学,他身上有"一个真正实干家的品质"⑦。在实现理想的过程中,高尔德所作的一切始终与行动的结果——物质利益——挂钩。他只看重目的和结果,只要能达到目的,他会不择手段。他坚信他的银矿将改变这个国家的命运,他希望让国民"共享"物质利益的成果。当妻子对美国投资商霍尔罗伊德的"可怕的物质主义"⑧心存忧虑时,高尔德向她表明了自己的信念"寄托于物质利益"上,因为在他看来,物质利益能带来"安全感"和"希望之光"。⑨

---

① [英]约瑟夫·康拉德:《诺斯托罗莫》,刘珠还译,南京:译林出版社,2001年,第305页。
② 同上书,第79页。
③ Clair Rosenfield. *Paradise of Snake*: *An Archetypal Analysis of Conrad's Political Novels*. Chicago: University of Chicago Press, 1967, p.176.
④ Ibid., 9.
⑤ George Russell. "The Revival of Imperialism." *The Speaker*, Feb. 24, 1900. See Ian Watt. *Conrad*: *Nostroromo*. Cambridge: Cambridge University Press, 1988, p.148.
⑥ See Owen Knowles, and Gene M. Moore, eds. *Oxford Reader's Companion to Conrad*. Oxford: Oxford University Press, 2000, p.162.
⑦ [英]约瑟夫·康拉德:《诺斯托罗莫》,刘珠还译,南京:译林出版社,2001年,第51页。
⑧ 同上书,第62页。
⑨ 同上书,第63页。

然而，在实现物质主义理想的过程中，高尔德的理想和他的实用主义哲学产生了矛盾。高尔德梦想实现物质和道德的双重成功。在实现物质主义理想的过程中，高尔德不仅没有获得"道德上的成功"，而且还失去了爱。高尔德太太是个有爱心的人，但是丈夫高尔德先生并不关心她。高尔德太太终于意识到在丈夫成功行为的必要条件中"有某种固有的，在道德理念上是堕落的东西"①。我们发现，高尔德的堕落与《黑暗之心》中库尔兹的堕落有惊人的相似之处。他们都打着"播撒文明，推动进步"的旗号，以救世主的姿态出现在异域他邦，结果都以道德沦丧、理想破灭告终。昔日银矿的主人，就如那位非洲的"文明使者"那样，终被腐蚀，堕落成银矿的奴隶。

诺斯托罗莫与高尔德之间有诸多可比性。表面上看，这两个人物之间存在许多相似之处：首先，两个人都是在柯斯塔瓜纳的外国人，前者是个来岸上闯世界的意大利水手，后者是来萨拉科开发银矿的英国人；在相貌上，两个人都英俊潇洒，深得女人喜爱；在萨拉科两个人都是富有影响力的人，高尔德被称为"萨拉科王"，掌控桑·托梅银矿乃至柯国的经济命脉，诺斯托罗莫被马丁·德考得称为"萨拉科仅次于唐·卡洛斯·高尔德的第二号伟人"②，是码头工人中享有崇高威望的工长；两个人在柯国腐败、充斥贿赂的社会大环境中都享有"不可腐蚀者"的名声，但两个人最终都被金钱腐蚀，成为"这个无信仰时代的牺牲品"③。

然而，仔细比较这两个人物，我们就会发现它们之间有着本质的区别。如前所述，高尔德是个有使命感和"英国式思想"的道德理想主义者，他的行为带有明显的目的性：即要取得物质和道德上的成功。高尔德往往将自己现在的欲求与过去和未来相联系④，他接受过英国的高等教育，

---

① ［英］约瑟夫·康拉德：《诺斯托罗莫》，刘珠还译，南京：译林出版社，2001年，第396页。
② 同上书，第140页。
③ 同上书，第149页。
④ Jacques Berthoud. *Joseph Conrad: The Major Phase*. Cambridge: Cambridge University Press, 1979, p. 113.

性格中有一种英国式的克制、"冷峻"和"礼貌周全"①,这掩盖了他的虚伪、冷酷和贪婪的本性。诺斯托罗莫却是个缺乏政治抱负、行动盲目的人,他无非是欧洲人事业的"一个完美的帮手"②。他更在乎现在人们对他的看法,更在乎现在他得到的虚荣,哪怕是"从那些丝毫也不关心你[他]的人嘴里讨上几句漂亮话当作报酬"③。在德考得看来,诺斯托罗莫是个"自然之子"(natural man)④。康拉德将诺斯托罗莫塑造成一位来自意大利的"南方人"并不是出于种族歧视的考虑,而是要凸显作为"自然之子"的诺斯托罗莫的"头脑简单"及其有"一种幼稚的成分"的贪心,并与有教养和政治理想的"北方人"高尔德的虚伪、狡诈形成对比。

如果说在高尔德身上我们看到的是为追求成功而不惜牺牲一切⑤,那么在诺斯托罗莫身上,我们看到的是建立在虚荣之上的"美德"的脆弱。如前所述,生活在虚幻的虚荣之中的诺斯托罗莫的行为表现得鲁莽、幼稚、自私,缺乏自我反省和批评意识,"他像个孩子似的,随时都可能成为任何信仰、迷信或者欲望的牺牲品"⑥。将银锭藏到伊莎贝尔岛废弃的要塞后,诺斯托罗莫从疲倦的酣睡中醒来。此时他的一系列动作酷似野兽:头向后仰,双臂张开,扭动腰肢,张大嘴巴,满口白牙,打个哈欠,伸个懒腰。诺斯托罗莫游上岸后的所见更是令人产生死亡的联想。疲倦之极的他"像死了似的躺着",张开眼睛看到的第一样东西,便是一只秃鹫,"以贪婪急切的神气觑觎着"他,耐心地等待着"死亡与腐烂"。⑦ 诺斯托罗莫的野兽模样不能不说是其"兽性因子"的复苏。

从此,贪欲成为诺斯托罗莫的生存准则,他选择开始"将银子的脉络

---

① [英]约瑟夫·康拉德:《诺斯托罗莫》,刘珠还译,南京:译林出版社,2001年,第107页。
② 同上书,第244页。
③ 同上书,第194页。
④ Jacques Berthoud. *Joseph Conrad: The Major Phase*. Cambridge: Cambridge University Press, 1979, p.114. "natural man"在英文中意为"蒙昧的人"。
⑤ 哲学家罗素称这样的人是不幸福的人。参见[英]罗素:《罗素道德哲学》,李国山等译,北京:九州出版社,2007年,第218—219页。
⑥ [英]约瑟夫·康拉德:《诺斯托罗莫》,刘珠还译,南京:译林出版社,2001年,第316页。
⑦ 同上书,第313页。

焊进自己的生命"①。现在,诺斯托罗莫"所有品质的纯真性都遭到了毁灭"②。即便在爱情与金钱面前,他"全部的身心都属于"③金钱。当爱情与金钱发生冲突时,他看重的是金钱。绝望地爱着诺斯托罗莫的琳达发现"他既不爱她,也不爱她妹妹"④。然而,前来窃取银锭的诺斯托罗莫被枪击中后还在欺骗痴心的吉赛尔:"我觉得非得再看你一眼——我的小星星,我的小花朵,才能熬过这一夜。"⑤不过,临死前的诺斯托罗莫终于认清"财富中有种邪恶的东西"⑥,他向高尔德太太承认:"是银子杀了我。它抓住我不放。"⑦诺斯托罗莫曾向德考得反复强调"银子是一种永不腐蚀的金属,能永远保值……一种永不腐蚀的金属"⑧。此话颇具反讽意味——诺斯托罗莫没有想到这种"永不腐蚀的金属"最终将他这位"不可腐蚀者"腐蚀掉了。德考得在写给他妹妹的信中这样说道:"与众不同的人总是引起我的兴趣,因为他们真正符合表现人类道德状况的普遍公式。"⑨小说中的高尔德先生和诺斯托罗莫正是两位"与众不同的人":一位是抱有物质主义理想的代表了帝国开拓者形象的英雄;一位是沉湎于浮华虚荣的"人民荣誉的化身"。他们两人都有一个共同的人类特征,那就是对钱财的贪婪。作者型叙述者在评论"物质利益"的本质时不无忧虑地指出:"钱财的武器确是一把双刃剑,一面是人类的贪心,另一面是人类的不幸。"⑩他在论及贪婪的危害时又进一步指出:"天下没有比贪婪引发的轻信更为热诚盲目的了,以它无处不在的普遍性,度量着人类道德的沉沦与智力的贫乏。"⑪

---

① [英]约瑟夫·康拉德:《诺斯托罗莫》,刘珠还译,南京:译林出版社,2001年,第401页。
② 同上书,第398页。
③ 同上书,第404页。
④ 同上书,第421页。
⑤ 同上书,第422页。
⑥ 同上书,第427页。
⑦ 同上书,第426页。
⑧ 同上书,第228—229页。
⑨ 同上书,第189页。
⑩ 同上书,第278页。
⑪ 同上书,第341页。

第五章　现代主义小说中的伦理冲突与伦理平衡

《诺斯托罗莫》的政治背景就像康拉德小说中的海洋和丛林那样,是展示人类伦理道德困境的又一个舞台。《诺斯托罗莫》的副标题是"一个海滨的故事",其实这个故事何止囿于一个小小的海滨,它有着广阔的社会和思想内涵;这正如他的小说《间谍》的副标题"一个简单的故事"那样,故事绝非"简单"。康拉德总喜欢将标题作为一种幽默或反讽,以漫不经心的方式向读者大手笔地展示出人类的普遍道德状况,从这个意义上来说,《诺斯托罗莫》——"我们的人"①是非常适合作为这部气势恢宏的小说的题目的。

与《诺斯托罗莫》史诗般的画面相比,《间谍》显然要小巧细腻得多。《间谍》揭露了维尔洛克和温妮这对夫妻的道德虚无主义表现出的自私和冷漠。《间谍》从夫妻关系这一家庭构成的最基本元素对维多利亚社会的家庭伦理道德进行了批判,维尔洛克是小说攻击的另一个对象。维尔洛克和他的妻子温妮的关系是缺乏温情、缺乏关爱的家庭关系的缩影。维尔洛克是个"身体粗壮、脸上没有任何表情的人"②,脸上却挂着一幅"道德虚无主义的神态"③。他以开店作掩护,"履行保卫社会的职责,培养居家过日子的美德"④,实际上他是个不讲道德的多重间谍,他所做的一切并不是出于政治信仰,而是为了以最少的付出换取最大的报酬。妻子温妮是个讲究实际的婚姻实用主义者,在认识维尔洛克之前,她与一位肉店老板的儿子有过一段浪漫史,可是那位年轻人向她求婚时,她毫不留情地拒绝了他:"他一星期才挣二十五先令!我们可怎么活呢!"⑤在"爱"与金钱之间,温妮毫不犹豫地选择了后者。维尔洛克和温妮的本性是自私自利的。维尔洛克是个冷血动物,他不惜利用妻弟对他的信任和崇拜来达到自己的目的;而在温妮眼中,婚姻是她用来实现自己目的的最直接、最

---

① 诺斯托罗莫(Nostromo)是意大利人,他的名字被人误读为"nostro uomo",意大利语的意思是"我们的人"。
② [英]约瑟夫·康拉德:《间谍》,张建译,北京:外国文学出版社,2002年,第10页。
③ 同上。
④ 同上书,第3页。
⑤ 同上书,第247页。

有效手段。所以,当她得知弟弟被炸死后,马上意识到"她没有必要再留在这里,再在厨房里操劳,再住在这所房子里和这个人在一起"①。杀死丈夫后,她马上就去寻求另一个安全靠山——她"一下子就投入了奥西朋的怀抱"②。如果说温妮至少还坚守了那么一点点家庭伦理道德的底线——她将照顾弟弟作为自己的"神圣"使命——那么,维尔洛克则根本就没有小说一开始提到的"居家过日子的美德"③。从这个家庭的两个主人身上我们隐约可见社会达尔文主义主张的"适者生存"的信条,可以看见为求生存而不顾人类基本道德的残酷和冷漠。

康拉德在《间谍》中批判了以金钱为标准的资本主义家庭伦理道德观念。在他的笔下,表面上体面的婚姻原来竟是如此的一种利益维系,同一屋檐下亲人之间竟然如此精神隔阂,形同陌路。针对小说的结构和人物的关系,利维斯指出:"作者对小说结构的设计,意在让我们感到,形形色色的行动者或生命乃是彼此隔绝的感情和意图的涌动。"④在19、20世纪之交,资本主义发展迅速,贫富分化悬殊,拜金主义思想泛滥,相伴而来的是人的信仰与社会道德的危机,人们心中的道德天平开始倾斜,屈从于物欲的冲动。在传统与现代观念的冲突和挤压下,家庭结构面临前所未有的危机,家庭不再是人们的精神庇护殿堂。《间谍》以反讽的手法揭示了功利主义时代道德虚无主义导致的家庭悲剧。

一般认为,《在西方的眼睛下》是康拉德最复杂、最具自传色彩的小说。小说描写了一个圣彼得堡青年拉祖莫夫为了维护自己的前途出卖了校友、革命党人霍尔丁。此后,他被沙皇俄国政府派往日内瓦打入革命党人内部。不想他爱上霍尔丁的妹妹。拉祖莫夫经历了一场痛苦的精神折磨。最后,他向霍尔丁的妹妹和革命者们坦白了自己的罪行,终于摆脱良心的折磨。小说主人公拉祖莫夫面临的道德选择,尤其是他的负疚心理、

---

① [英]约瑟夫·康拉德:《间谍》,张建译,北京:外国文学出版社,2002年,第225页。
② 同上书,第243页。
③ 同上书,第3页。
④ [英]F. R. 利维斯:《伟大的传统》,袁伟译,北京:生活·读书·新知三联书店,2002年,第350页。

赎罪行为和忏悔心,折射出康拉德本人离开波兰后孤独而痛苦的心路历程。有评论家就指出康拉德的小说是对他"早年背叛行为的开脱"①或者说是他本人的某种心理补偿和精神赎罪。一如康拉德前面写的小说那样,政治背景只是康拉德考察人的伦理道德的场所,《在西方的眼睛下》是一部专门研究人的背叛心理、背叛原因与后果的小说,或者说是一部研究人的伦理选择的复杂过程的小说。康拉德曾明确表示拉祖莫夫对霍尔丁的背叛以及他向妻子"坦白事实真相的心理发展过程"②是小说的真正主题。拉祖莫夫的背叛是有复杂的社会和个人心理动因的,他的背叛行为引发出我们对伦理问题的复杂性的思考。

拉祖莫夫必须在忠于革命党人或忠实于沙俄政府之间做出伦理选择。拉祖莫夫并不赞同霍尔丁的革命思想,他只是想远离俄国的政治冲突而只专注于个人的事业。拉祖莫夫与霍尔丁不期而遇,在霍尔丁看来,拉祖莫夫是个有"高尚的思想"的人,将来能"帮助建设俄国社会"。③霍尔丁显然误解了拉祖莫夫,他并不知道拉祖莫夫最需要的是一个相对安定的社会,这样他就可以实现自己的抱负。霍尔丁并不知道他的到来阻碍了拉祖莫夫精心筹划的事业。一直急于确认自己社会身份的拉祖莫夫不得不考虑他的政治行为与个人前途之间的关系,他必须做出某种选择。但是,要做出这番选择对于拉祖莫夫来说是痛苦的。在充分权衡了利弊之后,拉祖莫夫向沙俄政府举报了革命党人霍尔丁。从伦理道德角度来说,为了个人安全和利益而出卖他人的行为是极端不道德的。然而,拉祖莫夫为自己的举报找到了"爱国主义"的高尚借口。拉祖莫夫的不道德行为因而既是他所处的社会政治环境使然,当然也是他的个人中心主义使然。我们知道,人与人之间的基本的同情心、责任感和信任感是社会赖以存在的基础。基于政治或宗教的"共同的信仰"或"共同的信念"不应该与人的基本道德良知相抵触。但是,拉祖莫夫将国家和政治的利益置于人

---

① Irving Howe. *Politics and the Novel*. New York: Horizon Press, 1957, p. 78.
② F. Karl, and L. Davis, eds. *The Collected Letters of Joseph Conrad*, Vol. IV. Cambridge: Cambridge University Press, 1990, pp. 8—9.
③ Joseph Conrad. *Under Western Eyes*. Oxford: Oxford University Press, 1990, p. 19.

类的基本道德规范之上,他认为为了"爱国主义"他是可以背叛持不同政治信仰的朋友的。这是他的悲剧所在。当然,拉祖莫夫更自私的地方在于,他把霍尔丁看成是阻碍他事业的绊脚石,为了自己的前途他必须将他扫除。拉祖莫夫的背叛是他以"爱国主义"为借口的空洞政治理想对道德的胜利,同时也是他实际的个人前途的考虑对道德的胜利。当他发现政治并非他想象的那样值得信赖,当他发现无法摆脱政治的纠缠去自由地实现个人的理想时,拉祖莫夫开始有了痛苦的道德反思。拉祖莫夫毕竟是个没有丧尽天良的年轻知识分子,出卖了霍尔丁之后,他倍受噩梦的侵扰,他的内心深处一直受到一个"道德的幽灵"的折磨。

于是,拉祖莫夫陷入了伦理两难的困境,他成了地地道道的双面人:为了完成沙俄政府所给的任务,他要不断地欺骗从而不断地受到良心的折磨。一方面,他要背弃革命者们的信任,偷偷地写信向俄国警察报告日内瓦的革命者所进行的活动;另一方面,他又要装出一副霍尔丁的好朋友的面孔,蒙骗霍尔丁的悲伤的母亲和天真的妹妹,以博取她们的信任。他再次违心地处于不道德的险恶处境。在拉祖莫夫的身上,我们既看到了人性残忍的一面又看到人性温柔的一面。拉祖莫夫就是在这两股敌对的力量的冲突中不断挣扎,历尽良心的煎熬。拉祖莫夫虽然背叛了霍尔丁和日内瓦的革命者,但是,这并不意味着他是个丧尽天良的小人。相反,他的背叛令他背上了沉重的心理负担。当拉祖莫夫发现自己爱上了娜塔莉娅时,他的良心开始为霍尔丁的死亡变得更为不安起来。面对娜塔莉娅的真诚与善良,他竭力要撕下自己虚假的面孔,与"虚伪的力量"①作斗争。在写给娜塔莉娅的信中,他表示她"身上所闪耀的真把真相从我身体里拽了出来"②。经过激烈的思想斗争,他终于向娜塔莉娅坦白了自己背叛霍尔丁的罪行。然而,拉祖莫夫背叛霍尔丁的行为终被日内瓦的革命者所知。虽然革命党人原谅了他的行为,但是小说暗示打入革命党内部的奸细对他进行了迫害——他被一个杀手震破了耳膜,还在一起车祸后

---

① Joseph Conrad. *Under Western Eyes*. Oxford: Oxford University Press, 1990, p. 303.
② Ibid., 304.

落下残疾。

拉祖莫夫的悲剧的原因相当一部分是由于他幻想成为"最伟大的国家的一名伟大的改良者"①。他过度地崇尚理性,以致他丧失了为人的普通情感,沦为理性和概念的奴隶,理性也就成了扼杀自我的工具。当拉祖莫夫发现自己已经无路可退,不得不走上充当双面人角色的特务之路时,他的自我身份全然丧失了。拉祖莫夫的特务身份具有双重的反讽意味:他身不由己地成了自己所厌恶的沙俄政府的服务工具;同时,他又成为自己所讨厌的日内瓦革命者眼中的英雄。对他而言,在道德上,沙俄政府和革命者都是不正确的,但是,他却不得不为沙俄政府效力并承载革命者们对他的称赞。显然,拉祖莫夫的悲剧在于他是个失去真正自我的人,失去了自己的伦理身份。

总之,从文学伦理学批评的视角出发,我们可以发现,康拉德的小说描写了现代人深陷的伦理困境和遭遇的伦理冲突,特别是芸芸众生在伦理两难的境遇下必须做出的伦理选择。康拉德是从伦理道德属性来理解和看待人的,也是从伦理道德的角度来看待写作的。康拉德小说蕴含了深厚的道德精髓和博大的人文情怀,它们平凡却闪烁着人性的光辉,为我们留下了超越时空的宝贵的精神遗产。

第二节　劳伦斯的小说:寻找新的伦理平衡

劳伦斯是一位出身于煤矿工人家庭的作家。他从小生活在矿区,对煤矿工人的生活状况比较熟悉,也比较了解他们的思想感情和愿望。劳伦斯的父亲是一位没有什么文化的井下矿工,并不十分在意儿子未来的前途。在他看来,煤矿工人的儿子"子承父业"是理所当然的。劳伦斯的母亲则出身于中产阶级家庭,接受过高等教育。她从中产阶级的伦理价值观出发,坚决反对儿子长大以后当矿工,竭尽所能要把儿子培养成"上等人"。因此,夫妻俩常为子女的教育发生争执。在这场旷日持久的夫妻

---

① Joseph Conrad. *Under Western Eyes*. Oxford: Oxford University Press, 1990, p. 301.

"战争"中,丈夫往往不是强势妻子的对手,其结果是妻子对子女的影响大于丈夫对子女的影响。成长于这样的家庭生活环境,劳伦斯对英国上流社会和下层社会的伦理道德观念都十分熟悉,对传统的伦理道德观念的弊端有着深刻的认识,尤其是对两性关系的不和谐及其危害更有着切身的感受。因此,在他的小说创作中,他从两性关系这一特殊的视角出发,展现了恋爱、婚姻、家庭关系中的伦理冲突,探究了人的潜意识深处的许多伦理问题,以鲜活的事例对传统的理性文化予以全面的否定,并提出了性伦理平衡的构想。这使得劳伦斯的小说创作在英国文学史乃至世界文学史上都具有特殊的历史和现实意义。

一、劳伦斯的小说艺术观:两性伦理平衡的美学

劳伦斯特别强调小说的道德功能。他认为"艺术的本质功能是道德,不是美学、不是装饰、不是消遣娱乐,而是道德"①。值得注意的是,劳伦斯所谓的"道德"并非普遍接受的伦理道德标准,而是指"存在于我和我周围宇宙间的那种微妙的、永远颤动与变化着的平衡"②。劳伦斯为小说设下的道德评判标准是:小说能否帮助人与外部世界建立起某种平衡的联系。他在《道德与小说》一文中开门见山地指出:"艺术的职责是揭示人在活生生的时刻与周围宇宙之间的关系"③,所以揭示了这种关系的小说就是道德的,反之则不是。基于这种艺术道德观,劳伦斯在小说中着重表现人与社会、人与自然、人与人、人与自我之间的关系,集中表现资本主义工业文明压抑和扭曲人性、分裂人格、破坏人与人之间,尤其是男人与女人之间的和谐关系。因此,是从作品的主题内容上,而不是从艺术形式上,劳伦斯被认为是现代主义作家。劳伦斯相信:"对人类来讲,最伟大的关系不外乎就是男女间的关系"④,两性和谐则社会和谐。而资本主义的工

---

① [英]Gamini Salgado:《劳伦斯导读》,北京:北京大学出版社,2005年,第150页。
② [英]D. H. Lawrence:"Morality and Novel/ Why the Novel Matters",乔国强主编:《二十世纪西方文论选读》(上),上海:复旦大学出版社,2006年,第136页。
③ 同上书,第128页。
④ 同上。

业文明压抑和扼杀人性,破坏了两性关系的和谐。因此,"只有重新调整男人和女人的关系,使性爱得到解放而康复,才能使英国从目前的萎靡中解脱出来"①。所以,劳伦斯在创作他的"生命之书"时,把重点放在了对男女两性关系的描写上,把人与周围世界的完美关系具体化为男人与女人之间的关系。他企图从男女两性的自然本能中寻求他的所谓能维护人性的一种新的信念:"我的伟大宗教就是相信血和肉比智力更聪明。我们的头脑所想的可能有错,但我们的血所感觉的、所相信的、所说的永远是真实的。……我全部的需要就是直接回答我的血液,而不需要思想、道德等的无聊干预。"②

劳伦斯的小说美学是平衡美学。无论他展示的生命内部阴阳两极的冲突,还是男女双方的斗争,都不是一方压倒另一方,而是强调它们之间要保持平衡。《查太莱夫人的情人》就是强调精神与肉体必须平衡,必须和谐统一。他在作者"自序"中讲得很清楚:"只有在精神与肉体和谐,精神与肉体自然平衡、相互尊敬时,生命才可以忍受";"而现在,很明显,没有和谐,也没有平衡"。③ 劳伦斯的平衡不是稳定的平衡,而是颤动的平衡,是相互吸引、相互排斥中人性的两极不断活动变化的平衡。性爱的双方作为两个独立完整的自我始终处于对立而又和谐的状态中,各自都既要保持自己的独立性,又相互保持平衡。这就是劳伦斯通过伯金之口反复强调的"星际平衡"关系:"一个人必须永远投身到与另一个人的结合中,但这并不等于失去自我。这是在神秘的平衡与结合中完整地保持自我,就像一颗星星与另一颗星星平衡那样。"④

人类借助科技来扩展生存空间,使人类历史向着更加有保障的阶段发展,但科学技术和社会制度一样,构成了一种异己的力量,反过来压抑

---

① 转引自杨一涛:《劳伦斯心理小说创作理论摭谈》,《南京师大学报》(社会科学版)1996年第3期,第81页。
② 李维屏:《英国小说艺术史》,上海:上海外语教育出版社,2003年,第224页。
③ [英]戴·赫·劳伦斯:《查太莱夫人的情人》(全译本),饶述一译,长沙:湖南人民出版社,1986年,第1页。
④ 同上书,第271页。

着人性的解放与发展,导致人的异化,这是人类历史的发展的悲剧性悖论。当大多数人对工业文明与技术进步顶礼膜拜的时候,劳伦斯却敏锐地感受到文明遭到了腐蚀,意识到社会历史的进步必然以人性的损害为代价,这是极为敏感和超前的。劳伦斯这些思想的提出,对深受工业文明污染、人性遭到扼杀却浑然不知、盲目乐观的现代人无疑有极大的警醒作用。然而,劳伦斯提出的应对这种现象的方案却仅仅是回归原始,回归人的动物本性,这是他的思想的局限性。首先,历史不可能倒退,对现代化进程的抵触实际上是一种貌似激进的保守与逃避的态度,正如他自己倡导的乌托邦"拉纳尼姆"失败了一样,他的这种理想在实践中根本没有可行性。① 其次,劳伦斯以回归人的动物性来对抗异化,是离开了人的社会属性抽象地谈论人性。工业文明确实给人类带来了诸多弊端,但人性的真正解放还是得依赖社会文明程度的提高,这一切都离不开工业文明和科技的进步。尽管如此,劳伦斯对工业文明和工具理性对人性的摧残的批评无疑具有积极意义,他在作品中力图构建以两性关系为中心的新的伦理平衡在当时的历史语境下也具有一定的价值。以下从"斯芬克斯因子""兽性因子""人性因子""自由意志""理性意志"等文学伦理学批评的关键词出发来阐释劳伦斯《查太莱夫人的情人》中倡导的两性伦理平衡思想。

二、《查太莱夫人的情人》:构建新的伦理平衡

《查太莱夫人的情人》是劳伦斯创作的最后一部小说,这部作品同样涉及文学伦理学批评话语中的人性因子与兽性因子的问题,小说从斯芬克斯因子的不同变化,亦即人性因子与兽性因子的消长,探讨了伦理的冲突与平衡。可以说,《查太莱夫人的情人》是劳伦斯试图构建一种新型的性伦理平衡的有益尝试,在他的全部小说中具有重要意义。

《查太莱夫人的情人》成书于1928年,是劳伦斯的小说中最有轰动效

---

① 王薇:《心中的天堂 失落的圣地——劳伦斯的"拉纳尼姆"情结评析》,《国外文学》1997年第4期,第41—45页。

应的一部作品。小说出版后立即受到读者的欢迎,也引起了极大的争议,攻讦之词铺天盖地而来,旋即遭到查禁并先后在英国、美国和日本惹上官司,许多国家也把它列为禁书,而且一禁就是几十年。随着1959年和1960年在美国和英国两场官司的胜诉,《查太莱夫人的情人》终于在各国先后解禁,成为当时最受推崇的一部小说。例如小说在英国解禁以后,社会各界购者如云,出版该书的企鹅出版公司一时供不应求,其印数一度与英语读物中销售量最大的《圣经》不相上下。《查太莱夫人的情人》这种反差巨大的经历说明,不同的评价观点会影响对文学作品价值的评判,进而影响到文学作品的命运。换言之,文学批评都是依据一定的批评标准进行的,不同批评标准对同一批评对象的批评,会得出不同,甚至相反的结论。

  阶级的准则、时代的风尚是文学批评中较为常见的批评标准。每个阶级特别是统治阶级都要维护自己的阶级利益,每个时代也有自己时代的潮流导向和要求,这是正常的。但它们的时效会随着时间的推移或削弱或终结,其正确性可能会被新的统治阶级、新的时代要求所否定。就《查太莱夫人的情人》而言,这部小说当年遭到查禁,是因为当时英国社会遵从的是维多利亚时代传统而保守的性风俗,作品中一些赤裸裸的性描写和性观念,撕破了资本主义工业文明的虚伪面纱,触犯了资产阶级的根本利益,因而为时代和当局所不容。到了20世纪中后期以后,时代进步了,不但不再把性视为洪水猛兽,资产阶级也无须充当性的卫道士,因而对体现人性的性描写也就能够包容,甚至大加赞扬了。由此可见,依据阶级的准则、时代的风尚对文学作品所作的评价结论只能是彼时彼地的结论,不一定就是亘古不变的永恒的真理。相对而言,文学伦理学批评依据的是人类在漫长的进化进步过程中形成并不断完善的伦理道德标准,因此它的正确性不会局限于某一阶级或某个时代的批评标准而被否定,因而具有相对的久远性。而从属于伦理道德中的性伦理因其更能体现人类的进化和进步,在超越阶级和时代局限而显示其正确性方面尤其如此。

  聂珍钊先生在《文学伦理学批评导论》中从伦理选择的视角对古希腊神话里的斯芬克斯形象作了全新的解读,分析了斯芬克斯之谜产生的原因，认为斯芬克斯之谜"实际上是一个怎样将人和兽区别开来的问题"①。进而聂先生根据斯芬克斯形式上最重要的特点——人头与狮身相结合——提出了"斯芬克斯因子"这一概念，即人性因子与兽性因子的有机组合。聂先生指出，人的不断进化，使人脱离了低等生物界，成为伦理的存在。从伦理意义上而言，人实际上就是一种斯芬克斯因子的存在，由人性因子和兽性因子组成，它们共存于每个人身上。人性因子是伦理的、理性的，是人的灵魂，理性意志是它的意志体现。兽性因子是人进化后仍留存的动物本能，是人体感官的欲望，自由意志是它意志的体现。"人性因子是高级因子，兽性因子是低级因子，因此前者能够控制后者，从而使人成为有伦理意识的人。"②在任何一个正常健全的人身上，都存在着人性因子和兽性因子，而且两者之间要达到某种平衡。如果其中一种因子占压倒优势而导致两者的严重失衡，人就会产生心理缺陷，甚至心理畸形的现象。兽性因子虽然是低级的，但它却是不可或缺的，没有它人类就不能繁衍后代。然而，人性因子和兽性因子在人身上的存在又是活动变化的，不但没有一个一成不变的模式，而且即使在同一个人身上也不是凝固不变的，往往表现出不同的组合与变化形态。这种"斯芬克斯因子的不同组合和变化，导致文学作品中人物的不同行为特征和性格表现，形成不同的伦理冲突，表现出不同的道德价值"③。劳伦斯在《查太莱夫人的情人》中，通过克利福、康妮、梅乐士三个主要人物的伦理冲突，诠释了斯芬克斯因子对人物行为特征和性格表现的影响。"克利福、康妮、梅乐士在人性因子与兽性因子的组合变化甚至交锋中，都是兽性因子脱离人性因子控制，自由意志战胜了理性意志，两种因子严重失衡，成为心理畸形丧失伦理的人。"④经过一番灵与肉的搏斗，康妮、梅乐士的人性因子终于控制了兽性因子，重新回到了伦理的轨道。这样一个由人到兽，再由兽到人的过

---

① 聂珍钊：《文学伦理学批评导论》，北京：北京大学出版社，2014年，第37页。
② 同上书，第38页。
③ 同上。
④ 钟鸣：《人性因子与兽性因子的斗争与转换——〈查太莱夫人的情人〉的文学伦理学解读》，《外国文学研究》2013年第1期，第75页。

程,不但反映了人物的性格命运的变化,也充分体现出劳伦斯的伦理倾向。

小说中的克利福是康妮的丈夫,是一个出身于贵族家庭的资本家,拥有煤矿和庄园。他的人生以第一次世界大战为分水岭。战前,他是英国上流社会的正常人,有地位、有知识、有教养。战争爆发后,他身上的人性因子强压兽性因子,新婚蜜月一结束,就抛下娇妻,毅然上了前线,其结果是导致了他身上的"斯芬克斯因子"的失衡。导致这种失衡的罪魁祸首无疑是战争。纵观数千年的世界历史,人们不难发现这样一个古往今来概莫例外的事实,即战争行动最容易使人身上的兽性因子恶性膨胀发展为兽性。在远古时代描写战争的荷马史诗《伊利昂纪》中,希腊联军主将阿基琉斯为了替好友帕特罗克罗斯报仇,杀死了特洛伊主将赫克托耳之后,把他的尸休拖在战车后面,每天绕着好友的坟墓转三圈以泄私愤。这种侮辱尸体的行为,有违人们尊重死者的道德伦理,说明这时阿基琉斯身上的兽性因子已经占了上风,人性因子受到了压制。第二次世界大战期间,以希特勒为首的德国法西斯疯狂地屠杀犹太人的暴行、日本法西斯在南京屠杀 30 万人制造的南京惨案,更是令人发指的兽行。而克利福参加的第一次世界大战本身就是一场非正义的战争,各参战国为了争夺市场而毫无人性地杀戮,与森林中动物弱肉强食的争夺领地没有任何区别。对此,劳伦斯在他的小说以及一系列反战文章中都进行过谴责。在《查太莱夫人的情人》中,劳伦斯一开始就写到克利福从战场上负伤归来,虽然幸免一死,但却落了个下身瘫痪,他的"男人权利被剥夺了":"他受的伤是太重了,他里面的什么东西已经死灭了,某种感情已经没有了;剩下的只是个无知觉的空洞。"①在第一次世界大战这场众兽为争夺势力范围的争斗中,克利福在外形上变成了"兽",他的作为人区别于兽的直立行走的双腿瘫痪了,只能坐在轮椅上靠别人推着行动。离开了轮椅,他甚至只能像兽一般四脚爬行。不仅如此,克利福身上的人性也"死了",正常人的"感情

---

① [英]戴·赫·劳伦斯:《查太莱夫人的情人》(全译本),饶述一译,长沙:湖南人民出版社,1986 年,第 2 页。

已经没有了",剩下的只是人的一副"空洞"的躯壳。他的内心也和兽一般,对人类感情或人性之类的东西丝毫不感兴趣。这样一个从外到内都已"兽"化的克利福,在自己的矿山和山庄中,仍然是领主或者叫头领。在他的眼中,工人只不过是食物链低端的动物,可以任意宰割。他告诉康妮,工人"并不是如你所想象的真正的'人'。他们是你所不懂的,而且你永远不会懂的动物"①。克利福对煤矿业的兴趣不仅仅是为了榨取更多的财富,更是为了强化自己在几千员工面前的那种令人害怕的"权威感"。他毫不掩饰地声称:"现在我们所要执在手里的是一条鞭,而不是一把剑。群众是自从人类开始直至人类末日止,都被人统治的,而且不得不这样。"②他不是像战场上用剑杀死对手,而是用鞭子驱使工人、经理、工程师为自己赚钱。他实际上以兽群的头领自居,让整个群体都臣服于他。但是,这个头领在战争中失去了性功能,如同兽的头领在打斗中失败而丧失了交配权。克利福不甘心自己身后失去领地,他要使这种统治地位世代延续,认为"传统惯例是定要维持的",也就是要维持现行社会秩序。于是,他鼓动妻子康妮:"要是你能和另一个男人生个儿子,那也许是件好事。"③至于这个男人是什么人则无关紧要。可见克利福的生育观也倒退到了兽的范畴,因为兽是不讲伦理也没有伦理约束的。克利福的这种堕落的伦理观念使康妮感到惊愕和恐怖,是对具有神圣意义的性的玷污和亵渎。这样,克利福就成了整个作品的隐喻,他沦为兽,意味着他的矿山、山庄是兽统治下的兽世界。这个兽世界在远离城镇的荒野山林,这是动物的生活之所,也隐喻着这是兽性因子泛滥的合适场所。这也是整部作品存在的一个大背景,兽性因子失控,人性因子在交锋中失败,从而为康妮、梅乐士两人的由人到兽,再由兽到人的演变营造了一个氛围,提供了一个活动舞台。

康妮出身于中产阶级家庭,在她身上,人性因子和兽性因子都充满活

---

① [英]戴·赫·劳伦斯:《查太莱夫人的情人》(全译本),饶述一译,长沙:湖南人民出版社,1986年,第264页。
② 同上。
③ 同上书,第57页。

力,并和谐平衡地共处着。在结婚之前康妮是个身体强壮、精力充沛、活泼热情、喜欢自由的健康女子。她受过良好教育,既有敏锐准确的艺术鉴赏能力,又喜欢结交理性睿智的朋友。丈夫克利福因伤致残回到家时,康妮才二十三岁。由于克利福丧失了性功能,康妮身上的兽性因子受到了严重的压抑。在开始的两年多时间里,康妮并没有意识到这种压抑,安于伺候丈夫。面对丧失性功能的丈夫,她几乎心如止水。她浑浑噩噩地活着,整天料理丈夫的日常生活,却并不知道自己的生命力正在日渐枯萎下去。但这种活守寡的生活并不能尘封住青春年少的她身上的兽性因子。久而久之,"康妮感觉着一种日渐增大的不安的感觉","当她要宁静时,这种不安便牵动她的四肢;当她要舒适地休息时,这种不安挺直着她的脊骨。它在她的身内,子宫里,和什么地方跳动着,直至使她觉得非跳进水里去游泳以摆脱它不可。这是一种疯狂的不安"。① 很显然,这是康妮身上的兽性因子在躁动,是康妮要做一个正常女人的一种正常的生理反应。不久,康妮与来家小住的丈夫的朋友蔑克里斯发生了一段时间不长的私情。这是康妮把蔑克里斯当作丈夫的替代品,是她身上兽性因子被激活的表现。但此时康妮身上的兽性因子尚未失控,仍然由人性因子掌控着。

康妮身上的兽性因子逐渐膨胀,进而失控,是在她大病一场之后。为了康复身体,她经常到庄园的树林中散步,呼吸新鲜空气。树林的勃勃生机感染了康妮,使她的精神和肉体都获得了再生。在树林里,康妮遇见了丈夫庄园的树林看守人梅乐士。一次她无意间窥见了梅乐士在屋外洗澡,对于长期与丈夫没有肉体接触的康妮来说,这不但造成了强烈的视觉刺激,也是对她心理的一次强烈冲击。"那是一个孤居着而内心也孤独着的人的完全的、纯洁的、孤独的裸体。不单这样,那是一个纯洁的人的美。那不是美的物质,更不是美的肉体,而是一种光芒,一个寂寞生活的温暖的白光,显现而成的一种可以触摸的轮廓:肉体!"② 当天晚上,康妮在家

---

① [英]戴·赫·劳伦斯:《查太莱夫人的情人》(全译本),饶述一译,长沙:湖南人民出版社,1986年,第22页。
② 同上书,第90页。

里把衣服全脱光,对着一面大镜子照看着自己的裸体。她看着自己日渐松弛衰萎的肉体,"现着一种差不多衰萎的松懈的清瘦,没有真正生活就已经老了"①。康妮感到一种深深的悲伤和不平,一种反抗意识油然而生,这时她身上的兽性因子被彻底激活了。此后,康妮一次次地去树林,看梅乐士小屋里的母鸡孵小鸡,看充满男性活力的梅乐士劈柴……她身上的兽性因子一点点膨胀,进而与梅乐士发生了性关系。从康妮半夜起来偷偷离开家,去梅乐士的小木屋偷情起,到与梅乐士不分时间、地点的放纵情欲,她身上的兽性因子完全失控,由人堕落成了兽。

梅乐士是小说中另一个重要的人物。他出身于铁匠家庭,在矿区村庄长大。梅乐士从小就是个聪慧的孩子,曾得过雪菲尔德公学的奖学金,学习过法文、德文和其他许多知识,具有较高的文化素养。梅乐士是一个体格健壮的男人,充满生命的活力。他的阅历丰富,曾在矿上做过矿工,当过小职员,在克利福父亲手下做过两年看林人。第一次世界大战时曾服役于英国陆军,当过中尉军官,还到过海外殖民地,因而他对现实世界有着比一般人更深刻的认识。大战结束后,梅乐士不愿另谋更好的职业,宁愿回归自然,继续为克利福看守树林。梅乐士身上的人性因子表现为非常自觉、强烈的阶级意识。他理性地认识到资本主义的弊端和拜金主义的罪恶,他说:"金钱,金钱,金钱!所有现代人只有一个主意,便是把人类古老的人性的感情消灭掉,把从前的亚当和夏娃切成肉酱。"②聂珍钊先生指出,亚当、夏娃"他们同偷吃禁果之前的自己相比,其最大不同在于具有分别善恶的能力",而"善恶是人类伦理的基础"。③ 然而,资本主义金钱至上的哲学,使人类在亚当、夏娃时代就开始形成的善恶观大幅度地倒退,"亚当和夏娃"被"切成肉酱"就是明证。梅乐士不但对资产阶级是敌视的,也是藐视的,"他认为自己在人格上与统治阶级完全平等,甚至还高于他

---

① [英]戴·赫·劳伦斯:《查太莱夫人的情人》(全译本),饶述一译,长沙:湖南人民出版社,1986年,第97页。
② 同上书,第315页。
③ 聂珍钊:《文学伦理学批评导论》,北京:北京大学出版社,2014年,第35—36页。

们",因而他表现为"无论是肉体上还是精神上都是强悍有力的"。① 梅乐士身上的人性因子很好地控制着兽性因子,为了躲避只有肉欲而毫无思想、兽性因子十足的妻子,先是参军上了前线,战后又远离城市为克利福看守庄园的树林。在与康妮开始接触时,梅乐士也是抱着敌意和强烈戒备心理的。康妮一次次散步到他树林中的小木屋来,他表现出恼怒,觉得自己的自由受到了侵犯。康妮向梅乐士要一把小木屋的钥匙,以便累了的时候能进屋休息一下,梅乐士拒绝了。康妮看到"他的眼睛是冷酷的,险恶的,充满厌恶和侮蔑"②。

和康妮一样,梅乐士身上的兽性因子也是逐步被激活膨胀的。梅乐士与康妮的八次性交充分显示了这一过程。康妮不计较梅乐士的冷漠敌意,仍然常来小木屋看小鸡和母鸡。渐渐地梅乐士的敌意情绪消除,当有一次梅乐士看到康妮为母鸡孵小鸡感动得哭泣起来,感慨自己连母鸡也不如,不能做一个正常的女人时,梅乐士大受感动,他的"心突然融化了"。在安慰康妮的过程中,他的兽性本能冲动起来,与康妮发生了第一次性关系。在他们第一、二次性交中,梅乐士只是长期被压抑的兽性因子的本能发泄,他甚至有点懊悔失去了孤独者的自由。康妮也是被动的,此后一段时间她没有再去树林,她羞于让丈夫知道。这说明此时两人的行为虽有违伦理道德,但他们身上的人性因子在竭力控制兽性因子。梅乐士与康妮的第三次与第四次性交是一个拐点。他们在树林中不期而遇,在大自然无拘无束的旷野里,他们折树枝为床,发生了第三次性关系。康妮放松了、放开了,享受了本能的快感。"在骤然而不可抑制的狂欲里,她里面一种新奇的、惊心动魄的东西,在波动着醒了转来。波动着,波动着,波动着,好像轻柔的火焰的轻扑,轻柔得像毛羽一样,向着光辉的顶点直奔,美妙地,美妙地,把她溶解,把她整个内部溶解了。那好像是钟声一样,一波

---

① 蒋家国:《重建人类的伊甸园——劳伦斯长篇小说研究》,长沙:湖南大学出版社,2003年,第345页。
② [英]戴·赫·劳伦斯:《查太莱夫人的情人》(全译本),饶述一译,长沙:湖南人民出版社,1986年,第126页。

一波地登峰造极。"①梅乐士也彻夜不眠想着与康妮如何通向自由之路。康妮半夜偷偷从家里溜出来,到树林里与梅乐士幽会,标志着他们的兽性因子完全失控。此后,梅乐士和康妮在性方面的自由意志战胜了理性意志,像兽一样肆无忌惮地纵欲。他们不分时间、地点,随意性交,即使在滂沱大雨之中,也像动物一样追逐,发泄着野性的肉欲。他们没有了伦理的文明约束,有意用俚语淫词,纵情调侃,以增添性刺激。他们不顾廉耻和性隐私,通过乳、腹、臀、生殖器的刺激,尽情挥洒最原始最兽性的本能。此时他们身上的人性因子不但不能控制兽性因子,反而被兽性因子所控制。

"一般而言,文学作品为了惩恶扬善的教诲目的都要树立道德榜样,探讨如何用理性意志控制自然意志和自由意志,让人从善。……文学作品中描写人的理性意志和自由意志或自然意志的交锋与转换,其目的都是为了突出理性意志怎样抑制和引导自由意志,让人做一个有道德的人。"②在《查太莱夫人的情人》中,克利福、康妮、梅乐士出身于不同阶级的家庭,但这三个阶级属性不同的人,都由于兽性因子脱离了人性因子的控制,并不断地恶性发展而由人变成了"兽"。很显然,造成这种情形的缘由并非是阶级因素而是伦理原因。克利福因身不由己地卷入战争而使兽性因子膨胀,身体伤残后战场上膨胀的兽性因子进一步在自己的领地里泛滥,而终于使他成为一个人形的"兽"。康妮、梅乐士都是因为兽性因子严重被压抑,正常的本能无处发泄而不能满足,因而一旦受到性的刺激,其兽性因子就被激活,进而冲破伦理樊篱,背叛伦理道德,自由意志压倒理性意志,最后兽性因子摆脱了人性因子的控制而为所欲为。然而,劳伦斯在小说中虽然写了兽性因子脱离了人性因子的控制所造成的恶果,但他的目的还"是为了突出理性意志怎样抑制和引导自由意志,让人做一个

---

① [英]戴·赫·劳伦斯:《查太莱夫人的情人》(全译本),饶述一译,长沙:湖南人民出版社,1986年,第191页。
② 聂珍钊:《文学伦理学批评导论》,北京:北京大学出版社,2014年,第42页。

有道德的人"①。同大多数社会学理论相反,劳伦斯把男人与女人之间关系的状况看作是影响社会发展的主要原因,而不是其结果。他认为,要建立一个健康和谐的社会,首先必须要在男人和女人的激情生活中开始革命,调整两性关系。《查太莱夫人的情人》充分体现了劳伦斯的这一理念。小说最后写了康妮、梅乐士借助于性爱,净化了灵魂,建立了和谐完满的两性关系,在精神与肉体上实现了再生。正如梅乐士写给康妮的信上说的那样:"我现在爱贞洁了,因为那是从性交中产生出来的和平。现在,我觉得能守贞洁是可爱的了。"②他们决定各自离婚后再结婚,走向新的生活。这标志着经过调整后,他们的兽性因子重新回到被人性因子控制、主导的轨道,二者实现了新的平衡从而和谐相处。而他们的人性因子与兽性因子关系的伦理回归也使他们避免了劳伦斯其他小说人物那样的悲剧结局。

在《查太莱夫人的情人》中,劳伦斯多次写到母鸡孵小鸡的情节,这是一个重要的隐喻。繁衍后代是动物的本能,人类进化后仍保留着这种本能。康妮兽性因子的激活和后来的回归为人都与此关系密切。两只母鸡"正在孵着雏鸡的蛋,很骄傲地蓬松着毛羽,在它们的性的热血里,深深地沉昧着。康妮看了,差不多心都碎了。她觉得自己是这样的失落无依,毫无用处,全不像个女性,只是一个恐怖的可怜虫罢了"③。动物的本能诱发了康妮的性本能,动物的母性唤醒了康妮的母性。康妮怀孕后获得了做女人的权利。但是动物只凭本能养育后代以延续生存,人则按一定的伦理意识和理想培育后代,在后代身上寄托自己的希望。康妮和梅乐士决定各自离婚后结婚,等待来年春天孩子的降生。那时,他们将在自己的农场中过一种全新的生活。这是一个回归伦理,重新做人的决定。孩子是父母的希望,春天是希望的季节,也是康妮、梅乐士回归斯芬克斯因子

---

① 聂珍钊:《文学伦理学批评:伦理选择与斯芬克斯因子》,《外国文学研究》2011年第6期,第8页。
② [英]戴·赫·劳伦斯:《查太莱夫人的情人》(全译本),饶述一译,长沙:湖南人民出版社,1986年,第439页。
③ 同上书,第160—161页。

存在,获得新生的希望。

在劳伦斯看来,工业文明最严重的罪行是它压抑和扭曲了人的自然本性,特别是性和性爱的本能。他试图用自己的"宗教"——性爱来复活被资本主义工业文明压抑了的人的自然本性,让人的原始本能——性的欲望得到充分的发挥,从而使机械文明统治下暗淡无光,郁郁寡欢的人类生活发出艳丽的光彩,使人与自然、人与人之间恢复和谐的关系。因此,在《查太莱夫人的情人》中,劳伦斯赤裸裸地大量地展示了人的原始本能,讲述了克利福、康妮、梅乐士三个主要人物从人沦为兽的负面故事。之所以如此,从客观上来看,劳伦斯是通过这些故事揭示资本主义工业文明对人性异化的恶果。资本家对金钱的贪婪,一方面使他们把工人当作赚钱的工具,不遗余力地榨取工人的血汗。另一方面也使他们自己成了金钱的奴隶,被金钱左右和掌控。金钱撕破了人与人之间温情脉脉的面纱,露出了人性中最丑恶的一面。资产阶级为了攫取更多的金钱,对内压榨工人,以创造更多的财富;对外发动战争,以争夺更广阔的市场。贪婪、冷酷、弱肉强食等动物的丛林原则在人身上激活膨胀,泛滥成灾,人被异化为非人。劳伦斯对此深恶痛绝,他说:"我要竭尽全力去诅咒这个国家,诅咒它有形与无形的一切,让它永远被诅咒吧!让大海吞没它,让洪水淹没它,这样它便不复存在。"①他还说:"我知道旧世界已经完了,它正在土崩瓦解地倒塌在我们身上。"②为此,他塑造了一系列被工业文明压抑和扭曲了人的自然本性,有着严重伦理缺陷的畸形人物形象。有的为了金钱抛弃情投意合的男友嫁给自己不爱的资本家少爷(《白孔雀》中的莱蒂);有的像疯狂征服占有金钱一样征服占有女人(《恋爱中的女人》中的杰拉尔德);有的只有肉欲而无灵魂(《儿子与情人》中的克拉拉、梅乐士的前妻古蒂斯);有的只有精神而完全排斥肉欲(《逾矩的罪人》中的海伦娜)等等。《查太莱夫人的情人》是劳伦斯的最后一部长篇小说,其中的人沦为

---

① [英]劳伦斯:《激情的自白——劳伦斯书信选》,金筑云、应天庆、杨永丽译,广州:花城出版社,1986年,第406页。

② [英]戴·赫·劳伦斯:《劳伦斯书信选》,[美]哈尔·莫尔编,刘宪之、乔长森译,哈尔滨:北方文艺出版社,1988年,第264页。

兽的堕落,同他以前的作品是一脉相承的,同样深刻地揭露了资本主义工业文明破坏人与自然、人与社会、人与人之间伦理道德规范的罪恶。而揭露资本主义工业文明对人的异化和对伦理秩序的破坏,正是劳伦斯的作品的价值之所在。

劳伦斯是西方文学史上第一个创作了一系列性爱小说的作家。他的作品一反19世纪英国以性禁忌为主的压抑肉体冲动的正统文化,即所谓的维多利亚风气,大胆地描写了两性之间的激情和性爱。这种描写在《查太莱夫人的情人》中达到了巅峰。劳伦斯的伦理观念决定了他对《查太莱夫人的情人》中康妮、梅乐士的非伦理的性泛滥加以肯定和赞美。他说:"性和美是一回事,就像火焰和火是一回事一样。如果你憎恨性,你就是憎恨美。如果你爱上了有生命的美,你就是在敬重性。……倘若想要爱有生命的美,你就必须尊重性。"①他甚至认为"只有通过调整男女之间的关系,使性变得自由和健康,英国才能从目前的萎靡不振中解脱出来"②。他在给友人的信中提出了著名的"血性"宣言。他说:"我的伟大宗教就是相信血和肉比智力更聪明","智力"是束缚人的缰绳","我全部的需要就是直接回答我的血液,而不需要思想、道德等的无聊干预"。③ 在这里,劳伦斯强调的"血和肉"是人的兽性因子,动物本能;他所反对的"智力""思想""道德"则是人性因子、人的理性和性伦理;他倡导的是一种极端的非理性主义的性伦理观。这就导致了《查太莱夫人的情人》和他的其他一些作品对人物张扬兽性的性行为不但大肆宣扬,而且通常大加赞美。实际上,这是劳伦斯作品中的糟粕,应该否定和扬弃。因为违背伦理道德的性行为,从原始社会形成家庭后就有了禁忌,并且逐步完善、进步为人类的理性伦理。它不因时代的变迁和统治阶级的更迭而过时,具有超越阶级和时代的恒久性。

---

① [英]劳伦斯:《性与可爱——劳伦斯散文选》,姚暨荣译,广州:花城出版社,1988年,第106页。

② [英]戴·赫·劳伦斯:《劳伦斯书信选》,[美]哈尔·莫尔编,刘宪之、乔长森译,哈尔滨:北方文艺出版社,1988年,第85页。

③ 同上书,第63页。

总之，劳伦斯的小说体现了时代的伦理失范和伦理冲突，他试图在作品中构建理想的、新的伦理平衡，具有积极意义，但他倡导的极端的非理性主义性伦理观是消极的，甚至是有害的，具有明显的局限性，并不是一条理想的道德"中道"。

本章小结

从文学伦理学批评的角度出发，我们发现康拉德的小说，无论是"海洋小说"还是"丛林小说"，抑或是"城市小说"（或曰"政治小说"），均围绕着"道德的发现"这一主题展开，表现了主人公在伦理困境中做出的伦理选择。特别是康拉德的代表作《黑暗之心》《吉姆爷》《间谍》《诺斯托罗莫》和《在西方的眼睛下》，更是在心理层面上揭示了人物性格中"人性因子"和"兽性因子"这两股力量的博弈以及由此而生的人物心灵的折磨和痛苦。虽然这些小说主人公的命运都以悲剧收场，但是人物自身的"人性因子"最终战胜了"兽性因子"，主人公不仅获得了读者的（或叙述者的）同情，同时也获得了道德上的胜利。可以说，康拉德的小说探讨的是人作为一种道德存在的自我发现过程，具有普遍的伦理教诲意义。他的小说以悲剧的形式向人们展现了人性的光辉。

如果说康拉德的小说重点批判了工业文明发展进程中人的道德堕落和私欲膨胀而导致英国传统伦理价值的崩溃的话，那么，劳伦斯的小说则更多地将目光投向了伦理的非理性层面，从性伦理的角度考察现代社会的婚姻危机，探究了人的潜意识深处的许多道德与非道德问题。当然，与康拉德相似，劳伦斯也认为工业文明扭曲了人的灵魂，压抑了人的本能，从而导致了现代人的精神空虚和道德堕落。但与康拉德吁求拜金主义时代的人们重觅传统道德法则以制约内心的私欲不同，劳伦斯则呼吁人们回归自然和生命本体，听从生命深处的"血的呼唤"，试图构建一种新型的性伦理平衡，以此来拯救英国和人类。

第六章

20世纪诗歌的伦理关怀

　　英国诗歌总是紧扣时代的脉搏，抒发对道德问题的思考，寄予深刻的伦理关怀。20世纪的英国，工业化和城市化对传统的生产方式和社会结构产生巨大的影响，传统的价值观、道德观受到了现代潮流的强烈冲击，英国诗人以敏锐的洞察力记录下社会转型时期人们在两性关系、自然与人类之间的关系以及社会政治等方面的伦理焦虑以及伦理选择。20世纪，特别是20世纪后半叶，世界文学重心逐渐从英国转移至美国，而这一明显的中心消解现象造成了整个英国当代诗歌伦理环境的改变，英国诗歌也从现代的伤感基调再次向写实转变。

　　菲利普·拉金是20世纪运动派诗人的重要代表之一，他的诗歌折射出时代发展和伦理重新构建的过程中，人们的理性意志和自由意志在性与爱、心灵与身体、家庭生活等方面的对抗与平衡，并通过对伦理焦虑的诗性表达，揭示了社会转型时期伦理重构的过程中人们对两性关系、婚姻家庭、城市生活、生态环境等方面的伦理思考。在艺术表达上,拉金提出"快乐原则"的诗学主张,在传统格律诗歌中采用清晰的意象、接近口语的语言进行创作,将俚语和脏字引入典雅的诗歌结构和韵法当中,标榜了自己的伦理立场,开创了具有大众文学特色的新型城市诗歌。

泰德·休斯,英国桂冠诗人,也是当代英国最重要的诗人之一。休斯的诗歌语言风格与拉金一样,主张在诗歌中以直白的语言表达强烈的情感,以诗言志,以诗明志,但是休斯又以一系列动物意象的塑造,对以拉金为主的运动派诗歌营造的舒缓气氛进行了反驳。休斯的诗歌多以动物为原型,将动物与自然的关系隐喻人与社会的关系,揭示现代人类从自然选择到伦理选择过程中重建伦理秩序的必要性,以此为目的才能达到人与自然的和谐统一。休斯还特别提出儿童诗歌的伦理启蒙作用,认为儿童诗歌体现了人类找寻头脑的过程,早期人类经过自然选择达到人性与兽性的平衡,但是发展到现代社会时,人类却逐渐失去理性的头脑,而完全以兽的形象行走于世间,警示人类急需修复与自然的关系,重建人与自然的和谐伦理秩序。

谢默斯·希尼是诺贝尔文学奖获得者、北爱尔兰诗人。希尼虽然出生在北爱尔兰,但是从小接受的是正统的英式教育,在爱尔兰这个特定的伦理环境中,他以诗歌为媒介探讨了政治以及爱尔兰诗人的伦理身份问题,最终在民族、艺术和诗人的伦理责任之间找到了平衡。希尼和拉金一样,都是采取旁观者的态度,借助诗歌对所处的动荡世界作出回应,但是前者的诗歌侧重反映了英语语言环境中爱尔兰诗人的伦理身份之焦虑,以及诗人最终在人与人、人与社会之间找到的文化平衡。希尼试图以文学的名义,在文化的秩序框架中实现"诗歌的纠正"功能,而这正是文学教诲功能的恰当诠释。

第一节 自然情感和道德情感:拉金爱情诗歌的伦理内涵

爱是诗歌永恒的主题,同样,爱的主题贯穿了拉金整个诗歌生涯,"拉金可以被称作爱情诗人,因为他的诗歌主题是爱"①。虽然拉金一生未婚,但是他终其一生都在对爱苦苦追寻。拉金在接受约翰·海芬顿的采访时严肃地声称:"我认为唯一能拯救我们的就是爱,无论是从单纯的生物学角度还是从对生活馈赠的角度而言,爱让生活更为美妙。"②爱,是拉金生命的动力,生活中的氧气,诗歌的灵感源泉。

一、《北方的船》:自然情感的书写

20世纪中期饱经两次世界大战离乱的现代人似乎渐渐疏远了浪漫。早期的拉金在世风中迷离,他用心呼唤爱情又对之产生怀疑,于是,他把对爱的独特体验用柔美而内向的叶芝式修辞表达出来。在牛津大学读书时期,拉金沉迷于叶芝的浪漫主义诗风,把个人生活延展为象征化的"所思/所感"。他的第一本诗集《北方的船》(1945)就是"叶芝对爱情、性苦闷和死亡的执着的感伤化的翻版"③,流露出一个准成年人的梦幻和叹息。

在从来没有情感经历的拉金的早期诗作中,诗人将爱情等同为激情,其实,由激情主导的爱情就是一种自然情感,是由"性欲导致的对爱情的追求"④。由性吸引或性行为激发的感情,"此类爱情……本质上就是转瞬即逝的。两个人彼此愈熟悉,他们的结合就愈容易丧失当初的神奇魅力,直至最后相互之间产生的反感、失望和厌恶情绪把残存下来的激动兴奋一扫而光"⑤。拉金早期作品中着墨描述了这类爱情,认为这种情感是"苍白无力的、无意义的、失败的"⑥,比如,他在《如果手能放你自由,我的

---

① Katta Rajamouly. *The Poetry of Philip Larkin: A Critical Study*. New Delhi: Prestige Books,2007, p. 104.
② Terry Whalen. *Philip Larkin and English Poetry*. Basingstoke: Macmillan, 1996, p. 13.
③ Andrew Motion. *Philip Larkin: A Writer's Life*. London: Faber and Faber, 1993, p. 59.
④ 聂珍钊:《文学伦理学批评导论》,北京:北京大学出版社,2014年,第280页。
⑤ Erich Fromm. *The Art of Loving*. London: Thorsons, 1957, p. 4.
⑥ Katta Rajamouly. *The Poetry of Philip Larkin: A Critical Study*. New Delhi: Prestige Books,2007, p. 105.

心》如是感慨道：

> 爱是海市蜃楼，还是奇迹，
> 你的嘴唇探向我；
> 而太阳像耍把戏的杂耍球，
> 它们是伪装还是迹象？①

拉金把爱情比作每天太阳的升起：每天升起的太阳看起来像是变戏法者的杂耍球，有时阳光灿烂，有时半掩在云中，通过这个比喻，诗人明确指出：由自然情感主导的爱情是真实存在的，虽然它表现形式各不相同，和海市蜃楼一样短暂。

> 照亮阴霾，我突然而至的天使，
> 用你的胸和额头驱散恐惧，
> 我紧抱着你，现在和永远
> 因为永远永远是指现在。②

这一诗节继承了文学 carpe diem（只争朝夕，及时行乐）的传统。诗人呼唤丢弃恐惧，拥抱爱情。诗人并没有言明何种恐惧，这种恐惧可能是对未来不确定性的恐惧，也可能是对爱将带来的伤害的恐惧，但是不管怎样，相爱的这一刻才是最珍贵的，不在乎天长地久，只在乎曾经拥有，"因为永远永远是指现在"。由于没有情感经历，拉金从他父亲那里耳濡目染了大男子主义作风，因而他界定的爱情是肉欲的、短暂的、自私的，这种"由人的本能导致的情感在伦理选择中以一种自然意志或自由意志的形式体现出来，属于自然情感或自由情感"，由于这种自然情感"是人的兽性因子的外化，是自由意志的体现"，所以男人只关注自己性爱的即时满足，不愿意受伦理道德的约束。③ 这首诗所表现的大男子主义还表现在诗歌的表现手法上。诗歌是以男性的口吻叙述的，叙述者在描写恋人的时候，

---

① Anthony Thwaite, ed. *Philip Larkin: Collected Poems*. London: Faber and Faber, 2003, p. 33. 本书没有特别指出译者的均为笔者所译。
② Ibid.
③ 聂珍钊：《文学伦理学批评导论》，北京：北京大学出版社，2014 年，第 280 页。

着力渲染"胸"和"额头",暗示着诗人认为情人之间除了肉体亲密以外,不可能存在精神层面的关系。

《我梦到一片狭长的沙洲》同样表现了作者对自有情感引发的爱情的怀疑。拉金在第一诗节制造了一个精神的海市蜃楼:"我梦到一片狭长的沙洲/海鸥在海浪上翱翔/扑打在几英里长的沙丘。"①现实的"风"打碎了诗人的幻觉,拉金早期诗作中的"风"多象征一种现实的、不可抗拒的力量,如同"婚礼的风"一样,这首诗描写的风撕裂黑色的花园,吹落黑暗中的花瓣。风环绕着恋人歇息的房舍,由于窗帘紧闭,恋人没受到风的打扰,沉睡在温柔乡中。第二诗节描写的是梦幻的破碎,"你"把我从甜蜜的梦中唤醒,暗示这爱情是不会长久,而两性关系中,女人比男人更清醒,是"受骗较少者"(《受骗较少者》)。和谐的爱是短暂的,然而,分手并不一定是伤痛,虽然耳边再也听不到你的声音,"你"的双手已缩回,但是"我"没有流泪,独自走上自己的道路。从这一首诗可以看出年轻的拉金的恋爱观:他不相信有天长地久的爱情,当爱的感觉已逝,就应该放手。

《北方的船》中大多数爱情诗歌都是描写分手的情人或者是单相思的恋人。拉金认为相爱时那种感觉是短暂的,但是只要情人们忠实于自己的感觉,那么这种爱情就是完美的了,所以当爱的感觉不再让人激动时,表明爱情已不存在了。没有了激情的情人们就应该分手,而作者认为理想的分手就是从情人过渡到相敬如宾的朋友。拉金认为在现实生活中,女人一旦和男人建立亲密的关系,"她们总是希望男人向她们表示爱意和忠心,最主要的是,她们要觉得自己'拥有'你——或者你'拥有'她——我最恨这样"②。拉金不愿意以爱的名义被束缚,所以他说:"我担心我无法拥有任何人们称作'爱'的那种感情。"③正因为拉金不愿意被女人束缚,他心目中的理想女性是拥有独立人格、独立思想的现代女性。这类独立

---

① Anthony Thwaite, ed. *Philip Larkin: Collected Poems*. London: Faber and Faber, 2003, p. 26.

② Andrew Motion. *Philip Larkin: A Writer's Life*. London: Faber and Faber, 1993, p. 190.

③ Ibid., 138.

女子不把感情作为依附于别人的筹码。当爱情不再的时候,她们忠实于自己的情感,坦然面对,理性地分手。正如这样的女性只存在于诗人的幻想一样,这样从男性利益出发的功利性爱情也只是诗人的幻想。在《亲爱的,如今我们只能分离》这首诗中,拉金写道:

> 亲爱的,如今我们必须分离:不要让它
> 变成灾难,带来苦痛。以往
> 总是有太多的月光和顾影自怜:
> 让我们将它结束:既然
> 日头从未在天空如此昂然阔步,
> 心儿从未如此渴望自由,
> 渴望踢翻世界,袭冲森林;你和我
> 不再容有它们;我们只是空壳,听凭
> 谷子正走向另一种用途。
>
> 有遗憾。总是,会有遗憾。
> 但这样总归更好,我们的生活放松,
> 像两艘高桅船,鼓满了风,被日光浸透,
> 在某个港口分别,朝着既定的航向,
> 挥手作别,直至从视线中消失。①

两个人相互吸引就在一起,当爱的感觉消退,两人在一起不再快乐而"顾影自怜"时,就应该分手。正因为激情是不可能长久的,所以恋人之间的分手是注定的。纵然分手有遗憾,但是做出分手的伦理选择比选择勉强在一起"总归更好",分开后生活会更"放松",所以,曾经的恋人就应该轻松地"挥手作别",各自走自己的人生道路。

《北方的船》这部诗集里的爱情诗几乎都否认天长地久的道德情感,认为男女之间只存在激情——自然情感,"这种男女之间突如其来的、奇

---

① Anthony Thwaite, ed. *Philip Larkin: Collected Poems*. London: Faber and Faber, 2003, p. 29.

迹般的亲密之所以容易发生,往往是由性的吸引力和性满足引起,或与此相关。但这种类型的爱情就其本质来说不可能持久"①,所以这种情感是短暂、自私、不可靠的。这部诗集里的诗歌表明了作者在对待自然情感时做出的伦理选择:既然男女之间的激情是短暂的,激情过后,就不应该把它以"爱"的名义来束缚对方,就应该潇洒分手,"挥一挥衣袖,不带走一片云彩"。拉金做出这样的伦理选择是受他所处的伦理环境所影响。拉金在牛津大学求学期间,弗洛伊德的性伦理在大学中盛行,弗洛伊德在两性和爱情伦理方面强调性欲在两性之间的驱动作用,认为爱情是出自男女之间的性吸引,因而拉金青年时期的诗歌诠释了一种颠覆性的爱情观:放弃道德主义的原则,转而奉行功利主义原则和个人权利至上的原则。

二、《受骗较少者》中的伦理选择

在创作早期,拉金以虚无主义的态度质疑自然情感和道德情感相融合的真爱的存在,但是在《受骗较少者》这本诗集的创作期间,诗人在现实中遭遇爱情的困惑,而拉金曾宣称:"为自己也为别人保存我所见/所思/所感的事物(假如我可以如此表述一种混合而复杂的经验的话)。既为我本人也为别人,不过我觉得我主要是对于经验本身的责任,我试图使它不致被遗忘……我的诗作大多与我自己的私生活有关。"②所以,这两部诗集的诗歌记载了拉金和女性的交往,诘问以结婚为目的所谓理性爱情,反映了诗人在爱情、责任和婚姻之间艰难的伦理选择。

作于1950年5月的《如果,亲爱的》真实再现了拉金和初恋情人露丝订婚这段时间的心路历程以及诗人在做出是否结婚这个伦理选择时的矛盾与纠结。虽然拉金爱露丝,但是拉金父母的婚姻在拉金的心里留下阴影,"我唯一最清楚的婚姻(我父母的婚姻)糟透了,我永远也不会忘

---

① Erich Fromm. *The Art of Loving*. London: Thorsons, 1957, p.4.
② Dennis Joseph Enright, ed. *Poets of the 1950's*. Tokyo: The Kenyusha Press, 1955, p.77.

记"①,"拉金最大的担心是如果他结婚就有可能像其父母一样让爱在婚姻中结束"②。因此,《如果,亲爱的》一开始就描写和"我"交往的女孩"像爱丽斯"一样。爱丽斯是英国作家刘易斯·卡罗尔童话故事中的主人公。爱丽斯从兔子洞进入一处神奇国度,遇到许多会讲话的动物以及像人一样的纸牌人,她在探险的同时不断认识自我,不断成长,但是小说的最后却是爱丽斯猛然惊醒,发现原来这一切都是自己的一个梦境。拉金把恋人比作爱丽斯是别具匠心:其一,这个想和"我"结婚的女孩可能头脑里充满了对婚姻童话般的美好憧憬;其二,梦想结婚的恋人最后将如爱丽斯一样,发现原来一切都是一场梦:关于婚姻的美好都是少女自己的幻想。于是,这首诗歌的叙述者提醒这位姑娘婚姻不是她想象的梦幻般的仙境:

> 她不会找到仙境中的桌椅,
> 找到桃花心木餐柜,
> 以及纤尘不染的炉灰。
>
> 没有盛满的酒,没有舒适的座椅,
> 书架上没有安息日读的小楷书,
> 没有酗酒男管家,慵懒的女仆。③

在姑娘想象中,婚后家中的家具都是维多利亚式客厅的典型装饰,而叙述者粉碎了姑娘这个幻想,暗示了婚后不可能有体面的社交、酒和娱乐。"没有安息日读的小楷书"指代文学陶冶和宗教信仰,这些精神享受也不可能存在于婚姻中;没有"男管家"和"女仆"暗示着女人将要从事无止境的家务琐事。

> 她会看到多彩的光波在跃动,

---

① Andrew Motion. *Philip Larkin: A Writer's Life*. London: Faber and Faber, 1993, p. 151.

② Ibid., 119.

③ Anthony Thwaite, ed. *Philip Larkin: Collected Poems*. London: Faber and Faber, 2003, p. 72.

> 褐色的猴,灰色的鱼,环环相扣,
> 仿佛是一群游荡的无赖,正在聚集。
>
> 错觉缩小,套上女人的手指,
> 然后恶心地向外扩展。她还会赞赏
> 那不健康的地板,好像坟墓的皮肤,①

对婚姻的错觉使女人戴上婚姻的戒指,但是现实中的婚姻生活并非如她们婚前想象的那样浪漫,而是琐碎和繁杂的,房间里需要打扫的不干净的地板在婚后的女人眼里,就像坟墓的皮肤,沉闷而令人绝望。婚姻一旦成为现实,女人就有一种被欺骗的感觉:

> 一种隐隐作祟的背叛感,
> 如同私下碰倒了希腊雕像,我
> 冲洗出微妙的情感。最重要的是
> 她总会听到现实的声音,
> 不息地诵读,点缀着术语,
> 每个都像双黄蛋,充满意义和反意义。
>
> 像打开扭结,公告的风笛拆解世界,
> 听见过去怎么过去,未来是什么趋势,
> 亲爱的,你那无与伦比的支点就会漂移。②

诗人在最后这一诗节又谨慎地对少女即将做出的伦理选择提出忠告。"公告的风笛"象征着婚礼的告示;举行了婚礼,少女的伦理身份就会变化,她无忧无虑的少女生活就会成为过去,将要面对的就是上面所描述的现实。知道这些以后,姑娘还会想要选择结婚吗?其实,这首诗是拉金写给与自己订婚的露丝,其目的昭然若揭:不要对婚姻有美好的期盼。订

---

① Anthony Thwaite, ed. *Philip Larkin: Collected Poems*. London: Faber and Faber, 2003, p.72.

② Ibid.

婚以后,露丝沉浸在爱情和对婚姻的美好憧憬之中,但是此时的拉金正面临着艰难的伦理选择:一方面,由于他在一个传统的家庭长大,遵照传统伦理规范,他对露丝负有道义上的责任,应该和她结婚;另一方面,拉金认为"婚姻是绝对违背自然的"①,因为婚姻将意味着结婚生子和婚后的家庭琐事,而这些都会分散他作为诗人的时间和精力,让他无法实现成为文学家的梦想,此时的拉金"真的确定是一点也不想结婚"②。

几年之后,拉金的另一首诗《没有路》描写了自己做出和露丝取消婚约这个伦理选择时的心情,以及对由此而变化了的伦理身份的思考。诗歌第一诗节宣告了"我们"之间关系的终结。爱情终结了,当事人的伦理身份发生了改变,叙述者和曾经的恋人已不再是恋爱的关系,所以他们应该努力地去忘记他们在一起时的一切,用时间和空间来阻断联系,像陌生人一样疏远。拉金的理性告诉他,由于和露丝解除了婚约并分手,他们的伦理身份从恋人变成毫不相干的男女,但是自由意识让拉金无法把露丝从心中抹去:

> 自从我们容许那条你我之间的路
> 日渐废弃,
> 还用砖头将我们的门堵上,种上树将你我拦阻,
> 并放任一切时间的侵蚀,
> 沉默,空间,以及陌生人——我们的疏淡
> 仍不起什么作用。③

这一诗节宣告了一段感情的终结。感情虽然终结了,但是对当事人双方还是有影响。无论叙述者和他的恋人怎样努力地去忘记他们在一起时的一切,"还用砖头将我们的门堵上,种上树将你我拦阻,/并放任一切

---

① Philip Larkin. *Required Writing: Miscellaneous Pieces 1955—82*. London: Faber and Faber, 1983, p. 260.
② Qtd. in Andrew Motion. *Philip Larkin: A Writer's Life*. London: Faber and Faber, 1993, p. 180.
③ Anthony Thwaite, ed. *Philip Larkin: Collected Poems*. London: Faber and Faber, 2003, p. 56.

时间的侵蚀",用时间和空间来阻断联系,像陌生人一样疏远,这些努力都不起作用。

> 或许,未扫的树叶随风堆积;未割的草儿爬行;
> 再无别的改变。
> 如此空旷的坚持,如此琐细的蔓生,
> 今夜那样的行走不会显得怪诞,
> 仍将被容许。再久一点,
> 而时间将是更强者,①

第二节继续描述一段刻骨铭心的爱情结束以后的感觉:虽然分手以后,两人的生活仿佛没有什么改变,但是"空旷的坚持,如此琐细的蔓生"这一句却暗示了分手后当事人的寂寞和失落。晚上已习惯于恋人的陪伴,现在孑然一人倒觉得有一种怪异的感觉。最后一行,叙述者希望时间能解决一切问题,能治愈一切伤痛,生活又会回到正常的轨道。

> 勾画一个世界,那里没有这样一条路
> 从你伸向我;
> 且看像寒冷的太阳那样走来的世界,
> 报答他人,是我的自由。
> 不阻止它是我渴望的实现。
> 渴望它,我的不安。②

叙述者认为由于时间、空间的阻隔,恋人已成为陌路,虽然睹物思人,满目凄凉,但是时间会治疗一切伤痛,"你"会有自己的未来。虽然诗人对于自己不能存在于恋人的未来心生酸楚,但是未来就像每日升起的太阳一样,无法阻挡又令人向往。未来象征着希望,象征着一段新的感情的开始。安德鲁·施华布瑞克认为诗歌最后一节关于太阳和未来的描述是拉

---

① Anthony Thwaite, ed. *Philip Larkin: Collected Poems*. London: Faber and Faber, 2003, p.56.
② Ibid.

金这首诗歌中的败笔,特别是"拙涩"的"不阻止"(Not to prevent)和累赘的最后一行,明显地走题。① 其实,最后一段是这首诗的精华。拉金的诗歌主体叙述倾向于采用三段式结构:一、讲述"真人真事";二、由此而生的种种感想;三、最后谨慎而试探性地提出结论。在这首诗中,第一诗节讲述了分手的事实,第二诗节描述分手的惆怅,第三诗节表达了从《北方的船》以来拉金对于爱情一贯的态度:对于已逝的爱情就应该结束,可以怀念它曾经的美好,但不可以挽留。因此,最后一行祝福对方和自己在各自的生活上和感情上都有一个新的开始。

拉金在完成《没有路》几个月以后,又写了一首《最近的脸》描述一段新的情感。这首诗歌的第一节满怀深情地描述了叙述者对少女的一见钟情:

> 最近的脸,如此轻松
> 你的美尽收我的眼眸,
> 站在附近的人没有一个能猜得到
> 你的美丽遮掩不住,直到
> 那可爱的游荡人儿,觉察到
> 我的眼,再也无法转过来②

其实,这首诗叙述了拉金的新恋情,而且很明显是写给拉金的同事维尼弗瑞德·阿诺德的,因为拉金在这首诗的草稿的最后一页写满了她的名字。当时,年仅 21 岁的阿诺德刚刚成为拉金所在图书馆的新员工,她的美丽和活泼立刻吸引了拉金——"你的美丽遮掩不住",自然意志让拉金深陷于对她的迷恋:"我的眼,再也无法转过来。"阿诺德当时计划只在贝尔法斯特(Belfast)工作一年,而后她将和未婚夫完婚,这是一个公开的秘密,每个人都知道她在图书馆工作的时间是有限的,她是不属于那里

---

① Andrew Swarbrick. *Out of Reach—The Poetry of Philip Larkin*. London: Macmillan Press Ltd., 1995, p.45.
② Anthony Thwaite, ed. *Philip Larkin: Collected Poems*. London: Faber and Faber, 2003, p.71.

第六章　20世纪诗歌的伦理关怀 | 207

的。不可得到的女人对拉金最具吸引力,因为阿诺德的不可得性,拉金对她充满激情。

> 爱慕者和被爱慕者
> 在无用的层面拥抱,
> 我把你现在的美丽封存,
> 你是我的裁判;还是飘进
> 真实凌乱的空气中
> 带来短暂的赞美——
> 讨价还价,痛苦和爱,
> 不是这个总在计划之内的行礼。①

第二诗节一开始就表明他们俩之间的爱慕是没有什么结果的——"爱慕者和被爱慕者/在无用的层面拥抱",而"短暂的赞美"再次暗示了他们交往不会有结果,"计划之内的行礼"也是一个暗喻,比喻婚姻形式,暗示他们的爱情不会走向世俗的婚姻,因此他们的浪漫不会落入俗套,不会斤斤计较,带来痛苦。

> 谎言在我们周围渐渐变得黑暗:
> 你美丽的雕像会行走吗?
> 我必须在它后面亦步亦趋吗? 直到
> 发现了一些东西——或者什么也没发现——
> 此时转身已经来不及了。
> 抑或,如果我不改变立场,
> 你的力量实际上——能够
> 帮你逃离躲避,
> 远离别人的视线,
> 跃离太阳,戴着面具和耻辱

---

① Anthony Thwaite, ed. *Philip Larkin: Collected Poems*. London: Faber and Faber, 2003, p.71.

还有艰难,且不被理解?①

"谎言在我们周围渐渐变得黑暗"象征了世俗的观念和传统的伦理。爱情是以婚姻为最后归宿的,只恋爱不结婚不会被世俗所接受,"你"是否也不能接受只恋爱不结婚的观点,离"我"而去?诗人在这一段表达了自己的观点:与心仪的对象保持一定的距离,不去获得她比获得她更好,这样的话,谁也不会失望,因为如果"我"苦苦地追求爱或爱的对象,到头来什么也没得到,或者发现不是自己原来所期盼的,那时改变主意就太晚了。渴望的东西,比如爱人或爱情,只有一直保持不可触及、无法得到,才能保持它的魅力。无论是《如果,亲爱的》还是《没有路》,初看时仿佛让人感觉诗人不那么自信,但实际上诗歌暗藏深意,隐讳而不是直接地阐述了拉金的爱情伦理观以及所做出的伦理选择:享受爱情的过程,而不要结果;只恋爱不结婚。

三、晚期作品:理性情感的颂歌

拉金晚期的作品从诗人个体情感的伦理诉求上升到对爱的本质的探讨与追问。由于"人性因子和兽性因子在伦理选择中形成的不同组合导致人的情感的复杂性,即导致自然情感向理性情感的转化或理性情感向自然情感的转化"②,拉金晚期的爱情诗展示的就是从自然情感向理性情感的转化,这些诗歌对升华为道德情感的爱情进行了肯定,体现了作者伦理意识的强化。拉金创作晚期的爱情诗歌基本上从两个方面来探讨升华为道德情感的爱情的特征:无私性和永恒性。这些诗歌表达的爱更睿智、更富哲理性,矫正和颠覆了诗人年轻时对爱情等同于自然情感的伦理观。

拉金早期诗歌中表达了年轻诗人的爱情观——爱情是自私的,而且这些诗歌的叙述者无一例外都是男性。这些叙述者从男权主义出发,把女性边缘化,在恋爱中只关注自己的欲望与利益的满足,表现出一种极度

---

① Anthony Thwaite, ed. *Philip Larkin: Collected Poems*. London: Faber and Faber, 2003, p.71.

② 聂珍钊:《文学伦理学批评导论》,北京:北京大学出版社,2014年,第250页。

自私的男权主义倾向,比如:把爱情等同于激情,当欲望得到满足,激情消退,就忙不迭地把女性从身边推开,唯恐她成为自己的羁绊。拉金的晚期爱情诗歌转向歌颂道德情感——永恒的爱情,主张爱应该是无私的。在《爱》这首诗中,诗人写道:

> 爱最困难的一部分
> 是足够的自私,
> 是盲目而执着地
> 为了自己而去
> 烦扰另一个人。
> 多么的厚颜。
>
> 无私的一面——
> 你怎么才能满意,
> 当你把他人的利益放在第一位
> 而使自己的处境更糟?
> 只为自己而活。
> 就像脱离地球引力
>
> 不管是道德还是不道德,
> 爱适合我们大多数人。
> 只有流血之人发现
> 自私是错误的
> 只有完全回绝自私
> 他才能得到满足。①

这首诗一开始就强调爱是两厢情愿的事,不能为了自己私欲而把感情强加于人,男女相处应给对方留一个适度的自由空间,不应强迫对方服

---

① Anthony Thwaite, ed. *Philip Larkin: Collected Poems*. London: Faber and Faber, 2003, p. 180.

从自己的意愿,而应该互相尊敬、公平相待。拉金这个时期的两性观与他早期作品所表现的大相径庭,比如:《一个被拽着手腕的姑娘》中"被拽着"这个动词明显地带有暴力的色彩,表明了姑娘是不情愿地屈服;《欺骗》中的男人为了满足自己的肉欲不惜使用暴力强奸女孩。但是在《爱》这首诗里,诗人强调恋爱双方平等的权利,并提出为了满足自己单方面的私欲而骚扰另一个人的生活,是厚颜无耻的行为,因此这首诗是对《欺骗》中被强奸者是"受骗更多的人"的反驳,强奸者不顾女方的意愿,千方百计,甚至不惜以暴力征服女性,他才是"多么的厚颜"。

在第二节,诗人提出真正爱着对方就应该把她(他)的利益放在首位,甚至不惜牺牲自己。因为在世界上,人不是"只为自己而活",而是生活在一个社会、一个集体里面,生活在人与人之间的关系中,不能就只考虑自己的利益,人不能摆脱与他人的关系,就像摆脱不了地球引力一样。早期的拉金是一个典型的城市漫游者,他是生活的敏锐旁观者而不是积极投入者,女性、爱情为他提供了自我冥想的素材,但是他对女性的态度是冷漠、漠不关心的,除了肉体,不愿与之产生深层的、精神层面的关系。随着生活阅历增长,善于思辨的诗人开始懂得个体不可能完全脱离集体而存在,人们为了更和谐地共处于同一空间,就不能只为自己而活。爱情是无法言说的一种感情,两情相悦不存在道德不道德的问题,但是在爱情上自私的人,最终会"流血"受伤,正如《欺骗》中那个强奸者,最后得到的反而是痛苦和加倍的孤独。

拉金晚期爱情诗歌另一个主题讲述的是爱情的永恒性,《1952—1977》就是其中的代表:

> 在没有什么是永恒的时代
> 只有变得更糟,或者变得陌生
> 唯一不变的好事:
> 她从未改变。①

---

① Anthony Thwaite, ed. *Philip Larkin: Collected Poems*. London: Faber and Faber, 2003, p.192.

世界上没有任何东西是持久不变的，随着时间的推移，只会变得更糟，或者面目全非，但是有一样东西是始终没变，那就是"她"。对于女人来说，人生的前25年是她生命中最美的一段时光。25年过去，对于成年女人来说只会意味着青春流逝殆尽，但为什么叙述者说"她"一点没变呢？因为叙述者认为女人最重要的是内心，而不是容颜。容颜会随着岁月的流逝而枯槁，但是心灵可以一如既往地保持童贞般的真挚、单纯。虽然拉金年轻时不相信精神层面的爱情，认为爱情随着肉欲的满足而消逝，可是到了晚年，拉金理性睿智地看到事物的本质，摆脱了年轻时完全被兽性因子控制的自然情感以及对肉欲的沉醉，而追求一种心灵的契合、理性的、合乎伦理道德的爱。

拉金晚期爱情诗最具代表性、最意味深长的是《阿兰德尔墓》。这首诗通过对伯爵夫妇雕像紧握着的双手的细致描写，展开了对爱的本质、时间流逝和死亡的思考，诗中最后一句："只有爱情能使我们长存"成为几十年来脍炙人口的诗行而广为传颂。1965年1月，拉金出游至英国南部海岸，访问了奇柯斯特教堂里。在教堂里，一座雕像激发了诗人的灵感：14世纪阿兰德尔伯爵和他妻子的雕像手牵着手卧了几百年。回到赫尔以后拉金就写下了这首诗。

《阿兰德尔墓》这首《降灵节婚礼》的压卷之作，表意直接，技巧娴熟，回味悠长：

> 肩并肩，他们面容模糊，
> 伯爵和夫人共眠在墓石里，
> 他们特有的习惯隐隐显现
> 像接合的盔甲，僵硬的裙褶，
> 以及微微荒诞的暗示——
> 他们脚下的小狗。
>
> 如此前巴洛克风格的平实
> 不太能吸引视线，直到
> 看见了他左手的铁手套，空空的

仍被另一只手抓紧；
你发觉,带着温柔的震惊,
他的手抽回,握住了她的手。①

　　开首的两行诗句仿佛是伯爵和伯爵夫人雕像的速写图,他们的脸模糊不清,只有寥寥几笔勾画他们衣着:伯爵穿着盔甲,伯爵夫人穿着长裙礼服,因为是石头雕刻的,所以她的裙褶是"僵硬的"。虽然只有寥寥几笔,伯爵和夫人的身份及他们生前的生活展现在读者面前。从伯爵的盔甲可以推测伯爵是一位战功显赫的军人,夫人是一位优雅的贵妇,养着名犬,过着养尊处优的日子。如果只是这样的话并不能吸引人们,视觉意象使雕像灵动起来的关键是他们握着的双手:他本来带着盔甲手套的左手,此时脱下手套拿在右手,用温暖的左手握着妻子的手,这个意象让诗人震惊于这位铮铮汉子的铁骨柔情。随着描写进一步展现,主旋律进一步复杂化,也进一步明晰:

他们没有想到会躺那么久。
此种蕴藏在肖像内的逼真
正是朋友可以察觉出的细处:
雕塑家受托付所刻出的优雅
一气呵成地促使雕像底座的
拉丁姓氏得以流传久远。

他们怎么也猜想不到
在他们仰卧静止的旅程中
空气这么早就化成无声的损害,
把老房客赶走；
后代的眼睛这么快就开始

---

① Anthony Thwaite, ed. *Philip Larkin: Collected Poems*. London: Faber and Faber, 2003, p. 116.

浏览,而不是细看。①

第三诗节暗示雕刻这座雕像的时候,雕刻家只是抓住了他们生活的一个细节,两人手挽手的甜蜜形象只不过是"雕塑家受托付所刻出的优雅",对于当时的伯爵和伯爵夫人来说,他们握着的双手并没有什么特殊的含义,只不过是艺术的造型,与爱情无关,当时雕刻这座雕像的真实意图是纪念这个家族中曾出过这么个显赫的人物。第四诗节话锋一转,死神剥夺了生命,时间终将毁灭一切。"在他们仰卧静止的旅程中/空气这么早就化成无声的损害"喻指他们死后,随着时间的流逝,空气蚀啮了雕像;原文中的"tenantry"(仰卧静止)寓指人的肉体,几百年过去了伯爵夫妇的尸骨已腐蚀无存。更重要的是:世道变迁了,伯爵夫妇所处的封建时代成为历史,现代人对于刻在墓碑上的家族姓氏不屑一顾,反而是他们握着的双手吸引了人们的注意力。

> 坚持着,相依着,穿越过时间的
> 长度和宽度。雪花飘落,无止境。阳光
> 在每个夏季透射玻璃。明丽的
> 鸟语零乱地撒落于同样
> 多孔洞的地面。而沿着小路
> 不断变换的人们来到,
>
> 冲洗去他们的身份。
> 而今,无助地处于这不再是
> 纹章时代的穴里,在他们
> 历史断片的上方
> 缓缓悬浮的烟束凹处

---

① Anthony Thwaite, ed. *Philip Larkin: Collected Poems*. London: Faber and Faber, 2003, p. 116.

只残余一种姿态：①

不管时间怎么变迁，雕像中的伯爵夫妇都保持不变的姿势，但是伦理环境在变化，来参观的人在变化，这些人代表的伦理观念也在变化。原文中的"washing"（冲洗）这个字有两层喻义：一方面是"侵蚀"——时间不仅侵蚀了雕像，从历史的角度来看，伯爵夫妇的伦理"身份"在现代人眼里不再具有以前的伦理价值，伯爵这个头衔在封建社会代表着显赫的身份，在现代人眼里没有任何意义；另一方面是"净化"——当伯爵夫妇除去了虚华光环，最真实本质的东西便显现出来：相濡以沫的夫妻之情，伯爵伉俪的鸾凤和鸣，参观者看到他们感受到的是他们耐人寻味的亲密感和信任感，以及相互之间无须言表的依恋和关怀。没人再关心伯爵夫妇生前的辉煌，现在他们给人们留下的印象只是一种"姿态"——相互紧握的手：执子之手，与子偕老。

> 时间已将他们变形成为
> 虚幻。那原非他们本意的
> 墓石的坚贞已变成
> 他们最后的纹章，并且证实
> 我们的准直觉几乎真确：
> 只有爱情能使我们长存。②

时间让雕像中的伯爵夫妇变得"虚幻"，不再反映他们真实的生活。他们握着的双手对于逝去的当事人来说可能没有代表任何意义，现在却变成了"他们最后的纹章"。人们为什么如此关注这座雕像，因为它证明了"我们的准直觉"："只有爱情能使我们长存。"尽管这层意义不是塑造雕像者的最初意图，但浮雕最终似乎传达了一种永恒的爱：这就是拉金在这

---

① Anthony Thwaite, ed. *Philip Larkin: Collected Poems*. London: Faber and Faber, 2003, p.116.
② Ibid.

首诗里传达给读者的"一种理想的、超时空的爱"①,婚姻中的夫妻将自然情感和道德情感相融合,在伦理选择中实现了道德升华:性、爱情、婚姻一体化,而这种爱符合广大读者伦理道德方面的期待视野——爱能超越时间、超越生死而永恒存在。

第二节 重构:泰德·休斯诗歌的伦理秩序

泰德·休斯,英国桂冠诗人,是当代英国最重要的诗人之一,这不仅源于他独特的诗歌成就,也源于其诗歌风格和思想对当代英国人的影响。他主张以直白的语言,强烈的情感来以诗言志,尤其是一系列动物意象的塑造,反映着诗人对以拉金为代表的运动派诗歌营造舒缓气氛的反驳。作为一名诗人,他的视野不仅仅局限在英国,而更关注人与自然关系的变化,在这种动态的变化过程中,诗人不停自省其身,不停自省人类文明给自然制造的伤痕,因为"在一个丧失了意义的时代,艺术作品可以成为一种对现实存在无意义的自身具有意义的表达"②。

人与自然应是和谐的共生关系。在休斯的眼中,工业革命后的英国一切都被纳入人的视野,人被知识化、话语化,人与自然的秩序是失衡的,而从生态平衡理论来看,我们则需要重新审视人与自然的关系,目前评论界公认休斯的诗歌具有某种生态诗学观。而人与自然的高度和谐是"理想主义"的内在要求,休斯希冀通过诗歌所具有的创造性和感召力唤起人们对人与自然失衡关系的关注,并在这种关注中重新建立与自然之间的秩序,最终臻至人与大地的和谐境地。

早在古希腊,亚里士多德就提出了"净化"说,到古罗马时期,贺拉斯提出的"寓教于乐"说聚焦着文学的道德教化功能。人与自然的关系与人与社会的关系一样,是同一事物的两面,只有两者协调,人才能在自然选

---

① Salem K. Hassan. *Philip Larkin and His Contemporaries: An Air of Authenticity*. London: Macmillan, 1988, p.38.

② [德]汉斯·昆、伯尔等:《神学与当代文艺思想》,徐菲、刁承俊译,上海:生活·读书·新知上海三联书店,1995年,第27页。

择和伦理选择之后成为与兽相区别的真正的人。

一、自然选择与伦理选择

在人类文明发展史上,禁忌的产生是人对身上的兽性部分即人的本能加以控制的结果。① 休斯的诗歌多以动物为原型,在评论家眼中,他的诗歌专注于书写暴力,尤其是早期的诗集。但休斯自己却反对用"暴力"来描述他的诗歌,他坚称早期的诗歌书写的是"活力与死亡间的较量"(the war between vitality and death)②。就诗人自身而言,不论是狂傲残忍的鹰、目空一切的乌鸦还是同类相残的狗鱼都是人类的代名词。显而易见,在诗人笔下,人性的因子被伪装在动物的表象之下。伦理秩序最初是通过伦理禁忌表现出来的,在人类从兽到人的转变过程中,区别于兽的最本质特征就是人的理性,即对人的本能的控制欲压抑,在长期的演变过程中,人类逐渐形成了两大禁忌:族内禁婚和禁止同胞相残。③ 休斯的作品恰当地体现了这种种秩序的失衡。

在《物种起源》中,达尔文认为生物进化的规律是以弱肉强食为典型特征的丛林法则,这是自然界的基本法则,也是维持自然秩序的基本法则。1957 年,《雨中鹰》出版,在这部诗集中,休斯描绘出一个以动物为主体、丛林法则为秩序的世界,在这个世界中,力量可以作为一种手段,其实质是本能放纵的世界。丛林法则是自然界的伦理,而在鹰的世界中,人类遵从了丛林法则并把这种法则运用到自然母亲本身,人类犹如《牧神》中《栖息的鹰》:

>……
>
>现在我把造化握在脚中。
>
>或飞上高空,把它慢慢旋转——
>我随心所欲地捕杀,因为万物属我。

---

① 聂珍钊:《文学伦理学批评导论》,北京:北京大学出版社,2014 年,第 261 页。
② Leonard M. Scigaj. *Ted Hughes*. Blacksburg: Virginia Polytechnic Institute and State University Press, 1991, p. 38.
③ 聂珍钊:《文学伦理学批评导论》,北京:北京大学出版社,2014 年,第 261 页。

> 我的体内没有诡辩:
> 我的习惯是拧掉一个个头颅——
>
> 分配死亡。
> ……
> 无须辩护我的权利:
> 太阳在我的身后。
> 自我开始万物未变。
> 我的眼睛不允许改变。
> 我要让一切万古如斯。①

此时人类兽性的因子已经完全暴露于表面,作为人类象征的鹰不再是自然中的一员,它丧失了自然成员的身份,成为自然的创造者、主宰者和审判者,寓意着面对自然,人类成为强者,而自然成为弱者,因而整个自然界的伦理秩序被颠倒,而这种秩序的颠倒反过来又作用到人类社会本身。在《狗鱼》中,休斯更进一步揭示这种关系的失衡,诗人用第一人称"we"把我们直接带入了狗鱼的世界,在丛林法则支配下的弱肉强食,同类相食是惯例,诗人把狗鱼所处的池塘比喻为像英格兰一样的深不可测。

> 我们在玻璃缸中养了三条,
> 布以水草:三英寸、四英寸,
> 四寸半:喂它们小鱼苗……
> 突然只有两条。最后只剩一条。
> ……
> 沉静的传说般的深度:
> 如同英格兰一般深沉。……②

经历漫长文明时期后的人类文明由于工业革命的影响,慢时间的秩

---

① 张中载:《当代英国文学论文集》,北京:外语教学与研究出版社,1996年,第312—313页。
② 林玉鹏译:《英国泰德·休斯诗七首》,《当代外国文学》1999年第1期,第115页。

序被打破,早期人类经过自然选择达到人性与兽性的平衡、和谐的关系被打破,同类相残成为生存下来的本能。以至于休斯认为发展到现代,人类已经逐渐失去理性的头脑,完全以兽的形象行走于世间,以兽的准则支配自身。同类相残的法则在动物界是优胜劣汰的结果,而人与人之间的同类相残是人类社会形成以后两大伦理禁忌之一,诗中的狗鱼是人类的代言人,英格兰则是整个人类社会的缩影。当这种禁忌被一再触犯时,人与自然、人与社会的伦理秩序荡然无存。

因此,休斯在《沉醉》中描述了一个无人伦秩序的小镇面貌。圣公会牧师拉姆被精灵劫持到了阴间,精灵们劫持他的目的是为了送拉姆去另一个世界治愈女神的脸,并帮助女神度过难产,以此给予世界新的生命。牧师的身份象征拉姆是神的旨意的传播者,是人类的指引者。因此,他需要经历炼狱般的考验,以符合精灵的要求。拉姆被束缚在一棵橡树上接受鞭打。这棵橡树被砍去了枝叶,象征着人类本身的橡树已经无力复活其自身的生命,只空有一个身体。被鞭打至失去意识的拉姆献祭了他的意识与灵魂并与橡树结合在一起,橡树奇迹般地成为他的复制品。当复制品来到小镇后,却抛弃了牧师的使命,转而利用牧师的身份,诱惑并奸污了教区内所有的女教徒。此时的复制品成为毫无人性的兽,作为拯救者被送到这个世界的复制品已经失去了人类指引者的身份。小镇中充斥着形形色色的人,他们视偷盗、通奸、观淫、性虐、杀人等等恶行为平常,秩序在这个小镇仿佛从来没有存在,人们没有伦理的羞耻感,在小镇人们的眼中一切都是那么合理的存在。此时人类自身的人性与兽性不仅仅是失衡,而是完全被兽性所取代、所控制,这是一幅十分可怕的画面。当拉姆刚到小镇时,看到的是:

> 整整一条街,死尸
> 堆集,到处乱放着
> 尸堆之间还是尸体[①]

---

① Ted Hughes. "All the length of the street, dead bodies are piled in heaps and strewn in tangles everywhere between the heaps." *Gaudete*. London & Boston: Faber and Faber, 1977, p. 11.

至此，人类经过长期的自然选择直至伦理选择后建立的伦理道德秩序被破坏殆尽。休斯深刻意识到这种根植于人类文明深处的危机，他借助诗歌的潜在秩序和深层结构阐明人伦、道德、宗教的秩序被破坏后的伦理秩序需要重构的紧迫性，而这种重构需要人与自然的相互渗透，因为此时的人类犹如《雨中鹰》中表现的那样，人类希望掌控自然，却被大地吞噬。

> 我淹没在咚咚作响的耕地，我从
> 大地的吞咽中拔出一个个脚步，
> 泥土每一次陷绊住我的脚踝，
> 那习惯像固执的坟墓。①

二、伦理选择与伦理启蒙

因为自身特殊的经历，休斯的诗歌创作一度被中断，并使他在长达30年的时间里以出版儿童为受众的作品为主。在《神话与教育》一文中休斯认为，如今的学校教育是一种以科学性为基础的教育，这种教育方式会造成一个慢性病的社会，儿童诗由于具有启蒙性就变得尤为重要。同时，诗人认为启蒙性题材的儿童诗歌对成人也有教育意义，即启蒙性题材的儿童诗歌不仅能帮助儿童"保有童心"，还能帮助成人找回失落的"童心"。休斯曾提及自己创作儿童诗歌是带有某种"教育目的"的。对这些特殊的听众（儿童）来说，这是一种交流的方式，而成人也能像孩子那样以某种隐秘的方式偷听到或无意中听到。因此，启蒙性题材的儿童诗歌不仅是写给孩子看的，对成人一样有启迪意义。因为"每一个新生的孩子都是自然纠正习俗的错误的机会"②。儿童有机会恢复人类"失去的意识、能力和生理与心理的协调一致"③，而正是诗人坚持的这种启蒙性，在人

---

① 本节诗歌摘自阮炜、徐文博、曹亚军：《20世纪英国文学史》，青岛：青岛出版社，1998年，第307—308页。
② Keith Sagar. *The Achievement of Ted Hughes*. Manchester: Manchester University Press, 1983, p. 240.
③ Ibid.

类童年的初期就引入了重建秩序的影子。在成人世界丧失人伦的前提下，儿童世界的伦理秩序就显得尤为重要，在儿童与成人之间不断变换的视角又体现了诗人共同性的原则。

"伦理启蒙是指人在完成自然选择后进入伦理选择前的学习阶段。伦理启蒙主要是针对儿童而言，启蒙的主要方式是从讲述童话故事开始，其目的是让儿童从听故事中获得教诲。……通过动物的形象，让儿童获得人的概念，从形式上把人同禽兽区别开来。"①休斯对如何以儿童为受众来进行创作有着清醒的认识："为儿童写诗是件不寻常的事……最不寻常的是我们认为儿童需要某种特别形式的诗歌艺术。"②诗人笔下的诗歌应具有正确的伦理指向，在重建伦理秩序的过程中，人首先需要重新认识自己，我是谁？我是什么？1964年休斯出版了《无礼的怪物尼斯》，这首叙事诗长度适合儿童阅读，与休斯以往作品相比，诗中的语言相对温和，没有那种扑面而来的暴力描述，一切都在缓缓之中进行。作为尼斯湖中的水怪，尼斯一直是某种神秘的象征，休斯借用了这一家喻户晓的传说创作出自己独特的叙事篇章。尼斯一出场就表达了某种忧伤：

> 没有人认为我
> 是存在的。
> 他们说我的时代已经过去。
> 他们说我是传说中的野兽。
> 我不是吹牛，
> 我会让自己出名否则就毁灭……③

她思考着自己存在的意义，并希望通过自身的努力得到人们的认可。当她从尼斯湖一路经爱丁堡到约克郡的路途中，尼斯的愿望与人们的反应形成了鲜明的对比，在她的心目中，"约克郡是最棒的地方"，"我听说那

---

① 聂珍钊：《文学伦理学批评导论》，北京：北京大学出版社，2014年，第258页。
② 摘自休斯广播节目的草稿，保罗·丽萨注明其出自休斯晚期的文学生涯。参见 Lissa Paul. "'Writing for Children is a Curious Occupation': Ted Hughes and Sylvia Plath." *The Horn Book* 81. 3(2005): 257—267。
③ Ted Hughes. *Nessie the Mannerless Monster*. London: Faber and Faber, 1964, p.2.

儿的人们最诚实,我一出现他们都大声喊我'尼斯'!"然而令她失望的是不论是民众、警察还是爱丁堡的市长,他们对尼斯的出现都惊恐万分,哭喊着纷纷逃离城市,"挤在拥挤的车中","希望藏起自己","遮住眼睛",不与尼斯对视,以致尼斯所到之处"街道显得空旷而荒凉","每个人都坐在电视机前,视线呆滞"。在人类世界,尼斯不受欢迎,人们认为她是一个怪物,当尼斯面对众人的质疑,不断否定她的存在时,她希望能在动物中得到认可,可是她的到来没有得到动物们的欢迎,动物园中的"老虎站在那目瞪口呆","狼群立刻都晕死过去",而"大象直接放弃了任何抵抗",鹰群僵立着叫到"我们只是风扇叶片",蛇群低语着"别看我们,我们是葡萄藤"……面对被圈养的野生动物,尼斯环绕四周,发出了她的疑问"这些是动物中的王者?"她的疑问使自身与动物及人类呈现了对立的一面,在人类社会她是不存在的怪物,圈养的动物中也没有她的立足之地,这从另一个侧面预示着尼斯是自然的存在,是自然的代表,她的存在不被人类掌控,面对真实的自然,人类表现得无所适从。当动物园的马夫建议尼斯去博物馆寻找亲属时,尼斯听从了他的建议,即使她"从不知道有堂兄弟的存在"。博物馆是陈列动物尸体的地方,这证明了与过去对比尼斯是独一无二的存在,但现实是没有人或者动物能够在今天证明她的存在,因此她发出了这样的声音:"我是真实的存在,我不是传说中的野兽,更不是(你们)梦中的野兽。"失望的尼斯独自走在大街上,出租车司机只让她别挡道,游客把她当作伦敦又一个著名的景观,伦敦的众人与他处不同,他们不害怕她,把她看作是马戏团的活广告,警察也叫嚣着"往左开,傻子,别走右边"①。喧嚣的街道让尼斯十分惊恐,突然一个诗人的出现让她惊喜万分,因为诗人认出了她,这是她存在的最具体证明,从这里可以看出,尼斯对自身存在的思考是比较模糊的。当诗人带领尼斯面见女王时,诗人成为尼斯的代言人,与女王进行了和平的对话。最终,女王任命这个巨大的流浪儿为苏格兰、威尔士和北爱尔兰的副摄政,以便女王不在时以女王

————————

① 本段引文均来自 Ted Hughes. *Nessie the Mannerless Monster*. London: Faber and Faber, 1964, pp.2—21。

的名义进行统治。这里,尼斯的身份发生了巨大的转变,这个怪物是个"宠物"。宠物是被人类驯服的动物,人类对他们的命运具有支配权,作为自然代表的尼斯最终被人类所征服,而女王则是人类至高权利的代表。作为休斯早期的作品,《无礼的怪物尼斯》透露出诗人此时所要表现的人与自然的关系仅仅是表面和谐,内在却仍是对立的两面,因而他需要找到自然存在的证明。

三、伦理启蒙与伦理秩序的重建

在诗集《什么是真?》中,休斯借用上帝之子的口吻表达出寻找"真"的欲望。夜晚上帝带着好奇的孩子降临地球,此时"大约凌晨2点",他们是来询问人们的"灵魂",了解人们对"真"的看法。当上帝说道:"在他们的梦中,他们将会说出真相。关于人,那是件不寻常的事。他们醒着的时候,在最深的梦乡里。当他们睡着了,却没有一丁点睡意。奇怪的生物!"[1]这有一种弗洛伊德似的潜在含义,当上帝告诉他的孩子,如何来理解这种奇怪的生物时,人性的本质在这里表露无遗。因而上帝选择的时机是在夜晚,那时的人们才能反映出什么是真,睡梦中的村民通过对自己选择的动物的描述反映出自己的人性。整首诗通过不同人物的叙述展现出来,不同的动物叙述穿插其中,形成了多种视角,自由体的运用使休斯能轻易地捕捉到天然处于本性的事物,同时保有清新的言语。当全诗的高潮来临时,上帝说:"我是任何事物。一只鼠。一只苍蝇。任何事物都是我。它是。它是。那就是真。"[2]这似乎又有一种泛神论的潜在含义,在这里,作为自然代表的上帝可以是任何事物,而人与自然的关系在对立的同时出现了松动,人与动物的界限已经没有那么明显,人们在睡梦中暴露的本性已经触及自然的本真。

而到诗集《四季歌》中,人与自然的关系更加调和,诗歌分为四个部分,每部分描绘一个季节,记录着从春到冬的历程,画面感十足,休斯自身

---

[1] Ted Hughes. *What is the Truth?* London: Faber and Faber, 1984, p. 2.
[2] Ibid., 113

的情感深入其中缓缓道出人类从生到死的生命历程,突出了自然力量与人的生命和谐共存的主题。《温暖与冰冷》一诗中,休斯通过对真实事物的描述吸引着我们的耳朵来倾听,手法看似表现主义,但每一诗节的意象在冰与钢铁的对比中紧密组织在一起,两组四行诗包围着这一组意象,通过动物和日常生活的对比,表现出正蜷缩着冬眠的人性本真试图生存的现状,并与自然的主题盘旋交织在一起,"这个毛发蓬松的世界像冰河时期的猛犸象"一样,体会着冬的严寒,

> 冰冻的黄昏降临
> 　　缓缓地像钢铁铸成的陷阱
> 在树上,道路旁,山岗上一切
> 　　不再能感受。
> 　　　但是鲤鱼在水深处
> 　　　　像行星在天际。
> 　　獾睡在草垫上
> 　　　像烤箱中的一片面包。
> 　　蝴蝶在蛹里
> 　　　像盒中的提琴。
> 　　猫头鹰躲在翅膀里
> 　　　像蕾丝下埋着的洋娃娃。①

这种生动的描述能够使儿童感知世界,在这种感知中体会——"我"即是自然,我们是不可分割交缠在一起的。正如休斯在《我自己的家人》一诗中,通过橡树之口说道:

> 我们是橡树,是你真正的家人。
> 我们被砍伐,我们被撕碎,你却眼睛眨也不眨。
> 除非你现在向我们保证——不然你现在就要死。

---

① 这首诗是本诗集的最后一首,选自 Ted Hughes. *Season Songs*. London: Faber and Faber, 1976 and 1985, p.87。

> 每当你看到一颗橡树倒下,保证你要栽两棵。
> 除非你发誓,不然橡树的黑皮就会变成你脸上的皱纹,
> 还会把你的脚长成树根,让你再也离不开这里。
> 这是我在树下做的梦,这个梦改变了我。①

这里我看似是儿童,其实代表的却是人类。我需要改变,而改变我的是橡树悲惨的命运,作为自然的象征,橡树就是我的家人,他们享有同样的生存权利,我的命运与橡树交织在一起,密不可分。这一切正如休斯所说:"他们的世界不仅仅是对天真新奇和有限现实世界的模仿——它还是一个非常清晰的理解过程,远比我们的世界自由自在,远比我们的世界灵动和流畅,(因而)更加贴近真实自然的真实法则。"②这种真实的法则是大自然与人类的共生法则,是人性与兽性的根本区别,不是弱肉强食,不是同类相残,而是一种伦理禁忌。我们与自然的关系与家人的关系一样,是亲缘与血缘的交织。至此,休斯的诗歌所具有的教诲功能得到了完美的实现,儿童在欣赏的过程中与诗人产生共鸣,在自然选择走向伦理选择的途中完成诗人的理想,回归人性,回归自然。

1983年《河流》的出版标志着休斯对这种真实法则的更进一步理解,诗中老渔夫只身遍寻鲑鱼的踪迹,在这个过程中,他感受了自然的脆弱与艰辛,人与自然的共存共生关系得到进一步加强。在诗集最后一首诗《鲑鱼产卵》中,他细心感受自然之美:"……我的身子前倾注视着河水,倾听着它/直到我的双眼将我自己迷失……"③老渔夫凝望着河水,直到物我两忘,这里的渔夫预示着人类最终达到了类似道家的境界,与大自然真正地天人合一,这是人类与自然秩序最完美的体现。正像希尼所说,他"让

---

① Ted Hughes. *Meet My Folks*. Ed. K. L. Paul. London:Faber and Faber, 2012, p. 61.

② Leonard M. Scigaj. *Ted Hughes*. Blacksburg:Virginia Polytechnic Institute and State University Press, 1991, p. 38.

③ Ted Hughes. *Ted Hughes Collected Poems*. Ed. K. L. Paul. London:Faber and Faber, 2005, p. 680.

经验飘在纯净的河上流传,这是向福音传道者揭示的生命之水的纯净之河"①。

第三节 平衡:谢默斯·希尼诗歌的伦理困境与选择

如果说休斯关注的是人与自然的伦理秩序重构,作为他密友的希尼则更关注人与社会之间的伦理环境改变导致的伦理困境。谢默斯·希尼,北爱尔兰诗人,1995年获得诺贝尔文学奖,是"现今世界上公认的最好的用英文写作的诗人和天才的文学批评家"②。希尼出生在北爱尔兰兰德里郡的木斯浜,12岁以前一直住在那里,并在那里接受了正统的英式教育。希尼的家庭人丁旺盛,是信仰北爱尔兰天主教的一个普通农民家庭,祖父和父亲都是出色的劳动者,母亲和常年居住在"我们"家的姑妈每日有条不紊地打理家庭日常事务,家庭氛围十分融洽,童年的乡村生活在希尼诗歌创作中烙下了深深的痕迹,地域情感跃然纸上。

一、早期作品的伦理语境

伦理环境又称伦理语境,它是文学作品存在的历史空间。③ 希尼曾经把自己的写作称为"对童年时在这儿发生过的一些事的记忆",他早期的作品"亲人"主题始终贯穿其中,他常常以家庭为单位,个人情感为伦理主线,关注自然而真实的生活状态。这个时期的作品了充满原乡情结,"我的父亲躺在沙发上,用一种正式的口吻唠叨着耕地和草场的面积、尺寸和长短,踌躇满志","当其他人都去了教堂做弥撒",我和母亲"在一起削土豆,我完全属于她"。④ 著名的《挖掘》中,希尼把家乡的农耕生活融

---

① [英]希默斯·希尼:《伟大的人,伟大的诗人——特德·休斯追悼会上的悼词》,紫芹译,《当代外国文学》2000年第1期,第109页。
② 吴德安:《希尼的诗歌艺术》,《国外文学》2000年第4期,第45页。
③ 聂珍钊:《文学伦理学批评导论》,北京:北京大学出版社,2014年,第256页。
④ [爱]西默斯·希尼:《希尼诗文集》,吴德安等译,北京:作家出版社,2001年,第7页。本文献将希尼的国籍标注为爱尔兰,引用时予以保留。另,以下引用希尼的诗文未特殊标注的都引自此书。

入创作之中：

>……
>窗下，响起清脆刺耳的声音
>铁锹正深深地切入多石的土地：
>我的父亲在挖掘。我往窗下看去
>
>直到他绷紧的臀部在苗圃间
>低低弯下，又直起，二十年
>这起伏的节奏穿过马铃薯垄
>他曾在那挖掘。
>粗糙的长筒靴稳踏在铁锹上，长柄
>紧贴着膝盖内侧结实的撬动。
>他根除高高的株干，雪亮的锹边深深地插入土中。
>……
>就像他的父亲。
>
>我祖父一天挖出的泥炭
>比任何在托尼尔挖炭的人都多。
>……。他直起身
>一口灌下，又立刻弯下身
>继续利落的切割，把草皮
>甩过肩，为得到更好的泥炭
>越挖越深。挖掘。
>……①

这是父亲、祖父的生活方式，在幼小的希尼心中，父辈们的形象具体而饱满，他的目光一直追随着父亲和祖父的身影，沉浸在劳动的快乐与满

---

① ［爱］西默斯·希尼：《希尼诗文集》，吴德安等译，北京：作家出版社，2001年，第7—8页。

足之中,一切都是原生态的,天然的,祖祖辈辈都是这样向着土地在挖掘,这种白描似的手法突出了家庭日常生活的平凡,表达出诗人对家庭情感的眷恋之情,脉脉温情蕴含其中。童年的希尼并没有过深涉及自身的身份问题。"但是人的身份是一个人在社会中存在的标识,人需要承担身份所赋予的责任与义务。而身份从来源上说可以分为两种,一种是与生俱来的,如血缘所决定的血亲的身份。一种是后天获取的。伦理选择是从伦理上解决人的身份问题,……需要从责任、义务和道德等价值方面对人的身份进行确认。"①在学校,希尼从小接受英国传统文化的熏陶,他要背诵拜伦和济慈的诗作,它们的内容丝毫不反映爱尔兰人的生活经验,而当家庭聚会或亲人来访时,希尼常常被叫出来背诵一首爱尔兰爱国歌谣或西部叙事诗。这种家庭与学校、爱尔兰文化与英国文化巨大的文化反差让诗人处于两种伦理环境之下,英国文化是主流,是支配者,爱尔兰文化是从属,是生活的点缀,作为本土的盖尔语(Gaelic)被强行从国民教育体制中驱除,成为少数地区存在的几种方言。因而接受英语教育的希尼与祖辈们截然不同,血缘起源上作为爱尔兰人的希尼与后天教化后成为英格兰人的希尼在这个特殊历史语境之下,无法回避对自己的伦理身份的界定。因此他

……没有铁锹去追随像他们那样的人。

我的食指和拇指之间
夹着一只矮墩墩的笔。
我将用它挖掘。②

诗人只能用自己的笔来记录生活经验,而这种生活经验是爱尔兰式的生活经验,笔下的语言却是英国式的,他陷入一种伦理两难,即伦理悖论。伦理两难由两个道德命题构成,如果选择者对它们各自单独地做出道德判断,每一个选择都是正确的,并且每一种选择都符合普遍道德原

---

① 聂珍钊:《文学伦理学批评导论》,北京:北京大学出版社,2014 年,第 263 页。
② [爱]西默斯·希尼:《希尼诗文集》,吴德安等译,北京:作家出版社,2001 年,第 7 页。

则。但是,一旦选择者在二者之间做出了一项选择,就会导致另一项违背伦理。① 从一开始,希尼便意识到自身所处的伦理环境的相悖,这种相悖朝两个方向伸展。向后可追溯至爱尔兰所遭受的政治的与文化的创伤,向外可以涉及外部世界的诸多困窘和经验。"在学校,我既学习爱尔兰的盖尔文学,也学英格兰文学,因而我有一种概念:我是英国一个省区中的爱尔兰人。后来,我意识到,在我出生的地域中,早已植下了这一复杂的忠诚和两难。在我家乡名字的音节里,我看到了阿尔斯特文化分裂的比喻。于是,我象征性地置身于英国的影响和本土经验的吸引之间,置身于庄园领地和沼泽潭之间。"②希尼在这种伦理的语境中茫然四顾,找不到一个支点,始终处于一种选择的两难,代表着文明的英国文化与象征着自然的爱尔兰文化的冲突在他的身上时刻上演。

二、伦理困境与伦理两难

1968年北爱尔兰新教徒和天主教徒之间暴力冲突升级,直至1972年,英军枪杀了13名天主教示威者,政治环境的恶化激化了民族矛盾,诗人在1969年和1972年分别出版了《进入黑暗之门》和《在外过冬》两部重要的诗集,他的笔触从早期温情描写的家庭环境转入了严酷的社会环境,这种创作空间维度的变化正是诗人对所处伦理环境的变化的感知,也是对其带给自身种种伦理困境的认知与思考,沼泽系列诗歌就诞生在这种影响下。沼泽地是爱尔兰的基本地形结构,在希尼之前它并没有得到多少关注,而考古学家和泥炭工人却常常在沼泽地里挖出埋藏的金银珠宝和炭化了的尸体,这一特殊的地形特征成为这一系列组诗的独特意象。《托兰人》中,希尼借用了掩埋在沼泽地里的古代托兰男尸控诉北爱尔兰政治教派冲突中的杀戮行为:

  他仿佛被倾倒进

---

① 聂珍钊:《文学伦理学批评导论》,北京:北京大学出版社,2014年,第262页。
② 李成坚:《谢默斯·希尼:一个爱尔兰—英国诗人——从"身份问题"解读希尼诗歌与诗学》,《当代外国文学》2005年第4期,第64页。

柏油里,他躺在
一个草泥枕上
似乎要为
他自己的黑色之河而哭泣。①

政治中的暴力事件在这一时期层出不穷,选择成为政治的传声筒是对神圣艺术的背叛,而反之则被认为是对民族的背叛。此时诗人伦理身份选择成为双重的两难,是选择成为同样反抗的北爱尔兰抗争者还是成为代表暴力行为发出者的英格兰人,抑或是成为"艺术只为艺术"的忠实追随者还是成为艺术为政治服务的倡导者,这两种伦理身份的选择使希尼陷入更深的泥沼,而"沼泽眼可能是大西洋的渗漏处。潮湿的中心深不见底"②。面对这种身份选择导致的伦理困境,诗人无法做出选择,只能于1972年搬离了贝尔法斯特,定居爱尔兰,这一行为在当时引起轩然大波,北爱尔兰的天主教徒认为他是背叛者。

1975年《北方》出版,虽然这部诗集出版在希尼移居爱尔兰之后,但其中不少诗歌却是在1972年或之前创作的,因而诗集仍然大量描绘出诗人在这种伦理困境之下对政治暴力的控诉。其中《惩罚》一诗,希尼通过古代与现代女子命运的对比彰显出北爱尔兰现实政治中的暴力,一边是古代的年轻女子因通奸受到极刑处罚,另一边是今天爱尔兰天主教的女性因嫁给英国士兵而"被头涂柏油,在栅栏边示众哭泣"③。这种古今的对比加重了历史的厚重感,并以女子作为描述对象,象征着北爱尔兰面对英国的弱者地位,不论是过去还是现在命运不能自主的无奈现实。通奸本身在古今是一种伦理禁忌,会引起父系血统的混乱,在过去氏族文化时期对这类禁忌行为实行了极刑处罚;而现代女子结婚对象的选择在天主教教众的眼中也是一种伦理禁忌,是特殊历史伦理语境下,对立的宗教、民族与文化间的禁忌,这种行为是对宗教、民族和文化的背叛。显然这样

---

① [爱]西默斯·希尼:《希尼诗文集》,吴德安等译,北京:作家出版社,2001年,第58页。
② 同上。
③ 同上书,第91—92页。

的描述带有明显的民族主义色彩,而这种民族主义"在一定程度上属于我们所谓的道德问题"①。因而,希尼在诗集最后一首《暴露》中写道:

> ……
> 在某座泥泞的大院,
> 他的才华像一块投掷之石,
> 向着绝望飞旋而去。
> 我怎么会变成这样?
> ……
> 我既不是拘留犯也不是告密者
> 而是一个内心的流亡者,蓄着长发
> 心事重重,一个从大屠杀中
> 逃跑的林中流寇。②

诗人把自己描绘成一个内心的流亡者,这样的身份是他无法选择的结果,深受困扰的希尼搬离北爱尔兰后毅然回归到田园生活之中,希冀能从中找到自己的文学之路,因而"从那时起,诗歌的问题就从仅仅是获取令人满意的措辞转移到寻求与我们的困境相吻合的意象与象征"③。

三、达到平衡的伦理选择

诗人所处的地域虽然改变,但自身所处的伦理环境并不能改变,作家的创作必须根植于自己的民族文化本身,"我不把政治作为我的写作题材,我的责任是对周围环境做出某种形式的反应"④。面对众多指责,希

---

① Terry Eagleton. *Crazy John and the Bishop, and Other Essays on Irish Culture*. Cork: Cork University Press, 1998, p.315.

② 黄灿然译:《诗魂:谢默斯·希尼》,《诗书画》2014年第2期(总第12期),https://www.sohu.com/a/229573924_488466? spm=smpc.author.fd-d.20.1577259907910YQH3FIG,2020年3月29日访问;Seamus Heaney. *Preoccupations, Seclected Prose 1968—1978*. London: Faber and Faber, 1980, p.57。

③ Seamus Heaney. *Preoccupations, Seclected Prose 1968—1978*. London: Faber and Faber, 1980, p.57.

④ 贝岭:《面对面的注视——与谢默思·希尼对话》,《读书》2001年第4期,第89页。

尼开始了重构自身,他说:"我用英语书写和说话,但并非完全像英格兰人那样思考。我教英语,且在伦敦出版作品,但英语传统不是我的归宿。"①其后,诗人的创作日趋成熟,他意识到在创作中过于强调爱尔兰的身份并非正确的策略,更多地以旁观者身份对世界作出回应是一种更恰当的选择。面对北爱尔兰的政治暴力,"我会默许/这种文明的暴行,/同时也领悟这种仪式性的/族群的、情欲的报复"②,这种默许就是一种旁观,但旁观不是为了回避,而是为了更客观地记录,因而在《文明地图册》中他借波兰诗人赫伯特的诗说:

> 如果城市陷落但有一个人逃脱
> 他就会在流亡的道路上把城市在心里带着
> 他就将成为这个城市。③

地域的改变有助于诗人客观地观察爱尔兰民族革命运动,但此时的记录与书写与早期童年记忆的经验书写不同,离散/流散(diaspora)主题在作品中或隐或现。所谓离散文学,是作者由于历史、政治等原因,主动或者被动离开地理/心理与文化/国族意义上的故土、故乡、故国,迁徙至他者国度,甚至改用所在国(异族)的语言文字,从所在地(异地)的文化观念出发再次开始创作的文学现象。因此,记忆与怀旧构成了1972年之后作品的一个重要部分。这里的记忆是对爱尔兰民族的记忆,不仅仅限于早期那种家庭式的氛围和充满温情的环境,怀旧则是对爱尔兰民族之根的怀旧,这使诗人得以从不同时期、不同语境来旁观爱尔兰文学,旁观北爱尔兰所面临的政治困境,而希尼作为一个诗人,责任不是分裂这个国家的文化意识,而是要保持文学的独立性,这成为诗人创作的"中心"。这种语境改变给诗人创作带来的影响十分明显,也是诗人创作日益成熟的表现。

---

① 戴鸿斌、张文宇:《诗人希尼的身份建构困境及其对策》,《译林》(学术版)2012年第2期,第10页。
② [爱]西默斯·希尼:《希尼诗文集》,吴德安等译,北京:作家出版社,2001年,第92页。
③ 戴从容:《民族主义之后——从谢默斯·希尼看后现代时代的爱尔兰民族》,《深圳大学学报》(人文社会科学版)2011年第28期,第117页。

早期的诗人的童年记忆是出生地,诗歌中充斥着华兹华斯式的童年描述,那时的田园生活在诗人笔下犹如缓缓展开的画卷,"窗下,响起清脆刺耳的声音……我的父亲在挖掘。我往窗下看去……"①(取自《挖掘》);"那儿布满阳光静悄悄。/头盔似的压水机在院子里/加热着它的铁皮,水在吊桶里/甜如蜜","这里又是一个那样的/地方,两个钟滴答滴答/烤饼正隆起。/这里就是爱……"②(取自《阳光》)诗人对记忆中的故土生活加以诗意化、审美化的处理,把读者带回那种温情洋溢的小镇生活。同样,《追随者》中童年的体验仍是个人的经验叙述,充满了天真的想象,"我曾是个小麻烦,失足,跌倒,/总是哇啦哇啦地叫唤。可是今天/却是不断跌跌撞撞的父亲/跟在我后边,不会离去"③。

1972年当诗人离开这片承载着爱的故土时,他笔下的个人体验呈现出了一种有意识的对立,这种对立使读者能更深刻感受到历史语境改变给作家带来的影响。此时的童年记忆是母亲"她教给我的,她叔叔曾教过她:……教我在锤和煤块之间/勇于承担后果。她的教诲现在我仍在听,在黑煤块背后击打出富矿"④(取自《出空》)。这是承载着民族命运的富矿,是诗人需要承担的历史责任,而"我仍在听",这里的母亲有着丰富的象征意义,不仅仅是给予生命的母亲的发声,也是给予希尼文学生命的爱尔兰母亲的发声。诗人的地域改变似乎置身于爱尔兰历史语境之外,但记忆中的语境仍在,因为他"把它带在心里"。最终在

> 编织收获结时
> 你在不会生锈的麦秸中
> 编入心中成熟的沉默,
>
> ……手,
> 听从它们的天才精致的编织

---

① [爱]西默斯·希尼:《希尼诗文集》,吴德安等译,北京:作家出版社,2001年,第7页。
② 同上书,第75页。
③ 同上书,第14页。
④ 同上书,第168页。

直到你的手指梦游般地移动：
我辨认并触摸好像它是盲文，
从中寻找遗落的未言之物。①

希尼意欲用诗来言说那"未言之物"，父亲的手里是编织收获结的麦秸，表达着对母亲未言的爱，而作家的手里是书写诗篇的笔，表达着对爱尔兰未言的爱，因而诗人触摸、寻找着，他

……，已经染上了思乡病
……：本乡本土的收获结
在你手编的麦秸中仍然沉默不语。

艺术的终极是和平
可以作为这脆弱饰物的题词②

希尼找到了"艺术的终极是和平"的诗学原则，他似乎找到了文化和解的方法，虽然这种方法十分"脆弱"，但给予了诗人在伦理语境变迁后一个脆弱的支点，使他能够继续寻找在社会历史语境冲突下寻找到自身的平衡点。1987 出版的诗集《山楂灯笼》的《界标》一诗中，希尼做出这样的界定："两只桶远比一只桶容易提。/我在夹缝中成长/左手中放着标准铁砝码/右手拧着最后的谷物以保平衡/男爵和教士在我出生的地方相遇/我站在中央的跳板上/我是中流马背上最后的伯爵/在与他的同仁们对抗谈判。"③夹缝中成长的诗人希冀保持平衡，标准铁砝码和谷物是刚柔的对比，是他内心冲突的对比，谷物是他的武器，在对抗这种两难选择中是柔软的，是回归田园式、自然的爱尔兰的武器。然而即便是作为旁观者，希尼的内心深处仍然感觉到道德的谴责。在《石头与判决》一诗中，希腊神

---

① [爱]西默斯·希尼：《希尼诗文集》，吴德安等译，北京：作家出版社，2001 年，第 124—125 页。收获结在爱尔兰是一种用麦秸编成的男性向女性表达爱情的礼物。

② 取自《收获结》。

③ [爱]谢默斯·希尼：《希尼三十年文选》，黄灿然译，杭州：浙江文艺出版社，2018 年，第 64 页。本文献将希尼的国籍标注为爱尔兰，引用时以保留。

话中的赫尔墨斯因杀死天狗阿尔格斯而受到审判,众神以石头投票表决,宣判赫尔墨斯无罪。投在他身体四周的石头堆积起来,形成了一座圆形堡垒,这里暗示着诗人的一个愿望:作为在北爱尔兰教派冲突中保持沉默的人,他希望得到一个类似的判决:石头不是砸向他的头,而是宣判他无罪。①

在找寻艺术的终极原则过程中,希尼的视线先后投射向叶芝和乔伊斯,他"赞赏叶芝根据自己的主张呈现这个世界的方式,……坚持他自己的语言,自己的想象,自己的职权范围,这是正确的,甚至是必需的。……是一种为了保护完整性的精明行动"②。希尼在叶芝的语境中找到了自己的语言和想象,因为"艺术的结局是平静的"③。但他又指出叶芝式的"有力的艺术控制易被生活本身的辛劳或痛苦伤害"④,这个诗学原则是脆弱的、柔软的,因而他被乔伊斯那种藐视社会和道德的强大的个人意志所吸引。1984年《斯特森岛》中,诗人借用乔伊斯的口吻道出"作家的责任/不允许你顺从惯例习俗。/无论你做什么都要独立自主。/主要的事是写作/为兴趣而写。培养一种工作欲望/使你想象写作就是天堂……"⑤在乔伊斯的引导下,诗人消除了使用何种语言进行创作的焦虑感,并只为兴趣而写,因为写作就是天堂,在那里没有选择的两难,没有语境的困扰,诗人的书写不再为伦理语境的变迁而改变,借由这种引导,诗人的诗风也回归到早期诗歌的平淡清新,《在源头》中他这样写道:

> 你的歌,当你像往常一样
> 闭上眼睛唱时,就像一条故乡小路
> 我们熟知它的每个弯曲——
> 那条蚊群笼罩、高篱夹道的小路,站在那儿

---

① 张剑:《文学、历史、社会:当代北爱尔兰诗人谢默斯·希尼的政治诗学》,《英美文学研究论丛》2010年第1期,第83页。
② [爱]谢默斯·希尼:《叶芝作为一个榜样?》,程一身译,《文学界》(原创版)2012年第5期,第67页。
③ 同上文,第72页。这是叶芝借用了考文垂·帕特莫尔的话。
④ 同上文,第71页。
⑤ [爱]西默斯·希尼:《希尼诗文集》,吴德安等译,北京:作家出版社,2001年,第149页。

你看着听着，知道有辆车

开来又开去，留下你比当初

更孤寂。那么接着唱，

可爱的闭着眼睛的人，可爱的声音辽远的老歌手，

让你的歌把你带到歌声的源头。①

1993年英国与爱尔兰签署了《唐宁街协议》，北爱尔兰和平进程正式启动，1998年工党政府在北爱尔兰和平协议签署后同意北爱尔兰组建地方自治政府。2007年5月8日，民主统一党和新芬党达成协议后，四党组成了联合政府，这意味着北爱尔兰正式恢复分权自治政府。政治局势的缓解使北爱尔兰的天主教徒和新教徒面临着新的身份定位，过去那种对立的局面不复存在，在坚持自己民族的文化本源和差异的同时如何来适应新的政治环境，希尼同样给出了自己的答案。在后期的诗歌中，他审视的角度越来越离开爱尔兰的政治语境，他的笔触从政治又开始转向了个人经验，诗歌题材开始明显地再次转向普通的家庭和社会联系之中的个体的人。1995年，诗人荣获诺贝尔文学奖，他的致辞《归功于诗》体现出关注焦点的变化——天主教徒牵起了新教徒工友的手，这得益于诗人对所处政治环境的敏感和摆脱两难的伦理困境走向自由王国后的艺术探索。而这种探索在1995年出版的《酒精水准仪》中体现得更加明显，在长诗《迈锡尼瞭望台》之后，希尼用10多首诗的篇幅涉及各类主题，包括日常生活、工作、朋友等。最后一首他用十四行加两行的附言，描绘出去西部克莱尔郡郊游时大自然的诗意之美，在这种诗意的引导下，诗人在《诗歌的纠正》中道出了自己的心声："我想确认，在我们自己的思想意识领域内，我们可以使两种认识调和起来，我们不妨把它们叫作实际的认识和诗的认识；我也想确认，每一种类型的认识纠正和补充另一种，使达到和谐一致。两种认识之间的前沿是互相渗透的。"②诗人在这种回归中走出了

---

① ［爱］西默斯·希尼:《希尼诗文集》，吴德安等译，北京:作家出版社，2001年，第195页。

② 丁振祺:《诗歌的对置和平衡——评希尼的诗集〈酒精水准仪〉》，《国外文学》2000年第4期，第56页。

伦理的困境，找到了对自身起源的忠诚与两难之间的平衡，写作的道德责任与义务之间的平衡。正如诺贝尔颁奖委员会评价的那样，"他的诗歌具有抒情之美，伦理之深邃，歌颂日常之奇迹和过往之历史"①的诗意之美，使诗人最终站在他的方舟②之上。

本章小结

本章选取了"运动派"诗人菲利普·拉金、桂冠诗人泰德·休斯以及北爱尔兰诗人谢默斯·希尼为典型代表，从他们的诗歌内容和艺术形式探讨 20 世纪英国诗歌的伦理诉求。拉金、休斯和希尼三位诗人基本代表了英国 20 世纪下半叶诗歌的主要趋势，他们的诗歌都强调诗歌的本土特色、民族声音，以其独特的"英国性"与美国现代主义潮流抗衡。他们的诗歌都是采用朴实无华的诗歌语言，从平凡中洞见深刻的思想内涵和生活哲理。被人们称为"非官方的桂冠诗人"的拉金终结了现代派诗歌在英国的统治，他坚守英国诗歌的传统，是英国诗歌发展历程中的里程碑。休斯于 1984—1998 年任"桂冠诗人"，继续发扬了拉金用直白、强烈的语言表达深刻思想的风格，他的诗歌多以大自然和动物为主题，并以动物诗歌闻名诗坛，创造性地发展了动物诗歌。希尼因其诗歌"具有抒情之美，伦理之深邃，歌颂日常之奇迹和过往之历史"③的诗意之美而获得 1995 年诺贝尔文学奖，希尼不仅是诗人，而且是一位诗学专家，在诗学上也有很高的造诣。他将英国文学传统、爱尔兰的历史和诗人个人生活经历结合起来，用古典传承的诗歌来表达对时代精神的理解，把对日常生活、现实政治、伦理等问题的关注向更深层次转化，升华成诗意哲理。

---

① Nobel Prize Organisation. "Seamus Heaney: Facts." https://www.nobelprize.org/prizes/literature/1995/heaney/facts/. Accessed March 23, 2020.

② 方舟在这里表达的是和平的愿景，希尼在《酒精水准仪》中曾经描绘了父亲给他折纸船的片段："一只鸽子在我胸中升起……空中的方舟。"

③ Nobel Prize Organisation. "Seamus Heaney: Facts." https://www.nobelprize.org/prizes/literature/1995/heaney/facts/. Accessed March 23, 2020.

英国运动派诗人菲利普·拉金在英国诗歌面临危机时,以其独特的诗歌表现形式、深邃的思想,对英国诗歌传统的传承和发展做出了卓越贡献。拉金生活在英国社会和人们的思想经历巨变的时代,人们的心理、伦理道德和个人行为都发生了巨变,传统价值观、伦理规范受到了现代潮流的冲击。拉金以爱情、两性和家庭为主题的诗歌中有颠覆传统观念的言语,受到读者或惊叹或诟病,其实,我们分析一个诗人观点和思想更应观其整体性,因为一个人二十岁时的爱情观必然不同于他四五十岁时的观点,所以对拉金的诗歌也应采取动态的研究。在拉金的早期诗歌中,爱情都是他自己的"理想"或"幻想",是一种由激情支配的自然情感,此时期的爱情诗反映了拉金青春萌动时的矛盾和挣扎;拉金成熟期的作品表达对爱情的困惑,质疑以非理性为主导的爱情,体现了诗人对两性伦理的诉求,对婚姻的伦理焦虑;拉金晚年的诗歌对升华为道德情感的爱情进行了肯定,体现了诗人伦理意识的强化。拉金三个阶段的爱情诗歌折射出人们的理性意志和自由意志在性与爱、心灵与身体方面的对抗与平衡,在其过程中对伦理焦虑的诗性表达,揭示了社会转型时期伦理重构的过程中人们对两性关系方面的伦理思考。

泰德·休斯的诗歌风格独特,多以动物为原型,不论是狂傲残忍的鹰、目空一切的乌鸦还是同类相残的狗鱼都是"物化"的人类,它们皆因破坏自然而招致惩罚。经历了工业革命的英国,一切都被纳入人的视野,人被知识化、话语化,人与自然的秩序失衡。休斯运用诗歌的潜在秩序和深层结构阐明人伦、道德、宗教的秩序被破坏后的反思,体现了对自然的人文关怀。比如诗集《乌鸦》中《沉醉》一诗描述了一个无人伦秩序的小镇面貌,牧师拉姆肉体与灵魂被精灵劫持而互换来到小镇试图重建秩序。休斯通过不同视角和身份的转变来描绘人与自然之间关系的转变,这种转变又由诗人创作的动物群像来显现人与非人之间的张力,体现诗人在人与自然关系上的伦理观。此外,休斯以儿童的视角解读人类的自然选择,从《神话与教育》中我们可以看到,启蒙性题材的儿童诗歌具有伦理启蒙意义。正是诗人坚持这种伦理启蒙,在人类童年的初期就引入了重建秩序的影子。在成人世界人伦丧失的前提下,如何在童年时期便开始对他们进行伦理启蒙教育成为诗人创作的重点,休斯同时还在这些诗歌中以儿童的视角观察这个社会秩序的变化。

如果说休斯关注的是人与自然之间的伦理关系以及自然对人的伦理启蒙,作为他密友的希尼则更关注人与社会之间的关系。从希尼的诗歌我们可以看到伦理环境的改变怎样导致人们陷入伦理困境,而人们又是怎样在伦理困境中做出伦理选择,找寻出路。作为一位北爱尔兰的诗人,希尼对社会环境与身份问题更为敏感,其作品以其伦理的深邃性而著称,体现了政治、文化认同等伦理环境带来的伦理两难、伦理身份的认同危机。最终,诗人做出了合适的伦理选择:将现代主义渗入爱尔兰传统血脉,构建诗人和谐的身份。纵观希尼的作品,诗人在不同伦理语境下创作的作品始终保持着对政治的敏感,同时巧妙结合个人生命体验描绘面临伦理两难时诗人进行伦理选择及确立伦理身份的过程,在经历了英语语言环境中爱尔兰诗人的伦理身份之焦虑后,到找到写作的道德责任与义务之间的平衡。

以上三位诗人只是 20 世纪下半叶现代英国诗坛的典型性代表,50 年代是菲利普·拉金,60 年代是泰德·休斯,70 年代是谢默斯·希尼。三位诗人分别代表了三个年代,同时,时代也赋予他们的作品以突出的特征。运用文学伦理学批评的方法解读三位现代诗人的诗歌能另辟蹊径,挖掘出诗人强烈的伦理诉求,解读诗人不断增加的伦理意识。除了拉金、休斯和希尼以外,英国诗人,特别是第二次世界大战以后的英国诗人,都在尝试着将冷静内省的"英国性"与复杂多变的现代主义相结合,比如:詹姆士·芬顿的诗歌用新闻写作的风格抒写战争与动荡等主题;R. S. 托马斯满腔热情地歌颂威尔士的乡民、历史与文化,并从宗教角度探索人类内在的精神世界;托尼·哈里森的诗歌采用活泼的生活语言反映了底层劳动大众的生活,等等。由此可见,整个 20 世纪英国诗歌历经了从"英国性"的回归,到多元化、非精英化的发展轨迹,这期间的诗歌对现代性和伦理性的探索仍有进一步研究和挖掘的空间,而文学伦理学批评为更深层次发现和解读诗歌的内涵提供了一个新的视角和途径。

第七章

当代英国小说中的身份焦虑与伦理选择

　　本章以石黑一雄和伊恩·麦克尤恩的作品为主要研究对象,重点阐述其作品中被学界所忽视的伦理诉求。在方法上,放眼西方学界关于当代英国小说的现有成果,但绝不受制或受困于西方学者的论点,而试图与之展开对话,通过采用文学伦理学批评的方法,挑战甚至颠覆西方学者的现有研究结论,展示外国文学研究的本土视角和自我立场。本章认为,伦理与道德是贯穿上述小说家作品始终的主题。本章通过借助文学伦理学批评的方法,以文本细读为基础,试图由此解构当代英国小说中人物的伦理身份、伦理意识、伦理选择等一系列"伦理结",剖析浸淫于作品深处的伦理特性,重构一个又一个充满伦理意蕴的故事世界,并对故事世界中的伦理原则做出客观公允的道德评价。通过梳理当代英国小说中的道德观念,发掘其中的伦理价值,不仅有助于我们正确把握和深入了解当代英国小说家的创作思想和文化价值,而且还能给考察当代英国社会转型与演变提供一个文学视角。

第一节　石黑一雄《千万别丢下我》中克隆人身份困惑与伦理选择

在《千万别丢下我》中,石黑一雄没有特别书写克隆人如何反抗人类与命运的不公,而是在主人公逐步解开"捐献者"身份以外的身份之谜中,体现了他们的伦理选择与人性因子。小说中的主人公凯丝、露丝和汤米生活在一个类似寄宿学校的黑尔舍姆(Hailsham),表面上他们是与常人无异的学生,实则却拥有与生俱来的特殊身份,即器官"捐献者"(donor)。到了一定的时候,他们将以"捐献者"的身份进行器官移植,并由"看护者"(carer)护理,经过三四次捐献后,也就完成了"终结"(complete)。他们的"监护人"(guardian)类似学校的老师,对他们进行美术、音乐与诗歌等文艺熏陶与培养。克隆人之间也拥有与平常人一样的友情与爱情,有梦想、有才华,在他们各自的成长过程中形成了鲜明的个性与性格。作者以描写自然人生活的手法去描写克隆人的生活,增强了小说的凝重感与悲剧性。作为他者的克隆人最终恪守自己的伦理身份,将"终结生命"作为自己的伦理选择,这也是作家对人的命运之感悟。

一、"似家非家":"暗恐"的伦理环境

石黑一雄表面上用平淡的叙事手法描写孩子们的学校黑尔舍姆以及他们在黑尔舍姆的寄宿生活,但是我们逐渐发现,黑尔舍姆与传统学校和家庭都有所不同,有一种暗恐、怪异的氛围。暗恐总是与"恐怖"相关,但又绝非只有此意。值得注意的是,有学者将德语的"unheimlich"等同于英语的"unhomely",其实不然。后殖民理论家霍米·巴巴在研究后殖民

理论时使用了"unhomely"以代替传统的"uncanny"。① 两个词语内涵、外延不同,"uncanny"外延大于"unhomely",而"unhomely"的"非家幻觉"或者"似家非家"的涵义多被置于后殖民语境中加以运用,以探讨边缘化和身份问题。弗洛伊德从德语"heimlich"的语义进行研究,认为"heim"更接近于英文的"home",但是"homely"却不能完全涵盖"heimlich"的全部词义。可见,"uncanny"包含了"unhomely"的意义,也就同时包含了"家"与"非家"两个相悖的概念。那么,黑尔舍姆似家非家的伦理环境有何深刻的寓意呢?

如果要进一步深入探讨《千万别丢下我》中的"黑尔舍姆"与克隆人"身份"问题,首先还是要对作家石黑一雄有所了解,以便更好地理解他作品中的"边缘化""他者""异类"等主题。石黑一雄六岁随家人一起移民英国,"日裔英籍"的作家身份让他自己一直游走于欧洲"中心地带"和日本"边缘地带"。他自己也承认"自己由于缺乏权力(authority),也缺乏对日本的了解,从而迫使自己只能立于想象的位置,我认为自己是个无家可归(homeless)的作家。我并没有一个明确的社会角色,因为我不是一个特别英式的英国人,也不是一个特别日式的日本人。因此,我身份不明,没有明确的社会或国家可以去书写"②。因此,他的身份与他独特的经历有关,他有时必须压抑自己真实的身份,以便迎合主流英语文学。但是,他的"根"同时影响着他的写作意识,自然地将"移民者"身份意识融入作品,也正是这样特殊的伦理环境造就了他独特的作品。

坐落于英格兰乡村的黑尔舍姆是个远离世俗的隐秘之地,它的存在带有隐秘感,这也对应了后殖民语境中非中心化的边缘特征。凯丝沿着乡间小路寻找黑尔舍姆的踪迹时,沿途的风景与她的猜想都流露出一种

---

① Qtd. in Homi K. Bhabha. "The World and the Home." *Social Text* 31/32 (1992): 144.

② David Huddart. *"The Uncanny"* in Homi K. Bhabha. London and New York: Routledge, 2005, pp. 77—99. 值得注意的是,虽然英文的"uncanny"和德语的"unheimlich"都包含"非家""陌生"的概念,但在此处的研究中,笔者特将"似家非家"界定于后殖民语境之中加以运用。

似是而非的神秘感。一会儿是"薄雾笼罩的田野",一会儿是"远方大房子的一角",一会儿又是"半山腰上的白杨树",只要突然有一个景色或角落显现,凯丝都会猜想是黑尔舍姆。这种不确定性正是"从似家的家庭发展到从陌生人视线消失、隐蔽的、秘密的"①缥缈的感觉。而从叙述者凯丝的寻找线索来看,黑尔舍姆一开始就给人若隐若现的感觉,本应隐秘的东西却显露了出来,令人感到熟悉而似曾相识,增强了怪异和恐怖的非家效果(unhomely)。同时,对克隆人来说,黑尔舍姆是他们唯一熟悉的家,这里是远离世俗的世外桃源,有着一切设施和美景。在这里他们相互依存,一起学习文化知识、一起嬉戏玩耍、交友聊天,因此黑尔舍姆是最"似家的"(homely)的地方,是他们熟悉的、舒服的、友好的"家"。

随着克隆人的成长,黑尔舍姆"非家的"特征逐渐显露,孩子们时常会被怪异和陌生的现象所困惑,这个熟悉的生长环境开始发生变化。比如,学校规定作为器官捐献者,他们必须遵守黑尔舍姆的校规,这些校规都是匪夷所思的规定。他们被要求每周进行身体检查、禁止吸烟,"图书馆里没有像夏洛克·福尔摩斯这样的经典小说,就是因为其中的主角吸烟太多了"②。他们不可公开讨论禁忌话题。他们也不被允许考虑未来,就像监护人露西小姐的叮嘱:"你们没有人可以去美国,没有人会成为电影明星。你们也没有人会在超级市场工作……你们的一生已经被规划好了。你们会长大成人,然后在你们衰老之前,在你们甚至人到中年以前,你们就要开始捐献自己的主要器官。这就是你们每个人被创造出来要做的事。"③同时,学校与外界通过树林相互隔绝,这就意味着克隆人属于被疏离的另一个世界,他们被告知曾经有人想翻过栅栏出去看看,却死在了外面。这些伦理准则与人类社会中的学校校规截然不同,增加了小说的暗恐氛围,也加强了"捐献者"的身份困惑,黑尔舍姆逐渐变成一个"似家非家"的学校。

---

① Sigmund Freud. "*The Uncanny*" in The Uncanny. Trans. David Mclintock. New York: Penguin Group, 2003, p.133.
② [英]石黑一雄:《千万别丢下我》,朱去疾译,南京:译林出版社,2007年,第75页。
③ 同上书,第89页。

黑尔舍姆"似家非家"的感觉进一步体现在学生们永远"被告知又没有真正被告知"①的秘密中。他们被告知不能生育孩子,因为在自然人的社会中,性爱或爱情的最高境界是传宗接代,但是"到了外面的世界我们还是必须表现得和他们一样。我们必须遵守规则,把性爱当作一件特殊的事情来对待"②。关于"性爱"与"爱情"的概念是黑尔舍姆有意识的改写,可见,克隆人对社会的了解是通过黑尔舍姆制造的假象,他们遵守的是黑尔舍姆制定的人类伦理,黑尔舍姆成为类似监狱的地方,克隆人就是被监禁的囚徒。如果将德语"unheimlich"翻译成英语"uncanny",并与房屋"house"组成一个短语,那么许多现代语言会将它翻译成"闹鬼的房子",黑尔舍姆的恐惧怪异之处正是通过陌生化的写作手法体现出来,是对人类世界的变形。如果从后殖民语境来看,被殖民的人民与殖民者互为他者,总是要接受被驯化、被灌输教育或思想观念的过程。"似家非家"的黑尔舍姆给学生们灌输着某些奇妙的教育和知识,让他们不得不接受被灌输的伦理准则。小说中凯丝常以"来自黑尔舍姆的人"(people from Hailsham)来形容自己与朋友们,这个陌生化的表达方式体现了克隆人的"他者"身份,取代了主体性更强的主语"我们"(we),从而与自然人形成二元对立,增强了疏离、怪异,甚至恐怖的感觉。值得注意的是,黑尔舍姆作为一个特别的意象,并非一个独立的物体和对象,而是与克隆人有着千丝万缕的关系。它不仅营造了"似家非家"的伦理环境,即人类社会与黑尔舍姆科技空间的双重性,同时预示了住在里面的克隆人必须以双重身份在双重伦理规则下进行选择。黑尔舍姆一方面看似平常,教书育人,培养学生;另一方面它有着自己奇特的规矩,即学生总是无意间被告知、被教育、被灌输自己与众不同的身份意识,却不知道更加与众不同的身份是什么。怪异的黑尔舍姆开始变成捉摸不透的迷思,它背后仍隐藏着不可告人的秘密,比如,露西小姐并不责怪汤米缺乏艺术创造力,相反,当她找他谈话告诉他"这不是你的错"时,却颤抖着,怒气冲天,这个奇怪的表现

---

① [英]石黑一雄:《千万别丢下我》,朱去疾译,南京:译林出版社,2007年,第91页。
② 同上书,第92页。

让汤米困惑不解。露西小姐的言行举止让凯丝开始怀疑夫人开画廊的动机,为何每次她都带走最好的作品?可见,捐献者们并不清楚自己的克隆人身份,自然人的反应使他们越来越好奇,并渴望解开身份伦理结。这个兼具矛盾性与诡异感的伦理环境促成克隆人的身份之谜,使他们开始徘徊于人与非人的模糊身份之间。

二、"似人非人":困惑的伦理身份

随着小说情节发展,夫人(Madame)的来访增强了身份困惑,克隆人自我探索最大的动力来自夫人奇怪的表现。她每次都会挑选画作,而有一次当凯丝抱着枕头唱"宝贝,宝贝,千万别丢下我"①时,夫人竟然哭了,"她用平常看我们[克隆人]的那种眼神,从门外目不转睛地看着我[凯丝],就好像她正看着什么让她毛骨悚然的东西"②。这奇怪的表现不仅为小说增添了悬念,而且贯穿小说始终。夫人的反常也让克隆人感到恐惧和不解,让他们"有一点不寒而栗"③,他们之间互相形成了异己、他者的关系,彼此都产生了怪异感。

从夫人的视角来看,她知道这些器官捐献者的另一个身份就是出自某个"原型"的"摹本",她所面对的是别人的"复制品",而非原型真人,这就是为何凯丝在她眼中看见了"毛骨悚然的东西"。这种暗恐不是对奇特的、陌生的事物产生的恐惧之情,相反,往往是人类对早已存在于记忆中的事物的再现产生怪异感,那种"令人害怕的不是别的,正是隐蔽着的熟悉的东西,这些东西经历了被约束的过程,然后从约束中显现出来"④。从夫人的反映可以看出,她在黑尔舍姆进行实验之初就对克隆人感到害怕,这种焦虑和恐慌压抑于心中,不仅成为暗恐的原因,也成为暗恐的效果。这个压抑已久的秘密突然被揭示,克隆人毫无防备地显现在眼前,又

---

① [英]石黑一雄:《千万别丢下我》,朱去疾译,南京:译林出版社,2007年,第77页。
② 同上书,第80页。
③ 同上。
④ [奥]弗洛伊德:《论创造力与无意识》,孙恺祥译,北京:中国展望出版社,1986年,第154页。

由于克隆人的特殊属性,夫人似乎看到了既熟悉又陌生的人。当"本应隐秘的东西却显露出来"①时,眼前这个实实在在的克隆人便将夫人过去经历过的不安再次激发出来。虽然小说中并没有明确指出夫人知道他们的"原型"是谁,也不知道"原型"是否还活着,但凯丝和其他克隆人都是那本该隐秘的"复制品",令人恐慌。同时夫人看到了人类"复制品"也拥有童年,那么,这又是谁的童年?许多自然人都曾在童年时抱着娃娃唱歌跳舞,夫人看到的不仅是克隆人在唱歌,而且是曾经某个自然人,或者她自己童年唱歌的情景再现。她的表现包含着恐惧、焦虑、不安与同情,从她的视角也可以看出克隆人不仅没有本真,而且作为"他者"难以被接受,也许他们只属于黑尔舍姆,只有黑尔舍姆才是他们的家。

值得注意的是,夫人每个季度都会定期选画,而且小说中不止一次描写夫人看见克隆人后觉得害怕,这些重复而怪异的举动或心理反应本身也增强了小说的神秘感,加重了克隆人的身份之谜。凯丝对身份的困惑不仅缘于夫人的害怕,而且还从潜意识中激发了她对身份的好奇心。自然人的反应就像镜中的影像,让凯丝看到自己而又并非自己,是他者眼中的"他者"。凯丝想探究许多问题,为什么孩子们要学习美术、诗歌等艺术?为什么作品要被夫人选走?为什么露西小姐欲言又止?身份不明的"秘密"使克隆人从儿童到青少年的成长过程中萌生了"我是谁"的意识,正如凯丝所说:"我们当时正好处在一个对自身略有了解的年纪——知道了自己是谁,我们和我们的监护人,和外面的人如何不一样——可是我们还不懂这些意味着什么。"②夫人和露西小姐等人的反常表现促使凯丝带领朋友们去探寻"这些意味着什么"(what it meant),因此,凯丝与朋友的成长历程实则是克隆人探寻真实身份和存在意义的旅程。

石黑一雄并没有在小说中直接批判失去人性化的克隆人技术,而是将克隆捐献者的成长历程和日常生活作为主要叙事内容,让读者在他们的伦理选择中进行评判和思考。克隆人从小接受人类社会的同化,他们

---

① Sigmund Freud. "*The Uncanny*" in The Uncanny. Trans. David Mclintock. New York: Penguin Group, 2003, p. 132.
② [英]石黑一雄:《千万别丢下我》,朱去疾译,南京:译林出版社,2007年,第40页。

在成长过程中的伦理选择更多地体现了对自然人社会的向往，他们渴望遵守人类伦理规则，维护人类伦理秩序。成长经历是每个少年儿童共同拥有的经历，他们逐渐力求与众不同、独具个性，"我们变得讲究自己穿的T恤衫，静心地装饰床的四周，竭力让自己的桌子个性化"①。青春期象征着一个选择的时期，也是认识自我的关键时期，在这段时期，个体对理想、职业、价值观、人生观等都会进行思考和选择。可见，这些克隆孩子与自然人之间并无差异，他们能够接受人类教诲、拥有自我意识、进行伦理选择。

同时，只有走进社会，才能判断社会要求、变化和规则与自我认同、选择是否契合。"同一性的形成是双方面的，一方面个体有选择地遗弃和相互同化，另一方面社会对青年个体也有一个认识过程。"②当克隆人来到村舍(the Cottages)后，发现"老兵们"(the veterans)的言行举止与自己不同，或者说，与黑尔舍姆描述的外界社会不同，于是他们纷纷渴望"把自己变成另一个人"③。作为捐献者的克隆人们身上集中体现了人类的"斯芬克斯因子"，即拥有人性因子和兽性因子，他们既渴望拥有爱情，也对激情充满向往。小说以大量的笔墨叙述了克隆人对性爱的疑惑、追求，对色情杂志的爱好，对做爱的享受，这些体验与黑尔舍姆灌输的理念并不相同。欲望和本能实际上是他们身上兽性因子的体现，是属于人类的特性，这是人类最原始、最基本的诉求，也是对自我的一种认知。这些捐献者们与人类青年一样，随着性意识的增强，他们在成长过程中对性爱充满困惑和兴趣。在村舍的经历让他们对不同的生活充满好奇，村舍使他们开始接受他者的同化，而做爱在村舍是极为普通的事情，凯丝来到村舍不久，就发生了几次一夜情。可见，克隆人的潜意识中一直接受着外界人类社会的同化，他们开始面对黑尔舍姆与人类社会的双重伦理准则。

从黑尔舍姆到村舍则是克隆人成长历程的一个分界线，象征着他们逐渐成熟、逐渐找到自我。他们开始憧憬未来，好奇自己的"原版"是谁，

---

① [英]石黑一雄：《千万别丢下我》，朱去疾译，南京：译林出版社，2007年，第43页。
② 马向真：《自我同一性危机与道德选择多元化》，《伦理学研究》2004年第6期，第34页。
③ [英]石黑一雄：《千万别丢下我》，朱去疾译，南京：译林出版社，2007年，第130页。

对于探求原版的生活变得更感兴趣,幻想自己的命运是否会随着"可能的原型"(possibles)而改变。起初,讨论"原型"被视为违反黑尔舍姆的伦理准则,甚至比谈论性爱更令人尴尬,后来,随着自我意识的增强,他们越来越渴望身份诉求。"既然我们每个人都是在某个时刻按一个正常人复制过来的,那么对我们每一位来说,就一定会有一个原型在世上某个地方过着他或者她的生活。"①于是,露丝首先踏上寻找原型之路,她向往着"敞开式布局的写字间里工作"②,因为那是"可能的原型"工作的地方。寻找原型象征着"寻根"的旅程,表达了寻找"血缘联系"的愿望,从某种程度上来说,克隆人和人类一样也都是遗传物质的"携带者",只不过新型的生物血亲关系是科学选择的结果。同时,他们都明白,自己并非原型,也无法复制原型的生活。

"可能的原型"暗示了另一个结局就是"不可能"找到原型,没有了原型就意味着只有类像。作者暗示了一个充满基因复制的新人类时代,孩子们的绝望表达了人类现实漂泊感,不知从何而来、去往何处。可见,身份的双重性导致了克隆人的生存悖论,作为克隆人捐献者,这个先天身份注定身份诉求的困境。《千万别丢下我》的悲怆之处在于,克隆人即使拥有人类的伦理意识,能够进行伦理选择,最终还是选择放弃抗争,默默承担命运安排的责任。石黑一雄的很多作品都体现了强烈的使命感。③ 一个人的伦理选择是身份诉求的关键,在身份诉求中能够体现伦理选择。身份同时影响和决定着选择,选择有时候也能决定身份,这不仅是克隆人捐献者们的人生哲理,也是作家的人生态度。克隆人"被告知又没有真正被告知"的状态可能就是石黑一雄本人的身份困境。

在这部小说中,自然人的终极追求便是身体健康,也就意味着捐献者要为人类做出贡献,这是他们的身份所规定的选择结果。最后,露丝放弃

---

① [英]石黑一雄:《千万别丢下我》,朱夫痊译,南京:译林出版社,2007年,第153页。
② 同上。
③ 石黑一雄的其他作品,比如《群山淡景》(*A Pale View of Hills*, 1982)、《浮世画家》(*An Artist of the Floating World*, 1986)、《长日将尽》(*The Remains of the Day*, 1989)都体现了对传统、责任心、使命等主题的维护。

寻找原型,选择了"终结"(complete),这是她以"捐献者"的伦理身份做出的伦理选择。汤米与凯丝这对情侣放弃了"推迟捐献"的计划,汤米重新接受自己从出生就已制定的命运与责任,也选择了"终结"。"终结"是死亡的委婉说法,弗洛伊德认为死亡是人类生命的本能,而死亡也成为不少科幻作品中"他者"身份诉求的伦理选择。《千万别丢下我》中的主人公的结局令读者联想到阿西莫夫著名的《两百岁的人》①,小说中的机器人安德鲁最终选择换取人类大脑,以死亡来获得人的身份。而在《克隆人》中,进行器官移植的克隆"儿子"必须完成"父亲"制定的终生任务,傲拉春虽然向往人类正常生活,为克隆人谋取自身利益,但也未能逃脱"先天身份"赋予他的伦理要求,最终选择了死亡。身份诉求成为科幻小说典型的叙事主题,也是一个主要的伦理结,而解构伦理结的方法之一便是选择死亡,这也意味着死亡本能是"异类"融入人类、实现转换、完成自然人身份构建的终极方式。而死亡也给读者制造了暗恐,因为所有人都会死,它既是大家熟悉的"终结"方式,同时又是现实中令人陌生的、不会考虑或无法想象的事情。

无论是克隆人还是自然人,我们每个人自身都包含着"自我"与"他者",克里斯蒂娃认为"我们都是自己的他者,因为有这个唯一的支持,我们才能试着与他人相处"②,可以说人就是暗恐的、含混的,而科学选择时代的科学人更加体现了身份的不确定性。尼古拉斯·罗尔曾经对人类23对染色体的解码过程发表评论,认为"世界就是暗恐……原本应当隐秘的东西却显现了出来:我们正在把人类和我们的世界分解成碎片;而这正在快速发生的事情已经脱离了人类的控制"③。因此,在科学选择时代,人类的组成和诞生再也没有秘密可言。我们的时代已经是一个神话

---

① 主人公安德鲁经过几次手术将自己换成自然人的肌体,拥有伦理意识,学习人类穿衣服。但所有的改变都不能改变它是机器人的命运,即它不像人类会死亡。因此,最终安德鲁选择换脑,只有拥有人类的大脑,才可以自然死亡,终结生命,成为真正的人。

② Julia Kristeva. *Strangers to Ourselves*. Trans. L. S. Roudiez. London: Harvester Wheatsheaf, 1994, p. 170.

③ Nicholas Royle. *The Uncanny*. New York: Routledge, 2003, p. 3.

般的时代,人类都可以称为嵌合体,由机器、生物学和有机体理论混合伪造出来,简而言之,科学人就是当代伦理环境下的本体论。基因图谱将本来隐秘的东西显现出来,让人类可以利用高科技对自身进行改造,甚至创造,某种意义上,自然人和克隆人一样,都完成了科学人的转化,并且相互融合。克隆体作为摹本已经达到同质化、一致性,与原版之间的距离、差异越来越小,甚至消解了界限。弗雷德里克·詹姆逊也认为:我们的世界是个充满了机械复制的世界,这里原作已经不那么宝贵了。或者我们可以说类像的特点在于其不表现出任何劳动的痕迹,没有生产的痕迹。原作与摹本都是由人来创作的,而类像看起来不像任何人工作品。① 当科学技术能够动摇和改变人类基本价值与伦理时,科学选择时代的人造人必然会混淆原本清晰的身份,改写人类社会历史。

自然人与克隆人相互依存、相互影响的新型生活印证了科幻小说的重要功能,即反映在一个想象的未来、虚构的现实或过去中,被改造了的科技或者社会制度对人类可能产生哪些影响。《千万别丢下我》中的自然人使用了克隆人捐献的器官,达到了与科技的融合,成为科学人;而捐献者们自身就是科技产物,并且拥有情感和理智,与自然人无异,也是科学人。科技使克隆人与自然人的身份界限不再清晰,因为器官移植使自然人获得了克隆人的生物器官或肌体,而克隆人经过伦理选择与死亡之后,成了真正意义上的"人",消解了与人类"原本"之间的二元对立。而摹本对原本的反抗,或者对真实的拟仿意味着二元对立被打破,人类应当承认克隆人与自然人已经融为一体,因为真实的本真已不再明显,克隆人自身就是真实的、与原作无异的本真。如此看来,在科学选择时代,一旦有高科技介入,我们每个人的伦理身份都可能发生变化,因为技术可以改造身体、性别,甚至头脑中的伦理意识。

然而,西方作家普遍对科技流露出来一种悲观主义色彩,这种悲观不仅体现在克隆人对人类社会的冲击,而且在主客体二元对立越发模糊的

---

① [美]弗雷德里克·杰姆逊:《后现代主义与文化理论》,唐小兵译,西安:陕西师范大学出版社,1985年,第175页。Jameson旧译"杰姆逊"。

时代，人类仍无法给予克隆人身份认同，因此，科学人的转换困难重重。克隆人获得身份认同就需要追求与一个特定群体行为趋同，但是如果将他们置于人类伦理环境中，他们与自然人互为他者，必然引发伦理困境。就像科学人傲拉春最终虽然报仇，也挽救了克隆兄弟，但是他与自然人的转化是以牺牲生命为代价的，这一伦理选择的背后仍是作家对克隆人科技伦理的忧思。对于自然人来说，克隆人的双重性本身就体现了矛盾性，既是对熟悉的人和事产生陌生感，又对陌生的人和事似曾相识，《千万别丢下我》中的夫人在看见克隆人时，她的战栗就因如此。而克隆人自身也会产生身份困惑，他是原型的分身，是已经存在的、熟悉的某人，同时又是全新的、陌生的个体。因此，克隆人在人类社会的身份转化困境往往缘于其身份的特殊性：一方面，克隆人从出生开始就身负某种使命；另一方面，他在成长过程中形成了自我意识与个性，具有理性，能够进行伦理选择，这实际上形成了悖论。

我们必须探讨在面对生命本身这一终极问题时，如何重视、如何行动，而不仅仅是简单创造平等性的口号。这似乎陷入了一个进退两难的局面。人权确定了一种有尊严的生活，一种称得上是人的生活的最低条件。"人只有过上这样的生活才可以称得上是一个人，人权是一种自我实现的道德预言：把人当作人对待——你就会成为真正的人。"① 而小说中的克隆人虽具有伦理选择的能力，但还是以被物化的客体对待，成为人的对立面，当他不能拥有与自然人同等的人权时，其身份认同与自我认知中的紧张、不安、压抑与愤慨便逐一展现。邱仁宗教授也明确指出了克隆人的实际问题，他认为克隆人就是一种神话或悖论。② 首先，如果以基因决定论使克隆人带有某种目的，成为满足人类需求的工具和手段，那么他就是一个似人非人的神话。但是，基因并不能决定人生，克隆人的目的违背了人本身当作目的的基本伦理原则。其次，克隆人身份的不确定性和矛盾性本身也引发了悖论，如果技术至上意味着技术可以决定一切，包括人

---

① 高兆明、孙慕义：《自由与善：克隆人伦理研究》，南京：南京师范大学出版社，2004年，第40页。
② 邱仁宗：《克隆人的神话和悖论》，《科学》1998第4期，第14—16页。

类自身，那么技术也会否定伦理，进入科学选择时代后人类可以脱离伦理。如果让技术命令并主宰人类，结果就是社会及其成员受到危害，科学本身发展也会随之受到阻碍。无论是神话还是悖论，小说中的克隆人命运并不完全由自己掌握，他们在身份诉求与转化中集中体现了科技与伦理的矛盾性，归根结底是由于人类的选择所导致的伦理问题。

三、"终结生命"：在死亡中完成伦理选择

在《千万别丢下我》中，作者虽未将笔墨集中于克隆人在身份诉求与转化中与原型的矛盾，甚至没有出现原型，但是他把克隆人的困境设置于人类与技术冲突的情节中，更能激发读者对克隆技术的反思。弗洛伊德和罗尔都认为人类对器官的阉割恐惧（fear of castration）产生于人类对身体残缺、器官缺失、被肢解的惧怕[①]，这种恐惧不仅产生于作为捐献者的克隆人，而且也使读者感同身受。"阉割"的象征意义在于惧怕被贬低、被认为不重要，从而失去自我，对于用作器官移植的克隆人来说会产生"阉割焦虑"，产生心理创伤，这正是克隆人他者身份的体现。作者运用了多个陌生化的词语，"捐献者""监护人""看护者"等与人类社会中相似的词语，但内涵并不相同，它们是黑尔舍姆伦理环境中的术语，突出了克隆人在双重伦理准则之下的悲惨命运。

叙述者凯丝的语气如此平静淡定也令人奇怪，她是叙事中的全知叙述者，她的思想似乎不是自己的，而是与其他克隆人产生了通感。同时，凯丝既是一个有灵魂的人，又是一个非人的科技产物，这样平淡的语气没有丝毫反抗和痛斥，反而说明克隆人的先天身份所赋予的伦理选择便是逆来顺受。凯丝和她的朋友们一样，从小时候开始就已接受驯化，将他人的健康视为己任。《媒体中的克隆人：从科幻小说到科学实践》这本专著对《千万别丢下我》的同名电影也做出了评价："健康代表着最终的消费品，这就意味着富人可以将大笔资金投入对健康、长寿、孩子的追求中。

[①] Nicholas Royle. *The Uncanny*. New York：Routledge，2003，p. 1. 弗洛伊德分析了 E. T. A. 霍夫曼的《沙人》，其中对失去眼睛的焦虑、暗恐实际上是阉割恐惧心理。同时罗尔也指出身体部位的缺失、肢解、假肢等都能产生暗恐的效果。

没有人会去关心他们选择何种方式来实现目标。"①可见,人类仍然是世界的主人,克隆人只是为满足他人的目的而被使用的工具,从诞生之日起就没有生命的尊严。

小说结尾终于解开了身份的伦理结,克隆人明白了露西小姐当初为何愤怒,而夫人每次挑选艺术品的原因是为了证明克隆人与人类拥有一样的才华,那个"似家非家"的黑尔舍姆就是训练他们、证明他们的地方。小说大量书写了绘画、诗歌、小说等人类高尚的艺术追求,而艺术是人类特有的、高级的精神境界的外在表现。他们最后才弄清楚为什么培养他们绘画与诗歌的才能,"所有这类东西,显示了你内心是什么样的人。它们反映的是你的灵魂"②。学生们每次只要看见夫人来挑选优秀作品,他们就急于展示才艺,以证明自己才华出众。因此,艺术是作者让人类了解克隆人的一种手法,是克隆人体现人类特有创造力的方式,并将拥有人性因子的克隆人与其他生物相区别。建立黑尔舍姆的初衷就是一种实验性的证明,监护人希望人类公平地对待克隆人,因为他们也有伦理意识和人类灵魂。正如埃米莉小姐所说的:"最重要的是,我们向世界表明了,如果学生养育在人道和有教养的环境中,那么他们就有可能成长为同任何正常的人类一样敏感和聪明的人。在那之前,所有克隆人仅仅是为了满足医疗科学的需要而存在……你们是试管里难以捉摸的东西。"③可见,作为科学选择的产物,先天身份并不能阻止克隆人对人类身份的诉求。克隆人已经被人类社会同化,除了先天身份不同之外,没有任何区别,他们是拥有灵魂的科学人。他们的存在与成长也印证了法国启蒙思想家们的判断——人是环境的产物,每个人在后天环境中会获得不同的身份认同。

虽然克隆人完成了伦理选择,与自然人没有区别,然而,自然人始终将克隆人视为社会中的边缘群体。人类通过科学选择创造了高级生物体,却与伦理选择中向善的原则相违背,就像夫人多次称他们是"可怜的

---

① John Haran, Jenny Kitzinger, et al. *Human Cloning in Media: From Science Fiction to Science Practice*. London and New York: Routledge, 2008, p.58.
② [英]石黑一雄:《千万别丢下我》,朱去疾译,南京:译林出版社,2007年,第194页。
③ 同上书,第292页。

生物"(poor creatures),将"生物"(creatures)代替"人"(people)的身份,而"creature"本身就是"创造物"的意思,突出了"被制造"的身份特性。小说直到最后才通过监护人埃米莉小姐,道出了人类对克隆人抱有冷漠、恐惧和排斥的态度,也体现了人类克隆人的伦理选择:

> 无论人们对你们的存在感到如何地不安,他们压倒一切的考虑就是,他们的孩子、他们的配偶、他们的父母、他们的朋友,能够不因癌症、运动神经元疾病、心脏疾病而丧命……你们并不真的像我们一样……这个世界需要学生去捐献。只要情况依旧如此,那么总会有一道障碍反对把你们看作正常意义上的人类……这提醒了人们,提醒了他们一直都怀有的一种恐惧心理。为了捐献计划而创造出你们这样的学生是一回事。但是由一代这样创造出来的人在社会上取代他们呢?那些明显优于我们自己的孩子呢?这让人们恐惧。①

可见,人类逾越了道德的藩篱与伦理的禁锢,亲手设计和制造出自身的衍生物,把他当作工具或手段,抹杀了人类生命的基本价值和"人是目的"的基本原则。康德认为,"在目的的秩序中,人(与他一起每一个有理性的存在者)就是自在的目的本身,即他永远不能被某个人(甚至不能被上帝)单纯用作手段而不是在此同时自身又是目的"②。离开"人是目的"的哲学命题、离开"以人为本",把追求利益、欲望作为唯一目标,生命就会因此沦落为工具。同时,人类惧怕这些工具有朝一日会取代他们的中心地位,因此黑尔舍姆就像一座监狱,制定了规章制度,时刻驯化克隆人在潜意识中接受自我监禁的规则。克隆人作为科学选择的产物,在黑尔舍姆中,他们逐渐自我规训、循规蹈矩,被监护人无时无刻地监视,使他们心理上已接受人类对他们物化的身份定义,死亡便是他们的命运所归。克隆人的价值主体地位、潜能、理想在人类的囚禁之中无法实现,也就意味

---

① [英]石黑一雄:《千万别丢下我》,朱去疾译,南京:译林出版社,2007年,第294—295页。

② [德]康德:《康德三大批判精粹》,杨祖陶、邓晓芒编译,北京:人民出版社,2001年,第352页。

着从根本上动摇了人类至善的道德追求。

小说最后通过夫人对凯丝及所有克隆人命运的同情,批判了超越道德底线的科技运用所带来的恶果:"我看到了一个新世界的迅速来临。更科学,更有效,对于以往的疾病有了更多的治疗方式。那非常好,却又是一个非常无情和残忍的世界。我看到了一个小女孩,她紧闭双眼、胸前怀抱着那个仁慈的旧世界,一个她的内心知道无法挽留的世界,而她正抱着这个世界恳求着:千万别丢下她。"①克隆人的命运实际上是由于技术超越伦理控制后所导致的,他们无法选择自身的起源和命运,凯丝用"来自黑尔舍姆的人"代替"我们"的称谓也突出了克隆人的他者性,正如拉康所言,"不能以自己本身来度过自己一生的人类的悲剧是主体在构成自己原型的那个原始的地方就这样注定了"②。在"似家非家""似人非人"的叙事中,小说映射出理性与非理性之间的矛盾,在死亡中完成伦理选择正是作品的悲怆之处,也是作品的伦理寓意。虽然克隆人被视为人类的他者,但是他们如同人类的镜像,体现着人类的欲望、才华与理性。然而,作为他者的克隆人却难以在自然人的社会中获得身份转换,克隆人在被操纵、被规划的人生中充满了身份困惑,"我是谁"的主体性追问与人类身份构建也终其一生。

第二节 麦克尤恩《儿童法案》中的法官身份定位与伦理选择

进入 21 世纪之后,伊恩·麦克尤恩逐渐将创作触角伸向英国社会的各大职业阶层,引发广泛关注。譬如,在《星期六》中,麦克尤恩书写了医生;在《日光》中,他刻绘了科学家;在《甜牙》中,他描述了间谍。哪种职业会成为麦克尤恩下一部作品的书写对象?谜底终于在 2014 年 9 月出版的《儿童法案》中揭晓——法官。在小说中,59 岁的菲奥娜·迈厄是英国

---

① [英]石黑一雄:《千万别丢下我》,朱去疾译,南京:译林出版社,2007 年,第 305 页。
② [日]福原泰平:《拉康镜像阶段》,王小峰、李濯凡译,石家庄:河北教育出版社,2002 年,第 46 页。

高等法院的一名法官。无论是其经手的雷切尔、劳拉姐妹的监护权争夺案,马克、马太兄弟的连体分离手术案,还是耶和华见证人亚当·亨利的输血案,菲奥娜的判决都与宗教人士意见不一。大概一方面是基于这样的故事情节;另一方面也可能是因为麦克尤恩本人在《卫报》上刊发了题为《法律与宗教信仰的对决》的文章①,并针对"21世纪的宗教"以及"阿什亚·金案"(Ashya King Case)②发表演说的缘故,批评界将研究焦点放置于作品中宗教与法律之间的冲突。诚然,宗教、法律,以及二者之间的冲突是构成《儿童法案》的重要元素,但它们绝非这部小说的全部。实际上,宗教和法律只是麦克尤恩用来粉饰该部小说的外衣,其内核则另有所指。

布拉德·胡珀这样评价《儿童法案》:"用词精准,语言流畅,麦克尤恩用自己的标识性文体,再次对非同寻常局势下的普遍真理做了深入而富有智慧的观察。"③胡珀所言可谓切中肯綮,但遗憾的是,他没有明确"非同寻常局势下的普遍真理"(the universal truth in the uncommon situation)的具体所指。胡珀所说的"非同寻常局势下的普遍真理"隐喻了人类在面对伦理困境时的伦理选择。伦理选择的正确与否,与小说人物特有的伦理身份及其对伦理身份的认知密切相关。本节从文学伦理学批评视角出发,试图以菲奥娜的工作和生活轨迹为主线,重点阐述菲奥娜对"儿童福祉"(the child's welfare)的理解与守护,剖析由此生成的三个伦理结:一、菲奥娜以守护儿童福祉为职业使命,甚至以牺牲婚姻生活为代价,引发其职业伦理身份与家庭伦理身份的失衡;二、菲奥娜在法律的名义下,不惜违背宗教教义,做出以伦理原则来权衡和守护儿童福祉的伦理选择;三、菲奥娜在经历亚当输血案后,不仅认识到生命乃是儿童福祉

---

① Ian McEwan. "The Law versus Religious Belief." *The Guardian*, September 6, 2014: 2.

② "阿什亚·金案"是2014年轰动全球的一起医疗与刑事案件,引发全球媒体的高度关注。五岁的英国男孩阿什亚患有脑瘤,需住院治疗。然而,阿什亚的父母在没有征求院方同意的情况下,突然将他带离医院,离境去了法国和西班牙。由于担心阿什亚得不到所需的治疗会有生命危险,英国警方通过国际刑警组织向其父母发出全欧逮捕令。最终,西班牙警方在该国南部城市马拉加发现了阿什亚一家人。阿什亚立刻被送到当地医院,其父母则被逮捕。与此同时,英国超过13万人在网上请愿,要求撤销通缉令,释放阿什亚父母。

③ Brad Hooper. "*The Children Act* by Ian McEwan." *Booklist* (August, 2014): 31.

的最基本内涵,而且还最终实现其个人关于如何守护儿童福祉的伦理顿悟,即超越法院的高墙,将守护责任延伸至整个社会生活。上述三个伦理结相互交错、相互影响,共同推动了作品的叙事进程。在伦理结的形成与解构过程中,读者充分体验到小说人物在面临伦理困境时的迷惘、伦理选择的不易、伦理身份认同的艰难,并从中获得丰富的伦理教益与启迪。

一、在职业与家庭之间:儿童福祉的守护与伦理身份的失衡

麦克尤恩别出心裁地引用《儿童法案》(1989)第一章条款作为其同名小说的扉页:"当法庭裁决任何关于一个儿童成长的相关问题时……儿童福祉必须是法庭最重要的考虑因素。"①该条款实际上也是菲奥娜·迈厄法官的办案原则。尤其是当她遇到棘手的案件时,"儿童福祉必须是法庭最重要的考虑因素"这一条文就成为她做出决定的重要参考,也是其做出判决结果的根本依据。不过,与其事业方面的空前成功相比,菲奥娜的家庭生活却遭遇前所未有的危机。由于菲奥娜工作繁忙,她和丈夫杰克结婚多年一直没有孩子,甚至颇有无性婚姻的色彩。菲奥娜可以回忆出自己近期处理的所有案件,而对于丈夫一句"我们上次做爱是在什么时候?"这样的简单问题却答不上来。杰克声称自己深爱菲奥娜,但年届六十的他却又希望能够在妻子许可的情况下拥有一段富有激情的婚外情。

杰克完全可以背着菲奥娜去发展婚外情,他为什么要告知妻子并且渴望得到她的允许呢?是他在故意刺激菲奥娜?还是他摆出一副伪善的面孔,维护自己谦谦君子的光辉形象?我们不妨细析菲奥娜与杰克之间关于这个话题的对话:

"你想要什么,杰克。"
"我打算要一段婚外情。"
"你想离婚。"
"不。我想一切照旧。没有欺骗。"
"我不明白。"

---

① Ian McEwan. *The Children Act*. New York: Nan A. Talese, 2014, p. ix.

"你明白的。你不是曾经告诉过我夫妻结婚久了,就渴望有兄妹之情的状态吗?菲奥娜,我们已经进入了这种状态。我成了你的哥哥。这温暖而甜蜜,我爱你,但是在我去世之前,我想要一段大的、富有激情的婚外情。"①

从上述对话中,我们知道杰克以诚实的名义向菲奥娜提出背叛婚姻的请求。对菲奥娜而言,这显然是不可接受的。杰克的举动让她体会到自己"因为一个年轻女人而被抛下的羞辱,被丢在身后,感觉自己是无用的、孤独的"②。菲奥娜知道杰克的婚外恋对象是一名二十八岁的统计员梅拉妮,甚至带有偏见地认为这个名字与某种致命的皮肤癌名称很相近。表面上看,菲奥娜的羞辱似乎来自她作为一名英国高等法院的知名法官竟然被一名小小的统计员抢走了丈夫。事实上,让菲奥娜真正感到不安的是其家庭伦理身份的丧失,即从原本丈夫眼里的爱妻沦为一个无用孤独的"怨妇"。

按照陆建德的观点,"人往往很难诚实面对自己的动机,回避对动机的细察、辨析就没有文学中的伦理敏感性可言"③。我们不妨再来细细辨析杰克提出发展婚外情的缘由,进而把握其真实目的与动机。我们注意到,小说中有这样的一个细节:在同妻子菲奥娜争辩时,杰克说:"在我去世之前,我想要一段大的、富有激情的婚外情。"杰克坦言,自己需要一段"婚外情"(affair),而且还在该词汇之前特意强调了"大的"(big)、"富有激情的"(passionate)。按照文学伦理学批评的观点,所谓的"激情"指的是"一种强烈的情感表现形式",往往是"失去理性控制的结果";激情与冲动类似,"是自由意志的表现形式"。④ 此处,杰克所追求的激情突出表现为对性欲的向往。在与菲奥娜的争辩中,他一再强调自己深爱妻子,但同时又承认自己渴望"一种性生活"⑤。由此不难理解他多次质问菲奥娜他们

---

① Ian McEwan. *The Children Act*. New York: Nan A. Talese, 2014, pp.6—7.
② Ibid., 6.
③ 陆建德:《文学中的伦理:可贵的细节》,《文学评论》2014年第2期,第19页。
④ 聂珍钊:《文学伦理学批评导论》,北京:北京大学出版社,2014年,第251页。
⑤ Ian McEwan. *The Children Act*. New York: Nan A. Talese, 2014, p.24.

上一次做爱时间的缘由。换言之,杰克是打着诚实的幌子,旨在满足自己对"激情"的向往和对性欲的渴求。

　　杰克的出轨要求似乎让菲奥娜处于一个异常被动的局面。无论菲奥娜是否答应杰克,其后果都是她所不愿看到的。第一,如果菲奥娜答应杰克的要求,就意味着杰克是在自己许可的前提下发生婚外情,其优点在于自己的婚姻暂时不会破裂,其缺点是自己和杰克一样,都背叛了婚姻;第二,如果菲奥娜拒绝杰克的要求,就意味着否定了杰克的想法,其优点在于可以捍卫她对婚姻的忠贞,其缺点在于杰克会即刻离开自己,加重婚姻生活的危机。事实情况是,无论菲奥娜同意与否,杰克都会发生婚外情。由此不难理解菲奥娜的愤怒和断然拒绝。吊诡的是,为什么杰克会在结婚多年后,甚至在知天命的年纪公然向妻子提出出轨的要求?

　　表面看来,杰克以诚实的名义向菲奥娜提出发展婚外情的要求,有两个原因:第一,他不想欺骗菲奥娜,以表明自己忠于妻子、忠于婚姻的态度;第二,结婚多年后,他认为自己和菲奥娜的关系从夫妻演变成了兄妹。就第一个原因而言,杰克一旦得到菲奥娜的允许,那么他的婚外情就算不得是背叛;就第二个原因而言,如果杰克把自己视作为菲奥娜的兄长,那么他的婚外情就算不得是对婚姻的不忠。这两个原因似乎为杰克成功发展婚外情找到了合适的借口,为他的背叛披上了一层合法的外衣。事实果真如此吗?我们不妨从分析杰克的伦理身份入手,来揭示上述两种理由的虚假性。聂珍钊指出:"在文学文本中,所有伦理问题的产生往往都同伦理身份相关。伦理身份有多种分类,如以血亲为基础的身份、以伦理关系为基础的身份、以道德规范为基础的身份、以集体和社会关系为基础的身份、以从事的职业为基础的身份等。"[1]在文学伦理学的批评体系中,"伦理身份是评价道德行为的前提。在现实中,伦理要求身份同道德行为相符合,即身份与行为在道德规范上相一致"[2]。由是观之,杰克的问题在于其身份与行为在道德规范上逆向而行:他不仅逃避自己作为丈夫的

---

[1] 聂珍钊:《文学伦理学批评导论》,北京:北京大学出版社,2014年,第263—264页。
[2] 同上书,第265页。

责任,而且还试图以妻子兄长的身份来取代其丈夫身份。为肆意追求感官刺激的欲望,他还故作聪明地试图用理性来掩盖非理性,任由其身上的兽性因子来主导其身上的人性因子。具体说来,首先,杰克请求菲奥娜同意自己出轨,仅仅在言语行为上表明他没有欺骗妻子,但这无法掩盖他在行为上欺骗妻子、背叛婚姻的事实;其次,如果他把自己和妻子菲奥娜看作是兄妹,这非但不能否认他们夫妻关系的事实,而且还使彼此之间沾染兄妹结婚、近亲乱伦的伦理禁忌。

在这场婚姻危机中,同样对伦理身份认知不足的还有菲奥娜本人。根据聂珍钊的观点,"人的身份是一个人在社会中存在的标识,人需要承担身份所赋予的责任与义务。"①一般来说,作为个体的人往往拥有多重伦理身份。困难的是,他如何在多重伦理身份及其相应承担的责任之间把握平衡。与杰克为给自己的婚外情寻找借口、刻意混淆自己的伦理身份不同的是,菲奥娜没有在职业身份与家庭身份之间做好有效的调节,甚至用职业身份取代了家庭身份,忽略了应有的家庭生活。小说伊始,菲奥娜仰卧在躺椅上,眼睛凝视着房间的另一端,"在壁炉一边靠落地窗的墙面上挂着雷诺阿的作品《浴女》,这幅画是三十多年前花了50英镑买的,可能是个赝品。在画的下方是一张桃木圆桌,桌子中央是一个蓝色花瓶,既不记得是怎么买来的了,也不知道已经有多久没有在花瓶里放花了,而壁炉也已经有一年多没用过"②。三十多年前,50英镑是一笔不小的数目,而彼时菲奥娜将家庭视为自己生活中非常重要的一部分,哪怕是用这笔钱只买了法国印象派大师雷诺阿知名画作的一个赝品也在所不惜,何况与此相配的还有桃木圆桌和蓝色花瓶。在某种程度上,这些物证反映了当年菲奥娜的家庭生活情趣与追求,以及她对家庭生活的投入与热爱。遗憾的是,她逐渐在作为法官的职业身份和作为妻子的家庭身份之间失去了平衡。曾几何时,插满鲜花的花瓶已空无一物,壁炉的温暖也已成为过去。鲜花的停放与壁炉的停用,既揭示了菲奥娜作为家庭重要成员身

---

① 聂珍钊:《文学伦理学批评导论》,北京:北京大学出版社,2014年,第263页。
② Ian McEwan. *The Children Act*. New York: Nan A. Talese, 2014, p.3.

份的丧失,同时也显露出其家庭生活的危机。

尽管菲奥娜与杰克都存在迷失家庭伦理身份的倾向,但二者有着本质的区别。就菲奥娜而言,她是因为没有在家庭伦理身份与职业伦理身份之间做好平衡,在过于追求自己作为法官这一职业身份的过程中迷失了其作为妻子的家庭伦理身份;菲奥娜之于家庭伦理的迷失,无私且可敬。对于接踵而来的案件,菲奥娜似乎无法躲避,毫无喘息之机,而她对自己的职业更是表现出无比的投入和忠贞,即便是在杰克与自己有所不快时,她依然坚持这样的信念:"她必须工作。她的个人生活无足轻重。"①反观杰克,他为了追求自己的感官刺激,为了获得一段婚外情而无视菲奥娜结束婚姻关系的警告,毅然选择与年轻的统计员梅拉妮发生男女关系,其家庭伦理身份的迷失,自私且可鄙。

然而,麦克尤恩的旨趣不是单纯地描述菲奥娜的家庭生活和工作状态,而是借助其个人的工作与生活轨迹来折射她对儿童福祉的守护与思考。关于麦克尤恩的这种创作套路,林恩·韦尔斯这样评价:"为适合最急于表达的理念和情形,他善于采用不同的文体和文类;关于叙事交际、协调以及时而欺骗的力量,他变得越发老道。"②尤为巧妙的是,麦克尤恩将其关于儿童福祉的伦理思考潜藏于菲奥娜的婚姻危机以及诸多涉及宗教和法律冲突的案件中。正是在这些危机与冲突中,菲奥娜等众多小说人物的伦理身份及其相应做出的伦理选择得以充分凸显。

二、减"恶"增"善":守护儿童福祉的伦理原则

在《儿童法案》的叙事进程中,读者固然会关注菲奥娜的婚姻危机以及该危机是否最终得到解决。与此同时,读者也不免对遭遇婚姻危机的菲奥娜能否以能冷静的心态,继续客观公正地审理案件表示忧虑。这无疑是对菲奥娜的一个巨大考验,也是推动小说叙事进程的一个重要文本张力。

---

① Ian McEwan. *The Children Act*. New York: Nan A. Talese, 2014, p.17.
② Lynn Wells. *Ian McEwan*. Basingstoke: Palgrave McMillan, 2010, p.11.

就在自己作为当值法官的时候,菲奥娜有两个亟待处理的案件,而它们都与宗教问题交织在一起。菲奥娜首先需要处理的便是雷切尔、劳拉姐妹的抚养权争夺案。案件当事人伯恩斯坦夫妇来自伦敦北部信奉极端犹太教的哈瑞迪社区。根据他们的教规,为保持女孩的纯洁,她们必须和男孩分开接受教育,禁止她们衣着时尚、禁止看电视、禁止上网,必须严格遵守洁食规则。她们成年后,其职责就是生儿育女,而且生得越多越好。妻子朱迪斯·伯恩斯坦不顾丈夫的反对,让两个未成年的女儿去男女混合学校接受教育。那里允许她们看电视、听流行音乐、上网,甚至接触非犹太裔的孩子。她希望女儿长大后不再重复自己的故事,可以了解他人的生活,能够上大学,经济上可以独立,将来嫁个有一技之长、能挣钱养家的男人。丈夫朱利安·伯恩斯坦是虔诚的犹太教徒,认为自私的妻子违背了他们的婚姻誓言,她不仅自己脱离了家庭和社区,而且也把女儿同家庭和社区隔离了。表面上看,伯恩斯坦夫妇是在争夺孩子的监护权和教育权,但实际问题要更为复杂,就连双方律师都承认这"不单单是教育的问题"①。法庭所面临的真正问题是"为了孩子,在十足的宗教信仰与一丁点的宗教信仰之间做出选择。在不同的文化、身份、心理状态、愿望、家庭关系、基本规定、绝对忠诚、不可知的未来之间做出选择"②。尽管受到丈夫婚外情的困扰和影响,但是菲奥娜顶住心理压力,在梳理案情、拟定判决时按部就班、有条不紊,表现出高度的理性和智慧。为了做出合法公正的判决,菲奥娜采取如下步骤:"首先,理清事实"(First the facts);其次,"背景回顾"(background);再次,考虑"道德差异"(moral differences);最后,综合第三方意见,即法庭指定的社会工作者的报告。在处理现世的法庭与神圣的宗教之间冲突的案件上,菲奥娜并无先例可循。小说写道:"现世的法庭不该在宗教信仰和神学差异上做出裁决。所有的宗教只要在'法律上和社会上是可接受的'(珀恰斯法官语),且不是'不道德的或在社会上令人厌恶'(斯卡门法官语),那么它们就该受到尊

---

① Ian McEwan. *The Children Act*. New York: Nan A. Talese, 2014, p.14.
② Ibid.

重。"①菲奥娜在参照珀恰斯法官语录的同时,特意加上了斯卡门法官的语录,强调法庭接受宗教的前提条件是不能违背道德。当法律遭遇来自宗教问题的麻烦、难以决断的时候,菲奥娜果断采取了伦理介入的方式,为案件的审理提供一个值得信赖的伦理视角。小说之前在叙述案情时,就已经暗示了菲奥娜可能诉诸的伦理标准,即"在这类问题上,一个内在的倾向就是维持现状,前提条件是它必须是善良的"②。综合上述两种立场,我们大致不难推断菲奥娜在处理这起案件上的态度与方式:反对"不道德"(immoral),支持"善良"(benign)。

一般说来,"法庭不应急于为了儿童的权益干涉其父母的宗教原则。但有时候法庭又必须这么做。问题在于什么时候去干涉?"③不过,结合前文所述的语境,我们似乎可以这样认为:菲奥娜从伦理的视角最终找到了对法庭在"什么时候"(when)干涉当事人父母宗教原则的答案,那就是这类宗教原则必须是"善良的",不能是"不道德的"。对于这起案件,小说先是向读者暗示奥娜对案件的伦理介入,然后慢慢地告知菲奥娜的最终判决结果,即支持妻子朱迪斯·伯恩斯坦对女儿抚养权的诉求,直至她们18岁为止。

与雷切尔、劳拉姐妹的监护权争夺案相比,马太、马克兄弟的连体手术分离案显得更为复杂。对于这起案件,小说从描述一张照片入手,简要叙述了案件内容:

> 所有的恐怖和遗憾,以及其内在的两难困境,都写在这张呈递给法官看的照片中。在儿科集中看护病床上,生保系统的正中央躺着一对牙买加和苏格兰混血的双胞胎兄弟,他们骨盆相连,共用一个躯干,就像一条指向四个方向的海星一样,他们的腿全部朝向脊柱的右侧。沿着被固定的孵化器一侧,测量出这对无助的、过于人性的躯体的总长度为60厘米。他们脊髓融合在一起,双目紧闭、四肢张开,完

---

① Ian McEwan. *The Children Act*. New York: Nan A. Talese, 2014, p. 18.
② Ibid., 14.
③ Ibid., 18.

全由法庭来决定一切。马太和马克,尽管他们有信徒般的名字,但并不能让人理出头绪。马太的头肿胀发大,耳朵凹进玫瑰色的皮肤中。马克头上戴着新生儿的羊绒帽。他是正常的。兄弟两个只有一个膀胱,该器官的大部分处于马克腹部,会诊医生发现,膀胱"会同时通过两个分开的尿道顺利排泄"。尽管马太的心脏可以扩大,但"很少缩小"。马克的主动脉插入马太的主动脉,他们两个人的供血都靠马克一个人的心脏。马太的大脑畸形得厉害,无法正常生长;胸腔的肺组织都失去功能。用护理人员的话来说,马太"连用来发出哭声的肺都没有"。

马克可以正常吮吸,同时为两个人进食和呼吸,他一个人干了所有的活,因此瘦得不成样子。马太,什么都不用做,因此越长越胖。如果不管不问的话,马克的心脏迟早会因为负荷过重而衰竭,到那时他们两个人都活不成。马太看上去可能活不过六个月。马太一死,肯定会带着他的兄弟一起死。①

所有人都关注这对双胞胎兄弟的命运;兄弟俩的故事上了各大媒体的头条。伦敦医院的医生紧急要求获准对连体双胞胎实行分离手术,这样可以使得马克获救,因为他有望成长为一个健康正常的孩子。问题在于,"这样做的话,手术医生就必须得先夹住他们共用的主动脉,然后将其分开,那么就会夺去马太的生命"②。医生的建议遭到双胞胎父母的强烈反对,因为他们是虔诚的天主教徒,绝不同意这种谋杀行为。他们坚持自己的宗教信仰,认为"生命是上帝赐予的,只有上帝才有资格把它带走"③。身处这样的伦理困境,菲奥娜不免感到案件的棘手难断。纵然法律的存在是为了追求公平与正义,但是菲奥娜即将判定的结果,无论是对马太还是对马克而言,都注定无法做到公正:如果判定同意实行连体分离手术的诉求,她就等于宣判了马太的死刑,是对马太的不公;如果驳回实

---

① Ian McEwan. *The Children Act*. New York: Nan A. Talese, 2014, pp. 26—27.
② Ibid., 27.
③ Ibid.

行连体分离手术的诉求,她又等于宣判了马克的死刑,是对马克的不公。二者的根本区别在于这对双胞胎兄弟生命时间的长短呈现出逆反态势。具体说来,一旦菲奥娜核准实行连体分离手术,就意味着马克的生命获得延长,而马太的生命大幅缩短,即马克有可能获得新生,成为一名健康的婴儿,和正常人一样走完自己的一生,但代价是他的双胞胎兄弟马太会在手术当天立即殒命。一旦菲奥娜判定不同意实行分离手术,就意味着马太可以拥有六个月左右的生命,但代价是他的双胞胎兄弟马克的生命也将会随他一起在六个月后停止,而马克原本可以拥有更长的生命,走过完整的人生。对于这一复杂情况,菲奥娜反复思虑,细心权衡。在她看来,"我们不能假定他们中的一个人比另一个人的生命更有价值。把双胞胎分开就等于杀害马太。不把他们分开,就等于因为疏忽,同时杀害了他们两个人"①。此外,与菲奥娜的判决会导致双胞胎兄弟生命长短呈现逆反态势的情况相似,其判决结果也会使得社会舆论与影响呈现出截然相悖的两种走向:第一种判决会赢得医生及其他现世的实用主义者的赞同,但会遭到包括双胞胎父母在内的宗教人士的抵制;第二种判决会赢得宗教人士的认可,但是会遭到现世的实用主义者们的反对。

菲奥娜不仅在现世的医学与神圣的宗教之间没有迂回的余地,而且在法律与宗教、生命与死亡之间也没有任何可选的空间。在菲奥娜看来,"这件事既没有法律空间,也没有道德空间,因此只能选择减少罪恶"②,但法律必须维护当事人的"权益"。就马太而言,法律必须考虑到他的最佳权益,因此不能替他选择死亡这一方案。不过,法律又必须尊重事实。马太的实际情况是"他大脑发育不全,没有肺部,心脏也不起作用,可能生活在痛苦之中,而且注定很快就要死去"③。基于上述事实,菲奥娜得出结论:马太没有需要保护的权益。这点得到了上诉法庭的认同。

在最为关键的时刻,菲奥娜通过诉诸伦理视角成功破解了她所面临的难题。颇为有趣的是,菲奥娜表明法庭依据的不是道德标准,甚至在判

---

① Ian McEwan. *The Children Act*. New York: Nan A. Talese, 2014, p. 28.
② Ibid.
③ Ibid.

决书一开始,她就这样写道:"本庭是法律的法庭,而不是道德的法庭,我们的任务是去发现适用于我们眼前特殊情况的相关法则,我们的职责是运用这些法则。"①尽管如此,细心的读者还是不难发现,菲奥娜并没有遵循死板的法则,而是暗暗地从伦理视角来审理案件。这也是麦克尤恩的一贯风格,即在稍纵即逝的细节中掩藏作品的伦理旨趣。正如陆建德所言:"文学的特点是具体细致,人物性格、伦理场景总是通过细节来呈现的。"②我们留意到,菲奥娜在分析案情时,连续三次使用了"罪恶"(evil)这个词汇,而且其中两次强调"减少罪恶"(the lesser evil),另外一次强调"避免更大的罪恶"(to prevent a greater evil)。"恶"是一个具有高度伦理性质的词汇,与"善"一词直接相对。文学伦理学批评认为,"善恶是人类伦理的基础"③。菲奥娜之所以不断强调"减少罪恶",其根本目的就是为了走向"善"。她从"减恶""增善"的角度为自己对案件的最终判断寻找充分的理据。

作为一名资深法官,菲奥娜对法律与伦理之间的潜在冲突有着十分清醒的认识,但她坚定地选择站在伦理的立场,并从习惯法中为自己的这一选择寻找支撑。论及"减少罪恶"时,菲奥娜意识到"如果倾向于选择减少罪恶,可能就会违背法律"④。那么该如何应对和处理"减少罪恶"与"违背法律"之间的冲突?答案是"必要性原则"。所谓的"必要性原则"就是"习惯法规定,在一些没有被议会界定的极少情况下,为了阻止更大的罪恶,准许违背刑法"⑤。菲奥娜由此为自己从伦理角度出发做出选择"减少罪恶"的裁决找到了充分的法律依据。于是,菲奥娜便有了如下判决:

> 出于对所有重要意图的考虑,手术的目的不是去杀害马太而是为了拯救马克。马太因为自己的无助,正在杀害马克,必须允许医生

---

① Ian McEwan. *The Children Act*. New York: Nan A. Talese, 2014, p. 28.
② 陆建德:《文学中的伦理:可贵的细节》,《文学评论》2014 年第 2 期,第 20 页。
③ 聂珍钊:《文学伦理学批评导论》,北京:北京大学出版社,2014 年,第 36 页。
④ Ian McEwan. *The Children Act*. New York: Nan A. Talese, 2014, p. 29.
⑤ Ibid.

去保护马克,解除对他的致命威胁。马太在经历手术后可能会失去生命,但他不是被有意杀害,而是因为他本人没有能力活下去。①

从内容和文字来看,上述判决与其说是一份法律判决书,倒不如说是一份伦理判决书。如前所述,既然马太的"权益"无须考虑,那么法庭唯一要考虑的就是维护马克的"权益"。在涉及马克"权益"的问题上,菲奥娜从伦理视角出发,对判决书做了积极正面的伦理评价。菲奥娜首先肯定了手术的积极意义,非但没有任何不良的动机,即不是去伤害马太,而且使命光荣,即"拯救马克的生命";实施手术的医生是为了保护马克,是解除给他生命造成危险的威胁。特别值得关注的是菲奥娜在判决书中所表现出的对马太的态度。从伦理角度来说,此举完全站在马太的立场,是为了帮助他"减少罪恶",因为他正在夺去马克的生命。既然马太没有能力继续活下去,为何不给自己的亲兄弟马克一个活下去的机会?这何尝又不是一种悲壮的"善举"?可以说,在这份近乎完美的判决书中,菲奥娜较好地兼顾了各方的利益,既维护了马克的"权益",又帮助马太"减少罪恶",同时还赋予医生立即实施手术的一个正当理由。

三、超越法院的高墙:关于儿童福祉的伦理顿悟

克洛迪娅·申贝格指出:自 20 世纪 80 年代起,麦克尤恩开始"直接介入复杂的伦理、社会和历史问题"②,甩掉了"恐怖伊恩"的帽子,摇身变为"一个社会预言家或道德预言家"③。如果申贝格是对的,我们不禁要问:麦克尤恩在《儿童法案》中做出的道德寓言是什么?不可否认,小说中所描写的案件几乎都与宗教相关。与其说这是一种巧合,倒不如说是麦克尤恩的精心设计。雷切尔、劳拉姐妹的监护权争夺案涉及犹太教;马太、马克兄弟的连体手术分离案涉及天主教;亚当的输血案涉及耶和华见

---

① Ian McEwan. *The Children Act*. New York: Nan A. Talese, 2014, p. 29.
② Claudia Schemberg. *Achieving "At-one-ment": Storytelling and the Concept of the Self in Ian McEwan's* The Child in Time, Black Dogs, Enduring Love, *and* Atonement. Frankfurt: Peter Lang, 2004, p. 28.
③ Ibid., 29.

证人教。菲奥娜在前两起案件上都做出了明智的判决,并最终得出了令她满意的结果。然而,亚当输血案则是另外一番情形。尽管菲奥娜花费了大量时间和精力,但最终还是未能挽留亚当的生命。那么这起案件因何复杂?菲奥娜最终做出了怎样的判决?她又因何流泪?

案件情况是这样的。一位名叫亚当·亨利的男孩患上了白血病。根据医生的诊断,他必须尽快进行输血手术,否则就会有生命危险,但是男孩的父母家人都是耶和华见证人教徒,其宗教信仰使得他们反对实施输血手术。亚当及其父母接受除输血之外的所有治疗手段,但他的病情若要得到根本好转,必须要施行输血手术,而根据他们的教义,接受他人血液是不洁的。亚当父亲解释说:"血液是人类的精华,是灵魂,是生命自身。就像生命是神圣的一样,血液也是神圣的";"把你的血液和动物或他人的血液混在一起,你的血液就会受到污染,是一种玷污,是对造物主所赐予的美好礼物的拒绝"。① 与马太、马克连体婴儿分离手术案相比,媒体对亚当输血案的关注有过之而无不及。鉴于案情的复杂性,菲奥娜决定亲自去病房中探视亚当。至于会面的理由,菲奥娜解释说:"我对他关于《圣经》的知识不感兴趣,而是想知道他是否了解自己的情况以及他对自己所遇到情况的理解,这将影响我对医院提出请求的决定。此外,他应该知道自己的命运不是被掌握在一个没有人情味的官僚机构中。我应该向他解释我就是那个为他最佳权益做出决定的人。"②

在与亚当会面的时候,菲奥娜发现他聪明颖慧:"亚当的非世俗性使他特别珍贵,但也极易受伤。"③在若干话题上的尝试沟通无果后,他们最终在亚当喜爱创作诗歌这个话题上拉近了彼此之间的距离。亚当还给菲奥娜朗诵了如下的原创诗歌:

> 我的命运坠入最暗的洞穴
> 撒旦用铁锤击打我的灵魂

---

① Ian McEwan. *The Children Act*. New York: Nan A. Talese, 2014, p.78.
② Ibid., 91.
③ Ibid., 112.

他铁匠的锤击长而缓慢
　　我在深处

　　但是撒旦打造了一块金片
　　凹处上面闪耀着上帝的爱
　　金光开路
　　我获救①

　　诗歌中，亚当明确地表示要为宗教献身：撒旦锤击自己的灵魂，把它打成了一块金片，上面折射出上帝对众人的爱，亚当由此获得拯救。该诗歌间接印证了菲奥娜的判断，即亚当的决定受到了教会长老的影响。之前，亚当的父亲也曾透露过教会长老经常去医院看望亚当的信息。实际上，他们看望的目的一方面固然是为了给病中的亚当带去信仰上的慰藉，但是另一方面他们也是在时刻强化和监督亚当拒绝输血手术的行为。果不其然，亚当坦言："克罗斯比先生，一个教会长老告诉我说即便要发生最糟糕的事情，也会对所有人都有极好的效果"，这"将会使我们的教堂充满爱"。②潜在的悖论是，教会长老试图牺牲亚当的生命，并将之神圣化为一种殉道行为，从而使其他教众感受上帝的爱，但这只是教会长老提供给亚当的一个"来世"景象，而没有考虑到他在"现世"的幸福。

　　在菲奥娜离开病房之前，亚当用小提琴演奏了一首曲子。正是这首曲子让她对亚当有了更深入的了解。小说写道："忧伤的调子，以及弹奏曲子的方式，如此充满希望和纯真，表明她开始理解男孩子的所有一切。她对诗人表达后悔的诗句记得很牢，'但我当时年轻而又愚蠢'……听着亚当的弹奏让她感到激动，甚至感到困惑。拿起小提琴或者任何的乐器都是一种有希望的行为，暗示着一个未来。"③对于亚当的演奏，菲奥娜指出亚当在 C 调上需要改进，同时又提出让他重新弹奏一遍，而且自己随着

---

① Ian McEwan. *The Children Act*. New York: Nan A. Talese, 2014, pp. 112–113.
② Ibid., 113.
③ Ibid., 119.

音乐朗诵叶芝的诗歌《漫步神秘园》,而这也让菲奥娜对亚当有了更多的感情和更深入的了解,为她后面的裁决奠定了基础。

在判决之前,菲奥娜表示自己完全尊重双方的意见,声明自己理解医院申请获准立即开展输血治疗方案的行为,因为亚当的病情危急;她也理解亚当及其父母反对输血的行为,因为他们的宗教信仰。随后,菲奥娜逐一辩驳了反对输血的三个理由。第一个理由,亚当再过三个月就满18周岁,他知道自己决定的后果,因此他的决定应该像成人一样得到尊重。关于这一点,菲奥娜首先认为,在一名不满16岁的儿童不顾父母反对,同意接受治疗,与一名不满18岁的儿童反对救治自己的治疗之间,存在根本区别。尽管亚当很聪明,但是随着痛苦和无助的增加,他并不知晓自己所面临的苦难,甚至对痛苦和折磨还抱有不切实际的幻想。第二个理由,拒绝治疗是人类的基本权利之一,因此法律对此不该干预。关于这一点,菲奥娜充分考虑亚当从小生活的宗教环境,认为他的决定不一定就是他自己做出的。第三个理由,亚当的宗教信仰是真实的,应该受到尊重。关于这一点,菲奥娜指出,耶和华见证人教和其他宗教一样,对末日后的来世生活都有明确的预言,但是法律所关注的不是来世,而是现世。特别需要指出的是,在驳斥反对输血的理由上,菲奥娜所一贯遵循的原则就是始终站在维护亚当"福祉"的立场。她坦言自己受到了沃德法官在审判一起关于耶和华见证人案件的影响,即让孩子的福祉成为影响自己决定的主导因素,而1989年颁发的《儿童法案》也在一开始就把儿童的福祉看作是第一位的。她特意补充说:她所说的福祉"包含'幸福'(well-being)和'权益'(interests)"①。有鉴于此,她认为:"承受不必要的痛苦死亡,成为其信仰的殉道者,他的福祉没有得到提升",相反"恢复健康后,因为他对诗歌的爱,近来对小提琴的激情,对活力智慧的运用,对兴趣的深情表达,以及未来的生活和爱,他的福祉会得到促进提升。总之,法庭最看重的就是亚当的福祉,但我发现,其父母和教会长老们的决定与此相违背。他必须被阻止做出这样的决定,得到保护。他必须得到保护,以免受到其宗教和

---

① Ian McEwan. *The Children Act*. New York: Nan A. Talese, 2014, p.125.

他自己的侵害"。① 最终,菲奥娜判定医院对亚当立即实施输血手术。

医学关乎身体,宗教涉及信仰。表面上,二者并行不悖,并无直接冲突,但是在生死抉择之际,二者之间的冲突就显得无可调和了。医生与时间赛跑,急于获得法庭的准许,给亚当输血以拯救他的生命;而亚当及其父母和教会长老坚持自己的宗教信仰,宁可放弃治愈疾病的输血治疗,选择死亡。二者似乎都打着尊重和维护亚当福祉的旗号,但他们对福祉理解的不同,决定了他们伦理选择的不同。宗教人士为了维护冰冷的信条和教义,宁可放弃一个鲜活的生命;而医生为了拯救一个年轻的生命,甚至不惜与病人的父母对簿公堂。在菲奥娜看来,所谓的福祉不仅包含权益,同时还包括幸福,而维护权益或幸福的最基本前提就是受益者必须要活着。因此,生命是才是最根本的福祉。正是在这点上,菲奥娜最终赞同和支持了医生实施输血行为的诉求,驳回了亚当及其父母拒绝输血手术的要求。在宣判结果时,菲奥娜重点强调:尽管她也充分考虑了亚当的年龄、信仰和尊严,但"他的生命要比他的尊严更为珍贵"②。

在处理完亚当输血案之后,菲奥娜重新回到自己异常忙碌的工作中,而杰克也在此时回归家庭,向菲奥娜忏悔自己的行为。尽管短期之内,菲奥娜不会原谅杰克,但是他们的复合应该只是时间问题。据菲奥娜助手玛丽娜·格林的消息,亚当在接受输血后,恢复很快,在家里补习功课,应该很快就可以复学了。似乎所有人的生活都会按照各自应有的节奏继续下去,但事实并非如此。医院一别后,亚当开始莫名地迷恋上菲奥娜,不断给她写信。在第一封信中,他描述了自己所发现的不同状况。在经历输血手术醒来后,亚当发现父母在自己床头哭泣,他本以为全家人是因为违背了上帝的旨意而感到忧伤。恰恰相反,父母是喜极而泣,他们既遵循了自己的信仰,又尊重了教会长老的意见,同时还捡回了儿子的一条命。尽管他们接受了输血手术,但这并不是他们的过错,要怪也只能怪法官,怪这个没有"神"的体系与尘世。经历此番顿悟的亚当开始扭转自己对耶

---

① Ian McEwan. *The Children Act*. New York: Nan A. Talese, 2014, pp. 126—127.
② Ibid., 127.

和华见证人宗教的态度,他不仅将《圣经》放在一边,拒绝参加教会的活动,甚至连教会长老克罗斯比的劝说也无济于事,更不用说随之而来的家庭争吵了。远离家人与宗教之后的亚当开始向菲奥娜无限靠近,疯狂地给她写信,甚至在得不到菲奥娜的回信后,一路冒雨跟踪她至法院的办公地点,而其目的是希望可以:

> 听到你的平静的声音和用你清醒的大脑和我讨论这一切。我感觉你把我带近另一些东西,某个实在又美又深的东西,尽管我真不知道那是什么。你从来没有告诉我你信仰什么,但是当你和我坐在一起,唱起《漫步神秘园》时,我就爱上它了。我每天都看这首诗歌。我喜欢"年轻而又愚蠢",但是如果没有你的话,我将什么也不是,我肯定都已经死了。我给你写了很多愚蠢的邮件,一直在想你,真的想再见到你,和你聊天。我白日梦般地梦到我们,梦到那些不可能那么好的幻想,譬如我们在一条船上踏上一起环游世界的旅程,我们的船舱门靠门,我们在甲板上爬上爬下,整天都在说话。①

在这封信中,我们会发现一个细节:尽管之前菲奥娜与亚当在医院病房中讨论了诸多不同的话题,但是让亚当最有感触的则是诗歌《漫步神秘园》,尤其是其中两句"年轻而又愚蠢"。通过阅读诗歌这一重要的文学形式,亚当丰富了自己关于生活的理解。正如陆建德所言:"说到底,文学是对'应该如何生活'这一问题的无比丰沛、细腻而又复杂的探讨。"②亚当从迷恋这首诗歌到迷恋上给他带来诗歌的菲奥娜。他希望能和菲奥娜交谈,从而拉近他与那些"实在又美又深的东西"的距离,尽管亚当并不清楚这个"实在又美又深的东西"究竟是什么。从文学伦理学批评视角看来,答案在于亚当从诗歌中所收获的伦理教诲与伦理经验,因为"文学在本质上是关于伦理的艺术"③,"文学的基本功能是教诲功能。文学的教诲是

---

① Ian McEwan. *The Children Act*. New York: Nan A. Talese, 2014, p.145.
② 陆建德:《文学中的伦理:可贵的细节》,《文学评论》2014年第2期,第18页。
③ 聂珍钊:《文学伦理学批评导论》,北京:北京大学出版社,2014年,第13页。

读者在阅读文学的审美过程中实现的"①。不难发现,在反复阅读诗歌的过程中,亚当感受到人生的意义,重新燃起对生活的热情,选择与点燃他生命希望的菲奥娜为伍。也即是说,亚当的这种伦理选择是在他通过与菲奥娜的接触,尤其是在他反复阅读《漫步神秘园》这首诗歌、在获得伦理教诲之后所做出的选择。

对于亚当的来信,尽管菲奥娜被其单纯和温暖所打动,甚至还写了四遍回信的草稿,但最终出于为了不让他感觉沮丧的目的,而选择放弃回信。不过,随后又收到亚当的来信,在得知他一切安好后,菲奥娜依旧没有选择回复。出人意料的是,就在菲奥娜去纽卡斯尔出差的时候,亚当一路冒雨跟着过来了。当菲奥娜询问浑身透湿的亚当为什么非要来见她时,他的回答是"为了感谢你"②。当然,他还解释了自己当时之所以执意坚定宗教信仰的原因,反思自己当时的愚蠢行为,以及自己从《漫步神秘园》这首诗歌中所获得的启示。事实上,彼时的亚当处于离家出走的状态:与父亲大吵一架,与母亲告别,然后一路跟踪菲奥娜至纽卡斯尔的地方法院,提出要与她住在一起,愿意承担家务,做杂活,而他所渴望得到的是能够和菲奥娜一起聊天交流,尤其是希望菲奥娜给他列出一份"阅读清单"(reading list)。亚当渴望阅读文学作品,这是他在接触诗歌《漫步神秘园》之后的一个重要转变。他为什么渴求阅读文学作品?为什么渴望得到一份"阅读清单"?亚当对文学阅读的渴求,反映了文学对他而言的重要价值。从文学伦理学批评视角看来,这种价值就是伦理价值。聂珍钊认为,"文学的核心价值不在于为人类提供娱乐,而在于以娱乐的形式为人类提供教诲,即为人类提供正确认识生活和社会的各种有益知识"③。对于刚刚经历过输血手术获得新生的亚当而言,如何获取关于生活和社会的有益知识,开启新的人生,显得尤为迫切。此时,把《漫步神秘园》首次介绍给他的菲奥娜便充当了文学导师的角色,向她索要阅读清单

---

① 聂珍钊:《文学伦理学批评导论》,北京:北京大学出版社,2014年,第14页。
② Ian McEwan. *The Children Act*. New York: Nan A. Talese, 2014, p.165.
③ 聂珍钊:《文学伦理学批评:论文学的基本功能与核心价值》,《外国文学研究》2014年第4期,第9页。

自然是顺理成章的事情。毕竟,"文学是人类文明进步的结果,它是人类进行和获取教诲的重要形式"①。由此出发,我们不难理解亚当的行为与动机:他渴望从文学中获得滋润与养分,从中获得人生的智慧,因为这恰恰是他之前在宗教和父母那里所缺失的。

对于亚当的这一请求,菲奥娜的反应是"合乎逻辑"(logical)、"疯狂"(insane)和"单纯"(innocence)。② 当然,结果自然是无情的拒绝。比之更为疯狂的是,菲奥娜在派人将亚当送走之际,原本只是想亲吻亚当的脸颊,却凑巧和他有了嘴对嘴的亲吻。与亚当的单纯相比,菲奥娜显得颇为世故复杂,就连准备亲手给他一些现金的念头也打消了,改由助手格林转交。甚至在数天后,菲奥娜还在担心她与亚当的亲吻行为会不会引发轩然大波。事实上,没有人关注这件小事。菲奥娜与丈夫杰克的关系时而好转,时而停滞,不过他们彼此的工作都正常进行,一如既往地忙碌。菲奥娜还将在圣诞节与同事马克·伯纳一起登台,参加圣诞庆典的音乐演出。不过,带着一丝兴奋与恐惧的心情,菲奥娜再次收到了亚当的来信——一首题为《亚当·亨利的民谣》的诗歌。

亚当·亨利的民谣

我拿起木头十字架,把它拖到河边。
我年轻而又愚蠢,被一个梦所惊扰
忏悔是愚蠢的,只有傻子才会感到负担。
但是我被要求在礼拜日按照规则生活。

碎片切割我的肩膀,十字架重得和铅一样,
我的生活受限而神圣,我几乎死了,
河水欢快起舞,阳光也在周围跳舞,
我必须继续往前走,眼睛盯着地面。

---

① 聂珍钊:《文学伦理学批评:论文学的基本功能与核心价值》,《外国文学研究》2014 年第 4 期,第 11 页。
② Ian McEwan. *The Children Act*. New York: Nan A. Talese, 2014, p. 172.

然后,身上有着彩虹鱼鳞的一条鱼从水中跳出来,
水珠跳跃,一缕一缕地挂在身上,
"如果你想自由,就把十字架扔到水里!"
所以我把重负卸在紫荆树荫的河面上。

我在幸福奇妙的状态中,跪在河岸上
她靠在我的肩膀上,给我最甜蜜的一吻。
但是她跳进冰冷的河底,再也不见了,
我满眼泪水,听到了喇叭声。

耶稣站在水上,对我说,
"那条鱼是撒旦的声音,你必须为此付出代价。
她的吻是犹大的亲吻,她的吻背叛我的名义
愿他
……"①

  菲奥娜只从字面上解读这首诗歌,认为它反映了亚当生自己的气,怨恨自己不给他回信、把他送走,甚至把自己比作撒旦和犹大,等等,但她坚信亚当会进入正常的生活轨道,进入好大学,自己会从他的脑海中慢慢消失。对于被抹去的最后一句诗行,菲奥娜并没有细想,转而投入圣诞音乐演出的紧张排练中。正是这一疏忽,让菲奥娜没有读出诗歌中所隐藏的亚当试图自杀的讯息,错失了拯救其生命的良机。

  在圣诞演出前的那一刻,菲奥娜得知亚当去世的消息。原来,亚当白血病复发,但他拒绝输血手术。此时,亚当已经年满 18 周岁,法律已经不能再干涉他的决定了。结果,他就这样因病亡故了。得知亚当去世消息的菲奥娜神情恍惚,不过还是最终坚持到表演结束。在加演环节,她还情不自禁地演奏了叶芝的《漫步神秘园》。演出结束后,菲奥娜没有心情接受观众的欢呼,而是急匆匆地赶回家,翻出亚当写给自己的诗歌。对着壁

---

① Ian McEwan. *The Children Act*. New York: Nan A. Talese, 2014, pp. 187-188.

炉的火光,她终于辨识出被抹去的最后一个诗行"既然他把我的十字架扔进水中,愿他亲手杀死自己"(May he who drowns my cross be his own hand be slain)①。尽管她最终读出了亚当在诗歌中所隐含的讯息,但为时已晚。在向懵懂的丈夫杰克讲述她与亚当之间所发生的一切时,菲奥娜伤心欲绝,痛哭不已。杰克惊讶于向来自控的妻子会"极度悲伤"②,而痛哭之后的菲奥娜发现泪水把枕头弄得"又湿又冷"③。那么该如何解读菲奥娜的哭泣?她仅仅是因为亚当的离世,悲伤过度吗?

  从法律意义上来说,亚当的输血案早已结案,因此菲奥娜拒绝给亚当回信、把他从身边赶走,并没有什么过错。确实,从其伦理身份而言,菲奥娜是一名称职的法官。在所有案件上,儿童的福祉是她的首要考虑因素。但是,菲奥娜没有意识到她最重要的伦理身份是"人"——一种"伦理的存在"④。从这个角度而言,菲奥娜过去对儿童福祉的理解无疑是褊狭的:她仅仅在法庭上保护他们,而在法庭之外则采取漠视的态度。亚当的死亡就是一个鲜明的例证。之前,亚当曾经明确地告诉过菲奥娜"我父母的宗教是一剂毒药,而你则是解药"⑤。由是观之,菲奥娜拒绝给亚当回信、把他赶走,让他回归自己的父母,无异于将他赶上绝路。换言之,菲奥娜感觉是自己硬生生地把亚当这个热爱生活的少年推向了死亡,由此则不难理解她的悔恨与自责。小说这样描写菲奥娜的思绪:

  不给他回信。没有读出他在诗歌中发出的警告。她是多么地为自己曾担心名声受损的想法而感到羞耻。她的罪过超出任何纪律委员会的控制范围。亚当来找她,她没有用任何东西来替代他的宗教,没有提供保护,甚至法律条款都写得很清楚,她首要的考虑因素是他的福祉。她在多少起案件中用了多少页纸来献身于这个条款?福祉和幸福都是社会性的。没有哪个孩子是一座孤岛。她曾认为自己的

---

① Ian McEwan, *The Children Act*, New York: Nan A. Talese, 2014, p. 212.
② Ibid., 218.
③ Ibid., 220.
④ 聂珍钊:《文学伦理学批评导论》,北京:北京大学出版社,2014年,第39页。
⑤ Ian McEwan, *The Children Act*, New York: Nan A. Talese, 2014, p. 168.

职责仅限于法庭的高墙内。但那又怎么可能呢?他来找到她,想要任何人都想要的和仅仅是自由思考的人而不是超人所能提供的东西。①

在上述反思中,最重要的一点就是"她曾认为自己的职责仅限于法庭的高墙内"。多年来,菲奥娜致力于守护儿童的福祉,但她对法律条文上"福祉"的理解依然是狭隘的、教条的,因为对儿童的福祉的守护绝不局限在法庭的高墙之内,而需延伸至整个社会中。按照韦尔斯的理解,"我们有一种天然的责任去关爱他人,而我们自身的存在也依赖于他人","正是道德基础才使得这个社会成为可能"。②尽管菲奥娜之前在法庭上拯救了亚当的生命,但在社会上她却亲手将他推向死亡。虽然菲奥娜没有存心为恶,但她在客观上实施了恶行。陆建德认为,"一个人必须与自我保持一点距离,要有点自我怀疑的精神,这是伦理学的一大要义"③。从这个角度来说,菲奥娜通过反思自己之前的行为,开始怀疑和否定自我,与自我拉开了伦理距离。她泪水中所蕴含的不仅是悲伤,更多是悔恨与自责。尽管彼时菲奥娜即将年满六十,而直到这时她才对"儿童福祉"与自我职责有了"伦理顿悟",实现道德上的成熟。叶芝的诗行"但当时我年轻而又愚蠢,现在眼里充满泪水"④就是她在伦理顿悟后的真实写照。

彼得·蔡尔兹指出:"麦克尤恩对儿童与成人之间关系的剖析贯穿其所有小说的始终,尤其是年轻一代关于'成长'的观念与忧虑。"⑤诚然,一直以来,麦克尤恩始终以笔为媒,对儿童及其生活的世界展开无尽的艺术探索。无论是早期作品《最初的爱情,最后的仪式》《床笫之间》《水泥花园》《时间中的孩子》《赎罪》,还是新作《儿童法案》,皆是这类探索的结果。在接受采访时,麦克尤恩说:"当孩子越来越进入你的生活,你不可能轻率

---

① Ian McEwan. *The Children Act*. New York: Nan A. Talese, 2014, p.220.
② Ibid., 14.
③ 陆建德:《文学中的伦理:可贵的细节》,《文学评论》2014年第2期,第18页。
④ Ian McEwan. *The Children Act*. New York: Nan A. Talese, 2014, p.119.
⑤ Peter Childs. *Contemporary Novelists: British Fiction Since 1970*. Basingstoke: Palgrave McMillan, 2012, p.174.

地对待他们死亡的可能性。"①在小说《儿童法案》中,麦克尤恩通过菲奥娜对儿童福祉理解的不断深入,再次强调尊重儿童生命、呵护儿童生命的重要性。

　　文学伦理学批评认为:"文学的根本目的不在于为人类提供娱乐,而在于为人类提供从伦理角度认识社会和生活的道德范例,为人类的物质生活和精神生活提供道德警示,为人类的自我完善提供道德经验。"②用陆建德的话来说,就是"抽象的伦理价值体系还无法深入内心,润物无声。一旦它有了文学的形象思维的血肉,才有鲜活的生命力"③。在《儿童法案》中,麦克尤恩正是通过描述法官菲奥娜的个人生活以及她对一系列关于儿童案件的审理和判断,通过这些鲜活而令人震惊的故事,引发人们对儿童福祉的伦理思考。什么是儿童的首要福祉?怎样保护儿童的福祉?如何能够超越自己的职业身份,以一种"伦理的存在"来守护儿童的福祉?麦克尤恩以菲奥娜的努力、坚守、后悔和自责向读者诠释了"儿童福祉"的真实内涵与守护方式,给我们带来诸多的道德警示与伦理启迪。

本章小结

　　石黑一雄和麦克尤恩是当今英国文坛声名显赫的小说家,也是我国读者最为喜爱的当代外国小说家,取得了杰出的文学成就,具有重要的研究价值。本章重点选取了他们在 21 世纪以来的两部小说,分别涉及科技、医学、法律、宗教等话题,一方面意在说明上述小说家广泛涉猎的题材,另一方面更是为了凸显伦理这一主线在他们作品中的统摄性。就科技发展而言,石黑一雄以克隆人在"似家非家"的伦理环境中,对其"似人非人"的伦理身份产生了困惑,以终结生命的方式完成了伦理选择。克隆人的这种给人以共情的伦理选择在很大程度了回应了人类在科学时代的

---

　　① Ryan Roberts, ed. *Conversations with Ian McEwan*. Jackson: University Press of Mississippi, 2010, p.30.
　　② 聂珍钊:《文学伦理学批评导论》,北京:北京大学出版社,2014 年,第 14 页。
　　③ 陆建德:《文学中的伦理:可贵的细节》,《文学评论》2014 年第 2 期,第 20 页。

科学选择，给了读者关于科学为何的伦理思考。如果说石黑一雄以克隆人的伦理选择来回应和反思科学选择，麦克尤恩则将目光转向宗教和医学，前者关于人的精神，后者关注人的肉体。那么问题在于，法律如何以维护人当事人福祉的名义来介入宗教和医学问题？在《儿童法案》中，麦克尤恩通过法官菲奥娜对一系列关于儿童案件，尤其是亚当·亨利输血案的裁决，来折射出她的伦理困惑与伦理顿悟，并超越法律的羁绊，对于儿童福祉有了新的伦理阐释。石黑一雄和麦克尤恩的创作以各自的视角，将小说创作的伦理触角延伸至科技、宗教、医学等诸多领域，但都无一例外地投射了隐含作者的道德焦虑及其小说人物相应需要勇敢面对的伦理选择。

第八章

当代英国戏剧的伦理表达

20世纪50年代中期,英国文坛迎来了戏剧的再度兴盛。英国当代剧坛相继出现了约翰·奥斯本、哈罗德·品特、爱德华·邦德、卡丽尔·丘吉尔、汤姆·斯托帕德等一大批对当今世界剧坛具有重要影响力的剧作家。这些作家创作了大量具有丰富伦理蕴意的作品,既体现出他们对于自身生活的审视和反思,更是对特殊伦理语境下社会变迁的积极回应,反映出作家对于社会现实生活的思考。本章以哈罗德·品特的《背叛》、卡丽尔·丘吉尔的《优秀女子》和汤姆·斯托帕德的《阿卡狄亚》三部着重反映当代英国戏剧伦理关怀的剧作为分析对象,运用文学伦理学批评方法中的伦理选择、伦理身份、斯芬克斯因子、伦理意志、伦理环境、伦理教诲、伦理思想等核心术语,对当代英国戏剧所呈现的伦理关系异化,伦理秩序的变化及其引发的问题和导致的结果,伦理环境的复杂而多元特性,以及戏剧人物身份建构中所面临的种种伦理困境等问题进行探讨,深入挖掘当今英国戏剧伦理关怀的实质、表象和成因。

　　作为当代英国戏剧的领军人物,哈罗德·品特在其剧作《背叛》中着力呈现了20世纪六七十年代以降的后现代思潮对婚姻关系以及家庭结构所带来的伦理冲击。本章第一节运用文学伦理学批评方法中的自由意志、理性意志、斯芬克斯因子和伦理环境等重要概念,紧扣剧中杰瑞与爱玛之间"婚外情"的伦理主线,通过解构"婚外情"发生、发展和终结的多个伦理结,揭示出人是一个斯芬克斯因子的存在,体现出理性意志、自由意志和非理性意志之间的伦理冲突。通过"倒叙"的叙事结构,作者将剧中"婚外情"行为还原至20世纪60年代及70年代后期两个不同时代的伦理现场,对之加以客观呈现,说明意志冲突导致或抑制"婚外情"的原因是在不同的伦理语境中形成的。

　　与《背叛》同时期的另外一部作品《优秀女子》是英国当代女剧作家卡丽尔·丘吉尔对20世纪七八十年代英国职业女性工作和生活的伦理图景应时性的展现。本章第二节运用文学伦理学批评的伦理选择和伦理身份等核心术语,结合第二次女性主义思潮,对剧中主要人物玛琳的伦理选择和身份建构进行深度剖析。剧中主要人物玛琳兼有职场"女强人"和未婚母亲的双重伦理身份,是其在不同的伦理环境之下选择的结果,承载有不同的伦理内涵。丘吉尔在该剧中采用清一色女性角色和虚实场景并置的戏剧策略,起到了强化职场"女强人"形象的作用。同时,借由玛琳双重身份选择的设置,也表达出对女性主义戏剧以解构性别男女二元项的方式达成建构一个"反男性中心"戏剧场域的激进艺术主张质疑,警惕从"男性中心主义"的极端滑向"女性中心主义"的另一个极端的倾向。

　　汤姆·斯托帕德的剧作包含着深厚的伦理意蕴,其剧作《阿卡狄亚》运用时空并置、交错的戏剧结构,勾勒了剧中人物趋于知识和真相的欲望而导致的三层冲突频出的伦理结:激情与理性、浪漫主义与古典主义、心灵与肉体的对峙,再现了英国社会伦理道德价值观念的堕化,以及西方科学、知识理论进化对人性的抹杀。本章第三节以文学伦理学批评为研究视角,紧扣剧中人物出于对知识的欲望、对真相的挖掘导致的伦理身份困惑展开讨论。借由相互交融的对话性伦理结构,斯托帕德晦涩地阐明了一种混沌的伦理思想观。此种观念建构中,没有级别,没有序化,没有普遍化的伦理价值观,只有混杂存在的种种伦理思想,只有切实存在的后现代人的个体生活体验。这种内化的、本真性的伦理观,从某种程度上给予道德最大的自由,体现了自然的秩序。在这种伦理观中,斯托帕德并不旨在道德说教,而是倡导人们向善。

第一节 哈罗德·品特《背叛》中的伦理意志

在英国当代剧坛中,哈罗德·品特在对于生活的观察和思考方面是最为活跃的剧作家之一。纵观品特一生的创作,我们可以发现,他的文学创作非常注重将自己对于生活的理解与整个社会现实紧密结合。英国著名的剧评家迈克尔·比林顿认为:"品特的戏剧作品通常是由某一段特殊的个人经历引发,随后将会沿着自身的内部逻辑逐渐成形。我们不能说这些剧作是自传性的,但却不可避免地反映出,他在某个特定情境下流露出的恐惧、担忧和关注。"[1]比林顿的这个观点不无道理。

20世纪六七十年代,品特将对社会的关注点落在了当时因受"性解放"运动影响而出现的新的婚姻及性伦理的思考,尤其是对社会上普遍存在的婚姻出轨的社会现象的思考,并将之作为创作的主要题材,相继完成了《情人》《收集证据》《回家》《沉默》《风景》《往日时光》《背叛》等十多部作品的写作。其中,1978年创作的《背叛》是一部很具有代表性的作品。这部剧作自20世纪90年代起曾多次在中国上演,是中国观众最熟悉的品特戏剧作品之一。全剧由9个场景构成,其主要故事情节围绕杰瑞、爱玛、罗伯特三人之间错综复杂的关系以倒叙的方式展现。杰瑞是罗伯特多年的挚友,担任过罗伯特婚礼中的伴郎。但在与罗伯特一家人的交往过程中,杰瑞对罗伯特的妻子爱玛产生了好感。因为无法拒绝激情的诱惑,杰瑞与爱玛保持了7年之久的婚外之情。罗伯特在知道妻子与好友不寻常的关系之后,并未与杰瑞当面对峙,也没有阻止妻子的出轨行为或

---

[1] Michael Billington. *Harold Pinter*. London: Faber and Faber, 2007, p.257.

与她解除婚姻,而是选择了对此事保持沉默。剧终时,杰瑞与爱玛两人结束婚外情,各自回归家庭。然而,爱玛与罗伯特的婚姻却又因罗伯特的出轨行为而面临危机。

从古至今,"婚外情"都是一个具有争议的话题。但是,多数社会都认为,"婚外情"涉及婚姻关系中的不诚实,是对伴侣的背叛,它损害了既有的婚姻和家庭伦理价值,是明显的不道德行为。那么我们应该如何评判剧作《背叛》中的"婚外情"? 笔者认为,从文学伦理学批评的批评视角出发,我们对之不应简单做出是非对错和丑恶善恶的道德价值判断,而是应该着重分析导致"婚外情"道德现象产生的本质原因,即需要分析导致剧中人物发生婚外情时自由意志与理性意志之间的伦理冲突的过程。同时,还须回到作品创作及接受的伦理语境,探讨不同伦理语境下意志冲突导致婚外情的原因。

一、自由意志与"激情之爱"

"婚外情"常常被称为"激情之爱",主要源自个体的道德自律与情欲放纵之间的冲突。从伦理意义上而言,"婚外情"的产生说明人是一种斯芬克斯因子的存在,体现出人身上存留的斯芬克斯因子中人性因子(理性)和兽性因子(原欲)的对决。道德自律是人性因子中理性意志发挥作用的体现,而情欲放纵则是兽性因子中自由意志没有得到抑制或约束的结果。婚姻中,当自由意志摆脱理性意志的束缚,人的原始欲望占据了上风,表现出非理性的倾向,就会导致婚外情的发生。

在《背叛》一剧中,对于婚姻的"背叛"行为,无论是杰瑞还是爱玛,都是因"欲"而起,他们之间逾越婚姻的"激情之爱"体现出其自由意志的失控。自由意志又称自然意志(natural will),"是兽性因子的意志体现。自由意志主要产生于人的动物性本能,其主要表现形式为人的不同欲望,如性欲、食欲等人的基本生理要求和心理动态"①。

---

① 聂珍钊:《文学伦理学批评:伦理选择与斯芬克斯因子》,《外国文学研究》2011 年第 6 期,第 8 页。

"罗伯特与爱玛在威尼斯度假"的第五场景一直被认为是该剧最关键的一场戏。剧评家鲁比·科恩曾评论说:"这部戏以一段历时九年的婚外行为的结束开始,又以那段婚外故事的开始而结束本剧。尽管这九场戏像时光镜头那样扫过过去的九年,它们基本上以发生在伦敦以外的那场戏(第五场)为轴心,很对称地安排着。"①在这场戏中,罗伯特发现妻子与好友杰瑞的偷情行为,道出了这部剧的主题:背叛。因此,若以第五场景为界,向前、向后推演此剧故事情节的话,许多观众和读者都会认为,杰瑞是三人之中最值得同情的一位,因为他遭受了来自多方面的欺骗和背叛;而爱玛最应该受到谴责,她不但与自己丈夫的好友发生了婚外情,而且还将此事隐瞒长达5年之久。

但是,如果我们换个切入场景,直接从该剧的最后一个场景第九场,即杰瑞与爱玛发生婚外情的那场戏,逆向解读《背叛》的话,我们会发现,事实上,剧中发生的所有背叛行为最初均是由于杰瑞贪恋爱玛美貌的原始欲望没有得到遏制,做出非理性的伦理选择而引发的。

杰瑞之所以会"背叛"家庭及好友罗伯特与爱玛发生婚外之情,主要是因他的"欲望"而起。人的欲望属于生理活动的范畴,它在本能的驱动下产生,是人在本能上对生存和享受的一种渴求。这种渴求在特定的环境中自然产生,并受人的本能或动机所驱动。在最后一个场景1968年冬天的一个夜晚,在罗伯特和爱玛结婚纪念聚会期间,杰瑞离席独自来到罗伯特和爱玛家的卧室里。此时爱玛碰巧进屋整理容妆,黑暗之中,突然看见杰瑞独自坐在自家卧室里,吓了一跳。杰瑞看见爱玛进来,起身走近爱玛,夸赞她是"一位漂亮的女主人",直言自己对这位漂亮的女主妇的倾心:"你真可爱。我为你而疯狂。我说的所有这些话,你不明白吗,我以前从来没有说过。你不明白吗?我为你而疯狂。这是一阵旋风。你去过撒哈拉沙漠吗?你听我说。这是真的。听着。你让我神魂颠倒。你是这样可爱。……瞧瞧你正在看着我的样子。我不能再等待了,我被震惊了,我

---

① Ruby Cohn. "The Economy of *Betrayal*." Qtd. in Lois Gordon, ed. *Pinter at 70*. New York & London: Routledge, 2001, pp. 23—24.

完全被倾倒了,你让我感到头昏目眩,你是珍宝,我的珍宝,我再也睡不着,不,听着,这是真话,我再也走不了,我会变成跛子,我会虚脱,我会崩溃,直到完全瘫痪,我的生命掌握在你手中","我仰慕你。我疯狂地爱上了你。……你的眼睛让我魂不守舍。我心醉神迷"。① 单独面对貌美爱玛所产生的激情,加上酒精的刺激作用,使得杰瑞欲望膨胀,急切渴求得到爱玛。于是,他不顾爱玛的反抗,强行拥吻她。很显然,杰瑞这种情感诉求是其身上兽性因子中自由意志的彰显,属于动物性本能的范畴,但并无善恶之别,也与道德无关。

面对杰瑞唐突的激情表白,爱玛完全没有预料到,以为杰瑞是酒后乱言,显得措手不及。镇定下来之后,她提醒杰瑞他曾是自己丈夫的伴郎,"你最好朋友的伴郎",试图阻止杰瑞进一步的冲动行为。爱玛的告诫是理性的,她希望杰瑞能够遵守"朋友之妻不可欺"的交友伦理。

然而,此时的杰瑞几乎完全被兽性因子所主导,听凭原始欲望控制自己的行为举止,逐渐迷失自己的理性意志和伦理意识。他不仅没有停止对于好友之妻爱慕的倾诉,更直言后悔自己当初没有抢先罗伯特与爱玛结合:"我是你婚礼上的伴郎。我看见你穿着白色婚纱。我看见你穿着白色婚纱从我身边滑过。……我应该在婚礼前拥有你,穿着白色婚纱的你。我应该玷污你,穿着白色婚纱的你,玷污穿着新娘礼服的你,在引领你进入婚礼之前,作为你的伴郎。"②杰瑞的这段"后悔"之言将先前单纯的欲望转变成为对于婚姻伦理的僭越,由此,他的行为就发生了实质性的改变,变成了不道德的行为。

在激情与欲望的驱动下,杰瑞的自由意志逐渐失去控制,突破了伦理的禁忌,并做出非理性的伦理选择,"背叛"家庭和好友罗伯特与爱玛偷情。他的行为破坏了两家原有的"温暖、愉快、和谐"友情关系。在杰瑞内心,兽性因子在与人性因子的对决中最终占据绝对上风,导致了他对不伦之爱的追逐。

---

① [英]哈罗德·品特:《归于尘土》,华明译,南京:译林出版社,2010年,第211页。
② 同上书,第224页。

在这场不伦之爱中,爱玛的行为经历了一个由理性到非理性的转变过程。听到杰瑞的表白之后,爱玛最初予以断然拒绝,并因为杰瑞的冒失而深感气愤。她对杰瑞的拒绝和劝诫表现出其理性的一面。然而,面对杰瑞不断的疯狂追求,爱玛开始动心。当她准备离开房间时,杰瑞再次抓住了她的胳膊,此刻"他们站住不动,互相对视"①。这一舞台动作的设计表明,爱玛最终选择答应成为杰瑞的情人。

爱玛选择与杰瑞发展婚外情有满足其原始欲望的因素,她内心渴望激情的欲望在这段婚外情中得到释放。就如我们身边的许多人一样,当爱玛按部就班地过着"正经的"中产阶级生活的时候,一个突然而至的契机,使得其深藏于内心的对自由浪漫之爱的渴望被激发,这种感情就像脱缰的野马,失去了控制。

但是,对于婚姻的背叛,在爱玛身上更多体现出的是非理性意志的作用。非理性意志"是一种希望摆脱道德约束的意志。它的产生并非源于本能,而是来自错误的判断或是犯罪的欲望,往往受情感的驱动"②。爱玛的渴望越强烈,"摆脱道德约束"的非理性意志就越强大,理性意志就会越弱小,最终导致她从道德上反叛婚姻的束缚,热切地投入一种全新的激情生活。她试图通过婚外"出位"去体验性与爱的奇遇,与杰瑞开始了一段长达7年之久的婚外恋情。

对于婚姻的道德逾越,爱玛没有表示出任何羞耻感或懊悔。在威尼斯度假期间,罗伯特去美国运通公司兑现一些旅行支票,那里的工作人员让他把一封信带给爱玛。从信封的笔迹中,他已经推断出是杰瑞的来信,他开始有些怀疑他们之间的关系。面对丈夫罗伯特的猜疑,爱玛并没有回避,而是直接告诉罗伯特说,自己与杰瑞5年前就已经是情人关系。之后,她也没有因为丈夫已经知道自己的出轨行为而停止与杰瑞的来往,而是在非理性意志推动下,任凭强烈原始欲望的泛滥,全身心地投入这段婚外情。为了能够方便两人下午的幽会,两人在外租了一间带有家具的公

---

① [英]哈罗德·品特:《归于尘土》,华明译,南京:译林出版社,2010年,第226页。
② 聂珍钊:《文学伦理学批评及其它——聂珍钊自选集》,武汉:华中师范大学出版社,2012年,第30页。

寓。爱玛还新添置了一些厨房、客厅、卧室等用品,努力将那间与杰瑞共同租住的公寓营造出一个温馨"家"的感觉。这些行为表明她试图将这段"感情"稳固下来。

爱玛错将与杰瑞之间的偷情视为真情。在自由意志、非理性意志与理性意志的较量中,她的情感战胜了理智。她忘记了自己作为妻子和母亲的伦理身份,背叛丈夫罗伯特,毫无顾忌地同杰瑞开始恋爱、幽会。在追求个人自由与信守道德婚约之间,她选择了前者。

二、理性意志与杰瑞归家

斯芬克斯因子中人性因子(理性)和兽性因子(原欲)总是相伴而生,主要是由于理性意志和自由意志是不可分割的,因此,只要理性意志存在,自由意志永远都不是自由的。一方面,因为贪恋爱玛的美貌,杰瑞一味追求感官刺激,在自由意志驱使下,做出逾越婚姻、"背信弃义"的事情。他身上的兽性因子通过他的原始欲望得到充分体现。另一方面,杰瑞的自由意志却又始终受到理性意志的约束。杰瑞的妻子朱迪思所代表的理性意志以及杰瑞自身所持有的传统家庭伦理观念,自始至终制约着这场不伦之爱。这些伦理约束使得杰瑞在与爱玛的婚外之情中,时常面对着背叛与忠诚的冲突,徘徊于欲望与责任之间。

杰瑞的妻子朱迪思在《背叛》中是缺席的在场,她代表着杰瑞内心对婚姻伦理秩序的敬畏,是人性因子中理性意志的体现者。朱迪思没有在舞台上露面,有关她的一切信息都是通过杰瑞的描述完成的。在杰瑞的眼里,身为医生的妻子每天总是忙忙碌碌,节假日加班、晚上上夜班是家常便饭。尽管"她太忙了"客观上造成她和杰瑞感情的"空窗期",并成为杰瑞出轨的一个主要托词,但是,在杰瑞看来,妻子朱迪思是一个尽职的、贤惠的、本分的、充满母爱的女性,"她爱孩子……她爱我……所有那一切都是有意义的"①。因此,当爱玛问杰瑞:"你认为她会对你不忠吗?……如果她有,你会怎么办呢?"杰瑞很有把握地回答道:"她不会的。她忙得

---

① [英]哈罗德·品特:《归于尘土》,华明译,南京:译林出版社,2010年,第221页。

很。她有许多事情要做。她是个出色的医生。她喜欢她的生活。"①

除了对家庭与孩子的尽职尽责,朱迪思对杰瑞的出轨也抱有宽容的态度。从杰瑞与爱玛幽会时聊到的几件事情中,我们发现,朱迪思从杰瑞日常生活中的一些失态举动,其实早已知晓杰瑞的出轨行为。杰瑞曾回忆说:"有天晚上我们在一起喝了酒。嗯,我们喝了酒,我到家的时候大约八点钟,刚一进门,朱迪思说,喂,你回来晚了点。对不起,我说,我和斯平克斯一起喝了点儿酒。斯平克斯?她说,真奇怪,他刚打了电话,五分钟前,要和你通话,他没说他刚才和你在一起。你知道斯平克斯这个老家伙,我说,他总是马大哈,对吧?也许他记起来了什么事情,他想说又没说的。等会儿我给他打电话。然后我就去看孩子们,接着我们一起吃晚饭。"②朱迪思没有当面戳穿杰瑞的谎言,而是选择了保持沉默。她的退让使得他们的婚姻关系得以持续,他们的家庭也得以保全。

纵观全剧,我们发现,源于自由意志失控而导致的"激情"之爱无时无刻不受到理性意志的制约。杰瑞一直把自己与爱玛的这段情看成是一件极其隐私的事情极力遮掩,不愿让他人知道,尤其是避免让自己的妻子朱迪思知道。第六场讲述了这样一件插曲:各自忙碌一段时间之后,爱玛和杰瑞再次在公寓幽会。温存亲热一番之后,杰瑞对爱玛说道:"你离开的那段时间,我经历了一场恐慌。我当时正在我的办公室里,和几个律师一起整理一份合同。我忽然想不起来我把你的信放在哪儿了。我不记得把它放进保险柜里了。我说我得在保险柜里找个东西。我打开了保险柜。信不在那儿。……我眼前不停地闪现它躺在家里的某个地方,被人拿到……"③最后,发现爱玛写给他的情书"在一件夹克的口袋里——在我的衣橱里——在家里"④,他这才放心下来。杰瑞的"担忧"是在婚外情基础上产生的一种道德焦虑,表明他仍然还是一个具备伦理意识的人。他非常清楚婚外出轨行为是不符合道德规范的,它的破坏性将会造成很多

---

① [英]哈罗德·品特:《归于尘土》,华明译,南京:译林出版社,2010年,第184页。
② 同上书,第205页。
③ 同上书,第207页。
④ 同上。

不良后果，包括对他的家庭带来严重的伤害。

　　作为一个"顾家"的人，杰瑞的原始欲望始终被其传统的家庭观念所控制，主要体现在他对于"公寓"与"家"之别的认识上。第三场景，时值1975年，杰瑞和爱玛私下情交七年之后，两人的激情已经不再，决定选择和平分手。面对着空置已久的公寓房，爱玛深有感触，惋惜道："真是浪费。没有人来这儿。我连想都不敢想，真的。就这么……空着。整日整夜。一天又一天，一夜又一夜。我是说这些陶器啊，窗帘啊，床罩啊，一切的一切。还有我从威尼斯买回来的桌布。（笑。）真是太可笑了。［停顿。］只是……一个空空如也的家。"①但是，杰瑞却立即回应说："它不是家。［停顿。］我知道……我知道你想要什么……但是它永远不可能……是一个真正的家。你有一个家。我有一个家。有窗帘，等等。还有孩子。两个家庭分别都有两个孩子。这儿没有孩子，所以它不是那种真正的家。"②显而易见，对于杰瑞来说，有孩子、有朱迪思的"家"才是一个"真正的家"，才是他始终眷恋的宁静港湾。与之相反，爱玛对于两人之间感情的珍重之情使得她已经习惯将他们共同租住的公寓看作是一个家，一个她与杰瑞之间"真挚"情感的栖息地。因此，杰瑞的态度深深刺痛并伤害了她。她气恼地追问道："它从来就没有被当作那种真正的家。对吧？［停顿。］无论如何，你从来就没有把它看作是一个家，对吧？"但是，杰瑞丝毫没有退让，仍然坚持着自己的看法，回应道："是的，我把它看作是一个公寓……你知道。"③

　　由此不难看出，杰瑞对待婚外情的态度非常明确："婚外"偷情与"婚内"亲情是完全不同的。他一再强调说，"这儿"只是"公寓"，"它不是家"。在他看来，与爱玛共同租住的"公寓"只能代表短暂的"露水之缘"，而与家人朝夕相处的那个地方才能被称为"家"，那种"亲情"才是永恒的。他与爱玛交往的目的主要是为了满足自己的各种欲望，但前提是绝不能影响自己已有的婚姻关系，他绝不会以牺牲家庭为代价，也绝不愿意给家庭带

---

① ［英］哈罗德·品特：《归于尘土》，华明译，南京：译林出版社，2010年，第184页。
② 同上。
③ 同上。

来任何负面影响。

此外,在对"性"(sex)与"爱"(love)的认识上,杰瑞与爱玛也持有不同的看法,这些不同的看法成为导致两人结束婚外恋情的重要原因之一。第八场景,时值 1971 年,此时杰瑞和爱玛之间的婚外恋情已经有三年的时间。他们在伦敦市区威塞克斯大道附近租了一间公寓房,便于下午不定期的幽会。一次,爱玛试探性地问杰瑞:"告诉我……你有没有想过……改变你的生活?"杰瑞听后有些吃惊,立即反问道:"改变?"些许思索之后,他态度坚决地回应说:"这不可能。"①杰瑞坚定的态度表明:他与爱玛的关系只能是情人关系,不可能再进一步转变为家人关系。他的这一伦理立场是其理性意志发挥作用的结果。

欲望激发下的情感是无法长久维持的。杰瑞在追逐这段不伦之爱时,其自由意志和非理性意志最终受到理性的控制。激情过后,自由意志的力量渐渐减弱,理性的回归就成为必然。对家的眷恋使得杰瑞无法轻易地摆脱来自各方的伦理制约,他无法隔断与家庭、孩子之间的伦理关系。由此,他最终选择结束与爱玛的婚外之情,回归家庭。他的归家选择是其伦理意识回归的表现,其间,理性意志起到了关键性的作用。

三、意志冲突与伦理语境

《背叛》中杰瑞与爱玛的婚外情体现出自由意志、非理性意志和理性意志的伦理冲突。当自由意志摆脱理性意志的控制,就会导致婚外情的发生;而当理性意志战胜自由意志之时,婚外出轨行为就能够得到遏制。通过"倒叙"的叙事结构,《背叛》中所表现的这些意志冲突得以呈现,使我们清楚地看到杰瑞、爱玛等人物的自由意志是如何发生和发展以及理性控制自由意志的艰难过程。同时,这一叙事结构又与"婚外情"主题、作品创作及接受的伦理环境有着非常密切的联系。倒叙的表现手法使得剧中故事开始的时间倒退到 20 世纪 60 年代,而戏剧第一场的结局部分及上演时间却都又在 70 年代后期。这两个不同的时代背景分别有着完全不

---

① [英]哈罗德·品特:《归于尘土》,华明译,南京:译林出版社,2010 年,第 221 页。

同的伦理环境。《背叛》中因意志冲突导致或抑制婚外情的原因正是在这两个截然不同的伦理环境中形成的。不同的环境下,人们对于"婚外情"的评价是不一样的,也限制了对这种意志冲突产生的影响。

对于戏剧作品创作的特定伦理环境及其伦理道德观念的考量是至关重要的。文学伦理学批评认为"伦理环境是文学产生和存在的历史条件",要求"文学批评必须回到历史现场,即在特定的伦理环境中批评文学。不同历史时期的文学有其固定的属于特定历史的伦理环境和伦理语境,对文学的理解必须让文学回归属于它的伦理环境和伦理语境,这是理解文学的一个前提"。①

20世纪60年代,西方社会中有关婚姻、性、爱情及自由等方面的伦理观念在客观上创造了导致剧中人物婚姻出轨、追求享乐的原始欲望产生的伦理环境,即在客观上形成了引发剧中人物发生婚外情时自由意志及非理性意志失控的特殊条件。《背叛》中杰瑞与爱玛发生婚外情的第九场景的时间是20世纪60年代,这一时期的西方社会有着非常特殊的性伦理环境,人们把性自由的观点和其他有关个人自由的观点联系到了一起。"性解放运动"促进了享乐主义价值观的发展,传统的性道德观念被彻底地颠覆,社会上出现了一种"新情爱规则"。许多年轻人以及一些年长者认为,只要你情我愿,成年人之间发生性关系不算不道德。在这样的伦理环境之中,我们就不难理解爱玛的丈夫罗伯特在知晓妻子与好友偷情之后的"超然豁达"的态度了。对于爱玛的出轨行为,罗伯特的看法是:"我对这件事情毫不在意。是的,我打过爱玛一两次,但那不是为了捍卫一种原则。我不是从某种道德立场出发来干这种事的。我只是觉得很想要给她一顿痛打。"②后来,我们得知罗伯特也早就有婚外出轨行为。他痛打爱玛是认为她背叛自己与他最好的朋友偷情,这种出轨行为刺伤了他的男性尊严,而不是因为她没有守"妇道"而对她动粗。罗伯特的态度正是当时社会伦理道德观念发生变化的体现,在许多人眼里,"性行为独

---

① 聂珍钊:《文学伦理学批评:基本理论与术语》,《外国文学研究》2010年第1期,第19页。

② [英]哈罗德·品特:《归于尘土》,华明译,南京:译林出版社,2010年,第177页。

立于道德之外,性爱的合理性并非取决于对理想情感和习俗等规则的遵从与否,而是取决于自己是否将其作为一种实现幸福和个人身心平衡的工具"①。从剧中几个主要人物的背叛行为来看,出轨行为在当时不是个别现象,而是带有普遍性,这些情节都反映出当时社会的真实伦理氛围,也表现出人们对于"性自由""忠诚"等的误解。

然而,1978年,《背叛》在伦敦首演时,却受到包括比林顿在内的知名剧评家的批评。这些剧评家认为,这部戏剧除了在形式上略有创新之外,顶多只能算是一部滥情的肥皂剧,是一部完全不入流的戏。剧评家们做出如此的评断主要源于当时英国剧坛的流行风尚。20世纪70年代,英国剧坛恰逢戏剧创作的"第二次浪潮"。这一期间,英国大多数剧作家的创作目的比较明确,旨在揭露社会问题,并试图通过戏剧方式,改良社会。因此,这些作家的剧作受到观众和剧评家的关注,通常被列入各大剧院的主节目单。显然,《背叛》之所以受到非议,是因为剧中"婚外情"主题与当时伦敦剧场的主流话题是不符的。

事实上,这部戏首演之后招致的非议是对这部作品的一种误读,误认为它仅仅只是一部表现剧中人物"欲望"的"滥情"戏,而并没有看到作家在表现人物意志冲突时强调理性意志积极作用的一面。巧妙的是,品特将开场的时代背景设在70年代末,"倒叙"表现方式的运用突显出"婚外情"的危害性。这一时期,人们对于"婚外情"的态度相较于60年代已经发生了很大的变化,导致《背叛》中婚外情发生的自由意志和非理性意志逐渐失去了滋生的伦理语境,意志冲突中理性意志一方重新占据主导地位。这一时期,西方社会中"性革命"的势头已经滞缓,进入80年代,则处于明显的退潮阶段,步入反思调整时期。②"自由伴侣的乌托邦"时代已经成为过去。在人们已经疲于对性高潮的崇拜、忧于病毒肆虐的当代社会,肉欲之欢又被指责为无价值,无节制的性行为也带来一系列使西方社会

---

① [法]吉尔·利波维茨基:《责任的落寞——新民主时期的无痛伦理观》,倪复生、方仁杰译,北京:中国人民大学出版社,2007年,第47页。
② 侯建新:《西方两性关系史述评》,《天津师大学报》(社会科学版)1993年第4期,第57页。

震荡不安的社会问题。因此,人们已经认识到该是严肃地对待感情问题、为"保持距离的爱"正名的时候了。于是,人们开始提倡:不再是要享乐而是要节制,不再是要艳遇频频而是要健康生活,不再是要性解放而是要"平静的"性爱,不再是要流水账般的放纵而是要温馨的爱情。① 人们只以家庭和共同生活的名义而起誓,婚外性行为又成为一件见不得人的事。很多经历过 20 世纪六七十年代的"性解放"运动的中年夫妇,在晚上又重新回到家中,再次戴上结婚戒指,更加忠于自己的配偶,注重对于家庭的负责感,维持婚姻的稳定。因此,第一场景时值 1978 年,杰瑞与爱玛的婚外之情已经结束,两人选择和平分手,分别回归家庭。但是,由于爱玛无法接受丈夫罗伯特出轨行为,他们的婚姻面临即将解体的结局。这样一来,《背叛》中"婚外情"最终造成爱玛与罗伯特的婚姻即将解体以及杰瑞"回归家庭"的故事结局与七八十年代的婚姻伦理环境完全相契合。同时,我们也看到伦理语境对于意志冲突中自由意志之所以会败下阵来而理性意志能够占据主动的影响。

由此可见,品特在《背叛》中不仅表现了意志冲突中自由意志肆意的危害性以及理性意志发挥作用的积极面,而且还通过"倒叙"的艺术形式说明了意志冲突导致婚外情的原因是在不同的伦理环境中产生的,充分说明"客观的伦理环境或历史环境是理解、阐释和评价的文学的基础,文学的现实价值就是历史价值的新发现"②。

对于《背叛》中"婚外情"的理解,斯芬克斯因子从生物性和理性两个方面给予了最好的阐释,说明人的一个基本特点,即人无完人。无论是社会中的人还是文学作品中的人,都是作为一个斯芬克斯因子存在的。剧中杰瑞、爱玛、罗伯特等人物的自我放纵说明:激情是一种不稳定的非理性行为,极易于失控。一个人一旦听凭原始本能的驱使,在理性基础上建立起来的各种道德规范就会被摧毁,人又将回到兽的时代,这不仅不是人

---

① [法]吉尔·利波维茨基:《责任的落寞——新民主时期的无痛伦理观》,倪复生、方仁杰译,北京:中国人民大学出版社,2007 年,第 63 页。
② 聂珍钊:《文学伦理学批评:基本理论与术语》,《外国文学研究》2010 年第 1 期,第 14 页。

性的解放,反而会导致人性的迷失。但是,当人性因子(理性)和兽性因子(原欲)发生冲突之时,一旦理性意志能够控制和约束自由意志,人就能成为一个伦理的人。

再者,对于文学作品创作的伦理环境考量也是至关重要的。只有回到历史的伦理现场,用历史的伦理道德观念客观地批评历史的文学和文学现象,我们才能够历史地、辩证地理解和阐释这些剧作。① 在《背叛》中,品特没有对爱玛、杰瑞、罗伯特的婚外情做出任何主观上的评判,而是通过"倒叙"结构的艺术形式,将剧中"婚外情"的行为还原至两个不同时代的伦理现场,对之加以客观地呈现,说明了意志冲突导致婚外情的原因是在不同的伦理环境中产生的。作品中爱玛和罗伯特这对夫妻的分手既是该剧的开始场景,也是传统婚姻因背叛行为而招致瓦解的结局,显示出"婚外情"对于健康家庭和婚姻生活所带来的危害性。

当一些人批评品特的早中期戏剧作品缺少对于社会现实的反映,指责他没有担当起一个作家应尽的社会责任时,品特却仍然保持着自己一贯的写作风格,坚持"为自己写作""为剧场写作"的创作理念,并明确表达了自己对作家应当担负某种责任论调的反感。事实上,正如品特自己所说过的:他并非生活在一个"真空"的世界里,也绝非失察于社会万象,他以自己独有的、敏锐的洞察力密切关注着社会,他的每部作品都能够触碰到当下的某些敏感话题。《背叛》这部作品既是品特对于自身生活的审视和反思,更是他对于 20 世纪六七十年代因受"性解放"运动影响而出现的新的婚姻和两性伦理的思考,尤其是对社会上普遍存在的"婚外情"这一社会现象的思考。

半个多世纪之后的今天,品特的这部作品仍然能够在世界各地久演不衰,说明"婚外情"这一社会现象是不受时间或地域限制的,它反映出人类社会中婚姻伦理关系的复杂性,反映出人的感情世界的复杂性。同时,也显示出文学作品中有关婚姻主题的创作所具有的现实意义,以及构建

---

① 聂珍钊:《文学伦理学批评导论》之"内容提要",北京:北京大学出版社,2014 年,第 1 页。

和谐的婚姻伦理关系对于当代中国快速发展带来的道德阵痛的必要性和紧迫性。

第二节 卡丽尔·丘吉尔《优秀女子》中玛琳的身份选择

在当今英国剧坛,女剧作家卡丽尔·丘吉尔有着极高的声望和影响力,是现今英国戏剧界最有影响力的作家之一。长达四十多年的创作生涯中,丘吉尔坚持认为,当代戏剧艺术理应成为现实世界与艺术世界之间有效对接的途径,其作品中有着极强的问题意识。创作于1979年的剧作《优秀女子》就是"对当下时代的反思与一针见血的回应"①。通过对20世纪七八十年代英国职业女性的工作和生活的应时性展现,丘吉尔在这部剧作里反映出该时期的特殊伦理环境下职场女性真实的生活状态,表现出她对于时事极其敏锐的观察力。1982年,该剧由马克斯·斯塔夫-克拉克导演,在英国皇家宫廷剧院首演,好评如潮,获奖无数。2013年,《泰晤士报》将其列入英国戏剧史上最有影响的20部戏剧之一。

已有的评论对剧中以玛琳为代表的职场"新女性"争取女性主体独立的诉求给予了充分肯定,更将玛琳视作是勇于争取女性主体独立和实现个人价值的"优秀女性"代言人,这部剧作也因此被奉为女性主义戏剧的"经典"剧本。② 然而,对于玛琳另一个身份选择,即其对未婚母亲身份的回避态度,评论界却争议不断。文学伦理学批评认为"人的身份是一个人在社会中存在的标识"③,而文学作品中人物特有的伦理身份是在特殊的伦理环境中进行伦理选择的结果。因此,对剧中玛琳双重身份选择设置的原因以及其他戏剧策略背后的伦理意蕴的分析解读就显得尤为重要。

---

① Caryl Churchill. *Top Girls*. London: Bloomsbury Methuen Drama, 2013, p. xxviii.
② Elizabeth Thomason. *Drama for Students*. Farmington Hills: Gale Group, 2001, p. 313.
③ 聂珍钊:《文学伦理学批评导论》,北京:北京大学出版社,2014年,第263页。

一、玛琳的职场志向:成为"天之骄女"

《优秀女子》中玛琳是伦敦一家名为"优秀女子"职业介绍所的经理,自立自强、理性果断、"进取心"十足,是英国20世纪80年代一位典型的职场"女强人",其伦理身份有着十分突出的社会属性。"不同历史时期的文学有其固定的属于特定历史的伦理环境和伦理语境。"①"职业女性"这一伦理身份是玛琳在英国20世纪七八十年代的伦理环境下主动选择的结果,与当代英国女性身处的特殊伦理环境有着密切关系。

20世纪80年代,英国女性所处的伦理环境发生了巨大的变化。活跃的女性主义者在争取妇女权益和唤醒妇女女性意识方面做了大量工作,英国女性社会地位得到前所未有的提高。在立法层面上,《同酬法案》(1970)、《反性别歧视法案》(1975)、《就业保障法》(1976)②等一系列法案的颁布在很大程度上维护和保障了英国职业女性的权益。据调查,至20世纪80年代,英国女性劳动力占全国总劳动力的40%,20岁—64岁的女性当中,有超过60%的女性参加了工作。③ 女性高就业率的数据充分表明,当时许多英国妇女已经不再甘心做"家里的天使",而是努力改变生活方式,选择走出家庭外出工作,认为自己也有能力通过外出工作实现经济上的独立,因此,职业女性逐渐成为一个非常普遍的现象。

由于经济上获得了独立,职场女性在精神和人格上表现得更加自由。她们的生活方式、价值取向以及对待传统性别角色的态度都发生了很大变化。职业女性"中性化"或"男性化"甚至成为一种风尚。许多女性极力隐去自己的女性特质(如温柔善良、贤妻良母、具有自我牺牲的精神等等),主动选择"不婚不孕",工作之余谈论的话题也不再局限于家务、丈夫

---

① 聂珍钊:《文学伦理学批评导论》,北京:北京大学出版社,2014年,第256页。
② Caryl Churchill. *Top Girls*. London: Bloomsbury Methuen Drama, 2013, p. xxvii.
③ Elizabeth Thomason. *Drama for Students*. Farmington Hills: Gale Group, 2001, p. 321.

和孩子的话题。英国的结婚率在维持多年稳定之后,出现了明显的下降。① 这些变化在《优秀女子》的情节设置和人物对话中均有所体现。第二幕第三场"优秀女子"职业介绍所的办公室中,职业介绍所职员内尔和温在办公室内聊天,内尔说德里克再次向她求了婚,而她告诉德里克,自己是不会去玩过家家的,温建议她可以跟他结婚并且继续工作,内尔则说"我可以继续工作并且不跟他结婚"②。从内尔的回答,我们可以看出她无意结婚,甚至对婚姻有些蔑视。与内尔不同,温则陷入了一场婚外情,并在周末与情人在苏塞克斯郡会面,内尔开玩笑说"我想我会去告诉他妻子","她可能会离开他",(他家里的)"玫瑰园就是你的了",温则无所谓地说如果这段婚外情曝光,她就马上抽身而出。③ 内尔对温的行为表示不解,温则称这样做"有意思"④。从这段对话可以看出 80 年代职业女性家庭观的淡化,在她们看来,工作显然比家庭和婚姻更重要。

这些职场女性在工作中表现出极大的热情和积极性,渴望能够在男性主导的工作领域取得一席之地,甚至希望比男性做得更好。成为一名"优秀女子"是大多数女性的职场志向。在"优秀女子"职业介绍所里,工作时的玛琳率性干练,具有超强的职业敏感性及独立意识,为人处世都严格遵循职场的规则。经过多年打拼,因工作出色业绩,玛琳获得了晋升为经理的机会,跻身职场高级管理层,成为职场中的"女强人"和通过自身努力寻求自身价值的励志形象。

在《优秀女子》中丘吉尔还通过清一色的女性角色和演员出演的戏剧策略强化和突显玛琳"女强人"形象,同时也弱化了男性社会地位的主导性。在晋升经理职位的竞争中,玛琳有一位重要对手,即"优秀女子"职业介绍所的前任经理霍华德。霍华德在剧中并未露面,只在人物的交谈当中出现过。由于在与玛琳的职场较量失败后一蹶不振,他拿自己的妻子

---

① Elizabeth Thomason. *Drama for Students*. Farmington Hills: Gale Group, 2001, p. 321.
② Caryl Churchill. *Top Girls*. London: Bloomsbury Methuen Drama, 2013, p. 50.
③ Ibid. , 51.
④ Ibid. , 52.

"出气",并需要妻子出面来为其争取职位。此外,在《优秀女子》中,另有两位男性人物出现在人物对话中,分别是玛琳姐妹的父亲和姐姐乔伊斯的丈夫。通过第三幕中姐妹俩交谈的内容,我们发现,这两位男性也都是失败者和恶劣品质的代表。玛琳的父亲酗酒成性,一事无成,并且"经常殴打"妻子,遭到玛琳极端厌恶,称其为"杂种"。乔伊斯的丈夫对家庭毫无责任感,出轨离家,多年不曾回家探望妻女,且从未给乔伊斯寄送女儿安吉的赡养费。安吉的祖父和养父如此不堪,其亲生父亲又是怎样的人呢?交谈当中,姐姐乔伊斯提到玛琳未婚怀孕产女,但二人均对使其怀孕的男性只字未提,这样一个本十分重要人物的缺席毫无疑问也是对男性主导性的极度弱化。一旦男性优势和强势的可能性逐渐丧失,其结果就是被淘汰出局。由此可见,在两性拼争的职场中,男性神话屡屡被破除,女性则越来越优秀,成为社会与家庭的主导者,充分展现她们独当一面的能力。丘吉尔对男性人物弱化策略正是对玛琳职业身份的反衬强化。

二、玛琳的权宜之计:隐瞒未婚母亲身份

然而,职场如"战场",面对职场里的残酷竞争和生存压力,女性职业者仍然不得不遵循男性主导的职场规则。由于"顶级职位的道路对那些家庭负担较少或者没有负担的女性来说更加容易"[①],由此玛琳做出了另一个选择——隐瞒其未婚母亲身份。

在最后一幕第三场玛琳与姐姐乔伊斯的交谈中,我们得知,早在 17 岁时,玛琳就未婚产下了女儿安吉,拥有了母亲身份。然而,玛琳并没有养育这个孩子,而是交给了姐姐乔伊斯照顾,之后独自一人离开家乡前往美国闯荡。数年后,她回到英国,但并没有返乡,而是选择留在伦敦继续打拼。安吉在乔伊斯的照顾下长到 16 岁,玛琳却只在她九岁的时候回去看望过一次。之后,玛琳不仅没有主动探望,即便在安吉追随到伦敦的情况下,仍然拒绝接受自己已为人母的事实。

从古至今,无论时代如何变化,伦理环境如何改变,母亲这一身份都

---

① Caryl Churchill. *Top Girls*. London: Bloomsbury Methuen Drama, 2013, p. xxxiii.

是女性独一无二的伦理身份。丘吉尔通过第一幕"庆功宴"虚拟场景的设置表达了这一看法。玛琳为庆祝自己晋升,在一家餐馆举办了一场"庆功宴"。然而,被邀请的5位女性却都不是现实中的女性,而是来自不同时代不同国家的"优秀女子"。其中,伊莎贝拉·伯德是维多利亚时期的旅行家,在40岁—70岁之间游历了世界各国;尼鸠是13世纪的日本皇妃,失宠之后出家为尼;道尔·格莱特是勃鲁盖尔画中的人物,她身着围裙,带领妇女冲入地狱与魔鬼大战;琼曾经为了宗教信仰而女扮男装,在公元854年担任教皇;格里·塞尔达是乔叟《坎特伯雷故事集》中一位顺从的妻子。这五位女性应玛琳的邀请,参加其升职的庆功宴。客人们在席间热烈交谈,一场"优秀女子"的谈话本应谈论自己的"成功事迹",然而,她们的谈话主题却始终没有离开家庭和孩子。因此,看似毫无关联的五位女性却被"家庭"和"孩子"的话题联系在了一起。尼鸠谈起父亲的嘱托,天皇的宠爱与两个不能相见的孩子;琼的女性身份暴露正是因为怀孕而当街产子,最后被乱石砸死;格里·塞尔达嫁给侯爵,两个孩子都被人抱走;道尔·格莱特的大儿子夭折了,小女儿被一个士兵用剑刺穿。孩子的夭折,母子的不得相见牵动了这些女人的内心,这场庆祝晚宴最后以尼鸠疯傻哭笑,琼酩酊大醉而结束。场景的虚拟化展现出不同时代、不同国家的女性所面临的困惑,所产生的"间离效果"促使观众的思考和判断更加理性。更重要的是,这些历史上或文艺作品中的"优秀女子"们对家庭与孩子的关切表现了女性自身拥有的母性,母亲这一伦理身份无法掩盖,亦无法抹去。

　　面对职场里残酷的竞争,玛琳一味追求自己的职业志向,忽视甚至逃避作为母亲的伦理身份。第二幕第三场中,女儿安吉独自一人来到伦敦,满怀欣喜地找到了玛琳的事务所,玛琳的态度却极其冷淡。认出安吉之后,她并没有表现出任何热情,而是立刻询问:"你是怎么过了接待员那一关的?桌子旁边那位小姐,她没有拦住你吗?"① 交谈片刻之后,她又反复多次询问安吉何时回家。不难看出,女儿安吉的到来没有给她任何惊喜,

---

① Caryl Churchill. *Top Girls*. London: Bloomsbury Methuen Drama, 2013, p.59.

反倒令她十分尴尬为难。她极力在办公室的同事面前掩饰自己的母亲身份,因为已为人之母的事实是她隐藏多年的秘密。

虽然玛琳极力隐瞒未婚母亲身份是其面对职场中残酷竞争所做出的权宜之计,但却对女儿安吉的成长带来了非常不利的影响。安吉在姐姐乔伊斯的照顾下长大,与同龄人相比有些异样。她跟同龄人无法交往,只愿与年龄较小的孩子交朋友。第二幕第二场,在乔伊斯后院的对话中,邻居小女孩吉蒂说:"我妈妈说你跟我这么大的孩子玩肯定有毛病。她问我你怎么没有同龄的朋友。跟你一样大的孩子知道你有问题……"[①]安吉听完粗暴地拧吉蒂的胳膊,拧得她哭了起来。16岁安吉的心智与12岁吉蒂相差无几,被养母视为"无可救药",注定"一事无成"。她身心的异样在很大程度上正是玛琳逃避抚养责任所造成的后果。

玛琳一味追求功成名就还造成了与亲人之间关系疏离的不良后果。丘吉尔将第一幕庆功宴会设置成虚拟场景也暗示了玛琳与亲人关系疏离。玛琳的事业如此成功,却没有家人或朋友为她的成功高兴庆祝。这些虚拟人物的设置,暗示了玛琳的社会身份不像母亲身份那样真切实在,有女儿安吉作为证明,而是充满了可变性,随时都有可能失去。第一幕的虚拟场景与第二幕、第三幕中的现实场景形成很大的反差,更加虚化了玛琳的成功。晚宴上,历史上的"优秀女子"们纷纷讲述了自己的故事,聊到兴起,伊莎贝拉·伯德举杯祝贺:"为玛琳干杯",玛琳则纠正她说,"为我们所有人","我们都经历了很多。为我们的勇气和我们对自己生活的改变以及我们的非凡成就干杯"。[②] 但随着谈话的继续,观众发现这些成功女子都曾经为自己的成功付出代价:尼鸠失去了孩子,伯德晚年孤独,琼因暴露身份而被投石致死……听完这些叙述之后,玛琳发出了一句感慨:"为什么我们都如此悲惨?"[③]看来,玛琳的生活并不像表面那样志满意得,而是饱含了各种心酸。事业上的功成名就也没能消减玛琳未婚生女的难言之隐。

[①] Caryl Churchill. *Top Girls*. London: Bloomsbury Methuen Drama, 2013, p.40.
[②] Ibid., 14.
[③] Ibid., 20.

在全剧的结尾,睡着的安吉醒来,走进房间,无意识地呼喊妈妈,这样温情的场景下,玛琳仍没有回心转意,而是回答"她去睡了,我是玛琳阿姨"。这一回答表明玛琳对自己母亲身份的再一次回避。玛琳不仅对自己的女儿如此冷漠,在第一幕的交谈中,教皇琼说起自己女扮男装却怀孕之事,她也两次提出要"做掉这个婴儿"①。由此可见,玛琳虽然有女儿,却没有任何做母亲的意识,在她看来,教皇的地位和工作等社会身份远远比孩子和母亲身份重要。在工作和孩子之间,她早已做出了选择。

三、卡丽尔·丘吉尔的艺术伦理选择

通过塑造以玛琳为代表的职业女性群体形象及其身份选择,《优秀女子》从现代角度展现了一个女性身份主体经验的戏剧世界。与此同时,在现实世界里,女性主动选择外出工作以实现自身价值的现象也出现在同一时期的英国戏剧创作领域,因此,我们才得以看到 20 世纪六七十年代英国当代戏剧界里女性剧作家群体及女性主义戏剧这一独特的"风景线"。卡丽尔·丘吉尔等女性剧作家们从自身的职业身份出发,在创作主题、作品选材、人物塑造、戏剧手段、表现方式等不同方面展现出具有鲜明时代特征的艺术伦理选择。

英国当代女性剧作家群体及女性主义戏剧的出现与西方第二次女性主义运动以及英国整个戏剧环境的变化有着密切的关系。19 世纪不断高涨的西方妇女解放运动并没有给女性带来积极的精神生活和完全的身体自由。因此,20 世纪 60 年代末在西方国家掀起的第二次女性主义运动将实现女性主体性诉求再次作为重要目标,注重女性不同于男性的心理体验、象征表征及内在情思,强调性别差异和女性的独特性。女性剧作家试图在英国剧坛"拥有一席之地"的愿望终于得以实现。

这期间,西方女性主义理论迅速发展,为女性主义戏剧创作提供了充分的理论支撑。1970 年,激进自由主义女性主义者凯特·米列特和舒拉米斯·费尔斯通分别出版了《性的政治》和《性的辩证法》,这两部著作对

---

① Caryl Churchill. *Top Girls*. London: Bloomsbury Methuen Drama, 2013, p.16.

女性受压迫的根源进行了探索,成为当时的畅销书目,极大地影响了英国妇女的女性意识。米列特认为,"女性受压迫的根源深深潜伏于父权制的性/社会性别制度里","妇女要得到解放,必须根除男性统治","要铲除男性控制,男女必须消除社会性别,即男女特定的性地位、性角色和气质禀赋,因为这些都是在父权制下建构出来的"。① 因此,米列特盼望的是一个雌雄同体的未来,能够将男性气质(如勇敢刚毅)和女性气质(如同情悲悯)结合起来,体现在每一个人的身上,两种气质相辅相成,让个体更好地生活在自己的群体里。② 另一位激进自由主义女性主义者费尔斯通则要求"在性/社会性别方面进行更有力的变革",她主张"发动生物学革命和社会革命来促成人类的解放":"人工(子宫外)繁殖代替自然(子宫内)繁殖",志愿(无血缘关系,互相选择组成)家庭代替生物学意义(通过基因彼此连接)的家庭,如此一来,男人和女人"能够真正自由地从事多种样态的、反常态的性活动",不必展示传统的纯属于男人或者女人的气质来"推动人类繁殖的车轮向前旋转",他们"可以按照自己所喜欢的任何方式去融合、配搭女性气质的和男性气质的行为和特征",这样一来,"不仅人类可以进化成雌雄同体的人,所有的文化也会成为雌雄同体的"。③

　　激进自由主义女性主义提出的"雌雄同体"理想在创作题材、手段和表演风格上对英国女性剧作者产生了很大的影响。如果说20世纪初吴尔夫的女性主义是温和的、传统的,希望男女平等与合作,以一种先天性存在的"雌雄同体"来消减男权,劝导男性对于女性的认同,放弃男性专制,那么,20世纪中叶的第二次女性主义运动的主张要激进得多。在当时很多女性剧团和女剧作家的作品中,"雌雄同体"已是女性的"雌雄同体",也就是说,女性可以"同体"了男性,所以男性可以被替代。

　　评论家珍妮特·布朗曾对女性主义戏剧的四个常见特征总结为:性别角色反转;以历史上有代表性的人物为剧中角色塑造的模板;对传统性

---

① [美]罗斯玛丽·帕特南·童:《女性主义思潮导论》,艾晓明译,武汉:华中师范大学出版社,2002年,第72—73页。
② 同上书,第72、75页。
③ 同上书,第77页。

别角色的讽刺;对女性受压迫现状的正面呈现。① 在女性主义戏剧创作中,许多戏剧都是专门为女性演职人员而作,因此包括演员、导演、工作人员等所有工作人员均为女性。女性角色占据全剧的绝对主导地位,有些剧作中甚至完全没有男性角色。女性剧作家还立誓要将所有老旧的传统女性角色搬离舞台。女性剧作家的创作意图致力于抗争厌女症,要在舞台上真实地展现女性及两性关系,而非仅仅囿于男性不切实际的幻想。在导演和监制等男权至上的领域里,始终要求女性应该能够享有平等的权利。在薪资方面,要求所有女性职员应该享有同工同酬的待遇。女性主义戏剧创作由最初的一个抗议行为开始,转变成了充满活力的先锋艺术运动,所产生的影响不仅仅限于女性剧场,并逐步转变为舞台上性别或者性别政治的普遍性代表。

成立于1976年的"蒙斯特斯剧团"是当时英国非常知名的女性主义剧团之一。丘吉尔在一次反对堕胎游行中结识了这个团体。在与这个剧团合作期间,《醋汤姆》就是为这个剧团量身定做的,丘吉尔将自己对于女性主义的看法融入其中,获得很好的评价。"蒙斯特斯剧团"是在"莱斯特文化节"期间由两位女演员吉莉安·汉纳和玛丽·麦克卡斯柯创建的。剧团成立的初衷是为主张和维护女性拥有的各种权益为创作目标,同时,也为女性作家、演员和导演提供更多机会,丰富和推广女性作家创作在英国戏剧界的受众度。剧团的管理层和艺术决定层都是女性担任,这种以女性担负重要岗位的管理方式明显区别于传统的男性至上的团队组织管理级序。改变女性命运的理念在"蒙斯特斯剧团"制定的目标中清晰可见。剧团制定的目标包括,"要制作高质量的演出;发掘并鼓励女性作家;要通过探寻女性主义文化理论,构建女性主义戏剧;要复兴'被隐藏'的女性历史;要为女性提供工作机会,特别是那些过去只有男性涉足的技术型领域;要将真正的而不再是刻板的女性形象呈现在舞台上"。②

---

① Trevor R. Griffiths, and Margaret Llewellyn-Jones. *British and Irish Women Dramatists Since 1958*. Buckingham: Open University Press, 1993, p. 31.

② John Smart. *Twentieth Century British Drama*. Cambridge: Cambridge University Press, 2006, p. 43.

尽管《优秀女子》不是丘吉尔与"蒙斯特斯剧团"直接合作的作品,但是不难看出,该剧仍然沿用了一些女性主义戏剧的策略。其中,清一色的女性角色和演员出演是一个重要的戏剧策略。这一戏剧策略通过对男女性别二元项的解构,转而建构了一个"反男性中心"的戏剧场域,是女性主义戏剧用以消解和颠覆男性中心的重要戏剧创作手段。

但是,值得关注的是,丘吉尔在《优秀女子》中通过玛琳双重身份选择的设置,表达出对这种以解构性别男女二元项的方式达成建构一个"反男性中心"激进的艺术主张的质疑。由此可见丘吉尔在《优秀女子》中对社会上那些男性化"女强人"现象的反思。在激进女性主义占据主流的时代中,丘吉尔并没有被激进女性主义思潮所裹挟。通过洞察社会现状和深刻思考,她对女性争取主体性的诉求表现出相当的前瞻性。在一次采访中,丘吉尔对此质疑道:"如果女权主义只是将聪明的女性变成掠夺者,而对那些心智不够、脆弱而又无助的女性毫无帮助",那么,"妇女解放有什么用呢?"①的确,功成名就的职场女性并没有改变男性主宰的职场体制,也并没有真正挑战男性威权,"适者生存""明哲保身"成为职场女性的处世原则。

反观丘吉尔对《优秀女子》的情节以及对话的设计,我们也可以看出丘吉尔对女性双重身份选择的重视与后现代女性主义"在差异中追求平等""女人要像女人"等两性关系的伦理立场不谋而合。后现代女性主义"否定了传统女性主义的'男女平等'的概念",认为"'平等'就意味着'相同',而生活中相同是相对的,差异是绝对的"。② 传统女性主义的男女平等观念本身就是男权观念的产物,这一观念要求"女性应当向男性靠拢,而且其本身是抽象的、无法实现的乌托邦"。因此,后现代女性主义"以性别差异为基础,把'男女平等'看成是在承认个性独特性的前提下女性与男性的具体的平等",而且"这种平等不是女性进入男性领域、用男性标准

---

① Elizabeth Thomason. *Drama for Students*. Farmington Hills: Gale Group, 2001, p. 322.
② 鲍晓兰主编:《西方女性主义研究评介》,北京:生活・读书・新知三联书店,1995 年,第 4 页。

来要求女性的权益和衡量女性的解放,而是女性以其自身为标准努力做好女人"。①

20世纪80年代,一些女性过于看重工作的重要性而忽视了对于家庭和婚姻应担的责任,这些现象引起了丘吉尔的担心和思考。家庭伦理的失衡,无论是对女性还是男性,甚至对整个英国社会来说,都是无益的。丘吉尔对女性一味模仿男性,遵循男性的一套行事作风以及价值观是十分反对的。在她看来,作为不同的主体,男女差异是必然的。因此,她所倡导的是建立相互尊重的两性文化,相爱却不与对方融合从而不失去自我。

从文学伦理学批评视角解读《优秀女子》,玛琳的伦理身份双重性很大程度上是其在不同伦理环境之下做出不同伦理选择的结果。玛琳兼有职场"女强人"和"未婚母亲"的双重身份,承载着两种不同的伦理内涵。卡丽尔·丘吉尔在剧作中突显玛琳成功的职业女性这一社会身份,是对20世纪80年代英国伦理环境的真实呈现。然而,从玛琳选择放弃母亲身份造成的不良后果可以看出,无论时代如何变化,伦理环境如何改变,母亲这一自然身份都是女性独一无二的身份,其兼具的责任也是无法逃避的。丘吉尔借由这种女性人物的双重身份表达了她对职场女性的"男性化"倾向所造成的亲人疏离等不良后果的关注。

卡丽尔·丘吉尔戏剧作品中经常论及各类社会热点问题,但却从来不会让人感觉到是在说教。在她看来,艺术家的作用应该是提供多种看待世界的视角,"剧作家不提供答案,他们只提出问题。真正伟大的文学作品的作用在于为现代世界提供一个有意义的范例"②。她的这些创作思想表明"教诲是文学的基本功能,文学正是借助教诲的功能发挥自己的

---

① 李霞:《传统女性主义的局限与后现代女性主义的超越》,《江汉论坛》2001年第2期,第91页。

② Qtd. in Caryl Churchill. "Not Ordinary, Not Safe: A Direction for Drama?" *The Twentieth Century*, (Nov. 1960): 446.

作用,实现文学的伦理价值"①。丘吉尔对玛琳双重身份并置的戏剧呈现并不是抨击或者批判这一社会现象,更多的是提请对西方激进女权主义者解构逻格斯中心主义下一系列的二元对立结构的重视,呼吁更为包容更为开放的伦理环境,给予女性伦理身份选择更大的空间和自由。

由此,《优秀女子》或许对于如何理解女性主体身份选择的内涵提供了一个新的视角,即在争取女性主体自由的同时不要陷入逆反而同构的思维模式,应该警惕两性关系异化,防止从"男性中心主义"滑向"女性中心主义"的另一个极端。在性别关系中,女性主义的目标不能仅仅停留在简单地进行反转,"女性中心主义"和"男性中心主义"都是不正常的。因此,采取"去中心"的同时,理应尊重两性差异的思维方式,对于建立全新的不排除差异性而又消解了性别压迫的女性文化是至关重要的。

第三节 汤姆·斯托帕德《阿卡狄亚》的伦理思想

汤姆·斯托帕德是英国战后戏剧界除哈罗德·品特之外最重要的剧作家。剧评家约翰·弗莱明就这样评论,"在20纪后半期的英国戏剧家列表中,哈罗德·品特和汤姆·斯托帕德是最常常出现的两个名字……他们俩的剧坛地位已经很稳定了"②。斯托帕德的戏剧总是带有轻松、嬉闹的风格,并常常借用经典戏剧文本进行戏仿文本创作。③ 有人说,"斯托帕德的剧作以喜剧为主,一种将令人炫目的戏剧性、情趣横溢的语言和富有哲理的闹剧结合起来的剧作"④。然而斯托帕德的戏剧又有"严肃喜

---

① 聂珍钊:《文学伦理学批评:论文学的基本功能和核心价值》,《外国文学研究》2014年第4期,第10页。
② John Fleming. *Stoppard's Theatre*: *Finding Order among Chaos*. Austin: University of Texas Press, 2001, p. 251.
③ 参见如下专著:Jim Hunter. *Tom Stoppard's Plays*. London: Faber and Faber, 1982, p. 246; Thomas Whitaker. *Tom Stoppard*. London: Macmillan, 1983, p. 10; Tim Brassel. *Tom Stoppard*: *An Assessment*. New York: Palgrave Macmillan, 1985, p. 53.
④ 王佐良、周珏良主编:《英国二十世纪文学史》,北京:外语教学与研究出版社,1994年,第735页。

剧"之称,以喜剧形式关注严肃主题,内容上常常涉及人类心灵和生存意义的哲学探讨,既有闹剧的荒诞不经,又有对社会现实的关注和幽默、俏皮的哲学讨论。他曾在一次访谈中对他剧作中人类生存哲理的关注做出解释:"我对哲学所感兴趣的命题……其实,它们是每个知识分子都会想到的问题。"①斯托帕德就在《阿卡狄亚》中对后现代人类个体存在体验表达了充满哲理意味的伦理关怀。

斯托帕德的伦理关怀并不在于对某些具体伦理事件的剖析或者伦理两难选择的戏剧呈现,而是关注由多样化的人类个体日常生活体验拼缀而成的常态,旨在还原伦理环境自身的历史场景及其道德本真状态,赋予道德真正的自由。在这种伦理关怀中,斯托帕德强调的是生活化的具体事件和短暂过程。

一、激情与浪漫:两难的伦理选择

在《阿卡狄亚》中,斯托帕德呈现的最外围的伦理冲突围绕查特夫人的"不伦"关系展开。人类的情感(浪漫主义的核心概念)以及人类的理性(古典主义的核心概念),也就是激情与理性的二元对立体的嫁接型伦理结借由婚姻中"不伦"关系展开。婚姻的不忠往往是对伦理禁忌的摈弃,而在这部剧中则更多的是被斯托帕德处理为种种伦理思想的冲突的场域。首先,这种冲突的胶着点在于人性因子(human factor)与兽性因子(animal factor)的交锋。这两种因子有机组合构成完整的人。在人的身上,这两种因子缺一不可,但是"人性因子是高级因子,兽性因子是低级因子,因此前者能够控制后者,从而使人成为有伦理意识的人"②。在婚姻伦理关系中,人性因子显然就是对理性的尊重,这种尊重亦是对伦理秩序的敬畏,对婚姻结构稳定的推崇。而兽性因子就是激情之爱的源泉,自由意志是兽性因子的核心,由人的动物性本能组成,其主要表现形式为人

---

① Mel Gussow. *Conversation with Tom Stoppard*. New York: Grove Press, 1995, p.14.

② 聂珍钊:《文学伦理学批评:伦理选择与斯芬克斯因子》,《外国文学研究》2011年第6期,第5页。

的不同欲望,如性欲、食欲等人的基本生理要求和心理动态。① 这种激情之爱当属兽性因子的显像,因为"在理性中情感没有地位,仅仅沦落在理性之域外"②。《阿卡狄亚》中由园丁揭露的查特太太的婚外情的纠葛正是剧中人物各自人性因子和兽性因子角力的场域。

斯托帕德通过家庭教师塞普蒂莫斯对查特太太和克鲁姆伯爵夫人的激情之爱,及对托马西娜的浪漫之爱,展现了人性因子和兽性因子角力的过程。值得注意的是,塞普蒂莫斯由始至终对激情与理性之争秉持模糊的立场。他时而为激情之爱唱颂歌,时而对世俗的两性欲望抨击。剧目伊始他认为两性亲密关系的定位应是延续后代或生理愉悦或二者兼而有之。③ 具有讽刺意味的是,他又对查特先生和克罗姆伯爵夫人所代表的世俗人类欲望持否定态度,"让你的灵魂见鬼去吧! ……你们这些寻欢作乐的淫棍和愚蠢的花痴把爱降到一个何等平庸的境界"④。这种评论明确表达了塞普蒂莫斯对单纯肉欲关系的鄙视。在他看来爱情应该是一种激情之爱,"是一种急切的渴望,极力要求从那种容易与激情之爱产生冲突的日常生活俗务中分离出来。同他人的情感纠缠是普遍带有渗透性的——它如此强劲以至于使个体或两个以上的个体漠视正常的义务"⑤。这种激情之爱,可以超越伦理禁区,但绝对不能只单纯建立在兽性因子的主导地位上。而正是因为塞普蒂莫斯信奉激情之爱,才可以解释他为什么在凉亭中与查特太太纠缠不清:"查特太太把我扑倒在地上,当时,我正处于热情洋溢和欲望不得发泄的痛苦中。"⑥而这种激情之爱所伴随的就

---

① 聂珍钊:《文学伦理学批评:基本理论与术语》,《外国文学研究》2010年第1期,第21页。
② [英]安东尼·吉登斯:《亲密关系的变革——现代社会中的性、爱和爱欲》,陈永国、汪民安等译,北京:社会科学文献出版社,2001年,第54页。
③ [英]汤姆·斯托帕:《戏谑——汤姆·斯托帕戏剧选》,杨晋等译,海口:南海出版公司,2005年,第184页。Stoppard又译"斯托帕"。
④ 同上书,第224页。
⑤ [英]安东尼·吉登斯:《亲密关系的变革——现代社会中的性、爱和爱欲》,陈永国、汪民安等译,北京:社会科学文献出版社,2001年,第50页。
⑥ [英]汤姆·斯托帕:《戏谑——汤姆·斯托帕戏剧选》,杨晋等译,海口:南海出版公司,2005年,第256页。

是人的生理欲望的抒发。剧终塞普蒂莫斯在托马西娜十七岁生日前的一曲共舞和拥吻似乎蕴含着对这种二元对立的否定,"塞普蒂莫斯和托马西娜随着钢琴曲继续跳舞,舞步优美"①。这满足了托马西娜对美好爱情的向往,从某种意义上说也是塞普蒂莫斯对激情与理性的妥协。在托马西娜死后,塞普蒂莫斯作为隐士与世隔绝地孤独终老,沉浸在对过往的缅怀中。

同样的,斯托帕德也没有对查特太太、查特先生或者涉及此"不伦"伦理事件的各种人物予以公开评价,而是借由这一伦理事件引出激情之爱与浪漫之爱之于剧中人的伦理选择,着力体现个人意志之于伦理选择的作用。舞台提示表明,该幕的故事发生在1809年4月,"在19世纪期间,婚姻纽带的形式就大部分群体而言是以对经济价值的判断和考虑为基础的"②。基于此特定的伦理环境,克鲁姆伯爵夫人在激情之爱与浪漫之爱之中的伦理选择并没有触及伦理禁忌,反而依循了当时的伦理秩序,利用了存留于资产阶级群体中的浪漫之爱的观念。克鲁姆伯爵夫人同塞普蒂莫斯调情,同时也毫不隐藏自己与泽林斯基伯爵的暧昧。"在前现代的欧洲,大部分婚姻都是契约式的,是以经济条件而不是以彼此间的性魅力为基础的"③,因此克鲁姆伯爵夫人作为贵族,拥有"特权"进行"性放纵":

> 这种性放纵在"体面的"妇女中间被公开地认可。性自由和权力互为因果,而且性自由就是权力的一种表达;在特定的时间地点,贵族阶层的淑女们充分地从生殖要求和恒定的日常俗务中解放出来……,当然,这实际上与婚姻毫不相干。④

很显然,克鲁姆伯爵夫人就是享有这种特权的贵族妇女。对她而言,婚姻的忠诚与爱情的向往是两个泾渭分明的概念,是可以同时存在的。

---

① [英]汤姆·斯托帕:《戏谑——汤姆·斯托帕戏剧选》,杨晋等译,海口:南海出版公司,2005年,第284页。
② [英]安东尼·吉登斯:《亲密关系的变革——现代社会中的性、爱和爱欲》,陈永国、汪民安等译,北京:社会科学文献出版社,2001年,第35页。
③ 同上书,第51页。
④ 同上书,第51—52页。

这并不涉及伦理秩序的确立或者对伦理禁忌的摒弃。因此对克鲁姆伯爵夫人而言,这种伦理选择只是顺势而为。

当然,斯托帕德对此伦理事件的探讨并不仅仅局限在当时的历史环境之中,伦理层面的道德判断以及世俗利益的取舍也在这个剧的考察范围之内。当查特先生获悉自己的妻子与人有染时,他破口大骂"你这个混账的色鬼"并宣称自己要同塞普蒂莫斯决斗。具有讽刺意味的是,当他"隐晦"地得知自己的妻子是因为要帮助自己的诗歌集获得拜伦勋爵的肯定性推介而对婚姻不忠时,查特先生马上变得兴高采烈,"这个女人为了我,什么都肯做!……对,上帝为证,她真是我的好妻子,没错"①。这种转瞬迥异的态度变化充分说明了当时的婚姻伦理观是具有实用主义立场的。对婚姻的不忠诚行为由于世俗原因而获得了背叛爱情和婚姻的最好注解,"就伦理学而言,追求现实的物质利益被当作一个正当的道德原则提了出来"②。个人的伦理选择一旦牵涉物质利益,其违背伦理规范的行为似乎也是可以得到宽恕的。斯托帕德用查特先生这个世俗的人物形象指向了多样化的个体化日常体验。这其中既有塞普蒂莫斯对理想的个人主义的追求,也有放纵的特权贵族妇女克鲁姆伯爵夫人对伦理规范的无视,更有"为生活故"的查特先生对伦理规范的有意规避。凡此种种,剧中人物转瞬即逝的伦理选择固化在该剧的特定时空中。

就激情之爱与浪漫之爱的伦理选择而言,查特太太始终处于被动选择的局面,无论是与家庭教师塞普蒂莫斯、拜伦勋爵,还是克鲁姆伯爵夫人的弟弟布赖斯,查特太太总是存在于他人的描述之中。相较于查特太太,斯托帕德赋予贵族妇女克鲁姆伯爵夫人在面对伦理选择时更多的个人意愿的自由。如果说查特太太的婚姻以及婚姻之外的两性关系代表着世俗之爱的话,克鲁姆伯爵夫人则代表着一种对浪漫之爱的追求。克鲁姆伯爵夫人对婚姻和爱情的态度不立足于经济利益的基础,而更多的是出自个人的欲望驱动。根据文学伦理学批评,"由于人的斯芬克斯因子的

---

① [英]汤姆·斯托帕:《戏谑——汤姆·斯托帕戏剧选》,杨晋等译,海口:南海出版公司,2005年,第189页。
② 周春生:《悲剧精神与欧洲思想文化史论》,上海:上海人民出版社,1999年,第16页。

特性,人性因子和兽性因子在伦理选择中形成的不同组合导致人的情感的复杂性,即导致自然情感向理性情感的转化或理性情感向自然情感的转化。文学作品就是描写人在伦理选择过程中的情感是如何转换的以及不同情感所导致的不同结果"①。所谓的理性情感便是道德情感,非理性情感是自然情感,两者之间可以实现转化,转化的可能性则取决于人性因子与兽性因子之间较量与博弈的结果:如果人性因子有效地控制和约束了兽性因子,则人的伦理意识发挥作用,道德情感得以形成;反之,兽性因子主导了人性因子,则人受到本能的驱动,道德情感则转化为自然情感。克鲁姆伯爵夫人将自己的婚姻和情感需求区分开来,同时由于当时大的社会伦理环境的影响,将婚姻之外的情感追逐转化为自身的自然情感。而查特太太则更多地受制于阶级和经济的因素,压抑自己的个人欲望以及伦理意识,泯灭自己的道德情感和自然情感,将现实物质利益置于首位。

除却激情与理性的对立,阶级和经济的因素之外,爱与性、德性与理性的对峙在这一伦理结中均有或多或少的涉及。查特太太超越自己的社会阶层,要做出自己的伦理选择,试图追寻激情之爱的时候,被斥为不能容忍。克鲁姆伯爵夫人称呼查特太太"淫妇"②。克鲁姆伯爵夫人的谩骂表面上来自妒忌心:查特太太取代她和拜伦勋爵发生了关系。实则这种侮辱性的称呼表明了克鲁姆伯爵夫人的伦理立场,也反映了当时伦理环境对查特夫人的道德评价,"爱既与性分离,又和性纠缠不清;'德性'开始获得对于两性都是新颖的意义,它不仅意味着天真纯洁,而且还意味着这样的人物品质:将他人辨识为一个'特殊之人'"③。查特太太的行径一旦背叛自身所属的阶级,就受到严苛的道德指责,被认为是对伦理秩序的挑衅。她的德性因为爱与欲的纠缠不清,因为社会阶级和经济因素的介入,

---

① 聂珍钊:《文学伦理学批评导论》,北京:北京大学出版社,2014年,第250页。
② [英]汤姆·斯托帕:《戏谑——斯托帕戏剧选》,杨晋等译,海口:南海出版公司,2005年,第253页。
③ [英]安东尼·吉登斯:《亲密关系的变革——现代社会中的性、爱和爱欲》,陈永国、汪民安等译,北京:社会科学文献出版社,2001年,第54页。

导引至德性层面的评判。

斯托帕德在《阿卡狄亚》中不单纯是表现激情之爱与浪漫之爱的两难伦理选择,其目的更在于通过这种伦理选择所引发的种种蝴蝶效应来叩问人性。激情之爱也罢,浪漫之爱也罢,都是人性因子和兽性因子的对峙,是对伦理秩序的敬畏或挑衅,是人的内心两种力量的斡旋。笔者认为,这种爱恋关系的戏剧呈现,只是《阿卡狄亚》一剧中伦理冲突的第一个层面,借由这层伦理冲突,斯托帕德进入该剧中第二层的伦理冲突中。也就是说,对激情之爱或者浪漫之爱的选择实则是个人伦理思想观中自由意志与理性意志的角力,对伦理秩序的抵御抑或内化抑或超越。而在这部剧中,理性,逻辑和科学同狂热的爱情一样都有着无法预料的特质。而这种无法预料性恰恰是混沌理论的核心所在,也正是纷芜繁杂的个人生活体验的真实存在状态。理性、感性、激情来得突如其来,走得毫无预感。而剧中人物的命运也是如此。

二、规范与紊乱:自由与理性的对抗

《阿卡狄亚》中的伦理环境具化为西德利庄园的重新布置和建设,实质为古典主义与浪漫主义的对峙。在这样的伦理环境中产生了诸多伦理问题,这些伦理问题的核心就是对伦理规范的敬畏或者挑衅。西德利庄园中的人们或为了追寻自由,或为秉持自身理性而冲突纷扰。而这些伦理冲突的诱因就是伦理环境所造成的,"客观的伦理环境或历史环境是理解、阐释和评价的文学的基础,文学的现实价值就是历史价值的新发现"[①]。《阿卡狄亚》中的第二个层面的伦理冲突实则将剧中所涉的伦理环境具化,同时将剧中所涉伦理思想冲突成对地展现出来。

《阿卡狄亚》中多次冲突的焦点均落在西德利庄园的设计、建造和完善上。这不仅仅是园林风格之争,也是剧中人物伦理思想的激烈冲突。西德利庄园的女主人克鲁姆伯爵夫人认为她的庄园在改造前"直到一七

---

① 聂珍钊:《文学伦理学批评:基本理论与术语》,《外国文学研究》2010 年第 1 期,第 14 页。

四零年,这座宅邸一直有个整齐匀称的意大利式庭园"①,是"一幅画","而且是一幅无比亲切的画。绿色的斜坡,坡度和缓。树木像做伴一样,隔一段一棵,让它们每一棵都风采尽现。小溪如练,蜿蜒在湖边。湖又被草地安静地包围着,上面绵羊的数目不多也不少,安排得刚刚好——简而言之,这是上帝想要的大自然景观,我可以对画家说:'我这是在阿卡狄亚。'"②"一般人心目中,十八世纪是一个和谐、对称、无限理性化、典雅、精致的时代,一个人类理性和美丽不受深奥晦涩之物扰乱的时代。"③克鲁姆伯爵夫人理想的庄园设计就遵循了古典主义的这些对美的设定线条。这个时期的西德利庄园是"理性主义的天堂"。在这个天堂里,人为修建、维护的整齐划一、规矩几何被认作是美。同理,在以克鲁姆伯爵夫人为代表的人群而言,对既存社会伦理秩序的敬畏,对现实伦理环境的维护则是一个人必需的德性。

克鲁姆伯爵夫人与园林设计师诺克斯对西德利庄园的风格改造争论不休。前者认为意大利式的几何风格是古典主义的典范,而后者则强力推荐"以萨尔瓦多·罗萨风格添加的不加修饰的大自然"园林风格。该剧设置的时间是1809年,正是古典主义向浪漫主义过渡时期,这正如汉娜所描绘的"从思考堕落到感觉"④,诺克斯则坚持将西德利庄园整体风格改变成浪漫主义色彩。为此,克鲁姆伯爵夫人的弟弟布赖斯就质疑,"西德利庄园是要成为一个英国人的庭园,还是科西嘉强盗的出没之地?"⑤这个质疑直指浪漫主义发源地法国,并对浪漫主义的风格进行诋毁。

改造之后,克鲁姆伯爵夫人则认为这种改造完全抹杀了她庄园本身既有的美丽:"我的湖被抽干,变成一条沟……你画的森林是普普通通的

---

① [英]汤姆·斯托帕:《戏谑——斯托帕戏剧选》,杨晋等译,海口:南海出版公司,2005年,第206页。
② 同上书,第193页。
③ [英]以赛亚·伯林:《浪漫主义的根源》,[英]亨利·哈代编,吕梁、洪丽娟、孙易译,南京:译林出版社,2008年,第47页。
④ Tom Stoppard. *Arcadia*. London: Faber and Faber, 2002, p.37.
⑤ [英]汤姆·斯托帕:《戏谑——斯托帕戏剧选》,杨晋等译,海口:南海出版公司,2005年,第191页。

林场,你画的暖室是泥巴地,你画的瀑布是烂泥巴。"① 诺克斯强调,"不规则是如画风格最主要的原则之一",为此,托马西娜还戏称诺克斯先生为"不规则皇帝",同时她还说,"诺克斯的造园方案是完美的,它是幅萨尔瓦多!"② 根据译者注释,萨尔瓦多指代的如画风格,代表着"静谧风格的草地、湖以及希腊式圣堂建筑等被代之以参差不齐和不规则形状、废墟和'浪漫性'荒芜等"③。而托马西娜则很热衷于园林设计的哥特式风格,渴望能够"超越规范"④。并且,托马西娜关于"如画风格"的描述,显然是受到了塞普蒂莫斯的影响。随后塞本人也有"风景如画"的评述。托马西娜和塞普蒂莫斯是典型的两个藐视规则,追求个性自由的人。他们在西德利庄园改造中的立场实则印证了他们伦理观中个人意志与理性意志的对立中各自的倚重。

值得注意的是,斯托帕德对托马西娜和塞普蒂莫斯所倚重之意志的呈现并不是固定不变的,他们的伦理选择也罢,伦理观也罢,始终在变化和摇摆。而当时间挪移到现代"当前"时刻,园林历史学家汉娜、伯纳德和克洛伊就进一步体现了人物多样的生存体验。汉娜希望她的花园更带有一种"天然的""野外"的风格,追求的是人和自然的本真状态,而克洛伊和伯纳德则强调社会的秩序性:

> 这里有两种力量在互相对抗。一种力量是神圣的法律,是朴素的习俗,——与意志相一致的美德、宗教,——要求人们在其规律中自由地、高尚地、合乎伦理地生活;我们用抽象的方式可以把它称为客观的自由,伦理、宗教是人固有的本质,而另一方面这个本质又是自在自为的、真实的东西,而人是与其本质一致的。与此相反,另一个原则同样是意识的神圣法律,知识的法律(主观的自由);这是那令

---

① [英]汤姆·斯托帕:《戏谑——斯托帕戏剧选》,杨晋等译,海口:南海出版公司,2005年,第271页。
② 同上书,第191—193页。
③ 同上书,第192页。
④ Tom Stoppard. *Arcadia*. London: Faber and Faber, 2002, p. 36.

人识别善恶的知识之树上的果实,是来自自身的知识,也就是理性。①

这种伦理思想的冲突不仅仅体现在浪漫主义与经典主义之争,"理性启蒙就是运用各种理性内涵对人的认识功能、存在特性作整体的反思批判,以揭示人的主体性内涵和确立人的主体地位"②。一旦理性主义过分强势和专制的时候,人类情感的表达受到障碍就会以某种别的形式爆发出来。

以克鲁姆伯爵夫人为代表的一派剧中人强调理性,而以诺克斯先生为代表的另一派则强调情感的自然流露。而塞普蒂莫斯则仿佛在两派之间摇摆。他对园林家诺克斯的评价很刻薄,"他装扮得像个绅士,一个园艺方面的哲学家,一个能移山造湖的梦想家,但是要说在庭园里,他就像是那条蛇"③,"一个小人得志、靠打零工为生的花匠"④。在这里,塞普蒂莫斯非常明确地用西方文学中最常见的邪恶的象征"蛇"来指代诺克斯先生,一方面指向其对伊甸园,人类理想家园的败坏作用;另一方面也指向其对人类精神世界的颠覆性影响。这里诺克斯先生所代表的浪漫主义思想外在强调自然的和谐外观,内在强调人的自然感性生命。根据周春生的阐发,浪漫主义有两个要点,"其一,它仍以抒发人的自然感性生命为宗旨,认为主体的本质内涵就在于自然感性生命最自由自在的表现;其二,即使不可能原原本本地实现自然感性生命的内在需求,至少要实现形式上的和谐外观或美的外观,也就是让自然感性生命在一个形式化的美感世界里来一次放纵!"⑤那么,塞普蒂莫斯对诺克斯先生的指责,就思想精神层面,更多的是指责其所倡导的个人感性生命的放纵。诺克斯先生对庄园改造的浪漫主义主张,塞普蒂莫斯持赞同态度;对其举着望远镜在庄

---

① [德]黑格尔:《哲学史讲演录》(第二卷),北京:商务印书馆,1960年,第44—45页。
② 周春生:《悲剧精神与欧洲思想文化史论》,上海:上海人民出版社,1999年,第19页。
③ [英]汤姆·斯托帕:《戏谑——斯托帕戏剧选》,杨晋等译,海口:南海出版公司,2005年,第185页。
④ 同上书,第191页。
⑤ 周春生:《悲剧精神与欧洲思想文化史论》,上海:上海人民出版社,1999年,第19页。

园里行偷窥之举的行为,塞普蒂莫斯则鄙夷而不屑。这种不屑未尝不是对其放纵的感性的唾弃。

"人同兽的区别,就在于人具有分辨善恶的能力,因为人身上的人性因子能够控制兽性因子,从而使人成为有理性的人。人同兽相比最为本质的特征是具有伦理意识,只有当人的伦理意识出现之后,才能成为真正的人。从这个意义上说,人是一种伦理的存在。"①因此,人具有了人的外形之后,仍需经过伦理选择把自己从动物中区分开来,构成人的本质特征在于人是否具有理性意识,是否像人一样与人之间建立起一种亲善的人际关系。就塞普蒂莫斯对诺克斯的指责而言,他所具有的伦理意识似乎反对"放纵的自由",提倡规范的生活。"其实,人是一个复合体,在现实中合乎社会规范的言行与暂时被压抑下去的人性因素,这些都属于一个正常人的构成部分。然而不易被发现和不易描述的是那个被社会认作不合规范的内容。"②转而,塞普蒂莫斯就质疑,"如果从最遥远的行星到我们脑子里最小的原子都遵守牛顿的定律,那么自由意志呢?"③这似乎表明,塞普蒂莫斯自身也是游走在自由意志和理性意志之间,正如他在激情之爱与浪漫之爱的摇摆。之后塞普蒂莫斯成为隐士,也是"浪漫主义想象力由于精神原因而垮掉"④。根据文学伦理学批评的观点,在具体的文学作品中,伦理的核心内容是"(虚构的)人与人、人与社会以及人与自然之间形成的被接受和认可的伦理关系,以及在这种关系基础上形成的道德秩序和维系这种秩序的各种规范"⑤。塞普蒂莫斯对规范的蔑视,具体而言就是对规则,对一成不变的模式的挑衅。就其内涵而言,是对意志自由的珍视。

---

① 聂珍钊:《文学伦理学批评:伦理选择与斯芬克斯因子》,《外国文学研究》2011 年第 6 期,第 6 页。
② 周春生:《悲剧精神与欧洲思想文化史论》,上海:上海人民出版社,1999 年,第 47 页。
③ [英]汤姆·斯托帕:《戏谑——斯托帕戏剧选》,杨晋等译,海口:南海出版公司,2005 年,第 186 页。
④ [英]以赛亚·伯林:《浪漫主义的根源》,[英]亨利·哈代编,吕梁、洪丽娟、孙易译,南京:译林出版社,2008 年,第 207 页。
⑤ 聂珍钊:《文学伦理学批评导论》,北京:北京大学出版社,2014 年,第 13 页。

剧中现在时刻的伯纳德就总结说,"发自内心的对自己的信念。……本能的确定性根本不用找证明。因为时间被逆转"①。而这种内心的执念,就是对伦理秩序的敬畏,是理性赋予人类的意志自由的力量。"让人性的活力得到自由,这是所有受制于严整的科学秩序,快要闷死的人们发出的呼声。严整的科学秩序是毫不理会搅动人类灵魂深处的那些难题的。"②塞普蒂莫斯对内心信念的执着毫无疑问就是对人性意志自由的坚持。这种冲突的另一方就是感性,是充沛情感的表达。而与理性相对的感性一般"不仅有善的意识,神圣的爱的意识,同时还存在着恶的意识"③。由此可知,《阿卡狄亚》中伦理冲突的第二个层面,表面看来是对于西德利庄园的园林风格转变的冲突,实则是对思想观念的冲突。而这些思想观念冲突的核心矛盾问题就是人的本能欲望(兽性因子)和社会秩序及内化的伦理道德规范的约束作用(人性因子)相互的斗争。

三、规律与偶然:伦理身份的建构

层层剖析斯托帕德伦理思想的过程中,除开激情与浪漫,秩序与紊乱的冲突和对立之外,斯托帕德在《阿卡狄亚》中呈现的第三个层面的伦理冲突围绕着局中人对知识,真理,历史真相的考究展开。在此层面的伦理冲突中,斯托帕德着力展现两种力量的对决,一种据说就是托马西娜发现的分形,一种是爱的力量。在这两种力量的对决的同时,伦理结的第三个层面就是对知识的无尽欲望。而这些知识的特性,无论是数学,物理学还是历史学知识,都是对未知世界的渴望。在文学伦理学批评中,对伦理身份的忽视容易导致伦理冲突,"把人同兽区别开来的本质特征就是人具有伦理意识。这种伦理意识最初表现为对建立在血缘和亲属关系上的伦理

---

① [英]汤姆·斯托帕:《戏谑——斯托帕戏剧选》,杨晋等译,海口:南海出版公司,2005年,第233页。
② [英]以赛亚·伯林:《浪漫主义的根源》,亨利·哈代编,吕梁、洪丽娟、孙易译,南京:译林出版社,2008年,第50页。
③ 周春生:《悲剧精神与欧洲思想文化史论》,上海:上海人民出版社,1999年,第55页。

身份的确认,进而建立伦理秩序"①。基于此,伦理问题的产生往往与身份有着紧密的关系。"在众多文学文本里,伦理线、伦理结、伦理禁忌等都同伦理身份联系在一起……伦理身份是构成文学文本最基本的伦理因素……伦理身份的变化往往直接导致伦理混乱。"②可以说,《阿卡狄亚》中的伦理混乱基本上都是由于在探究历史真相,追寻现象本质的时候,伦理身份发生变化而产生的伦理混乱。

作家汉娜要研究这个庄园19世纪初的历史,而大学教师伯纳德的目的则是为了考证浪漫主义大诗人拜伦曾在这个庄园里有过短暂生活经历,并且因为和查特夫人有染,在被迫参与的决斗中将捍卫个人尊严的查特杀死。现代社会的人们出于种种动机,要找出19世纪发生在西德利庄园的种种事件的真相。汉娜说,"是求知欲让我们并非可有可无,否则我们离开人世就跟来到世上时一样,没有长进"③。或许是天生的对知识的向往,对未知世界仇魅、解惑的驱动使得19世纪的托马西娜和塞普蒂莫斯,20世纪的汉娜和伯纳德在知识考古的历程中英勇前行。似乎只有在对未知世界的探寻中才能确认自己的伦理身份。

托马西娜是西德利庄园中克鲁姆伯爵的女儿,对牛顿物理非常感兴趣。牛顿物理学认为世间物质是一个线性的,稳定的,有秩序的概念。她向自己的家庭教师塞普蒂莫斯描绘自己认为的世界好像是在搅动布丁一样:"你搅动米饭布丁时……果酱自己散开,并留下红色的尾迹……但是如果你往反方向搅动,果酱也不会再回到一起……你没法再通过搅拌把东西分开。"④在托马西娜的描述中,世界是混乱无序的,杂糅搅拌在一起的。托马西娜的问题直接导致了一场关于牛顿万有引力定律的讨论。托马西娜认为如果有人能够阻止原子的运动,那么就有人可以写出关于未

---

① 聂珍钊:《文学伦理学批评导论》,北京:北京大学出版社,2014年,第257页。
② 聂珍钊:《文学伦理学批评:基本理论与术语》,《外国文学研究》2010年第1期,第21页。
③ [英]汤姆·斯托帕:《戏谑——斯托帕戏剧选》,杨晋等译,海口:南海出版公司,2005年,第260页。
④ 同上书,第185页。

来的方程式。托马西娜的数学方程式的演算,似乎代表了"理性力量"在该剧中的一个"最强的道理","理性本体世界的抽绎过程尚需跨出最后一步,即如何把那个'最强的道理'或根本性的概念等当作一个独立的存在分离出来"。① 而实际上,托马西娜未能写出可以计算未来的方程式,反而在突如其来的变故中丧生。混沌的世界被搅浑在一起,试图剥离它们的努力似乎都是徒劳。

托马西娜和她的家庭教师塞普蒂莫斯对知识的追求,这正如周春生分析《浮士德》中的两种力量的因素"即盲动的生命潜流与和谐的理性思索进行了生死较量,结果魔鬼操纵了盲动的生命潜流,浮士德的进取心因找不到最后的人生的支撑点而倒在魔鬼的脚下"②。《阿卡狄亚》中托马西娜在17岁生日前夕,在睡梦中被大火烧死离世,塞普蒂莫斯最后决心成为隐士。"在理性启蒙的时代,人们毕竟对精神、理性人性、自然、爱等一切绝对完美的形式化世界存留着一丝希望。"③托马西娜的离世,塞普蒂莫斯的遁世都是对这一希望的彻底否定。而现代人,汉娜与伯纳德则仍然继续着托马西娜和塞普蒂莫斯的这种对知识的欲望和追寻。尽管他们两者的观点迥异,却依然秉持着这种热衷,留存着希望。"当一个人活着时,其思想及理想物的普遍性与具体的人的感性之间存在着尖锐的冲突,人尽管可以表明自己有何种神圣的道德的存在,但人却很难用具体的感性世界存在来复现道德的存在。"④汉娜和伯纳德的伦理身份是现代知识分子,但各自秉持的道德立场不尽相同。汉娜始终坚持证据说话,而伯纳德充满功利心的揣测使得他的论断很明显偏离现实。而这种基于名利而建立的伦理身份无疑是对真理性知识的亵渎。对伯纳德而言,自由意志可以篡改历史的真相。

而这两种不同思想的冲突中,占据一方的就是"自由意志",塞普蒂莫斯如是说,混合在一起的东西再也不能完全分离开,"再也不能,除非时间

---

① 周春生:《悲剧精神与欧洲思想文化史论》,上海:上海人民出版社,1999年,第80页。
② 同上书,第20页。
③ 同上书,第44页。
④ 同上书,第76—77页。

倒流,既然时间不能倒流,我们便只能一路搅合下去,从混乱到混乱再到混乱……不再改变,也不能被改变,我们就算永远完了。这被称作自由意志或者自我决定"①。这种自我决定,自由的意志,在文学伦理学批评视域下,指代的就是自由意志。塞普蒂莫斯更进一步解释,"如果从最遥远的行星到我们脑子里最小的原子都遵守牛顿的定律,那么自由意志呢?"②在这里,自由意志很清楚地被作为绝对真理的对立面,被当作牛顿定律的对应物。而塞普蒂莫斯作为《阿卡狄亚》一剧中"自由意志"的代言人,不仅仅为自由意志抒发胸臆,也为对知识、真相的欲望发声。而这样一个信奉"自由意志"的人在种种伦理冲突中依然秉持着自己的伦理准则,"侮辱她?那等于违背了我的本性和行为准则"③。这种似乎自我背离的论断恰恰是斯托帕德该剧中混沌伦理思想存在的明证。

　　值得说明的是,根据文学伦理学批评,伦理身份往往与伦理责任和伦理义务紧密联系在一起。其实早在古希腊时期,亚里士多德就曾论述理性和德性的关系,"一切德性都是在灵魂的理性部分被发现的。结果,他在德性看作知识时,取消了灵魂的非理性部分,因而也取消了激情和性格"④。而这种德性和理性,这两种力量的冲突在《阿卡狄亚》中带有悲剧性的意味,这正如《悲剧精神与欧洲思想文化史论》中将悲剧精神清晰地定义为"人的理性和自然感性生命永远处于对立冲突之中,并且没有任何归结点,由此而构成一种命运。人虽然解不开命运之谜,却又勇敢地接受命运的挑战"⑤。托马西娜和塞普蒂莫斯蔑视规则,热爱崇高和辉煌,追求光明,看不上过度驯化的文明人的循规蹈矩。塞普蒂莫斯说,"我利用

---

① [英]汤姆·斯托帕:《戏谑——斯托帕戏剧选》,杨晋等译,海口:南海出版公司,2005年,第185页。
② 同上书,第186页。
③ 同上书,第187页。
④ [古希腊]亚里士多德:《大伦理学》,苗力田主编:《古希腊哲学》,北京:中国人民大学出版社,1989年,第222—223页。
⑤ 周春生:《悲剧精神与欧洲思想文化史论》,上海:上海人民出版社,1999年,第2页。

人们看重学习和增加知识来启发人,而凭着这种重视,才可以接近上帝"①,而塞普蒂莫斯的似是而非的道德立场总是和他的伦理身份紧密相关。"美德最终在于知识;只有知道自己是谁,知道我们需要什么,知道从哪里获得所需和如何利用所掌握的最佳手段达到目的,我们才能过上幸福的、高尚的、公正的、自由的和满意的生活;所有的美德是互相兼容的。"②汉娜最后就自己对西德利庄园隐士的研究得出结论:"我原以为我研究的这位隐士是个完美的象征,一个园林中的傻瓜。但现在这样更好,启蒙年代被放逐到浪漫年代的荒野上!西德利庄园的天才搬进隐居屋继续生活!"③塞普蒂莫斯在托马西娜不幸地离世之后,自我隔离,在不断地演算托马西娜留下的运算公式来度过一生,这是对理性和德性的双重否定。

在《阿卡狄亚》中,斯托帕德运用过去(1809年)和现在(当前)两个交错重叠的时空中的人物和故事来表达浪漫主义和古典主义的思想冲突和交融。在过去的时空中,托马西娜和塞普蒂莫斯对知识的渴求完全出于对世界的探秘和对知识的渴望,而现代社会的园林历史学家汉娜以及文学史学家伯纳德则是代表着另外两种特质的对立。如果说汉娜呈现的是古典主义的保守,那么伯纳德就是生机勃勃的激情的化身。但是斯托帕德并不是用一种"非此即彼""既是又是"的模式呈现这两个对知识的态度,而是用一种"两者均可"的态度。汉娜一直都很谨慎地处理自己的论断,如果没有十足的证据,绝对不轻言结论。但是斯托帕德仍然让汉娜在某些状况下相信自己的直觉,马上感知到自己对事实的把握要多过事实证据的显示。这正如有些学者所说,《阿卡狄亚》中呈现两个时空段的人物和事件相互交叉的对话,以此实现相互对立的观点的冲突和大量的似

---

① [英]汤姆·斯托帕:《戏谑——斯托帕戏剧选》,杨晋等译,海口:南海出版公司,2005年,第265页。
② [英]以赛亚·伯林:《浪漫主义的根源》,[英]亨利·哈代编,吕梁、洪丽娟、孙易译,南京:译林出版社,2008年,第32页。
③ [英]汤姆·斯托帕:《戏谑——斯托帕戏剧选》,杨晋等译,海口:南海出版公司,2005年,第250页。

是而非的思想。①

综上所述,我们可以看到斯托帕德在《阿卡狄亚》这出戏剧中表达的伦理立场和观点。诚如剧作家本人所说,完美的梦想境地也许并不存在,但它一定有其存在的价值:"继续,尽管知道没法在天堂彼岸登陆,然而还是要继续。让人们睁开双眼,而不是挖出他们的眼珠。要引领人们向善。"②在《阿卡狄亚》中,斯托帕德并没有鲜明地表明自己的立场,或者进行态度坚决的抨击和赞扬某个伦理事件中的一方。在该剧中,斯托帕德以一种开放而包容的态度在自己的戏剧世界里呈现了种种伦理思想的冲突和选择,而这些伦理思想的存在并不是先后交替、更迭的,而是兼容并蓄的,相互对话的。并且斯托帕德运用交错并汇的时空来实现这种伦理思想的碰撞。这些伦理思想的对峙都是成对出现在三个主要伦理冲突中,秩序与混乱,激情与浪漫,自由与规范。值得注意的是,人性因子和兽性因子在这些二元对立中角力。斯托帕德又跳脱出了固有的二元对立的固化思维,通过对知识的叩问,对人性的质询,提出了混沌伦理,提出了一个没有级化的,没有起止的兼容并蓄、混杂存在的伦理虚拟世界。

这种呈现一定程度上造成了斯托帕德戏剧的意义含混。就此,斯托帕德曾经这样解释:"在我的剧作中最常见的是没有一个唯一的、清楚的申明。有的是一系列互相冲突的人物陈述的相互矛盾的观点。"③可以说,斯托帕德是一个剧作家,他首要和最持久的关注的事情并不是正义,而是趋善,引导人们向往善。因此他在《阿卡狄亚》中呈现的伦理道德观是混沌的,兼容并蓄的,开放的,包容的,无序性的伦理。而这种带有鲜明后现代色彩的伦理思想就是笔者所说的"混沌伦理":"何为善?这一命题又直接关涉人生和社会的价值判断诸问题。是满足理性的抽象要求即一

---

① Zdeňka Branadejská. "Devising Consolation: The Mental Landscapes of Stoppard's *Arcadia.*" *Brno Studies in English* 8(2002): 103—118.

② Tom Stoppard. *The Coast of Utopia*. New York: Groves Press, 2002, p.346.

③ Roger Hudson, et al. "Ambushes for the Audience: Towards a High Comedy of Ideas." Qtd. in *Tom Stoppard in Conversatio*, ed. Paul Delaney. Ann Arbor: University of Michigan Press, 1994, p.58.

般的善还是沉迷于具体的情感冲动？是立足于社会的整体利益、幸福还是安享个体的快乐？"①笔者以为，斯托帕德并不旨在《阿卡狄亚》中建立伦理观，而是指引观/读者反思自身伦理观照。

本章小结

英国当代戏剧是英国戏剧史上极具魅力的部分。1960年，《戏剧与戏剧人》曾刊文道，"我们国家自己的戏剧已经进入伊丽莎白二世时代最具活力的时期"②。多元、活跃、宽松、突破、创新等关键词构成了英国当代戏剧的基本生态。国内外学界对其研究的已有成果数量丰富、学术价值突出，显示出多角度、多层次的研究态势。然而，运用"文学伦理学批评"这种具有中国特色的批评话语特征及研究范式的研究成果却不多见。本章在文学伦理学批评方法的启发和引导下，对《背叛》《优秀女子》和《阿卡狄亚》三部当代英国戏剧的代表性作品所蕴含的伦理价值进行了深刻的剖析，对其所关注的伦理问题进行了阐释解读。通过运用伦理选择、伦理身份、斯芬克斯因子、伦理意志、伦理环境、伦理教诲等核心术语，我们不仅能够合理地解释造成当代家庭和社区内部伦理关系的扭曲、职业女性工作和生活伦理环境失衡以及现代人常常遭遇的伦理困惑等问题背后的成因，也使得当代英国戏剧中所包蕴的伦理关怀得以充分体现。同时，还能够体现出戏剧批判和改良社会的作用以及教诲的基本功能，强调警示作用，避免主观的道德说教。

夫妻关系一直是文学作品中最重要的伦理关系。在这种人类社会在血缘之外最亲密但也最脆弱的关系里，暗含着无数的变数可能性。其中，"婚外情"被认为是威胁和破坏婚姻存续关系的一个重要因素。从伦理意义上而言，《背叛》一剧中杰瑞与爱玛之间的"婚外情"揭示出人是一个斯芬克斯因子的存在，主要源自个体的道德自律与情欲放纵之间的冲突。

---

① 周春生：《悲剧精神与欧洲思想文化史论》，上海：上海人民出版社，1999年，第157页。

② Dan Rebellato. *1956 and All That the Making of Modern British Drama*. London: Routledge, 2002, p. 68.

"婚外情"发生时,人的道德自律在与情欲放纵的博弈中败下阵来,违背道德规范的自由意志起到决定性的作用。正是因为兽性因子的存在,才需要人性因子的理性和职责对其加以控制。"婚外情"不仅不是人性的解放,反而会导致人性的迷失,势必会危及在理性基础上建立起来的各种道德规范。激情过后,自由意志的力量渐渐减弱,理性的回归成为必然。杰瑞的归家选择是其伦理意识回归的表现,其间,理性意志起到了关键性的作用。品特通过戏剧中的时空跳跃和叙事倒叙的结构,将剧中"婚外情"的行为还原至两个不同时代的伦理现场,对之加以客观地呈现,说明了意志冲突导致或者抑制"婚外情"的原因是在不同的伦理环境中产生的。不同语境下,人们对这一社会现象的评判也不尽相同。

如果从文学伦理学批评视角解读《优秀女子》,伦理身份这一重要学术概念让我们认识到该作中玛琳的伦理身份的双重性很大程度是与伦理环境密不可分的。《优秀女子》中玛琳兼顾有职场"女强人"和"未婚母亲"的双重身份,承载着两种不同的伦理内涵。职场经理的身份是玛琳在社会中存在的标识,具有鲜明的社会属性,也需要承担这一身份所赋予的责任和义务。因此"积极进取""理性果断"等品性是其在伦理道德规范内化后所形成的对自我的约束性精神力量,是勇于争取女性主体独立和实现个人存在价值的职场"优秀女性"代言人。然而,从古至今,无论时代如何变化,伦理环境如何改变,母亲这一自然身份都是女性独一无二的身份。事业上的功成名就并不能消减其未婚生女的难言之隐。玛琳极力隐瞒未婚母亲身份是其面对职场中残酷竞争所做出的权宜之计。丘吉尔借由这种女性人物的双重身份设置表达了她对职场女性的"男性化"倾向所造成的亲人疏离等不良后果的关注。

由此可见,伦理身份这一文学伦理学批评概念可以让我们更好地把握女性主体性的文化属性和运行机制,更充分地认识到伦理意识、伦理环境以及伦理思想对社会个体人格以及思想维度的深刻影响。女性伦理身份绝不是单纯的性别和伦理两个社会范畴和概念的叠加,更多的是社会规范和理论对社会个体精神层面的建构和影响。而这种影响是日积月累、潜移默化的,是通过不断的操演而形成的内化而自然的过程。因此,所谓自然的"男性""女性"性别身份都是基于社会伦理道德规范而形成的。丘吉尔在《优秀女子》一剧中,通过对玛琳双重身份的并置,呼吁给予女性主体身份建构更为包容、更加开放的自由度。

在对《阿卡狄亚》这部剧进行分析的过程中,伦理冲突这一文学伦理学批评概念向我们揭示了斯托帕德在该剧中重点呈现的三个层面的伦理结:查特夫人与某位神秘男士的不伦婚外情,西德利庄园的园林风格转变,以及 20 世纪现代学者汉娜和伯纳德对"拜伦情史冲突并在决斗中射杀诗人/植物学家查特"这一历史事件的考证和调研。三个伦理结层层递进,紧紧缠绕,形成了本剧伦理冲突相互交融的对话性伦理结构。而借由这种对话性伦理结构,斯托帕德从三个层面表达了以剧作引领人们趋善的文学立场。两性关系的复杂性不仅仅有文化、历史因素,很大程度上也有阶级因素的参与。而人的理性意志和自由意志的冲突一直以来都是古典主义与浪漫主义纷争的胶着点,也是文学伦理学批评概念中人性因子和兽性因子的角力。这种角力实质上也是人类自身对人性和兽性的抑制和抒发之争,是人类祛魅和趋善的永恒冲突。这些两种力量冲突的外在形式就表现在剧中所体现的种种二元对立式的冲突。

难能可贵的是,斯托帕德在《阿卡狄亚》中并不是单纯地想要表明这种二元对立结构的永恒性,而是对此种序列结构的突破、超越和反思。在剧中,斯托帕德运用时空交错、并置的特殊性策略,实现了两种冲突性力量的融合,两种伦理场域的对话,两种伦理思想的交融,两种爱恋的汇集,两种观念的超脱。可以说剧终两个不同时代的人同时占据舞台,共享同支舞曲,共享时空,即是对传统二元论的解构与超越。与之相对应的,这也是对相互冲突的伦理思想的一种象征性融合。就此意义而言,斯托帕德在该剧中所体现的伦理思想就是一种兼容并蓄的,杂糅混存的共同场域,这里必然和偶然都是存在。

以上三部作品仅仅是当代英国戏剧的代表之作,有着强烈伦理诉求和道德意蕴的作品还有很多,如品特《钱行酒》、丘吉尔的《远方》、斯托帕德的《乌托邦彼岸》、爱德华·邦德的《被拯救》、彼得·谢弗的《上帝的宠儿》等剧作,同样具有独特的伦理特性,值得我们持续关注。但由于篇幅所限,本章仅对这三部典型剧作中所体现的伦理关怀及表达进行了具体阐述,希望能够引发国内外专家对当代英国戏剧的这一主题表达的持续关注,并挖掘其深刻的伦理意蕴。

第九章

英国后殖民流散作家的政治伦理批评

以劳伦斯·达雷尔、V. S. 奈保尔和萨尔曼·拉什迪为代表的英国后殖民流散作家以其流散经历为蓝本,从东西方两个视角出发考察了特定历史语境与场所中人物的伦理身份危机与伦理选择问题并集中阐发了政治、文化等因素对人物伦理身份塑造所起的决定性作用。

本章以达雷尔的《亚历山大四重奏》、奈保尔的《河湾》和拉什迪的《午夜之子》为研究对象,在分析作家伦理事件的设置与小说人物伦理身份的描述基础上,深入探讨人物的伦理选择与政治参与之间的互动关系,即在揭示隐含于小说情节中的政治事件与人物行动之间密切联系的基础上,进一步阐发英国后殖民流散作家政治伦理批评的写作动机。

英国后殖民流散作家的创作不是通过对主人公身份焦虑和

无根感的描述试图唤起读者的同情心与认同感；恰恰相反，此类作家的作品因涉及大量历史、政治事实而具有显著的政治批判功效。达雷尔、奈保尔和拉什迪通过何种艺术手段巧妙地实现了政治批判与伦理批判的有机融合是本章论述的核心之所在。

第一节 《亚历山大四重奏》中的殖民政治伦理内涵

两次世界大战之间，英国殖民者与埃及国内决定埃及去殖民化后国家、民族命运的各种政治力量之间相互周旋。由埃及科普特少数民族组建的为国家自由而战的埃及国民党是其中一股不可忽视的力量。达雷尔用芒特奥利夫与利拉之间的感情纠葛喻指英国当局对埃及国民党不置可否、模棱两可以及"始乱终弃"的政治态度；《亚历山大四重奏》因此成为一部具有独特政治隐喻的小说。

小说第一人称叙述者与第三人称叙述者对英国经典作品，如莎士比亚的戏剧《安东尼与克莉奥佩特拉》和罗斯金的《帝国责任》的重写分别从殖民者与被殖民者的视角出发强化了殖民伦理的合法性与"认知暴力"的有效性。然而，《亚历山大四重奏》中以纳洛兹、利拉、纳西姆和贾斯汀为代表的埃及科普特少数民族和埃及犹太少数民族并非逆来顺受的、弱小无能的被殖民他者。纳洛兹的暴力反抗与贾斯汀、利拉和纳西姆以模仿为伪装手段的抵抗并行不悖。

殖民者对亚历山大特定历史场所内被殖民者伦理身份的错误判断最终导致殖民者政治局势分析上的偏差；达利（Darley）眼中作为欲望之都的亚历山大却是上述埃及少数民族反殖民斗争的战场和新任英国驻埃及大使芒特奥利夫被困其中、无法施展才能与殖民政治抱负的"打气筒"。

一、殖民伦理的后殖民重写

《亚历山大四重奏》常被国外学者视为作家本人维护英国殖民主义统治的文本证据。例如，约瑟夫·A.布恩撰文批评了达雷尔该作品中表现出的殖民主义、性别歧视和种族偏见等思想。① 还有部分国外学者指出，尽管达雷尔对第二次世界大战之后大英帝国的没落心知肚明，但他却更加致力于英国殖民文化对东方的渗透工作，并试图以此维系英国在黎凡特（Levant）构筑的文化帝国。②

《亚历山大四重奏》的叙事背景是1918年至1943年间的埃及，其中1918年和1936年分别是英国在埃及的殖民统治机构"高级专员公署"（High Commission）的成立时间和废除时间。从某种意义上讲，"公署"制度是英国对埃及殖民政治的表征，而1936年应被视为埃及殖民和后殖民时期的分水岭。因此《亚历山大四重奏》可被看作带有后殖民批评性质的作品。国外学者在研究中缺乏对上述时间的考虑，仅以埃及实际独立时间1953年为衡量标准将《亚历山大四重奏》认定为宣扬殖民主义的文本，进而忽视了达雷尔隐含于作品中的批判殖民伦理的重写动机。

王晓兰教授曾对"殖民伦理"做出如下定义："欧洲殖民者所奉行的殖民伦理就是以'白人种族优越论'为预设，……为了证明他们对'劣等民族'和'落后地区'进行殖民统治的正当性而提出的一种政治哲学。"③国外学者将殖民伦理理解为"文明与原始、家长与孩子"之间的关系，认为"未发育完善的（unformed）和邪恶的（evil-like）孩子是界定被殖民种族的最贴切比喻。该比喻与原始主义的暗喻结合在一起证明了欧洲殖民者对被殖民者实施的教化行为的合理性；在欧洲殖民者的教化下被殖民者转变成文明且有责任心的成年人"④。以上述观点为依据，笔者认为可将"殖民伦理"归纳为殖民者与被殖民"他者"之间高低贵贱、主动与被动的

---

① Joseph A. Boone. "Mappings of Male Desire in Durrell's *Alexandria Quartet*." *South Atlantic Quarterly* 88. 1 (1989): 73—106.

② Mahmoud Manzaloui. "Curate's Egg: An Alexandrian Opinion of Durrell's *Quartet*." *Critical Essays on Lawrence Durrell*. Ed. Alan Warren Friedman. Boston: G. K. Hall, 1987, p. 153.

③ 王晓兰：《利己主义道德原则与殖民伦理行为——康拉德"马来三部曲"中林格殖民行为的伦理阐释》，《外国文学研究》2009年第6期，第69页。

④ Amar Acheraiou. *Rethinking Postcolonialism Colonialist Discourse in Modern Literatures and the Legacy of Classical Writers*. London: Palgrave Macmillan, 2008, p. 70.

主仆式或家长制伦理关系。恰如高里·维斯瓦纳坦所说:"在传教士的挑衅和对被殖民当地人反抗的畏惧中,英国殖民政客们发现可与英国文学结成同盟,这使他们能以'博雅教育'(liberal education)为伪装,巩固他们对当地人的控制。"①《亚历山大四重奏》中,殖民主义文学作品不仅是为殖民伦理正名、给被殖民者洗脑的工具,还是禁锢英国外交官头脑的"神圣幽灵"。通过对殖民主义文学作品的重写,达雷尔解构了殖民伦理合法性。通过对被殖民"他者"反殖民斗争中文化传统与宗教神启力量的赞颂,《亚历山大四重奏》中的第三部小说《芒特奥利夫》完成了对殖民伦理逻辑颠覆性的逆向重写,从而成为反殖民伦理的有效文学武器。

《贾斯汀》中的第一人称叙事和《芒特奥利夫》中的第三人称叙事都涉及对英国殖民主义文学作品的重写,然而目的却大相径庭。第一人称叙述者英国人达利对莎士比亚经典戏剧作品《安东尼与克莉奥佩特拉》的重写将不同时代和文本中不同主人公的身份相重叠,着力描写被殖民"他者"的堕落与邪恶,试图以此证明殖民伦理的合法性。第三人称叙事中对罗斯金著名讲稿《帝国责任》的重写则展现了带有殖民色彩的英国文学作品对被殖民他者施加的"认知暴力"。对英国殖民主义文学作品的重写是达雷尔谴责帝国文学传播服务于殖民政治及其不良后果的批评策略。

莎士比亚的戏剧《安东尼与克莉奥佩特拉》是第一人称叙述者达利构建被殖民"他者"卑贱形象的文学想象蓝本。"夜里一个醉酒的妓女摇摇晃晃地走在漆黑的街道上,偶尔哼上几声,那歌声倒像是零星飘落的花瓣。"②此情此景令达利心生疑惑:"难道这就是让安东尼陶醉其中并诱使他永远臣服于这座城市的美好乐曲?"③达利还将小说女主人公贾斯汀比作骄奢淫逸、欲壑难填的埃及艳后克莉奥佩特拉。

伴随着对《安东尼与克莉奥佩特拉》的自由联想,达利已将今日的大英帝国与昔日的罗马帝国画上了等号,将英国对埃及的殖民置于西方对

---

① Ashcroft Bill, Gareth Griffiths and Helen Tiffin. *The Empire Writes Back*. London: Routledge, 1989, p. 3.
② Lawrence Durrell. *Justine*. New York: E. P. Dutton, 1961, p. 14.
③ Ibid.

东方漫长的殖民史之中。达雷尔揭示了达利丑化被殖民"他者"和建构殖民伦理关系的叙事动机。达利眼中的亚历山大城到处是挂着脏布帘的妓院和刺眼的霓虹灯。亚历山大美轮美奂的街景和令人心旷神怡的异国风情好似浓妆艳抹却身染性病的妓女,以装扮来掩盖因疾病而损毁的容颜。通过对贾斯汀荒淫的私生活的描述,达利给亚历山大城贴上了"欲望之都"的伦理标签。达利将亚历山大城描述为"了不起的爱的榨汁器"①,认定道德沦丧是亚历山大"场所精神"的最好诠释,然而这却是殖民者达利故意妖魔化被殖民他者,以实现殖民政治合法化而编造的谎言。

《芒特奥利夫》中,达雷尔还以英国首任驻埃大使芒特奥利夫(Mountolive)与亚历山大贵妇利拉(Leila)间的不伦情史为例,讲述了殖民政治与英国殖民文学间的隐秘联结。初到埃及的年轻英国外交官芒特奥利夫与埃及贵妇利拉一见倾心,然而芒特奥利夫将利拉拥入怀中之时,却有"男人跌跌撞撞走向镜子"②般的感觉。这种似曾相识但又不敢相信的镜像效果源自利拉对英国殖民者先入为主的文学想象,而此种文学想象得益于利拉在开罗大学所受的欧化了的现代教育。在汲取欧洲文化滋养的过程中,不知不觉利拉已成为"帝国主义认知暴力"(epistemic violence of imperialism)③的受害者。

第三人称叙事者以重写的方式将《帝国责任》有机地内嵌于利拉与芒特奥利夫的爱情故事之中,起到了对利拉身陷殖民伦理而不自知的尴尬境地的反讽作用。当芒特奥利夫问利拉为何选择他作情人时,利拉并未直接作答,而是低声吟诵了英国作家罗斯金在牛津大学就职演讲中的一段内容。罗斯金以《帝国责任》为题的演讲稿于 1894 年被收入名为《艺术讲座》的论著之中。《亚历山大四重奏》故事的时间背景是 1918 年至 1943 年间的埃及;从时间顺序上看,利拉就读埃及开罗大学期间该讲稿已被作为英国文学经典引入埃及。罗斯金将英国描述为"世界光明的源

---

① Lawrence Durrell. *Justine*. New York: E. P. Dutton, 1961, p.13.
② Ibid., 28.
③ Gayatri Spivak. "Can the Subaltern Speak?" *Marxism and the Interpretation of Culture*. Eds. Cary Nelson, and Lawrence Grossberg. London: Macmillan, 1988, p.80.

泉,和平的中心;学识和艺术的女神……"①罗斯金的演讲给英国的殖民政治披上了美学和伦理道德的外衣,激励着英国殖民者在异国他乡为实现大英帝国利益攻城略地,还引发了以利拉为代表的被殖民"他者"对英国殖民者光辉形象的美好联想。由此可见,利拉爱的并非芒特奥利夫本人,而是赋予芒特奥利夫殖民主义者身份的大英帝国。

其实早在第一部自传体小说《恋人们的吹笛手》中,达雷尔已经揭示并批判了罗斯金所宣称的文学与殖民政治间的共生关系,即英国殖民政治的文化内核由英国文学和十字军战士的宗教形象共同构成,文人墨客赋予了帝国美丽并带有神话色彩的光环,遮蔽了回国途中的英国殖民者们对烂泥般丑陋的英国社会现实的感知。从殖民地回国的士兵、工程师正肃穆地站在甲板上,"他们脑海中浮现的是马修·阿诺德的诗歌和沃尔特·司各特的长诗《玛密恩》"②。《芒特奥利夫》中,利拉的长子纳西姆批判了西方人为征服东方而编造十字军东征故事的殖民企图。他指出问题出在教会激进分子身上,"对我们[埃及人]来说根本不存在基督教与伊斯兰教之间的斗争。所谓的宗教战争不过是西欧国家殖民文学虚构的产物。穆斯林皆是凶残异教徒的说法更是一派胡言。……穆斯林从未迫害过科普特人"③。英国文学作品也同样"欺骗"了被殖民他者。利拉将以《帝国责任》为代表的英国文学作品中描绘的大英帝国的殖民愿景内化于心的同时,把自己降格为英国殖民者的情人;无意识中利拉似乎已经成为罗斯金殖民主义思想的东方代言人。

由上述解读不难发现,殖民的过程不仅是军事上的占领和经济上的掠夺,更是一场以文学文本为武器的没有硝烟的伦理战,其中殖民主义者意欲与被殖民"他者"争夺的是合情合理的统治者的伦理身份。然而不幸的是,在《亚历山大四重奏》中以利拉为代表的被殖民他者被带有殖民色

---

① See Lawrence Durrell. *Mountolive*. New York: E. P. Dutton, 1961, p. 29.
② Lawrence Durrell. *Spirit of Place Letters and Essays on Travel*. Ed. Alan G. Thomas. Mount Jackson: Axios Press, 1969, p. 266.
③ Lawrence Durrell. *Mountolive*. New York: E. P. Dutton, 1961, p. 45. 科普特人(Copts)是早期十字军东征后定居在埃及地区的基督徒的后裔。

彩的英国文学作品中描绘的伟大、美好的英国形象所欺骗,心甘情愿放弃自己国家主人公的身份,将国家的政治统治权拱手送人——这是达雷尔对被殖民他者发出的"不觉醒即成亡国奴"的伦理身份危机的警示。

1936年英国和埃及的协约签订之后,从某种程度上讲埃及已进入所谓后殖民"独立自主"的发展时期。《芒特奥利夫》中,芒特奥利夫和马斯克林(Maskelyne)等英国外交官不识时务,在埃及独立之后仍以文学作品中塑造的殖民者形象为榜样力图继续维护英国在埃及的殖民利益。殖民伦理仿佛是帝国不死的"神圣幽灵",禁锢着英国外交官的头脑,把他们变成了可悲的殖民伦理的卫道士。

小说中驻俄罗斯大使路易斯爵士(Sir Louis)指出,英国外交制度如幽灵一般无处不在,监控着外交官的一言一行,大使身份是外交官获得自由之身的"终极幻想"(final delusion)。他对芒特奥利夫说,"[荣升大使后]你就会发现自己四处仗势欺人——如果不小心的话,就会犯下与'神圣幽灵'(Holy Ghost)为敌的罪恶"①;然而对芒特奥利夫而言,"神圣幽灵"却另有一番寓意,如果将英国比作曾经叱咤风云、显赫一时的殖民巨人,"神圣幽灵"则是巨人死后阴魂不散的殖民伦理,而承载这一伦理精神的则是小到赞美诗大到小说的英国文学文本。

对芒特奥利夫来说,离开俄罗斯前往埃及才是实现他殖民者的身份和回应"神圣幽灵"召唤的有效途径。在英国驻俄罗斯大使馆1936年的圣诞夜晚会上,牧师有气无力地唱着《外事赞美诗》中名为《前进吧,基督战士》的颂歌,其间错误百出。在场的芒特奥利夫感到"他们[英国大使馆里的外交官们]好似身处异邦的基督教飞地(Christian enclave)之中……"②这种与世隔绝、与殖民主义政治隔绝的境况令芒特奥利夫心生郁闷,他"心里不断重复道'离开俄罗斯!离开俄罗斯!'这一想法让他心潮澎湃"③。俄罗斯是囚困、消磨以基督战士自比的芒特奥利夫的殖民政治力比多的地方,在这里梦想成为殖民英雄的芒特奥利夫只会变成碌碌

---

① Lawrence Durrell. *Mountolive*. New York: E. P. Dutton, 1961, p.77.
② Ibid., 71.
③ Ibid., 73.

无为的凡夫俗子,终会像退休之际的路易斯爵士那样整日以酒浇愁、无所事事。

达雷尔通过对芒特奥利夫购买路易斯爵士旧大使制服这一事件的描写,暗指芒特奥利夫殖民梦想的不合时宜。路易斯爵士曾身着大使制服访问过许多前英国殖民地,见证了英国殖民主义统治的辉煌时期;然而时过境迁、威严不再,制服被路易斯爵士弃置一边,路易斯爵士只是偶尔在出席外交场合不得不穿的情况下才想起它。为了省钱,新任英国驻埃及大使芒特奥利夫跟路易斯爵士讨价还价,最终以 30 英镑外加 3 箱香槟的低价买下了那件制服。制服的贬值影射了英国殖民政治影响力的减弱。想象着芒特奥利夫穿上制服的样子,路易斯爵士不无讽刺地说:"你新官上任穿着那身可笑的制服,帽子上插着一支鹦的羽毛,活像一只罕见的求偶期的印度小鸟。"① 与路易斯爵士对帝国没落的清醒认识截然相反,芒特奥利夫却认为对制服的继承具有延续英国殖民政治的象征意义。

20 年前,利拉背诵罗斯金演讲的时候,芒特奥利夫已经觉察到英国殖民主义的"神圣幽灵"在英国文学文本中的存在及其荒谬本质;然而极具讽刺意味的是,从事外交工作 20 年后,芒特奥利夫却被殖民主义的"神圣幽灵"所禁锢。芒特奥利夫曾将利拉敬仰、热爱的英国殖民者形象称为"死了的十字军战士的石像"(the stone effigy of a dead crusader)②。然而,20 年后,当芒特奥利夫以英国驻埃及第一任大使的身份再次踏上埃及土地时,身着大使制服的他却为自己预设了一个殖民者的身份:"他的制服好似中世纪的锁子甲将他包裹其中,让他与世隔绝。"③面对前来机场欢迎的埃及各界人士,芒特奥利夫潜意识里将大使制服比喻成锁子甲。锁子甲原是中世纪十字军战士的服饰。言为心声,通过芒特奥利夫对该词的使用可以看出,他已把自己跟欧洲早期以宗教为名入侵东地中海国家的殖民者(十字军战士)的形象联系在一起了。芒特奥利夫有关制服的比喻貌似自由联想,实际上却是其潜意识里压抑已久的殖民政治力比多

---

① Lawrence Durrell. *Mountolive*. New York: E. P. Dutton, 1961, pp. 77—78.
② Ibid., 30.
③ Ibid., 131.

进入意识层面的表现。

除了《前进吧,基督战士》的颂歌和旧大使制服以外,殖民主义"神圣幽灵"还体现在达雷尔笔下"吉卜林"式人物的刻画中。肯尼恩·杨在对达雷尔的访谈中指出:"达雷尔早年生活于充满吉卜林色彩的印度(Kiplingesque India)"①;理查德·派因在其专著中写道:"儿时的达雷尔常听母亲给他读吉卜林的小说。"②这或许是达雷尔把小说中军人出身的英国外交官马斯克林描绘成"吉卜林"式的殖民主义者的根源所在。

马斯克林准将曾在英属印度屡立战功,在英国驻埃及"高级专员公署"时期的陆军部(War Office)里专门负责情报搜集工作。借英国外交官普斯沃登(Pursewarden)之口,达雷尔为读者描述了马斯克林食古不化的殖民者形象,"马斯克林有两个恒久不变的评语,他称赞与反对的意见(就像温度计上的温度标示一样)在这两个评语之间移动:'这是拉吉(the Raj)赞许的做法'和'这不是拉吉赞许的做法'。他太过固执……这样一个人无法以开放的新视野审视业已变化了的周围世界"③。资深殖民主义者马斯克林自始至终都生活在日不落帝国辉煌的殖民神话里。

G. S. 弗雷泽在评论《亚历山大四重奏》时写道:"权力!芒特奥利夫这一生几近权力的中心,然而他永远不能独立行使权力,他所能做的要么是制止(check),要么是延迟(delay)。"④"制止"和"延迟"两词高度概括了达雷尔反殖民伦理的写作意图,即大英帝国的殖民势力虽已是强弩之末,仍垂死挣扎。尽管英国对埃及的殖民统治逐渐减弱,但带有殖民色彩的英国文学作品却已深入芒特奥利夫和马斯克林的骨髓,如"神圣幽灵"一般仍然强有力地束缚着他们的头脑,使他们成为英国殖民政治的傀儡、埃及独立进程中的绊脚石。

《芒特奥利夫》不仅是帝国没落的挽歌,更是达雷尔对以纳洛兹

---

① Kenneth Young. "A Dialogue with Durrell." *Encounter* 13. 6 (1959): 61.
② Richard Pine. *Lawrence Durrell: The Mindscape*. New York: St. Martin's Press, 1994, p. 96.
③ Lawrence Durrell. *Mountolive*. New York: E. P. Dutton, 1961, p. 107.
④ G. S. Fraser. *Lawrence Durrell: A Study*. London: Faber and Faber, 1973, p. 143.

(Narouz)为代表的亚历山大"贱民"从被妖魔化到被崇高化的反殖民逆写。哥哥纳西姆(Nessim)的抗英计划暴露之后,纳洛兹被埃及警方当作纳西姆的替罪羊惨遭暗杀。达雷尔在小说结尾把纳洛兹描写成基督一样的殉道者,彰显了达雷尔朝圣东方、歌颂东方宗教神启力量的写作动机;这隐含着达雷尔对纳洛兹萨满教领袖和反殖民斗士的双重伦理身份的肯定和对纳洛兹反殖民"圣战"的赞扬。

W. R. 罗宾逊认为亚历山大城里的银行家纳西姆与郊区农场主纳洛兹之间的差异反映了"城市与乡村"的二元对立。如果亚历山大城象征着英国殖民统治下的现代荒原,那么在纳洛兹管理下的卡姆·阿布·格尔格(Karm Abu Girg)农场则象征着古埃及文明的保留地。① 虽然卡姆农场与亚历山大城之间仅一河相隔,但在地理和文化两方面,卡姆农场都处于被边缘化的状态。贝尔·胡克斯认为,"边缘是一个抵抗的空间(space of resistance)。进入那个空间。让我们相遇。进入那个空间。我们把你们称作解放者"②。纳洛兹即是边缘空间里解放者的典型代表;与世隔绝的卡姆农场不仅是纳洛兹防沙治沙的阵地,还是他抵御英国殖民政治如沙漠般继续侵蚀埃及的根据地。

纳洛兹自幼患兔唇症并且性格暴虐,国外学者因此常把他视为"东方的妖魔"。理查德·奥尔丁顿将纳洛兹比作邪恶、原始和残暴的恶魔,是"雨果笔下令人可怖的人物"③。卡罗尔·皮尔斯认为纳洛兹"像《呼啸山庄》中的希斯克利夫一样,集邪恶与善良、控制与释放、自由与占有等一系列对立元素于一身"④。迈克尔·V. 迪博尔认为《亚历山大四重奏》中达

---

① W. R. Robinson. "Intellect and Imagination in *The Alexandria Quartet*." *Shenandoah* 18. 4 (1967): 59.

② bell hooks. "Marginality as the Site of Resistance." Eds. Russell Ferguson and Martha Gever. *Out There: Marginalization and Contemporary Cultures*. Boston: Massachusetts Institute of Technology Press, 1992, p. 343.

③ Richard Aldington. "A Note on Lawrence Durrell." *The World of Lawrence Durrell*. Ed. Harry T. Moore. Carbondale: Southern Illinois University Press, 1962, p. 10.

④ Carol Peirce. "'Wrinkled Deep in Time': *The Alexandria Quartet* as Many-Layered Palimpsest." *Twentieth Century Literature*, Vol. 33, No. 4, Lawrence Durrell Issue, Part II (Winter, 1987): 493.

利与纳洛兹间的对比是"英国人与埃及人、殖民者与被殖民者、现代与封建、自我实现的艺术家与粗鲁的农场主、屠龙救美的圣·乔治(St. George)与骄横怪异的'伊德'(id)之间的较量"①。迪博尔意在指出,英国人达利是殖民英雄,而纳洛兹的"丑"恰好可以反衬达利的"美"。以上论点太过绝对,有曲解纳洛兹真实身份的嫌疑。

从某种意义上讲,纳洛兹应被视为埃及农业三角洲(agrarian Delta)的守护者,他以自己的言行唤醒了埃及人的乡土民族主义(rural nationalism)情结。纳洛兹指出反殖民主义的斗争应植根于对埃及土地和自然的热爱之中,"必须在大地、在内心、在属于我们的埃及维护大自然的永恒……要脚踩大地跟世俗的不平作斗争;深入内心跟宗教的不公作斗争"②。在纳洛兹眼中,尼罗河、法老和圣·马克(St. Mark)是联系现代埃及和由埃及祖先们所开创的辉煌历史的纽带,也理应成为激发埃及人民族自尊心和自信心的文化符码,恰如达雷尔所写:"尼罗河……这绿色的河流在她孩子们的心间流淌。他们终将回归她的怀抱。法老的后代,太阳神的子孙,圣·马克的子民。他们定会找到充满光明的出生地。"③

此外,达雷尔还着力赞颂了纳洛兹类似古埃及丰饶之神的宗教神启的力量。在听纳洛兹演讲过程中,英国外交官普斯沃登似乎有一种被纳洛兹"受孕"(Fecundated!)了的感觉。"受孕"一词形象生动地描述了纳洛兹身上的男性气概和神性气质。纳洛兹反抗英国殖民统治的力量源自他对萨满教的信仰。普斯沃登曾对纳洛兹的公众演讲能力持怀疑态度:"长得像狒狒一样的纳洛兹能给在场观众讲些什么呢?"④出乎意料的是,纳洛兹却通过演讲完成了他作为萨满教徒的精神顿悟。普斯沃登惊叹道:"所有人仿佛受到电击一般,尽管我的阿拉伯语糟糕透顶!可那语音

---

① Michael V. Diboll. *Lawrence Durrell's Alexandria Quartet in Its Egyptian Context*. New York: The Edwin Mellen Press, 2004, p.58.
② Lawrence Durrell. *Mountolive*. New York: E. P. Dutton, 1961, p.30.
③ Ibid., 125.
④ Ibid., 123.

语调有像音乐一般的巨大感染力,蕴含着的凶猛与温柔的力量仿佛能把我们击倒在地。是否理解演讲的内容已不再重要。"①纳洛兹已经成为宗教神启力量的代言人,对英国在埃及业已动摇了的殖民秩序再度构成威胁。

纳洛兹一连几个星期待在孵卵室里工作的场面使其萨满教丰饶之神的形象不断丰满起来。萨满教专家米雷拉·伊利亚德指出在古老的萨满宗教仪式中鸡蛋常常被当作丰饶的象征。② 纳洛兹的父亲告诉利拉说:"纳洛兹把自己反锁在孵卵室里已经四十天了。"③纳洛兹将孵化工作视为与萨满神之间的一种交流。芒特奥利夫和利拉推开孵卵室的门打断了纳洛兹的孵化工作,达雷尔描写道:"他们闯入了坐落在悬崖边上的庙宇里的圣地。"④

纳洛兹将埃及科普特人反殖民的民族主义运动视为一场"圣战"(holy war);而普斯沃登则高度赞赏了纳洛兹在这场圣战中的宗教领导力:"阵阵熏香从大地中间向我们迎面扑来——天使与魔鬼寄居的地下世界……没人怀疑那位神谕的诅咒者——手持长鞭的人[纳洛兹]!我暗自思量着,他能领导一场宗教运动。"⑤如达雷尔所写,在沙漠中举行的宗教集会是纳洛兹团结埃及科普特人、组织反殖民武装斗争的有效途径。然而,不幸的是,奉行绥靖政策的埃及政府对残余英国殖民主义势力姑息迁就,以暗杀纳洛兹的方式镇压了他所领导的反殖民主义的宗教运动。

达雷尔将"丰饶之神"纳洛兹的死期设置在冬天,意在凸显纳洛兹反殖民主义的英雄形象。弗雷泽认为"《亚历山大四重奏》中纳洛兹的死是唯一一个英雄之死;纳洛兹身上展现出的原始暴力与温柔使其成为小说中绝无仅有的一位史诗般的英雄人物"⑥。纳洛兹化身为冬天里即将死

---

① Lawrence Durrell. *Mountolive*. New York: E. P. Dutton, 1961, pp. 124—125.
② Mirea Eliade. *Dreams, Myths, and Mysteries*. Trans. Philip Mairet. New York: Harper and Row, 1967, p. 216.
③ Lawrence Durrell. *Mountolive*. New York: E. P. Dutton, 1961, p. 26.
④ Ibid., 27.
⑤ Ibid., 124—125.
⑥ G. S. Fraser. *Lawrence Durrell: A Study*. London: Faber and Faber, 1973, p. 148.

去的虚弱的老国王。村民们用宽阔的紫色幕布包裹着纳洛兹的尸体,抬着它缓步前行,那肃穆的场面像是在举行一场宗教仪式。达雷尔将纳洛兹比喻成一位在与沙漠(真实的沙漠和英国的殖民统治)旷日持久的战争中"失败了的国王"(lost king),而他的臣民却期盼着他的重生。葬礼上,村民们跳着埃及远古时期流传下来的招魂舞,高声呼喊着纳洛兹的名字,希望能把他从死亡的睡眠中唤醒。

纳洛兹是 M. M. 巴赫金所说的"在[特定]民族历史时期里不断成长着的人物形象"①。小说中,纳洛兹身上展现出的青春活力令欧洲殖民者艳羡,甚至感到恐惧;纳洛兹成长、成熟和自我壮大的过程和从"妖魔"到"圣人"的身份转变是对殖民伦理中有关被殖民者"未发育完善的"和"邪恶的"孩子形象的颠覆性逆向重写。纳洛兹与埃及民族独立运动之间形成一种相互依托的共生关系;从某种角度看,纳洛兹的个人成长已成为埃及民族独立运动发展的缩影。达雷尔通过对纳洛兹被暗杀致死的描述,影射了埃及民族独立运动因奉行绥靖政策的埃及政府与英国殖民势力之间的勾结而遭受的重大挫折。

综上所述,在《亚历山大四重奏》中,达雷尔以后殖民重写的方式批判地审视了英国文学的"认知暴力"中所隐含的殖民伦理。达雷尔意在指出英国殖民者借助英国殖民文学的力量在妖魔化东方的同时,树立了殖民者的高大形象,编织了美妙的殖民神话。正如神话是时代的产物,时代的变迁终将导致神话的失效一样,随着埃及独立进程的推进,英国殖民文学美化殖民者、丑化被殖民"他者"的合法性也随之消失。小说中,达雷尔对西方"基督教"与东方"萨满教"进行了此消彼长的对比描写,讴歌了纳洛兹反殖民斗争中埃及传统文化与宗教神启的力量。"十字军战士"、《前进吧,基督战士》等带有基督教色彩的殖民宣传已成为禁锢英国外交官头脑、固化其殖民者伦理身份的"神圣幽灵",而信奉萨满教的"丰饶之神"纳洛兹却虽死犹生。通过对埃及贱民纳洛兹的崇高化描写,达雷尔进一步

---

① M. M. Bakhtin. "The Bildungsroman and Its Significance in the History of Realism." *Speech Genres and Other Late Essays*. Austin: University of Texas Press, 1986, p. 25.

批判了"白人种族优越论"以及殖民者与被殖民者之间"我主你仆"的殖民伦理关系。

二、场所与伦理释读

达雷尔出生于印度,12岁时在父亲安排下随母亲返回英国,短期居住于伦敦;此后,达雷尔曾先后旅居于科孚岛、法国巴黎、埃及开罗和亚历山大等地。旅居经历使达雷尔倍加关注人与场所、场所与伦理道德间的关系。小说中,达雷尔多次阐释了场所决定论的观点,如在《贾斯汀》开篇注解中达雷尔写道:"这本小说中的所有人物都是虚构的,包括叙述者的性格,与现实生活中的人物毫无相似之处。整部书中唯独城市是真实的"①,"人物是城市场所精神的延伸"②。达雷尔通过小说女主人公贾斯汀之口,对场所给人物施加的影响评论道:"我们被一种强大、非人的意志力所控制,那就是亚历山大城加于我们身上的重力场(gravitational field),我们是这重力场的受害者……"③"我们是场所的孩子;场所决定我们的行为,甚至还决定着我们对场所的看法。除此之外,我想不出更好的身份认同的方法。"④评论家博纳米·多布里认为:"亚历山大城居民的故事好似一副亚历山大城的'肖像画',城市赋予人物'生命'。"⑤透过小说,达雷尔似乎告诉读者:人的出生地或居住地不再是无关痛痒的自传性事件,而是决定人物性格与命运的重要因素。

小说中达雷尔对亚历山大城的描述涉及该特定场所内主人公的生活经验和实践活动,以及与此相关的伦理道德的反映。简言之,作为故事发生场所的亚历山大城是诸多"人化了的环境"(Human-made environment)⑥。

---

① Lawrence Durrell. *Justine*. New York: E. P. Dutton, 1961, p.9.
② Ibid., 175.
③ Ibid., 22.
④ Ibid., 41.
⑤ Bonamy Dobrée. *The Lamp and the Lute: Studies in Seven Authors* (Second Edition). London: Frank Cass, 1964, p.159.
⑥ Anduzej Zidleniec. "Preface." *Place and Social Theory*. London: Sage Publications Ltd., 2007, p.6.

英国当代著名伦理学家大卫·史密斯阐释了场所与伦理之间的关系：场所是个人或集体身份的核心，体现为建构和经历过该场所的人们高度重视的场所意识。史密斯的论述具有伦理道德的内涵，反映出在某种地理语境中人们的善、恶评价。实际上，场所或地方的确立与对它们的解读，从本质上讲都是人们那时那地道德观念的评价，即把伦理秩序或善恶美丑加于自然景观之上，依照经济或社会目的进行场所定位，并赋予场所一定的价值理念。①

以上论述虽然属于社会学范畴，但其中有关人与场所、场所与伦理之间关系的探讨却为达雷尔《亚历山大四重奏》中场所与伦理之间关系的释读提供了一个绝佳的批评范式。聂珍钊教授指出："不同历史时期的文学有其固定的属于特定历史的伦理环境和伦理语境，对文学的理解必须让文学回归属于它的伦理环境和伦理语境，这是理解文学的一个前提。"②《亚历山大四重奏》中，两次世界大战之间的亚历山大城既是一种共时性的物理存在，又是一种蕴含特定历史意义的历时性存在，为小说提供了一个相对客观、具体的后殖民背景下的伦理环境和伦理语境，是对达雷尔作品进行文学伦理学批评的"历史现场"③。从叙述者、殖民主义者和被殖民主义者的视角出发，达雷尔不仅对贴在亚历山大城伦理环境上的伦理标签进行了虚、实的解读，还揭示出亚历山大城"伦理真空"和"贱民的发言"地的双重伦理环境特征。

人们对某一场所中伦理环境的认知来自对与该场所相关的历史、文学及文化等元素的理解；理解的深刻与否直接决定着对场所中的伦理环境进行伦理评判的虚与实、是与非。从《亚历山大四重奏》的第一部小说《贾斯汀》到第三部小说《芒特奥利夫》，达雷尔对贴在亚历山大城伦理环境上的伦理标签的阐释经历了一个由虚到实的渐进过程。

---

① David Marshall Smith. *Moral Geographies: Ethics in a World of Difference*. Edinburgh: Edinburgh University Press, 2000, p.45.
② 聂珍钊：《文学伦理学批评：基本理论与术语》，《外国文学研究》2010年第1期，第19页。
③ 同上文，第20页。

《贾斯汀》中,第一人称叙述者达利(Darley)通过对莎士比亚戏剧《安东尼与克莉奥佩特拉》的互文指涉阐发了自己对亚历山大城伦理环境的标签式解读。戏剧中的埃及艳后克莉奥佩特拉化身为小说中犹太女主人公贾斯汀(Justine)。通过对贾斯汀荒淫的私生活的描述,达利给亚历山大城贴上了"欲望之都"的伦理标签。达利眼中的亚历山大是个"了不起的爱的榨汁器"①,而"道德沦丧"则是亚历山大"场所精神"(spirit of place)的最好诠释。虽然《亚历山大四重奏》自始至终不乏对贾斯汀"妖魔化"了的"欲女"形象的描述,但从《贾斯汀》到《芒特奥利夫》,读者能分辨出一条被"妖魔化"了的贾斯汀到被"神圣化"了的贾斯汀的叙事轨迹。《芒特奥利夫》中相对客观的第三人称叙事者通过对贾斯汀真实伦理身份的描述,揭掉了达利贴在亚历山大城伦理环境上的虚假的伦理标签,还原了事件的伦理真相。

《贾斯汀》中的女主人公贾斯汀与《安东尼与克莉奥佩特拉》中的克莉奥佩特拉有诸多相似之处,现代文本对莎士比亚经典文本的互文指涉凸显了亚历山大"欲望之都"这一伦理标签一脉相承的历史渊源。贾斯汀的丈夫纳西姆是亚历山大,甚至全埃及最富有的银行家之一,被人形象地称为埃及财经界的安东尼。像戏剧中的克莉奥佩特拉对罗马皇帝权势的依附一样,贾斯汀依靠纳西姆获得了显赫的社会地位,她的社会影响力几乎可以同克莉奥佩特拉等量齐观。小说中达利不止一次地将贾斯汀比作克莉奥佩特拉。达利写道:"她[贾斯汀]让我不由自主地联想到那些了不起的女王。她们身后留下的乱伦情史的刺鼻味道像漂浮在亚历山大城上空的乌云一般遮蔽着亚历山大人的潜意识。食人猫阿尔西诺是她的亲姐妹"②;"贾斯汀是亚历山大城真正的孩子,克莉奥佩特拉的后代"③;"她[贾斯汀]就是克莉奥(Cleo)。你能从莎士比亚的戏剧里读到有关她的一切"④。

---

① Lawrence Durrell. *Justine*. New York. E. P. Dutton, 1961, p.13.
② Ibid., 20.
③ Ibid., 27.
④ Ibid., 97.

通过对《安东尼与克莉奥佩特拉》的互文指涉，达利定义了亚历山大城伦理环境的内涵，阐释了以"场所精神"为表征的亚历山大伦理环境对人物伦理观的影响。贾斯汀的伦理观与亚历山大城的"风水"密不可分，是亚历山大城的"土壤、空气和景观"①作用于人身上的结果。巴萨泽（Balthazar）医生对达利说："城里所有的女人都是贾斯汀，你知道吗，她们不过是以贾斯汀不同变体的形式出现罢了。"②尽管纳西姆对贾斯汀恩爱有加，却无法阻止贾斯汀和达利以及英国外交官普斯沃登间的婚外恋。不仅如此，贾斯汀还与定居亚历山大的英国女画家克丽（Clea）之间有过一段鲜为人知的同性恋史。贾斯汀和克莉奥佩特拉一样表现出"雌雄同体"的双性意识和权力欲望。评论家简·拉古迪斯·品奇指出：贾斯汀是现代版的克莉奥佩特拉——是她所属种族的女王——她集"男性力量"（masculine power）和"女性情色"（feminine sensuality）于一身。③ 达利对贾斯汀的评价是："她有类似男性的思维，做起事来像男人一样果断利索。"④对权力的渴望是贾斯汀男性意志的一种体现；像克莉奥佩特拉一样，性爱则是贾斯汀满足自身权力欲望的唯一途径，因为"性爱所具有的功能涉及权利、体制和知识形态"⑤。很多批评家都将贾斯汀比作恶魔般的妖妇，如弗雷德里克·R.卡尔曾将贾斯汀比喻成吸血鬼，她展现出的"不是女性的吸引力，而是一种以折磨和摧毁男性为目的的恶魔精神"；然而卡尔还指出：贾斯汀同时也是受害者，受亚历山大城"场所精神"的影响和控制。⑥ 也就是说，贾斯汀的所作所为不受理性意识支配，是亚历山大

---

① Lawrence Durrell. *Justine*. New York: E. P. Dutton, 1961, p. 98.
② Ibid., 95.
③ Jane Lagoudis Pinchin. *Alexandria Still: Forster, Durrell, and Cavafy*. Princeton: Princeton University Press, 1977, p. 174.
④ Lawrence Durrell. *Justine*. New York: E. P. Dutton, 1961, p. 26.
⑤ Joseph A. Boone. *Libidinal Currents: Sexuality and the Shaping of Modernism*. Chicago: University Of Chicago Press, 1998, p. 1.
⑥ [美]Frederick R. Karl：《当代英国小说导读》，北京：外语教学与研究出版社，2005年，第51页。

"欲望之都"中"兽性因子"①起作用的必然结果。在《亚历山大四重奏》的前两部小说《贾斯汀》和《巴萨泽》中,达利对亚历山大城市居民的伦理现状总结如下:亚历山大城里的性爱缺乏意义,不过是肉欲的宣泄,而亚历山大人"如同行尸走肉一般,过着一种介于生、死之间,无序而混乱的生活"②。

将贾斯汀与克莉奥佩特拉画上等号的同时,达利已把"情欲"和"权欲"设定为描述亚历山大城伦理环境的核心词,然而两位女主人公真实崇高的伦理身份却不为达利所知。"莎士比亚塑造了许多女性形象,最出色者之一、同时在作品中又举足轻重的只有克氏[克莉奥佩特拉],她是一个由荡妇到贞女的逆转式人物,是具有双重性的女性形象。"③克莉奥佩特拉之所以委身于恺撒大帝和安东尼是为了通过与两位罗马掌权人联姻的方式确保埃及国家安全和埃及人民的和平生活。安东尼死后,克莉奥佩特拉本想投靠新一代罗马领导人屋大维,却获悉屋大维会把自己作为战利品拉出去游街示众。克莉奥佩特拉知道已经无法保全自己的尊严、国家的独立与完整,选择了自杀。由此可见,传说中埃及艳后克莉奥佩特拉荒淫的私生活背后隐藏着的却是为了抵御外族入侵、保护国家主权不受侵犯而舍生取义的圣女精神。

与克莉奥佩特拉相似,贾斯汀以身体为代价取得殖民主义者信任和换取情报的做法体现了她为国家、民族利益而献身的崇高的伦理旨归。在《亚历山大四重奏》前两部小说《贾斯汀》和《巴萨泽》中,达利对贾斯汀的"妖魔化"认识源于贾斯汀前夫留下的日记。贾斯汀被前夫通过所谓心理分析诊断为患有"慕男狂"(nymphomania)的精神疾病。幼年被强奸的精神创伤和女儿失踪的不幸是诱发该心理疾病的主要原因。至此,读者

---

① 聂珍钊:《文学伦理学批评:伦理选择与斯芬克斯因子》,《外国文学研究》2011 年第 6 期,第 4 页。

② Abdulla K. Badsha. *Durrell's Heraldic Universe and The Alexandria Quartet: A Subaltern View*. Diss. University of Wisconsin-Madison,2001,p.149.

③ 杨玉珍:《〈安东尼与克莉奥佩特拉〉主题新释》,《中州大学学报》2000 年第 2 期,第 37 页。

对被"妖魔化"了的贾斯汀似乎有了更为科学的理解。然而在《亚历山大四重奏》的第三部小说《芒特奥利夫》中,达雷尔对贾斯汀的刻画却有了一百八十度的逆转。在《贾斯汀》中,达利认为贾斯汀之所以同意与纳西姆结婚是想利用纳西姆的财富和社会关系寻找失踪已久的女儿。在《芒特奥利夫》中达雷尔揭示了这场婚姻背后的真正原因,即纳西姆希望通过与犹太女贾斯汀的结合取得亚历山大犹太人乃至全埃及犹太社区的支持,并以此来重振埃及科普特民族,实现埃及真正意义上的独立。① 原本因女儿失踪、婚姻破裂而一蹶不振的贾斯汀得知纳西姆计划的真相之后,决定与他结婚,并在参与纳西姆反英"阴谋"的过程中实现了自我价值。贾斯汀与达利及普斯沃登间的"婚外恋"实际上是帮助丈夫纳西姆获取英国情报的一种策略,是贾斯汀高尚爱国情操的体现。由此可见,"欲女""妖女"是强加在克莉奥佩特拉和贾斯汀身上的虚假的伦理身份,为国家、民族利益献身的"圣女"才是两位女性真实的伦理身份。

  文学伦理学批评强调"回到历史的伦理现场,站在当时的伦理立场上解读和阐释文学作品"②。"妖女"与"圣女"间的强烈反差源于达雷尔由表及里、由虚入实的双层叙事模式。《贾斯汀》是达雷尔的表层叙事文本,英国人达利是第一人称叙述者。理查德·派因将《亚历山大四重奏》视为一部有关达利的"教育小说"(Bildungsroman)③,叙述了达利思想成熟的过程。《贾斯汀》中初为作家的达利表现出强烈的自我意识,"我[达利]要在脑海中重建这座城市"④,却被亚历山大城的浮华和贾斯汀"堕落私生活"的表象所迷惑。他自然而然地联想到历史上曾经盛极一时、物欲横流的亚历山大和埃及艳后克莉奥佩特拉。然而,在第三部小说《芒特奥利夫》中达雷尔将不可靠的第一人称叙述者达利替换成客观、冷静的第三人

---

  ① Lawrence Durrell. *Mountolive*. New York: E. P. Dutton, 1961, p.204.
  ② 聂珍钊:《文学伦理学批评:基本理论与术语》,《外国文学研究》2010 年第 1 期,第 14 页。
  ③ Richard Pine. *Lawrence Durrell: The Mindscape*. New York: St. Martin's Press, 1994, p.171. 关于"Bildungsroman"的译名"教育小说",详见本书第三章的论述。
  ④ Lawrence Durrell. *Justine*. New York: E. P. Dutton, 1961, p.15.

称叙述者,展现出亚历山大城伦理环境的真实一面。与克莉奥佩特拉一样,贾斯汀的"堕落"是反抗英国殖民主义的手段。前两部小说中以"妖女"身份出现的贾斯汀也因此被推举到了"圣女"的神坛上,因此达利最初用来界定亚历山大城伦理环境的核心词便由"情欲"和"权欲"转变成"爱国主义"和"自我牺牲精神"。

小说《芒特奥利夫》开始,由于缺乏对后殖民语境下亚历山大伦理环境的正确认知,英国驻埃及第一任大使芒特奥利夫把对亚历山大城的想象凌驾于现实之上,构建出一个虚拟的"异托邦"。达雷尔在书中这样写道:"他[芒特奥利夫]已经将想象中完整、巨大的世界移植到这片赋予他新生的土地上了。"①小说中芒特奥利夫构建的亚历山大"异托邦"是一个充满殖民主义和浪漫主义伦理冲突的"打气筒"。两种观念之间的剧烈冲撞、彼此消解形成令芒特奥利夫窒息的亚历山大伦理真空。以亚历山大为背景,达雷尔用"囚在打气筒里的猫"这一后殖民寓言来形容埃及独立运动兴起之后,芒特奥利夫政治上生不逢时的伦理困境。

"打气筒"的一端是帝国不死的野心和芒特奥利夫强大的政治力比多,而另一端却是一个因大英帝国日渐衰落而造成的日渐狭窄的发泄口。芒特奥利夫满怀抱负想要在埃及建功立业,然而突变的政治环境使芒特奥利夫陷入殖民主义者的伦理困境之中:"他[芒特奥利夫]的生命仿佛深埋地下的暗流,与虚假的现实世界不相容,在这个世界里外交官的生活令人窒息,那种感觉就像一只困在打气筒里的猫。"②芒特奥利夫对英国驻埃及"高级专员公署"制度下的殖民主义伦理秩序记忆犹新,然而物是人非,后殖民语境下亚历山大城的伦理环境已与芒特奥利夫想象中的伦理环境截然相反。

通过英国驻埃及大使馆里的工作人员对刚上任的芒特奥利夫的一番话,达雷尔为读者大致勾勒出了英国殖民主义者在埃及后殖民语境下的伦理困境:

---

① Lawrence Durrell. *Mountolive*. New York: E. P. Dutton, 1961, p. 22.
② Ibid., 56.

1918年以后逐个建立起来的,为"高级专员公署"服务的英国机构相继脱离了英国殖民体制,"公署"被"大使馆"取代。这里的一切杂乱无章,有一大堆事情正等您做决定。过去的一年半时间里,使馆一直处于"假死"(suspended animation)状态。使馆群龙无首,工作人员像无依无靠的孤儿一样,整日为自己的命运担惊受怕。①

小说主人公芒特奥利夫年富力强,受过良好的教育和外交训练,是维护大英帝国海外殖民主义统治的精英。在同僚与埃及政界眼中芒特奥利夫是一位"严格的、理性的、永远精明强干的年轻的拉吉"②,因肩负治理殖民地的帝国责任而表现出殖民主义者的使命感和优越感。

　　作为年轻人,他[芒特奥利夫]的未来不可限量,所以[英国政府]为了提高他的阿拉伯语水平,派他去埃及亚历山大学习一年。他有幸发现自己竟隶属于"高级专员公署",并等待"公署"给他委派职务;如今他已是大使馆的秘书,对未来外交工作中的责任和义务早已了如指掌。③

芒特奥利夫本以为荣升大使后,自己能从常年以服从为天职的低层次外交工作中解放出来,代表大英帝国自由地行使殖民主义海外权力,然而《英-埃条约》的签署却粉碎了他作为殖民主义者统治埃及的伦理构想。"1936年埃及国民党与英国政府签署的《英-埃条约》废除了英国在埃及设立的高级专员公署制度。英国对埃及统治削弱的事实已经公开化了。"④芒特奥利夫意识到他的殖民主义政治抱负不过是痴人说梦,软弱无力的大英帝国已在原殖民地"丧失了最基本的行动能力"⑤。尽管芒特奥利夫渴望成为吉卜林笔下所向披靡的帝国英雄,但同时也对时局心知

---

① Lawrence Durrell. *Mountolive*. New York: E. P. Dutton, 1961, p. 91.
② [美]爱德华·W. 萨义德:《东方学》,王宇根译,北京:生活·读书·新知三联书店, 2007年,第52页。
③ Lawrence Durrell. *Mountolive*. New York: E. P. Dutton, 1961, p. 11.
④ Abdul-Qader Abdullah Khattab. *Encountering the Non-western Other in Lawrence Durrell's* The Alexandria Quartet. Diss. Ohio University, 1999, p. 92.
⑤ Lawrence Durrell. *Mountolive*. New York: E. P. Dutton, 1961, p. 104.

肚明,即英国人"再也不能像以前高级专员公署时期那样对埃及发号施令了"①。

亚历山大城的后殖民伦理环境已然构成囚禁芒特奥利夫的伦理真空,达雷尔将他形象地比喻为"困在打气筒里的猫"。小说开篇,达雷尔对芒特奥利夫与利拉之间情史的描写是为此后的伦理冲突而预设的"伦理结",也是芒特奥利夫"伦理混乱"(ethical confusion)②的缘由。面对爱情与殖民政治之间不可调和的矛盾,芒特奥利夫丧失了对浪漫主义和殖民主义伦理观的把握。芒特奥利夫掌握的阿拉伯语与东方文化的知识好似"芝麻开门"的咒语——打开东方大门的一把钥匙,而这把钥匙在他手中却失去了魔力。相反,非但没有叩开埃及这一东方古国的大门,"芒特奥利夫的语言钥匙却为读者开启了一扇洞察其心灵深处的窗户,隐藏其后的是芒特奥利夫意欲占有东方他者的性心理"③。芒特奥利夫眼中的埃及恰如一位神秘的东方女性,对埃及的殖民统治如同对"无声的"东方女性的占有。芒特奥利夫自始至终将埃及与情人利拉联系在一起,在他心目中埃及即是利拉、利拉即是埃及。然而芒特奥利夫既是殖民主义统治的执行者又是受害者,他被以"占有东方"为核心的帝国伦理观所束缚。伴随着埃及日渐独立和英国海外殖民主义影响力的削弱,芒特奥利夫不能再像"观察显微镜下的昆虫"④那样居高临下地对待东方他者了;相反,芒特奥利夫清楚地意识到他"已经置身于自我想象所绘制的画卷之中"⑤,被自我编织的以利拉为主人公的埃及梦所困。受对昔日情人利拉感情的牵绊,芒特奥利夫一再姑息迁就纳西姆的反英阴谋。英国外交官普斯沃登因未能及早发现纳西姆的反英阴谋而畏罪自杀,这一事件终将芒特奥利夫从他的埃及梦中惊醒。虽然芒特奥利夫已经感受到伦理真空

---

① Lawrence Durrell. *Mountolive*. New York: E. P. Dutton, 1961, p.251.
② 聂珍钊:《文学伦理学批评:基本理论与术语》,《外国文学研究》2010年第1期,第21页。
③ Michael V. Diboll. *Lawrence Durrell's* Alexandria Quartet *in Its Egyptian Context*. New York: The Edwin Mellen Press, 2004, p.177.
④ Ibid., 178.
⑤ Lawrence Durrell. *Mountolive*. New York: E. P. Dutton, 1961, p.22.

对一个殖民主义政治家的威胁,但为时已晚,他已无法阻止纳西姆的反英阴谋。将此事告知埃及当局之后,芒特奥利夫能做的就只有像"困在打气筒里的猫"那样,无助地等待着命运之神的安排。

  此外,达雷尔还用了一系列类似"打气筒"的比喻,来刻画芒特奥利夫在亚历山大"异托邦"里的伦理真空,如政治家背负的十字架、埃及的坟墓、被关在装有镜子的笼子里的鸟儿和小人国里的格列佛等。在证实了纳西姆反英阴谋之后,芒特奥利夫意识到自己捅了马蜂窝。像身陷理智与情感间的冲突无法自拔的政治家一样,芒特奥利夫背上了沉重的十字架。获知普斯沃登、达利等英国外交人员也卷入了纳西姆反英阴谋中的消息后,芒特奥利夫心灰意冷,认为"自己的内心世界像古老的埃及坟墓那样满是灰尘、令人窒息"①。其次,芒特奥利夫认识到他对纳西姆的信任源自对利拉的感情;然而经历了一系列事件后,芒特奥利夫突然意识到利拉或许才是纳西姆反英阴谋的真正策划者,而利拉对他的爱可能从一开始就是这场阴谋的一个组成部分。芒特奥利夫对20年前与利拉之间海誓山盟的爱情失去了信心,他感叹道:"被关在装有镜子的笼子里的鸟儿为想象中的同伴歌唱,可是那些同伴竟然只是自己在镜子里的反射!那歌声令人心碎,那是因爱情幻灭而发出的哀鸣!"②故事临近结尾,沮丧、愤懑的芒特奥利夫在土耳其小酒馆里借酒浇愁,却被一貌似智者的老头误导去了女童妓院。芒特奥利夫被幼小的妓女们包围袭击,"就像格列佛到了小人国"③。芒特奥利夫将那些幼妓比作老鼠,而他则是一只掉到鼠窝里的猫。芒特奥利夫心目中以利拉为象征的埃及顿时失去了往日魅力,身心俱疲的芒特奥利夫希望早一天被调离,摆脱"打气筒"般令人窒息的亚历山大伦理真空。

  芒特奥利夫之所以成为"困在打气筒里的猫"是他所遵循的两种伦理原则间矛盾冲突的必然结果。首先,身为大使的芒特奥利夫遵循殖民主

---

① Lawrence Durrell. *Mountolive*. New York: E. P. Dutton, 1961, p.191.
② Ibid., 286.
③ Ibid., 291.

义政治伦理规范下的"现实原则"(reality principle)①。这一原则贯穿芒特奥利夫政治生涯始终。达雷尔借芒特奥利夫的大使制服比喻殖民主义者遵循的刻板、严格的伦理规约。

走下飞机,芒特奥利夫试着上前与欢迎的人群握手,然而他身上的制服却改变了一切。一种莫名的孤独感突然向他袭来——他似乎意识到为了换取人们的尊重他必须永远放弃与普通人之间的友谊。他的制服好似中世纪的锁子甲将他包裹其中,让他与世隔绝。②

在"现实原则"的高压下,芒特奥利夫无法挣脱英国殖民主义伦理秩序,逾越东西方的鸿沟。其次,受东方"他者"利拉的影响,芒特奥利夫遵循情感伦理下的"快乐原则"(pleasure principle)③,表现为个人情欲的达成。在"快乐原则"驱使下芒特奥利夫忘却了驻埃大使的责任和义务,将个人情感生活与殖民主义政治生活混为一谈。埃及化身的年轻美丽的利拉和被天花夺取美貌的年老的利拉在小说中的对比具有双重隐喻:从芒特奥利夫殖民主义者的视角出发,这一对比预示着帝国精英对东方他者美妙幻想的破灭;从以利拉为代表的被殖民主义者的视角出发,既然芒特奥利夫已将利拉与埃及画上了等号,那么天花则象征着殖民主义对东方古国破坏性统治的恶果。达雷尔试图运用这一隐喻表明东西方之间的殖民与反殖民的斗争并非浪漫的爱情所能调和;小说结尾,生存于亚历山大伦理真空中的芒特奥利夫迷失了自我,谱写了一曲帝国精英殖民主义埃及梦幻灭的挽歌。

J.邓肯认为可以用各种传统符号对某一场所中的群体成员及其社会身份进行编码,这能让"个体讲述有关自己和所处社会结构的伦理故

---

① [奥]弗洛伊德:《弗洛伊德文选——论无意识与艺术》,北京:中国人民大学出版社,1998年,第21页。
② Lawrence Durrell. *Mountolive*. New York: E. P. Dutton, 1961, p.131.
③ [奥]弗洛伊德:《弗洛伊德文选——论无意识与艺术》,北京:中国人民大学出版社,1998年,第21页。

事"①。《芒特奥利夫》中,达雷尔将芒特奥利夫符号化为一类殖民主义者的代表,并通过他讲述了后殖民语境下原殖民主义者在亚历山大城伦理真空里的故事。除此之外,以著名后殖民理论家佳亚特里·斯皮瓦克的思想为出发点,笔者发现达雷尔在作品中对"贱民能否发言?"的问题给出了较为清晰和肯定的回答。亚历山大贵妇利拉和她的长子纳西姆以反父权、反殖民精英的形象出现,成为贱民之后殖民新伦理秩序的代言人,给亚历山大后殖民语境下的伦理环境注入了新的活力。

斯皮瓦克在《贱民能否发言?》中经分析得出女性贱民失声的主要原因在于:帝国主义势力与阶级压迫和性别压抑纠缠在一起。"妇女的解放运动往往从属或让位于民族解放运动,民族精英分子往往与当下权力结构结成共谋(complicity),女性贱民因此成为帝国主义霸权和男权统治的双重牺牲品。"②通过阐述,斯皮瓦克得出如下思想,即"只有当贱民能够被倾听,他们才能够发言,才可以进入有效的社会抵抗结构,而有可能成为葛兰西所说的能够参加对社会的干预,担负起社会的伦理责任的有机知识分子,到那时,贱民将不复存在"③。《芒特奥利夫》中,利拉既是埃及富商的妻子又是英国大使的情人。她将反父权与反殖民的斗争合二为一,塑造了独立的现代埃及女性形象。在与父权"他者"(丈夫霍斯南尼)和殖民"他者"(情人芒特奥利夫)的对话中,利拉抒发了对自由意志的伦理诉求。

利拉是开罗大学的高才生,接受过上等的欧洲教育,是欧化了的埃及女性的代表。她的社会活动能力重新定义了她在后殖民语境下"女性贱民"的伦理身份。对欧洲知识的摄取和对欧洲语言的习得是她反抗埃及父权社会性别歧视的有力武器。经父母包办,利拉嫁给了比自己大二十

---

① J. Duncan. "Elite Landscape as Cultural (Re)production: The Case of Shaughnessy Heights." *Inventing Places: Studies in Cultural Geography*. Ed. Anderson, K. Gale, F. Melbourne: Longman Cheshire, 1992, pp. 37—51, p. 39.

② 曹莉:《后殖民批评的政治伦理选择:以斯皮瓦克为例》,《外国文学研究》2006 年第 3 期,第 26 页。

③ 同上文,第 27 页。

几岁的埃及富商法尔陶斯·霍斯南尼。利拉与丈夫分别来自埃及两个最富有的科普特家族,两者的婚姻没有感情基础可言,倒更像是"公司间的合并"①。婚后的利拉没有过养尊处优的埃及贵妇生活,她"利用闲暇时间博览群书"②;利拉的美丽和智慧让她在亚历山大上流社会赢得了"黑燕子"(the dark swallow)的美誉。利拉对知识的渴求、对社交生活的参与和与芒特奥利夫的"婚外恋"都是她反抗父权,建立埃及女性新伦理秩序的诸多表现形式。

阿兰·沃伦·弗莱德曼认为利拉"不能独立存在,究其本质只是芒特奥利夫的一个他我(alter-ego),一块可靠而适合的发音板"③。弗莱德曼的论断有失偏颇,因为利拉对芒特奥利夫的影响是不可忽视的。随着芒特奥利夫与利拉之间恋人关系的确立,芒特奥利夫感到"英国远在万里之外;他的过去如同蛇蜕皮一样离他而去"④;芒特奥利夫在忘记过去的同时还忘记了自己作为殖民主义者的伦理身份和责任。初为外交官,原本来亚历山大学习当地风俗习惯的芒特奥利夫不无惊讶地感叹道:"难道这就是来此学习的真正意义之所在吗?"⑤尽管芒特奥利夫将利拉视为等待他去征服和占有的东方女性,但成熟、果敢的利拉绝非福楼拜笔下被动、顺从的哈内姆。利拉远比西方殖民主义者芒特奥利夫成熟得多,"在她的指导下[芒特奥利夫]成长起来"⑥。迪博尔指出:"实际上,受东方女性[利拉]'他者'的影响,芒特奥利夫的欧洲男性气质发生了改变"⑦,上文中所提到的芒特奥利夫因念及旧情而在政治决策上的失误便是最好的例证。

---

① Lawrence Durrell. *Mountolive*. New York: E. P. Dutton, 1961, p. 23.
② Ibid.
③ Alan Warren Friedman. *Lawrence Durrell and* The Alexandria Quartet: *Art for Love's Sake*. Oklahoma: University of Oklahoma Press, 1970, p. 117.
④ Lawrence Durrell. *Mountolive*. New York: E. P. Dutton, 1961, p. 20.
⑤ Ibid., 22.
⑥ Ibid., 30.
⑦ Michael V. Diboll. *Lawrence Durrell's* Alexandria Quartet *in Its Egyptian Context*. New York: The Edwin Mellen Press, 2004, p. 180.

霍斯南尼家族是埃及科普特少数民族，该家族的发展史从某种程度上映射了埃及国民党的党史和埃及"贱民"在反殖民主义斗争中的不同声音及伦理观念的变化。小说中利拉的丈夫、利拉以及利拉的长子纳西姆则可被分别视为：第一代、第二代和第三代埃及国民党人的代表。利拉的丈夫代表了"奉行亲欧政治主张的老一代埃及国民党人"，而他们"此时早已退出历史舞台"。①"女性贱民"利拉反殖民主义的温和情感策略不能从根本上解决问题。弗朗茨·法农指出被殖民者们的唯一出路是暴力反抗殖民主义压迫，"（暴力）冲突之后消失的不仅仅是殖民主义，还有土著居民被殖民者身份"②。在绥靖政策和温情策略失效的情况下，纳西姆领导的"暴力抗英"行动成为亚历山大后殖民语境下最强大的"贱民"之声。

以纳西姆为首的亚历山大埃及精英通过欧化，或曰"模仿"成功掩盖了他们的抗英行动，对英国在埃及文化和政治上的殖民统治形成了威胁。通过接受西方教育和文化，纳西姆能够"模仿"殖民主义者的言行，取得他们的信任，和他们打成一片。受过良好欧洲教育的埃及精英是殖民主义者心目中理想化了的被殖民者的形象，这为前者的抗英行动提供了伪装。霍米·K. 巴巴指出"模仿"具有伪装和监视（camouflage and surveillance）的双重作用，埃及精英们的欧化教育、与英国殖民者之间的密切联系"增强了［被殖民者对殖民者的］监视能力，对殖民者在埃及'正常化了的'知识（'normalized' knowledges）和惩戒性的政权力量（disciplinary powers）来说是一种内在威胁"③。

纳西姆反抗英国殖民统治，实现埃及独立的爱国主义伦理观与科普特民族自豪感紧密相连，构成了那个时期亚历山大后殖民语境下伦理环境的核心。科普特精英世代以来在埃及政界、经济界担任重要职务，为埃

---

① Janice Terry. *The Wafd*: 1919—1952: *The Cornerstone of Egyptian Political Power*. London: Third World Research and Publishing, 1982, p. 226.
② Frantz Fanon. *The Wretched of the Earth*. London: Penguin Books Ltd., 1990, p. 246.
③ Homi K. Bhabha. *The Location of Culture*. London and New York: Routledge Classics, 2004, p. 123.

及的发展做出过显著贡献。然而随着英国殖民主义者的到来,科普特人被渐渐排挤出埃及政坛。埃及科普特精英通过组织和加入埃及国民党的方式重新参与到埃及政治生活中,获得了反抗殖民主义的话语权。历史学家贾尼丝·特里提出停战日(1918 年 11 月 11 日)之后,在 1918 年 11 月 13 日当天受过欧洲教育的埃及有志之士,其中包括大量科普特人,组建了一个以阿拉伯语"Wafd"(即后来的埃及国民党)命名的代表团与英国政府谈判,希望在第一次世界大战后立刻取得国家独立。① 值得注意的是芒特奥利夫第一次接触霍斯南尼家族的时间恰好也在 1918 年 11 月 13 日。谈到科普特人与埃及国民党之间的关系时,特里指出"科普特人参与埃及国民党不仅能起到统一国家的作用,还为该党输送了许多远见卓识的战略家"②。因此埃及国民党的活动常被一些较为保守的英国殖民主义者,如小说中英国驻埃及情报主任马斯克林,看成"科普特人的阴谋"(A conspiracy among the Copts)③。

埃及科普特民族主义是纳西姆试图冲破亚历山大英国殖民统治束缚的原动力,也是亚历山大后殖民语境下新伦理秩序的重要组成部分。毕业于英国牛津大学的纳西姆本可以成为有名的埃及外交官,然而在英国殖民统治期间,科普特人失去了政治权利,纳西姆不得不退而求其次,成了埃及银行家。从某种程度上讲,政治生活中的被边缘化是纳西姆反英行动的触发因素。纳西姆不但在经济上资助巴勒斯坦国(Palestine State)的成立,而且还参与秘密策划其中的细节,包括向巴勒斯坦走私军火等,以达到暴力反抗英国近东殖民统治,进而动摇英国在埃及乃至地中海地区殖民统治的目的。纳西姆对贾斯汀说"如果犹太人在巴勒斯坦获得自由,那么我们大家的日子都会好起来。我们唯一的希望是……赶走外国人"④。

---

① Janice Terry. *The Wafd*: 1919—1952: *The Cornerstone of Egyptian Political Power*. London: Third World Research and Publishing, 1982, pp. 71—74.
② Ibid., 79.
③ Lawrence Durrell. *Mountolive*. New York: E. P. Dutton, 1961, p. 107.
④ Ibid., 200.

《芒特奥利夫》结尾,利拉归隐庄园;财产被埃及政府没收后,纳西姆被扣留在亚历山大成了一名消防车驾驶员,至此"贱民"似乎失去了声音;然而与深陷亚历山大伦理真空中的芒特奥利夫相比,利拉和纳西姆却因对亚历山大后殖民语境下新伦理秩序的创造而对未来充满希望。萨特在《大地上受苦的人》的前言中写道"回旋开始了;土著居民重塑自我,而我们,定居者们和欧洲人……却分裂了"①。利拉和纳西姆虽壮志未酬,但我们仍可从小说的字里行间听到他们反父权、反殖民主义的振聋发聩的"贱民"之声。

文学中的场所、地点并非真实存在;即便如此,通过对生活在虚拟社区中的文学人物的分析,读者却能参照文学文本对现实生活中特定历史时期、特定场所的伦理环境中人们的伦理观念有所认知。大卫·史密斯认为"社区观念是场所与伦理道德相结合的最清晰表述"②。达雷尔选取特定历史语境下的亚历山大城为小说人物生活的社区,通过对城中殖民主义者与被殖民者之间复杂伦理关系的描写为读者展示出一副后殖民语境下亚历山大城的伦理环境全景图。作为长期旅居他乡的世界公民,达雷尔以不偏不倚、既非东方又非西方的"第三者"身份通过小说展现出对亚历山大城伦理环境的虚、实解读。作为故事发生的场所,达雷尔笔下的亚历山大城不是一种简单、无机的物理存在,它集历史、文化(包括文学)和政治等多重元素于一身,在宏大的历史叙事中获得了生命力。透过小说,达雷尔强调对亚历山大被人化了的场所的共时性和历时性阐释在揭示亚历山大城伦理环境和人物伦理价值取向时的重要作用。

第二节 奈保尔《河湾》中"逃避主题"的政治伦理内涵

亚里士多德在《政治学》中曾有"人本质上是政治动物"(Man is by

---

① Jean-Paul Sartre. "Preface." Frantz Fanon. *The Wretched of the Earth*. London: Penguin Books Ltd., 1990, p. 23.

② David Marshall Smith. *Moral Geographies: Ethics in a World of Difference*. Edinburgh: Edinburgh University Press, 2000, p. 77.

nature a political animal)①的论述;除此之外,亚里士多德还强调了人在社会、政治活动中所具有的言语和伦理道德判断能力,认为:"政治是有关人之善的科学。"②不仅如此,人的伦理判断与选择会受到特定政治环境的影响,因此在各种政治因素影响下所作出的伦理选择也可被称为政治伦理选择。奈保尔小说中的第一人称叙述者(如《米格尔大街》和《河湾》中的主人公)常以阴暗、原始、野蛮和低级为关键词来描述他们的生存环境(如独立前的英属特立尼达和非洲③)。《河湾》出版后,奈保尔在访谈中也曾直言不讳地说:"非洲没有未来(Africa has no future)。"④既然书内书外皆充满消极与无奈情绪的宣泄,无怪乎国内外评论者们几乎普遍认为奈保尔是个悲观主义的宿命论者和逃避主义者。然而,事实并非如此。以《河湾》为例,笔者认为奈保尔"非洲没有未来"的论断并不可信。该小说深含作者后殖民语境下对主人公政治伦理选择紧迫感的诠释,这诠释本身即可证明奈保尔对非洲未来的关注与希望,因为伦理选择不仅意味着个人身份的确立,它更涉及对未来社会以及人与社会之间和谐关系的美好憧憬。

从上述观点出发,本节试图回答《河湾》中"主人公逃避什么?""为何逃避?"和"主人公逃避行为以及无处可逃的伦理启示是什么?"等问题,并以此揭示奈保尔该小说中"逃避主题"的政治伦理内涵。

---

① Aristotle. *The Politics*. Trans. Carnes Lord. Chicago and London: The University of Chicago Press, 1984, p. 37.
② See Aristotle. *The Nicomachean Ethics*. Trans. David Ross. Oxford and New York: Oxford University Press, 2009, p. 4. 原文是:"The science of the human good is politics."
③ See Helen Hayward. *The Enigma of V. S. Naipaul*. New York: Palgrave Macmillan, 2002, p. 175. 严格意义上讲,奈保尔《河湾》中所说的非洲,以及小说中提及的"非洲腹地"和"非洲中部的新国家"的所指都应是"扎伊尔"(Zaire)。因为《河湾》的创作以奈保尔的《刚果日记》(*A Congo Diary*)和《刚果新国王:蒙博托和非洲的虚无主义》("A New King for the Congo: Mobutu and the Nihilism of Africa")为蓝本,而上述两个作品的写作素材均来自奈保尔1975年在扎伊尔的旅行见闻。
④ Elizabeth Handwick. "Meeting V. S. Naipaul." *New York Times Book Review*, May 13, 1979, pp. 1—36.

一、"逃避"与自我求证

小说《河湾》以第一人称叙事者萨林姆(Salim)远离非洲东海岸老家进入非洲腹地经商的故事开始,由此引出包括萨林姆在内的一系列小说主人公,如因达尔(Indar)、纳扎努丁(Nazruddin)和墨迪(Metty)等人的逃避行为。在奈保尔小说创作中有关逃避现实主义者的刻画可谓比比皆是,因此有评论家干脆将奈保尔的作品称为"混乱与逃避小说"①。虽从小说的表层叙述上看,毫无疑问,主人公们的确以不同方式逃避各种混乱处境,但笔者认为不能轻易不加区分地给他们贴上"逃避责任""逃避自我"的标签。以萨林姆为例,逃避过程既是他对非洲后殖民政治环境的认知和适应,又是关于"我是谁?"和"对谁肩负何种责任?"等伦理身份问题的自我求证。

萨林姆的逃避因涉及地理位置上的迁移也可被视为一种自我流放。罗布·尼克松认为可以从两个方面来理解流放(exile)的原因,即"促使流放者离家的动因中,暴力与选择因素所占比例如何,以及流放者对出生地持何种态度"②。萨林姆对非洲去殖民化后日益迫近的动荡政局和暴力流血事件心生恐惧,对一成不变、毫无生气的生活感到厌倦。自我流放成为萨林姆合乎情理的选择。他在逃避中展示出探险和重塑自我的意志。在非洲去殖民化的语境下,上述意志的产生与抒发促使萨林姆和像萨林姆一样的非洲年轻一代进行新一轮的伦理判断与选择。

英国执政当局发行的"阿拉伯独桅帆船"的邮票令萨林姆顿时产生了"我们这个群体已经落伍了"③的不安全感。萨林姆起初认为这只是个人软弱的表现,但很快他便发现这应归因于所属群体政治态度上故步自封和宗教信仰上的自欺欺人。萨林姆发现,欧洲人的殖民政治给这原本无

---

① Louis Simpson. "Disorder and Escape in the Fiction of V. S. Naipaul." *The Hudson Review*, Vol. 37, 4 (Winter, 1984—1985): 571—577.
② Rob Nixon. *London Calling V. S. Naipaul, Postcolonial Mandarin*. New York: Oxford University Press, 1992, p. 22.
③ [英]V. S. 奈保尔:《河湾》,方柏林译,南京:译林出版社,2013年,第15页。

始无终的非洲大陆带来了历史,自己的阿拉伯祖先此前在非洲的功绩与欧洲贯穿非洲大陆的殖民统治相比不过是凤毛麟角。出生于有钱人家庭的同龄伙伴因达尔在他面前展现出的高人一等的优越感和对非洲政局的远见同样令萨林姆瞠目不知所措。欧洲人和因达尔在政治、文化和智力层面给萨林姆施加了"认知的暴力"。不仅如此,获知北方内地部落发动的血腥叛乱和英国政府镇压叛乱失败的消息,萨林姆感受到"山雨欲来风满楼"的暴力威胁。虽然萨林姆想和家人一样回避政治话题,然而去殖民化后的非洲政治问题已深切影响到了人们的日常生活。新的政治局势令萨林姆怀揣不安与焦虑,促使他"穷则思变"。

正如因达尔所说的那样"要想在非洲站稳,不强大不行"①,萨林姆于是决定"逃避"现实,离开家园,但萨林姆的"逃避"是为了去干一番事业,对家族有所奉献,这使他的"逃避"获得了较为高尚的伦理意义。萨林姆原本可以选择与父亲的朋友纳扎努丁的女儿结婚,在东海岸过稳定安逸的家庭生活,然而在实现自我和追寻祖先足迹谋求商业成功的使命感驱动下,萨林姆决定放弃现有的一切,向未知且充满危险的非洲内陆丛林进发。

萨林姆阐释了自己是非洲人又不是非洲人的混杂身份,这一身份也是萨林姆种族与家庭使命感的源泉。身为印度穆斯林后裔,萨林姆认为自己与曾在非洲称雄的阿拉伯人有紧密的种族血缘关系,因此"我[萨林姆]为阿拉伯人担忧,我也为我们自己担忧。因为就权势而言,阿拉伯人和我们差不多。我们都是生活在大陆边缘,都是生活在欧洲国旗之下的小群体"②。欧洲人代替阿拉伯人成为非洲的统治者,然而殖民者势力的兴衰恰如季节的变换,如今欧洲人在非洲的殖民统治岌岌可危。阿拉伯人曾远征过的非洲腹地现在正逐渐摆脱欧洲的殖民统治。在这种政治局势下,萨林姆"逃避"非洲东海岸生活前往非洲腹地经商的选择从某种意义上仿佛带有种族复兴的意义。

自出版之日起,评论家们就将《河湾》与约瑟夫·康拉德的小说《黑暗

---

① [英]V. S. 奈保尔:《河湾》,方柏林译,南京:译林出版社,2013年,第18页。
② 同上。

之心》相提并论,称奈保尔为"最黑暗的康拉德"(the Darkest Conrad),将前往"黑暗之心"定居的萨林姆比作鲁滨逊·克鲁索(Robinson Crusoe),将逃离"黑暗之心"的萨林姆比作马洛(Marlow)。① 上述类比不无道理,因为萨林姆身上确实展现出如鲁滨逊一般的节制、禁欲和实用主义精神;离开丛林时的萨林姆也确如马洛一样因见证了丛林的黑暗而大惊失色。然而,评论家们却忽视了萨林姆并非欧洲殖民者这样一个事实。商业盈利、实现自我才是萨林姆起初廉价购买纳扎努丁亏损店铺的主要动因。财富的积累不仅能给萨林姆带来社会地位和安全感,还能让他在资源匮乏的丛林深处过上殖民时期只有欧洲人才能过上的生活。"大人物"到来之前,萨林姆的老板身份足以满足他的虚荣心。以扎贝思(Zabeth)为代表的本地商贩称他为"老爷";因家乡战乱而前来投奔的仆人墨迪帮他打理生意;萨林姆能够经常光顾殖民时期为欧洲人开设的酒吧和高尔夫球场。由此可见,在殖民政治结束和新国家政治诞生之前的这段政治权力真空期内,萨林姆正逐渐实现着殷实的小资产阶级的生活梦想。

萨林姆是个有良知的商人。萨林姆向丛林小商贩扎贝思推荐新产品,希望借此改善丛林人的生活,改变他们对外部世界与事物的封闭态度。经商之余,萨林姆担当起了当地非洲年轻人教育者的角色,指出并纠正了墨迪和费尔迪南的错误思想,帮助他们成长。萨林姆还是非洲文化遗产的保护者。去殖民化后,很多殖民时期留下来的物品被当作文物加以买卖,谋取牟利。萨林姆把他人从学校偷来的从殖民时代后期传到现在的公立学校账簿还给了学校。非洲热爱者和保护者惠斯曼斯神父遇害身亡令萨林姆痛心疾首。由此可见,萨林姆并非不负责任的"将逃避作为一种生存手段的局外人(outsider)"②。从日常生活、非洲年轻人的教育到非洲文物保护,萨林姆因深入当地非洲生活的方方面面,自发肩负起了

---

① John Thieme. *The Web of Tradition Use of Allusion in V. S. Naipaul's Fiction*. Hertford: Dangaro Press and Hansib Publications, 1987, pp. 163—180.

② See Helen Hayward. *The Enigma of V. S. Naipaul*. New York: Palgrave Macmillan, 2002, p. 197. 海伦·海沃德认为,尽管萨林姆在非洲小镇——他的"第二个故乡"(adopted society)投资发财,但他始终保持着"局外人"(outsider)的身份,并与其他的"局外人"打成一片。

诸多责任而成为实际意义上的"局内人"(insider)。

面对战乱,萨林姆不仅不担心自己的人身安全,还表现出对小镇的强烈归属感和对贫苦村民的同情:

> 我在这场战争中是中立的,两方我都怕。我不想看到军队失控的场面。我也不想小镇毁在本地人手里,尽管我对他们抱有同情。我不希望任何一方赢,只希望回到过去的平衡局面。
>
> 有天晚上,我预感战争临近了。……我在想这些枪会不会用来对付疯狂而饥寒交迫的村民们——这些村民的衣服已经破得不成样子,黑乎乎的,和灰烬一个颜色。不过这都是半夜惊醒时的一些焦虑。①

虽然刚接手纳扎鲁丁生意时萨林姆目睹小镇上西方殖民者留下的现代化建筑的遗迹颇具伤感之情,但萨林姆绝非受"殖民主义怀旧情感"影响的逃避现实主义者。叛乱过后,小镇再次恢复和平并进入一个新的繁荣发展时期。在利好的政治、经济环境中,萨林姆的生意蒸蒸日上。萨林姆迎来了个人事业发展中的一个高潮,对小镇的未来充满希望。初到小镇时,萨林姆对小镇和非洲村民表现出的反感与憎恶可被理解为是一种初入异文化遭遇"文化休克期"(cultural shock period)时的正常心理反应。与小镇居民一起生活过六年之后,萨林姆对他们的态度转变为接受与欣赏,萨林姆已进入与非洲"文化的蜜月期"(cultural honeymoon period)。萨林姆清醒地认识到自己不再是那个只为挣钱而来的外国人,而已经转变成关心小镇命运和村民疾苦的小镇上的一员,一个有道德责任感的小镇商人。

奈保尔《河湾》中对新成立国家政治、经济局面的描述内含斯皮瓦克②

---

① [英]V. S. 奈保尔:《河湾》,方柏林译,南京:译林出版社,2013年,第66页。
② See Gayatri Spivak. *In Other Worlds: Essays in Cultural Politics*. London: Methuen, 1987, p. 245. 斯皮瓦克曾对去殖民化后的印度民族主义能否给人民带来"解放的可能性"(emancipatory possibilities)问题持怀疑态度。她认为"在帝国主义的舞台上"(within the imperialist theater)后殖民语境下的印度民族主义经常镇压"贯穿帝国主义和前帝国主义时期的数不清的抵抗运动"。与此同时,在这些民族主义力量的作用下,地方政治的格局将从版图帝国主义(territorial imperialism)转变成新殖民主义(neo-colonialism)。

阐发的有关后殖民新政的疑虑。总统在萨林姆居住的小镇不远处建立了新领地,成立了文理学院。然而新领地是"一场骗局","领地那里的非洲——属于话语和思想的非洲(往往是没有非洲人的非洲)"。[①] 生活在新领地里的人多半是欧洲人、总统请来的外国专家和正在文理学院接受教育的非洲学生。新领地因充斥着西方话语而成为斯皮瓦克所说的"新殖民主义"的试验场。

恰如陆建德教授在中文版《河湾》的序言中所写,"外来的观念催生了'新领地'的巨大谎言,词语的水葫芦急速生长膨胀,它们把当地人民和生物逼往更狭窄的空间,更无望的境地"[②]。建立新领地是总统讨好西方,并借此培养支持自己的"新非洲人"的一种政治手段。目的达到之后,总统便露出了独裁统治者的丑恶嘴脸,而独裁政治则如水葫芦一般给人民带来"无处可逃"的强烈压抑感。

萨林姆目睹了总统导演的自我神化和自我崇拜的独裁闹剧,见证了小镇上不断升级的流血事件。邻居们相继逃离,留下来的人惶惶不可终日,这让萨林姆倍感孤独与恐惧。新政府剥夺了萨林姆的私有产业,彻底摧毁了他的小镇归属感。萨林姆有良知的商人的伦理身份内含两个基本要素:萨林姆关心、眷顾的小镇居民和他的商业活动。缺少了道德关怀的对象,萨林姆的"道德情感"[③]将无从寄托;被剥夺了经商权,萨林姆的商人身份也就失去了意义。小说以萨林姆的"逃避"开始,又以他的"逃避"结束。主人公的两次"逃避"均围绕"我是谁?"和"对谁肩负何种责任?"的自我伦理身份求证展开。在早先的"逃避"中,萨林姆完成了从"局外人"到"局内人"、从追求虚荣的年轻人到肩负振兴种族、家族责任和关心小镇居民的有良知的商人的伦理身份转变,然而该身份却被新政府的独裁暴政所粉碎。萨林姆最终的"逃避"反映出他对上述伦理身份的坚守,因为继续留在小镇意味着听命于总统而放弃已有的伦理道德判断。小说结尾,萨林姆在逃离过程中并未表现出奔向美好明天的、胜利大逃亡的喜悦

---

① [英]V. S. 奈保尔:《河湾》,方柏林译,南京:译林出版社,2013年,第124页。
② 同上书,序言第11页。
③ 聂珍钊:《文学伦理学批评导论》,北京:北京大学出版社,2014年,第249页。

心情,却在字里行间透露出对昔日小镇生活欲罢不能的矛盾心态,这足以证明萨林姆对小镇和小镇居民长期以来所怀有的纯真的道德情感。萨林姆的"逃避"是在"权力与权力扭曲"①的后殖民政治语境下,对个人主义(individualism)的追求,也正因如此,《河湾》这部小说才会充满人性的关怀。

二、"逃避"与对西方后殖民政治的伦理谴责

从二元对立的观点出发,国外学者将《河湾》中西方与非洲间的关系理解为"文明与野蛮、现代与原始、光明与黑暗"②之间的对比,认为"他们[欧洲人]的统治奇迹般地给非洲带来了和平:他们遏制了非洲人破坏和毁灭的本性,消除了部族的边界冲突。欧洲人的统治提升了非洲大陆的文明程度;非洲已成为探险、经商和定居的好去处"③。依照上述逻辑推理,"西方"恰如人间天堂,而欧洲人则扮演了解救非洲人于水深火热之中的上帝的角色。《河湾》表层叙事中有关非洲风土人情的描述确实可以为上述观点提供佐证,然而笔者认为不能因此将"美化西方"和"妖魔化东方"视为奈保尔的写作动机。

《河湾》中,奈保尔共刻画了四个半"西方人"④,其中四个西方人分别是:惠斯曼斯神父(Father Huismans),总统的白人顾问雷蒙德(Raymond),雷蒙德的妻子耶苇特(Yvette)和假冒非洲热爱者之名、偷窃神父收藏品的美国人。萨林姆被西方化了的印裔非洲东海岸朋友因达尔只能算是半个西方人。通过对他们的刻画,奈保尔批判了西方殖民主义

---

① See J. M. Coetzee. *Doubling the Point Essays and Interviews*. Ed. David Attwell, Cambridge and London: Harvard University Press, 1992, p. 98. J. M. 库切曾批评南非文学过分专注于"权力与权力扭曲"的描写,却忽视了宏大而复杂的人性世界。

② See Helen Hayward. *The Enigma of V. S. Naipaul*. New York: Palgrave Macmillan, 2002, pp. 176—77.

③ Ranu Samantrai. "Claiming the Burden: Naipaul's Africa." *Research in African Literatures*, Vol. 31, 1(Spring, 2000):53—54.

④ 此处的"西方人"不再是狭义范围所指的"欧洲人",还包括了介入去殖民化非洲的政治、经济生活的美国人。

的"上帝"在非洲的苟延残喘和新殖民主义的兴起。奈保尔就此提出："'上帝'是否可以袖手旁观？""是否可以趁火打劫？""是否可以坐享其成？"等带有政治伦理谴责性质的问题。

在萨林姆眼中，惠斯曼斯神父是比非洲还热爱非洲的西方人；然而神父对非洲的痴迷却映射出从殖民主义时期延续到后殖民主义时期的西方猎奇非洲的"东方主义"政治态度。

惠斯曼斯的神父身份使其成为西方"上帝"的理想代言人；然而令人遗憾的是神父不过是"西方猎奇者"中的一员，神父"非洲热爱者"的身份是个美丽的谎言。上述判断出于以下两方面原因：一、神父或患有"恋物癖"的心理疾病；二、神父是殖民主义政治的忠实支持者。

神父不善交友，常独自出没于非洲丛林之中。萨林姆用"超凡脱俗""娃娃脸""早产儿""磨难"和"弱不禁风"等词描写神父的相貌，连续三次重复使用"坚强"①一词来形容神父的性格。神父的"坚强"性格使其沉溺于收集非洲物品的活动中，这无疑已成为"恋物癖"的表现。此处也隐含着奈保尔对欧洲殖民主义者的讽刺，言外之意是对非洲的殖民似乎是那些"早产"的、长着"娃娃脸"且患有"恋物癖"的欧洲人之所为。

惠斯曼斯神父的"恋物癖"中掺杂着殖民主义政治色彩。神父"超凡脱俗"的姿态掩盖了他对独立非洲命运的"事不关己"的态度；这种态度源自他对"殖民主义者"这一伦理身份的坚持，恰如奈保尔所写："他［神父］根本没把自己看成闯入丛林的人，他把自己看成渊源久远的历史的一部分。他属于欧洲。"②神父把殖民时期的遗物看作欧洲在非洲文明史的一部分，认为自己有责任收集这些遗物。潜意识中，神父将遗物收集行为与对殖民政治的怀旧与支持画上了等号，建立了"恋物"行为的"能指"与殖民意识的"所指"间的对应关系。

神父曾对萨林姆说："小镇的退步是暂时的，在一时的退步之后，欧洲文明会卷土重来，在河湾扎下更深的根。"③神父的观点是：非洲的未来存

---

① ［英］V. S. 奈保尔：《河湾》，方柏林译，南京：译林出版社，2013年，第58页。
② 同上书，第60页。
③ 同上书，第85页。

在于过去历史之中;唯有回到过去才能给非洲带来美好的未来,然而回到过去却意味着欧洲对非洲的再次殖民。惠斯曼斯神父的逻辑有违道德,因为他认为摆脱西方殖民统治的非洲是没有前途可言的。此番论断若出自常人之口似乎不具任何影响力,而出自神父之口则会令无知百姓相信这是神的旨意;深陷战乱泥潭之中的非洲人会因此而变得更加绝望。

惠斯曼斯神父貌似研究非洲文化的专业人士,但在他身上折射出的却是对殖民政治的支持和对去殖民化后非洲未来政局的刻意逃避。通过对惠斯曼斯神父的刻画,奈保尔意在指出:神父为之代言的"上帝"是西方殖民主义政治、经济利益集团;神父死于非命的悲惨结局,暗示了后殖民语境下食古不化的西方殖民主义者们妄图继续扮演非洲的"上帝"角色,重建非洲殖民政治梦想的破灭。

《河湾》中,在借对神父的描写批判殖民主义政治的同时,奈保尔还借对美国青年偷窃神父遗物事件的描述谴责了西方人在"新殖民主义"政治中趁火打劫的可耻行径。

> 镇上来了一个年轻的美国人,这人好像比非洲人还要非洲人,比谁都要爱穿非洲衣服,比谁都喜欢跳非洲舞。有一天,此人乘坐汽船突然离开。我们后来才发觉枪支室的大部分藏品都被骗走了,和此人的行李一起被运到美国。他常说要开一个原始艺术的陈列室,不用说,神父的藏品将成为陈列室的核心展品。这些藏品!这些森林里最丰饶的产品啊!①

美国青年构想的非洲原始艺术陈列室计划是当时盛行于西方的"非洲热"现象中的一个案例。在这股热潮中,非洲既是西方文化炒作对象,也是西方奉行新殖民主义"掠夺政治"②的目标。夸梅·恩克鲁玛指出"非洲是个阐释并强调了新殖民主义的悖论。非洲物产丰富,然而非洲土地上盛产的农产品和地下富含的矿藏却让那些令非洲人日渐贫穷的[西

---

① [英]V. S. 奈保尔:《河湾》,方柏林译,南京:译林出版社,2013年,第81页。
② Raoul Pantin. "Portrait of an Artist." *Caribbean Contact*, 1, May 1973, pp.18—19.

方]集团和个人变得更加富有"①。萨林姆见证并记述了西方人在非洲乱局中的掠夺行为,涉及非洲地产、矿产,如有色金属(铜、锡、铅)、贵金属(黄金)、铀和其他自然资源,如象牙。

《河湾》中,奈保尔对"美国小偷"事件的描述颇具对美国非洲政治的伦理批评功效。"早在1961年,美国就已选定蒙博托为其支持对象;自那以后,扎伊尔就一直是美国庇护下的代理独裁制国家(client autocracy)。"②有1975年在扎伊尔旅行经历,并在此后相继发表《刚果日记》和《刚果新国王:蒙博托和非洲的虚无主义》两部作品的奈保尔对上述史实自然心知肚明,因此在《河湾》的创作中奈保尔巧妙地借用"美国小偷"事件抨击了美国对非洲厚颜无耻的掠夺政治。

此外,以因达尔、雷蒙德和耶苇特为原型,奈保尔还刻画了打着"非洲建设者"旗号来非洲坐享其成的西方机会主义者的形象。在英国,大学毕业后的因达尔因非洲出身的缘故,面试屡遭碰壁。沮丧落魄之际,因达尔仍将英国视为自己的安身立命之地。他对萨林姆坦言:"对我这样的人来说,只有一种合适的文明,只有一个地方,那就是伦敦,或者其他类似的地方。"③因达尔对伦敦的归属感是他对英国一厢情愿的单相思。在伦敦波希米亚式的漂泊生活令他倍感郁闷,因达尔最终意识到"这要归结到我们属于不同的文明"④。落泊伦敦的因达尔有幸加入了某个西方人建立的非洲服务组织,住进了总统的非洲新领地。新领地是"类似伦敦的地方",是因达尔想象中的伦敦替代物。在这里因达尔能同其他外国人一样坐享总统为他提供的一切。

透过萨林姆的眼睛,奈保尔描述并谴责了领地上外国人以援助非洲为名,及时行乐为实的寄生虫般的生活:"新领地完全是他们的度假胜地,

---

① Kwame Nkruman. *Neo-Colonialism: The Last Stage of Imperialism*. London: Nelson, 1968, p.1.

② Rob Nixon. *London Calling V. S. Naipaul, Postcolonial Mandarin*. New York and Oxford: Oxford University Press, 1992, pp. 101—102.

③ [英]V. S. 奈保尔:《河湾》,方柏林译,南京:译林出版社,2013年,第151页。

④ 同上书,第153页。

现在我混迹其中,轻而易举地进入他们的生活,进入平房、空调和舒适的假日组成的世界,从他们高雅的谈话中我不时听到著名城市的名字。"① 在领地里,西方人或受西方人委派的外国人海阔天空、无所不谈,却唯独对非洲的现实问题避而不谈,而非洲的现实就在离他们几英里远的小镇上。

与真正的西方人不同,因达尔是受西方教育、以模仿西方人为生的半个西方人,是法农批判的"冒牌中产阶级"(bogus middle class)中的一员,他们思想匮乏、缺少主见、没有创新而只会模仿。这一阶层"毫无保留且充满热情地接受了母国(mother country)的思维模式,完全丧失了自己的思想,将自己的意识建立于国外观念基础上……"②法农认为在他们身上展示出的不仅是庸俗的"实利主义"(philistinism),更有对自己家园的"背叛"情结。小说中,将英国视为"母国"的因达尔先后"背叛"了非洲东海岸的出生地和非洲中部供其养尊处优的"新领地"。因达尔预先觉察到总统放弃新领地计划的意图,在他人还未行动之前早已逃之夭夭。奈保尔借曾给因达尔提供面试机会的印度外交官的话,谴责了因达尔家园政治伦理意识的缺失:"但是你在信里说你是从非洲来的。你这样怎么搞外交啊?我们怎能聘请朝三暮四的人?"③

《河湾》中,借"非洲热"发家的西方人还有雷蒙德和耶苇特夫妇,他们既是西方后殖民非洲政治的受益人,又是这一政治的受害者。雷蒙德原本是殖民时期在非洲某国首都教书的白人大学老师,机缘巧合结识了"大人物"。当时"大人物"还只是个孩子。在孩子母亲的百般请求下,雷蒙德答应跟精神抑郁的孩子谈心,给予他人生上的指导。"大人物"当上总统后,为了报恩将雷蒙德任命为自己的白人政治顾问。雷蒙德经常跟随总统出席国际会议,并被很多大学邀请去做学术讲座。雷蒙德享受着至高无上的荣誉与尊敬。耶苇特也正在此时与雷蒙德相识。还是学生的耶苇

---

① [英]V. S. 奈保尔:《河湾》,方柏林译,南京:译林出版社,2013年,第117页。
② Frantz Fanon. *The Wretched of the Earth*. Trans. Constance Farrington. New York: Grove Press, 1968, p. 178.
③ [英]V. S. 奈保尔:《河湾》,方柏林译,南京:译林出版社,2013年,第149页。

特被雷蒙德的地位和殷勤所打动,于是不顾雷蒙德的离婚经历和与自己年龄相差悬殊的事实,最终跟雷蒙德结婚。耶苇特在与萨林姆的谈话中将这场婚姻描述为雷蒙德的骗婚,但萨林姆却看清了耶苇特的野心——耶苇特希望借助雷蒙德的影响出人头地。

西方对非洲问题的政治炒作终究是昙花一现,总统很快就对雷蒙德照搬西方的新国家建设方案失去了兴趣,将雷蒙德安置到离首都较远的"新领地"。当地人以为雷蒙德是总统有意安插在新领地的监管人;但实际上,这是总统疏远雷蒙德的策略,雷蒙德因此成为总统新国家政策的牺牲品,耶苇特则成为雷蒙德投机政治生涯的陪葬品。雷蒙德靠"总统会再次垂青自己的幻想"度日,而年轻且不甘寂寞的耶苇特却以与不同男主人公搞婚外恋的方式勉强度日,这便是雷蒙德夫妇政治投机生活的悲惨结局。

虽交往时间不长,但萨林姆很快就揭穿了雷蒙德自我标榜的西方非洲问题专家的伪学者身份,"我发现文章简直就是政府告令和报章摘抄的拼凑。有很大篇幅是从报纸上摘抄下来的,而雷蒙德还对摘抄的内容郑重其事"①。萨林姆认为雷蒙德对非洲的认识无法与因达尔、纳扎努丁和马赫士相比,甚至还不如对本地充满好奇心的惠斯曼斯神父。借萨林姆之口,奈保尔讲述了雷蒙德夫妇的发迹史与破产史,深度阐发了对此类"坐享其成"的西方非洲政治投机者兼暴发户的伦理批判。

三、无处可逃与摆渡人的伦理身份选择

如果主人公的"逃避"不仅是心理层面上对现实、责任与危机的回避,而涉及了地理层面上主人公离开某地的位移过程,那么"逃避"也可被视为一种"自我流放";然而"自我流放"并非所有人都能实现。②《河湾》中,

---

① [英]V. S. 奈保尔:《河湾》,方柏林译,南京:译林出版社,2013年,第181页。
② See Marilyn Papayanis. *Writing in the Margins: The Ethics of Expatriation from Lawrence to Ondaatje*. Nashville: Vanderbuilt University Press, 2005, p. 1. 玛里琳·帕帕亚尼斯曾指出:"流放"(expatriate)一词似乎和"特权"(privilege)一词紧密相连,因为只有精英阶层才具有"流动性"(mobility);他们相对富有,能随心所欲地去任何想去的地方,并将所到之处称为"家"。

仅能勉强度日的非洲百姓既不具备"逃避"(或曰自我流放)的经济能力,又缺乏非洲家园之外的生活经验与远见,所以在战乱和独裁统治时期,他们只能接受"无处可逃"的命运。尽管如此,奈保尔并未将女商贩扎贝思和她的儿子费尔迪南塑造成悲观主义的宿命论者。相反,扎贝思和费尔迪南是奈保尔在《河湾》中刻意塑造但又故意隐含的连接非洲过去、现在与未来的"摆渡人"。奈保尔意在指出,对"摆渡人"伦理身份的选择和坚持才是非洲未来的希望之所在。

扎贝思是萨林姆叙事中引入的第一个主人公,描写扎贝思的寥寥数语却凸显了扎贝思为丛林部落村民贩运商品的使命感。《河湾》开始,扎贝思驾着独木舟摆渡于大河之中,她所传递的不仅是商品,更是一种为了村民敢于走出丛林走进殖民与后殖民的现代社会的无畏精神,这使扎贝思成为故事中唯一一个内心平静且伦理身份完整的人。

扎贝思是萨林姆商店里的常客,她身上展现出的经商为民的商业道德给萨林姆留下了深刻印象。首先,扎贝思的买卖活动完全建立在对村民日常所需的了解基础上,"扎贝思完全知道村子里的人需要什么,知道他们能出多少钱,愿出多少钱"①。其次,丛林与小镇之间路途险恶、困难重重,但扎贝思却不惧艰险,风雨无阻地将村民们的产品运出丛林卖掉,将村民们需要的产品买回。萨林姆对此感叹道:"扎贝思走过的是什么样的路啊! 好像她每次都是从掩藏的地方出来,从现在(或未来)抢回一些宝贵的货物,带给她的相亲——比如那些剃须刀,她从包装盒里取出来一片一片零卖的剃须刀!"②萨林姆认为扎贝思之所以如此胆大是因为她是个魔法师,而且身上还涂了驱赶、警告别人的防护油。萨林姆的观点确有其理,然而细细品味,会发现魔法师也好、防护油也好,皆是扎贝思所居住的丛林所赐。因此丛林,或曰扎贝思对丛林的归属感与对丛林居民肩负的责任才是她无所畏惧的原因所在。

乔治·拉明将奈保尔的"非洲末世论"(apocalypse of Africa)比作

---

① [英]V.S.奈保尔:《河湾》,方柏林译,南京:译林出版社,2013年,第5页。
② 同上书,第9页。

"被阉割了的讽刺"(a castrated satire),批评奈保尔作品的意义止于该讽刺,不能给非洲复兴提供可供借鉴的价值体系。① 其实不然,身为作家而非政治家的奈保尔虽未能在作品中探讨非洲复兴的价值体系,但在奈保尔对扎贝思和她儿子费尔迪南的描述中却隐含了关于非洲未来的伦理价值设想。奈保尔对新非洲寄予的希望反映在扎贝思对费尔迪南的培养以及费尔迪南的自我成长之中。

在非洲丛林深处的部落里"没有历史可言,只有无始无终的原始生活状态的重复"②,丛林外的小镇代表了非洲发展的现在时。虽然扎贝思是个文盲,但往来于丛林与小镇之间的她已感受到了内外两个世界的不同,认识到了教育的力量,于是决定将儿子送到镇上的公立中学读书并委托萨林姆帮助照看。费尔迪南不仅是扎贝思对未来的寄托,他还是非洲年轻一代的代表;他的成长是新非洲有识之士的缩影,凝聚了奈保尔对非洲去殖民化后"新非洲人"的期望。

费尔迪南经历了模仿、叛逆和被洗脑等成长阶段,最终成为一名明辨是非、有独立伦理判断能力的新一代非洲知识分子。萨林姆认为费尔迪南的优势在于他能将非洲的原始生活经验与欧洲的现代知识集于一身:

> 他是丛林中来的孩子,一到放假他就回到他母亲的村子。而他在学校里学些我一无所知的东西。我没法和他谈功课上的事,因为优势全在他那一边。还有那张脸!我感觉他的脸透露出来的是坚定和沉着。我想这张脸后面肯定藏着很多我从未了解的东西。作为他的监护人和教育者,我反而被他看透了。③

费尔迪南的脸之所以给萨林姆留下了深刻的印象,因为那张脸透露出来自非洲丛林里的原始野性的力量,这种力量遵循着的是"弱肉强食"

---

① Qtd. John Cooke. "'A Vision of the Land': V. S. Naipaul's Later Works." *Caribbean Quarterly*, Vol. 25, No. 4, Caribbean Writing: Critical Perspectives, December, 1979, pp. 31—47.

② Ranu Samantrai. "Claiming the Burden: Naipaul's Africa." *Research in African Literatures*, Vol. 31, 1(Spring, 2000): 55.

③ [英]V. S. 奈保尔:《河湾》,方柏林译,南京:译林出版社,2013年,第37页。

的丛林法则,如果不加以良好的引导只能变成"以暴制暴的邪恶力量,使人迷失自我"①。小说中的确有相当数量的暴力流血事件的描述,也有对像费尔迪南一样来自丛林深处高大、魁梧且嗜血成性的武士的刻画。费尔迪南却与众不同,接受现代教育的他更像一位"文明的野蛮人"。

费尔迪南的成长是一个不同角色扮演的过程,而角色扮演是靠对周围人的模仿或学习实现的。费尔迪南十五岁离开父亲跟随母亲生活。萨林姆最早替代了费尔迪南的父亲成为费尔迪南的模仿对象。费尔迪南能从萨林姆身上学到社会经验和为人处世的方法,却学不到如何应对当下局势的政治态度和策略。萨林姆本人也对此倍感困惑。费尔迪南土生子的身份迫使他参与到地方政治中去。去殖民化后,曾饱受殖民迫害的非洲人充斥着对昔日殖民者的仇恨。在种族仇恨情绪的影响下,费尔迪南扮演了憎恨白人的种族主义者的角色。费尔迪南的种族主义政治态度体现在他与萨林姆之间关于"新电话发明者是谁?"的问答之中。费尔迪南明明知道新电话的发明者是白人,但他想从萨林姆口中听到"是白人"的回答,然而"我[萨林姆]没有说:'是白人。'……我不想给他政治上的满足"②。萨林姆用"是科学家"的回答避免了可能由此引发的费尔迪南针对白人的不加区分的攻击与批判。

费尔迪南是非洲过渡时期的一代人;他们生活在现在,过去的影响依然存在,而通向未知未来的大门却已慢慢开启。突发的政治事件以前所未有的方式影响着费尔迪南的个人生活,但费尔迪南并未因此而随波逐流,丧失正确的伦理判断和道德情感。在总统新成立的文理学院中学习的费尔迪南不可避免地被卷入总统一手策划的独裁政治中,成为总统的傀儡与独裁政治的宣传者。萨林姆用"自高自大"和"自负"形容因替总统卖命而平步青云的费尔迪南。然而萨林姆的判断却带有一定的偏见。首先,费尔迪南被总统演讲中有关"新非洲人"和"接管未来的人"等蛊惑人心的说辞所蒙骗。从本质上讲,费尔迪南为建设非洲美好未来而参政的

---

① Ben Abbes Hedi. "A Variation on the Theme of Violence and Antagonism in V. S. Naipaul's Fiction." *Caribbean Studies*, Vol. 25, No. 1/2 (Jan.—July, 1992): 49.

② [英]V. S. 奈保尔:《河湾》,方柏林译,南京:译林出版社,2013年,第42页。

动机是好的,只因涉世不深、缺乏政治经验而被总统利用;其次,尽管费尔迪南受总统任命担任了政府官员,社会地位发生了重大变化,但他对萨林姆和墨迪等人的友情并未改变。小说结尾,费尔迪南冒险帮助萨林姆逃脱牢狱之灾,并帮助萨林姆逃离丛林的做法体现了费尔迪南救友人于危难之中的道德情操。在政治牟利与保护友人之间费尔迪南毅然决然地选择了后者。

费尔迪南违反政令救助友人的伦理选择建立在他对现存政治局势的清醒认识基础上,这也是他肩负连接非洲现在与未来的"摆渡人"责任的前提条件。费尔迪南对即将离开的萨林姆诉说了自己的政治判断:

> 大家都在干等着,在等死,大家内心深处都知道。我们在被人谋杀。一切都失去了意义,所以每个人都变得这么狂热。大家都想捞一把就走。但是往哪里走呢?这就是令人疯狂的原因所在。大家都知道自己失去了可以回的地方。我在首都做实习官员的时候就产生了这样的感觉。我觉得我被利用了。我觉得我的书白读了。我觉得自己受到了愚弄。我所得到的一切都是为了毁灭我。①

恰如费尔迪南所说,当地非洲居民无法逃避总统强令执行的独裁政治,只能听之任之。扎贝思的经商活动就此停止,这似乎预示着连接丛林与小镇、非洲的过去与现在的桥梁的中断;费尔迪南对非洲现状的绝望仿佛预示着非洲未来的无望。

小说至此,奈保尔在小说中意图塑造的扎贝思和费尔迪南连接非洲过去、现在与将来的"摆渡人"形象似乎失去了意义。其实不然,在独裁统治下,身陷"无处可逃"的困境中的非洲本地人有三种选择:一、回归原始时期的丛林部落内部暴力争斗,以此来转移或转嫁政治压力;二、坐以待毙,甘做顺民;三、以参与政治的有机知识分子的身份积聚力量推翻总统的独裁专政。第一种选择把人再次降格为遵循"丛林法则"且充满"兽性"的动物;第二种选择使人丧失伦理判断的能力而沦落为行尸走肉。从费

---

① [英]V. S. 奈保尔:《河湾》,方柏林译,南京:译林出版社,2013年,第279页。

尔迪南解救萨林姆的实际行动以及费尔迪南对现实政治的尖锐批判来看,受过现代教育且早已从政的费尔迪南理应作出的是第三种选择。前两种选择意味着对非洲未来责任的逃避,只有第三种选择才是对接受未来挑战的"摆渡人"伦理身份的选择。

法德瓦·阿布戴尔·拉赫曼戏称奈保尔为"戴着黑色面具的白人旅行者"(the white traveler under the dark mask),认为:"奈保尔的作品是对白人种族/文化优越论的文学阐释。用黑人旅行者代替白人旅行者的叙事无法掩盖奈保尔旅行写作的不良企图。"①评论家们普遍认为,奈保尔的作品充斥着"西方中心主义"的话语;奈保尔对新独立国家和地区的落后现状持类似殖民主义者的鄙视态度,作家本人有意逃避对这些国家与地区人民前途命运的思考。此类判断有扭曲奈保尔写作动机的嫌疑,因为奈保尔"非洲没有未来"的论断确能引发"非洲为何没有未来?"以及"非洲如何才能拥有未来?"等有关非洲前途命运问题的思考。

《河湾》中,奈保尔就上述问题提供了三个具有政治伦理内涵的解答。首先,萨林姆因不满非洲东海岸安逸的生活现状而逃避至非洲中心,其商业活动成功与否与小镇的兴衰息息相关。萨林姆从为满足虚荣、为名利而来的局外人转变成融入小镇生活、与当地人共呼吸同命运的局内人。总统的专制统治彻底破坏了小镇渐趋和谐的经济生活环境,剥夺了萨林姆的财产和他有良知的商人的伦理身份。在人身安全受到威胁的情况下,萨林姆成为被迫放弃小镇生活与责任的逃亡者。透过对萨林姆伦理身份变化轨迹的描写,奈保尔意在表明如下观点:如果像萨林姆这样的有德商人都不能在此安身立命的话,非洲将没有未来。其次,如以拉赫曼、萨义德等国外评论家们的观点为依据,小说中的白人(四个半西方人)理

---

① See O'Brien, Conor Cruise, Edward Said, and John Lukacs. "The Intellectual in the Post-Colonial World. Response and Discussion." *Salmagundi* (1986): 65; Fadwa Abdel Rahman. "The White Traveler under the Dark Mask." *Journal of Comparative Poetics*, No. 26, *Wanderlust: Travel Literature of Egypt and the Middle East*, 2006, p.169. 萨义德等学者也曾撰文批评奈保尔的创作:奈保尔不仅支持殖民主义、赞扬白人文化,还认为发展中国家的问题均由"非白人"(non-whites)自己造成。

应以救世主的形象出现,然而奈保尔却分别赋予他们"身患'恋物癖'的殖民主义者""美国小偷"和"非洲政治投机者"的身份。奈保尔意在指出,如果西方殖民非洲的野心未死,如果去殖民化后的非洲是西方新殖民主义的试验场,如果西方人来非洲的目的是为了消费非洲、逃避对非洲的责任而不是建设非洲的话,那么非洲也没有未来。非洲的未来在不畏艰险搭建原始丛林与现代社会沟通桥梁的母亲扎贝思身上、在明理觉醒的非洲新一代有机知识分子儿子费尔迪南身上。在独裁统治下,虽然他们已经无处可逃,但他们连接非洲过去、现在与未来的"摆渡人"的伦理身份却依稀闪烁着非洲美好未来的曙光。

第三节 拉什迪的斯芬克斯之谜
——《午夜之子》中的政治伦理悖论

部分国外学者倾向于笼统地将《午夜之子》称为以印度建国为主题的政治寓言小说,将小说中描述的印度建国和建国初期发展中的失利归因于社会体制错误选择的问题。加拿大圣玛丽大学的特丽萨·赫弗南教授就权力与民主相对性问题在对弗朗西斯·福山《历史的终结》中有关资本主义民主政治是历史证明最完美体制的观点提出质疑的基础上,指出《午夜之子》中有关独立印度现代性资本主义民主本质的界定因英国帝国主义残余影响的存在而有待商榷。① 国外学术界对拉什迪《午夜之子》的探讨多半聚焦在去殖民化后印度的政体是什么和应该是什么的问题上;然而这种宏观层面上的政体之辩却因缺乏对作家隐含于作品中的伦理价值判断的考察而显得过于笼统和抽象。

希腊神话中斯芬克斯之谜是有关人何以为人的问题,"俄狄浦斯说出的谜底,实际上是给人下的定义,即决定人之所以为人的决定性因素是人的头脑。人的头脑是理性的象征"②;俄狄浦斯说出谜底后,斯芬克斯因

---

① Teresa Heffernan. "Apocalyptic Narratives: The Nation in Salman Rushdie's *Midnight's Children*." *Twentieth Century Literature*, Vol. 46, 4(2000): 476—477.
② 聂珍钊:《文学伦理学批评导论》,北京:北京大学出版社,2014年,第275页。

欲为人却不能的内心极度矛盾而自杀身亡。《午夜之子》中,拉什迪笔下的斯芬克斯之谜是关于印度何以为独立和平国家的问题,"午夜之子"萨里姆·西奈(Saleem Sinai)既是设谜者又是解谜者;萨里姆将上述谜题转化为对"为何印度独立与社会发展的美好愿景却最终演变成一系列伦理层面上的返祖现象?"这一政治伦理悖论问题的解答。拉什迪赋予萨里姆超自然的力量并将其塑造成印度国家独立与发展史的演说者与评判者,作为小说第一人称叙述者兼主人公的萨里姆因此成为印度国家的缩影,他的"死"与斯芬克斯的死相似,是理性追求破灭后的必然结果。

一、政治伦理乌托邦的幻灭

《午夜之子》的叙事时间开始于1915年,比印度独立时间1947年提前了32年,其间拉什迪以克什米尔为原型描写了包括圣雄甘地(Mahatma Gandhi)在内的印度人民对未来印度的美好构想。然而无阶级、种族和宗教差异之分的克什米尔社区生活不过是特定历史时期内、特定场所中政治伦理的乌托邦,这一政治伦理范式虽然集中展现了至善的"人性因子",但终因无法应对现实社会中的"兽性因子"的黑暗而归于幻灭。

著名克什米尔梵学家(Kashmiri Pandit scholar)班木扎(Bamzai)写道:1947年7月甘地参观克什米尔时"对公社里的和谐生活景象留下了深刻印象",甚至当场宣称"在印度举国上下一片黑暗的时候,克什米尔是唯一的希望"。① 甘地对美国记者路易斯·费希尔(Louis Fischer)提出的"印度会不会有国家政府?"的问题给出了否定回答。费希尔接着说:"当然您肯定需要建立由国家管理的铁路和电信系统。"甘地的回答却是:"我不会因为印度没有铁路而感到难过。"②《午夜之子》开篇,拉什迪再现了甘地眼中人与人、人与自然之间和谐共处的、男耕女织的世外桃源般的生

---

① Prithivi Nath Kaul Bamzai. *A History of Kashmir*, *Political*, *Social*, *Cultural*: *From the Earliest Times to the Present Day*. Delhi: Metropolitan, 1962, p.669.

② Mahatma Gandhi. *The Essential Gandhi*: *An Anthology of His Writings on His Life*, *Work*, *and Ideas*. Ed. Louis Fischer. New York: Vintage, 1962, p.294.

活图景。拉什迪以第一人称叙事者萨里姆无所不知的"过来人"的视角反观克什米尔后,发现特定历史语境下的"大同世界"克什米尔只是甘地心中对印度美好未来的无法实现的政治伦理愿景。

《午夜之子》中,拉什迪刻画了克什米尔河上神秘摆渡人泰(Tai)的人物形象,泰身上体现出的克什米尔文化的"无史性"(historyless)与包容性等特点是拉什迪笔下克什米尔政治伦理乌托邦的核心内容之一。泰既是联结过去与现在的纽带,又是循环往复将不同阶级、种族和宗教信仰的人送达对岸的人,在摆渡的过程中周而复始地给渡船上的人讲述着克什米尔祖先流传下来的故事。"没人记得泰年轻时的样子。[在人们印象中]他总是以那副恒久不变的耸肩姿势,划着同一条船,经过达尔湖(Dal Lake)和纳金湖(Nageen Lake)……直到永远。"①泰的年龄之谜恰如克什米尔久远而不为人知的历史一样,内含克什米尔兼收并蓄的悠久文化传统。泰对阿齐兹说:"我曾目睹山脉的诞生",在湿婆(Siva,印度三大神中司破坏之神)、帕瓦蒂(Parvati,湿婆之妻)和印度教诸神的时代,"我见证过历代帝王驾崩"②,在穆斯林征服者们向往克什米尔的时代,"贾季汗皇帝(Emperor Jehangir)临终前说的话——让我告诉你吧,是'克什米尔'"③。泰还讲述了基督到达克什米尔的故事。尽管泰是信仰伊斯兰教的穆斯林,在他身上却表现出对多种宗教的接纳。

以小说人物艾达姆·阿齐兹(Aadam Aziz)医生为例,拉什迪指出克什米尔乌托邦理想的破灭源于人们身份认同方式的变化。美国康涅狄克大学英文系教授帕特里克·霍根将身份认同分为两类:范畴身份(categorial identity)和实际身份(practical identity)。霍根指出:"范畴身份是人们日常生活中不言而喻的身份认同方式,这种身份政治所关注的焦点包括:阶级、国家、宗教、性别、种族、性取向等。"④与范畴身份相对,

---

① Salman Rushdie. *Midnight's Children*. London: Vintage Books, 2013, p.10.
② Ibid., 13.
③ Ibid., 14.
④ Patrick Colm Hogan. "*Midnight's Children*: Kashmir and the Politics of Identity." *Twentieth Century Literature* Vol. 47, 4 (Winter, 2001): 520.

实际身份表现出非政治(apolitical)特性;在后殖民语境下具有这种政治倾向的作家和政治活动家或者反对身份范畴化的做法,或者将这一做法置于相互合作的大前提下。为达此目的,实际身份的支持者们提倡超越范畴身份区分的公社政治(communalism)①。1915年初春,小说主人公阿齐兹从德国学医归来返回故乡克什米尔。阿齐兹按照伊斯兰教习俗跪地祈祷,磕破了鼻子。因鼻子出血疼痛难忍的阿齐兹当场发誓"永远不再为对神或人的膜拜而亲吻大地。然而这一决定,却让他的内心出现了一个空洞……"②"空洞"是阿齐兹宗教信仰危机和自我身份危机的文学隐喻。阿齐兹的内心"空洞"源自"实际身份"和"范畴身份"两种身份认同方式间的矛盾;前者对应的是克什米尔社区带有乌托邦色彩的政治伦理传统,而后者则是阶级、宗教和种族的差异和矛盾。

留学过程中,阿齐兹在无意识中已经完成了从实际身份认同到范畴身份认同的思想转变。阿齐兹实际身份认同选择的结果是儿时"伊甸园"一样无忧无虑的幸福生活;而阿齐兹范畴身份认同选择的结果则是当下充满"敌意"和"仇恨"的焦虑心态。克什米尔地区民风淳朴,世外桃源般的生活赋予以阿齐兹为代表的克什米尔人"像克什米尔山脉上令人惊叹的蔚蓝天空一样蓝色的眼睛"③。去德国留学前的阿齐兹不受阶级、种族和宗教等范畴观点的影响,和其他克什米尔人一样过着无忧无虑的生活;在这种生活中将人们联系在一起的是不同阶级、种族和宗教的人们之间彼此依存的共生关系,即"社区生活的正常节奏"(normal rhythms of community life)④超越了阶级、种族和宗教等现代社会中的边界,以生活方式、文化习俗等内容将人们紧密联系在一起。⑤ 然而,德国留学经历使

---

① Patrick Colm Hogan. "*Midnight's Children*: Kashmir and the Politics of Identity." *Twentieth Century Literature* Vol. 47, 4 (Winter, 2001): 520.
② Salman Rushdie. *Midnight's Children*. London: Vintage Books, 2013, p. 4.
③ Ibid., 6.
④ Ashis Nandy, Shikha Trivedi, Shail Mayaram, and Achyut Yagnik. *Creating a Nationality: The Ramjanmabhumi Movement and Fear of the Self*. Delhi: Oxford University Press, 1998, p. 175.
⑤ Ibid., 22—23.

阿齐兹意识到人与人之间范畴身份的不同,感受到家乡人对自己作为"外来者"的"敌意",并因见证了一系列阶级、种族和宗教冲突而内心充满"仇恨"。

与世隔绝是克什米尔世外桃源生活的前提条件,外界势力的入侵必然导致世外桃源生活的终结。小说主人公萨里姆写道,克什米尔世外桃源的历史可以追溯到莫卧儿帝国(Mughal Empire)统治时期,无线电、驻军、像蛇一样绵延不断的迷彩色军车和士兵的到来打破了克什米尔平静祥和的生活。"旅行者们因拍摄桥梁相片而被当成间谍打死,除了湖上英国人的房船之外,春去秋来,山谷几乎与莫卧儿帝国时期的样子一样。"① 虽然山川景致未变,但二十五岁的阿齐兹确已见证了克什米尔桃源不再的事实。

在对阿齐兹医生这一人物的塑造中,从姓名到职业,拉什迪都刻意映射了英国著名作家 E. M. 福斯特成名作《印度之行》中阿齐兹医生的形象;然而与福斯特在小说中对阿姆利则(Amritsar)惨案②轻描淡写、一笔带过的处理方式不同,拉什迪笔下的阿齐兹医生不仅见证了惨案的全过程,而且还积极投身于救治伤者的行动中。透过阿齐兹的眼睛,拉什迪再现了惨案现场,控诉了英国殖民者灭绝人性的残暴兽行:"他们(戴尔准将[Brigadier Dyer]和他指挥的五十个英国士兵)向手无寸铁的印度百姓发动了六百五十轮扫射。结果 1516 人中弹,死的死、伤的伤。'打得好,'戴尔对手下的士兵说,'我们总算干了件好事'。"③英国殖民者蓄意发动的惨案再一次使阿齐兹认识到范畴身份认同的正确性,也彻底粉碎了他回归克什米尔伊甸园的梦想。

恰如拉什迪所说:"描写本身就是一种政治行为"④,而政治探讨必然

---

① Salman Rushdie. *Midnight's Children*. London: Vintage Books, 2013, p. 5.
② 阿姆利则惨案是 1919 年 4 月 13 日发生在印度北部城市阿姆利则的札连瓦拉园,英国人指挥的军队向印度人民开枪的屠杀事件。该事件造成数百人死亡,数千人受伤。英国方面的数字是 379 人死亡,1100 人受伤,而印度国会方面的说法是约 1000 人死亡,1500 人受伤。
③ Salman Rushdie. *Midnight's Children*. London: Vintage Books, 2013, pp. 41—42.
④ Salman Rushdie. *Imaginary Homelands Essays and Criticism 1981—1991*. London: Granta Books, 1991, p. 13.

涉及权力话语和"自我"与"他者"间关系等现实问题。虚拟小说世界中阿齐兹"内心的空洞"和泰回归大自然的消极避世的生活方式的选择与历史现实中圣雄甘地的死都是未可预知"他者"力量作用下的结果。透过上述因果关系的阐释,拉什迪意在指出:尽管克什米尔世外桃源般的理想生活令人(以甘地为代表)心驰神往,然而克什米尔终无法做到与世隔绝。随着"他者"力量的渗透,克什米尔伊甸园的光环逐渐消退,只剩下甘地生前抒发的有关印度未来的政治伦理乌托邦式的美好愿景。

二、对帝国"遗产"的政治伦理批判

《午夜之子》中,拉什迪以"私生子""房产"和"城市眼"等文学隐喻阐明了大英帝国留给印度的部分被人忽视却影响深远的殖民"遗产",批判了英印政权过渡期内英国殖民者逃避责任的做法和居功自傲对殖民恶果不加反思的态度。

萨里姆是英国东印度公司的官员威廉·梅斯沃尔德(William Methwold)与街头艺人威·威利·温奇(Wee Willie Winkie)之妻瓦妮塔(Vanita)所生的混血儿。梅斯沃尔德对瓦妮塔和她腹中的婴儿萨里姆置之不理的态度映射了英国政府在英印政权过渡期内逃避责任的不道德行为。从某种意义上讲,历经几百年英国殖民统治的印度已经成为英国的"东方情人",而新独立的印度像萨里姆一样,是在这一"不伦"关系下诞生的"私生子"。拉什迪以梅斯沃尔德的发丝(hairlines)为喻,讽刺了英国东方主义殖民政治中违背伦理道德的情感纠葛:"历史和性事正是沿着[梅斯沃尔德]发丝中的一条进行的。"①英国对英印政权过渡期内的印度不管不顾的做法从国际法的角度是讲得通的,因为英国"似乎"无权干涉即将成为主权国家的印度的内政;对此,拉什迪却持相反观点,这种所谓政治上的合理性与父亲遗弃私生子行为的"合法性"效果相同,即虽然合乎法理,却有违伦理道德。

美国加利福尼亚大学著名历史学教授斯坦利·沃尔珀特曾著述谴责

---

① Salman Rushdie. *Midnight's Children*. London: Vintage Books, 2013, p.126.

了英国殖民当局不负责任、不计后果的快速撤离印度的行为,并将其称为"可耻的逃跑"(shameful flight):

> 1947年八月中旬,世界上最强大的"日不落"现代帝国抛弃了她曾宣誓保护的地球上五分之一的人口。英国驻印度最后一任总督路易斯·蒙巴顿勋爵(Lord Louis Mountbatten)到任刚满十个月,英国[殖民者]便可耻地从其印度帝国逃跑了。这比工党内阁制定的原已短暂的撤离时间还要早;蒙巴顿勋爵自作主张把驻守印度保护南亚四亿印度教徒、穆斯林和锡克人的英国陆海军部队返回英国的时间提前了十个月。
>
> 尽管当时的英国首相克莱门特·艾德礼(Clement Attlee)和他的内阁给了蒙巴顿勋爵充足时间去和印度领导协商建立统一印度联邦的事宜,但勋爵却"一时兴起"(adrenaline-charged),决定将印度分成印度和巴基斯坦两个彼此独立的国家。①

《午夜之子》中,梅斯沃尔德房产买卖事件可被视为拉什迪针对上述政治语境所作的文学隐喻。离开印度之前,梅斯沃尔德低价将自己孟买的豪宅卖给了穆斯林富商阿哈姆德·西奈(Ahmed Sinai)。梅斯沃尔德给房产权的转让设置了两个前提条件:"房屋内现有一切物品随房屋一并出售,新房主必须完好无损地保留屋内物品;房产权的转让时间是8月15日午夜。"②梅斯沃尔德的豪宅仿佛是英国对印度统治的殖民遗产和英国在英印政权过渡期内政策方针的写照。虽然梅斯沃尔德希望自己离开后豪宅内的一切照旧,但也对新主人保持现状的可能性抱怀疑态度。

小说中,梅斯沃尔德豪宅的所有权转让与英国对印度主权转让同时发生,这并非巧合,而是拉什迪独具匠心的安排;如此一来,拉什迪将英国殖民者的印度豪宅与印度、地产权与国家主权、房内物品与印度现有政治格局联系在一起,意在向读者传达如下信息,即以首相克莱门特·艾德礼

---

① Stanley Wolpert. *Shameful Flight*: *The Last Years of the British Empire in India*. Oxford and New York: Oxford University Press, 2009, p. 1.

② Salman Rushdie. *Midnight's Children*. London: Vintage Books, 2013, p. 126.

为代表的英国政府对印度的最后政策是类似"打包销售"一样的房产买卖;诸如"维持现状"一类的口头协议并不具备政治和伦理约束力;恰如梅斯沃尔德所说,"这是我卖房子的条件。一时兴起的突发奇想,西奈先生……您一定会允许即将离去的殖民者玩玩小把戏吧?除了玩我们的游戏之外,我们英国人能做的事情已经不多了。"①拉什迪用"殖民者的游戏"批判了英国在英印政权过渡期内对印度政策中表现出的想当然的和一厢情愿的随机性;以"我们"(即将离去的英国殖民者)为中心的"游戏"心态恰是当时英国政府缺乏政治伦理责任感的反映。"可耻的逃跑"和"殖民者的游戏"带来的后果是印度独立后国内无政府主义的暴乱和印巴分制过程中印度教徒与穆斯林之间灭绝人性的种族屠杀。

英国殖民者留给印度的不只是梅斯沃尔德的豪宅,还有孟买街头大量存在的贫民窟。然而充满讽刺意味的是梅斯沃尔德伯爵不仅对印度"贫民窟"这一帝国遗产熟视无睹,还为英国殖民统治而骄傲。梅斯沃尔德伯爵满怀伤感地对阿哈姆德·西奈说:"上百年体面的政府,说走就走。你得承认我们并不坏:给你们修了路、学校、火车、议会制度,都是很有价值的事情。如果不是英国人的话泰姬陵(Taj Mahal)就会塌掉。现在突然要独立了。七十天内就要离开。我坚决反对,但又有什么办法呢?"②梅斯沃尔德伯爵所说确有其事,但不能否认上述"有价值的事情"的实施多半是以满足殖民统治需求为目的的。拉什迪借萨里姆母亲阿米那·西奈(Amina Sinai)"城市眼"(city eye)③的暂时性消除揭示了英国殖民统治下的孟买贱民(乞丐)的穷苦生活;因为除了乞讨之外没有其他谋生的途径,贫民窟里的乞丐为了让自己的孩子有饭吃而打断亲生骨肉的双腿以便让他们成为职业乞丐。

帝国遗产"贫民窟"的普遍存在成为印度独立后人们陷入伦理混乱的主要原因之一。希瓦(Shiva)在"午夜之子会议"上对萨里姆说:"为什么你富有我贫穷?有什么理由让人忍饥挨饿?上帝知道在这个国家里生活

---

① Salman Rushdie. *Midnight's Children*. London: Vintage Books, 2013, p. 126.
② Ibid., 126-127.
③ Ibid., 125.

着几百万该死的傻瓜,而你却以为这一切都出于某种目的!伙计,让我告诉你——你能拿什么就拿什么,随便你怎么做,然后你就去死。"①希瓦被萨里姆屏蔽而不能出席"午夜之子会议"后,他以"多头妖怪"(many-headed monsters)②变体的形式出现在印度现实生活中。在印度教当权者的煽动下,失去理智的"多头妖怪"(印度暴民)破坏、抢夺了穆斯林的商铺、工厂和财产。由宗教之争而挑起的经济利益之争是富裕的穆斯林家庭遭受印度政府排挤而最终移民巴基斯坦的主要原因。被政府舆论操纵的无知印度暴民对穆斯林"人吃人"般地迫害和驱逐行为违背了人类最基本的伦理禁忌。在此伦理语境之下,"印度的独立从本质上讲,仅是富人的独立,穷人只能像苍蝇一样互相残杀"③。

三、印度政治伦理混乱

聂珍钊教授以"斯芬克斯因子"定义了人之善恶并存的本质,并指出只有将人身上的"兽性因子"置于理性的"人性因子"控制下人才能与野兽区别开来成为真正意义上的人。④"斯芬克斯因子"论貌似仅适用于以希腊神话中斯芬克斯为代表的个体伦理道德评判、伦理身份认同与选择的问题,然而如将其植入《午夜之子》中去殖民化后印度国家诞生的语境之中,该论述则可被用于对印度政体及其伦理内涵等问题的探讨。也就是说,拉什迪笔下的印度可被比作希腊神话中的斯芬克斯怪兽;历经千年文明之后,随着英国殖民统治的结束,印度不得不提出并解决"未来何去何从?"的国家身份(national identity)问题。而建构国家身份或国家政体的成功与否很大程度上受到以人为代表的政治权力集团的伦理评判标准的影响,因此人所具有的"兽性因子"与"人性因子"自然而然地融入国家政治决策之中。《午夜之子》中,拉什迪指出:印度政治伦理混乱即是上述两种因子之间界定混乱或因政治、历史原因人为不做界定的结果。

---

① Salman Rushdie. *Midnight's Children*. London: Vintage Books, 2013, p. 306.
② Ibid., 102.
③ Ibid., 139.
④ 聂珍钊:《文学伦理学批评导论》,北京:北京大学出版社,2014年,第38页。

特丽萨·赫弗南教授撰文提出萨里姆"有边界叙事"(bounded narrative)的问题,指出萨里姆的叙事陷入一系列二元对立的两难境地,其中包括:进步与倒退、中心与边缘、个人与公共;尽管萨里姆努力寻找妥协方法,但因"历史的终结"而无法实现。① 实际上,萨里姆的"叙事边界"是因萨里姆凭想象建构的"午夜之子"的虚拟社区对外部现实社会的排斥而产生的,表现为萨里姆的"理想化自我"对希瓦"妖魔化他者"间的对立关系。从萨里姆与希瓦同时出生和被调换身份的情节视角出发,可将希瓦视为萨里姆的"他我"(alter-ego),因此萨里姆圈定叙事边界的过程是以自我之"人性因子"为中心,边缘化、他者化(othering)"他我"之"兽性因子"的抑制策略。萨里姆利用超自然力量屏蔽了希瓦,剥夺了希瓦参加"午夜之子会议"的权力。帕特里克·霍根教授将萨里姆通过心灵感应(telepathy)组织的"午夜之子会议"比作甘地理想化了的地方主义(localism)的跨地域、现代化了的表现形式,仿佛为所有问题提供了解决办法②,从某种程度上,"午夜之子会议"仿佛是甘地政治伦理乌托邦克什米尔的跨越时空的变体。然而恰似乌托邦的破灭一样,"午夜之子会议"因拒绝承认"恶"之存在和拒绝了解"恶"之真实内涵而将印度问题简单化,最终因无法应对混乱的局面而宣告解散。

面对英国殖民统治留下来的"遗产"——规模巨大的印度赤贫阶层,印度政府不仅对他们赤贫的生活状况持漠视的态度(萨里姆对希瓦的屏蔽),为了维护自身的政治和经济利益印度当权者甚至强化并利用了"多头妖怪"的存在。摆脱殖民统治而新独立的印度因此而陷入政治与经济双重层面上的伦理混乱之中。拉什迪对英国殖民"遗产"的政治伦理谴责同样涉及印度分裂后新成立的巴基斯坦政府。小说中,政府领导人"克隆"了英国殖民统治方式并将其本土化,建立了以满足私利为目的的"金钱帝国"。1947年,萨里姆的叔叔巴基斯坦将军祖尔费卡尔(Zulfikar)从

---

① Teresa Heffernan. "Apocalyptic Narratives: The Nation in Salman Rushdie's *Midnight's Children.*" *Twentieth Century Literature*, Vol. 46, 4(2000): 476.

② Patrick Colm Hogan. "*Midnight's Children*: Kashmir and the Politics of Identity." *Twentieth Century Literature* Vol. 47, 4 (Winter, 2001): 524.

逃离巴基斯坦的印度教难民手中掠夺了大量财产而暴富,为一己之私,他还利用军权组建了专门从事印巴边境走私活动的影子部队(phantom troops)。①

拉什迪以阿哈姆德·西奈对梅斯沃尔德伯爵不分善恶的模仿批判了印度当权者对英国殖民政治的继承。梅斯沃尔德伯爵房产正式移交前的二十天内,未来房子的主人阿哈姆德·西奈潜意识里已经被梅斯沃尔德伯爵的生活方式所改变。他不仅继续举办伯爵二十年如一日每晚六点开始的鸡尾酒会,"梅斯沃尔德伯爵来访的时候,他们[阿哈姆德·西奈一家人]会不知不觉、毫不费力地模仿起慢吞吞的牛津腔调(Oxford drawls)来……"②不仅如此,阿哈姆德·西奈还从伯爵那里习得了家族、王朝的观念,阿哈姆德·西奈模仿着一口牛津腔急切地想给即将离去的英国人留下深刻印象,编造了自己是莫卧儿帝国贵族后代的故事。"然而这种抹杀现实的做法,虽然达到了他[阿哈姆德·西奈]的目的,但为我们的生活引入了家族诅咒的概念。"③拉什迪将1947年称为印度的"黑暗时代"(the Age of Darkness),在此期间对英国殖民政治的盲目模仿如邪恶的诅咒一般,造成印度全国范围内的道德失衡和善恶混淆:"在这个时代里,财产能换取官职,财富等同于美德,激情是男女关系的纽带,弄虚作假能带来成功。"④

《午夜之子》中,名为皮卡彻·辛格(Picture Singh)的耍蛇魔法师有一把神奇的雨伞,这把伞能化解同住一个贫民区里的魔法师们彼此之间的矛盾,维护贫民区里的和谐生活。每当矛盾发生,斗争的双方会不约而同地走到伞下,听取辛格的协调意见。⑤ 实际上,萨里姆利用超自然魔力召开的"午夜之子会议"与魔法师的伞相似,都起着召唤某种政治伦理秩

---

① Patrick Colm Hogan. "*Midnight's Children*: Kashmir and the Politics of Identity." *Twentieth Century Literature* Vol. 47, 4 (Winter, 2001): 467.
② Ibid., 131.
③ Ibid., 148.
④ Ibid., 269.
⑤ Ibid., 557.

序的作用。正如"午夜之子会议"因参会者意见分歧过多、过于尖锐,加之召集者萨里姆的号召力有限而最终解散一样,辛格那把神奇的雨伞也因无法应付人们之间日益升级的矛盾而失去了法力。小说中,"会议"与"伞"的隐喻一前一后,首尾呼应,体现出作家代言人萨里姆在印度政治乱局中对政治伦理秩序的渴望。小说结尾,孟买地下夜总会里萨里姆与盲人舞女间的问与答侧面表现了萨里姆渴望幻灭之后的绝望:

> 看着她[盲舞女]性感的穿着,紧闭双眼的眼睑上画着明亮的眼睛让人看了心生恐怖。我禁不住问她"为什么……"她随便回答道:"我是盲人;况且,来这儿的人不想让人看到。你现在身处于一个没有面貌或名字的世界里;这里的人没有记忆,家庭或过去;这里只有现在,除了现在什么都没有。"①

盲舞女的回答既应和了萨里姆的人生经历,又反映了印度的社会现实。"纵欲和忘记过去"这一逃避现实的享乐主义已成为人们应对印度社会政治伦理混乱状况的权宜之计。然而,见证了乱伦、屠杀、丑闻和阴谋等事件的萨里姆已经从刻意屏蔽"恶"的理想主义者转变成众人皆醉我独醒的批判现实主义者;一时间,因弹震症暂时失忆的萨里姆恢复了记忆。

《午夜之子》中,拉什迪借萨里姆之口谈及历史距离感的问题,指出对现实的认识深度取决于与过去距离的远近,"离过去越远,[对现实的认识]就越确定、越合理,然而离现在越近,认识就越不可信"②。以英国印裔流散小说家身份写作的拉什迪在印度独立34年后出版了《午夜之子》,这标志着作家本人对自己与印度历史现实之间时空距离的确信,并表明了意图通过记忆进行伦理价值判断的决心,如萨里姆所说:"道德、评判、人物……一切都以记忆开始……"③拉什迪通过对印度"腌菜"的描写喻指五味杂陈的印度近代史,指出在人们享受印度"历史的腌菜"(pickles of history)的时候不要忘记对历史现实的道德评判,不要使国家患上历史健

---

① Salman Rushdie. *Midnight's Children*. London: Vintage Books, 2013, p. 634.
② Ibid., 229.
③ Ibid., 292.

忘症。

小说以克什米尔开始又以克什米尔结束,萨里姆虽胸怀对印度美好未来的向往,但因深知梦想之虚幻、现实之残酷而倍感无奈。与因欲为人却无法成为人而跳崖身亡的斯芬克斯相似,明辨善恶却无法向善的萨里姆最终死在暴民的踩踏之下。然而与斯芬克斯一死百了的结局不同,拉什迪写道,被卷入民众漩涡中的萨里姆将处于无生无死永无安宁的状态之中。帕特里克·霍根认为萨里姆是印度的拟人化呈现,拉什迪"以寓言的方式将国家同化于一个人身上"①,如以此观点为依据不难看出拉什迪以萨里姆之"死"警醒印度国民政治伦理意识的写作动机。

本章小结

综上所述,英国后殖民流散作家劳伦斯·达雷尔、V. S. 奈保尔和萨尔曼·拉什迪擅长对特定政治历史语境下典型人物形象、伦理身份的刻画以及民族、国家命运的描述。达雷尔笔下 1918 年至 1943 年间埃及科普特少数民族领导的埃及独立运动、奈保尔笔下 1965 年至 1975 年间蒙博托领导下的新独立国家扎伊尔由和平发展到腐败战乱的历史、拉什迪笔下 1915 年甘地返回印度至 1947 年印度建国的历史,从非洲(埃及和扎伊尔)到亚洲(印度)为读者呈现出一个第三世界国家殖民后期与后殖民时期政治伦理状况的全景图。

在《亚历山大四重奏》《河湾》和《午夜之子》中,达雷尔、奈保尔和拉什迪巧妙地把人物塑造和情节构思与政治历史事件、运动紧密编织在一起,小说人物的伦理身份选择与伦理身份危机成为反映国家、民族政治危机的指示剂,个人、民族负有责任感的政治伦理选择是决定国家前途命运的前提条件。

---

① Patrick Colm Hogan. "*Midnight's Children*: Kashmir and the Politics of Identity." *Twentieth Century Literature* Vol. 47, 4 (Winter, 2001): 525.

参考文献

一、外文专著

Acheraiou, Amar. *Rethinking Postcolonialism Colonialist Discourse in Modern Literatures and the Legacy of Classical Writers*. London: Palgrave Macmillan, 2008.

Aldington, Richard. "A Note on Lawrence Durrell." *The World of Lawrence Durrell*. Ed. Harry T. Moore. Carbondale: Southern Illinois University Press, 1962.

Aristotle. *The Nicomachean Ethics*. Trans. David Ross. Oxford and New York: Oxford University press, 2009.

——. *The Politics*. Trans. Carnes Lord. Chicago and London: The University of Chicago Press, 1984.

Badsha, Abdulla K. *Durrell's Heraldic Universe and* The Alexandria Quartet: *A Subaltern View*. Diss. University of Wisconsin-Madison, 2001.

Bakhtin, M. M. "The Bildungsroman and Its Significance in the History of Realism." *Speech Genres and Other Late Essays*. Austin: University of Texas Press, 1986.

Bamzai, Prithivi Nath Kaul. *A History of Kashmir, Political, Social, Cultural: From the Earliest Times to the Present Day*. Delhi: Metropolitan, 1962.

Becson, Karl, ed. *Oscar Wilde: The Critical Heritage*, London: Routledge and Kegan Paul, 1970.

Bellamy, Liz. *Commerce, Morality and the Eighteenth-century Novel*. Cambridge: Cambridge University Press, 1998.

Berthoud, Jacques. *Joseph Conrad: The Major Phase*. Cambridge: Cambridge University Press, 1979.

Bhabha, Homi K. *The Location of Culture*. London and New York: Routledge Classics, 2004.

Bill, Ashcroft, Gareth Griffiths, and Helen Tiffin. *The Empire Writes Back*. London: Routledge, 1989.

Bisson, Lillian M. *Chaucer and the Late Medieval World*. New York: St. Martin's Press, 1998.

Biti, Vladimir. *Trancing Global Democracy: Literature and Theory and Politics of Trauma*. Berlin/Boston: Walter de Gruyter GmbH, 2016.

Boone, Joseph A. *Libidinal Currents: Sexuality and the Shaping of Modernism*. Chicago: University Of Chicago Press, 1998.

Booth, James. *Philip Larkin: Writer*. Hemel Hempstead: Harvester Wheatsheaf, 1992.

Brassel, Tim. *Tom Stoppard: An Assessment*. New York: Palgrave Macmillan, 1985.

Bueler, Lois E. *Clarissa's Plots*. Newark: University of Delaware Press; London and Toronto: Associated University Presses, 1994.

Childs, Peter. *Contemporary Novelists: British Fiction Since 1970*. Basingstoke: Palgrave McMillan, 2012.

Churchill, Caryl. *Top Girls*. London: Bloomsbury Methuen Drama, 2013.

Cohen, Margaret. *The Sentimental Education of the Novel*. Princeton, NJ: Princeton University Press, 1999.

Cohn, Ruby. "The Economy of *Betrayal*." *Pinter at 70*. Ed. Lois Gordon. New York & London: Routledge, 2001.

Conrad, Joseph. *Under Western Eyes*. Oxford: Oxford University Press, 1990.

Delaney, Paul, ed. *Tom Stoppard in Conversation*. Ann Arbor: University of Michigan Press, 1997.

Diboll, Michael V. *Lawrence Durrell's* Alexandria Quartet *in Its Egyptian Context*. New York: The Edwin Mellen Press, 2004.

Dobrée, Bonamy. *The Lamp and the Lute: Studies in Seven Authors* (Second Edition). London: Frank Cass, 1964.

Duncan, J. "Elite Landscape as Cultural (Re)production: The Case of Shaughnessy Heights." *Inventing Places: Studies in Cultural Geography*. Ed. Anderson, K. Gale, F. Melbourne: Longman Cheshire, 1992.

Durrell, Lawrence. *Justine*. New York: E. P. Dutton, 1961.

——. *Mountolive*. New York: E. P. Dutton, 1961.

——. *Spirit of Place Letters and Essays on Travel*. Ed. Alan G. Thomas. Mount Jackson: Axios Press, 1969.

Eagleton, Terry. *Crazy John and the Bishop, and Other Essays on Irish Culture*. Cork: Cork University Press, 1998.

Eaves, T. C. Duncan, and Ben D. Kimpel. *Samuel Richardson: A Biography*. Oxford: Clarendon Press, 1971.

Eliade, Mirea. *Dreams, Myths, and Mysteries*. Trans. Philip Mairet. New York: Harper and Row, 1967.

Ellmann, Richard, ed. *Artist as Critic: Critical Writings of Oscar Wilde*. New York: Vintage Books, 1970.

Enright, D. Joseph, ed. *Poets of the 1950's*. Tokyo: The Kenyusha Press, 1955.

Fanon, Frantz. *The Wretched of the Earth*. London: Penguin Books Ltd., 1990.

Fielding, Henry. *Joseph Andrews • Shamela*. New York: Oxford University Press Inc., 1999.

Fleming, John. *Stoppard's Theatre: Finding Order among Chaos*. Austin: University of Texas Press, 2001.

Fraser, G. S. *Lawrence Durrell: A Study*. London: Faber and Faber, 1973.

Freud, Sigmund. "*The Uncanny*" in The Uncanny. Trans. David Mclintock. New York: Penguin, 2003.

Friedman, Alan Warren. *Lawrence Durrell and* The Alexandria Quartet: *Art for Love's Sake*. Oklahoma: University of Oklahoma Press, 1970.

Fromm, Erich. *The Art of Loving*. London: Thorsons, 1957.

Gandhi, Mahatma. *The Essential Gandhi: An Anthology of His Writings on His Life, Work, and Ideas*. Ed. Louis Fischer. New York: Vintage, 1962.

Griffiths, Trevor R., and Margaret Llewellyn-Jones. *British and Irish Women*

Dramatists Since 1958. Buckingham: Open University Press, 1993.

Gussow, Mel. *Conversation with Tom Stoppard*. New York: Grove Press, 1995.

Halliwell, Martin. *Modernism and Morality Ethical Devices in European and American Fiction*. New York: Palgrave, 2001.

Haran, John, Jenny Kitzinger, et al. *Human Cloning in Media: From Science Fiction to Science Practice*. London and New York: Routledge, 2008.

Harris, Jocelyn. *Samuel Richardson*. Cambridge: Cambridge University Press, 1987.

Hassan, Salem K. *Philip Larkin and His Contemporaries: An Air of Authenticity*. London: Macmillan, 1988.

Hawkes, David. *The Culture of Usury in Renaissance England*. New York: Palgrave Macmillan, 2010.

Heaney, Seamus. *Preoccupations, Seclected Prose 1968—1978*. London: Faber and Faber, 1980.

hooks, bell. "Marginality as the Site of Resistance." *Out There: Marginalization and Contemporary Cultures*. Ed. Russell Ferguson and Martha Gever. Boston: Massachusetts Institute of Technology Press, 1992.

Howe, Irving. *Politics and the Novel*. New York: Horizon Press, 1957.

Huddart, David. *"The Uncanny" in Homi K. Bhabha*. London and New York: Routledge, 2005.

Hughes, Ted. "All the length of the street, dead bodies are piled in heaps and strewn in tangles everywhere between the heaps." *Gaudete*. London & Boston: Faber and Faber, 1977.

——. *Nessie the Mannerless Monster*. London: Faber and Faber, 1964.

——. *Season Songs*. London: Faber and Faber, 1985.

——. *Ted Hughes Collected Poems*. Ed. K. L. Paul. London: Faber and Faber, 2005.

——. *What is the Truth?* London: Faber and Faber, 1984.

Hunter, Jim. *Tom Stoppard's Plays*. London: Faber and Faber, 1982.

Jaffa, Harry V., and Allan Bloom. "Political Philosophy and Poetry: Introduction." *Shakespeare's Politics*. Chicago: University of Chicago Press, 1981.

John Guy. *Tudor England*. Oxford: Oxford University Press, 1988.

Jones, George Fenwick. *The Ethos of the Song of Roland*. Baltimore: Johns

Hopkins Press, 1963.

Karl, F., and L. Davis, eds. *The Collected Letters of Joseph Conrad*, Vol. IV. Cambridge: Cambridge University Press, 1990.

Khattab, Abdul-Qader Abdullah. *Encountering the Non-western Other in Lawrence Durrell's* The Alexandria Quartet. Diss. Ohio University, 1999.

King, Pamela M. "Morality Plays." *The Cambridge Companion to Medieval English Theatre*. Ed. Richard Beadle. Cambridge: Cambridge University Press, 1994.

Knowles, Owen, and Gene M. Moore, eds. *Oxford Reader's Companion to Conrad*. Oxford: Oxford University Press, 2000.

Kristeva, Julia. *Strangers to Ourselves*. Trans. L. S. Roudiez. London: Harvester Wheatsheaf, 1994.

Larkin, Philip. *Required Writing: Miscellaneous Pieces 1955—82*. London: Faber and Faber, 1983.

Leavis, F. R., and Q. D. Leavis. *Dickens the Novelist*, London: Chatto & Windus Ltd., 1970.

Lockey, Brian C. "Introduction: Romance and the Ethics of Expansion." *Law and Empire in English Renaissance Literature*. Cambridge: Cambridge University Press, 2006.

Manzaloui, Mahmoud. "Curate's Egg: An Alexandrian Opinion of Durrell's Quartet." *Critical Essays on Lawrence Durrell*. Ed. Alan Warren Friedman. Boston: G. K. Hall, 1987.

Marx, Karl, and Frederick Engels. *Economic and Philosophic Manuscripts of 1844 and the Communist Manifesto*. Trans. Martin Milligan. New York: Prometheus Books, 1988.

Mason, Stuart, ed. *Oscar Wilde, Art and Morality: A Record of Discussion Which Followed the Publication of "Dorain Gray"*. London: F. Palmer, 1912.

Mauss, Marcel. *The Gift: Forms and Functions of Exchange in Archaic Studies*. Trans. Ian Cunnison. New York: Norton, 1967.

McEwan, Ian. *The Children Act*. New York: Nan A. Talese, 2014.

Meyers, Jeffrey. *Joseph Conrad: A Biography*. New York: Charles Scribner's Sons, 1991.

Mills, Charles W. *The Racial Contract*. New York: Cornell University Press, 1999.
Motion, Andrew. *Philip Larkin: A Writer's Life*. London: Faber and Faber, 1993.
Murray, Isobel, ed. *The Complete Short Fiction of Oscar Wilde: Introduction*. Oxford: Oxford University Press, 1979.
Nandy, Ashis, Shikha Trivedi, Shail Mayaram, and Achyut Yagnik. *Creating a Nationality: The Ramjanmabhumi Movement and Fear of the Self*. Delhi: Oxford University Press, 1998.
Nietzsche, Friedrich. *Basic Writings of Nietzsche*. Trans. & Ed. Walter Kaufmann. New York: Modern Library, 1968.
Nixon, Rob. *London Calling V. S. Naipaul, Postcolonial Mandarin*. New York: Oxford University Press, 1992.
Nkruman, Kwame. *Neo-colonialism: The Last Stage of Imperialism*. London: Nelson, 1968.
Oliver, H. J., ed. *Timon of Athens*. London: Methuen, 1959.
Ostry, Elaine Margaret. *Social Dreaming: Dickens and the Fairy Tale*. Ottawa: National Library of Canada, 1998.
Marilyn Papayanis. *Writing in the Margins: The Ethics of Expatriation from Lawrence to Ondaatje*. Nashville: Vanderbuilt University Press, 2005.
Paulson, Ronald, and Thomas Lockwood, eds. *Henry Fielding: The Critical Heritage*. London: Routledge & K. Paul; New York: Barnes & Noble, 1969.
Pinchin, Jane Lagoudis. *Alexandria Still: Forster, Durrell, and Cavafy*. Princeton: Princeton University Press, 1977.
Pine, Richard. *Lawrence Durrell: The Mindscape*. New York: St. Martin's Press, 1994.
Pufendorf, Samuel von. *The Whole Duty of Man According to the Law of Nature*. Trans. Andrew Tooke. Ed. Ian Hunter, and David Sauders. Indianapolis: Liberty Fund, 2003.
Rajamouly, Katta. *The Poetry of Philip Larkin: A Critical Study*. New Delhi: Prestige Books, 2007.
Rebellato, Dan. *1956 and All That the Making of Modern British Drama*. London: Routledge, 2002.
Richardson, Samuel. "Intro. George Saintsbury." *Pamela* (Volume 2). London: J.

M. Dent & Sons Ltd. , 1914.

——. *A Collection of the Moral and Instructive Sentiments, Maxims, Cautions, and Reflections, Contained in the Histories of Pamela, Clarissa, and Sir Charles Grandison. Samuel Richardson's Published Commentary on Clarissa 1747—65*. 3 vols. Intro. by John A. Dussinger and afterword by Ann Jessie Van Sant. London: Pickering & Chatto, 1998.

——. *Clarissa, or the History of a Young Lady*. Ed. with an introduction and notes by Angus Ross. London: Penguin Books, 1985.

——. *Samuel Richardson's Introduction to Pamela*. Ed. with an introduction by Sheridan W. Baker, Jr. Los Angeles, CA: The Augustan Reprint Society, 1954. The Project Gutenberg, March 17, 2008. https://www.gutenberg.org/files/24860/24860-h/24860-h.htm. Accessed February 18, 2020.

——. *The History of Sir Charles Grandison*. 3 parts. London: Oxford University Press, 1972.

Roberts, Ryan, ed. *Conversations with Ian McEwan*. Jackson: University Press of Mississippi, 2010.

Rosenfield, Claire. *Paradise of Snakes: An Archetypal Analysis of Conrad's Political Novels*, Chicago: University of Chicago Press, 1967.

Royle, Nicholas. *The Uncanny*. New York: Routledge, 2003.

Rushdie, Salman. *Imaginary Homelands Essays and Criticism 1981—1991*. London: Granta Books, 1991.

——. *Midnight's Children*. London: Vintage Books, 2013.

Sagar, Keith. *The Achievement of Ted Hughes*. Manchester: Manchester University Press, 1983.

Sartre, Jean-Paul. "Preface." *The Wretched of the Earth*. Frantz Fanon. London: Penguin Books Ltd. , 1990.

Schemberg, Claudia. *Achieving "At-one-ment": Storytelling and the Concept of the Self in Ian McEwan's* The Child in Time, Black Dogs, Enduring Love, *and* Atonement. Frankfurt: Peter Lang, 2004.

Schopenhauer, Arthur. *On Human Nature*. Ed. Thomas Bailey Saunders. London: Allen & Unwin, 1897.

Scigaj, Leonard M. *Ted Hughes*. Blacksburg: Virginia Polytechnic Institute and

State University Press, 1991.

Sharpe, J. A. *Early Modern England: A Social History 1550—1760*. London: Hodder Arnold, 1997.

Smart, John. *Twentieth Century British Drama*. Cambridge: Cambridge University Press, 2006.

Smith, David Marshall. *Moral Geographies: Ethics in a World of Difference*. Edinburgh: Edinburgh University Press, 2000.

Soellner, Rolf. *Shakespeare's Pessimistic Tragedy*. Columbus: Ohio State University Press, 1979.

Spivak, Gayatri. "Can the Subaltern Speak?" *Marxism and the Interpretation of Culture*. Eds. Cary Nelson, and Lawrence Grossberg. London: Macmillan, 1988.

Stone, Lawrence. *The Crisis of the Aristocracy 1558—1641*. London and New York: Oxford University Press, 1965.

Stone, Lawrence. *The Family, Sex and Marriage in England 1500—1800*. London: Weidenfeld and Nicolson, 1977.

Stoppard, Tom. *Arcadia*. London: Faber and Faber, 1993.

——. *The Coast of Utopia*. New York: Groves Press, 2002.

Swarbrick, Andrew. *Out of Reach—The Poetry of Philip Larkin*. London: Macmillan Press Ltd. , 1995.

Tawney, R. H. *Business and Politics Under James I: Lionel Cranfield as Merchant and Administrator*. Cambridge: Cambridge University Press, 1958.

Taylor, A. B. *An Introduction to Medieval Romance*. London: Heath Cranton Limited, 1930.

Terry, Janice. *The Wafd: 1919—1952: The Cornerstone of Egyptian Political Power*. London: Third World Research and Publishing, 1982.

Thieme, John. *The Web of Tradition Use of Allusion in V. S. Naipaul's Fiction*. Hertford: Dangaro Press and Hansib Publications, 1987.

Thomason, Elizabeth. *Drama for Students*. Farmington Hills: Gale Group, 2001.

Watt, Ian. *Conrad: Nostroromo*. Cambridge: Cambridge University Press, 1988.

Whalen, Terry. *Philip Larkin and English Poetry*. Basingstoke: Macmillan, 1996.

Wilde, Oscar. *Art and Egotism*. London: The Macmillan, 1997.

Whitaker, Thomas. *Tom Stoppard*. London: Macmillan, 1983.

Wrightson, Keith. *English Society 1580—1680*. London: Hutchinson, 1982.

Wulick, Anna Michelle. *Speculative Ethics: Victorian Finance and Experimental Moral Landscapes in the Mid-novels of Oliphant, Trollope, Thackeray, and Dickens*. Ann Arbor: UMI dissertation publishing, 2010.

Young, George M. *Victorian England: Portrait of an Age* (2nd ed.). London: Oxford University Press, 1953.

Zach, Wolfgang. *Mrs. Aubin and Richardson's Earliest Literary Manifesto* (1739). Ipswich: Ebsco Publishing, 2002.

Zabel, Morton D., ed. *Editor's Introduction to The Portable Conrad*. London: Viking Penguin Inc., 1976.

Zidleniec, Anduzej. "Preface." *Place and Social Theory*. London: Sage Publications Ltd., 2007.

[英]Cedric Watts:《康拉德导读》,北京:北京大学出版社,2005年。

[美]Eloise Knapp Hay:"Nostromo",[加]J. H. Stape 编:《剑桥文学指南:约瑟夫·康拉德》,上海:上海外语教育出版社,2000年,第81—99页。

[美]Frederick R. Karl:《当代英国小说导读》,北京:外语教学与研究出版社,2005年。

[英]Gamini Salgado:《劳伦斯导读》,北京:北京大学出版社,2005年。

[英]Peter Raby 编:《剑桥文学指南:奥斯卡·王尔德》,上海:上海外语教育出版社,2001年。

二、中文专著

[英]D. H. 劳伦斯:《恋爱中的女人》,李健、陈龙根、李平译,武昌:长江文艺出版社,1987年。

[英]F. R. 利维斯:《伟大的传统》,袁伟译,北京:生活·读书·新知三联书店,2002年。

[英]V. S. 奈保尔:《河湾》,方柏林译,南京:译林出版社,2013年。

[美]爱德华·W. 萨义德:《东方学》,王宇根译,北京:生活·读书·新知三联书店,2007年。

[美]埃里希·弗洛姆:《弗洛姆著作精选——人性·社会·拯救》,黄颂杰主编,上海:上海人民出版社,1989年。

[英]安德鲁·桑德斯:《牛津简明英国文学史》(下),谷启楠、韩加明、高万隆译,北京:人民文学出版社,2000年。

[英]安东尼·吉登斯:《亲密关系的变革——现代社会中的性、爱和爱欲》,陈永国、汪民安等译,北京:社会科学文献出版社,2001年。

[爱]奥斯卡·王尔德:《王尔德作品集》,黄源深等译,北京:人民文学出版社,2000年。

[英]奥斯卡·王尔德:《王尔德全集》,赵武平主编,荣如德、巴金等译,北京:中国文学出版社,2000年。

[俄]巴赫金:《拉伯雷研究》,钱中文主编,李兆林、夏忠宪等译,石家庄:河北教育出版社,1998年。

鲍晓兰主编:《西方女性主义研究评介》,北京:生活·读书·新知三联书店,1995年。

[古希腊]柏拉图:《柏拉图对话录之一:斐多》,杨绛译,沈阳:辽宁人民出版社,2000年。

[英]勃朗特:《简·爱》,付悦译,南昌:百花洲文艺出版社,2013年。

[荷]伯纳德·曼德维尔:《蜜蜂的寓言——私人的恶德,公众的利益》,肖聿译,北京:中国社会科学出版社,2002年。

[美]布鲁姆:《莎士比亚笔下的爱与友谊》,马涛红译,北京:华夏出版社,2012年。

[英]查尔斯·狄更斯:《狄更斯文集·艰难时世》,全增嘏、胡文淑译,上海:上海译文出版社,1998年。

[英]戴维·罗伯兹:《英国史:1688年至今》,鲁光桓译,广州:中山大学出版社,1990年。

[英]戴·赫·劳伦斯:《查太莱夫人的情人》(全译本),饶述一译,长沙:湖南人民出版社,1986年。

——:《劳伦斯书信选》,[美]哈里·莫尔编,刘宪之、乔长森译,哈尔滨:北方文艺出版社,1988年。

[美]丹尼尔·贝尔:《资本主义文化矛盾》,赵一凡、蒲隆、任晓晋译,北京:生活·读书·新知三联书店,1992年。

杜娟:《亨利·菲尔丁小说的伦理叙事》,武汉:华中师范大学出版社,2010年。

[德]恩斯特·卡西尔:《人论》,甘阳译,上海:上海译文出版社,1985年。

[英]弗吉尼亚·吴尔夫:《普通读者I》,马爱新译,北京:人民文学出版社,2003年。

[英]弗兰西斯·哈奇森:《道德哲学体系·上》,江畅、舒红跃、宋伟译,杭州:浙江大学出版社,2010年。

[德]弗里德里希·包尔生:《伦理学体系》,何怀宏、廖申白译,北京:中国社会科学出版社,1988年。

[奥]弗洛伊德:《论创造力与无意识》,孙恺祥译,北京:中国展望出版社,1986年。

——:《弗洛伊德文选——论无意识与艺术》,北京:中国人民大学出版社,1998年。

[美]弗雷德里克·杰姆逊:《后现代主义与文化理论》,唐小兵译,西安:陕西师范大学出版社,1985年。

[日]福原泰平:《拉康镜像阶段》,王小峰、李濯凡译,石家庄:河北教育出版社,2002年。

傅新球:《英国社会转型时期的家庭研究》,合肥:安徽人民出版社,2008年。

高兆明、孙慕义:《自由与善:克隆人伦理研究》,南京:南京师范大学出版社,2004年。

[德]汉斯·昆、伯尔等:《神学与当代文艺思想》,徐菲、刁承俊译,上海:生活·读书·新知上海三联书店,1995年。

[德]黑格尔:《哲学史讲演录》(第二卷),北京:商务印书馆,1960年。

[英]亨利·菲尔丁:《阿米莉亚》,吴辉译,南京:译林出版社,2004年。

——:《弃儿汤姆·琼斯的历史》(上、下),萧乾、李从弼译,北京:人民文学出版社,1984年。

——:《约瑟夫·安德鲁斯的经历》,王仲年译,上海:上海文艺出版社,1962年。

蒋家国:《重建人类的伊甸园——劳伦斯长篇小说研究》,长沙:湖南大学出版社,2003年。

[法]吉尔·利波维茨基:《责任的落寞——新民主时期的无痛伦理观》,倪复生、方仁杰译,北京:中国人民大学出版社,2007年。

[德]康德:《康德三大批判精粹》,杨祖陶、邓晓芒编译,北京:人民出版社,2001年。

黄梅:《推敲"自我"——小说在18世纪的英国》,北京:生活·读书·新知三联书店,2003年。

黄伟合:《欧洲传统伦理思想史》,上海:华东师范大学出版社,1991年。

[英]赫胥黎:《进化论与伦理学》,《进化论与伦理学》翻译组译,北京:科学出版社,1971年。

[英]霍布斯:《论人性》,上海青年幽默俱乐部编:《中外名家论喜剧、幽默与笑》,上海:上海社会科学院出版社,1992年。

[英]考格希尔:《莎士比亚喜剧的基础》,殷宝书译,中国社会科学院外国文学研究所外国文学研究资料丛刊编辑委员会编:《莎士比亚评论汇编》(下),北京:中国社会科学出版社,1981年。

［英］劳伦斯:《激情的自白——劳伦斯书信选》,金筑云、应天庆、杨永丽译,广州:花城出版社,1986年。
——:《性与可爱——劳伦斯散文选》,姚暨荣译,广州:花城出版社,1988年。
［美］雷纳·韦勒克:《近代文学批评史》(第4卷),杨自伍译,上海:上海译文出版社,1997年。
［英］理查森:《帕梅拉》,吴辉译,南京:译林出版社,1997年。
李维屏:《英国小说艺术史》,上海:上海外语教育出版社,2003年。
梁实秋译:《莎士比亚全集》(7),呼伦贝尔:内蒙古文化出版社,1996年。
刘茂生:《王尔德创作的伦理思想研究》,武汉:华中师范大学出版社,2008年。
——:《艺术与道德的冲突与融合:王尔德研究》,北京:社会科学文献出版社,2016年。
罗国杰、宋希仁编著:《西方伦理思想史》(下卷),北京:中国人民大学出版社,1988年。
［美］罗斯玛丽·帕特南·童:《女性主义思潮导论》,艾晓明等译,武汉:华中师范大学出版社,2002年。
［英］罗素:《罗素道德哲学》,李国山等译,北京:九州出版社,2007年。
［英］马丁·艾思林:《戏剧剖析》,罗婉华译,北京:中国戏剧出版社,1981年。
［德］马克思:《1844年经济学-哲学手稿》,刘丕坤译,北京:人民出版社,1979年。
［德］马克斯·韦伯:《新教伦理与资本主义精神》,黄晓京、彭强译,成都:四川人民出版社,1986年。
［美］迈克尔·麦基恩:《英国小说的起源:1600—1740》,胡振明译,上海:华东师范大学出版社,2015年。
佴荣本:《笑与喜剧美学》,北京:中国戏剧出版社,1988年。
聂珍钊:《文学伦理学批评及其它——聂珍钊自选集》,武汉:华中师范大学出版社,2012年。
——:《文学伦理学批评导论》,北京:北京大学出版社,2014年。
——:《作为方法论的文学伦理学批评》,王宁主编:《文学理论前沿》(第二辑),北京:北京大学出版社,2005年。
［加］诺思罗普·弗莱:《批评的解剖》,陈慧、袁宪军、吴伟仁译,天津:百花文艺出版社,2006年。
平玲:《英国十大著名小说家》,吴平、任筱萌译,武汉:武汉大学出版社,1994年。
乔国强主编:《二十世纪西方文论选读》(上),上海:复旦大学出版社,2006年。

阮炜、徐文博、曹亚军:《20世纪英国文学史》,青岛:青岛出版社,1998年。
[英]莎士比亚:《第十二夜》,《莎士比亚全集》(4),朱生豪译,北京:人民文学出版社,1978年。
——:《哈姆莱特》,《莎士比亚全集》(9),朱生豪译,北京:人民文学出版社,1978年。
——:《威尼斯商人》,《莎士比亚全集》(3),朱生豪译,北京:人民文学出版社,1978年。
[英]石黑一雄:《千万别丢下我》,朱去疾译,南京:译林出版社,2007年。
[法]斯达尔夫人:《论文学》,徐继曾译,北京:人民文学出版社,1986年。
苏晖:《西方喜剧美学的现代发展与变异》,武汉:华中师大出版社,2005年。
[英]汤姆·斯托帕:《戏谑——斯托帕戏剧选》,杨晋等译,海口:南海出版公司,2005年。
[英]王尔德:《快乐王子》,R. H. 谢拉尔德编,巴金译,成都:四川人民出版社,1981年。
王松林:《康拉德小说伦理观研究》,武汉:华中师范大学出版社,2008年。
王树昌:《莎士比亚研究》,合肥:安徽大学出版社,1999年。
——:《喜剧理论在当代世界》,乌鲁木齐:新疆人民出版社,1989年。
王佐良、周珏良主编:《英国二十世纪文学史》,北京:外语教学与研究出版社,1994年。
[英]威廉·莎士比亚:《雅典的泰门》,朱生豪译,北京:大众文艺出版社,2010年。
吴刚:《王尔德文艺理论研究》,上海:上海外语教育出版社,2009年。
[爱]西默斯·希尼:《希尼诗文集》,吴德安等译,北京:作家出版社,2001年。
[英]休谟:《人性论》(全两册),关文运译,北京:商务印书馆,1983年。
[英]亚当·斯密:《道德情操论》,蒋自强、钦北愚、朱钟棣、沈凯璋译,北京:商务印书馆,2003年。
[古希腊]亚里士多德:《大伦理学》,苗力田主编:《古希腊哲学》,北京:中国人民大学出版社,1989年。
——:《尼各马科伦理学》,苗力田译,北京:中国社会科学出版社,1990年。
——:《政治学》,吴寿彭译,北京:商务印书馆,1983年。
[古希腊]亚理斯多德:《诗学》,亚理斯多德、贺拉斯:《诗学 诗艺》,罗念生、杨周翰译,北京:人民文学出版社,1962年。
杨明等编著:《莎士比亚传》,北京:世界知识出版社,2001年。
[美]伊恩·P. 瓦特:《小说的兴起——笛福、理查逊、菲尔丁研究》,高原、董红钧译,北京:生活·读书·新知三联书店,1992年。

［英］以赛亚·伯林:《浪漫主义的根源》,［英］亨利·哈代编,吕梁、洪丽娟、孙易译,南京:译林出版社,2008年。

［英］约瑟夫·康拉德:《吉姆爷》,熊蕾译,北京:人民文学出版社,2004年。

——:《间谍》,张建译,北京:外国文学出版社,2002年。

——:《康拉德小说选》,袁家骅等译,赵启光编选,上海:上海译文出版社,1985年。

——:《诺斯托罗莫》,刘珠还译,南京:译林出版社,2001年。

张中载:《当代英国文学论文集》,北京:外语教学与研究出版社,1996年。

赵澧、徐京安主编:《唯美主义》,北京:中国人民大学出版社,1988年。

赵炎秋:《狄更斯长篇小说研究》,北京:社会科学文献出版社,1996年。

郑克鲁主编:《外国文学史》(修订版)(上),北京:高等教育出版社,2006年。

周春生:《悲剧精神与欧洲思想文化史论》,上海:上海人民出版社,1999年。

三、外文论文

Bhabha, Homi K. "The World and the Home." *Social Text* 31/32 (1992): 141—153.

Boone, Joseph A. "Mappings of Male Desire in Durrell's *Alexandria Quartet*." *South Atlantic Quarterly* 88. 1 (1989): 73—106.

Branadejská, Zdeňka. "Devising Consolation: The Mental Landscapes of Stoppard's *Arcadia*." *Brno Studies in English* 8 (2002): 103—118.

Brantley, Ben. *New York Times*, December 8, 2004.

Churchill, Caryl. "Not Ordinary, Not Safe: A Direction for Drama?" *The Twentieth Century* (Nov. 1960): 443—451.

Collins, A. S. "Timon of Athens: A Reconsideration." *Review of English Studies* 22 (1946): 96—108.

Cooke, John. "'A Vision of the Land': V. S. Naipaul's Later Works," *Caribbean Quarterly*, Vol. 25, No. 4, *Caribbean Writing*: *Critical Perspectives* (December, 1979): 31—47.

Draper, John. "The Theme of Timon of Athens." *The Modern Language Review* 29. 1 (1934): 20—31.

Draper, R. P. "Timon of Athens." *Shakespeare Quarterly* 8. 2 (1957): 195—200.

Flint, Christopher. "The Anxiety of Affluence: Family and Class (Dis)order in

Pamela: or, Virtue Rewarded." *SEL* 29 (1989): 489—514.

Ellis-Fermor, Una. "Timon of Athens. An Unfinished Play." *The Review of English Studies* 18 (1942): 270—283.

Finlayson, John. "Definitions of Middle English Romance." *The Chaucer Review* 15 (1980): 44—62.

Gussow, Mel. "Genteel Playwright, Angry Voice." *New York Times*, November 22, 1987.

Handwick, Elizabeth. "Meeting V. S. Naipaul." *New York Times Book Review* (May 13, 1979):1—36.

Hartman, Geoffrey H. "Shakespeare and the Ethical Question: Leo Löwenthal in Memoriam." *ELH* 1 (1996): 1—23.

Hedi, Ben Abbes. "A Variation on the Theme of Violence and Antagonism in V. S. Naipaul's Fiction," *Caribbean Studies* 25. 1/2 (Jan. —July, 1992): 49—61.

Heffernan, Teresa. "Apocalyptic Narratives: The Nation in Salman Rushdie's Midnight's Children." *Twentieth Century Literature* 46. 4(2000): 470—490.

Hogan, Patrick Colm. "*Midnight's Children*: Kashmir and the Politics of Identity." *Twentieth Century Literature* Vol. 47, 4 (Winter, 2001): 510—544.

Kahn, Coppélia. "'Magic of Bounty': Timon of Athens, Jacobean Patronage, and Maternal Power." *Shakespeare Quarterly* 38. 1 (987): 34—57.

Kimbrough, Robert. "Androgyny Seen Through Shakespeare's Disguise." *Shakespeare Quarterly* 1(1982): 17—33.

Knowles, Owen. "Who's Afraid of Arthur Schopenhauer?: A New Context for *Heart of Darkness*." *Nineteenth Century Literature* 49(1994): 75—106.

Levin, Harry. "Shakespeare's Misanthrope." *Shakespeare Survey* 26 (1973): 89—94.

McEwan, Ian. "The Law versus Religious Belief." *The Guardian*, September 6, 2014.

Montrose, Louis Adrian. "Gifts and Reasons: The Contexts of Peele's Araygnement of Paris." *ELH* 47 (1980): 433—461.

Nobel Prize Organisation. "Seamus Heaney: Facts." https://www.nobelprize.org/prizes/literature/1995/heaney/facts/. Accessed March 23, 2020.

Nightingale, Benedict. *The Times*, August 18, 2013.

Pantin, Raoul. "Portrait of an Artist." *Caribbean Contact* 1(May, 1973): 15—19.

Paul, Lissa. "'Writing for Children is a Curious Occupation': Ted Hughes and Sylvia Plath." *The Horn Book* 81. 3(2005): 257—267.

Peirce, Carol. "'Wrinkled Deep in Time': *The Alexandria Quartet* as Many-Layered Palimpsest." *Twentieth Century Literature*. Vol. 33, No. 4, Lawrence Durrell Issue, Part II (Winter, 1987): 485—498.

Peter, John. *Sunday Times*, October 6, 2002.

Pettet, E. C. "Timon of Athens: The Disruption of Feudal Morality." *The Review of English Studies* 23 (1947): 321—336.

Robinson, W. R. "Intellect and Imagination in *The Alexandria Quartet*." *Shenandoah* 18. 4 (1967): 55—68.

Samantrai, Ranu. "Claiming the Burden: Naipaul's Africa," *Research in African Literatures*, Vol. 31, 1 (Spring, 2000): 50—62.

Sidorsky, David. "Modernism and the Emancipation of Literature from Morality: Teleology and Vocation in Joyce, Ford, and Proust." *New Literary History*, Vol. 15, No. 1, *Literature and/as Moral Philosophy* (Autumn, 1983):137—153.

Simpson, Louis. "Disorder and Escape in the Fiction of V. S. Naipaul," *The Hudson Review*, Vol. 37, No. 4 (Winter, 1984—1985): 571—577.

Stuber, Florian. "On Fathers and Authority in *Clarissa*." *SEL* 25(1985): 557—574.

"The Bildungsroman in Nineteenth-century Literature Introduction-Essay." April 12, 2017, https://www.enotes.com/topics/bildungsroman-nineteenth-century-literature. Accessed December 23, 2019.

Wecter, Dixon. "Shakespeare's Purpose in Timon of Athens." *PMLA* 43. 3 (1928): 701—721.

Young, Kenneth. "A Dialogue with Durrell." *Encounter* 13. 6 (1959): 61—68.

四、中文论文

贝岭:《面对面的注视——与谢默思·希尼对话》,《读书》2001 年第 4 期,第 87—92 页。

曹莉:《后殖民批评的政治伦理选择:以斯皮瓦克为例》,《外国文学研究》2006 年第 3 期,第 23—31 页。

程巍:《伦敦蝴蝶与帝国鹰:从达西到罗切斯特》,《外国文学评论》2001年第1期,第15—24页。

戴从容:《民族主义之后——从谢默斯·希尼看后现代时代的爱尔兰民族》,《深圳大学学报》(人文社会科学版)2011年第28期,第115—120页。

戴鸿斌、张文宇:《诗人希尼的身份建构困境及其对策》,《译林》(学术版)2012年第2期,第5—14页。

丁振祺:《诗歌的对置和平衡——评希尼的诗集〈酒精水准仪〉》,《国外文学》2000年第4期,第51—56页。

傅燕晖:《维多利亚时代英国中产阶级女性解放运动论略》,《北方论丛》2014年第2期,第100—104页。

侯建新:《西方两性关系史述评》,《天津师大学报》(社会科学版)1993年第4期,第53—72页。

黄灿然译:《诗魂:谢默斯·希尼》,《诗书画》2014年第2期(总第12期),https://www.sohu.com/a/229573924_488466?spm=smpc.author.fd-d.20.1577259907910YQH3FIG,2020年3月29日访问。

李成坚:《谢默斯·希尼:一个爱尔兰—英国诗人——从"身份问题"解读希尼诗歌与诗学》,《当代外国文学》2005年第4期,第61—66页。

李霞:《传统女性主义的局限与后现代女性主义的超越》,《江汉论坛》2001年第2期,第87—91页。

林玉鹏译:《英国泰德·休斯诗七首》,《当代外国文学》1999年第1期,第115—118页。

陆建德:《文学中的伦理:可贵的细节》,《文学评论》2014年第2期,第18—20页。

马向真:《自我同一性危机与道德选择多元化》,《伦理学研究》2004年第6期,第33—36页。

聂珍钊:《关于文学伦理学批评》,《外国文学研究》2005年第1期,第8—11页。

——:《文学伦理学批评:基本理论与术语》,《外国文学研究》2010年第1期,第12—22页。

——:《文学伦理学批评:伦理选择与斯芬克斯因子》,《外国文学研究》2011年第6期,第1—13页。

——:《文学伦理学批评:论文学的基本功能和核心价值》,《外国文学研究》2014年第4期,第8—13页。

——:《文学伦理学批评:文学批评方法新探索》,《外国文学研究》2004年第5期,第

16—24 页。

邱仁宗:《克隆人的神话和悖论》,《科学》1998 第 4 期,第 14—16 页。

邱紫华:《莎士比亚的喜剧美学思想》,《湖北大学学报》(哲学社会科学版)2005 年第 3 期,第 297—300 页。

王晓兰:《利己主义道德原则与殖民伦理行为——康拉德〈马来三部曲〉中林格殖民行为的伦理阐释》,《外国文学研究》2009 年第 6 期,第 68—75 页。

王薇:《心中的天堂 失落的圣地——劳伦斯的"拉纳尼姆"情结评析》,《国外文学》1997 年第 4 期,第 41—45 页。

吴德安:《希尼的诗歌艺术》,《国外文学》2000 年第 4 期,第 45—50 页。

[英]希默斯·希尼:《伟大的人,伟大的诗人——特德·休斯追悼会上的悼词》,紫芹译,《当代外国文学》2000 年第 1 期,第 108—109 页。

[爱]谢默斯·希尼:《叶芝作为一个榜样?》,程一身译,《文学界》(原创版)2012 年第 5 期,第 65—73 页。

徐彬:《〈董贝父子〉中的"商业伦理"与劳动价值》,《英美文学研究论丛》2018 年第 28 辑,第 341—353 页。

杨一涛:《劳伦斯心理小说创作理论摭谈》,《南京师大学报》(社会科学版)1996 年第 3 期,第 79—82 页。

杨玉珍:《〈安东尼与克莉奥佩特拉〉主题新释》,《中州大学学报》2000 年第 2 期,第 37—39 页。

张剑:《文学、历史、社会:当代北爱尔兰诗人谢默斯·希尼的政治诗学》,《英美文学研究论丛》2010 年第 1 期,第 78—87 页。

钟鸣:《人性因子与兽性因子的斗争与转换——〈查太莱夫人的情人〉的文学伦理学解读》,《外国文学研究》2013 年第 1 期,第 74—78 页。

后　记

　　《英国文学的伦理学批评》一书是聂珍钊教授带领下的团队合作的结晶。参与撰写本书的老师皆是国内外国文学研究领域高水平研究者，具有扎实的学术功底和宽阔的学术视野。现将本书各章节及其编写老师情况简要介绍如下，以示鸣谢。

　　"导论"由东北师范大学外国语学院徐彬教授撰写；第一章"莎士比亚悲喜剧文学样式和伦理批评"由华中师范大学文学院苏晖教授和广东外语外贸大学英语语言文化学院郑杰副教授合作撰写；第二章"18世纪英国小说的道德劝善"由华中师范大学外国语学院朱卫红教授和文学院杜娟副教授合作撰写；第三章"维多利亚教育小说的道德情感教育"由华中农业大学外国语学院柏灵副教授撰写；第四章"唯美主义的艺术原则与道德意识"由广东外语外贸大学英语语言文化学院刘茂生教授撰写；第五章"现代主义小说中的伦理冲突与伦理平衡"由宁波大学外国语学院王松林教授和衢州学院蒋家国教授合作撰写；第六章"20世纪诗歌的伦理关怀"由湖南大学外国语学院陈晞教授和湖南工程学院外国语学院温珏老师联合撰写；第七章"当代英国小说中的身份焦虑与伦理选择"由上海交通大学外国语学院尚必武

教授和苏州科技大学外国语学院郭雯副教授合作撰写;第八章"当代英国戏剧的伦理表达"由中南财经政法大学外国语学院刘红卫教授和李晶副教授联合撰写;第九章"英国后殖民流散作家的政治伦理批评"由东北师范大学外国语学院徐彬教授撰写。全书统稿工作由徐彬教授完成。此外,华中师范大学外国语学院博士研究生宁显锦和刘鹏为本书的编校工作提供了大量帮助,在此一并感谢。

在本书的前期准备阶段,华中师范大学文学院刘渊副教授和上海交通大学外国语学院尚必武教授倾注了大量的心血。特别是刘渊副教授,从书稿的基本框架、撰写理念到文体格式都反复推敲,事无巨细,一一审定。谨以此书向刘渊副教授表示最深切的怀念。

编者
2019 年 10 月 20 日